U0453137

本书为国家社科基金一般项目"泉镜花经典作品研究"(13BWW016)成果。

泉镜花经典作品研究

孙艳华 —— 著

中国社会科学出版社

图书在版编目(CIP)数据

泉镜花经典作品研究 / 孙艳华著. —北京：中国社会科学出版社，2021.5
ISBN 978-7-5203-7980-9

Ⅰ.①泉… Ⅱ.①孙… Ⅲ.①泉镜花—小说研究 Ⅳ.①I313.074

中国版本图书馆 CIP 数据核字(2021)第 038269 号

出 版 人	赵剑英
责任编辑	郭晓鸿
特约编辑	杜若佳
责任校对	师敏革
责任印制	戴　宽

出　版	中国社会科学出版社
社　址	北京鼓楼西大街甲 158 号
邮　编	100720
网　址	http://www.csspw.cn
发行部	010-84083685
门市部	010-84029450
经　销	新华书店及其他书店
印　刷	北京明恒达印务有限公司
装　订	廊坊市广阳区广增装订厂
版　次	2021 年 5 月第 1 版
印　次	2021 年 5 月第 1 次印刷

开　本	710×1000　1/16
印　张	27.5
插　页	2
字　数	437 千字
定　价	158.00 元

凡购买中国社会科学出版社图书，如有质量问题请与本社营销中心联系调换
电话：010-84083683
版权所有　侵权必究

目　　录

绪论　"天才作家"泉镜花……………………………………………1

起步期：明治二十五年至三十二年

（1892—1899年）

第一章　"观念小说"的双璧：《巡夜警察》和《外科手术室》………17
　　第一节　鉴赏与解读………………………………………………18
　　第二节　热点问题研究……………………………………………53

第二章　"自传性小说"：《照叶狂言》……………………………104
　　第一节　鉴赏与解读………………………………………………104
　　第二节　热点问题研究……………………………………………132

第三章　堪称日本心理小说滥觞的《化鸟》………………………161
　　第一节　鉴赏与解读………………………………………………161
　　第二节　热点问题研究……………………………………………167

- 1 -

完成期：明治三十三年至昭和十四年

（1900—1939年）

第四章 久负盛名的《高野圣僧》·················· 185
第一节 鉴赏与解读·················· 185
第二节 热点问题研究·················· 205

第五章 梦幻之作：《春昼》和《春昼后刻》·················· 230
第一节 鉴赏与解读·················· 230
第二节 热点问题研究·················· 246

第六章 集大成之作：《和歌灯》·················· 293
第一节 鉴赏与解读·················· 293
第二节 热点问题研究·················· 306

第七章 花街柳巷小说的代表作：《日本桥》·················· 321
第一节 鉴赏与解读·················· 321
第二节 热点问题研究·················· 338

第八章 志怪文学的杰作：《隐眉的鬼灵》·················· 355
第一节 鉴赏与解读·················· 355
第二节 热点问题研究·················· 364

第九章 一生的"总清算":绝笔《缕红新草》·············· 386
　　第一节　鉴赏与解读 ······························· 386
　　第二节　热点问题研究 ····························· 395

结　　语 ·· 409
参考文献 ·· 415

绪论 "天才作家"泉镜花

　　泉镜花（1873—1939年），日本文学史上的浪漫大师，日本近代浪漫主义小说史上的一座高峰。这位被夏目漱石[1]、三岛由纪夫、吉田精一、本间久雄、伊藤整等著名作家和知名学者赞誉为"天才"的日本近代作家，用近乎固执的执着与精湛的技艺构筑了一个美轮美奂的文学世界。"明治文学中最杰出的浪漫主义者"[2]"古今独步的大文豪"[3]"一座挺拔的孤峰"[4]"明治至今日本文学家中屈指可数的日语语言神灵的掌祀者"[5]"明治、大正、昭和三个时代中开辟了别人无法追随的独矗疆域的天才作家"[6]"明治以来众多小说家中，对'天才'这一称呼当之无愧的作家为数不多。其中，泉镜花最适合这顶桂冠"[7]。然而，无数耀眼的光环也无法掩饰镜花曾经的艰辛与沧桑。明治（1868—1912年）、大正（1912—1926年）时代活跃在文坛上的许多文学大家，如夏目漱石、森鸥外、永井荷风、志贺直哉、芥川龙之介等，或是西渡留洋，或是求学于知名学府。家境贫寒的镜花既未迈出国门一步也未上过大学，他是以怎样的勤奋和坚忍在文学之路

---

[1] 据荒井法胜考察，夏目漱石是第一位称泉镜花为天才的作家。详见荒井法勝『泉鏡花伝』，東京：昭和図書1981年版，第141頁。
[2] 藤村作、久松潜一：『明治文学序説』，東京：山海堂出版部1932年版，第196頁。
[3] 芥川龍之介：「鏡花全集開口」，『文芸読本泉鏡花』，東京：河出書房新社1981年版，第66頁。
[4] 笠原伸夫：「鏡花的美の方法」，日本文学研究資料刊行会編『日本文学研究資料叢書泉鏡花』，東京：有精堂1986年版，第44頁。
[5] 三島由紀夫：「天才泉鏡花」，三田英彬『日本文学研究大成泉鏡花』，東京：国書刊行会1996年版，第6頁。
[6] 参见本间久雄为村松定孝『泉鏡花』（河出書房1954年版）所作序文。
[7] 伊藤整：「作品解説」，三田英彬編『日本文学研究大成泉鏡花』，東京：国書刊行会1996年版，第33頁。

上一走就是 47 年，且终生保持着一颗浪漫之心的呢？

一　走进泉镜花多彩的文学世界

　　泉镜花，本名泉镜太郎，"镜花"系恩师尾崎红叶所赐，取自水月镜花之意。镜花出身于并不富裕的匠人之家，母亲是能乐大鼓师之女。镜花的人生可谓十磨九难。早在镜花 9 岁时，母亲撒手人寰，撇下 4 个少不更事的孩子，只得由年迈的祖母照料全家的日常起居。全家仅凭父亲一人的收入，生活捉襟见肘。后因父亲无力抚养 4 个年幼的孩子，两个妹妹被先后送人。由于生活拮据，镜花只得就读于教会学校，15 岁时辍学。后辗转投入尾崎红叶门下，从门童做起，在红叶身边学习写作。次年，因家乡的一场大火，泉家的老宅被焚烧殆尽，使原本窘迫的生活雪上加霜。三个月后，父亲的去世更是给这个风雨飘摇的家庭以重创，是年镜花年方二十。身为长子的镜花承担起抚养祖母和弟弟的重任。他一边承受着生活的重压，一边从事着文学创作。在祖母和表妹的鼓励以及尾崎红叶的援助下，镜花得以回到红叶身边潜心创作。1895 年，终因《巡夜警察》和《外科手术室》的成功而蜚声文坛，名重一时，成为备受瞩目的文坛新星。

　　然而，镜花的文学之路并不平坦，可谓筚路蓝缕。他一生经常游离于主流文坛，尤其是在自然主义文学隆盛之时，镜花受到排挤，甚至打压，一度沉寂。因人生失意而健康每况愈下的镜花，蛰居逗子以疗伤病。在此期间，镜花凭借执着和坚忍完成了著名的《春昼》（1906 年）和《春昼后刻》（1906 年）、长篇《妇系图》（1907 年）、名篇《草迷宫》（1908 年）的创作。直至 1939 年去世，镜花在长达 47 年的文学生涯中，共创作了近 400 部作品，其中小说 288 篇、戏曲 21 篇、小品文 44 篇、游记 19 篇。[①]在小说创作中，镜花最擅长的是中、短篇小说。他一生创作的长篇小说仅有《风流线》（1903—1904 年）、《续风流线》（1904 年）、《日本桥》（1914 年）、《妇系图》（1907 年）、《芍药之歌》（1918 年）、《因

---

① 笔者依据『鏡花全集』第三版（岩波書店 1986—1989 年版）统计。

缘之女》（1919年）、《山海评判记》（1929年）等寥寥数篇。其中，《风流线》及其续集是最长的一部。镜花并不擅长创作气势磅礴的皇皇巨著，难以驾驭恢宏场面，他的优势在于细节描写。镜花的文学创作大致经历了三次流变：从"观念小说"起步，向"自传性小说"蜕变，到神秘、怪异世界的华丽转身。

所谓的"观念小说"是指作者将自己的"观念"作为主题明确提出来的作品。它诞生于中日甲午战争后，即1895年前后，曾红极一时。在日本文学史上特指以镜花的《巡夜警察》《外科手术室》，以及川上眉山的《书记官》（1895年）、《表与里》（1895年）为代表的作品群。镜花"观念小说"创作阶段的代表作除前述两部作品外，还有《义血侠血》（1894年）、《海战余波》（1894年）、《夜半钟声》（1895年）、《贫民俱乐部》（1895年）、《琵琶传》（1896年）、《海城发电》（1896年）、《化银杏》（1896年）等。这类作品关注社会，针砭时弊，现实性强。作品结尾处以发问的形式提出作者的主张或"观念"，引人深思，极具特点。

"自传性小说"阶段是指镜花初次以自身为原型，且连续发表具有共性的作品的文学创作时期。这一阶段对于泉镜花文学的重要性不言而喻。该阶段的"自传性小说"均取材于其幼年的生活经历，男主人公均为柔弱、惹人怜爱的少年，女主人公则为年长的美丽女性，作品主要以清新、浪漫的文风而著称。代表作品除《一之卷》（1896年）、《二之卷》（1896年）、《三之卷》（1896年）、《四之卷》（1896年）、《五之卷》（1896年）、《六之卷》（1896年）、《誓之卷》（1897年）和《照叶狂言》（1896年）外，《蓑谷》（1896年）、《龙潭谭》（1896年）、《化鸟》（1897年）、《清心庵》（1897年）、《莺花径》（1898年）等作品也让人耳熟能详。这类作品文体典雅，笔调抒情，情节曲折浪漫。从男主人公身上可以透视出镜花的影子。作品中处处流淌着镜花对飘然逝去的美丽母亲的思念与憧憬。这类作品集中发表在1896—1898年的三年间。自1899年始，镜花的文风和作品的氛围悄然发生变化，这在《三尺角》（1899年）和《黑百合》（1899年）中已初露端倪。

镜花实现向神秘、怪异世界华丽转身的标志是1900年压卷之作《高野圣僧》的问世。从此，镜花便一头扎进魑魅魍魉的世界。这一创作阶段

跨度大，作品的色调也纷然杂呈。虽然《日本桥》（1914年）、《妇系图》（1907年）等所谓花街柳巷小说及以《风流线》和《续风流线》为代表的传奇类小说的现实性较强，但是整体上说，这一阶段的作品幻想飞扬，"鬼气袭人"。但是，镜花笔下的"鬼灵"并不令人毛骨悚然，那不过是一个美丽的幻影罢了。仙魔魑魅是"欲使妖怪出现在东京能听到电车铃声的闹市区"[①]的镜花感情的具象化。这一阶段是镜花创作的巅峰时代，诞生了大量杰作。其中不乏《女仙前记》（1902年）、《离别河》（后改名为《女仙后记》，1902年）、《采药》（1903年）、《春昼》（1906年）、《春昼后刻》（1906年）、《结缘》（1907年）、《妇系图》（1907年）、《草迷宫》（1908年）、《和歌灯》（1910年）、《朱红日记》（1911年）、《红提灯》（1912年）、《阳炎座》（1913年）、《夜叉池》（戏曲，1913年）、《海神别墅》（戏曲，1913年）、《日本桥》（1914年）、《天守阁物语》（戏曲，1917年）、《因缘之女》（1919年）、《银鼎》（1921年）、《隐眉的鬼灵》（1924年）、《贝壳中的河童》（1931年）、《缕红新草》（1939年）等经典名篇。其中的戏曲《夜叉池》、小说《日本桥》以及剧本《棣棠》（1923年）和戏曲《战国茶泡饭》（1926年）具有唯美主义倾向。

1937年6月24日，镜花凭借所取得的文学成就获"帝国艺术院会员"殊荣。1939年7月，最后一部力作《缕红新草》在《中央公论》上发表。两个月后即9月7日镜花病逝，享年66岁。

毋庸置疑，众多追随者对镜花文学趋之若鹜。高超的语言技巧、巧妙的叙事结构及其文学纯粹的民族性使镜花文学历久不衰。镜花文学深深地根植于日本传统文化，从日本传统文化这片沃土中汲取养分，开花结果。"只有民族的才是世界的"，莫言的获奖也恰恰证明了这一点。正是镜花文学的民族性使其保持着旺盛、持久的生命力。

---

① 泉鏡花：「鏡花談話　予の態度」，『文芸読本泉鏡花』，東京：河出書房新社1981年版，第137頁。

二　泉镜花文学研究综述

（一）日本研究界

镜花研究的嚆矢当推斋藤信策的《泉镜花与浪漫的幻想》（《太阳》1907 年第 9 期）。真正意义上的镜花研究是 1925 年以后开展起来的。在战前的泉镜花研究界，吉田精一、片冈良一、胜本清一郎、成濑正胜、水上泷太郎等学者的成果备受瞩目。其中，达到战前最高水准的是吉田精一的《泉镜花的文章表现》（《季刊明治文学》1934 年第 2 期）和《论泉镜花》（《国语和国文学》1939 年第 11 期）。吉田以谣曲①和镜花的生涯为视角分别论述了与镜花文学的关系，为其后的镜花研究揭示了方向。

引领战后镜花研究的学者是村松定孝。村松定孝开辟了镜花传记研究、作品背景考证的先河。村松著述等身，以《定本：泉镜花研究》（东京：有精堂1996年版）为代表，共出版 8 部有关镜花研究的大作。此外，还为岩波版《镜花全集》撰写了《作品解题》。

1968 年 11 月，三岛由纪夫和涩泽龙彦进行了一次在镜花研究史上具有深远影响的"世纪"对谈——《泉镜花的魅力》，从而掀起了重新定位镜花文学的热潮。20 世纪 70 年代陆续诞生了多部极有分量的著作。其中，笠原伸夫的《泉镜花——美与爱的建构》（东京：至文堂1976年版）和三田英彬的《泉镜花的文学》（东京：樱枫社1976年版）是多视角透视镜花文学的杰作。其后的镜花研究进入作品论的时代。早期作品论的焦点多集中于镜花的知名代表作。

论集、专集和大量论文的面世推动了镜花文学研究向纵深发展。出版的论集有泉镜花研究会编撰的《泉镜花论集》（第1—5集，大阪：和泉书院 1999—2011 年版）、《大正期的泉镜花论集》（东京：樱枫社 1999 年版）、《昭和期的泉镜花论集》（东京：樱枫社 2002 年版）、日本文学研究资料刊行会出版的《泉镜花》（东京：有精堂 1980 年版）和《日本文学研究资料丛书·泉镜花》（东京：有精堂 1986 年版）以及野口武彦编集的

---

① 谣曲为"能"的词章，即唱本。

《鉴赏现代日本文学 3·泉镜花》①、三田英彬编集的《日本文学研究大成·泉镜花》（东京：国书刊行会 1996 年版）、田中励仪编集的《近代文学作品论集成·泉镜花〈高野圣僧〉作品论集》（东京：クレス出版 2003 年版），达 12 部。

由杂志社编撰的专集也助推了研究热潮。先后出版的专集有《唯美的系谱专集·泉镜花与谷崎润一郎》（《国文学解释与鉴赏》1973 年第 8 期）、《明治的传奇小说·红叶、露伴、镜花》（《国文学解释与教材的研究》1974 年第 3 期）、《泉镜花专集》（《国文学解释与鉴赏》1981 年第 7 期）、《魔界的精神史〈专集〉·泉镜花》（《国文学解释与教材的研究》1985 年第 7 期）、《泉镜花专集：怪异与幻想》（《国文学解释与鉴赏》1989 年第 11 期）、《泉镜花专集》（『ユリイカ』2000 年第 13 期）、《泉镜花专集：形形色色的越界》（《文学》2004 年第 4 期）、《泉镜花文学的位相——殁后 70 年》（《国文学解释与鉴赏》2009 年第 9 期）共 8 部，与川端康成比肩。从某种意义上说，这是对镜花文学价值的充分肯定。此外，期刊论文更是不胜枚举，俯拾皆是。

总体来说，援用文学以外的其他人文学科的理论解读镜花文学世界，形成 20 世纪 60—90 年代镜花文学研究的一个显著特点。例如松原纯一的《泉镜花与传承文学》（《相模女子大学纪要》1963 年第 14、16 期）、吉村博任的《泉镜花——艺术与病理》（东京：金刚出版新社 1970 年版）和《泉镜花——幻想的病理》（东京：牧野出版社 1983 年版）、藤本德明的《母胎的浪漫——泉镜花世界的圣界》（《镜花研究》1974 年创刊号）、胁明子的《幻想的理论 增补版》（东京：冲积舍 1992 年版）是分别从精神分析学、密教学、文化人类学、神话学、精神病理学和深层心理学方面剖析镜花文学的佳作。

进入 21 世纪后的镜花研究在基础研究领域取得丰硕成果，作品论呈现多元化的态势。《新编泉镜花》别卷 2（东京：岩波书店 2006 年版）中收录了吉田昌志编录的泉镜花年谱、田中励仪制作的著作目录、须田千里编

---

① 野口武彦编集的《鉴赏现代日本文学 3 泉镜花》不仅是镜花研究相关论文的集成，还收录了部分镜花作品。

集的单行本文献目录、秋山稔编撰的泉镜花作品原稿收藏地目录,这些最基础的考据、编撰工作对于镜花研究不可或缺,为其后的镜花研究提供了依据,也带来了便利。

2000 年以前的作品论偏爱镜花的代表作或是明治时期(1868—1912 年)的作品。近年来,许多研究者将目光投向所谓的"非代表作"以及大正(1912—1926 年)、昭和时期(1926—1989 年)的作品。东乡克美、吉田昌志校注的《新日本古典文学大系明治篇 20·泉镜花集》(东京:岩波书店 2002 年版),除《高野圣僧》和《照叶狂言》外,还收录了之前鲜有涉猎的《琵琶传》《辰巳巷谈》《三尺角·木精》。泉镜花研究会在出版《大正期的泉镜花论集》(东京:樱枫社 1999 年版)后推出《昭和期的泉镜花论集》(东京:樱枫社 2002 年版)。如题所示,书中收录的论文均围绕镜花昭和时期(1926—1939 年)发表的作品展开论述。其中,半数的研究成果出自年轻学者,这也彰显了该论集的一大特色。该研究会于 2006 年出版的《泉镜花论集》(第 4 集)共收录 9 篇有关作品论的文章,其中 8 篇论述的是镜花大正时期(1912—1926 年)以后发表的作品。前述田中励仪编集的论文集是《高野圣僧》研究的集大成之作,论集收录了 1935—2001 年共六十六年间发表的有关《高野圣僧》研究的最高成果,从素材、构思、内容、背景、人物、表现手法、作品诞生年代及与民俗学的关系等方面多视角、全方位地诠释了该部作品。学术水准之高、涉及面之广令人叹为观止。

俯观近年来的镜花研究,"持续增温"且女性研究者活跃形成其另一特点。在镜花研究界不乏男性学者的面孔,但相对而言,女性学者的研究活动颇为引人注目。据笔者统计,2000—2018 年(截至 8 月)间共出版专著 22 部,平均每年 1.2 部,有半数出自女性之手。聚焦改编为电影或舞台剧的作品,探究镜花文学华丽视听觉元素的是佐伯顺子的《泉镜花》(东京:筑摩书房 2000 年版)。真有澄香的《泉镜花:咒语的具象》(东京:鼎书房 2001 年版)通过作品分析,指出镜花的灵感源于民间信仰和泛神论的世界,其语言魔力与日本传统的完美契合构筑起"镜花文学世界"。此外,真有澄香还撰写了另一部有关泉镜花研究的著作——《泉镜花:人与文学》。赤尾胜子的《泉镜花论:心境小说的特质》立意新颖,是从心境小说的视角阐释镜花作品特质的力作。不仅如此,该书对《缕红新草》抒

情性和拟声词的分析细致而富有新意。种田和加子的《泉镜花论：飘然而至的"魔"》（东京：立教大学出版社2012年版）则立足于作品，从文化史的视点探讨了"魔"的作用及与怪异性的关系。持田叙子的《泉镜花：百合和宝珠的文学史》（东京：庆应义塾大学出版社2012年版）以花、糖、戒指、水果、火车等作品中多彩的意象为导源阐释镜花神秘的微观宇宙，以女性特有的视角评述镜花丰富的世界观。三品理绘的《草丛的迷宫：泉镜花的花纹想象力》（京都：ナカニシヤ社2014年版）从镜花想象力与近代绘画中的花纹图案之关系入手，通过分析镜花后期作品群来考证镜花关于花纹想象力的形成经纬与发展路向。金子亚由美的《明治期泉镜花作品研究：以"父"与"女"的问题为中心》（大阪：和泉书院2017年版）着眼于镜花世界鲜为人知的"父亲"问题，以镜花明治20年代（1887—1896年）后期迄至40年代（1907—1912年）发表的小说为例，分析了作品中构筑的"父亲"形象，同时考察了与"父亲"相关的"母亲"及"女性"问题。此外，女性学者的研究诸如田中贵子的《镜花与妖怪》（东京：平凡社2006年版）、小林弘子的《泉镜花：逝者的面影》（东京：梧桐书院2013年版）、波津彬子的《镜花梦幻：原作中的泉镜花》（东京：白泉社2006年版）等，不一而足。

除上述女性研究者的研究成果之外，山田有策的《深层的近代：镜花与一叶》（东京：樱枫社2001年版）、须田千里的《泉镜花文学诞生的基础——以草双纸为中心的近世文学研究》（京都大学研究项目，2002—2005年）、菅原孝雄的《泉镜花与花：被隐藏的秘密》（东京：冲积舍2007年版）、小林辉治的《小林辉治泉镜花研究论考集成·水边彷徨：镜花"迷宫"之旅》（东京：梧桐书院2013年版）、吉田昌志的《泉镜花素描》（大阪：和泉书院2016年版）、清水润的《镜花与妖怪》（东京：青弓社2018年版）对于镜花研究也起到推波助澜的作用。

此外，以镜花文学为题的博士学位论文层出不穷也可谓这一阶段的特点之一。2000年之前的博士学位论文仅有村松定孝的《泉镜花文学的基础性研究》（神户：关西学院大学，1988年）、吴东龙的《泉镜花小说的结构与思想——兼与中国的幻想文学相比较》（广岛：广岛大学，1997年）和三田英彬的《反近代的文学·泉镜花与川端康成》（东京：大正大学，

1999年）3部。进入21世纪后的短短十八年间（截至2018年8月）发表的博士学位论文就有14部。在镜花辞世81年的当下，泉镜花文学仍然散发着无穷的魅力，吸引着年轻学者们去寻觅、去探究。14部博士学位论文分别为小田川理绘的《论泉镜花的〈草迷宫〉——镜花文学中植物系想象力的内涵与背景》（神户：神户大学，2000年）、米田博一的《内田百閒与泉镜花》（大阪：大阪艺术大学，2000年）、赤尾胜子的《泉镜花论：心境小说特质综观》（东京：实践女子大学，2003年）、清水润的《泉镜花后期创作的小说及其周边》（东京：东京都立大学，2004年）、呆由美的《泉镜花文学的视觉性》（大阪：大阪大学，2004年）、鲁惠卿的《泉镜花小说的生成》（东京：筑波大学，2009年）、野口哲也的《泉镜花研究：明治、大正时期幻想文学中想象力的构成与实现》（仙台：东北大学，2010年）、市川纮美的《泉镜花研究：初期作品中讲述的特质》（东京：东京女子大学，2012年）、西尾元伸的《泉镜花作品中的"点缀"——论作品的创作手法》（大阪：大阪大学，2012年）、安藤香苗的《明治期泉镜花论》（神户：神户大学，2012年）、种田和加子的《泉镜花论：飘然而至的"魔"》（东京：立教大学，2012年）、冈岛朗子的《泉镜花序论：表现世界的变迁》（京都：京都造型艺术大学，2013年）、秋山稔的《泉镜花：物语的生成》（东京：庆应义塾大学，2015年）和吉田辽人的《泉镜花研究——近代小说中的异质语言》（东京：明治大学，2015年）。值得一提的是，14位作者中8位系女性。由于内容颇多，难以一一缕述，略举数例。

在《论泉镜花的〈草迷宫〉——镜花文学中植物系想象力的内涵与背景》中，小田川理绘着眼于《草迷宫》中的"草"，从词汇、视觉印象和文化史等三个层面阐发镜花对于植物的超凡想象力的内涵与产生的背景。呆由美则以和服的图案为切入点考察镜花文学的视觉性。挖掘小说插图所发挥的作用、与同时代的作品相比较等研究方法为我们昭示了新的研究视点。冈岛朗子在《泉镜花序论：表现世界的变迁》中将镜花从明治30年代初期至昭和初期发表的作品划分为三个创作时期，分别探讨了各个时期的作品在文体上的共性特征。秋山稔的博士学位论文将镜花早期至晚年创作的，特别是与镜花故乡金泽相关的作品纳入研究视野，对作品产生的背

景和文本生成时所依据的典故、素材进行了细致缜密的调查与实证研究。吉田辽人的《泉镜花研究——近代小说中的异质语言》由两部分构成：前半从日本近代写实主义一点切入，揭示出镜花的写实主义与日本近代文学道统中的写实主义的异质性；后半题为《撼动近代》，以多种视角描绘出与日本近代小说乃至近代相抗衡的镜花世界。上述 14 部博士学位论文或从视觉性、想象力、讲述、文体、创作手法等方面选定某一视角深入挖掘，或将研究划定在某一时期或特定范畴，如《明治期泉镜花论》和《泉镜花论：心境小说特质综观》。更有将触角延伸到鲜有涉足的镜花后期作品的研究。14 部博士学位论文从不同角度对镜花不同创作阶段的作品进行观照，从而勾勒出泉镜花文学的镜像。这些博士学位论文在镜花研究史上的地位不可小觑，也是研究镜花文学时不容错过的重要参考文献。

（二）中国研究界

与百花齐放的日本研究界相比，中国关于镜花的研究成果可谓寥若晨星。截至 2018 年 8 月，镜花作品的译文集共有 10 部——文洁若译《高野圣僧：泉镜花小说选》（人民文学出版社 1990 年版；重庆出版社 2009 年版），李延坤、孙艳华译《高野圣·歌行灯》（吉林大学出版社 2010 年版），蔡鸣雁译《汤岛之恋》（吉林出版集团有限责任公司 2011 年版），曹宇译《歌行灯》（吉林出版集团有限责任公司 2011 年版），田泽译《日本文学大师映象：泉镜花名作选（日中对照）》（台湾：寂天 2011 年版），王俊、周觅译《黑壁》（清华大学出版社 2015 年版），陈俊廷译《高野圣》（台湾：新雨出版社 2015 年版），琢琢译《怪谈·高野圣僧》（天津人民出版社 2016 年版），朱娅姣译《汤岛之恋》（中国友谊出版公司 2016 年版），周飞、王晓夏译《歌行灯》（陕西人民出版社 2017 年版）等。如果按照被译次数排名的话，位居前 6 位的是《高野圣僧》《外科手术室》[①]《汤岛之恋》《和歌灯》[②]《琵琶传》《海的使者》。其次为《瓜之泪》《紫阳花》

[①] 田泽译本中的作品名与本书略有不同，基本属于直译，分别为《外科室》《夜行巡查》《掩眉灵》。

[②] 在李延坤、孙艳华和曹宇以及周飞和王晓夏的译本中被译为《歌行灯》。

《隐眉的鬼灵》[①]《汤女之魂》《巡夜警察》《星光》《瞌睡看守》《草迷宫》等，既有镜花的名作，也包含一些名不见经传的作品。王俊、周觅译《黑壁》收录了11篇之前未曾被译过的镜花短篇怪谈小说。镜花作品的翻译起步晚，重复翻译的作品多，与镜花近400部作品相比，译作仅为冰山一角。有关镜花研究的著作和论文的数量也与其他日本近代知名作家不可同日而语。

著名翻译家、作家萧乾的夫人文洁若是中国镜花研究和翻译的第一人。她在1982年和1988年分别发表了论文《泉镜花及其作品》（《读书》1982年第9期）和译作《高野圣僧》（《日语学习与研究》1988年第1、2、3期）。该论文介绍了镜花的生涯、早期代表作的内容、主题及文章表现的特点，首次将镜花文学带入国人的视野，意义深远。然而，令人遗憾的是，直至2006年张晓宁在《日本学论坛》上发表《论泉镜花在日本文学史上的地位》，这期间竟然出现了24年的学术空白。翻看一下在中国出版的日本文学史教材便可探知其中的缘由。介绍镜花及其作品的文字仅占寥寥数行。镜花作品难以理解也是令国内研究者望而却步的原因之一。

截至2018年4月，关于镜花研究，国内出版专著1部。另有期刊论文33篇、博士学位论文1篇、硕士学位论文11篇。33篇期刊论文中，从泉镜花的文学史地位、作品风格、表现手法、语言特征、叙事视角、与近世文化的渊源、和日本自然主义文学的关系、同川端康成的比较等侧面把握镜花文学的有21篇；分析作品的论文仅有12篇：其中5篇以《高野圣僧》为主题，5篇论述的是镜花的早期作品。硕士学位论文在2014年之前仅有4篇，其中的3篇是围绕《高野圣僧》的研究。不无遗憾地说，无论是期刊论文抑或是硕士学位论文，研究对象多集中于镜花的大作《高野圣僧》或早期"观念小说"阶段创作的作品。2014年以后，研究泉镜花文学的硕士学位论文骤增至11篇，研究对象也扩展到镜花的其他名作，如《草迷宫》和《歌行灯》，乃至昭和时期（1926—1939年）的作品《山海评判记》。其中，河南大学申宏恩题为《〈海异记〉翻译报告》的硕士学位论文从翻译角度考察镜花作品的视角无疑是崭新的尝试。期刊论文中，周婷婷的《〈千

[①] 在田译和陈译中为《眉隐灵》。

与千寻〉与日本近代小说〈龙潭谭〉的相近性研究》(《遵义师范学院学报》2015 年第 3 期)亦提示了新视点。国内唯一一部系统研究镜花文学的专著是拙著《幻想的空间——泉镜花及其浪漫主义小说》(商务印书馆 2010 年版)。援用叙事学的理论凸显镜花小说中"讲述"的本质,探究镜花小说语言的魅力,追溯镜花文学的文化渊源,这些形成此书的特色。

毋庸讳言,经过中日学者的共同努力,镜花研究硕果累累。但是,仍有尚未被涉足的领域。诸如镜花作品上演史研究、对每部作品的注释、从文体学视角的深入挖掘、镜花文学对其他作家的影响、镜花文学与同时代作品的比较研究等领域和问题有待研究者们去开拓、阐发。此外,镜花 981 册藏书中有 338 册是有关中国文学的书籍。[①]镜花文学对于中国文学的接受问题,之前仅有村松定孝[②]和须田千里[③]等少数日本学者提及,并未作更深入、系统的研究,这对于中国学者来说将是一个颇有魅力的课题。如前所述,目前,在中国专门研究镜花作品的学术成果少,且集中于少数几部作品,中国的镜花研究界期盼着更为丰富多彩的作品论的诞生。本著站在中国学者的立场上,以独特的视角解读镜花各创作阶段的经典作品,洞见其研究热点问题,以期推动中国的镜花作品研究。

三 本研究的目的

泉镜花的文学创作经历了由"观念小说"到"自传性小说"再到"幻想小说"的流变。本著选定镜花上述三个创作阶段不同风格的经典作品为研究对象,以多重视角,运用多种理论和方法深入挖掘其作品的内涵与价值。在对每部作品深入研究的基础上,以点带面,进而勾勒出镜花文学世界的全貌。镜花作品个性化的语言、独特的叙事结构、与前近代风俗文化的亲缘关系,均增加了解读作品内容的难度,也成为我国日本文学研究者

---

① 笔者依据长谷川觉制作的《泉镜花藏书目录》(東郷克美編:『日本文学研究資料新集 12 泉鏡花——美と幻想』,東京:有精堂 1991 年版,第 221—223 頁)统计。

② 村松定孝:「日本近代文学と中国——泉鏡花と芥川龍之介の場合」,《日语学习与研究》1981 年第 4 期。

③ 須田千里:「泉鏡花と中国文学——その出典を中心に」,東郷克美編『日本文学研究資料新集 12 泉鏡花——美と幻想』,東京:有精堂 1991 年版,第 187—205 頁。

们望而却步的主要原因。为此，本研究从镜花作品的语言、叙事结构、与近世文化的关系等方面着手研究，以求走出镜花研究之瓶颈；定位其各创作阶段代表作的研究热点问题，在厘清国内外研究思路的基础上进行更深入的探讨。

如前所述，本研究将重点解决困扰着镜花作品研究的瓶颈问题。所以，在对作品进行个案分析时，均分为两大部分进行："鉴赏与解读"和"热点问题研究"。在"鉴赏与解读"部分将着重解决作品的难懂问题，即从主题内容、难解词句、时代背景、风俗文化等方面解读作品；"热点问题研究"部分是在充分研读国内外研究文献的基础上设定论题，利用大量一手资料进行梳理、甄别和纠正，依据其他理论或选择不同视点对其加以阐释，力求对国内外的研究成果有所突破，推出国内首部较具深度的关于镜花经典作品研究的系统性专著。

起步期：
明治二十五年至三十二年
（1892—1899 年）

第一章 "观念小说"的双璧：《巡夜警察》和《外科手术室》

　　《巡夜警察》和《外科手术室》是泉镜花的"登龙门"之作，也是其"观念小说"创作阶段的代表作。但是，这两部作品均不是镜花的处女作。镜花真正意义上的处女作是 1892 年 10—11 月连载于京都《日出新闻》的《冠弥左卫门》。镜花的处女作非但未一炮走红，反倒险遭撤稿，在恩师尾崎红叶的斡旋下才免于夭折。于《巡夜警察》之前陆续发表的《活人形》（1893 年）、《金表》（1893 年）、《穷鸟》（1893 年）、《大和心》（1894 年）、《预备兵》（1894 年）、《义血侠血》（1894 年）、《黑壁》（1894 年）、《海战余波》（1894 年）、《譬喻谈》（1894 年）、《乱菊》（1894 年）、《鬼角》（1894 年）、《聋之一心》（1895 年）、《神乐坡七大怪事》（1895 年）、《妖怪年代记》（1895 年）、《秘妾传》（1895 年）均反响平平。《巡夜警察》一经发表即引来一片赞誉之声，镜花的名字方始进入人们的视野。可以说，《巡夜警察》是镜花的成名作。

第一节　鉴赏与解读

一　《巡夜警察》

（一）时代背景

《巡夜警察》，1895年4月发表于《文艺俱乐部》。同年，在日本近代文学史上留下浓重一笔的作品有樋口一叶的《青梅竹马》、《十三夜》和《浊流》，以及广津柳浪的《变目传》和《黑蜥蜴》、川上眉山的《书记官》和《表与里》。1895年，中日甲午战争以清政府签订屈辱的"马关条约"而告终。在历经28年的"欧化政策"和"富国强兵政策"的催化下，日本终于战胜了昔日顶礼膜拜的大国，姑且确立了近代化强国的地位。但是，与西欧的市民革命不同，在疾风骤雨般的"欧化风潮"中，封建习俗和观念势必与新观念、新事物发生冲突，各种社会矛盾积弊日深。在这样的社会背景下，孕育了一大批拷问社会与自我的矛盾、针砭时弊的作品。以泉镜花和川上眉山为代表的"观念小说"、以广津柳浪的《变目传》《黑蜥蜴》《今户情死》（1896年）和小栗风叶的《晚妆》（1896年）、《龟甲鹤》（1896年）为代表的"悲惨小说"（亦称"深刻小说"）应运而生。并与其后被称为"社会小说"的内田鲁庵的《腊月二十八》（1898年）和木下尚江的《火之柱》（1904年）、《良人的自白》（1904—1906年）等作品，以及德富芦花的"家庭小说"《不如归》（1898—1899年）、自传小说《回忆记》（1900年）和国木田独步的《源叔》（1897年）、《武藏野》（1898年）、《春鸟》（1904年）等短篇小说群被统称为明治浪漫主义小说。《巡夜警察》凭借与众不同的奇想、着眼于现实问题的新意、森田思轩式的文体和小说结尾处的发问，一面世便引起文坛的极大关注。

（二）主题内容

《巡夜警察》系短篇小说，共分六章。小说的主人公是名为八田义彦的

第一章　"观念小说"的双璧：《巡夜警察》和《外科手术室》　◆◇◆

下级警官。

第一章在年轻工匠和老人力车夫的对话中展开。通过二人的对话，故事轮廓逐渐清晰。老者为生活所迫而靠拉人力车讨生计，因裤子破损露出膝盖违反了规定而遭到八田呵斥，年轻工匠对此愤愤不平。

第二章开篇八田登场。他"步伐有条不紊，不紧不慢地稳步前行。身体笔直，泰然自若的神态中透着一股子威严"[①]。在巡逻途中，当发现一形容枯槁、衣衫褴褛的女乞丐怀抱嗷嗷待哺的婴儿蜷缩在门柱旁瑟瑟发抖时，八田毫不犹豫地上前，不顾妇人的百般哀求将其驱赶。

第三章至第六章也是在对话中铺陈情节的。一位名叫阿香的年轻美貌的女子和其大伯出现在寒夜寂寥的街头。二人参加完婚礼，正在回家的途中。微醉的大伯借着酒劲儿向阿香吐露了阻挠其婚事的原因。"大伯"年轻时暗恋着阿香的母亲，可是阿香的母亲最终却嫁给了"大伯"的弟弟。"大伯"为此备受煎熬，便想让阿香也尝到与相恋之人不能结为佳偶的痛苦。故事的巧妙之处在于阿香的恋人正是八田。此时，恰巧八田巡逻经过，真切地听到了二人的对话。故事在此处达到高潮。阿香的大伯在渠上失足落水。为尽职责，不谙水性的八田不顾阿香的阻拦投河救人，不幸殉职。在故事的结尾处，作者发问："呜呼！八田作为警察，为了恪守社会赋予的职责去救那个希望他丧命的恶魔。在冰冻的寒夜，全然不顾自己不谙水性的事实，舍弃了生命与爱情。社会上都称颂八田警官的这种行为是义举。啊~~，这果真就是义举吗？那为什么对于他狠心地惩罚令人同情的老车夫、苛责可怜母子的行为没有人称赞呢？"此质疑叩问人性，发人深省。

《巡夜警察》的主题是职责与人性的冲突。这一主题在主人公八田身上集中地体现出来。巡逻时的八田"走起路来似乎有<u>一定的规律</u>，<u>不急不缓</u>，稳步前行。<u>身体笔直，不差分毫</u>，泰然自若的神态透着一种不容侵犯的威严。帽檐下的一双眼睛，敏锐中掺杂着严酷，<u>闪烁着异样的目光</u>""观察四周的景物时<u>头颈纹丝不动，仅转动眼球便可达到目的</u>""他出了岗亭，从途中斥责老车夫直至现在<u>不曾回过头</u>"。作者描述他"有一定的规律""不急不缓""身体笔直，不差分毫""头颈纹丝不动，仅转动眼球""不曾回过头"等，

[①] 本书中的译文均系笔者所译。

将一个仿佛木偶般的形象展现在读者面前。对于八田为何"不曾回过头",作者分析道:"他坚信自己看过的地方绝不会有任何的疏漏和遗患。"八田恪守职责和对工作抱有坚定信念的一面凸显出来。

对待工作,八田尽忠职守,可谓"典范"。但当职责与人性发生冲突时,八田是如何抉择的呢?作品称八田为"怪兽"。"闪烁着异样的目光"即体现了八田的"怪兽性"。巡逻中,八田发现因无钱购买符合规定的服装而露出膝盖的老车夫时,毫不留情地加以斥责;看到寒夜中怀抱幼儿露宿街头的女乞丐时,为尽职不顾其哀求而将其驱赶。此时的八田缺乏对弱势群体的怜悯之心,丧失了人性善良的一面,变得冷酷、无情。当讥讽、蔑视八田,极力阻碍阿香与八田恋情的"恶魔"落水时,八田竟然为了职责而不惜献出生命跳入水中营救。在八田身上充满矛盾,亦因此而备受诟病。笔者认为,八田并非日常生活中有血有肉的人物,镜花是通过艺术夸张将其作为一个抽象的典型形象加以塑造和升华的,故而难免缺乏"人情味儿"。作品的深刻之处在于没有将舍身救人的八田当作"榜样"加以称颂,而是诘问:"这果真就是义举吗?那为什么对于他狠心地惩罚令人同情的老车夫、苛责可怜母子的行为无人称赞呢?"反映出人性的复杂与多面性。八田的牺牲是"职责与个人感情冲突时产生的悲剧,是社会制度的牺牲品"[①],是当时的社会将八田变成了机械地执行规定、没有思想、失去人类情感的冷冰冰的"机器"。八田是那个社会催生出的"怪胎"。镜花借助作品揭露了扼杀个人幸福、抹杀"自我"的社会现实,讥讽、批判了压制人性的社会及制度。

为烘托主题,作品将故事发生的时间设定在冬夜。呼啸的寒风、漆黑的暗夜和冰冷的河水,作品自始至终被黑暗、阴冷的氛围所笼罩,以此折射出暗黑的、毫无温情而言的社会。

纵观泉镜花的文学生涯,创作"观念小说"的时期是镜花最为关注现实的阶段。《巡夜警察》作为"观念小说"代表作之一,是时代大环境与镜花个人境遇共同作用下的产物。如前所述,在历经 28 年"欧化风潮"的洗礼

---

① 梅山聪:「泉鏡花の「観念小説」試論:『夜行巡査』の解釈を中心に」,『国語と国文学』2013年第 8 期。

第一章 "观念小说"的双璧：《巡夜警察》和《外科手术室》

后，贫富差距加大，各种社会积弊日益加深。而彼时的镜花亦经历着人生的低谷。镜花出身于手工匠的家庭，家境并不富裕，幼年丧母，妹妹被送人。因感动于尾崎红叶的小说《两个比丘尼的色情忏悔》（1889年）和《夏瘦》（1890年）而立志当小说家。镜花只身离开故乡来到东京，投奔曾在镜花家投宿过的医科大学学生福山，先后寄宿在3位医科大学学生的住处。由于穷学生生活不稳定，直至搬进红叶宅做门童的一年间，镜花竟换了7次住处。因拖欠房租，同住的医科大学学生逃走，镜花被当作人质扣押；连续5天以豆腐渣果腹；替人看管别墅时被迫当男妾。总之，历尽了艰辛与苦难。这期间，镜花对"贫穷"的认识深入骨髓。搬入红叶宅后，暂时告别了居无定所的生活。然而，初期发表的作品并未引起文坛的关注，经济状况未有改观。《巡夜警察》发表的前一年，即1894年1月9日，镜花父亲病故，一家人的生活陷入窘境。回故乡奔丧的镜花时常伫立在金泽百间渠上，投河自尽的念头挥之不去。在那期间创作的《夜半钟声》（1895年）反映了镜花当时的精神危机。返回东京后，《巡夜警察》发表前两个月，为维持生计，镜花参与了博文馆《日用百科全书》的编辑工作。可以说，创作《巡夜警察》前，镜花一直与"贫穷"为伴，尝尽了底层百姓的困苦，亲耳听到他们的呻吟。因此，对于造成贫富差距的社会和统治阶级抱有"本能"的反感，这也是镜花创作出《巡夜警察》的思想基础。然而，我们不得不指出的是，镜花在作品中欲表达的向社会制度及其束缚挑战的观念，虽然在当时具有积极的意义，但尚未成熟，只能说是一种微弱的、感伤的社会批判。中日甲午战争后资本主义的急速发展，以及随之而来的自我意识的觉醒，是"观念小说"产生的胚胎。但是，既然镜花的思想基础植根于近代化进程中处于后进的平民阶层，那么，他的"近代性"就必然伴有混淆不清之处，这势必造成镜花"观念"的不成熟与混乱。加之，镜花尚未找到足以表现自己思想和"观念"的形式，所以，小说的结局往往使人感到离奇古怪，出现了结构和人物性格发展不尽合理的缺陷。

值得注意的是，《巡夜警察》中的"水"与《夜半钟声》中的"水"同属"死亡之水"，亦是镜花欲通过作品中主人公的投河自尽将自己从精神危机中解救出来的一种手段。在镜花的作品中，"水"总是具有深层内涵。关于"水"在镜花文学中的象征意义，将作为"热点问题"之一在第四章中作

深入考察。

(三) 难解词句

镜花作品的语言独具特色，追求文字所带来的视觉与听觉美感。为达到效果，镜花甚至会造字、造词。同时，作品中的许多词汇带有那个时代的烙印，与当时的民俗文化密不可分，这均在一定程度上加大了作品阅读的难度。为加深对作品的理解，笔者将对每部经典作品中的难解词句加以释义。

• 車夫：人力车夫。日本的人力车于1870年由和泉要助发明，流行至昭和（1926—1989年）初期。如下图[①]所示。

• 巡查：日本警衔中位居末位的警官。明治（1868—1912年）初期的"巡查"共分四等，月薪从6元到10元不等。作品中，通过阿香伯父的话语可知：男主人公八田的月俸为8元。当时的警官多为士族出身，权限较大。日本明治维新虽废除了封建的"士农工商"四等制，但取而代之的却是"华族－士族－平民"这一新的身份制度。被授予"公、侯、伯、子、男"等爵位的人及其家族为"华族"。"士族"原隶属于武士阶层，位于"华族"之下，"平民"之上。这一制度直至第二次世界大战后才得以废止，从而也说明了"宣扬人人平等"的明治维新运动在根本上是不彻底的，从一开始便蕴含着诸多积弊与矛盾。

• <u>親父</u>が今が最初で："親父"（おやじ）一词在日语中常用于男子

[①] https://ja.wikipedia.org/wiki/人力車, 2014年1月20日。

第一章 "观念小说"的双璧：《巡夜警察》和《外科手术室》 ◆◇◆

称呼父亲或年长男性。在此是自称。

• 聞きや<u>お前（めえ）</u>の扮装（みなり）が悪いとって："おめえ"由"おまえ"转化而来，在近世（1603—1867 年）用于同辈或比自己辈分高的人。直至近世前期，"おまえ"在第二人称中所表达的敬意程度最高。其后，敬意程度逐渐降低，明治（1868—1912 年）以后仅用于同辈或者下位者。

• <u>股引</u>が破れまして、膝から下が露出でございますので："股引"（ももひき）是日本传统的外裤，与现代日本人身着的外裤不同。它从脚踝到腰部紧裹住身体，在腰部用布绳系紧。起源于安土桃山时代（1573—1601 年），发展到江户时代（1603—1867 年）成为工匠专用的工作服。另有一种裤腿未及膝盖的，叫作"半股引"（はんだこ）。明治时期（1868—1912 年）对于人力车夫的着装有着严格的规定：夏季可以穿"半股引"，冬季必须穿过膝的"股引"。①如下图②所示。所以才出现了老车夫遭到八田警官呵斥的情节。

• <u>こら！ッて</u>：在平假名中掺杂片假名的做法始于江户戏作。

• <u>氣の小さい維新前の者は得て巡的を恐がる奴よ</u>："得て"一词虽在日本近代广为使用，但在现代日语中已不多见，是"よく、とかく、えてして"之意，即"动辄"。"巡的"（じゅんてき）是对"巡査"的蔑称。"的"作为接尾词，有一种用法是："接在人名或表示人的行为、职业的词后面，表达轻蔑或亲密之情"，如"泥的（どろてき）"表达了对"泥棒（小偷）"的不屑一顾。

---

① 村松定孝等编：『日本近代文学大系 7 泉鏡花集』，東京：角川書店 1970 年版，第 111、515 頁。
② http://store.shopping.yahoo.co.jp/omaturihiroba/b9beb8cdb03.html，2014 年 1 月 20 日。

- いやもうから意氣地（いくぢ）がござりません代（かはり）にや："いや"系感叹词，表吃惊，感动。"もう"也是感叹词，表情绪、感情高涨。在此"いやもう"连用，起强调的作用，系"ほんとうに"之意。此处的"から"也可说成"からきし"，与具有否定意义的词一起使用，"全く"的意思。
- 汝が商賣で寒い思ひをするからたつて、何も人民にあたるにやあ及ばねえ："汝（うぬ）"是俗语，"お前、きさま"之意，在此指"八田"。
- 寒鴉め：明治时期（1868—1912年）警察的着装为藏青色，加之对老车夫"冷酷无情"，故将八田喻为"冬天的乌鸦"。
- ひょぐる："刺尿""使劲撒尿"的意思。村松定孝的注释中标注的是"初见式亭三马的《浮世澡堂》（1809—1813年）"，但笔者在1802—1809年出版发行的《东海道徒步旅行记》（四）中发现一例该用法：馬士うしろを向きてひょぐりながら。
- 人の褌褸で相撲を取る：原义为"借花献佛"，在此为"生闲气"。
- 洋刀：警察的佩刀。在1874年8月时，只允许一等"巡查"着制服时佩刀。降至1882年12月则规定所有"巡查"均可佩刀。
- お堀端：护城河畔。此处的"お堀"不是指普通的护城河，而是指环绕皇宫的护城河。
- お成り筋：原义为"将军出游时途经的道路"，此指"领地"。
- 四谷組合：指位于四谷地区的人力车夫的协会。当时，在东京市内存在许多类似的人力车夫协会。
- 煤け提灯（すすけちょうちん）：日本新潟县流传着"煤け提灯"的传说，指的是"雨夜到处游荡的鬼火"。此处的"煤け提灯"仅是指被蜡烛的烟灰熏得泛黄的提灯。
- 行火（あんか）：用于暖手足的暖炉。原本使用木炭，现通常使用电源。如下图[1]所示。

---

[1] https://ja.wikipedia.org/wiki/あんか，2014年1月20日。

第一章 "观念小说"的双璧：《巡夜警察》和《外科手术室》 ◆◇◆

- 股火鉢（またひばち）で五合（ごんつく）とやらかさう："股火鉢"如下图①所示，是一种取暖工具，将装入烧热木炭的火盆放到椅子正下方烘烤臀部。"五合"读作"ごんつく"，是隐语，暗指5合酒。"1合"相当于0.1升，"五合"即0.5升。"やらかさう"是"やらかす"的意志

---

① http://userdisk.webry.biglobe.ne.jp/012/914/92/N000/000/000/123194963247916108693HI350246.JPG，2014年1月20日。

- 25 -

形，"やらかす"则是"やる"的俗语。

・最（いと）長々しき繰言（くりごと）をまだるしとも思はで聞きたる壯佼（わかもの）："いと"是雅语，副词，"非常に、きわめて"之意；"まだるし"即"まだるい"，意即"慢吞吞，磨磨蹭蹭"。

・麹町一番町英國公使館：作品中出现的地名、河川名及英国公使馆、电灯局等固有名词均是当时实际存在的真实名称。镜花在《谈处女作》中曾回忆：1894 年 9 月构思《巡夜警察》时，向恩师请假一日，实地考察了小说舞台——自麹町一道街的英国公使馆至牛之渊一带的情况。中午，在麹町三道街的荞麦面馆用餐后返回恩师宅。

・角燈（かくとう）：从西洋传入的玻璃制四角形手提灯。

・瓦斯燈：以煤气为燃料的照明器具。西式瓦斯灯最早见于 1871 年大阪市造币局周边，明治时期（1868—1912 年）得以普及。如下图[①]所示。

[①] https://upload.wikimedia.org/wikipedia/commons/4/42/Gas_Lamp_in_Phoenix_Park_in_Dublin%2C_Ireland.jpg，2014 年 1 月 20 日。

第一章 "观念小说"的双璧：《巡夜警察》和《外科手术室》　◆◇◆

•　電燈局：1894年东京电力公司建成5座发电所。作品中的"電燈局"即指其中的一座。

•　空谷（くうこく）を鳴らして遠く跫音（きょうおん）：空谷足音，出自《庄子·徐无鬼》的"夫逃虚空者……闻人足音跫然而喜矣"。

•　冠木門（かぶきもん）：由两根门柱和横梁组成的简易门，如下图①所示。

•　八田巡査は屹（きっ）と見るに、こは最（いと）寠寠（やつやつ）しき婦人なりき："こは"作为平安时代（794—1185年）流传下来的词语，在江户时代（1603—1867年）被奉为文雅之词，用于表达感动、吃惊的心情，相当于"これはまあ"。

•　半蔵門（はんざうもん）：临近皇宫所在的吹上御苑，面向现在的千代田区麹町一丁目。

•　ぶら提灯：是日本传统"提灯"的一种。"提灯"原指以蜡烛为光源的手提式纸灯。江户时代（1603—1867年）之前仅用于宗教祭祀。江户时代以后，由于蜡烛的普及而被百姓广泛使用。现今仅限于庙会、赛会和店铺使用。"ぶら提灯"的特点是直柄（见下图②）。

---

①　https://ja.wikipedia.org/wiki/門#/media/ファイル:Sasaymajo_kabukimon.jpg，2014年1月20日。

②　http://www.geocities.jp/kounit/mingu/buratyoutin/buratyoutin.html，2014年1月20日。

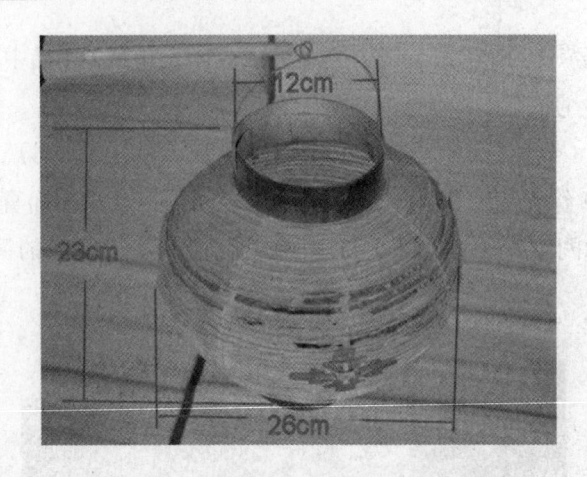

・三宅坂：面向皇居护城河渠，两侧为现在的千代田区隼町和国会所在的永田町。

・縁女（えんぢょ）：该词源于明治时代（1868—1912年）民法制定之前的户籍制度，将为与户主的亲子或养子结婚而落户的女子称为"縁女"。在作品中指阿香伯父谈论的新娘。

・三枚襲（さんまいがさね）：明治中期至大正时代（1912—1926年）流行的由红、白、黑三件窄袖和服组成的新娘服装。如下图①所示。

---

① http://kimono.no-iroha.com/2012/12/post_1671.html，2014年1月20日。

- 九目（せいもく）：原为围棋用语，在九目角逐胜负，即"在公平的前提下毫无悬念地获胜"之意。在此指阿香的美貌远胜新娘。
- すべ一本でも見兔（みのが）さない：日语中的"わらしべ"（稻秸秆儿），也说成"わらすべ"。此处的"すべ"为"わらすべ"的省略语。
- 一秒時（いつセコンド）：这种读法是在翻译文体的影响下产生的。在《外科手术室》中也有一例。
- 渠：读作"かれ"，直至明治时代（1868—1912年）不分性别，通指第三人称。
- 讚歎（さんたん）するもの無きはいかん："いかん"由"いかに"变化而来，"どうであるか、なぜか（为何）"之意。
- 眞平（まっぴら）御免なすって："眞平（まっぴら）御免"为请求对方原谅时的用语。"真平"是"ひたすら、ひとえに"之意。江户时代（1603—1867年），工匠、消防员和赌徒拜访他人时以"真平御免ねえ"取代"こんにちは"。
- チョッ、べら棒め："べら棒"表"程度がひどいこと（过分），筋の通らないこと（没有道理）"。"め"为接尾词，表强调。明治时期（1868—1912年），该词在工匠中使用频繁，但商人认为其欠礼貌而很少使用。现为东京方言。

（四）文体与语法

从江户（1603—1867年）末期到明治（1868—1912年）初期，文学创作或撰写文章时使用的文体曾存在多种样式——汉文、汉文训读体、和汉混淆文、和文、候文、俗文（即日常语言）。在江户时期，汉文被视为正统，翻译时经常使用汉文体。之后，为便于读者阅读，逐渐出现以汉文训读体翻译的作品。步入明治时期，正式的文章均为汉文训读体。

《巡夜警察》中采用的文体是在森田思轩"周密体"影响下诞生的"镜花式文体"。所谓"周密体"，是指"以汉语式措辞为基础、按照英语中'主格'和'宾格'等语法要素逐词翻译的文体"。[①] "周密体"的特点体现为

---

① 高橋修：「森田思軒の〈周密〉訳」，『翻訳小説集2』，東京：岩波書店2002年版，第557頁。

将汉语式表达方式运用得炉火纯青，保持了汉文调的铿锵有力、掷地有声，以及明确标示"余"等人称代词。思轩的文章是以明清时代的汉文为基础的。明清时代的周密文"描写和叙述缜密，周到"。同时，思轩亦吸收了前人翻译时所使用的周密文体的长处，从而形成思轩流"周密体"。这种文体是通过"り、たり、なり"等句末助动词和接续词、接续助词的巧妙组合，以及在句首点明"余"来实现的。"余"的频繁使用之所以成为特色，与日语的句子结构密不可分。众所周知，在不引起误解的前提下，日语中的第一人称是一定会被省略的。

思轩"周密体"的冲击波及明治 20 年代（1887—1896 年）的翻译界乃至文学领域，从二叶亭四迷到泉镜花均受到其深刻影响。

综观《巡夜警察》，汉文调的表达方式俯拾皆是。例如主人公登场的一段，如此写道：

公使館のあたりを行く其怪獣は八田義延という巡査なり。渠は明治二十七年十二月十日の午後零時をもって某町の交番を発し、一時間交替の巡回の途に就けるなりき。

徘徊在公使馆附近的怪兽是叫作八田义延的警察。他于明治 27 年 12 月 20 日零时从某街的警亭出发，踏上每小时一轮换的巡逻之途。

其步行や、この巡査には一定の法則ありて存するがごとく、晩からず、早からず、着々歩を進めて路を行くに、身体はきっとして立ちて左右に寸毫も傾かず、決然自若たる態度には一種犯すべからざる威厳を備えつ。

他的步伐似乎有一定的规律，不急不缓，稳稳地迈着步伐行走在路上。身体笔直，不差分毫，泰然自若的神态透着一种不容侵犯的威严。

上述两段与现代日语的表述相比较，明显带有"翻译腔"。将日文原文和

第一章 "观念小说"的双璧：《巡夜警察》和《外科手术室》 ◆◇◆

译文中划双画线的部分对比一下便可看出：其表达方式非常接近汉语，为汉语式措辞。而句末助动词"なり、き、つ"的使用也恰恰符合前述"周密体"的特点。同时，"其"的大量使用也与思轩的翻译作品具有共性。根据语境和日语的表达习惯，第二段中的"この巡查"没有必要特意点明，属逐词翻译。

逐句点明主语"余"是"逐语直译"式周密体的显著特点，这集中体现在《外科手术室》的卷首。开篇即出现4个"予"，虽然并不都是主语，但完全没有必要逐词点出。

　　実は好奇心の故に、然れども予は予が画師たるを利器として、兎も角も口実を設けつつ、予と兄弟もただならざる医学士高峰を強ひて、其の日東京府下の一病院に於いて、渠が刀を下すべき、貴船伯爵夫人の手術をば予をしてみせしむることを余儀なくしたり。

划双画线部分在现代日语中绝不会出现，是利用翻译文体——"周密体"进行表述的典型例子。《巡夜警察》中也出现了类似用法，如：間接にわれをして死せしめんとする老人の談話を聞くことの、いかに巡查には絶痛なりしよ。总之，描写、叙述部分带有翻译的腔调。

此外，以发问的形式结束全篇的方式也是受到思轩文体的影响，这成为"观念小说"的特征之一，在《譬喻谈》（1894年）、《鬼角》（1894年）、《巡夜警察》（1895年）、《外科手术室》（1895年）、《夜半钟声》（1895年）、《黑猫》（1895年）、《化银杏》（1896年）中反复应用。姑举两例：

　　語を寄す、天下の宗教家、渠ら二人は罪悪ありて、天に行くことを得ざるべきか。
　　　　　　　　　　　　　　　　　　　　　　『外科室』

　　请问天下的宗教家们，他们二人有罪过吗？他们不应该去天国吗？
　　　　　　　　　　　　　　　　　　　　　　《外科手术室》

　　　　後日社会は一般に八田巡査を仁なりと称せり。ああはたして仁なりや、しかも一人の渠が残忍苛酷にして、恕すべき老車夫を懲罰し、憐むべき母と子を厳責したりし尽瘁を、讚歎するもの無きはいかん。

『夜行巡査』

　　　　日后社会上都称颂八田警官的这种行为是义举。啊~~，这果真就是义举吗？那为什么对于他狠心地惩罚令人同情的老车夫、苛责可怜母子的行为没有人称赞呢？

《巡夜警察》

　　镜花在"观念小说"创作阶段发表的大量作品与《巡夜警察》和《外科手术室》的文体如出一辙。这种文体与现代日语语法体系相去甚远，梳理、归纳《巡夜警察》和《外科手术室》中的语法现象，对于理解镜花 1897 年之前创作的作品群不无裨益。

　　一般而言，小说分为描写、叙述部分和对话部分。这一阶段镜花作品的描写、叙述部分是文言文中掺杂着汉语式的表达方式。对于中国的日本文学研究者来说，汉语式的表达方式反倒易于理解。而具备古典语法知识的人对于文言文语体也并不陌生。所以，与对话相比，描写、叙述部分相对较易理解。相比之下，镜花作品中的口语并非现代意义上的东京普通话，且不同阶层的口语表达方式各不相同，尤其是当时生活在东京地区的底层百姓所说的方言，如果不还原当时的历史语境，根本无法理解其中的含义，这无疑增加了作品理解的难度，而此项注释工作的艰辛也是可想而知的。

　　1. 文言语法
　　• 其（その）傍（かたはら）なる車夫の老人に向ひて問懸けたり：
"なる"是断定助动词"なり"的连体形，"である、にある"之意。"向ひて"相当于现代日语中的"向かって"。文言中的动词位于"て"之前有イ音便、ウ音便、拨音便和促音便，共 4 种。虽活用规律与现代日语不同，但是基本上不影响意思的理解，故不作为本书的解释对象。此外，词

第一章 "观念小说"的双璧：《巡夜警察》和《外科手术室》 ◆◇◆

尾书写形式与现代日语略有不同的动词，因对于意思的理解并无大碍，也不列入解释范围。"たり"是完了助动词"たり"的终止形，相当于现代日语中的"た"。

• 六十にも間（ま）はあらじと思はる："じ"是推量助动词"じ"的终止形，可表示否定的意志和否定的推测，在此相当于"ないだろう"。"思はる"即现代日语中表示自发的"思われる、思える"。它是由"思ふ"的未然形"思は"和表示自发的文言助动词"る"构成的。

• 餓ゑてや弱々しき聲："や"是间投助词，表示感叹；"き"是形容词的连体形，终止形是"し"。

• どぎまぎして慌て居れり：完了助动词"り"在现代日语中具有"た、ている、てある"等多种意思，此处的"り"相当于"た"。

• 思はず腕を擦りしが、四谷組合と記したる煤け提灯："し"是表示过去的助动词"き"的连体形；"たる"是完了助动词"たり"的连体形，此处为"てある"之意。

• 老車夫は涙ぐみぬ："ぬ"是完了助动词，相当于"た"。

• 最（いと）長々しき繰言（くりごと）をまだるしとも思はで聞きたる壯佼（わかもの）："で"是表示否定的接续助词，"ないで"的意思；"聞きたる"在此是"聞いている"。

• 八田義延といふ巡査なり：断定助动词"なり"的终止形。

• 巡回の途に就けるなりき："なりき"是推量助动词"なり"的连用形与过去助动词"き"的终止形复合而成。推量助动词"なり"有传闻和推测两种用法，根据语境判断，此处的"なり"应为"らしい"。

• 一種犯すべからざる威厳を備へつ："べからざる"在现代日语中偶尔会出现，是由推量助动词"べし"的未然形"べから"和否定助动词"ず"的连体形"ざる"构成，"べきではない"之意。"つ"是完了助动词，相当于"た"。

• 首を掉（ふ）ることをせざれども、瞳は自在に回轉して、随意（ずゐい）に其用（そのよう）を辨ずるなり："せざれども"是"為（す）"的未然形"せ"后续否定助动词"ず"的已然形"ざれ"，再添加表示转折确定条件的接续助词"ども"，意为"しないけれども"。

- 33 -

此句中的"なり"不是断定助动词，而是推量助动词，表示推测，相当于"らしい"。

- 免（のが）るることを得（え）<u>ざりしなり</u>："ざりしなり"由3个助动词构成，分别为否定助动词"ず"的连用形"ざり"、过去助动词"き"的连体形"し"和断定助动词"なり"的终止形，意为"なかったのだ"。

- これを放免（はうめん）したるものなれ<u>ばなり</u>："ばなり"的"ば"是表示原因的接续助词，"なり"是断定助动词，故为"からである"之意。

- 思ひ到（いた）ることは<u>なかるべし</u>：推量助动词"べし"前接形容词"無し"的连体形"なかる"，表示"ないだろう"的意思。

- 唯前途のみ<u>を</u>志すを得る<u>なりけり</u>：从接续法和语义可推知：此句中的"を"既不是格助词，也不是接续助词，而是表示强调的间投助词。"なり"依旧是断定助动词，"けり"则是表示过去的助动词。"なりけり"意为"のだった"。

- 良（やや）此方（こなた）まで進み<u>ける</u>時："ける"是过去助动词"けり"的连体形。

- 八田巡査は屹（きっ）と見る<u>に</u>、こは最（いと）寠寠（やつやつ）しき婦人<u>なりき</u>：此处的"に"是表示顺接的接续助词，相当于现代日语中的"と"。"なりき"是断定助动词"なり"后续过去助动词"き"，"だった"之意。

- 一個の幼児を抱き<u>たる</u>が、夜深の人目無きに心を許し<u>けむ</u>：此处的"たる"是完了助动词"たり"的连体形，意为"ている"。"けむ"为推量助动词，在此表示对过去的推测，相当于"ただろう"。

- 少しにても多量の暖（だん）を與（あた）へ<u>むとせる</u>、母の心は<u>いかなるべき</u>："むとせる"即现代日语的"（よ）うとした"。"む"是表达意志的推量助动词，"せ"是"為（す）"的未然形，"る"是完了助动词"り"的连体形。"いかなる"为连体词，"べき"是推量助动词"べく"的连体形。"いかなるべき"的意思是"どんなものであろうか"。

第一章 "观念小说"的双璧：《巡夜警察》和《外科手术室》 ◆◇◆

- よしや其(その)母子に一銭の恵(めぐみ)を垂れずとも、誰(たれ)か憐(あはれ)と思はざらむ：副词"よしや"与接续助词"とも"呼应使用，意为"たとえ～ても"。"ず"和"ざら"分别是否定助动词"ず"的终止形和未然形。"む"是表示"だろう"意义的推量助动词，因前文有"誰か"，所以该句应译为"憐れと思わないものが誰かいるだろうか"。

- 恁(か)く打謝罪(うちわぶ)る時しも："しも"是表示强调的副助词，相当于"さえ、でも"。

- 大眼(おおめ)に御覧遊ばして："御～遊ばす"是中世(1184—1603年)后期出现的敬语用法，敬意高于"なさる"，主要为女性所使用。

- 手足も露(あら)はなる婦人の膚を裂きて寸断せむとせり："なる"是形容动词的连体形，终止形为"なり"。推量助动词"む"在此表示意志，相当于"（よ）う"。"せり"是"為(す)"的未然形"せ"后续完了助动词"り"。所以，"むとせり"即为"（よ）うとした"之意。

- 片手は老人を導きつつ："つつ"为接续助词。但此处的"つつ"位于句末，所以它表示的是动作正在进行，即"ている"。在现代日语中以"つつある"的形式出现。

- 女は答へざりき："ざり"系否定助动词"ず"的连用形，后续过去助动词"き"，表示"なかった"的意思。

- 老人は然(さ)こそあらめと思へる見得(みえ)にて：提示助词"こそ"与推量助动词"む"的已然形"め"呼应使用，意为"そうだろう"。"にて"为格助词，相当于"で"。

- 後の巡査に聞えやせんと："や"在此是表示反问的提示助词。"せん"出自"せむ"，"む"即前述推量助动词。"聞えやせんと"可译为"聞こえはしまいかと"。

- 夜目(よめ)にもいかで見紛(みまが)ふべき：副词"いかで"与推量助动词"べく"的连体形"べき"呼应，表示反问，意为"どうして～できようか"。

- 心着かでや："で"是表示否定的接续助词；"や"是表示疑问的

- 35 -

提示助词。该句可译为"気がつかなかったか"。

• 渠（かれ）の耳に入れ<u>じ</u>となる<u>を</u>：此句中的推量助动词"じ"表示否定的意志。从接续法可知"を"是接续助词，在此表转折。全句可译为"彼の耳に入れないためなのに"。

• せめて死刑の宣告を聞く<u>まじ</u>と勤め<u>たるを</u>：推量助动词"まじ"用于表达第一人称的否定的意志。"たるを"由表完了的"たる"和表转折的"を"构成，相当于"たのに"。

• 渠は其處（そのところ）を通過（とほりす）ぎ<u>む</u>と思ひ<u>しならむ</u>：此句中共出现两个"む"。前者为意志，相当于现代日语的"（よ）う"；后者为推测，相当于"だろう"。句末的助动词构成较复杂。"し"是过去助动词"き"的连体形；"なら"是断定助动词"なる"的未然形。"しならむ"即"たのだろう"。

• 巡査は此處を避け<u>むとせしなり</u>："むとせし"与"むとせり"均为"（よ）うとした"之意。只不过"り"是完了助动词，而"し"是过去助动词"き"的连体形。"なり"因前接的是连体形，所以应为断定助动词的用法。整体应译为"ようとしたのだ"。

• 間接に我<u>をして</u>死<u>せしめ</u>むとする老人："をして"表示使役的对象。"死せしめ"由サ变动词"死す"的未然形"せ"和使役助动词"しむ"的未然形"しめ"构成。全句译成现代日语的话，即为"間接に我を死なせようとする老人"。这种使役的表达方式是汉文训读法所特有的。这种硬质的、"翻译腔"式的表述方式在明治时代（1868—1912 年）前期，尤其在森田思轩的作品中较集中地得以体现。

2. 口语语法

《巡夜警察》中，出场人物的身份分别为警察、中产阶层（阿香和阿香的伯父）、车夫、女乞丐、年轻工匠等底层百姓。整篇小说绝大部分由对话构成，除去八田的寥寥数语，几乎通篇是东京方言和俗语。

• 慌て<u>なさんな</u>："なさんな"由"なさるな"变化而来。在较随意的现代日语口语中，随处可见"る"变化为"ん"的现象，如"するな"→"すんな""すわるな"→"すわんな"等。"なさる"是"する"的尊敬语。"な"为表示"禁止"之意的终助词。"慌てなさんな"意为"慌て

第一章 "观念小说"的双璧：《巡夜警察》和《外科手术室》 ◆◇◆

てはいけません、そんなに慌てなくても良いです"。在现代日语中偶尔还会听到"買いなさんな""食べなさんな""しなさんな"等说法，但多为年长者使用，其中的"なさる"已失去敬意。

- 主の抱車（かかえぐるま）<u>ぢやあるめえし</u>："めえ"是"まい"的转化，近世江户语。"ぢやあるめえし"即为"じゃあるまいし"。

- 氣を着け<u>ます</u>る："まする"是敬体助动词"ます"的古语形式，在近世（1603—1867年）前期与"ます"被广泛使用。

- こう已（おり）<u>や</u>："や"在此是间投助词的用法，表示咏叹。

- 片一方で聞いてて<u>せえ</u>："せえ"是"さえ"发生了语音变化而来的，现为东京方言。

- <u>聞きや</u>お前（めえ）の扮装（みなり）が悪い<u>とって</u>：此处的"聞きや"应理解为"聞きゃあ"，"聞くところでは（我听到）"之意。"とって"是"といって"的意思。

- 咎め様（よう）が激しい<u>や</u>："や"为终助词，前接表示状态的词语表达感叹之情。该句意为"咎める口調が激しいなあ（责备的口吻也太过激烈了）"。

- 人心地（ひとごこち）もござりませ<u>なんだ</u>："なんだ"曾在中世（1184—1603年）后期至近世江户时代（1603—1867年）使用。江户末期出现"なかった"的用法。在现代日语中，除关西方言外已由"なかった"取而代之。

- 仰山（ぎゃうさん）に咎立（とがめだて）をする<u>にやあ</u>當（あた）<u>らねえ</u>："にやあ"和"ねえ"分别为"には"和"ない"的音韵变化。

- 腹<u>あ</u>立て<u>めえ</u>よ："腹あ"由"腹は"发生音韵变化而来。"めえ"主要在关东地区使用，系"まい"的音变形式。

- よくよくのことだと思ひ<u>ねえ</u>："ねえ"为近世江户语，"なさい"之意。

- 穿き<u>てえ</u>や："てえ"由"たい"变化而来，带有粗俗的语感。"てえや"即"たいよ"。

- 罷間違（まかりまちが）<u>やあ</u>胴上げして鴨のあしらひにして<u>やらあ</u>："まかりまちがう"是"間違う"的强调说法。"まかりまちがやあ"，

即"まかりまちがえば",意为"うっかりすると、万一間違えると"(如果一不留神,万一失手的话)。"やらあ"原为"やらう",在古语中为"やらむ"。"む"是推量助动词,在中世(1184—1603 年)变化为"(よ)う"。因此,"やらあ"的意思是"やろう"。

• 否(いや)たあ謂(い)はれねえ:"たあ"即"とは",江户时代(1603—1867 年)诞生的用法,带有粗俗的语感。

• 何だと思つて居(い)やがんでえ:"やがん"是"やがる"发生语音变化而来。"やがる"的用法始于江户时期,前接动词的连用形,表示对该动作的嘲讽或谩骂。"いやがる"是"いる"的粗俗说法。"でえ"由"だい"变化而来,此处的"だい"是加强断定语气的用法。因此,全句的意思为"何だと思っているのだ"。

• 合點(がつてん)すりや:"すりや"由"すれば"转化而来。

• 驚くこたあない:"こたあない"由"ことはない"变化而来,起源于江户时代(1603—1867 年),是平民百姓间使用的较粗俗语言。

二 《外科手术室》

(一) 时代背景

《巡夜警察》面世两个月后的 1895 年 6 月,泉镜花在《文艺俱乐部》上发表了《外科手术室》。小说受到文坛追捧,镜花迅速蹿红。《外科手术室》是镜花依据自己游小石川植物园[①]的经历而虚构的故事。镜花的作品是从真实中诞生的虚构。镜花的小说经常以旅行经历或道听途说的事件为素材。镜花敏感的神经一经触动,其丰沛充盈的想象力便会喷薄而出,真实的世界瞬间幻化为荒幻多彩的意境。

《外科手术室》描写的爱情故事惊天地泣鬼神,也反映了作者爱情至上的恋爱观。早在《巡夜警察》中,作者曾借八田之口振臂高呼:"爱情是生命!"一个月后,即《外科手术室》出版前一个月,镜花在《太阳》杂志上发表评论《爱情与婚姻》,他清晰地表达了对于爱情与婚姻的思考:"完全

---

① 泉镜花将《外科手术室》中高峰和贵船伯爵夫人初次邂逅的地点设定在小石川植物园。

的爱是'无我'的代名词。因此,为了爱甘受苦难和痛苦。爱是自由的,……'爱是平等的,没有贵贱之分'。概而言之,社会的婚姻是束缚、压制爱情,剥夺自由的极残的刑法。……我国自古以来的婚礼不是为了爱情,而是为社会而存在的。"①《外科手术室》的诞生并非偶然。在审视《外科手术室》的内部世界时,镜花的这篇评论不容错过。

(二)主题内容

《外科手术室》是由上、下两章构成的短篇小说。较《巡夜警察》表现技巧更娴熟,受思轩流"周密体"的影响更深刻。反映的主题是爱情与道德的冲突。小说以第一人称"我"的视角叙述"我"的所见所闻。

小说采用的是倒叙的手法。在上篇中,讲述了"我"所见证的高峰医生为贵船伯爵夫人所做手术的过程始末。贵船伯爵夫人以"麻醉过程中说胡话会泄露内心深藏的秘密"为由,拒绝接受麻醉。手术台上的伯爵夫人命若悬丝,那光洁高贵的面庞、高雅尊贵的气质令"我"不寒而栗。不顾众人的劝说,伯爵夫人固执己见。最终,高峰医生听从伯爵夫人的请求,在无麻醉的情况下施行了手术。伯爵夫人疼痛万分,抓住高峰的手腕。高峰问道:"疼吗?"夫人用凄凉的目光凝视高峰,说道:"不疼。因为是你,因为是你。"高峰闻之,面色苍白,全身战栗,仅说了一句:"我不会忘记。"伯爵夫人面带幸福的微笑死去。巧妙的布局为读者留下悬念。谜底在下篇中被揭开。

时光流转,追溯到9年前。那时,高峰尚为医科大学的学生。某日,"我"和高峰游览小石川植物园,偶遇一身穿紫色和服、贵族小姐装束的美丽女子。作品对于女子的美若天仙未作直接描写,而是通过两个商人装扮的年轻男子的对话得以凸显。这位女子即是上篇中出现的贵船伯爵夫人。二人不曾有只言片语,却在彼此心底留下深深的烙印。9年间,二人未曾谋面。高峰虽已功成名就却一直未娶。9年后手术室里的再次重逢,使彼此深埋于内心的炽烈情感在四目相视的瞬间迸发出来。那一刻,时间仿佛已经凝固,化作了永恒。贵船伯爵夫人冒死保守着心底的这个秘密。在伯爵夫人逝去的同一天,

---

① 泉鏡花:「愛と婚姻」,『鏡花全集』卷28,東京:岩波書店1988年版,第242、243、244頁。

高峰追随她而去。作品在结尾处发问道:"请问天下的宗教家们,他们二人有罪过吗?他们不应该去天国吗?"

9年前,男女主人公的一次偶遇,在各自心中埋下爱情的种子。9年来,深藏于内心的情愫并未因婚姻的束缚和时间的流逝而褪色。9年后,二人在手术室再次相逢,各自的身份已发生变化。女主人公贵船伯爵夫人是身患重病的贵妇,男主人公高峰则是为贵船伯爵夫人手术主刀的医生。在众目睽睽之下,伯爵夫人向高峰吐露珍藏心底的爱慕之情后死去,高峰也选择了以死亡来成就这段情缘。在世俗眼中,贵船伯爵夫人既为人妇又为人母,内心却无法割舍对高峰的爱恋,这种行为不为社会所接纳。面对读者,镜花大声疾呼:"他们不应该去天国吗?"作品高歌了爱情之至高无上,"暴露了社会阻碍自我的成长与自由发展的事实。从这一点来说,泉镜花深刻揭露了迄今无人正视的社会现实"①,"是对当时社会及束缚年轻人的封建思想的抗议"②。

关于镜花的爱情观,可从其评论《爱情与婚姻》中略窥一斑。镜花称"完全的爱是'无我'的代名词"③,"殉情、私奔、被父母赶出家门断绝关系等都是爱情的另一种形式"④,以此表明为了爱情可以忍受痛苦、牺牲一切的态度,从而肯定了爱情至高无上的地位;以"想借助婚姻获得爱情是大错特错的"⑤来歌颂两情相悦的自由恋爱。他认为:"爱情是自由的,无贫富贵贱之分。所以,谁爱上谁都无可厚非。女性一旦成婚,就成为被称作'妻子'的一类人。我们不能爱上她。非也,不是不能爱,而是社会不允许,不让去爱。概言之,社会上的婚姻是为束缚、压制爱情,剥夺自由而存在的残酷的刑法。"⑥"我们假设没有妻子,也没有丈夫,世上的男女仅仅是男人和女人的话,就不存在爱情忤逆道德的罪人。女子也无需为情杀夫,男子也不用为爱私通。不仅如此,那些令人不悦的文字也会从爱情辞典中消失。但

---

① 吉田精一:「鏡花の観念小説」,『国文学解釈と鑑賞』1949年第5期。
② 福田清人、浜野卓也:『泉鏡花 人と作品』,東京:清水書院1966年版,第122頁。
③ 泉鏡花:「愛と婚姻」,『鏡花全集』卷28,東京:岩波書店1988年版,第242頁。
④ 泉鏡花:「愛と婚姻」,『鏡花全集』卷28,東京:岩波書店1988年版,第242頁。
⑤ 泉鏡花:「愛と婚姻」,『鏡花全集』卷28,東京:岩波書店1988年版,第243頁。
⑥ 泉鏡花:「愛と婚姻」,『鏡花全集』卷28,東京:岩波書店1988年版,第242—243頁。

是，这是社会秩序所不允许的。"①"我国自古以来的婚礼不是为了爱情，而是为了社会而存在的。"②这些观点批判了社会秩序对自由爱情的压制。《外科手术室》正是镜花关于爱情思考的具体体现。

镜花这一爱情观的产生与明治初期浪漫主义思潮的兴起有着密切的联系。明治初期浪漫主义文学，以森鸥外与"新声社"同人的译诗集《面影》（1889年）以及他的初期小说三部曲《舞姬》（1890年）、《泡沫记》（1890年）、《信使》（1891年）和北村透谷的评论、樋口一叶的小说、岛崎藤村的诗为代表，各领风骚。樋口一叶被镜花赞为"好对手"。毋庸讳言，森鸥外和樋口一叶作品中所描写的无法实现的悲恋深深地感染了镜花。樋口一叶的《青梅竹马》面世于1895年1月，同年5月镜花发表评论《爱情与婚姻》，不能说仅仅是时间上的巧合。同时，结合《爱情与婚姻》和《外科手术室》的发表时间，北村透谷的评论也不容错过。

日本浪漫主义自发轫即举步维艰，自始至终未形成声势浩大的文学运动。追根溯源，就在于浪漫主义赖以生存的自由精神未得到充分的、真正意义上的延展。日本虽经明治维新走上了资本主义道路，但和法国大革命相比毕竟不是一场"自下而上"的革命，它的不彻底性造成了市民社会封建思想的残留，极大地阻碍了浪漫主义所追求的自由主义和个人主义的发展。明治维新后，经过20年的启蒙，自由平等、尊重个性的近代思想某种程度上已为民众所接受。与此同时，欲借助西方意识形态开启民智，以达到富国强兵、最终跻身列强之列的目的，又使启蒙思潮蒙上了功利主义的色彩。1893年，浪漫主义团体"文学界"一登场便一面同封建思想道德周旋，一面与启蒙思潮的功利主义抗争。

北村透谷系"文学界"的精神领袖，1892年在《女学杂志》上发表评论《厌世诗人与女性》，高歌恋爱至上主义的近代恋爱观。开篇的那句"恋爱乃人生的秘诀"成为流传后世的经典名言。1893年，透谷执笔的《何为关涉人生的文学》和《内部生命论》刊登在《文学界》杂志上。透谷的近代恋爱观为浪漫主义所主张的"人性的自由"开辟了疆域，其关注内部生命、

---

① 泉鏡花：「愛と婚姻」，『鏡花全集』卷28，東京：岩波書店1988年版，第243頁。
② 泉鏡花：「愛と婚姻」，『鏡花全集』卷28，東京：岩波書店1988年版，第244頁。

内部精神的姿态引导后世文学去挖掘人物的内心世界。《外科手术室》的主张与透谷的近代恋爱观不谋而合。从这一角度来说，《外科手术室》的主题具有"近代性"。

爱情至高无上的主题在《外科手术室》中首次演绎，并成为镜花爱情小说的一贯主题。虽然《外科手术室》是镜花一生中最为关注社会的"观念小说"阶段创作的作品，但其中已蕴含了幻想文学的因子——擦肩而过的一刹那注定了男女主人公9年后的双双殉情。通过镜花的作品，我们看到的常常是超越现实的永恒爱情。从主题的"近代性"、蕴含幻想文学的因子等方面去评价的话，《外科手术室》对于泉镜花文学的重要性自不待言。

遗憾的是，《外科手术室》主题所具有的"近代性"并未在其后的作品中得以深化。镜花作品中描写的爱情大致可分为三类：一是现实性较强，以悲剧告终的，以《照叶狂言》（1896年）、《汤岛之恋》（1899年）、《妇系图》（1907年）、《日本桥》（1914年）、《外科手术室》（1895年）等为代表，其中所谓的花街柳巷小说居多。虽然这些作品都描写了被现实阻碍的爱情悲剧，但缺乏对人物心理的深层剖析，不过是《外科手术室》主题的延续，有别于以"文学界"为源头的日本近代浪漫主义文学；二是描写异界，以喜剧收场的，其中《夜叉池》（1913年）、《海神别墅》（1913年）、《天守阁物语》（1917年）较具代表性；三是"前世注定"型，男女主人公的爱情似乎是前世情缘，在冥冥之中一股神奇的力量将双方吸引到一起，如《订货账本》（1901年）、《春昼》（1906年）、《春昼后刻》（1906年），描写的爱情较虚幻。总之，第二类和第三类作品走向虚幻、神秘和幻想。

镜花的浪漫主义小说始于"观念小说"，经过短暂的"自传性小说"阶段，最终走向充满神秘与怪异的幻想世界。从"观念小说"到神秘、怪异幻想世界的确立恰恰是泉镜花文学从"近代"走向"反近代"的过程，这也最终成为泉镜花浪漫主义小说有别于其他明治浪漫主义文学的标志。

明治浪漫主义文学是欧洲浪漫主义思潮催化下的产物。留洋归来的森鸥外、接受过基督教洗礼的北村透谷、深受华兹华斯影响的岛崎藤村和国木

第一章 "观念小说"的双璧：《巡夜警察》和《外科手术室》 ◆◇◆

田独步、与海涅"同泣"的高山樗牛和"星堇派"诗人乃至受济慈影响颇深的薄田泣堇等浪漫派作家，或接受了欧洲浪漫主义美学理念，或从其作品中受到了启发。总之，都是被"西化"的浪漫主义。而镜花的浪漫主义小说深深地植根于日本文学传统之中，是纯粹的、日本式的浪漫。诚然，镜花的"观念小说"是与近代同步的，若以北村透谷和"文学界"的浪漫主义思想为参照评价镜花小说的话，视"观念小说"为顶峰亦无可非议。然而，就镜花而言，"观念小说"不过是小试牛刀，其真正的充满神秘和幻想的浪漫世界是在"观念小说"之后——幻美和表现幻美的技巧走向成熟的过程中确立的。泉镜花文学的主流是"反近代"的。在其他浪漫主义者紧跟时代步伐，在欧洲文学思潮走马灯似的变换的日本文坛"虚心"地学习西方"先进"的文学理念、表现手法的时候，唯有镜花选择了在文明开化进程中渐渐被遗忘的大自然深处的世界，在那里构筑了"美的王国"。

  镜花的浪漫主义小说充满幻想性和神秘性，与明治浪漫主义小说的不同气质使其具有极其个性化的浪漫主义特色，而且终生保持着这种浪漫情调。中日甲午战争后诞生的明治浪漫主义小说包括以泉镜花的《巡夜警察》《外科手术室》以及川上眉山的《书记官》《表与里》为代表的"观念小说"，以广津柳浪的《变目传》《黑蜥蜴》《今户情死》和小栗风叶的《晚妆》《龟甲鹤》为代表的"悲惨小说"，以及被称为"社会小说"的内田鲁庵的《腊月二十八》与木下尚江的《火之柱》《良人的自白》等作品。德富芦花的"家庭小说"《不如归》、自传小说《回忆记》等，国木田独步的《源叔》《武藏野》《春鸟》等短篇小说群也包括其中，性格各异，杂然纷呈。在上述作家中，唯有镜花才是"近代小说界唯一彻底的浪漫主义者"[①]。藤村发表《破戒》后渐渐失去浪漫主义的韵味，《绿叶集》（1907年）中的小说充满了爱欲与嫉妒；芦花最终化身为理想主义者；独步的自然观浪漫但过于淡泊；尚江的作品与其说是浪漫主义小说，莫如说是社会文学。明治浪漫主义文学因镜花小说的陆续登场而异彩纷呈，影响不断扩大。如果没有镜花的存在，明治浪漫主义小说或许不会为后世留下如此深刻的印象。

[①] 吉田精一：「日本文学史」，『吉田精一著作集19』，東京：桜楓社1983年版，第149页。

(三) 难解词句

- 腕車（わんしゃ）：人力车。该词曾在《巡夜警察》中出现，标注的读音为"くるま"。在《外科手术室》中，该词出现在文言文调十足的叙述部分，"わんしゃ"这一音读法最适合不过了。而《巡夜警察》中的"腕車"是出现在老车夫与年轻工匠的对话中，与"わんしゃ"相比，训读"くるま"更符合口语体的要求。即便是同一词汇，镜花也会根据句子的节奏或文体而标注不同的读音。镜花对作品语言的追求可从中窥见一斑。

- 被布（ひふ）：穿在和服外面的罩衫。原为茶道家、俳句家所喜爱。幕府末期，在普通妇女中流行开来，直至大正时期（1912—1926 年）。现如今在日常生活中已不常见。

- 一個（いっこ）7、8歳の娘："一個"标注的读音是"いっこ"，而非"ひとり"，是出于句子节奏的考虑。

- 跫音：作品中标注的是"きょうおん"，而非"あしおと"。前者为该词的音读，后者为训读。镜花之所以选择训读法，固然有文章自身汉文脉的要求，更重要的是乞灵于训读法所唤起的情感预期。作者描写"回荡在寂静的医院天棚和走廊间的异样的脚步声"，是为烘托出"阴惨的气氛"，"きょうおん"比"あしおと"更适于营造这种氛围。

- 伯爵：日本近代授予华族的爵位之一。爵位共分五等，自高向低依次为：公、侯、伯、子、男。

- フロツクコオト：男子白天穿着的礼服，流行于19世纪中叶至20世纪初。如下图[①]所示。

- 武官：与"文官"相对，包括将官、佐官、尉官。在明治时代（1868—1912 年），将校阶层属于上流社会。

- 看護婦其者にして、胸に勲章帯びたるも見受けたるが：小说中出现护士佩戴勋章的情节，这是以真实的历史事件为背景的。为奖励在中日甲午战争中做出贡献的日本红十字协会的护士而首次授予了"宝冠勋章"。

---

① https://ja.wikipedia.org/wiki/フロックコート，2014年5月15日。

第一章 "观念小说"的双璧：《巡夜警察》和《外科手术室》 ◆◇◆

- やんごとなき：如果写汉字的话，"やんごとなき"写作"止ん事なき"，取"止む"的"停止，作罢"之意，"止ん事なき"即为"不能作罢，不能坐视"，转而用于表示"重要的事情"。同时，经常以"やんごとなき（お）方"的形式暗指身份极其尊贵之人。此处的用法为后者。

- <u>虚心（きょしん）</u>に平然たる状（さま）露（あらは）れて：在形式上，此处的"虚心に"一词与汉语的"虚心"相同，但意思相去甚远，取"さっぱりしたこころ（淡定地）"之意。

- 其<u>太（いた）</u>く落ち着きたる：此处的"いたく"在现代日语中写作"痛く"，作为副词使用，"非常に、はなはだしく"之意，常用于形容担忧或感动时的心情。

- 驚破（すわ）という場合："すわ"系感叹词，原本指因事发突然而大吃一惊或为提醒对方而发出的声音。此处的"すわ"则不同，结合语境，为"いざ、いよいよ"之意。小说中的"驚破（すわ）という場合"指的是"马上就要做手术的紧要关头"。

- 御寝（げし）なりませんと："御寝（げし）なる"的读音由"寝

- 45 -

る"的尊敬敬语"御寝（ぎょしん）なる"变化而来，"お眠りになる"之意。

•これ到底關雲長（くわんうんちゃう）にあらざるよりは、堪へ得べきことにあらず：取自《三国演义》关羽刮骨疗毒的故事。

•埒（らち）あかん："埒"原义为"围栏，隔断"，常指马场周围设置的栅栏。原本以"埒が明く"的形式表示"事情有结果"。在现代日语中常使用否定形式，即"埒が明かない"，表示"事情毫无进展"。

•衣紋（えもん）：和服衣领在胸前重叠的部分。

•辞色（じしょく）ともに："辞"即"言辞"；"色"即"表情"。

•雪の寒紅梅（かんこうばい）：形容鲜血在白衣的衬托下似寒冬白雪中的红梅。表达精练，刻画入骨，极具视觉效果。

•煙突帽（えんとつぼう）：即"山高帽"，发源于英国。文明开化时期，在日本财政界人士和一般市民中盛行。如下图[1]所示。

•どれが桃やら桜やらだ：此处的"桃"指的是"桃割髪"。日本传统女式发型之一，系十六七岁的未婚少女专属，江户（1603—1867 年）末期至昭和（1926—1989 年）初期盛行。见下图[2]。

---

[1] https://ja.wikipedia.org/wiki/山高帽, 2014 年 5 月 15 日。
[2] https://search.yahoo.co.jp/image/search?rkf=2&ei=UTF-8&gdr=1&p=桃割髪#mode%3Ddetail%26index%3D0%26st%3D0, 2014 年 5 月 15 日。

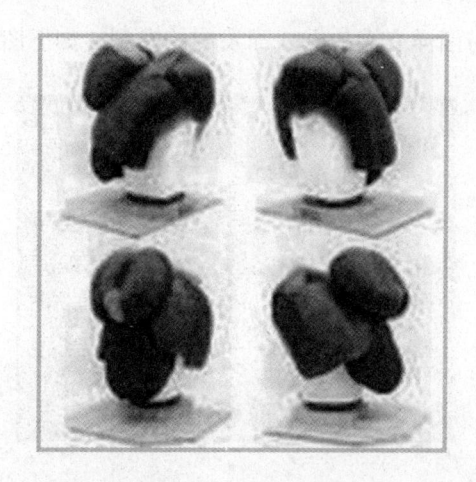

第一章 "观念小说"的双璧:《巡夜警察》和《外科手术室》　◆◇◆

- 丸髷（まるまげ）：是从江户时代（1603—1867 年）至明治时期（1868—1912 年）最具代表性的已婚妇女的发型。在江户时代可以依发型判断女性是否婚嫁。未婚女性梳岛田髻（島田髷），已婚妇女梳圆髻（丸髷）。圆髻如下图[①]所示。

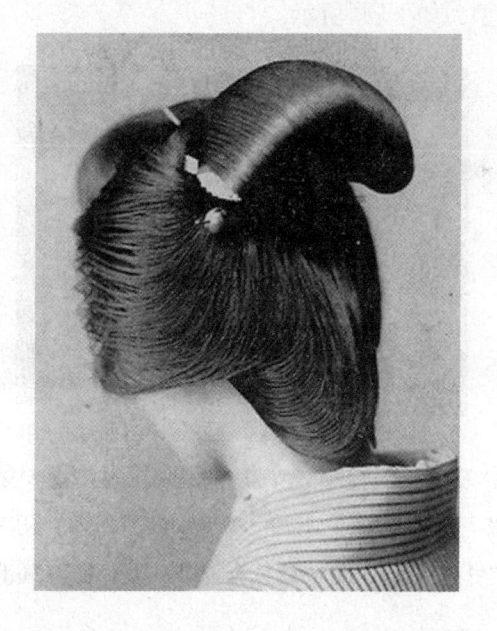

- 束发（そくはつ）：在明治时期（1868—1912 年）的"鹿鸣馆时代"，

---

① https://ja.wikipedia.org/wiki/丸髷，2014 年 5 月 15 日。

上流社会女性模仿西洋女性的发式而发明的发型。如下图①所示。

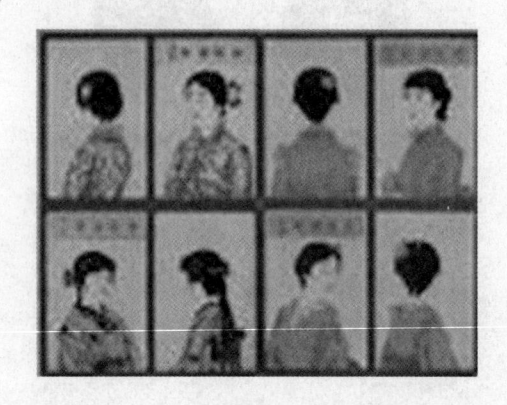

- しゃぐま：用于填充"桃割发"发型的假发，在此指代"桃割发"发型。
- 高岛田（ぶんきん）：系前述"岛田髷"的变形，发端于江户时代（1603—1867 年）中期，为待字闺中的女性所梳理，现如今发展为新娘穿和服时搭配的发型。如下图②所示。

- 银杏（いてふ）：在小说中指的是女性发型之一的"銀杏返し"。江户（1603—1867 年）末期至明治（1868—1912 年）初期为少女所喜爱。因易于梳理，明治和大正时期（1912—1926 年）在时尚的年轻女性、女艺

---

① https://search.yahoo.co.jp/image/search?rkf=2&ei=UTF-8&p=%E6%9D%9F%E9%AB%AA%E3%81%A8%E3%81%AF#mode%3Ddetail%26index%3D2%26st%3D0, 2014 年 5 月 15 日。

② https://ja.wikipedia.org/wiki/高島田, 2014 年 5 月 15 日。

第一章 "观念小说"的双璧：《巡夜警察》和《外科手术室》 ◆◇◆

人和花柳界女子间盛行。如下图①所示。

- 貴姑（あなた）：对对方的尊称，系江户（1603—1867年）中期以后产生的用法。"あなた"一词原本写作"彼方"，后因对方的性别、身份而衍生出许多不同的"当字"。在本作品中还出现了"貴下"的写法。诞生之初，"あなた"表达的敬意较高，因此经常用于辈分或身份较高者。但是，伴随着时代的变迁，"あなた"所表达的敬意也随之降低，现仅用于同辈或晚辈。

- 本読が納まらねえぜ："本読"的本意是"書物をすきで読むこと"，在此指"好きでよく読んでいる男（喜欢读书的男子）"。"納まらねえ"中的"ねえ"是东京方言，"ない"的粗俗说法。而"納まる"在此是"納得する"（同意，认同）之意。

- 見しやそれとも分かぬ間だったよ："見しやそれとも分かぬ間"出自紫式部的"めぐりあひて見しやそれともわかぬ間に雲がくれにし夜半の月かな"（《新古今和歌集》16 杂上）。"見ていたのは、それともこれとも判断のつかぬくらい短い時間（所见仅在刹那间）"之意。

- 北廓を三年が間、金毘羅様（こんぴらさま）に断つた："北廓"指"位于著名花街新吉原的青楼"。"金毘羅"为佛教中的守护神之一，鱼身

---

① http://kanoh.tokyo/nihon/style/style_time/style14ityougaeshi.html，2014年5月15日。

— 49 —

蛇形。此句意为"向金刀毗罗神发誓三年不进青楼半步"。

- 新造（しんぞ）：最初用于称呼武士或富裕阶层的妻女，后指他人的年轻妻子，进而用于指称未婚的年轻女性。江户时代（1603—1867年）特指在青楼刚刚开始接客的妓女。

- あれでもおんなじ女だつさ、へむ、聞いて呆れらい："だつ"系接尾词，表示呈现某种状态。"へむ"是"へん"的标记方式之一。在明治时代（1868—1912年）"ん"经常标记为"む"。"へん"系感叹词，当侮辱别人，表示不同意，或是向别人炫耀自己时使用，也说成"へーん""ふん"。

- 女はふっつりだ：此处为省略的说法。"女"指"女色"，"ふっつり"后省略了"断つつもり"，补充完整的话为"女色はふっつりと断つつもりだ"，即"决心断然不近女色"。

- 罰があたらあ、あてこともない："あてこともない"的意思是"途方もない、とんでもない"（毫无道理，胡说八道），该用法以泉镜花《外科手术室》和二叶亭四迷《浮云》中的用例为代表，现代日语中已较少使用。

- あんまり大病なんで、どうかしおったと思われる："しおる"为"しておる、しやがる"之意，蔑视他人行为时使用，系粗鲁的说法。

- べら棒め：也说成"べらぼうやろう、べらぼうやろうめ"等，辱骂别人时使用，"傻瓜，笨蛋，棒槌"之意。

（四）文体与语法

《外科手术室》的文体与《巡夜警察》并无二致，只是受"思轩调"影响的痕迹更加明显。在《巡夜警察》中已涉及的语法现象，在此不再赘述。

1. 文言语法

- 貴船伯爵夫人の手術をば予（よ）をして見せしむることを余儀なくしたり："ば"起到加强格助词"を"的作用，强调动作涉及的对象。

- 下し給（たま）へる："給へる"由"給ふ"的未然形"給へ"和完了助动词"り"的连体形"る"构成。"給ふ"在此为尊敬敬语，相当于"お～になる"。

- 愁然（しうぜん）として立ちたるこそ、病者の夫の伯爵なれ："こ

第一章 "观念小说"的双璧：《巡夜警察》和《外科手术室》 ◆◇◆

そ"与句末的已然形"なれ"呼应，表强调。句意为"愁容满面地站着的正是病人的丈夫伯爵大人"。

- 手足は綾羅（りょうら）にだも堪へざるべし："だも"为"さえ"；"ざる"为否定助动词"ず"的连体形；"べし"为推量助动词。此句可译为"手脚（瘦弱得）似乎不堪薄纱的重负"。
- 唇の色少しく褪せたるに："に"在此处是表添加意义的接续助词的用法，意为"～の上に、その上さらに"。
- 心憎きばかりなりしなり：两个"なり"均为断定助动词，"し"是过去助动词"き"的连体形，合为"だったのだ"之意。
- さすがに懸念のなからむや："なから"是形容词"なし"的未然形；"む"是推量助动词；"や"是表示反问的终助词。所以，该部分意为"ないであろうか。いや、あるだろう。"
- 聞くが如くんば："んば"表条件，常见于汉文训读体文章中，原来的形式为"ならば"，故此句意为"私が（以前から）聞いているようなことであるならば"（如我所闻的话）。
- 平生（へいぜい）にあらしめば："しめ"系表示尊敬的助动词"しむ"的未然形。如前述，"ば"是表示假定条件的接续助词。
- 言（ことば）を挟（さしはさ）むべき寸隙（すんげき）とてもなかりしなるが："とて"前接体言，"として"之意。
- 思へるをや："を"和"や"均是表示感动的助词，意为"のだがなあ"。
- 恁（かか）りし時："かかり"是"斯かる"的连用形，"こう"之意。"し"为过去助动词"き"的连体形。所以，译为"こうした（这样的）"。
- 伯爵夫人の胸を割くや：此处的"や"为接续助词，"～とすぐに"之意。
- 躑躅（つつじ）の丘に上らむとて：此处的"とて"系格助词，表示"～と思って"之意。
- 勉強し給へ："給へ"是"たまふ"的命令形，"てください、なさい"之意。

- 予にすら一言をも語らざりしかど："ざり"是否定助动词"ず"的连用形；"しか"是过去助动词"き"的已然形；"ど"是表示"けれども"之意的接续助词。
- 所こそは變（かは）りたれ："こそ"和完了助动词"たり"的已然形"たれ"呼应，形成强调转折的关系，"確かに～（だ）が"之意。"たれ"在此相当于"ている"。

2. 口语语法

《外科手术室》中对话占据大部分篇幅。与《巡夜警察》不同，对话由两套话语构成：一是上流阶层使用的语言，一是商人使用的口语。前者已非常接近现代日语，属正式口语；后者的对话仍属平民百姓日常生活中的非正式口语，其中掺杂较多东京方言，略显粗俗。

（1）正式口语
- 姫を連れてきて見せるが可いの："の"的终助词用法是近世（1603—1868年）以后出现的，主要为身份、辈分高的人对于身份、辈分低的人使用。在此表示要求、愿望。
- 看護婦一寸（ちょっと）お押へ申せ："お～申す"是谦让敬语的形式。"申せ"是命令形。

（2）非正式口语
- わりい洒落だ：在东京方言中"悪い"被说成"わりい"，较粗俗。在现代日本，土生土长的东京人在朋友之间也会使用该词，主要为男性所使用。
- 馬鹿をいはつし："いはつし"即"言いなさい"，底层平民使用的方言、俗语。
- ありやもう自然："ありや"是"あれは"的音变形式，非正式说法。
- ほんのこッた："ほんとうのことだ"的非正式口语说法。
- 痛かあない："痛くはない"的非正式口语形式。
- 此處（ここ）へ来なかつたらうもんなら："来なかつたらうもんなら"即"来なかったろうものなら"（假定如果没来的话）之意。
- あれでもおんなじ女だつさ、へむ、聞いて呆れらい："呆れらい"由"呆れる＋わい"中的"るわい"发生语音变化而来，较粗俗的说法。其

中的"わい"表感叹。

•何（ど）の道はやご相談になるんぢゃなし：该句省略较多，若补充完整并译成现代日语则为："どっちみちわれわれじゃ、相手の身分が高すぎて結婚対象として話に乗れるわけじゃないし"（反正对于我们来说，对方的身份过于高贵根本不可能成为结婚的对象）。

•罰があたらあ、あてこともない："らあ"源于"らう"，在古语中为"らむ"。"む"是推量助动词，在中世（1184—1603年）变化为"う"。因此，"あたらあ"即"あたらう"，相当于现代日语中的"あたろう"，意即"（罰が）当たるだろう"。

•ばかをいわっし、もったいない："っし"为助动词，系表尊敬的助动词"しゃる"的命令形"しゃれ"依次经过"しゃい"→"せえ"→"せ"变化为"し"，在江户时代（1603—1867年）添加促音后成为"っし"，所表敬意程度较低。

•あまり、無理をお謂やったら、姫を連れて来て見せるがいいの："やったら"为关西方言，"なら、ならば"之意。

第二节 热点问题研究

《巡夜警察》和《外科手术室》是泉镜花的成名作，在日本文学史上作为"观念小说"的翘楚引领了那个阶段的潮流。关于这两部作品的研究主要集中在主题、人物形象、情节内容、文体等方面。

国内关于这两部作品的研究成果非常之少，仅有张莎的《从〈外科室〉看泉镜花对永恒美的追求》（《科技信息》2012年第8期），赵伯乐的《论〈外科室〉爱情悲剧的社会必然性》[《文学界》（理论版）2012年第7期]，吴丽霞的《浅议〈外科室〉的浪漫主义色彩》[《长江大学学报》（社会科学版）2012年第9期]，吴丽霞、刘丽芸的《〈外科室〉中伯爵夫人的女性主义解读》[《常州大学学报》（社会科学版）2013年第2期]，程子砚、许可心的《〈外科室〉的女主人公伯爵夫人角色分析》（《芒种》

2014 年第 3 期）共 5 篇论文，且全部是关于《外科手术室》的。其中，关于伯爵夫人的研究较日本研究界活跃。从女性主义的视角对伯爵夫人的解读在国内外研究界尚属首次。

对于两部作品主题的解读，自面世之初便已在日本研究界普遍达成共识：揭露社会现实，对压制人性的社会及制度的反抗。其中，较具代表性的是吉田精一的观点："前者（《巡夜警察》）[①]抨击了将人视作奴隶、把人变成为职责牺牲个人幸福的机器、剥夺人性的社会。后者（《外科手术室》）[②]暴露了社会阻碍自我的成长与自由发展的事实。从这一点来说，泉镜花深刻揭露了迄今无人正视的社会现实。"[③]此外，持相近观点的有笠原伸夫的"对制度的讽刺和诅咒"[④]、福田清人等的"《外科手术室》是对当时社会及束缚年轻人的封建思想的抗议"[⑤]、关良一的"对压迫、抹杀个性的社会状况进行反抗和鞭笞……是社会不允许为'自我'而生的人生悲剧。对非人性的批判"[⑥]等。

随着研究的深入，研究者们将视点聚焦在这两部作品与镜花其他作品的内在联系上。例如，关良一在首肯《巡夜警察》社会意义的同时，指出该作品"描写了在大都会的冬夜投河自尽的怪异谭"[⑦]，从而开启了镜花研究的另一扇大门。笠原伸夫继承关良一的观点，认为"描绘出大都会冬夜僵硬、冰冷的形象"[⑧]，并肯定了其积极意义，即"这一形象包蕴了开拓新时代的要素"[⑨]。笠原伸夫在与《夜半钟声》相比较之后指出："《巡夜警察》以'黑暗－水－死亡'等意象为基调，配以镜花特有的女性被虐的构图及偏执狂的性格，抨击警察与当局政府的色彩浓厚。"[⑩]

[①] 括号内系笔者所加。
[②] 括号内系笔者所加，后同。
[③] 吉田精一：「鏡花の観念小説」，『国文学解釈と鑑賞』1949 年第 5 期。
[④] 笠原伸夫：『泉鏡花——美とエロスの構造』，東京：至文堂 1976 年版，第 46 頁。
[⑤] 福田清人、浜野卓也：『泉鏡花 人と作品』，東京：清水書院 1966 年版，第 122 頁。
[⑥] 関良一：「夜行巡査」，日本文学研究資料刊行会編『日本文学研究資料叢書泉鏡花』，東京：有精堂1986年版，第118頁。
[⑦] 関良一：「夜行巡査」，日本文学研究資料刊行会編『日本文学研究資料叢書泉鏡花』，東京：有精堂 1986 年版，第 119 頁。
[⑧] 笠原伸夫：『評伝泉鏡花』，京都：白地社 1995 年版，第 115 頁。
[⑨] 笠原伸夫：『評伝泉鏡花』，京都：白地社 1995 年版，第 115 頁。
[⑩] 笠原伸夫：『泉鏡花——美とエロスの構造』，東京：至文堂 1976 年版，第 57 頁。

第一章 "观念小说"的双璧：《巡夜警察》和《外科手术室》 ◆◇◆

　　此外，围绕上述两部作品中所体现的镜花叛逆精神是否体现为"近代性"的问题，一些专家学者展开了讨论。有的学者依据"是否揭露现实是明治初期戏作者与近代作家的本质区别"，将其视为"作家的批判精神"，[①]赋予积极的意义。但是，大部分学者对此持保留意见。蒲生欣一郎认为镜花作品中流露出的反叛精神不过是出于阶级本能的、对于士族的反感[②]。这一论点鞭辟入里。关良一、笠原伸夫、三田英彬、中谷克己等之后的学者均认同此观点。

　　概览先行研究可发现，关于两部作品中人物形象的分析均指向八田。在两部作品诞生之初，备受褒誉的同时也被指出人物造型和情节的不合情理。在研究者的眼中，八田是"职责与个人感情冲突时产生的悲剧，是社会制度的牺牲品"[③]。梅山利用反证法论证了作者的目的，即通过八田的行为暴露社会所要求的"职责"与"感情"兼顾是对人性的束缚和压迫。"八田并不是被类型化的典型人物，而是镜花文学中独特的人物造型。……追求彻底的尽责、至纯的感情，容不得丝毫妥协，这就是镜花。"[④]与梅山观点相近的是笠原伸夫，他认为："八田位于压制百姓的官僚体制的末端，老车夫为中日甲午战争的牺牲品，年轻工匠是底层百姓的代言人。"[⑤]同时，笠原还指出：八田是镜花幻视出的"在大都会寒冷冬夜里心怀执念的形象"[⑥]。"执念""妄想"的概念与吉村博任曾指出的镜花患有强迫症倾向不无关联。中谷克己依据吉村博任的精神分析法，着眼镜花当时的境遇和精神状态，指出"八田的'怪兽'性和阿香伯父异常的强迫观念均是患有神经强迫症的镜花内心的体现，镜花将自己内心对死亡的执着投射在八田和阿香伯父身上，试图通过他们的死亡使自己从心理危机中得到救赎"[⑦]。与八田的人物形象研

[①] 福田清人、浜野卓也：『泉鏡花 人と作品』，東京：清水書院1966年版，第113頁。
[②] 蒲生欣一郎：『もうひとりの泉鏡花：視座を変えた文学論』，東京：日本図書センター1990年版，第119頁。
[③] 梅山聡：「泉鏡花の「観念小説」試論：『夜行巡査』の解釈を中心に」，『国語と国文学』2013年第8期。
[④] 梅山聡：「泉鏡花の「観念小説」試論：『夜行巡査』の解釈を中心に」，『国語と国文学』2013年第8期。
[⑤] 笠原伸夫：『泉鏡花——美とエロスの構造』，東京：至文堂1976年版，第48頁。
[⑥] 笠原伸夫：『泉鏡花——美とエロスの構造』，東京：至文堂1976年版，第46頁。
[⑦] 中谷克己：『泉鏡花 心象への視点』，東京：明治書院1987年版，第23頁。

究相比,关于《外科手术室》中人物造型的研究成果可谓凤毛麟角,仅有野口哲也曾指出"贵船伯爵夫人的脱俗性和神性"[①]。

关于情节不合情理的批驳集中于八田跳入河中救阿香伯父的场面,以及高峰和贵船伯爵夫人的自杀行为。舍命救自己憎恶的"恶魔"有悖常理。同时,只因擦肩而过时的回眸一瞥,导致9年后手术室中贵船伯爵夫人的"自残"及紧随其后的高峰自杀,如此情节设计过于唐突的指责不绝于耳。《外科手术室》中虽未明示,但经过推断植物园里高峰回眸凝视的美女即是9年后手术室中的贵船伯爵夫人,这在初期的镜花研究界已成定论。近年来,有的学者对这一论断的必然性提出质疑,野口哲也是其中之一。野口从叙述者——画家"我"对故事建构所起到的作用入手,指出《外科手术室》是"我"将所见所闻再加工的结果。市川纮美的博士学位论文也基本上延续了野口的这一论点。

"文体"的概念内涵颇为复杂。一般意义上讲,泛指语言特征。具体来说,"文体根据词汇与对象之间的关系可分为:概念性的与感觉性的、简洁与冗长、缩小与夸张、明确与泛泛、平静与亢奋、低与高、单纯与润饰;根据词汇之间的关系可分为:紧张与松弛、雕刻性的或音乐性的、流畅与晦涩、无色与彩色;根据词汇与语言体系的关系可分为:口语的和书面语的、类型化的词句和个性化的词句;根据与作家的关系可分为:客观的和主观的"[②]。维基百科对"文体"进行了更为详细而具体的划分:

1."和文""汉文""和汉混淆文"等依据语言的基本结构和标记方法而划分的文体;

2.指"だ、である"为代表的简体和"です、ます"为代表的敬体等作为文章样式的文体。例如,坪内逍遥在《小说神髓》中提倡的"雅文体""俗文体""雅俗折衷体",谷崎润一郎在《文章读本》中主张的"讲义体"[③]、

[①] 野口哲也:「『外科室』論——觀念小説の時代における方法的位相」,「泉鏡花研究——明治・大正期の幻想文学における想像力の構造と展開」,博士学位論文,仙台:東北大学,2010年,第23頁。

[②] [美]R.ウェレック・A.ウォーレン:『文学の理論』,太田三郎訳,東京:筑摩書房1976年版,第18頁。

[③] 接近于书面语体。

第一章 "观念小说"的双璧：《巡夜警察》和《外科手术室》　◆◇◆

"兵语体"[①]、"口上体"[②]、"会话体"以及书面语体和口语体等诸多类别的划分；

3. 指作家、作品固有的表达方式，如比喻等修辞特征及用字、用词的使用频率等；

4. 指根据时代、年龄层划分的某一特定群体固有的语言特征，如"现代年轻人的文体""明治时代学生使用的文体"等。

近年来，"文体"在日本文学研究中的意义已不仅局限于上述范畴，从叙事学的角度，确切地说，以叙事人称、叙事视角的视点考察小说文体的研究方兴未艾。代表性研究有山田有策的『深層の近代：鏡花と一葉』（東京：おうふう2001年版）、小森阳一的论文「行動する「実況」中継者の一人称文体——森田思軒における「周密体」の形成（一）」（『成城文芸』1983年第103期）、「行動する「実況」中継者の一人称文体——森田思軒における「周密体」の形成（二）」（『成城文芸』1983年第104期）和著作『文体としての物語』（東京：筑摩書房1988年版）及『構造としての語り』（東京：新曜社1996年版）、宇佐美毅的『小説表現としての近代』（東京：おうふう2004年版）。

关于《外科手术室》和《巡夜警察》的文体学研究前期主要集中在森田思轩的影响上。手塚昌行率先论证了小说结尾以发问形式提出问题的方法受到思轩影响。[③]三田英彬也曾指出："周密文体的影响在《金表》（1893年）、《活人形》（1893年）中显著，小说结尾通过发问提出问题的方式在'观念小说'中影响深刻。"[④]镜花本人也曾亲口承认"观念小说"阶段的文体受到思轩的影响。[⑤]所以，在这一点上研究者们已普遍达成共识。其后，文体学研究指向《外科手术室》中的第一人称叙事，如笠原伸夫的『泉鏡花　美とエロスの構造』（東京：至文堂1976年版）、山田有策的「鏡花　言語空間の呪術文体と語りの構造」（『国文學』1985年第7期）、越野格的「〈視線〉の開示するもの（1）——泉鏡花私論」（『青磁』1986年第2期）、大

[①] 顾名思义，是士兵对长官使用的"であります""でありました"体。
[②] 句末使用"ございます""ございました"的形式，是比"兵语体"更为礼貌的文体。
[③] 三田英彬：『泉鏡花の文学』，東京：櫻楓社1976年版，第255頁。
[④] 三田英彬：『泉鏡花の文学』，東京：櫻楓社1976年版，第244頁。
[⑤] 村松定孝：『ことばの錬金術師——泉鏡花』，東京：社会思想社1973年版，第116頁。

野隆之的「「語り」の抑圧——鏡花の観念小説」（『論樹』1991年第5期）、三品理绘的「〈眼〉の機能を巡って『夜行巡査』論」（『国文学研究ノート』1999年第3期）、北原泰邦的「泉鏡花『夜行巡査』——歩行と眼差しの劇」（『國學院雜誌』2008年第8期）、野口哲也的『泉鏡花研究——明治・大正期の幻想文學における想像力の構造と展開』（博士學位論文，仙台：東北大学，2010年）、市川紘美的『泉鏡花研究：初期作品における語りの特質』（博士學位論文，東京：東京女子大學，2012年）、峯村至津子的「泉鏡花『外科室』の語り手——天なく、地なく、社会なく」（『女子大国文』2012年第150期）等，不一而足。笠原伸夫指出：《外科手术室》的不成熟首先体现在叙述者的位置上，"我"作为作品中的人物被剥夺了个性，作为近乎无人称的叙述者出现在不可能出现的地方。有时，叙述者会唐突地出现在读者面前品头论足，这种方法是草双纸式的。山田有策则认为"我"完全是作为镜头而存在的。大野隆之的观点是：初期镜花作品中的叙述者，特别是《外科手术室》的叙述者作为作品中人物已完全失去个性，只不过是传达作者观念的傀儡。越野格注意到这种叙事视点的不自然，指出是"一种偏离"的同时，揭示了作为作品中人物的"我"派生出故事的可能性。野口哲也和市川紘美则在越野研究的基础上高屋建瓴，进一步深化了有关叙述者"我"在故事成立方面所起到的积极作用的研究。峯村至津子将《外科手术室》中的叙述者——画家"我"与同时代小说中的画家形象相比较，进而探讨《外科手术室》中叙述者的独特性，得出画家作为远离俗世的存在最适合见证主人公脱俗爱情的结论。

此外，据笔者查阅手头资料，从语言的角度研究两部作品的成果很少，仅有笠原伸夫曾指出《外科手术室》中的文体简洁、格调高雅，具有很强的节奏感。笔者将在本节的第二部分从语言学的视角详细论述两部作品的语言现象。

纵观上述研究成果不难发现，在主题、人物造型、情节内容、文体方面的探讨较深入、细致。不过，我们不应忘记这样的事实：《巡夜警察》和《外科手术室》为代表的"观念小说"尽管在文学史上获得较高评价，但自诞生之初即存在争议。笔者尝试将其与同时代的小说及"观念小说"创作阶段前后的镜花作品相比较，以求客观地审视作品的历史意义及其于镜花文学的价值。

第一章 "观念小说"的双璧:《巡夜警察》和《外科手术室》 ◆◇◆

一 泉镜花"观念小说"刍议

《巡夜警察》和《外科手术室》是泉镜花的成名作,但并非处女作。镜花第一部正式出版的处女作是在京都《日出新闻》上连载的小说《冠弥左卫门》(1892年),因反响平平险遭撤稿。之后,镜花创作的《金表》(1893年)、《活人形》(1893年)、《穷鸟》(1893年)、《他人之妻》(1893年)、《大和心》(1894年)、《预备兵》(1894年)也未引起很大的反响,倒是《义血侠血》(1894年)为镜花赚得一点名气。其后,又再度陷入沉寂。直至1895年《巡夜警察》和《外科手术室》发表才一炮走红。对于凭借"观念小说"一跃成名的镜花来说,《巡夜警察》和《外科手术室》意义非凡。同时,这两部作品在文坛上有如石子投入平静的湖面激起阵阵涟漪,"观念小说"也因此在日本文学史上留下浓墨重彩的一笔。

镜花文学的原点——"观念小说",自诞生之初即饱受争议。在研究界对"观念小说"的热情渐已消退的当下,重新客观审视泉镜花"观念小说"的意义及价值,对于泉镜花研究来说,无疑是必要的。还原历史语境,探寻内在联系,定位泉镜花的"观念小说"正是撰写本节的目的之所在。

(一)"观念小说"之缘起

"观念小说""悲惨小说""深刻小说""倾向小说"……1895—1896年文坛上出现的小说称呼之多令人眼花缭乱,彼此之间的关系更是错综复杂。因此,有必要先梳理一下脉络,厘清相互之间的关系。

1895年春天过后,在文坛崭露头角的作家陆续发表了大批取材于凄惨事件的作品,被称为"悲惨小说"。其中,将在作品中强调作家所持观念的小说被称为"观念小说"。"深刻小说"与"悲惨小说"同义。换言之,"悲惨小说"和"深刻小说"所指范围较广,"观念小说"则是其中的一个范畴。关于"悲惨小说"和"观念小说"的命名,当初普遍认为田冈岭云是始作俑者。但是,经过成濑正胜的考证,"观念小说"最初的冠名者系岛村抱月,"悲惨小说"的命名者也未必是田冈岭云。"观念小说"一词始于抱月,后

得到其师坪内逍遥的认同，遂逐渐在文坛得以推广。[①]铃木启子则将镜花的"观念小说"称为"悲惨小说"，并指出：田冈岭云参与了这一名称的命名。[②]森鸥外则称"观念小说"为"倾向小说"。

目前，文学史上普遍认为"观念小说"以镜花创作的《巡夜警察》、《外科手术室》及川上眉山的《书记官》（1895年）、《表里》（1895年）等为代表。"悲惨小说（深刻小说）"的代表作是广津柳浪的《变目传》（1895年）、《黑蜥蜴》（1895年）、《今户情死》（1896年）和小栗风叶的《晚妆》（1896年）、《龟甲鹤》（1896年）等。但是，关于具体作品的归属问题，个别学者间存在分歧，姑举两例。吉田精一除镜花和眉山的上述作品外，将广津柳浪的《黑蜥蜴》（1895年）和星野天知的《诅咒之树》（1896年）也列入了"观念小说"之列。[③]三田英彬则认为眉山的《大盃》（1895年）、《暗潮》（1895年）和镜花的《琵琶传》（1896年）、《海城发电》（1896年）、《化银杏》（1896年）也应包括在"观念小说"之内。[④]

镜花的作家生涯是从模仿合卷本开始的，如《冠弥左卫门》（1892年）、《乱菊》（1894年）、《秘妾传》（1895年）。使其告别合卷本的是"观念小说"。镜花带有观念小说性质的作品可追溯到《金表》《预备兵》。《巡夜警察》和《外科手术室》发表后名重一时。这些作品和之后创作的《夜半钟声》（1895年）、《贫民俱乐部》（1895年）、《琵琶传》（1896年）、《海城发电》（1896年）、《化银杏》（1896年）共同构成镜花的"观念小说"群，这一时期的作品也成为镜花文学的重要组成部分之一。

（二）泉镜花"观念小说"之于文学史

《巡夜警察》和《外科手术室》面世的1895年，恰逢日本取得中日甲午战争胜利，资本主义社会飞跃发展之际。然而，资本主义的畸形发展，物价飞涨、军备扩张、增税所带来的贫富差距和随之而来的不安情绪，与之前

[①] 成濑正胜编：『明治文学全集 21』解题，東京：筑摩書房 1966 年版，第 395 頁。
[②] 鈴木啓子：「悲惨小説期の貧困表象――葉・眉山・鏡花の射程」，『日本近代文學』2009 年第 81 期。
[③] 吉田精一：「鏡花の観念小説」，『国文學解釈と鑑賞』1949 年第 5 期。
[④] 三田英彬：『泉鏡花の文學』，東京：桜楓社 1976 年版，第 247 頁。

第一章 "观念小说"的双璧:《巡夜警察》和《外科手术室》

国民对中日甲午战争的狂热形成巨大反差。对于这种社会积弊和严酷的现实,挣扎在贫困线上、曾陷入绝境甚至产生过自杀念头的镜花比常人感触更深。在这种社会背景和生活境遇下,《巡夜警察》横空出世。

当时的日本文坛,以尾崎红叶和幸田露伴为代表的、具有前近代性质的拟古典主义文学仍然拥有大批读者,与以"文学界"为中心的浪漫主义文学双峰对峙,平分秋色。但因红叶的作品没有思想性,露伴的作品虽有思想但未着眼于现实而渐渐从人们的期待视野中淡出。"文学界"也因曲高和寡,读者层仅限于接受过基督教洗礼、聚集在《文学界》周边的年轻知识分子,从而未能获得广大阶层的支持。千篇一律的才子佳人的爱情故事,无批判的肤浅的写实占据文坛主流。人们期盼着既着眼于现实又不失思想性的作品出现。于是,1895年春天过后,一大批针砭时弊、叩问人性的"悲惨小说""观念小说"悉数登场。镜花也因此进入大众视域。

《巡夜警察》和《外科手术室》的问世受到年轻知识阶层的欢迎。但是,评论家们的评价却是褒贬不一。镜花在自书年表中写道:世间哗然,毁誉参半。极尽赞美之词的是《文学界》和田冈岭云。《文学界》在其会刊《时文》栏中评价道:"泉镜花的《巡夜警察》立意新颖,思想深刻,具有潜质的笔力跃然纸上。我们期待泉镜花的笔锋愈发达到深刻、痛切之境地。"田冈岭云寄书《青年文》,称赞道:"富于奇想,笔致深刻,洞察人间世态,体味微妙人情,着眼奇特,脱离了旧思想的窠臼,在小说界开辟了一片新天地,抓住了时代的机运。"《帝国文学》也在《杂报》栏中发表中肯之论:"泉镜花的《巡夜警察》可谓压卷之作。立意奇特,深刻。虽有不合情理之处,但文坛出现了如此思想横溢的作品,可喜可贺。"

不言而喻,《巡夜警察》和《外科手术室》针砭时弊的思想性迎合了文坛的潮流,也是其获得文坛认可的前提之一。上述两部作品面世前后,樋口一叶的《浊流》(1895年)、《十三夜》(1895年)、《青梅竹马》(1896年)、川上眉山的《书记官》《表里》、广津柳浪的《变目传》《黑蜥蜴》、江见水荫的《杀妻》(1895年)、前田曙山的《卖蝗虫》(1895年)、三宅青轩的《奔马》(1895年)、北田薄冰的《鬼千疋》(1895年)等大批情节或结局凄惨、纠弹时弊的作品问世。持平而论,镜花的这两部作品与同时代的作品相比,在成熟度上算不得卓然自立。樋口一叶在发表《大年夜》(1894

年)后迎来鼎盛期,彼时的镜花不能与之比肩并立。但是,与其他人的作品相比,文坛对于镜花的期待和评价还是相当高的。尽管柳浪和眉山老练、成熟,但是,其小说结构落入俗套,未能超越时代。许多小说虽展示了社会现实的一个侧面,但多是为了"悲惨"而"悲惨",或为满足读者的猎奇心理,或为赚得读者的眼泪,常常流于肤浅。反观那一时期的"观念小说",其所谓的"观念"其实很单纯、肤浅,不具有西欧小说那般深刻的思想性。但是,镜花通过阅读森田思轩的翻译作品汲取了雨果"社会恶"的思想,其作品反映的"职责"与"人性"的冲突及"社会"与"爱情"的对立等观念在当时的文坛是具有深刻性和先锋性的。与当时"悲惨小说"中常见的以情痴为主的故事判然有别,镜花在《外科手术室》中追求的是心灵相通的至纯爱情。除作品体现的社会性外,镜花作品还以"新"和"奇"抓住了读者的眼球。将思轩的翻译文体——"周密体"用于小说创作的尝试,特别是小说末尾作者的"发问"令读者眼前一亮,唤起读者的共鸣。众所周知,思轩翻译的雨果作品在当时被奉为欧洲近代文学的翘楚,成为人们竞相追捧的对象。从这一点上来说,《巡夜警察》和《外科手术室》所体现的"观念""思想"是与时代同步的,思轩式的文体是近代的。再者,为"仇人"而不惜牺牲自己的生命,只因回眸一瞥铸就9年后为至纯爱情的双双自杀,这些情节的反日常性,恰恰是那个时代所不具备的要素,是镜花丰盈想象力的产物。

在赞誉的背后,镜花作品狭隘的主观倾向受到鲁庵、樗牛、抱月、鸥外等人质疑也是不争的事实。我们说,评价一部作品时,应将其放在当时的社会背景下加以考察。《巡夜警察》和《外科手术室》的思想性、文体及立意的确超越了同时代的许多作品。现在的文学史也多是依据其社会意义来定位镜花文学的。文学史书中几乎只能在"观念小说"的词条里找到镜花。在对镜花文学的解释中,其大作《高野圣僧》(1900年)也只是一笔带过,最能够代表其作品风格的《春昼》(1906年)、《春昼后刻》(1906年)、《草迷宫》(1908年)、《和歌灯》(1910年)等却少有提及。"观念小说"对于文学史的意义不言而喻。但是,镜花创作的"观念小说"不到其作品总量的3%,镜花在其"观念小说"创作阶段关注社会的目光,在其后的作品中已弱化,几近荡然无存。因此,仅凭"观念小说"来评价镜花文学有失

公允。镜花文学是浪漫的"幻想文学"。即便是"观念小说"也蕴含着幻想的因子。

(三)"观念小说"之于泉镜花

明治20年代(1887—1896年)是日本作家集体探索小说文体的时代。自处女作《冠弥左卫门》面世的1892年,到《巡夜警察》和《外科手术室》发表的1895年,泉镜花也同样经历了艰苦的尝试与挫败。

镜花这一时期创作的作品风格各异,如文体具有草双纸风格的《冠弥左卫门》《乱菊》《秘妾传》,面向儿童创作的少年文学《金表》《大和心》《鬼角》《海战余波》《旅僧》(1895年),取材于中日甲午战争的《预备兵》《海战余波》《海城发电》,训诫小说《譬喻谈》《旅僧》《铁锤的声音》《十万石》《八万六千四百回》(1895年)以及以《巡夜警察》和《外科手术室》为代表的"观念小说"群。[①]此外,还创作了诸如描写女艺人白丝为援助车夫村越新弥(后成为检察官)而不慎失手杀人、被处以死刑的《义血侠血》(1894年)、以镜花父亲清次为原型塑造工匠一心形象的《聋之一心》(1895年)、揭露华族贵妇们的伪善及恶行的《贫民俱乐部》(1895年)、刻画盲人复仇之心的《黑猫》(1895年)、描写遇见山中女神的《妙之宫》(1895年)、侦探小说《活人形》(1893年)等题材各异的作品。

这些貌似风格迥异的作品,其实存在着某种内在的必然联系。"观念小说"不是突然从天而降的,其创作手法在《金表》和《预备兵》中已初露端倪。《譬喻谈》中主人公思想的狭隘性与八田警官一脉相通,结尾处的"振臂高呼"也令人不禁联想到《巡夜警察》和《外科手术室》。《巡夜警察》中反映的公私相克的主题早在《他人之妻》(1893年)中得以体现,其后在《义血侠血》中再次演绎,在《海城发电》中进一步深化。《义血侠血》是镜花生平第一部受到较高评价的作品,后被搬上舞台,成为经久不衰的名剧。该作品首次彰显了镜花独特的浪漫风格,这种浪漫风格贯穿镜花创作始终。

---

① 各类别的作品之间有交叉。

镜花的"观念小说"与其中后期创作的名作、大作相比成熟度不高，甚至有些幼稚，但是对于镜花来说，却是无法替代的。试想，在社会与自我激烈碰撞、社会积弊日益加深的1895年，即便是镜花发表了诸如《高野圣僧》《草迷宫》之类的幻想文学作品，又会是怎样的结局呢？在以底层社会为舞台、描写悲惨事件的小说"泛滥"的大势之下，脱离社会现实的作品又怎能独树一帜？换言之，"观念小说"恰巧迎合了那个时代的需求，镜花凭借"观念小说"换取了进军文坛的"门票"。

"观念小说"之于镜花的意义远不止于此。"观念小说"是镜花文学的源泉，它蕴含了镜花文学共同的主题、手法、风格、人物形象等要素。《金表》反映了对欺辱日本人的外国人的反抗。其中有一个帮助主人公三郎惩治凶恶外国人的小偷出场，镜花是将其作为正面人物来描写的。在其后的作品《妙之宫》（1895年）、《黑百合》（1899年）、《妇系图》（1908年）中小偷也作为重要人物登场。这与镜花那段颠沛流离的生活经历不无关系。镜花曾对登张竹风说自己"非常喜欢小偷"。《海战余波》的主人公千代太在海底和龙宫公主交游的手法与《夜叉池》（1913年）、《海神别墅》（1913年）、《天守阁物语》（1917年）如出一辙；被年长少女庇护的惹人怜爱的少年形象与以《一之卷》至《誓之卷》及《照叶狂言》为代表的作品群毫无二致；千代太在梦中与阵亡的父亲相会一节是镜花在现实描写中插入幻觉的首次尝试，系梦幻能[①]式的。而梦幻能式的作品结构在《高野圣僧》（1900年）、《采药》（1903年）、《隐眉的鬼灵》（1924年）、《因缘之女》（1919年）、《春昼》（1906年）、《春昼后刻》（1906年）、《结缘》（1907年）、《缕红新草》（1939年）等名作中被演绎得炉火纯青。《化银杏》也描写了少年爱慕年长女性的悲恋，是从"观念性小说"向《一之卷》至《誓之卷》及《照叶狂言》中浪漫风格过渡的作品。在《外科手术室》中描写了令"我"战栗的美神——伯爵夫人。美丽女性是镜花文学永远的主角。从初期作品《外科手术室》、《照叶狂言》到《高野圣僧》、《春昼》、《春昼后刻》《白鹭》（1909年）、《和歌灯》（1910年）、《日本桥》（1914年）、

[①] 梦幻能：与"现在能"同为"能"的一个门类。主要内容是游客或僧侣在梦幻中见到故人的亡灵或是鬼神精灵，听她讲述往事，看她翩翩起舞。

第一章 "观念小说"的双璧：《巡夜警察》和《外科手术室》

《天守阁物语》（1917年）、《因缘之女》（1919年）、《隐眉的鬼灵》（1924年）、《战国茶泡饭》（1926年），其中表现的美丽的女性、娇媚的幽灵，无不体现了美的本性。要而言之，"观念小说"是镜花文学的萌芽。

基于以上对泉镜花"观念小说"的分析，笔者认为日本文学史应重新定位泉镜花文学。日本文学史对于"观念小说"的评价重在"史"的意义，而缺乏对小说进行美学观照的视点。换言之，抬高了"观念小说"而冷落了最能够体现泉镜花文学风格的作品。镜花长达47年的文学生涯中共创作了近400部作品，从这一点考察的话，"观念小说"阶段不过是短暂的"瞬间"，文学史应以幻想文学为中心去评价泉镜花文学。镜花的"观念小说"也蕴含了幻想的因子，是镜花幻想文学的萌芽。从这一视点出发的话，具有近代性质的"观念小说"与其后的"反近代"文学便形成了一个连贯的整体。日本文学史的做法不仅本末倒置，甚至割裂了二者的文学关系。"近代性"与"反近代性"互为前提，相互作用。每一位日本作家都无法完全割断与传统文学的联系。于是，"反近代性"便在每位作家身上或隐或显，体现在泉镜花文学中则是"反近代"的成分大大多于"近代性"。

二 《巡夜警察》《外科手术室》的语言学释义

《巡夜警察》和《外科手术室》发表的明治20年代（1887—1896年）恰逢日语语言体系发生巨变的时代。在日本，汉诗文自古是文学的"王者"。直至江户时期（1603—1867年），虽然有部分国学家排斥汉文，提倡"和文"，著文时仅使用假名，但是这仅在小范围内得以推行，"惟汉文为正统"的意识仍然根深蒂固。即便步入明治时期（1868—1912年），"对于明治初期的知识分子来说，汉诗文的修养是必备的，汉诗文是最'文学'的"[①]。明治10年代（1877—1886年），汉文训读体占据书面语的主流。

以明治维新为契机，日本"脱亚入欧"的计划盛大启幕。政治、经济、制度、思想意识、文化等领域经历了前所未有的激变，日语的语言体系也毫

---

① 小森陽一：「行動する「実境」中継者の一人称文体——森田思軒における「周密体」の形成（一）」，『成城文芸』1983年第103期。

无例外地接受了这场洗礼。对于积极翻译、传播、效仿西欧先进文学样式的日本人来说，过分依赖汉语的文体已显得陈腐、俗套，摸索创造出一种更为合理的文体的意识已在森田思轩等部分知识分子中间悄然滋生。一方面，在国家层面，"国语"意识越发清晰、强烈，建立统一标准的"普通话"的任务迫在眉睫。如前所述，明治初期，作为书面语，汉文、汉文训读体和汉混淆文、和文、候文、俗文等多种形式并存；作为口语，江户语①与上方语②相差甚远，加之各地方言以及各阶层语言存在差异，为交流带来诸多不便。尽管书面语样式繁多，尚有统一的语法体系可遵循。但是，口语却没有共同的标准可以依据。1872年，文部省公布学制，实行小学义务制教育，其中专门设置了会话课，目的是使儿童自幼学习全国共通的口语。然而，当时政府并未出台全国统一的普通话标准。明治20年代（1887—1896年）文部省编写的《寻常小学③读本》中，对话里掺杂着书面语。在当时，这种书面语和口语在同一篇文章中出现的现象相当普遍。直至1910年，第二次国家制定的课本中才正式采用了以关东话为主的普通话。至于全国统一标准的口语语法的确立则是进入大正以后的事情了——1916年《口语法》、1917年《口语法别记》发行。概而言之，普通话的形成及普及经历了曲折、漫长的过程。这种混沌、胶着的状态也自然而然地折射到文学作品之中。

与语言学家们建立"普通话"体系的努力遥相呼应，文学界兴起了"言文一致"运动。"言文一致"运动在江户末期已初见端倪，进入明治时期越发兴盛。1887年，尝试"言文一致"体的小说粉墨登场。在此之前，日常口语被称为"俗语""俚语"，除对话外，是不能出现在文学作品中的。

换言之，明治20年代（1887—1896年）是文学家们摸索、创造、建立新文体的时代。从某种意义上说，明治20年代也是最开放、最包容的时代，作家们饶有兴致地尝试多种可能性。他们或以格调高雅的汉文调创作，或在"雅文体"中插入"俗文体"，或是干脆使用纯日常化的口语。这种尝试以山田美妙的"です、ます"、二叶亭四迷的"だ"、尾崎红叶的"である"等关于文体的探索为先驱。

---

① 即东京一代的语言。
② 即京都一代的语言。
③ 明治时期（1868—1912年）根据《小学校令》（1886）建立的初等普通教育机构。

第一章 "观念小说"的双璧：《巡夜警察》和《外科手术室》

（一）句末形式

明治20年代（1887—1896年），日语的"普通话"体系尚未确立，江户语与上方语相去甚远，各地方言及各阶层语言之间差异显著。明治20年代文部省编写的《寻常小学读本》中，对话里尚掺杂着书面语。与现代日语相比，明治20年代的口语呈现出复杂多样的态势，其中以句末形式和语音变化为代表。

文学作品中人物的话语印刻着时代的烙印，明治20年代的语言使用状况可从人物对话中略窥一斑。同时，谈吐与身份互为表里，从人物语言亦可反观作品中的人物设定。本节以句末形式的视角审视作品中的人物设定及语言特点，以期加深对镜花作品的理解。依托"《青空文库》语料库"[①]，将《巡夜警察》和《外科手术室》的句末形式与明治（1868—1912年）至昭和期（1926—1989年）的小说相比较，以揭示明治20年代口语[②]句末形式的使用状况。口语中的语音变化，尤其是社会底层民众的语音变化现象普遍，给文本解读带来困难。本节的第二小节将研究视点聚焦于语音变化，在解析大量词例的基础上推导出语音变化的规律。

素有"观念小说"双璧之称的《巡夜警察》和《外科手术室》大部分由对话构成。作品中的故事发生在明治20年代（1887—1896年）[③]的东京，出场人物有警察、车夫、工匠、女乞丐、伯爵和伯爵夫人、侍女、侯爵、医生、护士、画家及商人。上流社会、中流阶层、下等百姓，三教九流应有尽有，作为分析不同阶层、不同职业人物语言特点的语料再适合不过了。

1. 文献综述

目前，在中国未见从文学作品考察日语口语句末形式的研究，相近的研究成果也是寥若晨星。祁福鼎和王猛[④]从日本近代文艺作品考察了

[①] 收录13606部文学作品。
[②] 本文考察的口语仅限于东京话，不包括其他地区的方言。
[③] 《巡夜警察》中点明故事发生在1894年。《外科手术室》未明示故事发生的年代。小说出场人物中有伯爵和侯爵。日本的"五爵"是在1884年7月7号诏敕授予爵位的。结合作品发表的时间可推断故事发生在明治20年代（1887—1896年）。
[④] 祁福鼎、王猛：《日语自称词的切换——以日本近代文艺作品为中心》，《日语学习与研究》2012年第5期。

日语自称词的切换；赵宏[1]将研究视点定位于日语程度副词在近代的使用；潘文东[2]论述了坪内逍遥的《小说神髓》"文体论"之于近现代日语文体形成的意义。本文的切入点不同于上述研究。

在日本，关于日语口语句末形式的论述以《口语法》（1916年）[3]和《口语法别记》（1917年）[4]为翘楚。1902年文部省设国语调查委员会，加藤弘之任委员长，成员中不乏上田万年、大槻文彦、芳贺矢一、山田孝雄等语言学大家。这两部国家钦定、历时十余年调查完成的文典最具权威性。遗憾的是，两部鸿篇巨制重在规范日语口语语法体系，疏于考证句末形式的时代变迁。中村[5]以明治时期（1868—1912年）的教科书、语法书和文学作品中的对话为对象考察了句末形式的演变，对两部文典关于"であります"的出处提出质疑。中村的考据奠定了其后句末形式研究的基础。但是，中村的考察主要集中在1887年之前，且考证的文学作品数量有限。其他代表性研究学者有三宅[6]、松村[7]、小岛[8]、山本[9]和古田[10]等。三宅和松村基本延续了中村的论点。前者进而建议作为口语的敬体形式应在"です"和"でございます"之外加入"であります"；后者则分析了促使近代口语形成的要因。小岛引用文学作品中的用例，对中村关于"です"和"であります"以及松村关于"ませんでした"的个别观点进行了匡正。山本主要研究的是言文一致运动与文学作品的文体，其对于口语体的分类具参考价值。古田基于山本的分类和先学们的研究概述了明治初期至明治20年前后口语句末形式的变

---

[1] 赵宏：《历时语言学视野中的日语程度副词研究——在近代的使用特点及语法功能》，《日语学习与研究》2015年第1期。

[2] 潘文东：《试论日语近代文体的形成——以〈小说神髓〉"文体论"为中心》，《日语教学与日本研究》2013年第00期。

[3] 国語調査委員会編：『口語法』，東京：国定教科書共同販売所1916年版。

[4] 国語調査委員会編：『口語法別記』，東京：国定教科書共同販売所1917年版。

[5] 中村通夫：『東京語の性格』，東京：川田書房1948年版。

[6] 三宅武郎：『現代敬語法』，東京：日本語教育振興会1944年版。

[7] 松村明：『江戸語東京語の研究』，東京：東京堂1957年版。

[8] 小島俊夫：「後期江戸語における「デス」・「デアリマス」・「マセンデシタ」」，『国語学』1959年第39期。

[9] 山本正秀：『近代文体発生の史的研究』，東京：岩波書店1965年版。

[10] 古田東朔、鈴木泰、清水康行、山東功：『国語意識の発生：国語史2』，東京：くろしお出版2011年版。

第一章 "观念小说"的双璧：《巡夜警察》和《外科手术室》　◆◇◆

迁。上述研究或立足于宏观视角对近代语言整体的变化进行综述，或囿于江户时代（1603—1867年）到明治20年代（1887—1896年）之前的句末形式演变，均未将明治20年代的口语句末形式纳入研究视野。

2. 明治20年代的口语句末形式

句末形式是文体考察的重要途径。古田在其大作第一章《日语中的近代化倾向之一——从句末助词考察"普通话"的形成过程》中，关于明治初期至明治20年前后在对话体中使用的句末形式，曾列举なり、である、だ、じゃ、常体①、でござる、でございます和であります。②

在《巡夜警察》和《外科手术室》的对话中，因身份和人物关系的不同分别出现以下几种句末形式。

《巡夜警察》：

（1）年轻工匠→年长车夫③：だ④、简体

• こう爺さん、おめえどこ<u>だ</u>。

• なんだ、高がこれ股引きがねえからとって、ぎょうさんに咎め立てをするにゃあ当たら<u>ねえ</u>。

（2）年长车夫→年轻工匠：动词的敬体形式"ます"系列（ません、まする、ます、ました）、断定助动词的敬体形式"でございます"系列（でございます、ではございません、でございました）及"なかった"的敬体形式"ございませなんだ"。

• どうぞまっぴら御免なすって、向後きっと気を着け<u>ます</u>る。

• いやもうから意気地がございません代わりにゃ、けっして後ろ暗いことはいたし<u>ません</u>。

• まことにびっくりいたし<u>ました</u>。

• ただいまとても別にぶちょうほうのあったわけ<u>ではございません</u>が、股引きが破れまして、膝から下が露出しでございますので、見苦しい

---

① 即简体。
② 古田東朔、鈴木泰、清水康行、山東功：『国語意識の発生：国語史 2』，東京：くろしお出版2011年版，第1—14頁。
③ "年轻工匠→年长车夫"中的"→"代表话语的方向，即发话人→听话人。下同。
④ "だ"是简体的断定助动词，为便于下面与"です""でござり（い）ます"对比阐述，故此节中将其单独列出。同理，在后面的例子中"じゃ"和"だろう"也被单独列出。

と、こんなにおっしゃります、へい、御規則も心得ないではござりませんが、つい届きませんもんで、へい、だしぬけにこら！　って喚かれましたのに驚きまして、いまだに胸がどきどきいたしまする。

- おまえさん、こんな晩にゃ行火を抱いて寝ていられるもったいない身分でござりましたが、
- もうどうなりますることやらと、人心地もござりませなんだ。

（3）八田→女乞丐、阿香：だ、简体

- 疾く行け、なんという醜態だ。
- 規則に夜昼はない。
- 伯父でなくってだれが落ちた。

（4）阿香→八田：ません

- いけませんよう、いけませんよう。

（5）女乞丐→八田：でございます、ません、まし

- 夜分のことでございますから、なにとぞ旦那様お慈悲でございます。
- たまりません。
- しばらくここにお置きあそばしてくださいまし。

（6）阿香→伯父：断定助动词的敬体形式"です"和"でございます"系列（でございます、でございました、で（も）ございましょう、じゃございません）、形容词的敬体形式"ございます"以及动词的敬体形式"まし、ます"。

- 伯父さんおあぶのうございますよ。
- ひどく寂しゅうございますから、もう一時前でもございましょうか。
- ようございますわね、もう近いんですもの。
- たいそうおみごとでございました。
- どうぞ堪忍してくださいまし。
- 伯父さん、あなたまあ往来で、何をおっしゃるのでございます。早く帰ろうじゃございませんか。
- そんな情けないことをおっしゃいます、私は、……

- 70 -

第一章 "观念小说"的双璧：《巡夜警察》和《外科手术室》　◆◇◆

（7）阿香伯父→阿香：だ、简体
- 美しいは美しいが、おまえにゃ九目<u>だ</u>。
- おまえはあれを見てなんと<u>思った</u>。

《外科手术室》：

（1）侍女→伯爵、伯爵夫人：ます、ません、でございます、でございましょう
- 夫人、ただいま、お薬を差し上げ<u>ます</u>。
- お聞き済み<u>でございましょう</u>か。
- ちょっとの間<u>でございます</u>が
- それでは夫人、御療治ができ<u>ません</u>。

（2）伯爵⇔伯爵夫人：ません⇔まし
- 奥、そんな無理を謂ってはいけ<u>ません</u>。
- いいえ、このくらい思っていれば、きっと謂いますに違いあり<u>ません</u>。
- もう、御免ください<u>まし</u>。

（3）侯爵→伯爵：简体、じゃ
- 貴船、こりゃなんでも姫を連れて来て、見せること<u>じゃ</u>の、なんぼでも児のかわいさには我折れ<u>よう</u>。
- ともかく、今日はまあ見合わすとしたらどう<u>じゃ</u>の。

（4）伯爵夫人→侍女、护士：だろう、简体
- そんなに強いるなら仕方が<u>ない</u>。
- 私はね、心に一つ秘密が<u>ある</u>。
- 刀を取る先生は、高峰様<u>だろう</u>ね！

（5）护士→高峰：です
- 先生、このままでいいん<u>です</u>か。

（6）护士→侍女：です
- もう、なん<u>です</u>から、あのことを、ちょっと、あなたから

（7）护士→伯爵夫人：でございます、じゃございません、ます、ません、です
- お動きあそばしちゃあ、危険<u>でございます</u>。

- 71 -

- なぜ、そんなにおきらいあそばすの、ちっともいやなもんじゃございませんよ。
- うとうとあそばすと、すぐ済んでしまいます。
- はい、外科科長です。いくら高峰様でも痛くなくお切り申すことはできません。

（8）医学博士⇔伯爵夫人：ません、です⇔ます、ません
- 夫人、あなたの御病気はそんな手軽いのではありません。
- 肉を殺いで、骨を削るのです。
- そのことは存じております。でもちっともかまいません。

（9）高峰→夫人：ます
- 夫人、責任を負って手術します。

（10）两个年轻商人之间：だ、简体
- どれが桃やら桜やらだ。
- 丸髷でも、束髪でも、ないししゃぐまでもなんでもいい。

在《巡夜警察》和《外科手术室》中，除"なり""でござる""である"和"であります"外均有使用。此外，还出现了山本未列出的"です"。

"なり"原本用于武士之间较正式的对话，在明治初期有时也会出现于句末。①结合古田的论述与前述两部作品的情况可假设：在明治20年代（1887—1896年）的日常对话中句末已不使用"なり"。为考证这一假设是否成立，笔者以"なり"为关键词在《青空文库》语料库中检索后发现：明治20年代（1887—1896年）仅有森鸥外的《泡沫记》（1890年）和《信使》（1891年）在对话的句末出现了"なり"。众所周知，这两部作品以德国为舞台，出场人物除主人公外均为外国人。换言之，"なり"的使用者基本为外国人。故笔者认为：这两部作品不能够准确反映明治20年代（1887—1896年）日本人日常口语的实际使用状况，应作为特例予以排除。总体来说，明治（1868—1912年）至昭和期（1926—1989年），作为口语句末形式，"なり"极少出现在小说中。出现频率按照小说数量统计的话，泉镜花有3部——

---

① 古田東朔、鈴木泰、清水康行、山東功：『国語意識の発生：国語史 2』，東京：くろしお出版2011年版，第6頁。

第一章 "观念小说"的双璧：《巡夜警察》和《外科手术室》 ◆◇◆

《妖僧记》（1902年）、《河神的千金》（1927年）和《雪柳》（1937年）——居首位。其次是芥川龙之介的《开化的丈夫》（1918年）和《俊宽》（1921年）。森欧外的作品虽仅有《伊泽兰轩》（1916—1917年）1部，但是口语句末使用"なり"的例子颇多。上述小说虽发表在明治20年代（1887—1896年）之后，但故事均发生在明治时期（1868—1912年）之前。一言以蔽之，作为口语句末形式的"なり"在明治20年代（1887—1896年）已退出历史舞台。

"でござる"是在幕府末期开始使用的口语形式，也是武士和受教育阶层身份的标志。"一般为医生、武士和老人专用，普通百姓不使用该词。在江户时期（1603—1867年）已出现'でござります'的形式。"[①]在《巡夜警察》和《外科手术室》中虽未出现该词，但通过《青空文库》语料库检索，在镜花同时代的作品《旅僧》（1895年）和《琵琶传》（1896年）中找到了"でござる"。明治20年代（1887—1896年）以后使用该词频率较高的作家及其作品如下：泉镜花的《草迷宫》（1908年）、《星女郎》（1908年）、《和歌灯》（1910年）、《日本桥》（1914年）、《白金之绘图》（1916年），冈本绮堂的《小坂部姬》（1920年）、《百物语》（1924年）、《青蛙堂鬼谈》（1924—1925年）、《妖婆》（1928年）、《西瓜》（1932年），室生犀星的《津之国人》《花桐》（1941年）、《橘姬》（1947年）、《卧野者》（1951年），芥川龙之介的《山药粥》（1916年）、《朱里亚诺·吉助》（1919年）。其中，冈本和芥川的小说中描写的故事均发生在明治之前，犀星的4部作品亦取材于"王朝物语"。前述镜花小说描写的虽是明治期间发生的故事，但"でござる"的使用者系老仆人、高僧、老汉、老狂言师、老鼓师和老妖秋谷恶左卫门，均为老者或德高艺精的宗师。要而言之，在明治20年代（1887—1896年）的口语句末中，"でござる"仅限于老者等有限的人群使用。

"'である'在幕府末期翻译作品中居多，极少出现在对话中。"[②]这

[①] 古田東朔、鈴木泰、清水康行、山東功：『国語意識の発生：国語史 2』，東京：くろしお出版2011年版，第11頁。

[②] 古田東朔、鈴木泰、清水康行、山東功：『国語意識の発生：国語史 2』，東京：くろしお出版2011年版，第7、8頁。

也是《巡夜警察》和《外科手术室》中均未出现"である"的原因。关于"であります"将在后面详细论述。

3. 句末形式的使用差异及与人物的关系

通过考察上述两部作品的用例可发现：句末的简体形式与现代日语口语相近，敬体形式则与现代口语相差甚远。特别是与断定相关的句末形式复杂多样，其使用状况体现出身份差异和性别差异。

（1）だ・じゃ、简体

使用"だ"、简体的有"年轻工匠→年长车夫"中的年轻工匠、"阿香伯父→阿香"中的阿香伯父、"伯爵夫人→侍女、护士"中的伯爵夫人以及两个年轻商人。在八田与女乞丐和阿香的对话中因仅有只言片语，所以未出现"だ"，但使用的是简体。在"侯爵→伯爵"中，侯爵使用的是简体和"じゃ"而非"だ"。概而言之，明治20年代（1887—1896年）在同辈之间或上位者对于下位者使用だ・じゃ和简体。

在上述出场人物中，阿香在伯父家寄人篱下，阿香伯父当然是绝对上位者。伯爵夫人对侍女和护士使用"だ"，二者身份相差悬殊，"だ、だろう"的使用源自伯爵夫人对自身高贵身份的认知。而八田对女乞丐使用简体也是出于阶级意识，对于恋人阿香使用简体则是出于性别意识的考虑。两个年轻商人身份相同，年龄相仿，也使用了"だ"。与年长车夫相比，年轻工匠虽在年龄上处于下位，但对年长车夫却使用了"だ"。年轻工匠的话语中方言多，口音重，由此可断定：镜花是想把他塑造成未受过良好教育的社会底层人物的形象。

另外一个有趣的现象是出现了"じゃ"。在明治20年代（1887—1896年），表断定的助动词除"だ"外还有"じゃ"。"だ"是江户语，"じゃ"则是上方语。关于"じゃ"的使用不仅存在区域差别，而且体现出身份差异。"在假名垣鲁文的《安愚乐锅》（1871—1872年）中官人只用'じゃ'不用'だ'，文人和医生既用'じゃ'也用'だ'。而平民百姓是绝对不会使用'じゃ'的。"[①]《外科手术室》中该词的使用者是身份高贵的侯爵，因其跻身于上流社会，使用该词恰恰符合他的身份。同时，对方又是伯爵，使用

---

① 中村通夫：『東京語の性格』，東京：川田書房1948年版，第175頁。

第一章 "观念小说"的双璧：《巡夜警察》和《外科手术室》 ◆◇◆

"だ"未免失礼。由此可见，明治20年代（1887—1896年）在知识阶层或上流社会中上方语较江户语高雅的意识依然根深蒂固。笔者查阅了同时代的小说——《武藏野》（1887年）、《舞姬》（1889年）、《泡沫记》（1889年）、《风流佛》（1889年）、《信使》（1891年）、《两个妻子》（1891年）、《五重塔》（1891年）、《黄金丸》（1891年）、《暗樱》（1892年）、《泷口入道》（1894年）、《下雪天》（1894年）、《青梅竹马》（1895年）、《浊流》（1895年）、《十三夜》（1895年）、《书记官》（1895年）、《变目传》（1895年）、《黑蜥蜴》（1895年）、《岔路》（1896年）共18部作品，仅有"在对话中加入了庆长（1596—1615年）和足利时期（1338—1588年）口语"的《武藏野》中出现了"じゃ"。明治20年代的关东地区，"だ"被广泛使用，没有性别差异；"じゃ"的使用者仅限于跻身上流社会并追求语言格调的男性。

（2）でござり（い）ます系列・です

明治时期（1868—1912年），用于口语的敬体断定助动词有"でござり（い）ます"、"であります"和"です"。在《巡夜警察》和《外科手术室》中出现了"でござり（い）ます""です"，未见"であります"的用法。

"であります"在"江户时代（1603—1867年），为花街柳巷的女性专用"[①]，在明治10年代（1877—1886年）的后期主要用于演讲和小学语文课文的会话，例如《国语小学读本》（1886年）、《新体读方书》（1887年）和《寻常小学读本》（1887年）中"ます"体与"であります"体成为主流。[②] 从《巡夜警察》和《外科手术室》的年代看，最应该出现的是"であります"。笔者查阅了1900年之前镜花创作的主要作品均未发现"であります"的用法。这种反常的现象该如何解释呢？翻阅镜花恩师尾崎红叶发表的作品或许有所发现。1889年红叶发表的《两个比丘尼的色情忏悔》是以雅俗折衷体撰写的，《两个妻子》（1891年）则是红叶第一部成功尝试言文一致体的小说。前者的口语是较"文"的口语，出现了"でござり（い）ます"，但

[①] 中村通夫：『東京語の性格』，東京：川田書房1948年版，第145頁。
[②] 古田東朔、鈴木泰、清水康行、山東功：『国語意識の発生：国語史 2』，東京：くろしお出版2011年版，第14頁。

没有"です""であります";后者的口语更通俗,使用了"でござり(い)ます""です",也是未出现"であります"。直至1897年《怪语》发表,镜花的早期作品均经红叶修改,红叶的影响可从中略窥一斑。同时,《青空文库》语料库检索结果显示:镜花最早使用该词是在1900年发表《汤女之魂》时,红叶是在《金色夜叉》(1900—1905年)中首次使用。同时代的作品中,仅在川上眉山的《书记官》中查到一例用例,使用者为任某省书记官的奥村弥次。基于以上实例可以推导出如下结论:其一,在明治20年代(1887—1896年),"であります"尚停留于会话课本的层面,未在日常生活中普及;其二,使用者仅限于官僚等有限的阶层。

"でござります"和"でございます"同时出现在《巡夜警察》和《外科手术室》中,说明在明治20年代这两种说法是并存的。前者的使用者为男性长者(年长车夫),后者为年轻女性(女乞丐、阿香、侍女、护士),均系在身份、地位方面处于劣势的一方。"り"和"い"虽同为有声音,但是给人的感觉却不同。和"でござります"相比,"でございます"听上去更清脆、悦耳。镜花向来重视语言所发出的声音和音律带来的美感,有意识地加以区分使用也未可知。再者,"でございます"是由"でござります"变化而来,后者给人陈腐、旧式的印象,因此更适合于年长者。除"でござり(い)ます"外,还出现了"ではござり(い)ません""じゃございません""でござり(い)ました""で(も)ございましょう"等形式。在此需要说明一点,"ござりませなんだ"的说法,虽不同于"でござり(い)ます"系列,但是作为一种特殊的句末形式也出现了。"なんだ"原属上方语,相当于江户语中的"なかった",在明治20年代两种说法均存在。"ござりませなんだ"即"ございませんでした"。

"でございます"经过"でござんす→でごす→でげす"的变迁,最终演变为"です"。[①]1917年制定的《口语法别记》关于"です"如此描述:"在江户原为艺人用语。明治以前多为说书人、艺伎和陪酒女使用。……即

---

① 古田東朔、鈴木泰、清水康行、山東功『国語意識の発生:国語史 2』,東京:くろしお出版2011年版,第178頁。

第一章　"观念小说"的双璧：《巡夜警察》和《外科手术室》　◆◇◆

便是商人或手艺人，只要稍有身份者，不论男女均不使用。明治初期，乡下的武士来到江户，听到柳桥和新桥一带艺伎们使用该词，误以为是江户的共通语而加以模仿。从此一发不可收拾，以至于现在身份高贵的人士也在使用。"①可见，原本带有阶层色彩的"です"在1917年已成为无性别、身份差异的共通语，但何时成为共通语并未言及。"明治20年代（1887—1896年）小学课本对话体中，句末一般使用'であります'。1903年国家第一次统一制定课本后，'です'得以普及。"②如前所述，山本列举明治初期到明治20年前后使用的句末形式时也未列出"です"。那么，在明治20年代"です"是怎样的使用状况呢？

在《巡夜警察》和《外科手术室》中，护士和医学博士及阿香均使用了"です"。出云朝子在《论明治时期女学生的语言》一文中以《女学杂志》为考察对象，论述了1885年至明治20年代（1887—1896年）初女学生的语言特征。③观察其中女学生的对话可发现"です"俯拾皆是。前述18部作品中出现"です"的作品有《两个妻子》《五重塔》《暗樱》《青梅竹马》《浊流》《十三夜》《书记官》《变目传》《黑蜥蜴》共9部，占总体的一半。在明治20年代（1887—1896年）早中期的作品中出现频率不高，集中出现在1895年前后的作品中。从使用者的身份看，已不限于某个特定阶层；从性别上看，男女均使用；从年龄上看，整体上倾向于年轻人。和"です"相比，"でございます"陈腐，尚带有差别意识。值得注意的是，护士对伯爵夫人还使用了"じゃございません"和"危険でございます"。这是因为在当时"です"尚未出现否定的说法，也未产生"形容动词+です"的用法。

（3）形容詞+ございます

现代日语中，"形容詞+です"已极其普遍。但是，在明治时期（1868—1912年）这一用法尚未得到认可。如三宅明言："'好いです''大きいです'的说法不被接纳。"④《巡夜警察》和《外科手术室》中未出现此用法。红叶

---

① 国語調査委員会編：『口語法別記』，東京：国定教科書共同販売所1917年版，第297、298頁。
② 古田東朔、鈴木泰、清水康行、山東功：『国語意識の発生：国語史2』，東京：くろしお出版2011年版，第42頁。
③ 出雲朝子：「明治期における女学生のことば」，『青山學院女子短期大學紀要』2003年第57期。
④ 三宅武郎：『現代敬語法』，東京：日本語教育振興会1944年版，第169頁。

曾积极尝试这一用法，在《两个妻子》（1891年）中已出现数例，经《邻家女》（1893年），到大作《多情多恨》（1896年）发表时更是运用自如。但是，这一用法是否合适曾引起争议，直至1954年通过"国语审议会"审议后才正式获得名分。所以，明治时期（1868—1912年）作为形容词句末结句时的敬体形式，"形容詞+ございます"才是规范的说法。《巡夜警察》和《外科手术室》两部作品中出现的三例——おあぶのうございます、寂しゅうございます、ようございます恰好代表了三种典型用法。在当时，形容词的连用有三种形式：く、かっ、う（ゅう）。当后续"ございます"或"存じます"时用"う"或"ゅう"。例如，"赤い、高い、近い、苦い、短い、深い"等词干末尾的音素是"a"的形容词后续"ございます"时变为"o"+"う"。"あぶない"即变身为"あぶのうございます"。"大きい、いやしい、美しい、優しい、楽しい"等词干末尾的音素是"i"或属于"シク活用"的形容词则要添加"ゅう"，如："おおきゅうございます""うつくしゅうございます"。文中的"寂しゅうございます"即是如此变化而来。而"ようございます"则属于特殊变化，词干末尾的音素本身就是"o"，所以直接加"う"，就变成了"ようございます"。

（4）ます

从《巡夜警察》和《外科手术室》可以看出：明治20年代（1887—1896年），作为动词结句时的敬体形式，"动词+ます"的使用非常普遍。

根据身份可将"ます"的使用者划分为两类：一类是女乞丐、阿香、侍女等地位、身份明显低于听话人的群体，属下位者用于上位者；另一类是"年长车夫→年轻工匠"中的年长车夫、"护士→伯爵夫人"中的护士、"高峰→伯爵夫人"中的高峰、伯爵和伯爵夫人对话时的二人、医学博士和伯爵夫人对话时的二人，则是在地位、身份相当的人物之间使用。

出现的形式有ます、まする、ません、まし、ました。在年长车夫的话语中"まする"出现了4次。"ます"的终止形和连体形的最普遍的形式是"ます"，"まする"作为具有正式语感的旧式说法偶尔也会被使用。该词所具有的语感正符合老车夫的年龄和职业设定。在年龄上，老车夫虽为长者，但是在等客的老车夫眼中年轻工匠或许是将要乘车的客人也不得而知。作品中"まし"的使用者为女乞丐、阿香和伯爵夫人，均为女性。如"しばらくここにお

第一章 "观念小说"的双璧:《巡夜警察》和《外科手术室》　◆◇◆

置きあそばしてくださいまし""もう、御免くださいまし""どうぞ堪忍してください まし"所示,都是和"ください"一起使用的。

在此需指出的是女乞丐的措辞问题。通过前面的分析,可以发现女乞丐的话语礼貌,敬意高,有格调,与语言粗俗的年轻工匠形成对比。依据女乞丐的遣词用句和作品中的"因种种变故,突然变成乞丐"的自我描述,笔者大胆推测女乞丐曾是至少出身于中产阶级、接受过一定程度教育的女性。曾经的富裕阶层的女性突然沦为女乞丐,寒夜中怀抱嗷嗷待哺的婴儿露宿街头,这样的身份设定更能唤起读者的同情。

综上所述,明治20年代(1887—1896年)口语中的简体句末形式与现代日语相近,敬体形式较复杂。"だ"与"じゃ"、"でございます"与"でござります"、"ます"与"まする"两种形式并存,但语感不同,使用者存在性别或身份差异;"なり"已退出历史舞台;"でござる"为老者等特殊群体使用;"であります"仅限于会话课本或特殊阶层的人士使用,并未渗透到日常生活当中;"です"多为接受新式教育的人士或年轻男女使用,老者不使用该词。作为动词结句时的敬体形式,"动词+ます"的使用相当普遍。作为形容词的敬体形式,"形容詞+ございます"的说法占据主流。

语言在历史长河中缓慢地演变着。现代日语口语体系的构建自不待说,即便是构成其基础的东京话亦经历了漫长的蜕变过程。"明治初期至十九年(1886年)是东京话的形成期,明治二十年(1887年)至明治末为确立期,大正期(1912—1926年)系完成期。"[①]在长达60年的演变中,明治20年代(1887—1896年)恰好处于节点,起到承上启下的作用。与现代口语相比,明治20年代的口语形式更加丰富多彩。在近代小说的大视域下考察明治20年代口语句末形式的使用、演变状况,既可以动态地观察口语句末形式的流变,亦可精确地捕捉20年代句末形式的使用实态。同时,从《巡夜警察》和《外科手术室》中的句末形式观察人物的身份和境遇,更可加深对作品的理解。

---

① 松村明:『江戸語東京語の研究』,東京:東京堂1957年版,第87、95、103頁。

（二）语音变化的规律

日本全国统一标准的普通话体系是在大正期（1912—1926年）完成的。[①]明治时期（1868—1912年）的口语与现代口语相差甚远，语音变化较多，尤其是社会底层民众的音韵变化现象普遍，给文本解读带来困难。明治时期的东京话与现代口语中的东京方言一脉相承。如果掌握了明治期东京话向普通话的音韵转换规律，对于理解现代东京方言、研读明治时期的文学作品无疑是有益的。本节将研究视点聚焦于明治期东京话的语音变化，在解析大量词例的基础上推导出音韵变化规律。

1. 文献综述

国内关于日语音韵变化的相关研究在20世纪八九十年代略有散见，近年来已淡出人们的研究视野。汪大捷[②]从略音、添音、连浊、转呼音等方面论述了日语音韵的转变；李永夏[③]从语音的脱落、语音的同化和异化、音节的分裂和融合等三个方面考察了现代日语会话中的音韵变化，并针对三种现象逐一追根溯源；赵建航[④]介绍了日语音韵体系的历史、特色及构成，并以与谢芜村的俳句和小野小町的和歌及流行语为例分析了日语音韵在语言文字中的作用、影响及使用情况；刘淑梅[⑤]从元音、辅音、长音、拨音、促音等方面概括了日语音韵的特点；李东哲、刘德慧[⑥]对日语"音便"一词的内涵进行了甄别，制作了囊括各类日语音便的分类表，考察了日语单词中常见的语音脱落、音的插入、语音交替、约音等现象；荣喜朝、张卫娣[⑦]从音韵论的角度分析日语中的"连浊"现象，认为"连浊实质上就是复合词中后部要素的词头无声辅音转变成为有声辅音的语言现象，且ハ行外，该辅音与有声辅音之间是依据有无'声音'这一标志而形成的'欠如的对立'关系"。与本研究相关的有汪大捷、李永夏、李东哲和刘德慧的研究。

---

① 松村明：『江戸語東京語の研究』，東京：東京堂1957年版，第103頁。
② 汪大捷：《日语音韵转变的基础》，《日语学习与研究》1979年第1期。
③ 李永夏：《在日语会话中常见的音韵变化的类型及其特点》，《日语学习与研究》1985年第1期。
④ 赵建航：《日语音韵浅析》，《日语学习与研究》1989年第5期。
⑤ 刘淑梅：《日语的音韵浅析》，《山东大学学报》（哲学社会科学版）1995年第3期。
⑥ 李东哲、刘德慧：《试论日语单词中德集中音韵变化现象——兼论日语"音便"的含义、范围及其分类》，《日语学习与研究》1997年第2期。
⑦ 荣喜朝、张卫娣：《从音韵论角度分析日语"连浊"现象的实质》，《赤峰学院学报》（汉文哲学社会科学版）2009年第3期。

第一章 "观念小说"的双璧：《巡夜警察》和《外科手术室》　◆◇◆

前述研究从不同视角对日语音韵变化现象进行了深入的探讨。但是，存在相关术语不统一、词例使用年代划分不清晰、用例中普通话与方言并存的问题。例如，汪大捷论及略音、添音、连浊时列举的貌似是现代日语中的例子，而转呼音一节论述的则是用旧假名书写的词汇与现代日语读音的对应关系。李永夏在论文之Ⅱ《在现代日语会话中常见的音韵变化类型及其特点》中所举的"寒い→さみい""古い話→ふりい話""そうですかな→そうだっかな"等诸多例子，其音便形式曾在江户时期（1603—1867年）广为使用，在现代口语中仅作为方言在年长者的话语中偶尔会出现，绝对不会出现在普通话中，何来"常见"呢？李东哲和刘德慧的研究对象为单词，本研究重点考察短语，也包含单词中的音韵变化。

在日本，关于东京方言的研究不少，但有关音韵变化的却谈不上多。吉田澄夫[①]总结出江户语和东京方言的发音特点；早田辉洋[②]利用电脑软件分析东京方言，总结出phonological symbol的音韵规律及词语音调、元音无声化的规则；松村明[③]以音节的融合和转化为视点探讨了江户语在词与词连接时发生的音韵变化，及江户语中双元音的讹音现象；秋永一枝[④]考察了现代东京方言与普通话的发音差异，指出讹音已逐渐减少，词语的音调亦发生变化；中岛平三[⑤]提纲挈领式地阐述了东京方言在语音学、音韵学、音节、拍和词语音调等方面的特征；吉田、秋永、中岛重在理论性阐发，且多论及发音特点，未涉及单词或短语内部的语音变化。早田的研究结果高度抽象。笔者立足于实用性的角度概括东京方言的音韵变化规律，以期对日语学习者理解东京方言有所帮助，为研究者解读明治时期（1868—1912年）文学作品中的对话提供语言学依据。松村以《浮世澡堂》和《浮世理发馆》中的对话为语料，详细地分析、概括了江户语的音韵变化规律。虽然明治时期的东京话是在江户时期（1603—1867年）口语的基础上成立的，但也存在诸多相异之处。本论文的研究对象是明治时期的东京话。

---

① 吉田澄夫：『近世語と近世文学』，東京：東洋館出版社1952年版。
② 早田輝洋：「東京方言の音韻化規則」，『言語研究』1996年第49期。
③ 松村明：『江戸語東京語の研究増補』，東京：東京堂1998年版。
④ 秋永一枝：「東京語の発音とゆれ」，飛田良文、佐藤正義編『現代日本語講座』第3卷，東京：明治書院2002年版。
⑤ 中島平三：『言語の事典』，東京：朝倉書店2005年版。

2.《巡夜警察》和《外科手术室》中的语音变化实例

观察作品中发生语音变化的例子，可从中发现：受教育程度高或是身份显赫的人物话语中出现语音变化的概率很小。反之，文化程度越低，发生语音变化的概率越高。例如，在医学博士、高峰、女乞丐和侍女的话语中未出现音变现象，侯爵和护士各仅有1例，八田、伯爵和阿香分别是3例，年长车夫4例，伯爵夫人6例[①]，属于音变例子较少的群体。其次按照年轻商人、阿香伯父和年轻工匠的顺序依次递增。女乞丐的例子再次证明了笔者之前的大胆推断。侍女的例子说明：在那个年代，跟随贵族夫人左右的侍女也要具备一定的修养。年长车夫和阿香虽身为平民，但根据谈吐可推测二人文化程度虽然并不高，但应受过一定教育。特别是阿香，虽寄居伯父家，但在文中伯父曾说："吃穿等一切都曾满足你的要求"，这一点印证了阿香可能上过学的推断。在年轻商人、阿香伯父和年轻工匠三人之中，年轻工匠的语言最为粗俗，也因此语音变化的例子最多。其次是阿香伯父，虽在语言数量上高于两个年轻商人，但是大多接近于中流阶层的口语用法，结合作品中阿香伯父"把我的财产赠与他"的说法，阿香伯父应属于中产阶层。最后，两个商人虽身处平民阶层，但是其语言较手工业者品位高。下面按照出现频率将发生语音变化的例子分为两组加以对比、分析。

第一组为音变少的群体，包括侯爵、伯爵、护士、八田、年长车夫、阿香和伯爵夫人。

（1）侯爵→伯爵

・貴船、こりゃなんでも姫を連れて来て、見せることじゃの、なんぼでも児のかわいさには我折れよう。　　これは→こりゃ

（2）护士→伯爵夫人

・お動きあそばしちゃあ、危険でございます。　　ては→ちゃ+あ（长音）

（3）年长车夫→年轻工匠

・いやもうから意気地がござりません代わりにゃ、けっして後ろ暗

[①] 多次出现的不重复计算。

第一章 "观念小说"的双璧：《巡夜警察》和《外科手术室》 ◆◇◆

いことはいたしません。　　　には→にゃ

・年紀は取ってもちっとは呼吸がわかりますので、せがれの腕車をこうやって曳きますが　　ちと→ちっと

・へい、まことにびっくりいたしました。　　はい→へい

・つい届きませんもんで　　もので→もんで

（4）伯爵→伯爵夫人

・あんまり大病なんで、どうかしをつたと思われる。　　なので→なんで

・できなくってもいいということがあるものか。　形容詞的く形①＋っても

・疾くよくならんでどうするものか。　　ならぬで→ならんで

（5）八田→女乞丐

・こんな処に寝ていちゃあいかん。　　ては→ちゃ＋あ（长音）、ぬ→ん

　　八田→阿香

・伯父でなくってだれが落ちた。　　形容詞的く形＋って

（6）阿香→伯父

・早く帰ろうじゃございませんか。　　では→じゃ（ぢゃ）

・そんなら伯父さん、まあどうすりゃいいのでございます。　　それなら→そんなら、すれば→すりゃ

（7）伯爵夫人→侍女、护士等

・なぜ、眠らなけりゃ、療治はできないか。　　なければ→なけりゃ

・さ、殺されても痛かあない。　　いたくはない→いたか＋あ（长音）ない

・ちっとも動きやしないから、だいじょうぶだよ。　　動きはしない→動きやしない

・動きゃあしないから、切っておくれ。　　動きはしない→動きゃ＋あ（长音）しない

---

① 此处的"ない"是按照形容詞活用的否定助动词。（5）中的例子同理。

・なに、わたしゃ、じっとしている。　　わたしは→わたしゃ
・痲酔剤は譫言を謂うと申すから、それがこわくってなりません。形容詞的く形＋って

在这组出现了"はい→へい"、"もので→もんで"、"ならぬで→ならんで"、"これは→こりゃ"、"には→にゃ"、"なので→なんで"、"では→ぢゃ・じゃ"、"それなら→そんなら"、"いたくはない→いたかあない"、"動きはしない→動きやしない・動きゃあしない"、"わたしは→わたしゃ"、"ちと→ちっと"、"ては→ちゃあ"（2例）、"すれば→すりゃ"（2例）、"形容詞的く形＋って（含ても）"（3例）等形式。其中，"これは→こりゃ"类、"ては→ちゃあ"、"なので→なんで"、"形容詞的く形＋って（含ても）"、"では→じゃ"、"すれば→すりゃ"等用法在现代较随意的日语口语中仍然广泛使用。值得一提的是，在明治20年代（1887—1896年）"形容詞的く形＋って（含ても）"的使用相当普遍，在上述仅有的几个例子中就出现了3人次。"形容詞的く形＋って"在当时是东京方言，在《口语法别记》中将其视为土话，建议不要使用。在现代口语中"そんなら"虽显粗俗，但是在每部词典中都能够查到，使用率还是较高的。在日语口语中仍存在"ら"行音变化为"ん"的现象。如："'どうするの→どうすんの''何してるの→何してんの''いろいろな→いろんな'。不过，'わからない→わかんない''つまらない→つまんない''お帰りなさい→お帰んなさい'仅为女性和儿童使用。"[①] "動きはしない→動きやしない・動きゃあしない"在现代日语中也有所体现。句型"～はしない"在口语中可说成"～やしない"或"～ゃしない"，如句型"～といったらありゃしない"所示。不过，使用率不高。由"ちと"发生促音变化而形成的"ちっと"作为口语形式一直延续至今。至于"はい→へい"、"いたくはない→いたかあない"、"には→にゃ"以及"わたしは→わたしゃ"则是非主流用法，不曾出现在现代标准普通话中。

总的来说，文化层次较高的群体发生口语音变的现象较少，即便偶尔发生音变，也是非常接近现代日语语法的，易于理解。这是因为现代日语普通

---

① 富阪容子：『なめらか日本語会話』，東京：アルク 2000 年版，第 35 頁。

第一章 "观念小说"的双璧:《巡夜警察》和《外科手术室》 ◆◇◆

话体系是以明治时期(1868—1912年)东京受教育阶层的口语为基础构建的。

第二组系出现音变较多的群体,包括年轻商人、阿香伯父和年轻工匠。

(1) 两个年轻商人

・浅草へ行ってここへ来なかったろう<u>もんなら</u>、拝まれる<u>んじゃな</u>かったっけ。　ものなら→もんなら、のじゃなかったっけ→んじゃなかったっけ

・<u>ありゃ</u>もう自然、天然と雲上になったんだな。　あれは→ありゃ

・ところでと、あのふう<u>じゃあ</u>、ぜひ、高島田とくるところを、銀杏と出たなあどういう気だろう。　では→じゃ+あ(长音)

・<u>たまにゃ</u>おまえの謂うことを聞くもいいかな。　たまには→たまにゃ

・藤色とばかりじゃ、本読みが納まら<u>ねえ</u>ぜ。　ない→ねえ

・なんといっていいか汚れ切ってい<u>らあ</u>。　るは→らあ

・<u>わりい</u>洒落だ。　わるい→わりい

・ほんの<u>こった</u>が<u>わっしゃ</u>それご存じのとおり、北廓を三年が間、金毘羅様に断ったというもんだ。ところが、なんの<u>こたあ</u>ない。　ことだ→こった、わしは→わっしゃ、ことは→こた+あ(长音)

・へん、聞いて<u>呆れらい</u>。　呆れるわい→呆れらい

・でも、あなた<u>やあ</u>、ときたらどうする。　は→や+あ(长音)

・正直なところ、<u>わっし</u>は遁げるよ。　わたし→わっし

(2) 阿香伯父→阿香

・ちっとも腕車(くるま)が<u>見えん</u>からな　見えぬ→見えん

・うむ、お香、今<u>じゃ</u>もうあの男を忘れたか。　では→じゃ

・おれさえアイと合点<u>すりゃ</u>、あべこべに人をうらやましがらせてやられるところよ。　すれば→すりゃ

・死んだ母親にそっくりで<u>かわいくって</u>ならないのだ。　形容詞的く形+って

・解るまい、<u>こりゃ</u>おそらく解るまいて。　これは→こりゃ

・<u>吾(おり)や</u>おまえに怨まれるのが本望だ。　おれは→おりゃ

- 85 -

・おい、お香、おれが今夜彼家の婚礼の席へおまえを連れて行った主意を知っとるか。　知っておる→知っとる

・おまえが憎い女ならおれもなに、邪魔をしやあしねえが、かわいいから、ああしたものさ。　は→や＋あ（长音）3次、ない→ねえ

・たといどうしても肯きゃあしないから。　ききはしない→ききゃ＋あ（长音）しない

・そこでおいらが引き取って。　おれら→おいら

・美しいは美しいが、おまえにゃ九目だ。　には→にゃ

・おまえにわけもなく断念めてもらった日にゃあ、おれが志も水の泡さ、形なしになる。　には→にゃ＋あ（长音）

・そんなこたあ言ってくれるな。　ことは→こた＋あ（长音）

・おれはおまえが憎かあない。　にくくはない→にくか＋あ（长音）ない

・たとえばかったい坊だとか。　かたい→かったい

・そこをおれがちゃんと心得てるから。　ている→てる

・なんと慾(よく)のないもんじゃあるまいか。　もの→もん

・なんにもいうな。　なにも→なんにも

・思い知らせたいばっかりに。　ばかり→ばっかり

・ただあればかりはどんなにしても許さんのだからそう思え。許さぬ→許さん

（3）年轻工匠→年长车夫

・サーベルがなけりゃ袋叩きにしてやろうものを、威張るのもいいかげんにしておけえ。　なければ→なけりゃ、おけ→おけ＋え（长音）

・爺さん慌てなさんな。　なさるな→なさんな

・こう己（おり）や巡査じゃねえぜ。　おれは→おりゃ、ない→ねえ

・ほんにさ、このざまで腕車を曳くなあ、よくよくのことだと思いねえ。　思いなさい→思いなせえ→思いねえ

・こう爺さん、おめえどこだ。　おまえ→おめえ

・なんの縛ろうとは謂やしめえし、あんなにびくびくしねえでものことさ。は→や、まい→めい

- 86 -

第一章 "观念小说"的双璧：《巡夜警察》和《外科手术室》 ◆◇◆

・おらあ片一方で聞いててせえ少癇癪に障って堪えられなかったよ。 おれは→おら+あ（长音）。さえ→せえ
・この寒いのに股引きはこっちで穿きてえや。　　たい→てえ
・なんだと思っていやがんでえ。　　やがるでえ→やがんでえ、だい→でえ
・ばかめ、こんな爺さんを掴めえて、剣突もすさまじいや。　　掴まえ→掴めえ
・全体おめえ、気が小さすぎらあ。　　るは→ら+あ（长音）
・あんなやつもめったにゃねえよ。　　には→にゃ
・ぎょうさんに咎め立てをするにゃあ当たらねえ。　　には→にゃ+あ（长音）
・こう、腹あ立てめえよ・どしどし言い籠めて隙あ潰さした埋め合わせに。　　は→あ
・え、爺さん、聞きゃおめえの扮装が悪いとって咎めたようだっけが、それにしちゃあ咎めようが激しいや。　　聞けば→ききゃ、ては→ちゃ+あ（长音）
・まかり間違やあ胴上げして鴨のあしらいにしてやらあ。　　まかりまちがえば→まかりまちがや+あ（长音）
・爺さん、いやたあ謂われねえ。　　とは→た+あ（长音）
・しかもお提灯より見っこのねえ闇夜（やみ）だろうじゃねえか、風俗も糸瓜(へちま)もあるもんか。　　見る＋っこない→見っこない→見っこねえ→見っこのねえ、ものか→もんか

第二组语料中，除去与第一组重复的用法及接近现代口语的"の→ん""ている→てる""なにも→なんにも""ばかり→ばっかり""なければ→なけりゃ"外，还出现了诸如"たまには→たまにゃ""かたい→かったい""ない→ねえ""るは→らあ""わるい→わりい""ことだ→こった""わしは→わっしゃ""ことは→こたあ""呆れるわい→呆れらい""は→やあ""知っておる→知っとる""おまえ→おめえ""まい→めえ""おれは→おらあ""さえ→せえ""たい→てえ""だい→でえ""は→あ""見る＋っこない→見っこない→見っこねえ→見っこのねえ""まかりまちが

- 87 -

えば→まかりまちがやあ"等大量较粗俗的口语形式。这些游离于所谓"标准话"之外的语言，正是当时社会底层人民生动的生活口语，一些形式甚至仍存活在当代日本人的东京方言之中。从音韵学的角度探讨其中的语音变化规律，不仅有益于揭示东京方言的特点，也有助于研究者解读明治时期（1868—1912年）文学作品中的对话。

3. 音韵变化的规律

根据笔者的解析，前述用例中的语音变化可概括为以下三种形式：替代、省略和添加。本研究旨在向日语学习者或日本文学研究者提供从东京话向普通话转换的方法，并非以准确反映日语发音为目的。故下列语音变化部分不采用音素标记法，取而代之的是日语学习者耳熟能详的罗马字标记法。"训令式（罗马字标记法）为众多日本小学教授的内容之一，被国际标准化机构所采纳，称之为'ISO 3602'国际标准，也会在学术论文及日语教育中使用。"[①]据此，本文采用训令式罗马字标记法标注音变部分。

（1）替代

①ヤ音变[②]：ew→y；iw→y；eb→y

下面例子中的画线部分以训令式罗马字标注的话，分别是"これは→こりゃ"（rewa→rya）、"ては→ちゃあ"（tewa→tyaa[③]）、"では→ぢゃ・じゃ"（dewa→zya）、"には→にゃ"（niwa→nya）、"わたしは→わたしゃ"（siwa→sya）、"すれば→すりゃ"（reba→rya）、"まかりまちがえば→まかりまちがやあ"（eba→yaa）。

罗马字标记中画线部分显示的是音变部位。这类是属于"ヤ音变"的例子。特点是其中的两个音素变成"y"后，与后面的"a"构成带有"ゃ"的音节。作品中"ew"变为"y"的例子最多，有三种，"iw"变为"y"和"eb"变化成"y"的各有两种。"ては→ちゃあ"（tewa→tyaa）和"まかりまちがえば→まかりまちがやあ"（eba→yaa），从音韵学的角度解释则是"ew"

[①] 東京大学教養学部英語部会教養教育開発機構：「日本語のローマ字表記の推奨形式」(v1) 2009年4, http://park.itc.u-tokyo.ac.jp/eigo/romaji.html, 2015年2月20日。

[②] ヤ音变、元音变、イ音变、拨音变的名称系笔者所起。其中的拨音变与动词连用形的拨音变概念不同。

[③] 为清晰地再现每个音素的变化，本文中不使用训令式标记法中的长音符号。

第一章 "观念小说"的双璧：《巡夜警察》和《外科手术室》

和"eb"变为"y"后与后面的"a"构成"や"，进而添加了长音"a（あ）"。在当时的东京话中，长音化的现象相当普遍。

②元音变：ai→ee/ei；ae→ee；ui→ii

如下例子中画线部分发生了音韵变化。"な<u>い</u>→ね<u>え</u>"（n<u>ai</u>→n<u>ee</u>）、"ま<u>い</u>→め<u>え</u>"（m<u>ai</u>→m<u>ee</u>）、"た<u>い</u>→て<u>え</u>"（t<u>ai</u>→t<u>ee</u>）、"だ<u>い</u>→で<u>え</u>"（d<u>ai</u>→d<u>ee</u>）、"おま<u>え</u>→おめ<u>え</u>"（m<u>ae</u>→m<u>ee</u>）、"捕ま<u>え</u>→掴め<u>え</u>"（m<u>ae</u>→m<u>ee</u>）、"さ<u>え</u>→せ<u>え</u>"（s<u>ae</u>→s<u>ee</u>）、"わる<u>い</u>→わり<u>い</u>"（r<u>ui</u>→r<u>ii</u>）。

由"ai"和"ae"变化为"ee"的类型占此类别中的绝大部分。这种音变形式至今仍保留在东京方言中。"ui"向"ii"的变化虽在作品中数量不多，但这种用法也是当今东京方言中较具代表性的一种类型。

③イ音变：れ→い

"イ音变"的例子在作品中仅有一例，即"お<u>れ</u>ら→お<u>い</u>ら"。"おいら"一词在现代日语中作为非正式口语仍在使用。同时，"イ音变"的现象也仍保留在东京方言中。如：こ<u>れ</u>だけ→こ<u>い</u>だけ，そ<u>れ</u>から→そ<u>い</u>から。

④拨音变

拨音化的现象在现代日语的口语中也是随处可见的。作品中的例子大致分为以下两种情况：

・ナ行音的拨音化：も<u>の</u>なら→も<u>ん</u>なら、<u>ぬ</u>→<u>ん</u>、も<u>の</u>で→も<u>ん</u>で、<u>の</u>じゃなかったっけ→<u>ん</u>じゃなかったっけ等ナ行音直接变为拨音"ん"的例子占大部分。此外，如"なにも→な<u>ん</u>にも"所示，偶见插入拨音"ん"的例子。

・ラ行音的拨音化：そ<u>れ</u>なら→そ<u>ん</u>なら、なさ<u>る</u>な→なさ<u>ん</u>な、やが<u>る</u>でえ→やが<u>ん</u>でえ

值得一提的是，当词尾为"る"的动词遇到"な"，无论是表示禁止的终助词"な"（如前例：なさるな→なさんな），抑或是表示命令的"なさい"时，都会发生拨音变。例如，"乗りなさい→乗んなさい、お座りなさい→お座んなさい"等。

（2）省略

①元音 e, i, u

"知っておる→知っとる"中的"てお→と"，如果用罗马字拼写的话是"teo→to"，其中的元音"e"被省略后变为"to（と）"。这种现象在现代日语的非正式口语中仍有所体现。除"e"外，元音"i"被省略的现象在现代日语的口语中更是俯拾皆是。作品中出现了"ている→てる"（teiru→teru）。此外，现代较随意口语中，"だろう""でしょう"中的元音"u"经常被省略，成为"だろ""でしょ"。

② uw, ew, ow, iw, w

如"呆れるわい→呆れらい"（ruwai→rai）、"にくくはない→にくかあない"（kuwa→kaa）、"るは→らあ"（ruwa→raa）、"おれは→おらあ"（rewa→raa）、"とは→たあ"和"ことは→こたあ"（towa→taa）、"は→あ"（wa→a）等所示，这类例子均和"は（わ）"有关，是将"w"或"w"及前面的元音一起省略后形成的一种语音现象。"w"被省略后，剩下的"a"后面再加上一个"a"，从而形成长音的例子在此类型中占大部分，如"にくくはない→にくかあない""おれは→おらあ""とは→たあ""るは→らあ"和"ことは→こたあ"。

③特例

在作品中出现一例语音变化复杂的特例——"思いねえ"中的"ねえ"。从接续法可推知，这里的"ねえ"与前述由"ない"音变而来的"ねえ"并非同一用法，而是"なさい"的音变形式。其变化过程是"思いなさい→思いなせえ→思いねえ"（nasai→nasee→nee）。首先，"思いなさい"中的"さい"（sai）通过替代法将"ai"变为"ee"，从而由"さい"（sai）变成"せえ"（see），形成"なせえ（nasee）"。其次，其中的"as"被省略，变为"ねえ"（nee）。

（3）添加

①长音

长音化是东京方言的特点之一，在现代日语中有"では→じゃ＋あ""ては→ちゃ＋あ"。这一特点在明治时期（1868—1912年）百姓的语言中更加显著。

除前述发生替代或省略后再添加长音的例子外，类似"は→や＋あ""ききはしない→ききゃあしない""おけ→おけ＋え""には→にゃ＋あ"的

第一章 "观念小说"的双璧：《巡夜警察》和《外科手术室》 ◆◇◆

例子更是比比皆是。

②促音

东京方言的另一个特点是促音化，如：おっぱじめる、ぶっぱなす、かわっぷち、落っこちる、乗っける等。

促音化在镜花的作品中也有所体现，共出现三种类型：

第一类：在单词中直接添加促音，起到加强语气的作用。如"ばかり→ばっかり""かたい→かったい""ちと→ちっと""わし→わっし""形容詞的く形+って"。其中，"形容詞的く形+って"在同年代其他作家的文学作品中（如若松贱子的译作《小公子》）使用相当普遍，以至于被当作标准话来使用。即便现在也会偶尔出现在非正式的口语中。

第二类：接头词或接尾词中的促音。动词前接"オッ、カッ"，形容词前接"イケ"等接头词，以及动词后接"ッコナシ、ッコナイ"等接尾词为东京方言的特征之一。①此处的接头词或接尾词也是起到加强语气的作用。如"見る＋っこない→見っこない→見っこねえ→見っこのねえ"。"見る"的连用形后续"っこない"变为"見っこない"。其中的"ない"（nai）的双元音"ai"替换为"ee"，变为"ねえ"（nee）。进而插入"の"，变成"見っこのねえ"。

第三类：单词后附加助词时发生的音变，如"こと＋だ→ことだ→こった""わし＋は→わしは→わっしゃ"。"ことだ→こった"（kotoda→kotta）是其中的"od"由"t"取而代之，从而与其后的"ta"形成促音。"わしは→わっしゃ"的变化过程是"わしは"（wasiwa）发生"ヤ音变"，由"iw"变为"y"后形成"wasya"，即"わしゃ"，之后又发生了促音化的现象。

其中，第一类在数量上占绝对优势。

基于以上分析概括出将明治时期（1868—1912年）的东京话转换为现代日语普通话的方法。详见表1-1。

---

① 吉田澄夫：『近世語と近世文学』，東京：東洋館出版社1952年版，第348頁。

表 1–1　明治时期（1868—1912 年）东京话转换为现代日语普通话的方法

	拨音	促音	其他
替代	ん → ナ行音 ん → ラ行音		① y→ew/iw/eb ② ee→ai/ae 　　ei→ai 　　ii→ui ③ い→れ
省略[①]	ん	① っ ② 含有促音的接头词或接尾词 ③ 去掉表促音的音素后用替代等方法还原	长音
添加			① e/i/u ② w/iw/uw/ew/ow ③ 特例：as/ es/er[②]

4. 音韵变化规律的应用

镜花作品中对话占有相当大的比重。这种倾向在砚友社派作家的作品中尤为显著。本文选取砚友社另一代表作家广津柳浪于 1896 年发表的《今户情死》，运用上述方法将其中的东京话转换为现代普通话，以检验此方法的可行性。

发生语音变化的例子无外乎有三大类：拨音变、促音变和其他类。

（1）拨音变

发生拨音变的大部分是ラ行音和ナ行音。其中，"な"和"なさい"前的"ん"为ラ行音变化而来。遇到拨音变时，先将"ん"考虑为ラ行音或ナ行音，进而根据语境和现代日语的相关知识还原为具体的音节。如下列作品中出现的拨音变例子：

• おしなさんなよ→おしなさるなよ、ーておくんなさいよ→ておくれなさいよ、お帰んなさる→おかえりなさる

"ん"因在"な"和"なさい"之前，故考虑为ラ行音。再根据"な"和"なさい"之前动词的接续法可分别确定为"る""れ""り"。

---

① 现代口语通过添加法推演出来的东京话，在由东京话向现代口语推导时则需通过省略法来实现。表中的添加亦同理。

② "er"与在"t/z"后省略"es"系《今户情死》中的例子，在《巡夜警察》和《外科手术室》中未见。

第一章 "观念小说"的双璧：《巡夜警察》和《外科手术室》 ◆◇◆

- 言うんだろう→言うのだろう、言おうもんなら→言おうものなら、私んとこ→私のとこ

此处为ナ行音发生拨音变的例子。只要具备现代日语知识很容易辨别出原来的音节为"の"。

（2）促音变

促音变也相对容易还原，作品中出现两种类型。

- やッぱり、ちッと、それッきり、先日ッから、～でなくッて、うまくッて

这类是为加强语气添加的促音，外形上与现代日语十分相近，还原时只需将促音去掉即可。

- もういやなこッた、どッかいるだろう

此类较复杂，属表格中省略的第③种情况，所幸这个类别的例子极少。"こッた"如3—（3）—②所分析的，是"ことだ"的音变。众所周知，"どッか"在现代较随意的口语中仍在使用，是"どこか"的促音变。

（3）其他

拨音变和促音变或接近现代日语的形式，或仍存在于现代较随意口语中，依据日语知识较易转换。其他类的语音变化则须依据表格中替代、省略或添加的方法还原。如果音变部位有长音，首先尝试用省略法将长音去掉，若去掉后句义成立则适用省略法。《今户情死》中可运用省略法的只有一例：

- 騒いでやアがるんだから。 将长音"ア"去掉即可。

作品中既非拨音变，亦非促音变，也不属长音的例子数量颇多。这些用例应运用替代法或添加法来转换，具体使用哪种方法依据音变部位的音素而定。

具体方法是：音变部位是"い"，或音变部位用罗马字标注出后含有 y、ee、ei、ii 时，依据表中所列方法进行替代。不含前述音素或音节时则按照表中的规则添加相关音素。

《今户情死》中属替代的例子：

- 世話アねえ。

画线部分的罗马字标注是"nee"，含有"ee"，故采用替代法。参照

表格中替代一栏关于"ee→ai/ae"的记载试还原为"nai"或"nae",根据语境判断的结果是"nai（ない）"。

- 私や管でも巻かないじゃアやるせがないよ。
- 私しゃ今何か言ってやアしなかったかね。

"私や"的罗马字标注为"wasya","私しゃ"为"watasya"。因有音素"y",故考虑用"ew/iw/eb"替代,试将"ew"或"eb"代入后,或该词不存在,或不符合语境,所以应用"iw"替代,即"wasiwa（わしは）"和"watasiwa（わたしは）"。

作品中除"しゃ"外,还出现了"じゃア""ちゃア""にゃ""やア""きゃ（ア）""りゃ"。如前所述,明治时代（1868—1912年）东京话中长音化的现象非常普遍,长音的有无不影响句义,可先用省略法将长音"ア"去掉。去掉长音后其共性便一目了然,词尾均为"や"或"ゃ"。一言以蔽之,词尾为"や"或"ゃ"时使用替代法置换。在现代口语中,如"それじゃ"的"じゃ"、"言っちゃった"的"ちゃ"早已耳熟能详,不用替代法也可以轻松地置换。因此,本文重点解析较生僻的音变现象。下列例子与前述"しゃ"和"ゃ"同理,将"y"替代后变为如下形式:

- 怒らせないくらいにゃしておやりよ。 nya→niwa（には）
- お前さんに調えてもらやアしまいし 将长音去掉后的标注为：ya→iwa（いは）
- そりゃ昔のことですのさ。rya→rewa（れは）
- 引き摺ってりゃ、どうしたと言うんだよ。rya→reba（れば）

"りゃ"中的"y"既可用"ew"替代,也可用"eb"置换,此时需根据语境来选定。

- 執ッ着きゃしませんからね。 kya→kiwa（きは）
- その時ゃその時で。 tokya→tokiwa（時は）

《今户情死》中属添加的例子:

- 来てるのかい／よこしとく／花実が咲こかいな／くさくさしッちまう。

前两例在现代日语中仍频繁地使用,极易理解,分别是"ている"和"ておく"的音变,省略了元音"i"和"e"。第三例的"咲こ"显然是省略了

第一章 "观念小说"的双璧：《巡夜警察》和《外科手术室》 ◆◇◆

"u（う）"。第四例的"しッちまう"是"しちまう"的强调形式。如"してしまう→しちまう"（sitesimau→sitimau）所示，是"es"被省略后形成的。这种类型在《外科手术室》和《巡夜警察》中未出现，故作为特例加到表格中。

以上是添加中的第①和第③种情况。在添加中占有较大比例的是第②种。观察以下用例可发现：词尾均为"ア"段。概而言之，去掉长音后，词尾为"や"以外的"ア"段音时，需在"a"前添加w/iw/uw/ew/ow，然后根据语境选择其一。以下罗马字标注中的画线部分为后添加的音素。

- 世話<u>ア</u>ねえ。　a→<u>w</u>a（は）
- ちッたあ瘧瘋も発りまさ<u>ア</u>ね。　　masaa→masa→mas<u>ow</u>a（ますわ）
- 戦えてる<u>たア</u>知らなかろう。　taa→ta→t<u>ow</u>a（とは）
- <u>ちッたア</u>人にも知られた店。　先去掉"tittaa"的促音和长音→tita→tit<u>ow</u>a（ちとは）
- 太股ふッつりのお身替りな<u>ざア</u>、ちとありがた過ぎる方だぜ。nazaa→naza→naz<u>ow</u>a（なぞは）
- やっぱり去らないんだと見え<u>らア</u>。　raa→ra→r<u>uw</u>a（るわ）

此外，作品中还出现了较复杂的音变现象。

- 死んじまや<u>ア</u>それッきりじゃアないか。

首先，将长音"ア"去掉后，词尾为"や"，据此判断应用替代法，即"zimaya→zima<u>iw</u>a"，再根据前述特例在"z"后添加"es"，变为"z<u>es</u>imaiwa（でしまいは）"。

- 兄さんでも来て下さらなきゃ<u>ア</u>、私や生きちゃアいませんよ。

此例"なきゃあ"中的"きゃ"与"執ッ着<u>きゃ</u>しませんからね"的"きゃ"用法不同。具备日语常识的人都知道"なきゃ（あ）"是"なければ"的较随意的口语形式，与"なけりゃ"同义。从音韵变化的角度解释的话，即为"なければ"中的"れば"发生替代，由"reba"变为"rya（りゃ）"，而后"nak<u>er</u>ya（なけりゃ）"的"er"脱落，变成"nakya（なきゃ）"，进而添加长音"a"，最终成为"なきゃあ"。此处的"er"与"てしまう"变为"ちしまう"过程中脱落的"es"用法相同。此例不具有普遍性，故作

为特例处理。

综上所述，笔者通过分析实例概括的转换方法基本囊括了明治期东京话中常见的语音变化。同时，通过观察《巡夜警察》、《外科手术室》和《今户情死》中的语音变化用例可知：明治期东京话的音韵变化较江户期减少，出现频率较高的是长音化、ラ行音和ナ行音的拨音变、起强调作用的促音变、元音e/i/u的省略、双元音的替代及后接"は（わ）、ば"时发生的音变。

将明治时期（1868—1912年）的东京话转化为现代日语普通话时，长音化、拨音变、促音变、元音的省略及"ちまう""なきゃ"等，凭经验和语境很容易转换。相反，双元音的替代、后接"は（わ）、ば"时发生的音变则须依据表中的规则按步骤推导。

明治时期东京话的音韵变化独具特色，一些形式和用法被现代日语继承，有的成为较随意的说法，有的被印上"旧式"的历史烙印，有的化为东京方言的一部分，有的则被历史大潮所淘汰。本文以《巡夜警察》和《外科手术室》中的语音变化为例，推导出东京话向现代日语普通话转换的规律和方法，并以《今户情死》中的用例展示了推导过程，证明了该方法的可操作性。该方法有益于日语学习者理解东京方言，为研究者解读明治时期文学中的对话提供语言学依据。

除句末形式和语音变化外，明治20年代（1887—1896年）的口语在动词、代词、接续助词、助动词、感叹词、形容词和终助词等方面也与现代日语有着诸多不同之处。

（三）动词

1. "なすって"与"なすった"
- ほかにおめえなんぞ仕損いでもしなすったのか。　　　　　年轻工匠
- どうぞまっぴら御免なすって、向後きっと気を着けまする。年长车夫
- お放しなすって、え、どうしょうねえ。　　　　　　　　　阿香

"する"的尊敬敬语是"なさる"，"なさった""なさって"发生语音变化成为"なすった""なすって"。后者是非标准化口语，在现代日语中已几乎不使用。"なすった"现仅出现在东京方言之中，已失去敬语意识。

第一章 "观念小说"的双璧：《巡夜警察》和《外科手术室》 ◆◇◆

"なすって"多以"お（ご）～なすって"的形式出现，与"お（ご）～なさい"同义。

2. お（ご）～あそばす

・大眼に御覧あそばして／しばらくここにお置きあそばしてくださいまし。　　　　　　　　　　　　　　　　　　　　　　　女乞丐

・姫様はようようお泣き止みあそばして、別室におとなしゅういらっしゃいます。其他如：お聞きあそばして／お算えあそばします／御堪忍あそばして。　　　　　　　　　　　　　　　　　　　　　　　侍女

・なぜ、そんなにおきらいあそばすの、ちっともいやなもんじゃございませんよ／お動きあそばしちゃあ、危険でございます／いくらなんでもちっとはお痛みあそばしましょう／爪をお取りあそばすとは違いますよ。　　　　　　　　　　　　　　　　　　　　　　　　　　護士

在镜花作品中，"お（ご）～あそばす"的例子不胜枚举，说明该用法在明治时代（1868—1912年）使用相当普遍。"お（ご）～あそばす"与动词的连用形一起使用，是一种敬意程度非常高的敬语，系明治中流以上阶层的语言，相当于现代日语中的"お（ご）～になる"。

3. "～うて(た)"与"～って(た)"

・もっとその巡査を慕うてもらいたいものだ。　　　　　　阿香伯父

・慕い合って望みが合（かな）うた、おまえの両親に対しては、どうしてもその味を知らせよう手段がなかった。　　　　　　　　阿香伯父

像"言う、思う、かなう、歌う、慕う、買う"等以"う（ふ）"为词尾的动词后续"て、た"时，在明治20年代（1887—1896年）的口语中存在两种形式："～うて"（ウ音变）和"～って"（促音变）。一是关西式说法，一是关东式说法。

4. 可能态

・たとい世界の金満におれをしてくれるといったって、とても謂うこたあ肯（き）かれない。　　　　　　　　　　　　　　　阿香伯父

可能态在明治前期使用的是"动词未然形+れる、られる"的形式。现代日语中的可能动词形式是后兴起的，至少在明治20年代（1887—1896年）诞生的这两部作品中未出现可能动词的用法。

5. 特殊动词

- 昼だって<u>ひよぐる</u>ぐらいは大目に見てくれらあ、業腹な。

年轻工匠

- 手間は<u>取らさ</u>ねえからそこいらまでいっしょに<u>歩び</u>ねえ。

年轻工匠

- さぞ目の<u>覚むる</u>ことだろう。

阿香伯父

"ひょぐる"是四段活用动词，初见《东海道徒步旅行记》（1802—1809年）。"刺尿"，"使劲撒尿"的意思。"步ぶ"也是四段活用动词，是"步く、步む"之意。"覚むる"是"覚む"的连体形。"覚む"为下二段活用动词"覚める"的文言语。经过普通话标准的过滤后，这些动词在现代日语中已荡然无存。

"取らす"是"取る"的使役动词。在江户（1603—1867 年）至明治时期（1868—1912 年）流行"五段动词+ス"作为使役动词使用的用法，例如："聞く→聞かす"等。但是，随着语言的不断进化，一部分使役动词已不再使用，取而代之的是"动词的未然形+せる、させる"。

（四）代词

明治时期（1868—1912年），第二人称相当丰富，仅作品中就出现了"おまえ"（おまえさん、おめえ）、"御前"（ごぜん）、"あなた"、"汝"（うぬ）、"主"、"きさま"、"君"、"奥"、"足下"等人称代词，以及以名词"旦那"及类似"高峰"之类的直呼姓氏指代第二人称的用法。第一人称则出现了"おれ""わし""わたし""わっし"等形式。

1. 下位者→上位者

（1）御前（ごぜん）

- <u>御前（ごぜん）</u>、姫様はようようお泣き止みあそばして、別室におとな、しゅういらっしゃいます。

侍女

"御前（ごぜん）"是对女性含有敬意的称呼。在这里用于侍女称呼伯爵夫人。

（2）旦那

- もし<u>旦那</u>、どうぞ、後生でございます。

女乞丐

第一章 "观念小说"的双璧：《巡夜警察》和《外科手术室》 ◆◇◆

"旦那"是对身份高贵者或有钱人的敬称。女乞丐用于称呼八田。

2. 同辈之间或对下位者

（1）おまえ、おめえ、おまえさん

・たまにゃおまえの謂うことを聞くもいいかな。　　　年轻商人

・明け暮れそのなかのいいのを見ていたおれは、ええ、これ、どんな気がしたとおまえは思う。　　　阿香伯父

・え、爺さん、聞きゃおめえの扮装が悪いとって咎めたようだっけが。　　　年轻工匠

・おまえさん、こんな晩にゃ行火を抱いて寝ていられるもったいない身分でござりましたが。　　　年长车夫

"おまえ"在近世（1603—1867年）以前曾是对对方表达最高敬意的人称代词，其后敬意渐减，明治以后仅用于同辈或同辈以下，限于男性使用。在作品中年轻商人之间及阿香伯父对阿香使用了该词。前者系同辈关系，后者系上对下的关系。顺便提一下，阿香伯父的自称是"おれ"。男性在与伙伴或下位者等不需客套的谈话中使用"おれ"。该词从上代至中古时期仅作为第二人称使用，近世以后作为第一人称的用法得到普及，男女均使用，降至近世末期女性不再使用。

"おめえ"是"おまえ"的音变形式，粗俗的说法，作品中的使用者是年轻工匠。"おまえさん"是带有亲近感的百姓语言，用于地位或年龄低于自己的对方，在作品中是年长车夫用以称呼年轻工匠。

（2）あなた

・それでは、あなた／もう、なんですから、あのことを、ちょっと、あなたから。　　　护士

・夫人、あなたの御病気はそんな手軽いのではありません。

　　　医学博士

"あなた"系敬称，敬意程度不高，但高于"君"，用于同辈或同辈以下。护士称呼高峰和伯爵夫人的侍女以及医学博士称呼伯爵夫人时使用了该词。

（3）主（ぬし）

・主の抱車ぢゃあるまえし。　　　年轻工匠

- 99 -

"主"的敬意不高，多用于同辈以下。在此，年轻工匠用该词指称八田。

（4）君

- 予：<u>高峰</u>、ちっと歩こうか。

高峰：ああ、真の美の人を動かすことあのとおりさ、<u>君</u>はお手のものだ、勉強したまえ。

在这段对话中，"予（我）"直呼高峰姓氏，而高峰则用"君"指称"我（予）"。"君"在上代是女性对亲密的异性的敬称，中古以后男女通用。在近代，成为书生用语之一，是对对方的亲密称呼。在现代，男性仅用于同辈及同辈以下。与"君"相对的第一人称"ぼく"在明治时期（1868—1912年）以后为书生广为使用，但在两部作品中以读书人身份出场的仅有高峰和"我"，而且对话仅寥寥数行，没有出现自称词，所以很遗憾此次没有机会观察"ぼく"的用法。

（5）奥

- <u>わし</u>にも、聞かされぬことなんか。え、<u>奥</u>。　　伯爵→伯爵夫人
- なに、<u>わたし</u>ゃ、じっとしている。　　　　　　　伯爵夫人
- 正直なところ、<u>わっし</u>は遁げるよ。　　　　　　　年轻商人

伯爵用"奥"称呼伯爵夫人，用"わし"自称。"奥"是身份高贵的男士对自己妻子的称呼。"わし"是男性面对下位者时伴有傲慢语感的自称词。伯爵夫人用于自称的"わたし"是"わたくし"的较随意的说法，在近世语中多为女性使用。"わっし"则是"わたし"发生语音变化后产生的更为口语化的说法。

（6）足下

- 「<u>足下</u>もか」「え、<u>君</u>は」「<u>わっし</u>も遁げるよ」　予→高峰→予

"足下"是对处于同等地位或下位者的尊呼，语感正式。在此"予（我）"用于称呼"高峰"。

3. 上位者→下位者

（1）汝（うぬ）

- <u>汝</u>が商売で寒い思ひをするからたつて。　　　　　年轻工匠

斥责、辱骂对方时使用"汝"一词。在此，年轻工匠使用于八田。

(2) きさま
- たといきさまが、観音様の化身でも、寝ちゃならない。　　　　八田

"きさま"仅限男性用于极其亲近的同辈或下位者，或是在发生口角辱骂对方时使用。该词在中世（1184—1603年）末期至近世（1603—1867年）初期包含较高的敬意，近世后期敬意程度降低，逐渐演变成现今的用法。

（五）接续助词

1. とって
- 聞きゃおめえの扮装が悪いとって咎めたようだっけが。

　　　　　　　　　　　　　　　　　　　　　　　　　　年轻工匠

"とって"是"とて"添加促音后的形式，"といって"的意思。

2. に
- 酒代でもふんだくってやればいいに。　　　　　　　　年轻工匠
- 行けというに。　　　　　　　　　　　　　　　　　　八田

表转折的接续助词的用法，相当于"のに"。

3. なれど
- そのことも申しましたなれど、いっこうお肯き入れがござりませんので。　　　　　　　　　　　　　　　　　　　　　年长车夫

"けれども""しかしながら""そうではあるが"之意，表转折。

4. で、ので
- 伯父さん、何がお気に入りませんで、そんな情けないことをおっしゃいます、私は、……。　　　　　　　　　　　　　　阿香
- よっぽど後生のよいお客でなければ、とても乗ってはくれませんで、稼ぐに追い着く貧乏なしとはいいまするが。　　　年长车夫
- 自然装なんぞも構うことはできませんので、つい、巡査さんに、はい、お手数を懸けるようにもなりまする。　　　　年长车夫

前两例中的"で"是近世江户语，接续助词，表原因、理由，在现代日语中由"ので"取而代之。有趣的是，在年长车夫的口语中同时还出现了"ので"的用法，说明在当时两种形式都存在。

（六）助动词：ん、ぬ、ない

• おいこら、起き<u>ん</u>か、起き<u>ん</u>か／放さ<u>ん</u>か！／こんな処に寝ていちゃあいか<u>ん</u>。　　　　　　　　　　　　　　　　　八田

• ただあればかりはどんなにしても許さ<u>ん</u>のだからそう思え／ちっとも腕車が見え<u>ん</u>からな／おれも承知をしたかもしれ<u>ん</u>が。

　　　　　　　　　　　　　　　　　　　　　　　　　阿香伯父

• 綾、連れて来<u>ん</u>でもいい／もうもう快（なお）ら<u>ん</u>でもいい。

　　　　　　　　　　　　　　　　　　　　　　　　　伯爵夫人

• 銀杏、合点がいか<u>ぬ</u>かい／なんでも、あなたがたがお忍びで、目立た<u>ぬ</u>ようにという肚だ／見しや（見たかどうか）それとも分か<u>ぬ</u>間だったよ。　　　　　　　　　　　　　　　　　　　　年轻商人

作为否定助动词有"ん（ぬ）"和"ない"两个系列。前者属于西日本语系，后者属于东日本语系。一般情况下使用"ん"。在江户时期（1603—1867年），"ぬ"在武士等受教育阶层中使用。直至明治后期，"ない"才占据主要位置，这也是镜花两部作品中未出现"ない"的原因。

（七）其他

1. 终助词

• 解るまい、こりゃおそらく解るまい<u>て</u>／おまえのこといったら飯のくいようまで気に入る<u>て</u>／ここでおもしろい<u>て</u>、はははははは。

　　　　　　　　　　　　　　　　　　　　　　　　　阿香伯父

这是近世（1603—1867年）以后才出现的用法，前接动词、助动词的终止形，表劝说、忠告、开导的语气，在现代日语中已成为旧式用法。

2. 感叹词

• <u>こう</u>爺さん、おめえどこだ。　　　　　　　　年轻工匠

"こう"是始于江户时代（1603—1867年）的下层百姓使用的语言，用于打招呼，相当于"おい、なあ"，与现今在东京周边使用的俗语"よう"相近。

• <u>へい</u>、まことにびっくりいたしました。　　　年长车夫

在现代日语中很少使用。商人曾经常使用，是较谦虚的说法。

3. 形容词

・<u>よう</u>稼いでくれまして／あとには嫁と孫が二人みんな<u>快う</u>世話をしてくれますが。　　　　　　　　　　　　　　　　　　年长车夫

明治 20 年代（1887—1896 年），形容词作状语的连用仍然有两种形式：关西式的"～う"和关东式的"～く"。在普通话标准出台后，"～う"作为方言仅在关西地区使用。

从语言学的视角解析镜花作品的语言特点及其规律，不但可以通过语言观察人物的身份和性格，加深对文本的理解，更有益于解读镜花其后创作的文学作品。以文学作品中的语言为语料，将其放在同时代语言体系的视域下考察明治20年代（1887—1896年）的口语句末形式的使用、演变状况，语音变化规律及与现代日语的承续关系，可以从一个侧面丰富日语语言学的研究，为解读东京方言和明治时期（1868—1912年）文学中的对话提供依据。

第二章 "自传性小说"：《照叶狂言》

以"观念小说"享誉文坛的泉镜花，自 1892 年发表处女作至 1896 年 5 月的"观念小说"创作阶段虽创作了 36 部作品，可谓高产。但持平而论，除《巡夜警察》《外科手术室》外，多为平庸之作，不堪卒读。1896 年 5 月至 1897 年 1 月，镜花发表了系列之作——《一之卷》《二之卷》《三之卷》《四之卷》《五之卷》《六之卷》《誓之卷》，与其间陆续发表的作品——《蓑谷》（1896 年）、《龙潭谭》（1896 年）、《照叶狂言》（1896 年）、《化鸟》（1897 年）共同预示了镜花与"观念小说"的脱离。这些作品以第一人称叙事，回忆少年时代的往事，主人公或以镜花为原型，或可在主人公身上找到镜花的影子，女主人公均为年长女性，被称为"自传性小说"。作品风格清新郁勃，浪漫秀逸。在镜花一生的创作生涯中，这是唯一集中出现此类作品的阶段。

第一节　鉴赏与解读

一　时代背景

在《照叶狂言》发表的前一年，即 1895 年，《帝国文学》《文艺俱乐部》相继创刊，成为小说家们挥毫泼墨的阵地。尤其是《文艺俱乐部》，1895 年诞生的一大批揭露时弊的作品均刊登于此刊，这就是被称作"观念

小说""悲惨小说"的作品群。除上述作品群外，有一颗耀眼的流星格外引人注目，那便是万绿丛中一点红的樋口一叶。仅1894—1896年的三年间，一叶就发表了《大年夜》《青梅竹马》《浊流》《十三夜》《岔路》共5篇引起巨大反响的小说，引来森鸥外、幸田露伴等大家的绝口称赞，甚至对镜花推崇备至的田岗岭云也给予了至高的赞美，这无疑激发起镜花的创作欲望。

镜花这一时期文风的转变与樋口一叶不无关系。镜花与一叶虽称不上挚友，但时常拜访一叶，内心对一叶充满敬佩之情。一叶也曾光顾镜花宅，并与镜花、镜花的胞弟丰春及镜花的祖母合影留念。一叶病重之际，镜花前往探望，并在一叶去世后流露惋惜之情，慨叹"失去了一个好对手"。《青梅竹马》中少男少女朦胧的恋情，作品中流露出的淡淡的哀愁，对镜花产生了一定的影响。《照叶狂言》中的男主人公少年阿贡和少女小雪的感情萌动，以及被现实无情击破的结局，与《青梅竹马》颇有些神似。镜花在自书《泉镜花篇小解》中也曾坦言：在一叶作品的激发下创作了该作品。[1]同时，毋庸赘言，森鸥外的一系列浪漫作品——《舞姬》（1890年）、《泡沫记》（1890年）和译作《即兴诗人》（1892—1901年）对《照叶狂言》的影响亦不可小觑。与《青梅竹马》中的西鹤文体不同，《照叶狂言》叙述文所采用的典雅文体与森鸥外上述作品毫无二致。换言之，《一之卷》发表的1896年及其后，镜花作品中森田思轩文体的痕迹已销声匿迹。

在社会矛盾纷呈、大众对肤浅的写实产生审美疲劳之际，以"观念小说"征服文坛；当樋口一叶和森鸥外的浪漫风格备受关注时，积极效仿创作出《一之卷》系列及《照叶狂言》。时至此时，镜花密切关注文坛动向，主动贴近文坛主流，保持着与近代潮流的同步。

二　主题内容

《照叶狂言》于1896年10月发表于《读卖新闻》，是由两部分构成

---

[1] 泉鏡花：『鏡花全集』卷28，東京：岩波書店1988年版，第585頁。

的中篇小说。上篇有"绣球歌""仙冠者""野衾""狂言""夜幕下的十字路"共 5 章。

《照叶狂言》的主人公阿贡自幼失去父母，孤身一人在伯母的照顾下成长。阿贡长相清秀，惹人怜爱，尤为邻家的姐姐、阿姨所喜爱。童年时，玩伴甚少，唯一喜欢的是邻家的姐姐小雪。温柔的小雪对阿贡呵护有加。某日，表演照叶狂言的戏班子来到阿贡的家乡。被乐曲声和写着"照叶狂言"的招牌灯笼所吸引，阿贡每晚必到场观看。于是，结识了戏班子的主角小亲。小亲亦年长于阿贡，热情豪爽，与小雪形成对比。某夜，小亲送阿贡回家，与小雪共同目睹阿贡伯母因聚众赌博而被警察带走的一幕。两人都提出要照顾阿贡。因惧怕小雪的继母，阿贡最终决定和戏班子远走他乡。至此，上篇结束。

下篇由"暂时栖身的小屋""井筒""重井筒""峰之堂"共 4 章组成。时光荏苒，8 年后阿贡重回故乡时已物是人非。因老宅被洪水冲走，可爱的姐姐小雪也已嫁人。阿贡从小雪继母口中得知：小雪遭受丈夫虐待，终日以泪洗面。为使小雪脱离苦海，小雪继母出一下策：让阿贡说服小亲去诱惑小雪的丈夫，以便将女婿赶出家门。阿贡情急之下无奈应允。但当面对 8 年来对自己情有独钟的小亲时却难以启齿。经过激烈的内心挣扎后，终于和盘托出。小亲出于义气，当场应下，但失落与惆怅之情溢于言表。因内疚，当晚阿贡趁夜色再次踏上背井离乡之路。小说最后借谣曲《松风》将阿贡在两个心爱的姐姐之间徘徊、纠结、被撕扯的内心刻画得淋漓尽致。

在《照叶狂言》中，主人公阿贡以回忆的口吻讲述了在故乡度过的少年时代。年幼的阿贡孤苦伶仃，虽与伯母同住，但伯母却极少关心阿贡。没有兄弟姐妹相伴，还经常被顽童们欺负。时常慰藉阿贡孤独心灵的是邻居家的姐姐小雪。小雪对阿贡爱护有加，两人常常不顾小雪继母的阻挠而偷偷相会。某夜，阿贡的伯母因聚众赌博被捕，失去唯一亲人的阿贡与"照叶狂言"戏班的小亲远走他乡。小亲年长阿贡四五岁，对阿贡情有独钟，不但传授阿贡唱功，在生活上更是呵护备至。当阿贡得知小雪的生活境遇后，既放心不下小雪，又无法割舍小亲，故事描写了阿贡纠结的心绪。

从表面上看，作品描写的似乎是男女之间的情感纠葛，实则讲述的是

第二章 "自传性小说"：《照叶狂言》

定居者排斥流浪者的故事。相对于当地的居住民，从外地来卖唱的戏班属于流浪一族，而将其视为"贱民"，视同"乞丐"，她们只能在"城镇边缘的空地暂且栖身"，而不能融入当地居民之中。阿贡虽是当地人，作为一个不到十岁的孤儿，与当地社交文化圈基本没有交流。从这个意义上说，阿贡也是处于当地社交社会的边缘，甚至是被排斥在外的，没有归属感。如果将当地居住民、阿贡和戏班三点连线的话，阿贡与戏班的距离更近。维系阿贡与当地社交关系的是伯母。当这唯一的联系也中断了的时候，阿贡便失去了留在当地的理由。于是，阿贡选择跟随戏班远走他乡，这也就意味着他将永远失去故乡，终生流浪。作品在深层意义上探讨了"故乡"对于阿贡（即镜花）的含义。

《照叶狂言》是镜花"自传性小说"的成功之作。作品的主人公阿贡以第一人称口吻回忆少年时代的往事，女主人公小雪和小亲均为年长女性，从阿贡身上我们可以找到镜花的影子。这些形成该阶段面世的镜花"自传性小说"的共同特征。这种独特的回忆方式在之前的镜花小说中不曾被运用，在《化银杏》中初见端倪，后经《一之卷》等系列作品，最终在《照叶狂言》中得以确立。

为什么说少年阿贡即是镜花呢？首先，阿贡母亲的早逝与镜花的经历相同。失去母爱的镜花少年时期在表姐和街坊表店女儿的关爱下长大。这些年长于镜花的女性成为作品中的女主角，在作品中对少年的百般呵护是对镜花母爱缺失的精神补偿。其次，出场人物中有自恃是武士之子而飞扬跋扈、欺负阿贡的国麿。戏散场后，国麿不满于阿贡与戏班关系密切而出口不逊："她们都是乞丐。唱啊，跳啊的，是向人讨钱的乞丐。我父亲也演'能'，技艺高超。他说：'能'是男人来演的。男人演的'能'才是真正的'能'，演'能'的女的都是乞丐。乞丐铺的垫子多脏啊，会弄脏身体的，你躲开！"言罢，踩向垫子，阿贡阻止。"我们家可是武士出身，躲开！""你不是平民吗？为什么要阻止我！"国麿的言辞中充满蔑视。将这一恶人的身份设定为武士之子出自镜花对旧武士阶层的反感。"在镜花的家乡金泽，由武士组成的'忠告社'被解散后，武士们都争着去当郡里的书记官和警察。几乎所有想当警察的武士都不具备成为高级官吏和军人的学问及技能。缺乏（学问和技能）却还

想位于百姓之上，武士阶层的这种意识仍然根深蒂固。可以说，此现象在全国范围内尚存。"[①]身处社会底层、饱受艰辛的镜花素来对耀武扬威的旧武士阶层抱有阶级反感。这种情感从"观念小说"阶段一直延续至大正（1912—1926 年）中期。同时，另一令人憎恶的角色是小雪的继母。小雪家境殷实，继母却一身寒酸。小雪家院子里的大树结满各样果实，"小雪的继母给了我两个柿子。一个是涩的，另一个被虫子嗑过已发黑"。"有一次，母亲给我一个梨。小雪的继母看到我吐在地上的梨核，皱起眉头说：这么好的东西怎么能扔掉呢，应该磨成汁喝。"活脱脱一个吝啬而刻薄的继母形象。关于"继母"，镜花有过一段酸楚的记忆。镜花 9 岁时生母去世，父亲清次曾娶后妻，但因镜花兄弟与继母相处不融洽，不久便离婚。所以，镜花一直对"继母"没有好印象。再者，镜花在作品中描写了故乡金泽的山水。

　　太阳从春日山的山顶升起，落入粟之岬，大海在西边距此一里半路程的地方。山就在眼前。二楼东边的窗户被长在栅栏门边上的枫树茂密的枝叶遮挡得只能看见山峰上的松树。如果凭栏翘脚远眺的话，还能看到半山腰的尼姑庵。卯辰山、霞之峰和日暮岗，那一带似波浪一般连在一起。当天空晴朗无云，地上尚留有雨水痕迹的时候，路上的碎石子格外的美丽。许多砾石被冲刷出来，其中夹杂着金色、银色、绿色、赤褐色、茶褐色的滨螺，不计其数。既没有车辕的印记，也没有马通过。小孩子们放心地聚集在那里拾滨螺。
　　玩伴儿们每晚的聚会是在斜对过的县社乙剑神社内的御影石华表里。

　　这一定是无数次出现在镜花梦中的情境。镜花对故乡的情感是爱恨交织的。他留恋故乡的山水，因为深爱的母亲长眠于故乡的土地。发表《照叶狂言》时距 18 岁离开故乡已有 6 个年头。中间虽有两次短暂的归乡，却

---

① 蒲生欣一郎：『もうひとりの泉鏡花：視座を変えた文学論』，東京：日本図書センター1990 年版，第 194—195 頁。

第二章 "自传性小说"：《照叶狂言》

没有留下美好的回忆。一次是因脚气病而短暂回乡疗养。最近的一次是因父亲去世回乡奔丧。捉襟见肘的家境令镜花一度产生自杀的念头，曾几度徘徊在夜幕掩映下的百间渠上。镜花讨厌世俗而薄情的金泽人。在《照叶狂言》发表前两年，镜花在写给舅祖父目细八郎兵卫的信中说："金泽实在无聊，像贵府那么令我愉快的地方恐怕全日本也无处可寻。我父母双亡，除祖母外，只有贵府是最令我留恋的地方。……说起人，东京人很好，金泽人若都像您府上就好了，事实却往往不尽人意。"①

这一阶段的"自传性小说"始于《一之卷》，与包括《二之卷》《三之卷》《四之卷》《五之卷》《六之卷》《誓之卷》《蓑谷》《龙潭谭》《照叶狂言》《化鸟》在内的作品，构成具有共性的作品群。《一之卷》中伫立在母亲墓碑前的少年即是镜花。阿秀和比利亚多分别以与镜花青梅竹马的表店女儿汤浅しげ和镜花曾就学的北陆英和学校英语教师波托鲁小姐为原型。《一之卷》最初的题名是《情怀自传》，后经红叶改名为《一之卷》。镜花的创作初衷是想写自身的经历。上述作品都是以故乡为舞台的。这一阶段集中创作以自己的少年时代和故乡为素材的"自传性小说"对于镜花有着特殊的意义，那便是探寻自身生存的意义，探究生命的本源。故乡是孕育自己生命的地方，挚爱的母亲长眠在那里。母亲的墓地被群山环绕，走进深林密处或许会见到母亲的幻影。

这一阶段的"自传性小说"群大致可分为两类：一类是以现实世界为坐标的，如《一之卷》《二之卷》《三之卷》《四之卷》《五之卷》《六之卷》《誓之卷》《照叶狂言》，在这些作品的延长线上有诸如《汤岛之恋》《妇系图》等作品；一类以《蓑谷》和《龙潭谭》为代表，描写了少年在森林深处遇到山林女神的故事，这类作品进而延伸，向《高野圣僧》《草迷宫》发展，构筑起镜花独特的文学世界。《化鸟》则兼具两类作品的性质。主人公阿廉母子俩居住的小屋前有一座桥。作品中的桥具有边界性，一边是现实的俗世，一边通往树林深处。阿廉为寻找梦幻姐姐而迷失于森林之中。镜花的想象力越向密林深处发展则越接近神话的境界。至此，镜花在"观念小说"阶段向外的目光，转至"自传性小说"阶段已退行为

---

① 泉鏡花：『鏡花全集』別卷，東京：岩波書店1989年版，第299頁。

关注自身内部生命的内涵。

除这一阶段的"自传性小说"，镜花还以自身为原型创作了其他一些作品，如《汤岛之恋》《妇系图》《卖色鸭南蛮》《薄红梅》《缕红新草》等。这些作品中虽有镜花生活经历的影子，但因不具备第一人称叙事、回忆少年时代的往事、女主人公为年长女性等特征，而有别于这一阶段的"自传性小说"。

三　难解词句

- 二坪に足らぬ市中の日蔭の庭に、よくもこう生い立ちしな、一本の青楓、塀の内に年経たり："坪"系土地或建筑物面积的计量单位，"1坪"约合 3.3 平米；"よくも"是强调"よく"的说法；"な"表咏叹，在此与"よくも"呼应，共同抒发感叹。

- さるも老木の春寒しとや、枝も幹もただ日南に向いて："さる"是"そういう、そのような"的意思；"とや"在近世（1603—1868 年）用于句末，表反问，"～というのだな"之意。

- 朝な夕な、琴弾きたまうが、われ物心覚えてより一日も断ゆることなかりしに、わが母みまかりたまいし日よりふと止みぬ：此处的"な"系接尾词的用法，接在时间词后，表示并列；"みまかる"是"逝去"之意。

- 婦人は上框に立ちたるまま："上框"在此指房屋入口处铺的木板。

- 手を空ざまに、我が丈より高き戸の引手を押せば："空ざまに"系金泽方言，"朝上，高举"的意思。此处的"户"是指金泽地区特有的、镶着竹帘格子的入户门。

- 二両で帯を買うて、三両で絎けて："絎ける"相当于汉语的"绷"，在此是将两条衣带对叠缝在一起，且看不出针脚的缝制手法。

- 彼は早や町の彼方に行く、その後姿は、隣なる広岡の家の下婢なりき："彼"由"渠"演变而来，这一第三人称代词在明治20年代（1887—1896年）也可用于女性。

- 「高い縁から突き落されて、笄落し、小枕落し……」と唄い続けつ：

"笄"是簪子;"小枕"是日式假发髻中的填充物,原材料为纸或木块。

• 私たちの覚えたのは、内方袖方、御手に蝶や花、どうやどうんど、どうやどうんど:这句话讲的是绣球歌的内容。"内方袖方"的意思是使绣球从袖子的内侧和外侧穿过;"どうやどうんど"是号子声或吆喝声。

• 昨日のあの、阿銀小銀のあとを話してあげましょう:"阿銀小銀"是日本古老传说之一,详见本章第二节。

• 家来や小者はもうみんなが母様におべつかッてるんだから:"小者"是指男仆;"おべつかツてる"是"おべっかを使っている",即"谄媚"之意。

• 枝折戸の処から、点々ずつ、あの昨夜の胡麻が溢れ出して、細い、暗い、背戸山の坂道へかかっているのを:"枝折戸"指的是用折断的树枝搭建的门;"背戸山"中的"背戸"是指"后门","背戸山"即是后门对着的山,即后山。

• 彼方も寒くなりけむ、肌を入れつ:在此之前有主人公到访邻居家,女主人因洗头露出肌肤的描述,这里与其相呼应,"肌を入れる"即"整理衣着"的意思。

• 隣家なる広岡の琴弾くかの美しき君なり:此处的"君"是明治时期(1868—1912 年)典型的用法。作为名词,原本用于男性,也曾用于娼妓,在明治时期变为对女性的尊称。

• もの静なる仕舞家(しもたや)なりき:"仕舞家"与现代日语中的"仕舞た屋"或"仕舞屋(しもたや)"同义。"しもたや"由"しもうた"变化而来。"しもう"源于表"结束"之意的"仕舞う(しまう)"。此处的"仕舞う"为"店をたたむ"(关店)"商売をやめる"(不再做生意)之意。在江户时代(1603—1867 年),该词意指"积累了一定财富后关店过普通人生活"。所以"仕舞家"即为"曾经经商的人家"。

• 髪は鵲の尾のごときものの刎ね出でたる都鬐というに結びて、歯を染めしが、ものいう時、上下の歯ぐき白く見ゆる:"都鬐"系女性发型之一,详见下图[①]。"歯を染めしが、ものいう時、上下の歯ぐき白く見

[①] http://www.kyokatsura.ecnet.jp/miyakomage-ushiro2.html, 2015 年 4 月 18 日。

ゆる"反映了日本的风俗。江户时代（1603—1867 年）以前，贵妇人和宫廷女子流行将牙齿染黑，将其视为"时尚"。江户时代以后，普通女性结婚或怀孕后也会将牙齿染黑。

- しかることは日中にするものぞと叫びぬ："しかる"是ラ变动词"しかり"的连体形，"そのようである、そうである、そのとおりである"（那样的）的意思。
- 節句の粽貰いしが：反映出直至明治 20 年代（1887—1896 年）日本过端午节、吃粽子的习俗尚存。
- 袖の振あきたれば、喜び勇みて走り帰る道すがら大方は振り落して、食べむと思うに二ツ三ツよりぞ多からざりける："袖の振"指女孩和幼童和服的宽袖子；"あきたばれ"是说因为宽袖子是敞开式的，所以才会有后面的故事——到家时柿子已所剩无几。
- 他の一顆を味わむとせしに、真紅の色の黒ずみたる、台なきは、虫のつけるなり："台"一般指花蒂，在此指柿子的果蒂。
- 乙剣の宮の境内なる御影石の鳥居のなかなり："乙剣の宮"指现

位于金泽市下新町的久保市乙剑神社；"御影石"是一种石材，因产自日本御影地区而得名。
• 日は春日山の巓よりのぼりて粟ヶ崎の沖に入る："春日山"是位于金泽卯辰山北部的山丘；"粟ヶ崎"位于石川县内滩海岸西部，大野川河口附近。
• 旧の我が藩の有司の児："有司"，顾名思义，为"司（つかさ）のある人"。"司"在律令制中归属"省"，是位居"職·寮"之下的官府。故"有司"即指"官宦"。
• 門閥："閥"为挂在门上以示功绩的牌子。故"門閥"转而表示"家世，门第"。
• 十手：明治时代（1868—1912年）之前捕吏手持的长四五十公分的铁棒。
• 稲葉太郎荒象園の鬼門なりと名告りたり："稲葉太郎荒象園の鬼門"是配有插图的读本《俊杰神稲水浒传》中的主人公。
• 仙冠者牛若三郎：是前述"稲葉太郎"的把兄弟。
• 何とて我威を振わざるべき："なにとて"一词最早出自《更级日记》中的"月も出でて闇にくれたる姨捨になにとて今宵たづね来つらむ"，"なぜ、どうして"（为何）之意。
• 初夜すぎてのちともすればその翼もて人の面を蔽うことあり：此处的"初夜"指"戌时"，相当于现在的晚上8点。
• 半町："町"为距离的计量单位，"1町"相当于约109米，"半町"即约为55米。
• 土間、引船、桟敷などいうべきを、鶉、出鶉、坪、追込など称えたり："土間"是小剧场中面对着舞台的观众席；"引船"系指面向舞台正面、用木板铺制的观众席；"桟敷"单指用木板铺制的观众席；"追込"是指不限人数、不设隔断的观众席。
• 印半纏："半纏"为"没有纽扣的短外套"。"印半纏"即在短外套的后背或衣领印上商号或名字，江户（1603—1867年）后期始成为手工业者专属。
• 牛若：指的是牛若丸，源义经的乳名。在"能"中出现牛若这一

角色的剧目有《鞍马天狗》《桥弁庆》《熊坂》。

- 冴かなる眼にキトわれを見しが：此处的"キト"不同于现代日语中的"きと"，是"ちらっと"（瞄了一眼）的意思。"キト"所具有的"ちらっと"的语义在现代日语中已消失。
- 禁厭：指向神佛祈祷祛除灾难。
- 伯母上がたまいし銀貨入りたる緑色の巾着：根据 1871 年新货币条例规定，五元、十元、十五元的货币称作"銀貨"；"巾着"是用布或皮革缝制的钱袋子。
- あばよ：在江户时代（1603—1867 年）诞生的用法，是"按配（あんばい）よう"的省略。"按配（あんばい）"一词在近世指"身体状况"。所以，"あばよ"也就相当于分别时所说的"多保重身体"之类的寒暄语，与"さようなら"同义，是很随意的说法。
- 北叟笑むようなれば、面を背けて走り入りぬ："北叟笑む"源于塞翁失马的故事，"北叟"即指塞翁，找到丢失的马匹时塞翁满心欢喜，所以"北叟笑む"的意思就是"塞翁暗自高兴"。
- 花道："花道"指的是从观众席延伸至舞台右侧的通道，用于演员上下场。而"仮花道"则是与"花道"平行的延伸向观众席的通道。
- 結：将头发扎在一起的头绳。
- 大口の腰に垂れて：此处的"大口"即"大口袴"，是贴身穿在和服裙子里面的红色宽腿裙裤。
- 衣：在平安时代（794—1192 年）为朝廷命官平日居家时的着装，现为神职人员的服装（见下图①）。
- 長範をば討って棄て："長範"是人名，系平安末期加贺国（现石川县南半部）熊坂的窃贼。
- まじろぎもせで、正面に向いたる、天晴快き見得なるかな："まじろぎ"是"眨眼"的意思，多与否定形式一起使用，此句中的否定形式是"せで"（しないで），即"まじろぎもしないで（目不转睛）"；"天

---

① https://search.yahoo.co.jp/image/search?p=%E7%8B%A9%E8%A1%A3%E3%81%A8%E3%81%AF&ei=UTF-8&aq=0&oq=%E7%8B%A9%E8%A1%A3&at=s&ai=eapN8RQJSWGF4Em4lybqkA&ts=5111&fr=top_ga1_sa#mode%3Ddetail%26index%3D150%26st%3D5811，2015 年 4 月 18 日。

第二章 "自传性小说":《照叶狂言》 ◆◇◆

晴"(あっぱれ)是赞叹之语,"精彩!"之意;"見得"在此指演员摆造型,亮相;"かな"是表感叹的终助词。

- 三の松:在能剧舞台上位于由后台通向舞台的桥式通道前面的松树。
- かつて<u>大槻内蔵之助</u>の演劇ありし時、<u>渠浅尾</u>を勤めつ:"大槻内蔵之助"系加贺藩重臣,曾与藩主前田吉德的爱妾阿贞私通,图谋杀死吉德以篡权;"浅尾"是藩主前田家的老女佣,传说因参与阴谋被处死。
- 蛇責:刑讯的一种,将人放进盛有许多蛇的桶中。
- 鎌首:因蛇的头部与颈部伸直时呈镰刀状,故该词常用于描写蛇。
- 渠はまた再び場に上らざる<u>よし</u>:"よし"的汉字写作"由",即"わけ(原因,理由)"之意。
- お菓子、<u>おこし</u>、小六さん:"おこし"即"米花糖",东京特产之一的"雷おこし"即属此类。因小吃"おこし"与"人気興し"(赚人气)中的"興し"谐音,故伙计吆喝"お菓子、おこし、小六さん",是为演员小六讨个好彩头。
- 勢いよく売<u>ありき</u>て:"ありき"为四段动词"ありく"('歩く'之意)的连用形。

- 115 -

- 数ならぬ私（わたくし）まで：" 数ならぬ " 出自《古今和歌集・恋五》中 " かずならぬ身は " 一句，是 " とるに足りない（不足挂齿）" 之意。
- あんころ餅：带馅儿的小圆黏米饼。
- 鹿子餅：是在 " あんころ餅 " 外面裹上煮好的甜小豆。
- 眼つぶらにて、頤を鬢に埋めたる男、銀六の衣の裾むずと取りて：" つぶら " 系文言，写作 " 円ら（圆溜溜的）"，" にて " 是 " で "；" むずと " 是 " 用力地 " 的意思。镜花善用拟声拟态词，似乎尤为喜爱 " むずと " 一词。《青空文库》中使用该词的文学作品有 10 部，其中 6 部为镜花的作品。
- 膏薬練ぞ出で来れる：" 膏薬練 " 原本指以熬制膏药为业的人，在此指能乐中的同名狂言曲目。内容是京城做膏药的偶遇镰仓的同行，夸耀各自膏药的功效以决胜负。
- ともかくも成らば成れ：现代日语中没有 " 成らば成れ " 的说法，根据前后语境，可理解为 " なるようになれ "（豁出去，不管三七二十一）之意。
- しちりけっぱいだ：" しちりけっぱい " 是佛教用语 " 七里結界（しちりけっかい）" 的音讹，" 讨厌而不愿接近 " 的意思。
- 国ちゃん、お菰敷いてるんじゃないや：" 菰 " 是 " 孤属草 "。乞丐身下经常铺 " 孤属草 "，所以小亲是想说艺人不是乞丐。
- 小親この時は楽屋着の裾長く緋縮緬の下着踏みしだきて、胸高に水色の扱帯まといたり：" 縮緬 " 是绉绸，而 " 緋縮緬 " 即是绯红色的绉绸；" 踏みしだく " 就是 " 踏みにじる、踏んでつぶす（踩烂，踩碎）"；" 扱帯 " 现为女性系在和服腰带下方的装饰性腰带，在江户时代（1603—1867 年）因和服裙摆较长，所以外出时用 " 扱帯 " 将其挽起。
- 馬鹿、年増の癖に、ふむ、赤ン坊に惚れやがったい：" やがる " 的用法始于江户时期（1603—1867 年），前接动词的连用形，表示对该动作的嘲讽或谩骂；" たい " 系终助词，表断言或加强语气。
- 烏帽子直垂着けたるもの、太郎冠者あり、大名あり、長上下を着たるもの：" 烏帽子 " 系成年男子头戴的袋状帽子（参见下图 " 狩衣 "），以绢或纱缝制，并涂上黑漆，为官宦着平常服装时佩戴。之后，逐渐发展

为纸制涂漆的帽子。这一习惯直至江户时代（1603—1867 年）为朝廷命官和武士所延续。"直垂"（见下图①），始于平安时代（794—1185 年），原为百姓穿着，后演变为武士的日常着装，不久发展为官吏们的服装，在室町时代（1336—1573 年）变为礼服。"太郎冠者"系指狂言中大名随从的官名。"長上下"现写作"長袴"，其和服外裤的长度是通常的 1.5 倍，故行走时不露足，长摆拖地。如下图②。系江户时期（1603—1867 年）大名、高官的礼服。

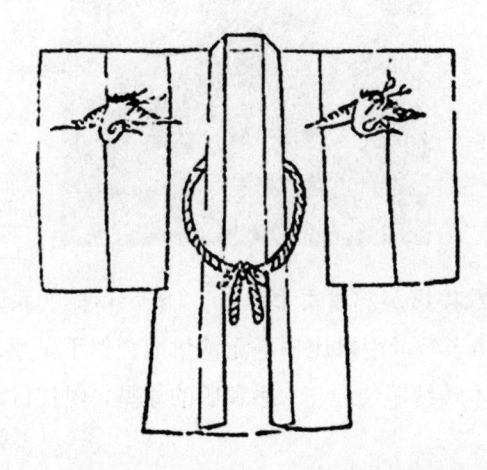

- 覚えておれ、鳥居前は安宅の関だ："安宅の関"系历史上著名的关塞，位于加贺国（现石川县南半部）。源义经与兄长源赖朝不和，率弁庆等人赴奥州途中来到安宅要塞，因弁庆的机智和守城长官的义气而侥幸通关。在此，国麿向主人公阿贡暗示：神社入口处是你的必经之路，你等着！
- 腰を振りてのさりと去りぬ：经常说成"のさりのさりと"，指傲慢地或悠闲地缓慢行走的样子。最早出现在洒落本《真女意题》（1781 年）中，现已不使用。
- 後生ですよ：哀求对方时的用语，即"求求你了"。
- 二間ばかり隔りたる舞台にひらりと飛び上りつ："間"为计量单位，"1 間"等于 6 尺，约 1.82 米。

---

① https://ja.wikipedia.org/wiki/直垂，2015 年 4 月 18 日。
② https://ja.wikipedia.org/wiki/袴#/media/ファイル:Kaga_no_Chujo_LACMA_M.73.37.533.jpg，2015 年 4 月 18 日。

• 藪から棒な挨拶がありますか！：“藪から棒”系谚语，原义为“从树丛中突然飞出棒子”，用以比喻毫无铺垫地突然干某事。

• 小袖：日本传统服装之一，系和服的原型，现代日本人也经常穿着。如下图①所示。

• 下谷一番伊達者でござる：“下谷”为地名，指江户的下谷；“伊達者”在此指穿着时尚、得体的人。

小袖

---

① https://ja.wikipedia.org/wiki/小袖，2015年4月19日。

第二章 "自传性小说"：《照叶狂言》

- 頭巾着て肩掛引絡える小親が立姿：此处的"頭巾"指的是"御高祖頭巾"，是年轻女性防寒用的头巾，曾流行至大正时期(1912—1926年)。如下图①所示，头巾将头和肩部紧紧包裹；"肩掛"即"披肩"。

- 宝蔵院の管槍よ！："宝蔵院"系枪术的流派之一，因奈良兴福寺宝藏院院主胤荣始创而得名。
- 大きな口よウたたくなあ："大きな口をたたく"与"大きな口をきく"同，"偉そうなことを言う"（说大话）之意。
- ああ、何、袂ッ草を着けときゃあわけなしだ："袂ッ草"是袖角处沉积的垃圾，民间土方说它具有止血功效。
- 八口：指和服腋下开口处。
- 雪垣：用以遮挡雪花的围墙。
- といと誇顔にほざいたり："ほざい"为粗俗的说法，对他人"说"的行为表示蔑视，不屑。
- 親方が有るの："親方"指"处于指导、保护弟子立场的人"或是对一个门派、一个剧团头牌艺人的敬称。此处的"親方"系指剧团的经

---

① https://ja.wikipedia.org/wiki/頭巾，2015年4月19日。

营者。
- 小さき胸のうち安からず："安い"在此是"平静"的意思，系旧式的说法。
- 一室の内より、「丹よ、」「すがわらよ。」など伯母上、余所の客など声々に云うが襖漏れて聞ゆる時なり："丹よ"和"すがわらよ"均为花纸牌的牌名。赌博时常用花纸牌。由此可解读出阿贡伯母被警察带走的缘由是聚众赌博。
- あれと言う声、叫ぶ声、魂消る声のたちまち起りて：这里的"魂消る声"不能按照汉字的字面意思去释义，不是"销魂"，而是"惊魂"的声音。
- 塵塚：该词现已极少使用，系指丢弃垃圾的地方。
- 切禿：儿童的发型之一，将头发剪短，散披至肩部。
- 毬栗：发型之一，短平头。
- しらくも頭の児一人目に着きぬ："しらくも"指的是"发癣，白秃风"。
- 伊予の国なる松山：指爱媛县松山市。
- あんたの内のこの楓の樹が根こぎになって、どんぶりこと浮き出いてからに："てからに"是"てから"后加接续助词"に"构成，整体作为一个接续助词使用，系江户时代（1603—1867年）以后产生的用法，常用于倒装或以接续助词结句的句子末尾，相当于"～たりして"。
- 口すぎ：写作"口過"，原义为"获得每天的食物"，转而表示"每天的生活，生计"。该词在现代日语中已不常见。
- 梟首（きょうしゅ）：将犯人的首级示众，是从古代直至近代初期实行的一种刑罚，也叫"晒首（さらしくび）"。从镰仓时代（1185—1333年）起亦称"獄門"。该词在作品中指"被斩首示众的头颅"。
- お稚児様："稚児"是"美少年"之意，原指在神社、寺院举办的祭礼中着礼服在队列中行走的童男童女。
- 法印様：此处的"法印"是"山伏"的别称。"山伏"为"山中的修行者"之意。
- しのぶも髪結いたり：自奈良时代（710—794年）开始流行儿童成

人仪式。男子的仪式称作"元服",女子的叫作"裳着"。以"元服"为例,男子会戴"烏帽子",将披至肩部的"総角(そうかく)"头改为"冠下の髻(かんむりしたのもとどり)",即将头发盘至头顶,打成发髻,以此示成人。转至江户时代(1603—1867年),平民百姓家的子弟成人时已不戴"烏帽子",也不打发髻,而是将前部至头顶的头发剃掉。此处借"髪結い"一词暗指しのぶ已长成大人。

- あんたがそうした心なら、あの女が何、どうしていようと、風が吹くとも思やせぬ:"風が吹く"是一种比喻的用法,"風が吹くとも思やせぬ"意即"也不觉得是什么大不了的事",换言之,即为"毫不担心"的意思。
- お取膳:多用于新婚夫妇或恋人,指男女围着饭桌其乐融融的用餐场面。
- 井筒:原指井口处用木材、石块等围成方形或圆形的部分,在小说中作为章节题目,不禁让人联想起世阿弥的《井筒》。下一章的题目《重井筒》源于净琉璃的曲目。
- 浮きたる事:在此是"心神不宁"的意思,多与恋爱、爱情相关,旧式说法。
- 馬鹿万と云うのがあるしね、刎万だの、それから鼻万だのッて、皆嫌な奴さ:"馬鹿万"是对名字中带"万"字的、愚钝男子的蔑称;"刎万"是对名字中带"万"字的、行为过激男子的蔑称;"鼻万"是对名字中带"万"字的、动辄夸耀的男子的蔑称。三者均为绰号。
- 能書を絵びらに刷ったのが貰いたいって:"能書"常写作"能書き",该词中的"能"指的是"药物等的功能"。所以,"能書"即为介绍药效的说明书。"絵びら"指"宣传画"。
- 疎があるの、不遇をするのッて:镜花将"不遇"的读音标注为"ぶあしらい",所以此处的"不遇"非"怀才不遇"之意的"不遇",而是"怠慢"的意思。"不遇"读作"ぶあしらい"的用法较罕见。尾崎红叶偏爱该词,在《金色夜叉》和《多情多恨》中均有使用。
- もう一廉のものいいがつく:"一廉"读作"いっかど",是"ひときわ(比之前更有力,更好)"之意;"物言い(ものいい)がつく"

原用于相扑比赛中向裁判提出异议。因此，标注部分的意思就是"进行更有力的反击"。

- 袷：从秋季到春季穿着的带里衬的和服。不带衬里的叫作"单衣"。在江户时代（1603—1867 年），关于和服的穿着时期有着明确的规定。"袷"是从 4 月 1 日穿着到 5 月 4 日，即端午节前日。之后，换成"单衣"。在 9 月 1—9 日的重阳节前日期间再次换成"袷"。
- 狸を御覧よ："狐狸"常被认为是诱惑男人的动物。针对阿贡"你怎么做"的提问，小亲回答"你看看狸"，意为"我只是诱惑他一下"。
- 羅宇：指烟袋中间部分的竹杆。见下图①。

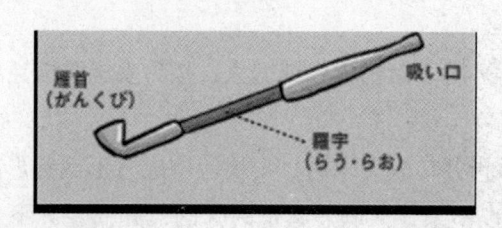

- はたと得物を取落しぬ："得物"指的是"得意なもの"，即"擅长之物，武器"。结合前文小亲正在吸烟的情节可知，"得物"在此指的是"烟袋"。
- 越前府中：现指福井县武生市。
- 撞木：是敲钟时用的丁字形木棒。
- 断ちても何とか計らいたらむ：此处的"断つ"是"断る（谢绝）"之意。参照前文可知，此处的"断つ"指的是违背剧团经营者的命令。
- 蓮葉に片膝立てながら、繻子の襟着いたる粗き堅縞の布子羽織りて被つ："蓮葉に"是"泼辣地"，"繻子"是"缎子"，"布子"是指"布棉袄"。
- 鳩尾：在作品中该词的读音标注为"きゅうび"，现已极少说"きゅうび"，而说"みぞおち"，即"心口窝"。"鳩（はと）"即"鸽子"，因心口窝形如鸽子的尾部，故得名"鳩尾"。
- 一さし舞うて見せむとて："さし"是数曲目时使用的量词。

---

① https://www.jti.co.jp/tobacco/knowledge/society/rakugo2/02.html，2015 年 4 月 19 日。

第二章 "自传性小说"：《照叶狂言》　◆◇◆

- 牡丹の作物蔽い囲む石橋の上に立ちて、丈六尺なるぞ、得意の赤頭ふって見せむ："以牡丹花道具环绕石桥"是能剧《石桥》中的场面；"赤頭"系能剧演员佩戴的假发之一；"丈六尺"是指假发的长度。
- 親方持ちだもの："親方持ち"指的是剧团经营者掌握着演员们的生杀大权。
- 十年の末はよも待たじ、いま早や渠は病あり：副词"よも"和否定助动词"じ"呼应使用，表"まさか"（竟然）之意。
- 取越苦劳：江户（1603—1867 年）后期诞生的词语。"取越し"是动词"取越す"的名词形式，原义为"提前做某事"，进而产生"对于将来的事情左思右想"的语义。未来充满未知数，担忧也无用，这便是"取越苦劳"（杞人忧天）。
- 立つ瀬がない："瀬"为"浅滩"。"立つ瀬"则是自己所处的位置。"立つ瀬がない"即"失去了自己的面子、地位"。
- 許させられい："い"为近世（1603—1867 年）以后诞生的终助词，主要为男性所使用，表叮嘱，加强语气或反驳时轻蔑的语气。
- 注連縄張り：为划定禁止出入的地界而绑定的绳子。现特用于划定神圣的区域，以防不洁之物侵入。新年，人们将其挂在门上以驱邪。或如下图①所示。

---

① http://www.waranawa.com/tokutyu.html，2015 年 4 月 19 日。

- 傍に堂の<u>ふりたる</u>あり：此处的"ふりたる"为"古る＋たる"，"年代物、古くなった（陈旧）"的意思。《义经记》（室町时代（1336—1573年）前期）中见类似用法：四条室町にふりたる郎等のありける。
- <u>いで</u>さらば山を越えてわれ行かむ："いで"为感叹词，用于表示下决心，相当于"いざ"。该用法在现代日语中已不存在。
- <u>私（あたい）</u>ばかり寂しいの：出现在《照叶狂言》中的第一人称代词有"わたし""わたくし""わし""あたい""己（おら）"。"あたい"系东京地区的百姓或花街女子及儿童使用；"おら"原本为男性专用的粗俗说法，但是在近世江户语中百姓出身的女性也曾使用。
- 今<u>あんた</u>は隣に勤めていなさるのかな：第一章第二节中曾指出：明治时期（1868—1912年）第二人称代词非常丰富。在《照叶狂言》中除"あんた"外，还出现了"きさま"和"お前さん"。"きさま"和"お前さん"请参见第一章第二节中的解释。"あんた"用于指称关系亲密的人或下位者，江户时代（1603—1867年）后期曾是带有敬意的称呼。
- 今<u>なんざ</u>、あんな、<u>しだらない</u>装をしていたじゃありませんか："なんざ"是江户时代（1603—1867年）以后诞生的用法，非常随意的口语，"など"之意；"しだらない"也是近世以后产生的词语，"だらしない"的意思。
- ほんに貢さん<u>なんぞ</u>：较粗俗的说法，"など、なんか"之意。

四　语法

1. 文言语法

- 二坪に足ら<u>ぬ</u>市中の日蔭の庭に、よくもこう生い立ち<u>し</u>な、一本の青枫、塀の内に年経<u>たり</u>：日语的文言语法中表示过去的助动词有"き"和"けり"。"し"是"き"的连体形。表示完了的助动词共有"たり"、"つ"、"り"和"ぬ"，小说中的一个显著特征是"ぬ"的大量使用。其他助动词虽有所使用，但与"ぬ"相比相形见绌，"ぬ"在小说中共出现123次之多。在江户时期（1603—1867年），"ぬ"曾

第二章 "自传性小说"：《照叶狂言》 ◆◇◆

在武士等有教养阶层之间使用，这也是该部小说被指出"营造了一种典雅氛围"①的依据之一。但此句中的"足らぬ"的"ぬ"则不属于该用法，是表示否定。

• 戸の外にばかり茂りたれば、広からざる小路の中を横ぎりて、枝さきは伸びて、やがて対向なる、二階家の窓に達かんとす："たれば"由完了助动词"たり"的已然形"たれ"后续接续助词"ば"构成。"ば"前接已然形时共有三种用法，分别相当于（1）"ので"、（2）"と"、（3）"といっても"。作品中虽多次出现"たれば"，但基本上都是"～たので"的用法。"広からざる"是由"広い"的未然形"から"和否定助动词"ず"的连体形"ざる"构成。此句中"なる"的用法在现代日语的书面语中偶尔也会出现，相当于"～にある"。"達かんとす"是"とどく"的未然形"とどか"后续表意志的推量助动词"む"后，"む"发生音变变成"ん"。"～んとす"相当于现代日语的"～（よ）うとする"。

• われに笑顔向けたまうは、うつくしき姉上なり：参见第一章第一节中的解释。

• われ物心覚えてより一日も断ゆることなかりしに、わが母みまかりたまいし日よりふと止みぬ："なかりしに"由"ない"的连用形"なかり"后续过去助动词"き"的连体形"し"后，进而添加接续助词"に"构成，"に"是"のに"的意思；此处的"ぬ"正是前述表完了的用法。

• その理由問いたるに、何ゆえというにはあらず、飽きたればなりとのたまう："たる"是完了助动词"たり"的连体形，后续表顺接的接续助词"に"，意即"～たが"；"なり"是断定助动词；"のたまう"是"言う"的尊敬敬语，"おっしゃる"之意。

• されど彼家なる下婢の、密にその実を語りし時は："されど"系表转折关系的连词。

• 母様がおなくなり遊ばしたのを：关于"お～遊ばした"，请参见第一章第一节中的解释。

• 両隣は皆二階家なるに、其家ばかり平家にて、屋根低く、軒もま

---

① 村松定孝等編：『日本近代文学大系 7 泉鏡花集』，東京：角川書店 1970 年版，第 527 頁。

た小かなりければ、大なる凹の字ぞ中空に描かれたる："なる"与前面出现的意思稍有不同，是"である"之意；"に"即前述"のに"的意思；"にて"等于"で"；"なり"如前所述，是断定助动词；"けれ"是完了助动词"けり"的已然形，因前接已然形，所以"ば"在此是前述三种用法之一，根据前后句意可断定是"ので"之意；"ぞ"和句末的连体形"たる"呼应使用，形成强调的说法，即"こそ"。

- この住居は狭かりけれど："かりけれど"中的"かり"和"けれ"已在前面解释过，不再赘述。"ど"是表转折的接续助词，相当于"が、けれども"。

- さればわれその女房とはまだ新らしき馴染なれど："されば"是表顺接条件的连词，"そうすれば"之意。

- この時髪や洗いけん："や"需与句末的连体形呼应使用，表疑问。在此与表过去推量的助动词"けむ"的连体形"けむ（けん）"一起使用，"～たのだろうか"之意。

- 障子の透間より差覗けば、膚白く肩に手拭を懸けたるが、奥の柱に凭りかかれり：此处的"ば"虽也是前接已然形，但不是"ので"，而是"と"的意思。如前所述，"り"是完了助动词，前接已然形。

- 「おや、お上手だ。」と障子の外より誰やらむ呼ぶ者ありけり："や"和推量助动词"らむ"的连体形"らむ"呼应使用，表询问。

- まずわれに鞠歌を唄わしむるなり："しむる"是使役助动词"しむ"的连体形。

- 唄い続けつ："つ"系前述完了助动词。

- ここにまた姉上と思いまいらせし女こそあれ："まいらせ"是"まいる"的使役形式，前接动词连用形时表自谦，相当于"し申し上げる"。

- 婦人もいま悲しげなる小銀の声を真似むとて、声繕いをしたりしなり："む"是表示意志的助动词，"とて"在此是"として、と思って"的用法，"むとて"即"～（よ）うと思って"；"たり""し""なり"分别为前述完了、过去和断定助动词。

- 手も着けでぞ瞻りける："で"是表否定的接续助词，前接未然形。"手も着けで"的意思是"手をかけてなだめることもしないで"（顾不

第二章 "自传性小说"：《照叶狂言》

得用手抚摸，安慰）。

- 果は笑いと<u>こそ</u>なり<u>たれ</u>、わがその時の泣声の殺され<u>やする</u>と思うまで烈しき悲鳴なり<u>しかば</u>、折しも戸に倚りて夕暮の空を見たまいしが、<u>われにもあらで</u>走入りたまいしなり<u>とぞ</u>："こそ"与"たれ"呼应，表强调；"やする"也是呼应使用，表反问，"殺されはしないだろうか"（会不会被杀掉啊？）；"しか"是过去助动词"き"的已然形，其后的"ば"是"ので"之意；"われにもあらで"的"あらで"是"ある"后续表否定的接续助词"で"，为"なくて、ないで"之意，该词组的意思即"無我夢中"（拼命，忘我）；"とぞ"用于句末时表传闻，相当于"ということだ"。

- 汝が口ならば旨かる<u>べし</u>：此处的"べし"表推测，"だろう"的意思。

- わが好ましきは<u>あらざりき</u>："ざり"是否定助动词"ず"的连用形，"あらざりき"即"なかった"。

- 他の一顆を味わ<u>むとせしに</u>："むとせしに"是表意志的助动词"む"+"とす"的未然形"とせ"+过去助动词"き"的连体形"し"+表转折的接续助词"に"，即"〜（よ）うとしたのに"。

- その<u>重宝なるもの投ぐることかは</u>、磨りおろして汁を<u>こそ</u>飲む<u>べけれ</u>と、老実だちてわれに<u>言えりし</u>ことあり："かは"表反问，相当于"〜か、いや〜でない"；"べけれ"是推量助动词"べし"的已然形，意为"〜がよい"，并与前面的"こそ"呼应使用；"り"系完了助动词"り"的连用形，在此表存续，是"〜ている"的意思，"し"表过去，"言えりし"即"言っていた"。

- さる継母に養わるる姉上の身の<u>思わるる</u>に、いい知らず悲しくなりて、<u>かく</u>はわれ小銀の譚に泣きしなる："思ふ"后续表自发的助动词"る"构成"思わる"，而"思わるる"是"思わる"的连体形，"に"在此是接续助词，"と"的意思；"かく"是"このように、こう"（这样地）之意。

- そのままにも出でかねて<u>や</u>、姉上は内に入りたまい："や"表疑问，相当于"か"。

- 辞みて唄わざらむには、うつくしき金魚もあわれまた継母の手に掛りやせむ："ず"的未然形"ざら"后续推量助动词"む"，此处的"む"是"～としたら"的用法；"や"表反问，"せ"是动词"為(す)"的未然形，"む"表推测，"やせむ"即为"～はしないだろうか"。

- 榊五六本、秋は木犀の薫みてり："て"是完了助动词"つ"的未然形；"り"则是过去助动词。

- 病気にやと胸まず轟くに："にや"是断定助动词"なり"的连用形"に"和提示助动词"や"复合而成，表疑问。

- わがために慰めらるるや、さらば勉て慰めむとて行く："らるる"表尊敬的助动词"らる"的连体形。

- さて常にわが広岡の姉上に逢わむとて行くを、などさは女々しき振舞する：接续助词"を"在此表顺接关系，相当于"が"；"など"是陈述副词，表反问；"さは"写作"然は"，是"そのようには"（那样地）之意。

- 誰か甘んじて国麿の弟たらむ："たら"是"たる"的未然形，"である"的意思；"む"系推量助动词，与前面的疑问词"誰が"一起使用，表反问，即"誰が甘んじて国麿の弟であろうか"（谁甘愿当国麿的弟弟呀！）。

- われと遊ぶことなからしめたり："ない"的未然形"なから"后续使役助动词"しむ"的连用形"しめ"，进而添加完了助动词"たり"，即"させなかった"。

- かかりし少年の腕力あり門閥ある頭領を得たるなれば、何とて我威を振わざるべき："かかり"系ラ变动词，"そういう、そのような"的意思，后续过去助动词"き"的连体形"し"，变为"そういった（那样的）"；"なにとて"是"なぜ、どうして"之意，与推量助动词"べき"一起构成反问的句式，后半句的意思为"どうして我威をふるわないことがあろうか"（怎么能不耀武扬威呢？）。

- 木戸の賑いさえあるを、内はいかにおもしろからむ：接续助词"を"在此表顺接确定条件，相当于"ので"；"いかに"和推量助动词"む"呼应使用，表推测，"内はいかにおもしろからむ"即"里面不知

第二章 "自传性小说"：《照叶狂言》 ◆◇◆

该多么有趣呢"的意思。

- いかでこの可愛きもの近寄らしむべきとて留めたまいぬ："いかで"和推量助动词"べき"呼应使用，"怎么能…呢"之意。
- 「て」「り」「は」の提灯のあかりに向けて透し見るより："より"前接动词连体形，表"～するとすぐ"（一…就…）之意。
- さらぬだに、われを流晒にかけたるが気に懸りて："だに"相当于"さえ"，所以"さらぬだに"即是"そうでなくてさえ"。
- 疾く帰りて胸なる不平を伯母上に語らばやと："ばや"系表希望的终助词，相当于"たい"。
- さりとも拒み得で伴われし："さりとも"系"そうであっても"之意，在此是"无论怎么…也"（不能拒绝）的意思。
- 手にせる菓子の箱高く捧げたるがその銀六よ："せる"是"為（す）"的未然形"せ"后续完了助动词"つ"的连体形"る"，意为"手にした"。
- われはただ茫然としてせむ術を知らざりき："為（す）"的未然形"せ"后续推量助动词"む"，"む"在此表意志，即"しよう"。
- うつくしきこと神のごとき時あり、見物は恍惚たりき："たりき"是断定助动词"たり"的连用形"たり"附加过去助动词"き"，相当于"であった、だった"。
- ここに乗せなばあとつけなむ、土足にこの優しきもの踏ますべきや：完了助动词"ぬ"的未然形"な"后续"ば"时，"ば"表假定条件，即"たならば"；依据前述，"なむ"即为"ただろう"；"す"为使役助动词"す"的终止形，后续表可能的推量助动词"べし"的连体形"べき"，并与表反问的"や"共同表达了"踏ませることができるだろうか、いやできない"（怎么能让（脏脚）踩呢）的意思。
- し兼ねまじき気勢なれば："まじき"系推量助动词"まじ"的连体形，此表否定的推测，所以标注部分相当于"しかねないだろう"。
- 伯母上何をか曰（のたま）わむ："か"与推量助动词"む"呼应使用，表反问；"のたまふ"是"言う"的尊敬敬语，在"む"前变为未然形"のたまわ"，标注部分的意思是"何かをおっしゃるだろうか、い

- 129 -

や、何もおっしゃらないだろう"。

- われは思わず小親の顔見<u>られにき</u>："られ"表自发；"に"是完了助动词"ぬ"的连用形；"き"为表过去的助动词。

- 先より<u>さまで</u>心にも止め<u>ざる</u>ようなりし小親は："さまで"多与否定形式一起使用，在此与"ざる"呼应，表"そんなに"（那样地）之意。

- <u>声かくるに</u>、心着きたまいけむ："かく"系四段动词，"かける"之意，后续表被动的助动词"る"，即"声をかけられる"；接续助词"に"是"ので"的意思。

- <u>かかるべし</u>とは思わ<u>で</u>ありし："かかるべし"是"このようであろう"，根据前文可知，指的是洪灾达到如此地步；"で"表否定。

- <u>こは</u>鼓の音冴え<u>させむとて</u>し<u>たるなりき</u>："こは"在古语中用于表达感动、吃惊的心情，相当于"これはまあ"；"させむとて"是"させようと思って"的意思；"したるなりき"则分别为"する"的连用形+完了+断定+过去，即"したのだった"。

- <u>しからざりし</u>以前より："然（しか）る"后续否定助动词"ざる"构成"しからざる"，"しからざり"是"しからざる"的连用形，"そうではない"之意，其后的"し"是过去助动词。

- その時の小親、今の年紀なら<u>ましかば</u>、断ちても何とか計らいたらむ："ましか"是"まし"的未然形，表示与现实相反的假设，"ましかば"即为"としたならば"（如果假设是那样的话）。

- 謡は風そよぐ松の梢に聞ゆ、<u>とすれど</u>、人の在るべき処にあらず："とすれ"是"とす"的已然形，表假设，后续表转折的接续助词"ど"。

- 黙して聞か<u>るる</u>こと<u>かは</u>："るる"是表可能的自发助动词"る"的连体形，"かは"表反问，这句话的意思是"怎么能默不作声地听下去呢？"。

- われ<u>癒えな</u>ば："癒える"后续完了助动词"ぬ"的未然形"な"，进而添加表假定的"ば"。

2. 口语语法

- 止し<u>やれ</u>、放し<u>やれ</u>、帯切らし<u>やる</u>な："やれ"源自"やる"。

"やる"在江户时期（1603—1867年）为尊敬敬语，相当于"お～になる、なさる"。"やれ"是命令形，"止しやれ"即"止してください"。

• 難有うござんした："ござんした"是"ござんす"的过去式，"ござんす"由"ございます"变化而来，使用者原本为妓女。江户时期（1603—1867年），不仅作为百姓的语言为男性所使用，上流社会的女性也曾用过。"難有（ありがと）うござんした"即"ありがとうございました"。

• 言うようには、姉さん、私がどんなにか母様に頼んだけれど："よう"前接"言う、思う"等时表会话或思考的内容。

• 無銭で可うごす：通过"ござんす→ごっす→ごす"演变而来，分别相当于现代日语的"ございます→ございます、あります→あります"。

• ふむ、豪勢なことを言わあ："言うわ（iuwa）"中的元音"u"脱落后添加长音形成"iwaa（言わあ）"。

• 国ちゃん、堪忍おし："おし"为"して"之意，一般为女性使用。

• 何が、おかしゅうござんすえ："え"用于句末，表疑问、反问或叮嘱、加强语气等。表疑问或反问时多用"かえ""だえ"的形式。这是江户时代（1603—1867年）以后产生的用法。在前期，使用对象主要为百姓家的女儿或娼妓。到了后期，男性也开始使用。现今，使用者仅限于中老年女性，已不具有普遍性。

• こういう御贔屓を大事にするは当前でござんせんか："ござんせん"为"ございません"的旧式说法，现仅存于方言中。

• コトコトッてっちゃ喰べるよ："てっちゃ"为"て言っちゃ"中的"言（い）"，即元音"i"被省略后形成的说法。

• 芸妓屋の乞食なんか突ついて刎ね飛ばさあ："刎ね飛ばさあ"还原为标准口语为"刎ね飛ばすわ"。依据第一章第二节中笔者总结的口语音变规律可发现："すわ（suwa）"的"uw"被省略，进而长音化，添加"a"，变成"saa"，即"さあ"。

• よっぽど乱暴だ、無鉄砲極まらあ：与上述"すわ"同理，"maruwa（まるわ）"→"mara"+"a"→"maraa（まらあ）"。

• 「貢、もう己あ邪魔あしない。堪忍してやらあ、案じるな。」「袂ッ草が血留になるんだ。袂ッ草が血留にならあ。」："あ（a）"通过添

加"w",变为"wa(は)";依前述原理还原的话,"やらあ"即是"やるわ","ならあ"即"なるわ"。

• 可かアありませんよ:"よくはありませんよ"的音变,较随意的口语。其中,"kuwa(くは)"的"uw"被省略,进而长音化,变为"kaa(かア)"。

• おお、そういやあほんとうに晩くなって叱られやしないかね:"やあ"是"えば"的音变(详见第一章第二节),所以"いやあ"即是"言えば"。

• 聞いてくんなされ:"くんなされ"即"くれなされ",其中的ラ行音"れ"发生音变后变成了"ん";"なされ"是尊敬敬语动词"なさる"的命令形。

• こっちを忘れなさるとは思やせなんだが:"なんだ"曾在中世(1184—1603年)后期至近世江户时代(1603—1867年)使用。江户末期出现"なかった"的用法。在现代日语中,除关西方言外,已由"なかった"取而代之。"思や"是"思いは"的音变,"せ"是"為(す)"的未然形。

• 酷いよ、乱暴ッちゃあない:"ッちゃあない"前接动词连用形,"~てはいない"之意。"ては"在口语中变为"ちゃあ"。同时,"い"脱落,并添加了促音后变化而来。

此外,"そんなら、お坐んなさい、こッた、なすった、らい、たあ、何でえ、おりゃ、言やあしません、痛かあない、汝の内ゃ、よウ言ってんだい"等用法请参见第一章第二节中的解释,在此不一一赘述。

第二节 热点问题研究

《照叶狂言》是泉镜花继"观念小说"阶段之后创作的、代表其文风转变的重要作品之一。目前,国内既没有专门论述这部作品的论文,也没有中文译作。日本关于这部作品的研究侧重于两个方面:一是该小说对其

第二章 "自传性小说":《照叶狂言》

他作家的作品的吸收;二是关于作品中出现的绣球歌、民间传说《阿银小银》及谣曲《松风》的研究。

在其他作家的作品与《照叶狂言》的影响关系研究方面,村松定孝乃第一人。他在「『照葉狂言』と『即興詩人』の比較文学的考察——郷愁と異国情緒の出会いについて」①和「幼時への回想——『照葉狂言』と『即興詩人』」②中,从文体、情景描写、主人公身份的设定及命运等方面将《照叶狂言》与《即兴诗人》进行了详尽的比较。从而指出:森鸥外译《即兴诗人》对于《照叶狂言》的诞生起到了决定性的作用,同时《即兴诗人》也是镜花最终放弃森田思轩式文体,改为雅俗折衷体的推手。村松在「作品論『照葉狂言』」③中进而指出:《照叶狂言》是在《即兴诗人》和樋口一叶作品《青梅竹马》的共同催生下产生的。这一观点得到福田清人、浜野卓也、伊藤整、藤泽秀幸、野口哲也等学者的认同,形成普遍共识。

关于小说中出现的绣球歌、民间传说《阿银小银》及谣曲《松风》的研究一直是日本镜花研究界的焦点。桥本佳在「『照葉狂言』について」④中指出绣球歌和民间传说在小说渲染气氛方面起到重要作用,同时结合谣曲《松风》分析了小说结尾的寓意。藤泽秀幸在「泉鏡花『照葉狂言』——残酷な美の世界」⑤中详细介绍了"照叶狂言"这一剧种及其演员和剧目、谣曲《松风》、金泽地区流传的民间故事《阿银小银》以及歌舞伎《梅钵金城奇谈》,并指出:"将日本古典文学、中国文学、民间故事传说中的题材用于作品是镜花文学的特征。"⑥野山嘉正的系列论文——「近代小説新考 明治の青春-31-泉鏡花『照葉狂言』-1-」至「近代小説新考 明治の青春-36-泉鏡花『照葉狂言』-6-」共 6 篇⑦,更为详尽地考证了绣球歌、民间故事《阿银小银》、谣曲《松风》在推进小说情节方面所发

---

① 村松定孝:『泉鏡花』,東京:文泉堂 1966 年版。
② 村松定孝:『ことばの錬金術師——泉鏡花』,東京:社会思想社 1973 年版。
③ 『特集明治のロマネスク——紅葉・露伴・鏡花』,『国文学解釈と教材の研究』1974 年第 3 期。
④ 日本文学研究資料刊行会編:『日本文学研究資料叢書泉鏡花』,東京:有精堂 1980 年版。
⑤ 『古典文学と近代作家〈特集〉』,『国文学解釈と鑑賞』1992 年第 5 期。
⑥ 藤澤秀幸:「泉鏡花『照葉狂言』——残酷な美の世界」,『国文学解釈と鑑賞』1992 年第 5 期。
⑦ 野山嘉正的 6 篇论文分别出自:『國文學解釈と教材の研究』1993 年第 11、12、14 期;1994 年第 1、3、4 期。

挥的作用。种田和加子在「神話としての幼年（上）——『照葉狂言』前半のコスモロジー」①中也论及了绣球歌、民间故事与小说情节演进的关系。野口哲也在与《即兴诗人》中的第一人称叙事进行比较后指出，《照叶狂言》中的叙事与前者压抑性的叙事声音形成对比，后者以绣球歌、民间传说《阿银小银》、蛇刑的场面、谣曲《松风》、野猫与鸽子的出现为基础形成多声部的叙事，将这种手法视为从"观念小说"向其后的幻想小说的飞跃，从而赋予了积极的意义。②而真有澄香则从更广阔的传承文学视角对《照叶狂言》进行了考察。③此外，不仅限于《照叶狂言》，而是广征博引地论述童谣与镜花文学关系的论文有盐崎文雄的「鏡花とわらべうた」④、龟井秀雄的「鏡花における木精とわらべ唄」⑤。

除上述两个方面，论述了《照叶狂言》的产生背景和抒情性的有手塚昌行的「泉鏡花『照葉狂言』成立考」⑥和村松定孝的「泉鏡花」（東京：文泉堂1966年版）。三田英彬则在「泉鏡花の文学」（東京：桜楓社1976年版）中援用弗洛伊德的理论分析了镜花的圣母信仰情结和性爱取向，并将作品结局视为镜花的赎罪行为，其根源在于强迫症患者的"取消行为"。高桑法子的「照葉狂言——孤児になるべき兆」⑦从戏剧的角度考察了主人公阿贡的孤儿性格。浅野敏文的「泉鏡花『照葉狂言』論——加賀騒動物の蛇責について」⑧着眼于描写镜花故乡——加贺地区暴动的文学，论述了其中的蛇刑。

纵观前人的研究不难发现，研究者们多将研究视角聚焦在《照叶狂言》作品世界的形成与包括绣球歌、民间传说在内的传承文学、日本古典艺能——谣

---

① 種田和加子：「神話としての幼年（上）——『照葉狂言』前半のコスモロジー」，『群馬県立女子大学国文学研究』1985年第5期。
② 野口哲也：「『照葉狂言』を語る声——森鴎外訳『即興詩人』との関連から」，『国文学解釈と鑑賞』2009年第9期。
③ 眞有澄香：「『照葉狂言』——伝承土壌としての日本海」，『国文学解釈と鑑賞』2005年第2期。
④ 塩崎文雄：「鏡花とわらべうた」，『日本文学』1986年第7期。
⑤ 亀井秀雄：「鏡花における木精とわらべ唄」，『文学』1983年第6期。
⑥ 手塚昌行：「泉鏡花『照葉狂言』成立考」，『日本近代文學』1970年第12期。
⑦ 高桑法子：「照葉狂言——孤児になるべき兆」，『国文學解釈と鑑賞』1989年第11期。
⑧ 浅野敏文：「泉鏡花『照葉狂言』論——加賀騒動物の蛇責について」，『国文學解釈と鑑賞』2008年第11期。

第二章 "自传性小说"：《照叶狂言》

曲《松风》及对其他作家作品的摄取等外部因素的关系研究上，而对于作品的叙事视角则少有提及。毋庸置疑，《照叶狂言》的文体与《即兴诗人》颇为相近，二者均为第一人称叙事。第一人称叙事在镜花作品中并非首次使用，在其后的作品中也有所运用。揭示《照叶狂言》中的第一人称叙事与其前后作品中的第一人称叙事的差异，考察明治20年代在西欧文学刺激下诞生的近代小说中的第一人称叙事与镜花作品的第一人称叙事的关系，是将《照叶狂言》研究推向深入的途径之一。

一　泉镜花小说第一人称叙事探微

（一）泉镜花小说中第一人称叙事模式的演变

在镜花长达47年的文学创作中，曾经有一段时期集中出现第一人称叙事小说，即1895—1898年的四年间。镜花作品中的第一人称叙述手法初见于《聋之一心》（1895年）。早于其一年发表的《黑壁》（1894年）虽然也是第一人称叙述，但因未完结，所以镜花真正意义上的第一人称小说的滥觞当属《聋之一心》。接下来出现第一人称叙事视角的作品依次是：《妖怪年代记》（1895年）、《外科手术室》（1895年）、《夜半钟声》（1895年）、《白鬼女物语》（1895年）①、《蝙蝠物语》（1896年）、《一之卷》至《誓之卷》（1896—1897年）、《蓑谷》（1896年）、《龙潭谭》（1896年）、《照叶狂言》（1896年）、《化鸟》（1897年）、《清心庵》（1897年）、《星光》（1898年）、《莺花径》（1898年）。笔者曾抽取镜花不同创作阶段的45部代表作进行调查发现：就镜花的叙事角度而言，全知叙事占据上风，并贯穿于整个创作过程。第一人称和第三人称叙述平分秋色。其中，第一人称叙述集中出现在镜花创作第一阶段②末期和第二阶

---

① 关于《白鬼女物语》的创作时间在日本研究界一直存在争论。较具说服力的观点是松村友视的"1895年6月—10月"说。松村友视在「鏡花初期作品の執筆時期について：『白鬼女物語』を中心に」（『三田国文』1985年第4期）中对镜花的手稿进行详尽地对比后得出上述结论。

② 笔者将镜花文学的流变大致划分为3个阶段。1896年之前为"观念小说"为代表的第一阶段。1896年—1899年为第二阶段。其中，1896年—1897年以文风清新、高雅见长；1898年—1899年幻想和神秘的色彩渐浓，以1899年发表的《黑百合》为代表。1900年《高野圣僧》的面世标志着泉镜花文学向神秘、幻想世界的彻底转变，是为第三阶段。

段，第三人称叙述则出现较晚，集中在第三阶段的中、后期。换言之，镜花文学的叙事人称，经历了由游离于故事之外的"上帝"式全知全能叙事，向第一人称、第三人称有限叙事过渡的过程。但是，这种过渡并不意味着镜花完全放弃了全知叙事，只是在后期相对使用得较少罢了。[①]第一人称叙事在《高野圣僧》（1900年）中达到高峰。其后，虽然在《白鹭》（1909年）、《隐眉的鬼灵》（1924年）中有所运用，但仅有散见，未再出现如此集中使用第一人称叙事的创作阶段。

第一人称在上述小说中扮演着不同的"角色"。《聋之一心》是一部以镜花之父清次为原型创作的作品。小说中的"我"以医生的身份见证了患者——"一心"不折不扣的工匠精神。《妖怪年代记》中，"我"先是转述老宅子闹鬼的传闻，后亲身经历了一次怪异的体验，最后偷听到"怪异事件"的真相。《外科手术室》中的"我"是男主人公高峰医生的朋友，扮演着高峰与贵船伯爵夫人爱情故事见证人的角色，参与度不高，感情投入少。在《夜半钟声》中，"我"不仅见证了绣女阿幸"刺绣手帕事件"的始末，还或多或少地参与了故事的发展。但是，《夜半钟声》中的"我"仅仅是故事中的配角。前述小说均称不上真正的第一人称小说，因为叙述者"我"讲述的并不是"我"的故事。真正的第一人称小说中，"我"既是故事的叙述者，又是故事的主人公，与故事之间的心理距离为零。从这种意义上来说，《白鬼女物语》称得上真正意义上的第一人称叙事小说，由"我"讲述"我"曾经经历的"怪异"。镜花大作《高野圣僧》中的部分情节即脱胎于《白鬼女物语》。其后的《蝙蝠物语》中的"我"也是怪异的体验者。真正意义上的第一人称叙事中的"我"兼有两个主体：一是讲故事时的"叙述主体"，一是经历故事事件时的"经验主体"。[②]讲故事时的视角即通常所说的"回顾性视角"；经历事件时的视角即"经验视角"。一般而言，纯粹运用"经验视角"叙述的第一人称小说并不多见。镜花作品中，《一之卷》至《誓之卷》、《照叶狂言》和《清心庵》的叙事视角是纯粹的经验视角；《白鬼女物语》《蝙蝠物语》《蓑谷》《龙潭谭》《化

[①] 孙艳华：《幻想的空间——泉镜花及其浪漫主义小说》，商务印书馆2010年版，第162页。
[②] 申丹：《叙述学与小说文体学研究》，北京大学出版社1998年版，第27页。

第二章 "自传性小说"：《照叶狂言》

鸟》《莺花径》则是典型的经验视角+回顾性视角。

综上可见，镜花上述第一人称叙事小说中的叙事模式可分为三种类型：第一人称见证人视角型、第一人称经验视角型、第一人称经验视角+回顾性视角型。

镜花最初运用的第一人称叙述在作品中仅充当了见证人的角色，像摄像机镜头一样客观地记录着发生在主人公身上的故事。第一人称见证人视角，即小森阳一所说的第一人称"同伴式"视角[①]。采用这一视角的典型作品是堪称镜花"观念小说"双璧之一的《外科手术室》和首部第一人称叙事小说《聋之一心》。在《外科手术室》中，画家"我"自始至终充当着作者眼睛的角色，仅仅是高峰和伯爵夫人神圣爱情的见证人，并未成为故事的主角。这种运用故事中次要人物的视角观察、讲述主人公故事的方法，便于拉开与叙述对象之间的心理距离，制造悬念，增强真实感。但是，由于叙述者"我"和这个感人的爱情故事之间的心理距离过大，读者无法感知"我"对这个故事的感情投入程度，因此也就不能通过与"我"的同化，达到与主人公感情共鸣的目的，故事本应产生的震撼力也就大打折扣了。

《妖怪年代记》和《夜半钟声》中的"我"不但承担着见证故事演进的任务，还扮演着其中的一个角色，参与到故事之中，推动了情节的发展，缩短了与故事之间的心理距离。但是，"我"也仅为故事中的配角，可以说基本上属于第一人称见证人视角。

除上述作品外，镜花运用充当见证人、记录人或听众的第一人称叙述方式创作的小说，还有第三创作阶段的《白鹭》（1909年）、《妖术》（1911年）、《墓地的女神》（1927年）、《蘑菇的故事》（1930年）、《雪柳》（1937年）等。《白鹭》中，阿孝以第一人称的形式向姐姐讲述姐夫顺一和小筱的爱情故事。当阿孝和顺一共同行动时，阿孝即充当见证人的角色。此时的讲述富有临场感，读来犹如身临其境。但当阿孝不在现场时，由于第一人称叙述视角的限制，作者只好让阿孝以偷听或转述传闻的方式来补充视域受限的缺憾。作品中阿孝曾两次以偷听者的身份出现，一是隐身在

[①] 小森陽一：『構造としての語り』，東京：新曜社1996年版，第326頁。

街边小摊旁，一是在艺伎馆"于登利"隔着拉门偷听顺一和小篠的谈话。偷听或偷窥也是一种弥补受限视角的叙事手段。《妖术》中明确写道：我将从朋友舟崎那里听到的事情记录于此。这里的"我"显然只是一个记录者。《墓地的女神》里的"我"，是陪朋友一起回乡表演、探亲的大学教师。虽然与主人公形影不离，也只是像摄像机一样客观地记录着发生的每一件事。"我"的存在并没有对故事的发展产生丝毫影响。《蘑菇的故事》写的是身为作家的"我"听同伴——插图画家毛利一树讲述年轻时穷困潦倒的生活经历，并目睹了相关人物的结局。此中的"我"也仅充当了听众+见证人的角色而已。在《雪柳》中，"我"一登场就以笔者自居，并在作品中清楚地写道：以下原原本本地转述好友直槙的经历。好一副冷静、客观的面孔！

上述作品中的第一人称，无论是见证人、记录人、听众或是偷听者，都是以旁观者而非主人公的姿态出现的。以旁观者视角叙述具有冷静、客观地观察、分析人物的优势，同时也有难以抒发情感的不足。第一人称小说中的见证人视角完全是为故事服务的，并未体现出第一人称叙事的美学效果，因此不能称之为真正的第一人称小说。只有当第一人称叙事小说真正摆脱了故事的束缚，得以凸显作家的审美体验时，才能称之为真正的第一人称叙事小说。

经验视角型或经验视角+回顾性视角型的第一人称小说才是真正的第一人称小说。前述镜花此类作品，进而可以划分为两类：一是以少年"我"为主人公的抒情系列作品；一是描写怪异的作品群。前者包括《一之卷》至《誓之卷》、《照叶狂言》、《化鸟》、《清心庵》等作品。该类作品仅出现在此阶段，在镜花其后的创作中销声匿迹。后者则形成以《白鬼女物语》《蝙蝠物语》《蓑谷》《龙潭谭》《星光》《莺花径》为脉络的水脉。水脉的尽头是旷世名作《高野圣僧》。《高野圣僧》的出现绝非偶然，而是镜花在创作中多次尝试的结果。

《高野圣僧》的叙事人称最为复杂，出现了两个第一人称：年轻人"我"和行脚僧讲述故事时自称的"我"。前者是文本叙述者，后者是故事叙述者。在一般的小说文本中，二者是合二为一的。但在《高野圣僧》中，二者各自承担着不同的职能。与之前的第一人称小说不同，"讲述"在《高

野圣僧》中发挥了至关重要的作用。镜花以《高野圣僧》为代表的众多幻想小说,都是通过"讲述"实现了不同时空间的自由穿梭与跨越。如同"能",在讲述中日常世界和非日常怪异世界相互交融,自由变换。既然是讲述,就需要一个相当于"能"中配角的听众,年轻人"我"即是听众。年轻人"我"的语体中经常出现"である"体。这种文体绝非口语体,而是写文章或小说叙述时常用的书面文体。因此,年轻人"我"的话语指向并非行脚僧,而是读者。行脚僧"我"是故事层面的叙述者,话语是指向年轻人"我"的。也就是说,读者通过与年轻人"我"的同化,共同感受即将到来的神秘世界。行脚僧"我"既包括了回顾性视角又包含了经验视角,并通过经验视角展示故事情节。在森林中与蛇和山蛭对峙、周旋的场面,以及与少妇在溪水中沐浴的描写,采用的是典型的经验视角。前者的恐惧、毛骨悚然与后者的幸福至极,通过当事人经验视角的描述而使听众"我"和读者感同身受,生动、直接而真实。当然,这种真实是虚构出来的。当采用回顾性视角时,展示的是叙述者的叙述情境和主观评述。此时,行脚僧与故事中的自己拉开了一段距离,开始从旁观者的视角审视自己的经历。经验视角和回顾性视角巧妙交错,引导读者的审美视线不断转移。读者的审美心理也随之远近变换,大大增加了作品的韵味。

(二)泉镜花与明治 20 年代作家们的探索

泉镜花的文学起步始于全知叙事,首部第一人称叙事小说《聋之一心》发布之前正式发表的 13 部作品中,除未完结的《黑壁》外均为全知叙事。从叙事角度而言,全知叙事有诸多优势,便于展现广阔的生活场景,可自由剖析众多人物的心理,容易驾驭。但与第一人称和第三人称限制叙事相比,有失真实、客观。

在小说的现代化进程中,无论欧洲还是中国、日本,都无一例外地经历了从全知叙事向限制叙事的转变。法国评论家杰克·利彼埃尔(Jacques Rivière)在《冒险小说论》(1913 年)中阐明了新小说的内涵,并指出:"作品中的人物不应该像以往小说中看到的那样,作者对他的一切了如指掌。对于作者而言,他应该是未知的,是与作品中人物共同发现新的生命的存在。概而言之,新小说不允许作者处于全知型叙述者的位置……从一

开始就知道故事的结局,并对一切做出合理的解释。对于作者来说,写小说只能是与作品中人物携手探索未知生命的可能性的过程。"①身处文学大潮中的镜花也毫无例外地经历了转型。

文学大环境是促发镜花从全知叙事向第一人称叙事转变的要因。刚刚跨入近代的日本,在"欧化风潮"的吹动下,意识形态领域发生了前所未有的巨变。体现在文学方面,便是翻译小说和政治小说的盛行。由山田美妙和二叶亭四迷倡导的"言文一致运动",催化了日本文学自身形式和方法的变革,小说家们纷纷踏上小说文体的探索之旅。一时间,在日本文坛雅文体、俗文体、雅俗折衷体百花齐放,色彩纷呈,蔚为壮观。对于小说叙事人称和叙事视角的崭新尝试也在悄然进行着。"若仅就近世小说向近代小说的流变过程来考察日本文学的话,可以将其视为表现主体——叙述者从确立、发展直至实现多样化的过程。"②

在日本江户时代(1603—1867年)后期的小说中,作者和叙述者依然是一体的,叙述者无非一个故事外的讲述者。在近代小说中,首先实现了作者与叙述者的分离,分化为文本内记录故事演进的叙述者(全知型的)和在文本之外支配着故事世界的作者。1887年前后,这种变化在坪内逍遥、嵯峨屋御室以及砚友社作家的作品中均有所反映,尤其集中体现于被称为"明治戏作文学"的小说之中。继作者和叙述者分离后兴起的是第一人称叙事热潮。近世后期的小说以读本为代表,采用的是全知全能的叙事视角。曾深深浸淫于读本中的明治初期的作家们深刻地意识到:只有打破全知叙事模式的桎梏,才能真正实现向近代小说的蜕变。关于这股热潮出现的原因,小森阳一的分析可谓入木三分。"究其原因,'言文一致体'小说中省略句末表示人物关系的敬语的倾向不断增强,以及西方文学译作的影响固然不可小觑,但最根本的原因是小说的表现者们意识到一个严峻的事实:长久以来形成的生活和文化共同体社会已经崩溃,必须将自己从自他不分的共性中分离出来。"③要

---

① [法]杰克·利彼埃尔:《冒险小说论》,转引自三田英彬『反近代の文学泉鏡花・川端康成』,東京:おうふう1999年版,第52頁。
② 久保由美:「近代文学における叙述の装置」,小森陽一編『近代文学の成立 思想と文体の模索』,東京:有精堂1986年版,第103頁。
③ 小森陽一:『文体としての物語』,東京:筑摩書房1988年版,第196頁。

而言之，自我意识的产生和增强催生了第一人称叙事小说。

通过怎样的小说结构和文体方能使叙述者不露痕迹，令读者仿佛身临其境，将人物的内心世界展现在读者面前，这些问题成为作家们关注的焦点。于是，第一人称叙事小说进入人们的视域。坪内逍遥的尝试备受关注。在逍遥的作品《拾种子》（1887年）中，一位叫作"おすみ"的女性以第一人称口吻讲述自己曾偶然听到的一对男女的对话，属于旁观者式的第一人称叙事。几乎同时，爱伦坡原著、饗庭篁村译《西洋怪谈·黑猫》（1887年）和《莫格街凶杀案》（1887年）问世。前者是侦探小说，是对自己所犯罪孽的告白，属临终前告白的第一人称日记体小说；后者系推理小说，小说中的"我"是侦探形影不离的搭档，"我"以第一人称的口吻展现名探破解迷局的过程，属典型的同伴者式第一人称叙事。这些作品预示了其后第一人称小说的两个类型，即告白式第一人称叙事和同伴式（含旁观者式）第一人称叙事。

1887—1889年间集中出现了一批翻译或创作的第一人称小说。其中，以森田思轩的《金驴谭》（1887年）、《大东号航海日记》（1888年）、《幻影》（1888年）、《侦探尤拜尔》（1889年）执译作之牛耳。创作的作品有山田美妙的《绸缎包儿》（1887年）、《外表如菩萨，内心似夜叉》（1887年）、《这个孩子》（1889年），依田学海的《侠美人》（1887年），二叶亭四迷的《幽会》（1888年）、《邂逅》（1888年），嵯峨屋御室的《瘆人》（1888年）、《初恋》（1889年）等。

嵯峨屋御室的《瘆人》《初恋》、二叶亭四迷的《邂逅》和中岛湘烟的翻译小说《善恶之歧路》（1887年）属于第一种类型。第一人称告白体小说的魅力在于临场感，可公开暴露不为人知的"秘密"。依田学海的《侠美人》则属于典型的同伴式第一人称叙事。通过旁观者或局外人将作品世界展现在读者面前的同伴式第一人称叙事小说会带来真实感，这是那个时代小说家们的共识。思轩译《大东号航海日记》与《幻影》同为"推理+恋爱型"小说，但恋爱场面中的第一人称叙事则是局外的旁观者。《侦探尤拜尔》中，第一人称的主体——"我"，最初作为局外人将从当事人那里听到的事件始末描述出来。接下来，亲临审判现场作为实况转播员（同伴式第一人称）进行逼真的场面描写。进而，在听到下达的死刑判决时，对权贵

- 141 -

发表讲演，从而由旁观者转为主人公。最后，在作品结尾向读者吐露执笔日记时的内心情感（回忆式第一人称叙事）。可见，当时的小说家们并未满足于第一人称叙事的心理告白和逼真的场面描写，进而为挖掘第一人称叙事的可能性进行了各种大胆的尝试。这种探索精神在坪内逍遥、二叶亭四迷、嵯峨屋御室、山田美妙、尾崎红叶、广津柳浪、森鸥外等作家身上表现得尤为突出。每种尝试都体现了作家们不同的美学追求。

二叶亭四迷是坪内逍遥文学理论的实践者。《浮云》中人物的独白增多，接近于第一人称的表达方式。逍遥为了抹去作品中作者的痕迹而尝试第一人称叙事；二叶亭四迷是为描写内海文三无法与人沟通的内心世界而接近第一人称叙事的；嵯峨屋御室是为补救小说的致命缺陷而使用第一人称的；山田美妙则为消除另类的比喻和拟人法所带来的突兀感而使用第一人称叙事的。美妙并未充分理解第一人称叙述的意义，在作品中未能充分发挥第一人称叙事的优势。因此，《绸缎包儿》和《这个孩子》留下了败笔。广津柳浪在《蜃中楼》（1887年）中经常运用人物内心独白式的表现。在那个年代，描写作品人物的内心成为小说的一个重要课题。从某种意义上来说，柳浪引领了其后兴起的第一人称小说热潮，柳浪在《残菊》（1889年）中尝试创作了真正的第一人称小说，最终成就了以作品人物回忆统括全篇的"独白式第一人称小说"。尾崎红叶在《南无阿弥陀佛》（1889年）和《新色忏悔》（1890年）中均尝试使用了第一人称叙事。在红叶的第一人称小说中"讲述者"和"诱发讲述者"的存在非常醒目。二叶亭四迷和广津柳浪着眼于失去听众或没有"诱发讲述者"的主人公的孤独内心，为了能使主人公吐露心声而使用了第一人称叙事。红叶反其道而行之，在作品中先设定了听众或"诱发讲述者"，因此在作品中获得了较稳定的叙事视点。这种"诱发讲述者"的方法作为近代文学的一种可能性在红叶的《夏瘦》（1890年）及其后的作品中得以继承。红叶在第一人称小说中采用"告白"或"忏悔"的手法描写逍遥主张的"人情"，但并不像柳浪那么执着于人物"独白"。不严格限定视点，而是重视"讲述者"和"诱发讲述者"等引出"告白"的"机关"。这一方法被红叶的爱徒镜花全盘继承。在镜花的自书年表中曾有以下记述：1890年夏，去舅母家游玩时偶读尾崎红叶的短篇《夏瘦》，受其启发燃起小说家的梦想，尝试创作《八字形》等习

第二章 "自传性小说"：《照叶狂言》

作三余篇。因均告失败，遂立志师从尾崎红叶学习小说技法，于同年11月赴京。明治20年代（1887—1896年），文体尝试最成功的例子是森鸥外的初期三部曲《舞姬》（1890年）、《泡沫记》（1890年）、《信使》（1891年）。其中，《舞姬》和《信使》分别为告白式第一人称叙事和同伴式第一人称叙事。概而言之，第一人称叙事小说的流行是在翻译小说的刺激和日本作家们探索精神的共同作用下产生的。

镜花正是在这样的文学背景下开始创作的，他的初期作品自然会留下鲜明的时代烙印。以镜花第一人称叙事视角集中出现的1895—1897年的作品为例，既有同伴式第一人称叙事的《外科手术室》《聋之一心》《夜半钟声》，也有告白式第一人称叙事的《一之卷》至《誓之卷》、《照叶狂言》、《化鸟》和《清心庵》，更有体验怪异的第一人称小说——《妖怪年代记》《白鬼女物语》《蝙蝠物语》《蓑谷》《龙潭谭》。第一类与明治20年代（1887—1896年）流行的第一人称小说之间的类缘关系不言而喻，其中恩师红叶的影响更是不可小觑。即便在同伴式第一人称小说遭到小说家们抛弃之后，直至昭和时期（1926—1939年），镜花依然以"这是我从朋友处听到的故事"或是"这是朋友讲述的故事"的形式，在出场人物之外设置一个"记录者"。偶尔，这个"记录者"的视线还会出现在作品中。不将视角固定于一点，而是多个视点交错，这一做法易导致作品的平衡被打破而走形，但另一方面却获得了复杂性。第二类是在森鸥外的《舞姬》和樋口一叶的《青梅竹马》中第一人称叙事所带来的浓浓情绪的感染下诞生的。相对而言，前两类作品的现实性较强，而第三类则是幻想性较强的一类作品。第一人称叙事可以完美地表现出场人物"我"的内心活动，有效抹去作者的痕迹，增强真实感，易于抒发情感，便于与读者产生感情上的共鸣。第一人称叙事正是当时解决小说家们所面临的文体问题的一剂良药，同伴式第一人称小说和告白式第一人称小说应运而生。通过第一人称讲述自己遇到的怪异，则是镜花发掘的第一人称叙事的魅力。镜花旺盛的探索精神还体现在所创作的第一人称小说的数量上。

如前所述，在1887—1889年集中涌现了一批翻译或创作的第一人称小说。那么，1889年以后的日本文坛又是怎样的状况呢？明治20—30年代（1887—1906年）诞生的小说浩如烟海，笔者无法逐一考证，故仅依据《大

修馆国语要览 增补版》(三谷荣一、峰村文人)编纂的近代日本文学史年表和《新订增补常用国语便览》(滨岛书店)编写的近代文学年表,对其中所列重要作家1889—1900年的代表作进行调查统计。

表2-1 1889—1900年重要作家代表作品叙事视角统计

发表时间	作品名	作家	叙事角度
1889年	蝴蝶	山田美妙	全知叙事
	初恋	嵯峨屋御室	第一人称叙事
	露珠圆圆	幸田露伴	全知叙事
	风流佛	幸田露伴	全知叙事
	两个比丘尼的色情忏悔	尾崎红叶	全知叙事
1890年	舞姬	森鸥外	第一人称叙事
	泡沫记	森鸥外	全知叙事
	香枕	尾崎红叶	全知叙事
	一口剑	幸田露伴	全知叙事
1891年	信使	森鸥外	第一人称叙事
	两个妻子	尾崎红叶	全知叙事
	五重塔	幸田露伴	全知叙事
	黄金丸	岩谷小波	全知叙事
1892年	暗樱	樋口一叶	全知叙事
	三人妻	尾崎红叶	全知叙事
1893年	风流微尘藏	幸田露伴	全知叙事
	黑暗的心	尾崎红叶	全知叙事
	邻家女	尾崎红叶	全知叙事
1894年	泷口入道	高山樗牛	全知叙事
	大年夜	樋口一叶	全知叙事
1895年	青梅竹马	樋口一叶	第一人称叙事
	浊流	樋口一叶	全知叙事

续表

发表时间	作品名	作家	叙事角度
1895年	十三夜	樋口一叶	全知叙事
	表与里	川上眉山	全知叙事
	书记官	川上眉山	全知叙事
	变目传	广津柳浪	全知叙事
	巡夜警察	泉镜花	全知叙事
	外科手术室	泉镜花	第一人称叙事
1896年	多情多恨	尾崎红叶	全知叙事
	照叶狂言	泉镜花	第一人称叙事
	今户情死	广津柳浪	全知叙事
	岔路	樋口一叶	全知叙事
1897年	金色夜叉	尾崎红叶	全知叙事
	源叔	国木田独步	全知叙事
1898年	腊月二十八	内田鲁庵	全知叙事
	不如归	德富芦花	全知叙事
	武藏野	国木田独步	第一人称叙事
	无法忘怀的人们	国木田独步	全知叙事
1900年	高野圣僧	泉镜花	第一人称叙事
	回忆	德富芦花	第一人称叙事
	初姿	小杉天外	全知叙事
	下士官	小栗风叶	全知叙事

1889—1900年的42部代表作中仅有9部为第一人称叙事，其他均为全知叙事。即便是之前列举的积极探索第一人称叙事的作家们也并不是所有的作品均使用第一人称叙事。这说明第一人称叙事也仅是一部分作家有限的、大胆的尝试。全知叙事的影响依然根深蒂固。相比之下，镜花在1895—1898年的四年间就创作了20部第一人称叙事小说，这从另一个侧面印证了镜花不是"陈腐"的，而是走在时代前列的。镜花最终发表了第一人称叙事视

角的集大成之作——《高野圣僧》,凭借第一人称叙事登上了幻想世界的巅峰。但是,镜花并未停下探索的脚步,继而开始尝试第三人称小说。

二 《照叶狂言》中《阿银小银》的异质性及地域性——兼与中日同类型民间故事相比较

泉镜花文学的主流是以近代之前的文艺为养分的"反近代"文学。关于"'反近代'的文学",三好行雄在《日本的近代文学·明治与大正时期》第二章《反近代的系谱》中作如下释义:"始于明治维新的日本近代化最显著的特质,就是它伴随着东西方两种异质文学的接触。文学也毫无例外,与西方碰撞,并在其影响下快马扬鞭地奔向近代化。在文学这个领域里,首先将'反近代'的内涵定义为不与始于文明开化的近代化同一论调,或对其持批判态度的作家或文学。"①

泉镜花便是与近代化唱"反调"的作家。他的作品是浪漫的、主情的,与近代以前的文艺有着千丝万缕的联系。所谓反近代,其实就是日本自古延续下来的传统文化对近代的叛逆。传统文化中自然少不了民俗世界。镜花作品中的民俗世界主要体现为民谣中的童谣、古老的故事、口碑传说以及妖怪、幽灵传说。

据村松定孝编辑的泉镜花年谱记载:"明治九年(1876年)4岁,……从这时起请母亲讲解'草双纸'的插图,听邻居家的女孩儿讲述在金泽流传的口碑传说。对其后来的文学创作影响颇大。"②童年时代植入镜花头脑中的文学元素是"草双纸"和当地流行的民间故事。"草双纸"中的故事、流传于当地的口碑传说将少年镜花带入一个浮想联翩的世界。

镜花作品中出现了故乡金泽民间传说的有《黑壁》(1894年)、《妖怪年代记》(1895年)、《照叶狂言》(1896年)、《五棵松》(1898年)、《妖僧记》(1902年)、《三味线渠》(1910年)、《因缘之女》(1919年)、《瓜之泪》(1920年)、《手枪的使用方法》(1927年)、《飞剑幻影》(1928

---

① 越智治雄、三好行雄、平冈敏夫、红野敏郎:『日本の近代文学 明治·大正期』,東京:日本放送出版協会 1976 年版,第 90 頁。

② 村松定孝:『泉鏡花』,東京:文泉堂 1979 年版,第 431 頁。

年)、《蘑菇的故事》(1930年)等。民间故事《阿银小银》在《照叶狂言》中扮演了重要的角色。《阿银小银》至今仍为金泽妇孺皆知的民间故事之一[①]，从墓中涌出洪水的情节，现今仍在加贺一带广为流传。

目前为止，关于《照叶狂言》的研究集中在传承文学、日本古典艺能及对其他作家作品的摄取与作品世界诞生之关系研究方面。其中，围绕着小说中出现的绣球歌、民间故事《阿银小银》及谣曲《松风》的研究一直是日本镜花研究界的焦点。论及民间传说《阿银小银》的有藤泽秀幸、野山嘉正、种田和加子与野口哲也。种田和加子与野山嘉正考察了民间传说《阿银小银》与小说情节演进的关系；藤泽秀幸介绍了在金泽地区流传的《阿银小银》的故事；野口哲也将民间传说《阿银小银》视为作品中构成多声部叙事的要素之一。上述研究虽然介绍了民间传说《阿银小银》的内容，较深入地探讨了《阿银小银》与情节推进的关系，也将其视为向"幻想文学"飞跃的手法之一而加以考察，但是研究视野并未突破金泽地区。本研究将在与中日同类型民间故事相比较的基础上，探究作品中的民间传说《阿银小银》的异质性及地域性。可以说，深入考察镜花在作品中所引用的民间故事的特殊性也有助于阐释泉镜花文学的"反近代性"。

（一）《照叶狂言》中的民间故事《阿银小银》及溯源

在《照叶狂言》中有一段邻居家的少妇为年幼的主人公阿贡讲故事的情节。故事讲的是一对同父异母的姐妹"阿银"和"小银"。姐姐"阿银"备受继母虐待，妹妹"小银"和姐姐"阿银"姐妹情深，同情姐姐的处境，在听到姐姐被母亲埋于河床下的消息时焦急万分，四处寻找，终于找到浸在水中已奄奄一息的姐姐。听到此处，阿贡突然伤心地大哭起来。镜花在作品中巧妙地插入这段故事是为了烘托作品的气氛。故事讲的是继女受继母迫害，命在旦夕，而阿贡喜欢的小雪姐姐也是在继母的淫威下委屈度日。与故事情节的契合，一来预示了小雪悲惨的命运，二来渲染了小说的悲剧气氛。

[①] 小林辉治：「『夜叉ケ池』考」，载三田英彬编『日本文学研究大成泉鏡花』，東京：国书刊行会1996年版，第166页。

据藤本芳则考证，作品中的《阿银小银》①是以《日本的民话·加贺、能登②的民话》第二集（未来社，1975年12月）中的「お銀ま小金ま」为原型的。③《阿银小银》是在加贺地区广泛流传的民间传说，现在叫作「お銀と小金」④。故事的结局是妹妹"小银（小金）"因身单力薄，眼看着姐姐马上要被水淹没，情急之下，一边喊着："姐姐，我来啦，请你原谅妈妈"，一边纵身跳入水潭中。次日，人们在河床上发现了两人相拥的遗体。据说姐妹俩被葬在金泽市菊川町法然寺。至今在法然寺内还供奉着二人的纪念碑。"阿银"的后母也因失去亲生女儿的悲痛而备受煎熬，最终遁入空门，入法然寺修行。

有关继母虐待非亲生子女的民间传说在世界各地广为流传。在西方，这类民间传说以《灰姑娘》为代表。因此，按照国际惯用的AT分类法，经常被划为"灰姑娘"型。由于民间传说的特性，这一类型的故事在传播过程中产生了七百多个异本。中国式"灰姑娘"传说的原型最早见于公元9世纪中叶唐代段成式著《酉阳杂俎》，其中"《酉阳杂俎》续集卷一《支诺皋》上篇所收的《叶限》，被认为是世界性继母型故事的最早文字记载"⑤，早于欧洲有关此类型的文字记载约700年。《酉阳杂俎》最有价值的部分是志怪小说。有趣的是，该书在镜花藏书目录中赫然出现。

每个类型的民间故事均由一个或多个情节单元（或叫"母题"）构成。前者构成结构简练的单一故事，而后者则形成情节跌宕起伏、引人入胜的复合故事。多个情节单元之间具有一定的逻辑关系，按照一定的顺序排列。同一类型的民间故事在不同地域、不同时代，其演变、传播呈现不同的态势，具体体现为情节单元的多样化。继母虐待继子/继女型民间故事在中日两国流传广泛，且形成独特类别。在日本的此类民间故事中，专门有一

---

① 作为本文研究对象的《阿银小银》系指口传文学范畴的"阿銀小銀（おぎんこぎん）"型民间故事，不包括1900年镜花胞弟丰春（笔名：斜汀）创作、以镜花名义发表的作品「お銀小銀」。
② "加贺"和"能登"为日本旧藩名，分别相当于石川县的南部和北部。镜花的故乡金泽位于石川县的中部。现在，将以石川县县内为中心的地区称作加贺。
③ 野山嘉正：「近代小説新考 明治の青春－34－泉鏡花『照葉狂言』－4－」，『国文学解釈と教材の研究』1994年第1期。
④『石川県昔話23』，http://plaza.rakuten.co.jp/zatokusen/diary/201109270000/，2015年10月29日。
⑤ 金毅：《中韩两国继母型故事的形成比较》，《辽东学院学报》（社会科学版）2014年第1期。

第二章 "自传性小说"：《照叶狂言》

类被称为"お銀小銀"的亚类型。

继母型民间传说，亦即继母虐待前房子女型的古老传说，在日本不计其数。据《世界大百科事典》第2版的解释，日本的此类传说共分两个系列：或前房子女最终获得幸福，或悲惨死去。喜剧收场的有：（1）红皿欠皿型：美丽的继女"欠皿"受继母和继母亲生的丑女"红皿"欺辱，穿上山中女妖送给的衣服去看戏，被贵人相中，最终结为佳偶，过上幸福生活。与《头扣盆》《灰姑娘》等同系列，此类故事在全世界流传甚广，《米福粟福》也属该系列；（2）皿皿山型：在贵人面前与继母的亲子比歌，最终继女夺得头筹；（3）阿银小银型：被继母折磨失明的继女，因千辛万苦寻来生父的眼泪而重见光明；（4）独臂姑娘型：被继母砍断手臂的继女，当背上的婴儿险些掉入河中欲出手相救的一刹那，手臂奇迹般地长出来；（5）山姥人皮型：被继母赶出家门寄宿在山中女妖家中，结果被女妖披上老太婆的人皮，成为大户人家的侍女。最后，露出美丽的容貌，成为大户人家的媳妇；（6）地藏菩萨相助型：黑心的继母令继女拿着漏洞的袋子去山上拾栗子，结果袋子总也装不满。继女因惧怕继母不敢回家，只好露宿山中。结果，得到土地爷相助而得到大笔财富。悲剧结局的有：（1）被继母杀掉后幻化为小鸟；（2）埋葬继女的坟墓上长出竹子，竹子做成的笛子向生父控诉继母的恶行；（3）惨遭继母毒手的继女死后，其遗骨唱歌；（4）被继母蒸煮后，生父为之复仇。（1）—（3）系继女（继子）被杀后变换姿态控诉继母罪行的。

日本有关民间故事最权威的分类当推稻田浩二等编著的《日本昔话通观》和关敬吾编写的《日本昔话大成》。《通观》中的分类较细致，继母虐待前房子女的故事以"继子话"命名，从第172项—第204项共列出33个亚类型。分类细致、全面。但是，有的亚类型情节要素较少，个别内容与其他亚类型重复，单独列作一个类型难免牵强。相比之下，《大成》中的类别虽较少，但均较具代表性。

将《通观》中的33类摘录、翻译如下：（1）前房子女拾果子型（212 拾栗子型）[①]，（2）前房子女打水型，（3）米福粟福型（205A 米福粟福型），（4）皿皿山型（206 皿皿山型），（5）山姥人皮型（209 山姥人皮型），

[①] 括号中表示的是《大成》中相对应的分类号和类型名。

(6) 头扣盆型（210 头扣盆型），（7) 断臂姑娘型（208 断臂姑娘型），(8) 变成天鹅的哥哥们型（214 七只白天鹅），(9) 剜出前房子女肝脏型，(10) 伙夫型（211 伙夫型），(11) 前房子女挖井型（220A、B 前房子女挖井型），(12) 前房子女和王位型，(13) 前房子女和便当型，(14) 抛弃前房子女型，(15) 日增川型，(16) 玩偶替身型，(17) 阿银小银型（207 阿银小银型），(18) 俊德丸型，(19) 前房子女的兄弟型，(20) 前房子女和二叶草型，(21) 前房子女摘草莓型（213 前房子女摘草莓型），(22) 前房子女与炒豆型，(23) 前房子女与农历二十的月亮型，(24) 米埋糠埋型（205B 米埋糠埋型），(25) 前房子女坠崖型，(26) 前房子女与泥船型，(27) 前房子女被煮型（219 前房子女被煮型），(28) 将前房子女投入蛇桶型（221 将前房子女投入蛇桶型），(29) 前房子女生还型，(30) 小鸟信使型，(31) 继母扮鬼型，(32) 前房子女捣麦子型，(33) 前房子女与亡母型。

《大成》中，在"继子譚"的类别下，从第205A—第222，共有20类。其中，与《通观》相对应的共有15个类别，再加上未出现在《通观》中的(1) 化身天鹅的姐姐型（215），(2) 前房子女化身小鸟型（216），(3) 前房子女化身笛子型（217），(4) 遗骨唱歌型（218），(5) 前房子女与鱼型（222），共有38个亚类型。需说明的是，《大成》中收录的"遗骨唱歌型"故事里并未出现继母和前房子女的角色，不应划分在继母虐待前房子女类故事中。

在中国，关于继母苛待前房子女的民间故事在各民族中广为传播。据笔者掌握的资料，虽然有以省为单位编撰的《中国民间故事集成》和《中国民间故事丛书》，但是没有对继母虐待继女（或继子）的民间传说进行详细的划分。丁乃通编著的《中国民间故事类型索引》对中国民俗学研究产生过巨大影响，但书中在"继母"这一情节成分的条目下仅粗略地列出了：

1.继母残酷对待前房生的女儿和儿子的"灰姑娘"型、"金袍、银袍和星袍"型和"一只眼，两只眼，三只眼"型；

2.密谋害死前妻儿子的"异母兄弟和炒过的种子"型和"戒言和尤利亚式的信"型；

第二章 "自传性小说"：《照叶狂言》

3. 在前妻女儿婚礼上偷偷地用自己女儿去替换的"继母偷天换日"型。①

从以上内容可以看出：这是以《格林童话》中的故事为基准进行分类和命名的，并未反映出中国同类民间故事的特点。在中国丰饶的民间传说宝库中，远不止上述3个类型。

在对具体故事的研究方面，有刘晓春对于"灰姑娘"故事、江帆对于"断手姑娘"故事的解析。②刘守华主编的《中国民间故事类型研究》着重对60个中国典型的民间故事类型进行了分析。其中，言及继母虐待前房子女的民间传说共有两个——"灰姑娘"和"断手姑娘"。这两个类型在世界上也具有典型性。前者在中国有上百个异本，如藏族的《金娃错和银娃错》，湘西苗族的《娅扁与娅郎》，壮族的《达架和达仓》，纳西族的《宝妹》，维吾尔族的《阿姐儿》，朝鲜族的《孔姬和葩姬》，东乡族的《白羽飞衣》和《孤儿和后妈》，汉族的《翠儿和莲儿》、《妈妈错错》和《竹姑》，在许多民族和一定地域都有所流传。"断手姑娘"型故事在中国南方少有传播，主要在北方，特别是东北地区呈密集型分布。③可见，中国没有与"お銀小銀"相对应的分类，也未见相关的研究成果。

（二）与中日同类型民间故事的比较

"お銀小銀"型是日本继母苛待前房子女类民间故事中的一个重要亚类型。由于口传文学的特性，在各地区流布的"お銀小銀"型故事在内容上又不尽相同。本文将以现今仍流传在金泽地区的「お銀と小金」和「お銀ま小金ま」为主线，与日本其他地区流传的"お銀小銀"型口传故事及中国继母虐待继子／继女型民间传说相比较，以揭示其相关性及异质性。

情节单元的概括、对比是民俗故事研究常用的方法之一。《通观》在第188项"おぎん・こぎん"中将情节单元概述为：①继母趁丈夫外出之际，向继女阿银的便当中下毒，幸亏亲子小银的提醒，逃脱一劫；②继母欲趁阿银熟睡时将其刺死，小银以玩偶做姐姐的替身，阿银再逃一劫；③继母将阿银装入箱子欲抛弃深山，阿银沿途撒下小银偷偷塞给她的种子；④种

---

① ［美］丁乃通：《中国民间故事类型索引》，中国民间文艺出版社1986年版，第410页。
② 刘守华：《中国民间故事类型研究》，华中师范大学出版社2006年版，第547—567页。
③ 刘守华：《中国民间故事类型研究》，华中师范大学出版社2006年版，第558页。

子发芽后长出小草，小银寻迹找去，救出阿银，二人离乡，受雇做佣人；⑤外出归来的父亲因悲伤过度双目失明，踏上朝圣之路以寻找爱女，父女重逢后双目重见光明，三人幸福地生活。①

《大成》在第207项"お銀小銀"中关于情节单元做如下记述：

1. 继母的虐待：①让阿银吃毒馒头；②用长枪刺杀；③从天棚投下石头或石臼；④将阿银装入石棺或桶里埋于山中。

2. 妹妹的援助：①让姐姐扔掉有毒的食物；②用水瓢、装满小豆的袋子、玩偶做姐姐替身；③让姐姐睡在自己的床上；④求人在石棺上打孔，让姐姐沿途撒下罂粟种子。

3. 救助：①妹妹前往救助；②大法师相助；③动物通知父亲。

4. 父女重逢：在达官贵人家做用人，双目失明的父亲前来寻找，重逢。

5. 再生：①姐妹流下的眼泪掉入父亲眼中，父亲重见光明；②女儿们和富翁的儿子结婚。

6. 惩罚：①继母悔悟；②羞愧而死；③受到惩罚。②

与《通观》相比，《大成》首先概括出6个主要的情节单元，然后再按分项细述，分类更加清晰明了。笔者参照《大成》的模式抽象出小说中《阿银小银》的原型「お銀ま小金ま」的主要情节单元和元素：

1. 继母的虐待：让阿银吃粗茶淡饭；遗弃山中；让人在犀川河岸挖坑，将阿银活埋。

2. 妹妹的援助：小金偷偷将自己的食物分给阿银。

3. 救助：小金按照阿银用红小豆留下的标记，寻找阿银，试图救出阿银。

4. 双双死去。

5. 惩罚：继母为忏悔踏上朝圣之旅。

「お銀と小金」是当下在金泽地区流传的"お銀小銀"型故事，其情节单元和元素是：

1. 继母的虐待：让阿银在下房吃饭；在手纸上撒上杂草刺儿；让人在犀川河岸挖坑，将阿银活埋。

---

① 稲田浩二など編：『日本昔話通観研究篇1』，京都：同朋舎1993年版，第220页。
② 関敬吾編：『日本昔話大成5』，東京：角川書店1978年版，第155頁。

2. 妹妹的援助：替母亲道歉。

3. 救助：亲子小金去救阿银。

4. 双双死去。

5. 惩罚：继母遁入空门。

关于"お銀小銀"这一类型的分布，在《大成》第5卷中共列举了29个府县的类似传说，足以说明该类传说传播之广。但是，在金泽所在的石川县的条目下却未见「お銀と小金」和「お銀ま小金ま」，只是列举了石川县江沼郡名为「おりんとこりん」的故事。《通观》之《日本昔话通观11·富山·石川·福井》卷中属于该类型的是104"本子の援助（原题　継子の花见）"和124"おりん·こりん"，收录了石川县包括「おりんとこりん」在内的3个故事。但是均未见「お銀ま小金ま」及「お銀と小金」。

为了便于比较，笔者将《大成》中"お銀小銀"项目下的87个故事按照前述6个情节单元进行了概括、统计。

从6个主要情节单元来看，「お銀ま小金ま」和「お銀と小金」缺少"父女重逢"和"再生"这两个情节。但是，据笔者统计，87个故事中仅有13则[①]在形式上具备所有的情节单元。更有三个异类的故事掺杂其中：一是关于养女的故事；一是贫穷夫妇抛弃亲子的传说；一是关于一对姐妹被船夫拐卖的故事。同样不具备"父女重逢"和"再生"情节的故事竟达22个。此外，虽有"父女重逢"情节，但缺少"再生"情节的有22个。另外，有"再生"，却缺少"父女重逢"情节的故事也有10个。概而言之，「お銀ま小金ま」和「お銀と小金」虽然在个别细节上与《大成》列出的情节元素有些许出入，但是与其他收录其中的故事相比较的话，已具备主要的情节单元，应该将其归类于"お銀小銀"类型。下面从6个主要情节单元与《大成》中的同类故事逐一进行比较分析，以彰显金泽地区流传的"お銀小銀"类民间故事的异质性和地域性。

1. 继母的虐待

继母的虐待是诞生这类故事的大前提。古今中外，继父虐待非亲生子

---

① 岐阜县大野郡、岐阜县吉城郡、福井县某地、山形县上山市、秋田县鹿角郡、宫城县古川郡、青森县三户郡、青森县五所川原市、青森县西津轻郡各1则；山形县米沢市和岩手县远野市各2则。

女的故事鲜有提及，耳熟能详的都是继母虐待继子/继女的故事。从母系社会直到私有制产生之前，孩子们在共同的大家庭中成长，在该过程中是不会产生此类故事的。只有在社会经济结构和家庭形态发生变化，即每个独立的家庭从共同体中分化出来之后才会随之产生这种社会现象。独立的家庭拥有了私有财产，父亲成为一家之主，丧偶后可以续弦，而围绕着财产和地位的继承引发了继母与非亲生子女之间的矛盾，即产生了继母迫害或抛弃非亲生子女的民间故事。早在中国的远古时代就诞生了舜受到继母和异母弟弟象虐待的神话传说，继母和象百般刁难舜，在舜的父亲面前挑拨离间，致使舜经常受到责罚。百般无奈之下，舜只好搬出独居。[①]

这个情节单元最能体现继母的恶毒。虐待的手段最具典型性的是毒杀、枪挑、石砸、活埋，其次是出难题，偶尔也会使用扮鬼恐吓的手段。《照叶狂言》中的《阿银小银》在小说中并不完整，关于这一部分未表。两则金泽地区流传的"お銀小銀"型故事中，对继母苛待继女阿银的情节都有所渲染。换言之，在最终加害阿银之前，继母总是使出浑身解数，对阿银百般迫害。如此布局一来可以博得听众对继女的同情，加深对继母的憎恶；二来铺陈情节，为达到最终的高潮做铺垫；三来剧情曲折，引人入胜。但是，关于"磨难"的内涵则不尽相同，这形成古今中外此类故事的共性，是由口传文学的特性所决定的。故事在口耳相传的过程中，总是会出现有意或无意的"添油加醋"或删减等改动。

就「お銀ま小金ま」而言，一是将美味佳肴留给亲生女儿小金，让阿银吃粗茶淡饭；二是继母趁生父外出之际，带小金和阿银去深山，而将阿银遗弃在山中，阿银千辛万苦返回家中；三是让人在犀川河岸挖坑，将阿银活埋。另一则「お銀と小金」讲的是继母在生父面前假装温情，生父外出打工时却是另外一副面孔。让阿银单独在下房吃饭，将杂草刺儿撒在手纸上，令阿银吃尽苦头。最终，在犀川河岸将阿银推入事先挖好的坑中。让阿银吃粗茶淡饭，让阿银单独在下房吃饭，将杂草刺儿撒在手纸上的情节在87个故事中不曾出现，可谓是金泽人想象力的产物。

---

① 参见《家庭书架》编委会编《中国神话与民间故事》（南海出版公司2013年版）中《中国神话》上篇。

87个故事的绝大部分使用的最终手段都是将阿银活埋于山中。只有4个是与河流有关的：（1）岩手县盛冈市流传的故事是将前房子女放到木制小船中放流到河中；（2）熊本县球磨郡的传说是施计使前房子女掉入池中；（3）山梨县西八代郡的故事讲的是将前房子女放到船中，使其随波逐流；（4）长野县小县郡的传说是直接将前房子女扔到河中。而在金泽地区流传的此类故事都是在犀川河岸挖坑，活埋。

在金泽有两条大河穿流而过，分别是犀川和浅野川。在另一则凄惨的民间故事中也出现了犀川的名字。这个叫作"祸从口出"的故事讲的是一对生活在犀川河畔的父女，父亲为病重的女儿偷了地主家一把大米和红豆，后因女孩无意间唱的童谣而暴露，村里的人遂将其父活埋以祭祀犀川，祈求犀川不再泛滥。为什么都是犀川，而非浅野川？这其中自有其历史背景。犀川被称为男人河，浅野川被叫作女人河。在历史上，一降暴雨犀川便决堤，冲走桥梁。而性格相对温和的浅野川却没出现过大的泛滥。可以推知，犀川对于金泽人来说是灾难和苦难的象征，将受害地点设定在犀川体现了地域性的特点，也凝聚了金泽人的集体情感。

2. 妹妹的援助

在继母虐待前房子女的民间传说中，亲子是不可或缺的角色。此类故事中亲子对继子或继女的态度分为两类：和继母一同欺负前房子女的类型和对前房子女寄予同情，并暗中相助的类型。《照叶狂言》中的小银和「お銀ま小金ま」与「お銀と小金」中的小金均属于后者。在日本的继母型民间故事中，继母的亲子出场，并与继母一起欺辱前房子女，或与前房子女竞争惨遭失败的例子很多，像"お銀小銀"和"お月お星"中亲子救助继子的故事相对较少。值得注意的是角色的设定，「お銀ま小金ま」和「お銀と小金」中登场的是同父异母的姐妹，87个故事也基本如此，只有4个故事例外，其中同父异母的兄妹[①]和同父异母的兄弟[②]的设定各有两则。

在中国的继母虐待非亲生子女的民间故事中，同父异母姐妹多出现在"灰姑娘"型故事中，亲女是作为继女的反衬而存在的，一美丽、聪慧，

[①] 长野县小县郡和长野县下水内郡的传说。
[②] 福冈县鞍手郡和枥木县芳贺郡的传说。

善良；一丑陋，愚笨，阴险。在表现亲子的仁义和善良方面，日本体现的是姐妹情深，而在中国同父异母兄弟的角色设定较日本常见，如云南的《领头雁》、四川阿坝州的《劳让和牙曼》、甘肃东乡族的《后阿娜的心肠》、山东费县的《后娘》等均是继母的儿子暗中帮助继子的。《后娘》[①]讲述了弟弟察觉到生母将加害同父异母的哥哥，遂带着哥哥逃出家门，最终二人获得幸福的故事。

据日本学者千野美和子考证，在《格林童话》中除一篇较特殊外，如果将年幼的兄妹排除在外的话，受继母虐待的主人公均为女性，同时没有亲子同情帮助继子的篇章。[②]这充分反映了东西方文化和价值观的不同。

同时，即便同属东方文化圈，也存在着差异。在中国，不仅在继母虐待继子类的民间传说中，"两兄弟"还经常出现在以"狗耕田"和"长鼻子"为代表的同胞兄弟纠葛类的故事当中。为什么中日两国会出现性别差异呢？这应归因于两国继承制度的不同。在日本的封建社会，实行的是严格的长子单独继承制，地位和财产均由长子继承，而父母的养老送终也就自然由长子及其家眷全权负责。次子及以下的儿子没有继承权，或自己另立门户，或在长子手下打工，去做养子的也不在少数。即便是21世纪，在日本农村等偏远地区这一传统仍然根深蒂固。也正是由于这种制度的彻底贯彻避免了兄弟之间经济纠纷的产生。在中国的封建社会，虽然也有长子继承制，但并没有日本那么严格，次子及以下儿子也有一定的继承权，在宗族或家庭内部实行的是财产平均分配制，于是就产生了分配不均的问题，由此埋下了兄弟间不睦的祸根。而现实生活中的纠葛必然以口传的形式传播开来。在中国，兄弟间的矛盾冲突，也往往会演变成继母的助纣为虐。因此，"兄弟"的角色经常会出现在民间故事中。在封建社会的日本，长子的地位甚至高于父亲的后妻。但女孩则不同，是要"泼出去的水"，在家庭中没有经济支配权，原本就属于弱势群体，所以才会招致继母的虐待。在中国，遭虐待或迫害的亲子多是一个男孩或一个女孩，也有姐弟或两兄弟的，但此类型较少。

---

① 侯占夫编：《费县民间故事》，人民日报出版社2014年版。
② 千野美和子：「日本昔話「米ぶき粟ぶき」にみる関係性」，『京都光華大学女子大学研究紀要』2010年第48期。

关于"妹妹的援助"这一情节单元,在「お銀ま小金ま」和「お銀と小金」中表述较少,前者只是说小金将自己的食物分给阿银;后者没有具体的行动,仅表示同情,替母亲道歉。

3. 救助

妹妹亲自救助是这类故事中必不可少的情节。但是,如何救助的,以及是否有协助者则因地域不同形式各异。关于这部分的描述,在「お銀と小金」中只是一笔带过,而「お銀ま小金ま」中是说小金沿着阿银洒下红小豆的路线一路寻去,找到阿银后,因身单力薄无法救出。87个故事中妹妹让姐姐留下标记,然后寻迹找去的情节很多。关于标记物,最常见的是种子,其中占绝对多数的是罂粟,此外还有萝卜种和菜种。仅次于种子的是米糠,偶见芝麻、豆子、小米、饭粒、纸等,却唯独没有红小豆,为什么在金泽变成了红小豆?值得深思。

在妹妹救助的过程中,经常会出现协助者。若将协助者分类的话,可划分为四类:第一类是神仙、亡母等非现实生活中的存在,为故事平添了一份神秘的色彩,幻想性强;第二类是富翁、达官贵人、大法师,在平常百姓眼中也是可望而不可即的存在;第三类是武士、樵夫、和尚、老爷爷等平常人;第四类是动物,其中以小鸟居多,多充当信使,将小姐妹的处境通知给生父。在「お銀ま小金ま」和「お銀と小金」中没有这个情节,因为协助者的出现是为了救出阿银,进而为下面的父女重逢和再生做铺垫,而「お銀ま小金ま」和「お銀と小金」的结局是阿银和小金双双死去。

4. 父女重逢

如前所述,在金泽地区流传的"お銀小銀"类民间传说中,没有"父女重逢"的情节设定。

就继母虐待非亲生子女类故事而言,生父经常以配角的角色出场,此时继母、生父、继女(继子)、亲子之间的关系及对继女(继子)的态度取向决定了故事的基调。当继母和亲女处于继女的对立面时,构成了"灰姑娘"型故事;当亲子、生父和继女(继子)同一立场,与继母形成对立时,就形成了"お銀小銀"型故事。

"お銀小銀"型传说中,生父是正面的角色,为寻女而历尽苦难,双目失明。与日本其他37个类型的继母虐待非亲生子女类故事相比,"お銀

小银"型传说的生父戏份多,情节更曲折,引人入胜。

5. 再生

在《格林童话》中,继母虐待继子的故事,总是以继子最终收获爱情,继母遭到报应为结局。中国此类故事也是以喜剧收场的居多。在日本,圆满结局的故事占多数,但同时也有悲剧告终的。在继子历经磨难、最终获得胜利的过程中,仙人指点或是亡母庇护等神奇力量的帮助不可或缺。在远古时代,人们放飞想象的翅膀,为故事添加了一抹神秘的色彩。受欺辱的继子获得幸福体现了自古至今全人类共同的美好愿望,也反映了当时社会的伦理道德标准。正义战胜邪恶是亘古不变的道理。悲剧式结尾的故事是以非亲生子女之死为标志。如前所述,非亲生子女被继母迫害致死后,或化身鸟儿,或幻化为笛子,或寄哀怨于遗骨,向生父控诉自己的悲惨遭遇,最终生父得知真相,向继母复仇。而「お銀ま小金ま」和「お銀と小金」则不同于这些故事,虽同为悲剧式结局,但并没有死而复生或复仇的情节。从这一点上来说,「お銀ま小金ま」和「お銀と小金」属于较另类的故事。既无生母亡魂显灵,亦无神祇相助,更无死后的变身,情节简单,没有一丝幻想的影子。不得不说,随着科学技术的日益进步,人们幻想的翅膀亦如被现代科技折断了一般,致使现今流传的民间故事多了一些现实的味道。不过,「お銀ま小金ま」和「お銀と小金」以姐妹的双双逝去向世人昭示了姐妹情深,继母之恶毒令人发指,在劝善惩恶、警示世人方面无疑发挥了极大的作用。

「お銀ま小金ま」和「お銀と小金」在中日继母虐待前房子女的民间故事中属于情节较简单的一类。情节单元仅有 4 个。日本继母虐待前房子女类型中的其他亚类型,进而添加了神灵或亡母或有灵性的动物相助的母题,身份验证、死后化身等情节元素,幻想性强,曲折生动,引人入胜。在众多继母和亲女共同欺压继女的故事中,小金的善良和勇气,以及与阿银的深厚情谊使其处于与众不同的位置。同时,与展现异母兄弟情谊的中国同类型民间传说形成对比。民间传说作为一种文化载体,承载了那个时代、那个地域的民俗、历史、文化及精神,寄托了人们共同的美好愿望。

6. 惩罚

关于继母的下场,《大成》例举了羞愧而终、悔过、受到惩罚几种。

第二章 "自传性小说"：《照叶狂言》

「お銀ま小金ま」和「お銀と小金」的结局分别是：因失去亲生女儿的打击，继母心灰意冷，遁入空门；为忏悔而踏上朝拜之路。《大成》的87个故事中，未表继母结局的37个，继母得到处罚的33个，继母悔过的17个，分别占整体的42.5%、37.9%和19.6%。赵艳丽在《民间故事中继母角色的刻板印象分析》①中从74本中国民间故事集中选出涉及继母角色的民间故事48篇进行研究。据赵统计，设计谋害非亲生子女并最终遭受惩罚的坏继母39篇，占81.25%；善良并智慧的好继母3篇，频率为6.25%；最终悔悟、由坏变好的继母4篇，频率为8.3%；无结局说明的2篇，频率为4.2%。依据上述数据可知，在中国同类民间传说中继母受到惩罚的比例是81.25%，和日本的37.9%相比，占绝对优势。同时，涉及继母悔悟的比例，日本和中国各占19.6%和8.3%，日本是中国的两倍之多。由此可见，中国重在"惩恶"，而日本较重视"劝善"。

《照叶狂言》中的《阿银小银》，即「お銀ま小金ま」和「お銀と小金」，属于单一结构的故事，从其情节单元的构成看已具备"お銀小銀"型民间故事的核心情节，归类于"お銀小銀"型自不言喻。另一方面，金泽地区流传的"お銀小銀"型故事在继母虐待阿银的具体细节、活埋地点、标记物、悲剧式结局等方面呈现出异质性和地域特征。《照叶狂言》中的《阿银小银》是金泽这片土地的产物，凝结了金泽人的共同情感。镜花对于幼时耳濡目染的《阿银小银》等口碑传说的记忆，在作品中化作了美丽妖娆的幻影。

通过第一小节"泉镜花小说第一人称叙事探微"的考察可知：镜花"自传性小说"阶段创作的作品中所采用的第一人称叙事是在森鸥外的《舞姬》和樋口一叶的《青梅竹马》的影响下诞生的，在当时的文坛具有进步性。同时，镜花积极效仿森鸥外的典雅文体以及樋口一叶作品的浪漫气息，亦反映出该阶段镜花作品与时代保持同步性的一面。但是，值得一提的是，镜花的关注点已由外部社会转向内部生命。这一阶段的作品，既不如之前"观念小说"阶段的"近代性"鲜明，亦不及其后的"幻想文学"阶段那么"反近代"，从而呈现出"近代性"淡化、"反近代性"增强的特点。例如，《蓑谷》和《龙潭谭》中少年与山林女神的邂逅，幻想文学的痕迹

---

① 赵艳丽：《民间故事中继母角色的刻板印象分析》，《金田》2014年第8期。

已很明显。即便是描写现实世界的《照叶狂言》，民间传说、绣球歌等传承文学和谣曲《松风》等古典艺能在参与故事的演进和渲染氛围等方面亦发挥了重要作用。概言之，非"近代"的要素在作品中频频登场，昭示着一个完全的"幻想文学"阶段即将到来。

第三章　堪称日本心理小说滥觞的《化鸟》

第一节　鉴赏与解读

一　时代背景

《化鸟》面世的 1897 年，曾经名噪一时的"观念小说""悲惨小说"已成为昙花一现；曾与写实主义分得半壁江山的"红露时代"也日渐式微。尾崎红叶于是年发表了最后一部大作《金色夜叉》。樋口一叶在前一年病逝。其他文坛大家在 1897 年前后均未有可圈可点的作品问世。此时的文坛上反倒是多了一些新的面孔：国木田独步、岛崎藤村、小栗风叶、德富芦花。国木田独步和岛崎藤村都是从浪漫主义出发，继而向自然主义文学过渡的人物，可以说这一时期恰是日本自然主义文学浪潮酝酿登场的时期。

另外，明治 20 年代（1887—1896 年）由山田美妙和二叶亭四迷倡导的"言文一致运动"产生巨大影响。二叶亭四迷的《浮云》（1887 年）被公认是日本近代小说和言文一致体的嚆矢。小说率先在人物对话以外的叙述部分使用了口语形式"だ"。旋即，山田美妙以口语体——"です"体撰写的小说《蝴蝶》（1889 年）问世。镜花的恩师尾崎红叶也积极投身于这场文体变革之中，以《多情多恨》（1896 年）中的"である"体为特征。1897 年，镜花的第一部口语体小说——《化鸟》诞生。[①]

[①] 泉镜花于 1895 年 10 月以口语体创作了小说《萤火虫》，因未完成，不能称作真正意义上的第一部口语体小说。

二　主题内容

1897年4月，《化鸟》载于《新著月刊》。与母亲相依为命的少年阿廉住在桥边的小屋，母子以守桥、收取过桥费为生。阿廉深受母亲的影响，坚信人类与动植物毫无差别。这一观点不为世俗接受，并因此与老师发生冲突，在学校受到老师冷落。某日，阿廉因与猴子玩耍不慎掉入河中，被救起。阿廉苏醒后问及救助者是何人时，母亲答曰：是长着翅膀的美丽姐姐。于是，阿廉四处寻找那位姐姐，未果。在梅林中徘徊之际，不觉暮色降临。黑暗中，阿廉环顾四周，不寒而栗。此时，母亲从背后抱住了阿廉。此时此刻，阿廉怀疑那位美丽的姐姐其实是母亲。为证实自己的想法，阿廉打算再次落水。

《化鸟》位于"自传性小说"阶段的终端，具有向"幻想文学"过渡的性质。作品中以"桥"为界，意味着主流社会与被边缘化的贫民世界相对峙。穿过脏兮兮的村落便是"梅林""桃谷"，一个鲜花盛开、清水潺潺的世外桃源。阿廉母子的木板房即位于桥边，母子俩靠收取过桥费维持生计。阿廉经常趴在窗户上观察来往于桥上的行人。

镜花假借少年阿廉之口表达了对近代的怀疑与讽刺，这集中体现在阿廉关于学校老师和"绅士"的评论之中。在小说中，两三位阿廉学校的老师未交过桥费便扬长而去；在修身课上，对于老师"人类最伟大""人有智慧，而其他的鸟兽无论如何也不能够理解""钓鱼，撒网，捕鸟，这都是因为人有智慧。而动物一无所知，所以才会被钓，被捉，被吃掉""人比鸟兽更伟大"的观点，阿廉反驳道："不是那样的。我妈妈告诉我，人、猫、狗、熊，都是相同的动物""头戴蓑笠一言不发钓鱼的人像个蘑菇""花朵比老师美丽"。这些言论惹怒了老师。自此，阿廉在学校受到不公平待遇，"无论我说什么，老师都不会欣然应允，总是说些别扭、刁难、无聊的话"。在阿廉眼中老师很狡猾。

"绅士"打扮的人名叫大野喜太郎，身兼市卫生会委员、教育谈话会干事、生命保险公司社员、一六会会长、美术奖励会理事等数职，跻身当地"名流"之列。阿廉眼中的"绅士"身着"灰色西装敞着怀儿，衣领的

第三章 堪称日本心理小说滥觞的《化鸟》

装饰很夸张地翻在外面","短腿,大鞋,高帽,长脸,红鼻","短得吓人的手指上套着粗粗的金戒指","大腹便便得像安康鱼,可是那张脸又没有安康鱼可爱。红红的鹰钩鼻子长及上唇,与其说像鱼或是野兽,莫如说更像鸟喙"。大野喜太郎不但外表丑陋,俗不可耐,对阿廉母子表现出的傲慢与不屑更是令人侧目。知识阶层是近代文明的代表,阿廉对于老师的观点持怀疑态度,等同于质疑近代文明。承载着近代社会进步使命的"名流"却想耍赖不交过桥费,暴露出其内心的丑恶与卑俗,是对近代社会的莫大讽刺。通过这些情节,我们可以看到镜花对近代文明的批判。

"观念小说"阶段的镜花与"近代"同步,转至"自传性小说"阶段则表现出与"近代"的若即若离。具言之,《一之卷》至《誓之卷》系列作品发表时仍然保持着与"近代"的步调一致,至《照叶狂言》时些许偏离了"近代"的轴心,到了《蓑谷》、《龙潭谭》和《化鸟》面世时,已显示出向幻想文学转化的痕迹。在深山密林中与仙女的邂逅和共处是镜花纵恣奔逸的想象力的产物。特别是《化鸟》,不仅有长着翅膀的美丽姐姐登场,还借少年之口明确向以"绅士"、教师为代表的近代提出质疑,进行讥讽,表现出镜花对近代的不认同,这是镜花走向"反近代"的前兆。从这个意义上讲,《化鸟》是向"幻想文学"过渡的作品。据阿廉母亲讲,阿廉落水的生死关头是一个长着翅膀的美丽姐姐将他救起的。可以说,是"长着翅膀的美丽姐姐"给予了自己第二次生命。于是,阿廉四处寻找梦幻般的姐姐,最终走进深山。寻找未果,阿廉甚至打算再次落水。对于阿廉来说,找寻给予自己生命的姐姐则意味着探寻自己生命的原点。阿廉少年即是镜花的化身。在《化鸟》中镜花没有找到答案。于是,镜花探寻生命本源的脚步向密林深处进发——大作《高野圣僧》的诞生已成必然。

三 难解词句

《化鸟》的语言是镜花作品中最通俗易懂的,甚至比之后以"镜花调"创作的作品更容易理解。一是因为使用的口语体,已基本接近于现代日语的语法和用词。二是作品通篇是以少年的内心独白和回忆架构的,未出现妖魔鬼怪,内容相对简单。

- 菅笠（すげがさ）：用蓑衣草编的斗笠，见下图[①]。

- 時雨榎（しぐれえのき）："榎"即"朴树"。"時雨榎"为作品中给"朴树"起的名字——落泪朴树。"時雨"原指深秋至初冬忽降忽停的骤雨，也因此比喻落泪。
- 番小屋：原指有看守的房子，在此是守桥收费的小屋。
- ちょうど市（まち）の場末に住んでる日傭取（ひようとり）、土方、人足："場末"指远离繁华市中心的偏远地带；"日傭取"是日工；"土方"读"どかた"，指从事土木劳动的人；"人足"在此读"にんそく"，专指从事土木及扛活等工作的劳动者。
- 越後獅子（えちごじし）：是指发源于越后西蒲原郡月泻村（现新泻市）在全国各地巡回表演的狮子舞。头戴狮子头的儿童在笛子、大鼓的伴奏下献艺，以讨得赏钱，大行于江户中、后期，亦称"角兵卫狮子"。
- 附木（つけぎ）：在杉树或松树的木片一端涂上硫磺，在火柴出现之前曾作为引火用。
- 元結（もっとい）より："元結（もっとい）"是"もとゆい"发生语音变化而来，系指扎头发的头绳，"より"是由"縒る"而来，"元結（もっとい）より"即指以搓头绳为业的人。
- 早附木の箱を内職にするものなんぞが、目貫（めぬき）の市へ出て行く往帰りには："早附木（はやつけぎ）"是幕府末期及明治初期使

[①] https://search.yahoo.co.jp/image/search?p=%E8%8F%85%E7%AC%A0&ei=UTF-8&aq=-1&oq=%E8%8F%85%E7%AC%A0&ai=PJQYIRmXRaKvEjsC2f1OOA&ts=5269&fr=top_ga1_sa#mode%3Ddetail%26index%3D30%26st%3D1093, 2016 年 2 月 23 日。

用的词汇，指火柴；"目貫"是指刀剑柄上的装饰物。

- といいいい母様は縫っていらっしゃる："いいいい"为"言いながら"之意。动词的连用形重叠使用时，表示"一边…一边…"或动作的反复。文中还出现了"思い思い"的说法。"いいいい"属于前者的例子，"思い思い"则是后者的用法。

- 快く返事をおしでなかったり："おし"是"する"的尊敬敬语形式。"おしで"源于"お＋动词的连用形＋だ・です"的形式。

- 何か談話（はなし）をしいしい："する"的连用形重叠形成"しし"后分别添加了长音，"しながら"之意。

- 揉みくちゃにしたので、吃驚（びっくり）して、ぴったり手をついて畳の上で、手袋をのした："揉みくちゃ"是"揉搓得满是褶皱"的意思；"伸（の）す"即"伸ばす"，"伸展，展开"之意。

- あかさん：以前曾将婴儿叫作"赤（あか）さん"。铃木三重吉的《桑实》和志贺直哉的《和解》中也出现了这一说法，现在叫作"赤ちゃん"。

- くさくさに生えている："くさくさに"原指人心情郁闷，在此用于形容蘑菇乱糟糟地挤在一起的样子，系拟人法。

- 過日（いつかじゅう）見たことがありました："いつかじゅう"一般写作"何時中"，"曾经不知何时"之意。"過日"是镜花标注的当字，在《日本桥》中写成"過日来"。从字面意义上考察的话，镜花的当字更加恰当。"いつかじゅう"在山东京传的《倾城买四十八手》和式亭三马的《浮世澡堂》及坪内逍遥的《当世书生气质》中也出现过。

- なりの低い巌乗（がんじょう）な、でくでく肥った婦人："なり"的汉字写作"形、態"，指物体的形状，经常用于指人体的形态；"でくでく"是旧式说法，相当于现代日语中的"でぶでぶ、ぶくぶく"（胖墩墩）。

- 急にツッケンドンなものいいおしだから："つっけんどん"指态度冷淡，话中带刺；"ものいいおしだ"即"物言いをする"的尊敬敬语。

- モひとつ不平なのはお天気の悪いことで："モ"即"もう"，元音"u"脱落后形成的。

- 蛇籠（じゃかご）：用竹子或铁丝编制的圆筒形笼子，里面装满石头，用于保护河岸，调节水流流量等。

- みいちゃんの紅雀だの、青い羽織を着ている吉公（きちこう）の目白だの、それからお邸のかなりやの姫様："みいちゃん"和"吉公"均为人名；"かなりや"即"カナリア"，意为"金丝雀"，在此指打扮得宛如金丝雀一般的大小姐。
- 猿松：经常将任性、调皮、贫嘴的人骂作"猿松"。
- ちょうどこんな工合に："工合"即"具合"，"情形，状況"之意。
- 人に高見見物されて：此处的"高見"应为镜花笔误，正确的写法应为"高み"。"高みで見物"与"高みの見物"同义。"高み"即"高处"，"高みで見物"是指站在高处看热闹，即"旁观"之意。
- 詮ずれば皆おかしいばかり、やっぱり噴飯材料（ふきだすたね）なんで："詮ずる"是"詳しく調べ考える（仔细考虑）"的意思；"噴飯"的意思是"食べかけの飯粒を吹き出してしまうほどおかしい、ばかばかしい（可笑得令人喷饭）"。"噴飯"在日语中原本读作"ふんぱん"，而非"ふきだす"。镜花在此将"噴飯"用作当字，非常形象。"たね"写作"材料"也是同理。由此可见镜花对文字的刻意追求。
- 懇（ねんごろ）に噛んで含めるようになすったかも知れはしない："噛んで含める"原义为母亲将咀嚼的食物喂到孩子口中，引申为细致、详细地讲解以便孩子理解。
- あいら：对第三者的蔑称，相当于"あいつら"。
- 手前達：对对方的蔑称，相当于"てめえ達"。
- 棒杭に縛りッ放しにして猿をうっちゃって行こうとしたので：此处的"うつ"写作"棄つ"，是"捨てる"之意。这一用法在现代日语中已不常见。
- 道理で、功を経た、ものの分ったような、そして生まじめで、けろりとした、妙な顔をしているんだ："功"指的是经年累月积累的经验，"功を経た"即是"经过岁月洗礼而变得老道"之意；"けろりとした"是"毫不介意，无所谓"的意思。
- 紙鉄砲（ぶつよう）にはじきだしたものらしい："紙鉄砲"系儿童玩具之一。在细竹筒的两端塞上纸团，用木棒从一端用力戳，在空气的压力下纸团带着声响飞出。日语中没有读作"ぶつよう"的词汇，"紙鉄

砲"的读音是"かみでっぽう"。镜花在此将读音标注为"ぶつよう"，笔者认为是出于音律的考虑。

- 鷹揚（おうよう）：该词出自《诗经》，取老鹰在高空展翅飞翔的姿态，表"落落大方"之意。
- 「渡（わたし）をお置きなさらんではいけません。」："渡（わたし）"是"橋を渡す（过桥）"中的动词"渡す"的名词形式，故在此指过桥费。
- 橋も蛇籠も皆（みんな）雨にぬれて、黒くなって、あかるい日中（ひなか）へ出た："日中"指白昼，这句话的意思是"被雨淋湿，变得黑黑的桥和石笼凸现在明晃晃的白昼之下"。
- 暑さの取着（とッつき）の晩方頃で："とッつき"在现代日语中写作"取っ付き"，指事情的开端。
- 業畜（ごうちく）："孽障"之意，在小说中使用该词的仅有泉镜花和芥川龙之介。《日本国语大辞典第二版》（小学馆）将芥川在《道祖问答》（1917）中的"業畜（ごうちく）、急々に退き居らう"列为最早的用例，其实镜花早在《化鸟》（1897年）中就已使用了该词。
- 緋羅紗（ひらしゃ）のずぼん："緋"是"深红色"；"らしゃ"源自葡萄牙语，是厚质地的纯毛或毛纺的料子，多用于制作军服。

第二节　热点问题研究

一　问题的提出

目前，国内关于《化鸟》的研究成果寥若晨星，仅有笔者在《"挺拔的孤峰"——备受争议的日本近代作家泉镜花》中略有提及。

在日本，《化鸟》面世之初，亦是褒贬不一。诸如大町桂月的「時文近刊の小説を評す」（『文芸倶楽部』1898年第340期）、田冈岭云的「『化鳥』」（『文庫』1897年第5期）、门外生的「塵影新著月刊」（『読売新

聞』1897年7月）及「雲中語 化鳥」（『めさまし草』1897年4月）等相关评价，但也仅限于印象式的评论即浅尝辄止，未进行更深入的研究。将《化鸟》引入研究者视野的是由良君美和肋明子。前者在「鏡花における超自然『化鳥』詳考」（『国文学解釈と教材の研究』1974年第3期）中指出少年内心独白及口语体"讲述"的独特性；后者在『幻想の論理 泉鏡花の世界』（東京：講談社1974年版）中，将《化鸟》定位于"尝试向幻想飞翔"的作品。其后，作为向"幻想小说"蜕变的重要作品，《化鸟》引起世人瞩目。

进入20世纪80年代，关于《化鸟》的研究集中在解读作品内部世界的寓意方面。例如，种田和加子的「イロニーとしての少年——『化鳥』論」（『日本文学』1986年第11期）考证了作品诞生时修身教育的背景，指出"人类至上主义"是当时普遍的价值观，作品中体现的少年的价值观是对近代思想的嘲讽。中谷克己在『泉鏡花 心像への視点』（東京：明治書院1987年版）一书的第二章中言及作品中"桥""青蛙"等的寓意，并断言"美丽虚幻的姐姐是幻化为天使的圣母，是被抽象化了的'母亲'"。

90年代的《化鸟》研究围绕着由良君美论及的口语体"讲述"展开，深入剖析了"讲述"行为的深刻蕴涵。须田千里在「『化鳥』の語りと構造」（『日本近代文学』1992年第47期）中，将作品中的"讲述"解析为"少年通过口语这一形式将自己的内心和当时的对话展现在读者面前，长大成人的自己隐身其后，目的是再现童年期的感受，是为避免情节突兀的一种尝试"。早川美由纪的「泉鏡花『化鳥』の文体——語り手の人物像をめぐって」（『稿本近代文学』1993年第17期）从文本中读出"讲述人因'母亲之死'而内疚，受到内心的苛责，苦恼万分"。

在解析"讲述"与叙事结构的关系方面，山田有策的「未成熟と夢——『化鳥』論」（『深層の近代：鏡花と一葉』，東京：桜楓社2002年版）不容错过。山田有策最早破解了作品叙事时间的"机关"，指出在"作品中的现在时"之外还存在一个"回忆时的现在时"。自此，将《化鸟》定位于"回忆体小说"成为近年来研究的主流。

21世纪以来的研究趋势分为两个支流。一是认为少年不满于母亲的束缚，以川岛みどり和户田翔太为代表。川岛みどり在论文「『化鳥』論——偽装する〈語り手〉/仮構された《聖性》」（『文学研究論集』2002年第

16 期）中将"长着翅膀的美丽姐姐"解读为"少年昔日年轻时的母亲"，指出已长大成人的讲述者流露出对"亡母"思恋的同时，对母亲的教诲抱有难以抑制的反感；户田翔太在「泉鏡花『化鳥』考察——〈過去〉を尋ねる物語と〈語り手〉の関係」（『高知大国文』2013 年第 44 期）中进而指出《化鸟》是少年摆脱母亲的精神束缚、走向独立的故事。

另一个支流则是对肋明子"幻想文学"论的深化。例如，梅山聪的「泉鏡花『化鳥』小見——回心の寓話として」（『東京大学国文学論集』2010 年第 5 期）认为作品极赋技巧性的语言表达方式及双重含义的讲述是"幻想小说"的技巧，并将小说视为主人公彻悟的寓言故事。在「装われた母子合一化の物語——『化鳥』論」（『東京女子大学紀要論集』2011 年第 1 期）中，市川纮美认为"从'恋母'主题和第一人称叙事的视点，可以视《化鸟》为《龙潭谭》的延续"，"《化鸟》多重的叙事结构是泉镜花作品向幻想小说风格过渡的象征"。

综上所述，《化鸟》的研究主要围绕：（1）统括全篇的少年的"讲述"及叙事结构，（2）少年和母亲的关系，（3）对"长着翅膀的美丽姐姐"的解读，（4）讲述人的人物形象等方面展开。将其定位于其后诞生的"幻想小说"的过渡期作品已成为研究界的共识。毋庸讳言，《化鸟》的意义绝非仅止于此。本研究将立足于文本分析，剖析意识流手法在构建作品结构及与情节的互动等方面所发挥的作用。同时，将作品放在明治 20—30 年代（1887—1906 年）文坛的大框架下，考察作品中第一人称叙事和口语体的价值与意义。

二 《化鸟》的超时代性

《化鸟》是泉镜花第一部真正意义上的口语体小说，也是第一人称小说的成功之作，在镜花近 400 部作品中占据较特殊的位置。其后有名噪一时的大作《高野圣僧》（1900 年），其前则是史称"观念小说"的双璧《外科手术室》（1895 年）和《巡夜警察》（1895 年）。或许源于此，日本文学史对于《化鸟》的评价不温不火，极少作为镜花的代表作被提及。《化鸟》篇幅较短，既没有波澜壮阔的布局，也缺乏跌宕起伏的情节，但却是

代表镜花最高水平的作品之一。这部作品以深入内心世界的"道白"展现少年的心理,以万物浑然一体的、充满诗意的自然观为基底,描写了少年对母亲和"美丽的姐姐"的憧憬。作品的意识流手法超越了那个时代,堪称日本心理小说的滥觞。

(一)意识流手法的演绎

小说中的人物内心独白和叙事时间结构无不体现出意识流小说的特征和作者对意识流手法的运用。

1. 基于内心独白的分析

在《化鸟》中,主人公阿廉以第一人称口吻回忆过去,吐露心声。内心独白与回忆互为层次,交织叠合。开篇即是一大段主人公的内心独白。

> 好有趣呀,好有趣呀,天气不好不能出去玩儿也挺好啊,戴着斗笠、穿着蓑衣在雨中被淋得像落汤鸡似的从桥上通过的是猪。
>
> 为了不被雨淋湿而迎风低着头,斗笠深深地扣在脑袋上,所以看不到脸。蓑衣长长的下摆盖住脚面,走过时看不到脚。个子大概有五尺左右吧,作为猪来说可是大号的呦,大概是猪中之王,戴着那个三角形的"桂冠"去城里,回来时会从母亲的桥上通过吧。
>
> 当我这么想的时候就觉得好有趣,好有趣,好有趣。
>
> 《化鸟》[①]

这是一段直接内心独白,也是回忆中的主人公"我"的内心吐露。其后,旋即以"寒冷日子的清晨,正下着雨,这是我小的时候,具体什么时候来着?不记得了,是从窗户探出头看到的情景",点明这是叙述人在讲述自己儿时的故事。接下来,视点回到儿时和母亲居住的小木屋中,再现了雨天与母亲的对话。进而,画面又切换到现在,叙述人以回忆的口吻讲述自己儿时的生活状况:与母亲相依为命,靠收取过桥费度日以及小木屋周围的自然环境。形形色色的人去城里,或是出城"都必须经过我们家窗

[①] 泉鏡花:『鏡花全集』卷3,東京:岩波書店1986年版,第114頁。

第三章 堪称日本心理小说滥觞的《化鸟》

外的小桥",讲述至此突然话锋一转,"前不久就有几个老师没交过桥钱",继而问母亲"学校的老师也很狡猾吧",从而引发与母亲的讨论。其间插入心理活动:自己觉得纳闷,不知为何老师最近对自己很冷淡,由此勾起四五天前的回忆。在与母亲的对话中再现与老师曾就"人类是否比动物和花草更美丽"的讨论。由此触发以下内心独白:老师的话不可信,妈妈是不会骗自己的。

主人公"我"又将目光投向窗外。由窗外的一只猴子引出妈妈的身世及与猴子主人的一段往事。时光倒转,八九年前主人公尚在母亲腹中时,原本殷实的家境因父亲的早逝而中落,母亲饱尝人间冷暖。在母亲的教诲下,主人公坚信人类与动物毫无二致。其间穿插了两大段心理活动:人也是动物的观念虽不被世俗接受,但坚信妈妈所说的话;人类无聊、愚蠢,动物和植物有趣、可爱。之后,用"那只猴子现在已经一大把年纪了吧""真想看看那张滑稽的脸啊"等内心独白将视点拉回到小屋窗外。接着是"绅士"耍赖不交过桥钱的情节,触发主人公内心关于"绅士"外观的评论和想象。雨过天晴,主人公欲去看猴子,引出半年前自己因耍猴子落水被"长着翅膀的美丽姐姐"救起的情节,落水时主人公出现的幻觉被描写得淋漓尽致。于是,主人公开始寻找"长着翅膀的美丽姐姐",最终迷失于山林中,被妈妈及时救助。最后,以一段内心独白结束全篇。"妈妈就是'长着翅膀的美丽姐姐'吗?不过,妈妈没长翅膀啊。真渴望再次见到'长着翅膀的美丽姐姐',要不然像妈妈说的那样,再去逗猴子故意落水?不过,算了吧。现在有妈妈在我身边,曾经有妈妈在我身边。""现在有妈妈在我身边"表明是过去视点,紧接着一句"曾经有妈妈在我身边"又将视点拉回到现在。

综上所述,作品中共出现八处内心独白的段落。开篇和结尾处及将视点拉回到小屋窗外的"那只猴子现在已经一大把年纪了吧""真想看看那张滑稽的脸啊"的内心独白,这三处在构建叙事结构时起到至关重要的作用。小说以两个"好有趣呀"开篇,又以三个"好有趣"结束第一段心理活动。如此直白的感情流露,瞬间缩短了与读者的距离,稚嫩的童声敲打着读者的情感神经。主人公关于"戴着斗笠、穿着蓑衣在雨中被淋得像落汤鸡似的从桥上通过的是猪""而且是猪中之王"的内心独白使读者如坠

雾中。开篇伊始即触动了读者的神经，抓住了读者的眼球。作者就此展开故事，引导着读者渐次走进主人公的内心深处。"那只猴子现在已经一大把年纪了吧""真想看看那张滑稽的脸啊"的内心独白在搭建故事框架时也是不可或缺的。在这段心理活动浮现之前讲述的是主人公从妈妈那里听说的八九年前的往事，作者描写这段主人公的心声是为了将叙事时间切换到故事中的现在，同时将视点定格在窗外，并透过主人公的眼睛展现"绅士"的虚伪和吝啬。结尾处的内心独白不但表达了主人公对母亲及美丽姐姐的憧憬和爱慕，最后一句的"现在有妈妈在我身边，曾经有妈妈在我身边"更是点睛之笔。"现在有妈妈在我身边"表明还沉浸在回忆之中，其后的一句"曾经有妈妈在我身边"瞬间实现时空穿越，读者面前仿佛伫立着一个已长大成人的主人公。

文中其余几处心理独白与故事情节有机结合，心理独白引发情节，情节触发内心独白：（1）关于"不知为何老师最近对自己很冷淡"的心理活动勾起四五天前的回忆。（2）与老师的讨论触发"妈妈是不会骗我的，老师的话不可信"的心声。（3）回忆从妈妈处听说的八九年前的往事时引发了两处心理活动：一是人也是动物的观念虽不被世俗接受，但妈妈的话绝不会错，二是人类无聊、愚蠢，动物和植物有趣、可爱；"绅士"耍赖不交过桥钱的情节触发主人公内心关于"绅士"外观的评论和想象，他大腹便便像安康鱼，可是那张脸又没有安康鱼可爱，红红的鹰钩鼻子长及上唇，与其说像鱼或是野兽，莫如说更像鸟喙。《化鸟》通篇几乎是主人公"我"的回忆。在作品中，少年回忆着过去，当回忆一旦与眼前的情景产生联系时，回忆被现实触发，少年便再次沉浸在回想之中，于是少年的深层心理逐渐浮现出来。

2.基于叙事时间结构的考察

《化鸟》的叙事时间结构也与意识流小说、心理小说的表现手法密不可分。《化鸟》的叙事时间共有三个层次：正在回忆的现在，正在被讲述的过去，讲述的过去中又包含的大过去[①]。但是这三种不同层次的时间并不是"形

[①] 本文中的"大过去""中过去""小过去"的名称系笔者所起。"小过去"即为距现在最近的过去；"中过去"为"小过去"之前的过去；"大过去"为"中过去"之前的过去。

成大、中、小 3 个同心圆的图形"①。正在回忆的现在和正在被讲述的过去虽是包容与被包容的关系,但是对正在被讲述的过去与讲述的过去中又包含着的大过去也形成包容与被包容的关系的观点,笔者难以苟同。

故事中的时间呈现如下脉络:故事中的现在时间为"小时候某个寒冷雨天的早晨"——现在 1。在现在 1 中,主人公少年廉回想起数天前几位学校老师从桥上经过而未交过桥费的往事,从而引发了少年"老师都很狡猾"的感慨,进而勾起少年四五天前(小过去)的回忆。与老师之间关于"人和动物、植物哪一方最美丽"的争论,令少年愤愤不平。其后,少年的目光投向河边,随着视线的转移,场面回到正在讲述的故事中的时间——现在 2。少年看到一只在堤坝上生活了多年的猴子,于是回想起妈妈讲述的八九年前(大过去)少年尚在母腹中时,家庭遭遇巨变和历经苦难,以及耍猴老人和猴子的故事。在对往事的回忆中,浮现出来的是少年对"人"的认识的演变轨迹。从最初的"猫、狗、人同等视之"的泛神论,到视人为奇怪的蘑菇、古怪的猪,觉得人很可笑、滑稽、没趣、丑陋、傻乎乎的,在少年的心中反倒是红雀更美丽,绣眼鸟更可爱。回忆结束后,少年又注视起窗外。雨过天晴——现在 3,妈妈向欲出外玩耍的少年说了一句"别招惹猴子,可不是什么时候都有长着翅膀的姐姐去救你的"。由此,将少年的思绪带回到半年前(中过去)。半年前,少年落入河中被人救起。醒来时问及母亲是谁救了自己,母亲答曰:"一位长着翅膀的美丽姐姐。"于是,少年四处寻找,为再见美丽姐姐一面,差点儿迷失在树林中。回忆结束,少年说道:"好想再见到长着翅膀的美丽姐姐。不过算了吧。因为有母亲在我身边。"紧接着,一句"因为母亲曾经在我身边"将叙事时间定格在正在回忆的现在。

通过上面的分析可以发现,故事中小过去、大过去以及中过去的回忆分别是由现在 1、现在 2、现在 3 中眼前看到的景象或听到的话语触发的,从而形成了现在→过去→心理浮现……现在→过去→心理浮现……现在→过去→心理浮现的模式。"杜亚丹给'内心独白'下定义时认为,这是一种技巧,这种技巧'直接把读者引入到人物的内心生活中去,没有作者方面的解释和评论加以干扰……'又认为'内心独白','是内心最深处的、

---

① 三田英彬:『反近代の文学泉鏡花・川端康成』,東京:桜楓社 1999 年版,第 55 頁。

离无意识最近的思想的表现……'。"①在回忆中浮现出来的廉少年"内心最深处的"心理,正是杜亚丹所说的内心独白。因此,《化鸟》中的叙事时间结构并不是简单的包含关系,而是交织关系。在过去、现在或与未来的交错中展现人物心理,这也正是意识流小说、心理小说的典型表现手法。毋庸讳言,《化鸟》是一部出色的心理小说。

此外,作品没有对主人公进行任何外观描写,且年龄不详。连名字也是在故事发展过半才点明叫"阿廉"。这种淡化情节和主人公外貌特征的手法也是心理小说及意识流小说的创作特征。

《化鸟》是镜花文学创作生涯中一部里程碑式的作品,在日本近代文坛上具有划时代的意义。在少年的回忆中,讲述自始至终沿着意识流动的方向发展。在绵绵不断的讲述之中,少年的深层心理变化越发清晰地浮现出来。这种执着于人物内心独白的手法是意识流小说、心理小说的主要特征。20世纪初叶兴起于欧洲的心理小说,在日本产生显著影响始于20世纪30年代初。《化鸟》发表于1897年,早于同时代文学家三十余年。从这个意义上说,这部作品超越了那个时代。

(二)口语体的探索

镜花的作品常常被刻上"前近代文学"的烙印。然而,《化鸟》中的口语体和第一人称叙事非但不是"前近代"的,却恰恰具备了同时代作家苦苦探索的"近代小说"的要素。

从日本明治初期到明治40年(1907年)言文一致体确立,日本文学中的文体经历了相对漫长的蜕变过程。明治初期,占据文体主流的汉文训读体以其独特的韵律感和激昂的格调在翻译小说和政治小说中大显身手,但是在表现人物内心世界方面却显得无能为力。欲塑造有血有肉的人物形象必须突破汉文训读体这一文体壁垒。于是,作家们饶有兴致地尝试对文体进行各种"改良"。在汉文体中或加入和文体,或掺杂欧文直译体,抑或糅进口语体,一时间文坛上文体"林立",百花齐放,蔚为壮观。矢野龙

---

① [美] 勒内·韦勒克、奥斯汀·沃伦:《文学理论》,刘象愚等译,江苏教育出版社2005年版,第265页。

第三章 堪称日本心理小说滥觞的《化鸟》

溪的《经国美谈》（1883—1884年）无疑代表了该尝试的顶峰。然而，最适于挖掘人物内心的文体莫过于口语体。

由山田美妙和二叶亭四迷倡导的"言文一致运动"[①]发轫于1887年前后。二叶亭四迷率先创作了第一部言文一致体小说《浮云》（1887年）。同年，山田美妙在《武藏野》中尝试使用口语进行创作。1907年，言文一致体确立，用口语创作小说成为文坛共识。此20年间，正是日本近代小说界小说语言丧失规范性、文体处于混乱的时期，也是各种文体"群雄鼎立"的时代。小说家们在文体上进行着各种艰辛的尝试和探索。相对于摇笔自来的汉文体、汉文训读体与和汉混淆体而言，使用言文一致体创作并非易事，其中不乏失败之作。

关于言文一致体小说，笔者对1889年—1898年日本近代重要作家发表的代表作进行了统计。[②]在统计表中，1889年至《化鸟》发表后的第二年（1898年）出版的38部作品中仅有8部是用言文一致体撰写的。镜花之师红叶曾热衷于文体尝试，8部中的3部系红叶之作。

表3-1　1889—1898年日本重要作家作品文体统计

发表时间	作品名	作家	言文一致体
1889年	胡蝶	山田美妙	○
	初恋	嵯峨屋御室	○
	露珠圆圆	幸田露伴	×
	风流佛	幸田露伴	×
1890年	两个比丘尼的色情忏悔	尾崎红叶	×
	舞姬	森鸥外	×
	泡沫记	森鸥外	×

[①] 倡导以接近日常语言的口语进行文学创作的运动。因此，史上所称的"言文一致体"与口语体同义。

[②] 基于三谷荣一、峰村文人、『大修館国語要覧増補版』（東京：大修館書店1988年版）中的《近代日本文学史年表》和『新訂増補常用国語便覧』（名古屋：浜島書店1984年版）中的《近代文学年表》所做。

- 175 -

续表

发表时间	作品名	作家	言文一致体
1890年	香枕	尾崎红叶	×
	一口剑	幸田露伴	×
1891年	信使	森鸥外	×
	两个妻子	尾崎红叶	○
	五重塔	幸田露伴	×
	黄金丸	岩谷小波	×
1892年	暗樱	樋口一叶	×
	三人妻	尾崎红叶	×
1893年	风流微尘藏	幸田露伴	×
	黑暗的心	尾崎红叶	×
	邻家女	尾崎红叶	○
1894年	泷口入道	高山樗牛	×
	大年夜	樋口一叶	×
1895年	青梅竹马	樋口一叶	×
	浊流	樋口一叶	×
	十三夜	樋口一叶	×
	表与里	川上眉山	×
	书记官	川上眉山	×
	变目传	广津柳浪	×
	巡夜警察	泉镜花	×
	外科手术室	泉镜花	×
1896年	多情多恨	尾崎红叶	○
	照叶狂言	泉镜花	×
	今户情死	广津柳浪	○
	岔路	樋口一叶	×
1897年	金色夜叉	尾崎红叶	×
	源叔	国木田独步	×

第三章 堪称日本心理小说滥觞的《化鸟》

续表

发表时间	作品名	作家	言文一致体
1898年	腊月二十八	内田鲁庵	○
	不如归	德富芦花	×
	武藏野	国木田独步	×
	无法忘怀的人们	国木田独步	○

这其中固然有作家的个人喜好和意识差异的原因，但也从某种程度上说明了成功使用言文一致体创作的作品寥寥无几。

如何刻画人物的内心活动成为那个时代作家的共同课题。在会话体、独白体、第一人称叙事等诸多尝试中，作家们苦苦寻找适合自己作品的表现形式。镜花即是其中的探索者之一。其实，镜花早期作品的文体不乏乖戾。1892年发表《冠弥左卫门》时还带有"草双纸"的性质，明显受到了读本的影响。《金表》（1893年）、《预备兵》（1894年）等早期作品都吸收了"戏作文学"的文体。从1894年的《义血侠血》到1896年的《海城发电》使用的是森田思轩的"周密文体"。其后，受到森鸥外《即兴诗人》（1892—1901年）、《舞姬》（1890年）等作品中雅文体的影响，写出了《一之卷》至《誓之卷》（1896—1897年）及《照叶狂言》（1896年）等作品。《一之卷》至《誓之卷》及《照叶狂言》虽同为第一人称小说，但是使用的却是书面语体。镜花虽于1895年10月首次尝试以口语体创作小说《萤火虫》，却因未完成而不能称其为真正意义上的第一部口语体小说。《化鸟》遂成为镜花首部成功运用言文一致体创作的小说。

关于"口语体"，《百科事典·我的百科》作如下解释："明治以来，通过言文一致运动，为替代与口语相差甚远的书面语体，口语体得以发展起来。……根据句末的表现形式，分为'だ'体、'である'体和'です、ます'体。"[1]概言之，作品的句末形式系判断是否为口语体小说的重要标志。不言而喻，此处的句末形式指的是小说的叙述、描写部分，而非对话。

在《化鸟》的叙述、描写部分，句末出现如下几种形式：（1）"だ"系

---

[1] https://kotobank.jp/dictionary/mypedia/284/，2016年3月23日。

列，如：三人だ、猿のおじさんだ、おかしいのだ、着たがるんだろう等；
(2)"である"系列，如：であろう、のであろう、のであった等；(3)
"ます"系列，如：いいました、聞きました、いいます、おきましょう等；
(4)以"ある、出る、見える、する、居る、思う"等为代表的动词简体肯
定形式，如"捕えた、思った、しまった、見た、俯向いた"所示的动词简
体过去式，"違いない、居られない"等动词简体否定式及"思わなかった、
しなかった"等动词简体否定过去式；(5)形容词的简体，以"おもしろい、
可愛らしい"为代表；(6)用于口语的终助词或口语中常见的音变形式，如
"見えるわ、いいましたっけ、あったんで、わかるものか"中的画线部分。
在当时，这些形式都是有别于书面语体的口语表达形式，《化鸟》是一部不
折不扣的口语体小说。

  《化鸟》以深入内心世界的"道白"展现少年的心理，以万物浑然一
体、充满诗意的自然观为基底，描写了少年对母亲和"美丽的姐姐"的憧
憬。既然贯穿作品始终的是少年的内心独白，那么文绉绉的书面语显然不
符合少年的身份，最终也只能留下败笔。镜花选择了以少年的话语道出少
年的心声。于《化鸟》面世前一年发表的《一之卷》至《誓之卷》及《照
叶狂言》等作品，虽然主人公同为少年，但文体却仍然是从别人那里借来
的雅文体（书面语体）。镜花在《化鸟》中使用口语体和第一人称成功地
展现了少年阿廉的内心世界。通过《化鸟》，镜花终于找到了适合自己作
品的文体，于泉镜花文学创作而言这是一次成功的尝试。

  从"言文一致运动"发轫至《化鸟》诞生，整整过了10个年头。如前文
所述，成功运用口语体创作的小说仅有寥寥数部。从这个意义上说，镜花成
功地实现了文体的转型，《化鸟》是走在那个时代前列的作品。第一部口语
体小说《化鸟》付梓后，镜花便开始在小说中广泛使用口语体进行创作。但
镜花的小说并未沿着通常意义上的口语体的轨迹延伸下去，而是进行着各种
探索，最终形成叙述、描写部分以口语为基调，夹杂文言的文白相间、雅俗
杂糅的独特文体。《高野圣僧》的问世意味着镜花独特文体的确立。

（三）第一人称的妙用

  《化鸟》中的第一人称叙事有别于旧文学中的第一人称叙事。日本文

第三章 堪称日本心理小说滥觞的《化鸟》

学中的第一人称叙事是西方文学催生及文学家反思的产物。

在江户时代（1603—1867年）后期的读本和滑稽本、人情本中，叙述者和作者是一体的，位于故事世界之外。深刻浸润于读本影响之中的小说家们清醒地意识到：只有打破读本的桎梏才能向近代进发。于是，作家们纷纷踏上探索之旅。近代小说首先实现了叙述者和作者的分离，分化为在文本内记录故事发展的叙述者和在文本外支配故事世界的作者，以《当世书生气质》（1885—1886年）为代表的明治"戏作小说"中均显示了这种变化。进而，叙述者并非作为作者的影子存在于故事世界，而是被赋予了叙述视角的功能，坪内逍遥、二叶亭四迷、嵯峨屋御室、尾崎红叶的小说体现了这种变化的过程。在文本中加入一个有别于作者的叙述者，通过他的报告和解说展开故事是那一时期小说惯用的手法。但是，此时的叙述者无法进入人物的内心。如何在作品中挖掘人物的内心世界，刻画有血有肉、感情丰润的人物成为那个时代作家共同关注的命题。他们尝试或通过推测叙述的手段加以表现，或通过标注"在心里"的字样来吐露人物心声。这种从外部语言向内部语言的转变在《浮云》（1887年）中有所体现。

1887年出现第一人称小说。先是"自传体"第一人称小说流行，继而第一人称小说的热潮席卷翻译界和创作界。二叶亭四迷的《幽会》（1888年）、《邂逅》（1888年），山田美妙的《绸缎包儿》（1887年）、《这个孩子》（1889年），依田学海的《侠美人》（1887年），嵯峨屋御室的《初恋》（1889年）等，不一而足。译作有森田思轩的《金驴谭》（1887年）、《大东号航海日记》（1888年）、《幻影》（1888年）、《侦探尤拜尔》（1889年）。上述作品中的大部分虽为第一人称叙事，但并不是讲述自己的故事，第一人称的表现主体多作为同伴记录、讲述遇到的第三者的故事，即同伴式第一人称。成功运用第一人称讲述主人公自己故事的作品当属森鸥外的《舞姬》（1890年）。

镜花作品中也曾使用过同伴式第一人称，其代表作为《外科手术室》。镜花真正的第一人称叙事小说始于《白鬼女物语》（1895年），之后又陆续诞生了《蝙蝠物语》（1896年）、《一之卷》至《誓之卷》（1896—1897年）、《蓑谷》（1896年）、《龙潭谭》（1896年）、《照叶狂言》（1896年）、《化鸟》（1897年）、《清心庵》（1897年）、《星光》（1898年）、

《莺花径》(1898年)等一批作品。在《化鸟》中,主人公以第一人称"我"讲述"我"儿时的故事,吐露"我"内心的声音,属告白式第一人称小说。

真正意义上的第一人称叙事中的"我"兼有两个主体:一个是讲故事时的"叙述主体";另一个是经历故事事件时的"经验主体"。讲故事时的视角即通常所说的"回顾性视角",经历事件时的视角即"经验视角"。一般而言,纯粹运用"经验视角"叙述的第一人称小说并不多见。《化鸟》则是典型的"经验视角"和"回顾性视角"相结合的作品。

《化鸟》中,"经验视角"和"回顾性视角"在不经意间巧妙地实现了瞬间转换。在文本开篇的内心独白中,先以"ダ""テイル"表明时态是现在时或现在进行时。换言之,此处为正在经历事件时的"经验视角"。同时,副词"かう（这么）"与"思つて見て居る"这一现在进行时搭配使用,增强了"现在正在经历"的临场感,仿佛主人公正在讲述自己现在的内心活动。进而,"好有趣呀""也挺好啊"几个表达主人公此时此刻心情的、感情色彩强烈的语言形式,更加突出了现在进行时这一时态。接下来,3个"好有趣"将这种情绪推向高潮。然而,此后却突然插入了"这是我小的时候,具体什么时候来着?不记得了"这样明显表示回忆的句子。紧接着,下一句的时态变为过去进行时"見て居ました",由"经验视角"变为"回顾性视角"。急剧变换的时态和视角,一下子将读者推到了久远的过去。这种强烈对比带来的艺术效果是转换前的画面会非常鲜明地印刻在读者的脑海中。这种美学效果,在小说结尾处的"现在有妈妈在我身边,曾经有妈妈在我身边"也集中地体现出来。现在进行时之后旋即变为过去时,这是十分罕见的时态表达方式。最后一句中的过去时起到了包孕整个回忆的作用,一下子将读者从正在经历的过去（经验性视角）拉回到正在回忆的现在（回顾性视角）。经过一推一拉,结尾与开篇部分衔接得严丝合缝,形成一个封闭、完整的叙事空间。在这个过程中,过去与现在自如变换,来回流动,"经验视角"和"回顾性视角"巧妙交错,引导读者的审美视线不断转移。读者的审美心理也随之远近变换,大大增加了作品的韵味。

《化鸟》的诞生早于日本同类小说三十余年,堪称日本心理小说的滥觞。它之所以是成功之作,是因为镜花找到了最适于展现人物内心世界的手段——第一人称叙事和口语体。《化鸟》中的第一人称叙事属告白式,

第三章 堪称日本心理小说滥觞的《化鸟》　◆◇◆

有别于旧文学中的同伴式第一人称叙事，通过"经验视角"与"回顾性视角"的巧妙交错，引导读者的审美视线不断转移，极大地增加了作品的韵味。意识流手法于那个时代更属新生事物，其与口语体、第一人称叙事的完美结合使《化鸟》成为超越时代的存在。

完成期：
明治三十三年至昭和十四年
（1900—1939年）

第四章 久负盛名的《高野圣僧》

第一节 鉴赏与解读

一 时代背景

1900年，泉镜花的代表作《高野圣僧》面世。出版之初，对其评价人执一说。同年，《明星》创刊。次年，与谢野晶子的惊世之作《乱发》面世。浪漫主义文学迎来高潮。此时的镜花感情、事业双丰收，结识了后来成为镜花夫人的艺伎桃太郎；事业上也可谓平步青云，成为知名出版社春阳堂的御用作家，稿约不断。镜花频频发表作品，赚得名气的同时，经济状况也有所改善，替卖身为艺伎的妹妹他贺赎身。就在镜花声誉日隆、春风得意的时候，殊不知一场风暴正在酝酿。

1900年，小杉天外以《初姿》登上文坛。时隔一年，天外的《流行歌》、田山花袋的《重右卫门的最后》和永井荷风的《地狱之花》陆续发表。几位日本自然主义文学流派开山鼻祖的登场，预示着这场浪潮不久即将以排山倒海的气势席卷文坛，给予浪漫主义文学以重创，导致浪漫主义文学思潮的终焉。

二　主题内容

《高野圣僧》于 1900 年 2 月发表在《新小说》上。"我"在归乡途中的列车上偶遇自称六明寺讲经师的宗朝。在敦贺的客栈里，宗朝为"我"讲起他尚为行脚僧云游时经历的一段往事。

某日，宗朝在赶往信州松本的途中邂逅富山的卖药人。卖药人急于赶路而误入旧道，宗朝欲制止而追赶卖药人，却迷失在飞驒山中。在蟒蛇穿梭、山蛭横行的山中历经万难终于发现森林深处一座孤庵，遇到和老汉、痴呆男子及一匹马共同生活的女子。因宗朝满身疮痍，女子遂在山谷溪流中赤裸着身体为宗朝治愈伤痛。宗朝浑身荡漾着幸福感。深夜，屋外野兽躁动不安，宗朝靠诵经勉强维持定力。次日清晨，宗朝告别女子下山，心中却对女子恋恋不舍，打起放弃修行与女子共度一生的念头。此时，恰逢老汉卖马归来。于是，老汉向宗朝讲起女子的来历。

据说女子本为村医的女儿，身怀手到病除的绝技。后因一场洪水村子遭受灭顶之灾，只有白痴男子和女子以及老仆幸存。自从女子委身于痴呆男子，便具有了将垂涎于她美色的异性变成动物的魔力。那匹马其实就是富山的卖药人。徘徊在小屋周边的动物也是好色男人们变化的。闻罢，宗朝义无反顾地直奔山下。

作为小说标题的《高野圣僧》寓意深远。现实生活中的"高野圣僧"其实带有贬义，系指日本中世（1184—1603 年）为劝教而云游于各地的高野山下级僧人。其中，有的变为行脚商人，有的行迹恶劣，甚至被称为讨饭僧。作品中，"我"眼中的宗朝也是一身俗人的装扮。听宗朝讲述自己年轻时的经历后，不禁油然起敬。次日，依依惜别。望着雪中登坡渐渐远去的宗朝的背影，感觉仿佛"驾云而去"。《高野圣僧》表面看似一次平常的旅行，实则为宗朝"由俗转圣"的精神之旅。

《高野圣僧》是镜花"幻想文学"的巅峰之作，全篇充满神秘、幽玄、浪漫的幻想。细雪簌簌飘落的深夜，在已休业的旅馆里，只有"我"和宗朝两位客人。银装素裹下，一座孤零零的房子屹立在读者面前，呈现出一幅静谧、神秘的画面。二人夜不能寐。宗朝向"我"讲起他年轻时翻越天

第四章 久负盛名的《高野圣僧》

生峰之际在密林深处遇到的"怪事"。镜花的想象力在人迹罕至的密林中纵恣奔逸,刻画出无数精彩的片段。

> 落到脚尖上的,是从高大的树枝上如丝般垂落到叶子上的水滴,有时也会是常绿树的落叶。说不上名字的古树,叶子"哗啦哗啦"地作响,发出"沙沙"的声音,"啪"地落到斗笠上,或飘落在身后。那些叶子是从一个树枝上落到另一个树枝上的,或许历经数十年才第一次接触到大地。

这段精致的文字反衬出森林的静谧。水滴像细丝一般地慢慢垂落,叶子从树枝上脱落后要经过数十年才能飘落到地上。时间缓慢地流逝,仿佛已经凝固。自从远古时代便伫立在这里的参天古树,与近代文明完全隔绝,按照自古以来的自然法则繁衍生息着。

在密林中,宗朝多次遭遇蟒蛇。当第五次遇到蟒蛇时,宗朝认定蟒蛇便是这座山的神灵,弃杖,屈膝,跪拜在地,虔诚地祈求道:"实在对不起,请让我过去吧。我尽量不打扰您老人家午睡,您看我已经缴械投降了。"此时,一声巨响。"我感觉仿佛有巨蟒现身。三尺、四尺、五尺四方、一丈有余,草丛波动的范围不断扩展,呈一字型倒向小溪一侧,最后连远处的山峰也一起摇晃起来。万分惊恐之下,我浑身颤抖,呆若木鸡。忽觉凉气透心。原来是从山上吹下来的山风。此时,只听'轰'地一声从大山深处传来回响,仿佛深山里打开了洞,风从洞穴里打着旋儿呼啸而来。"蟒蛇的反复现身、大山的神灵、仿佛从大山深处的洞穴中打着旋儿呼啸而来的山风,在镜花独到的文字表述下充满神秘色彩。

不仅如此,镜花强劲的想象力甚至驰骋到更久远的年代。当宗朝看到脚面上满是山蛭时,意识朦胧中产生了幻觉。

> 这些可怕的山蛭自从神话时代便在这里群居,等候人类的到来。经过漫长的时期,喝足上百升鲜血后,这些虫子便能够达成愿望。那时,所有的山蛭将吸食的鲜血全部吐出。于是,鲜血融化了泥土,山林变成一片鲜血和着泥浆的大沼泽。那些浓荫蔽日的大树四崩五裂,

化作一个个山蛭。人类毁灭之际，大概不会因熔岩冲破地球薄薄的地层喷薄而出从天而降，也不会被大海吞噬，而是起因于飞驒的森林化为山蛭，最后化作一片血色泥浆。长着黑筋的山蛭在泥浆中蠕动着。这便是人类毁灭后另一个世界诞生时的画面吧。

镜花描绘的世界末日图神秘而血腥。然而，当镜花描写宗朝与美少妇共浴时，笔致变得飘逸、浪漫、梦幻。少妇用手撩在宗朝身上的水，宗朝感到"柔柔的，沁入心脾。难以言表的惬意，令我恍惚，伤痛也烟消云散，仿佛在梦中"；"少妇紧贴着的肉体令我感觉仿佛被包裹在花瓣中"；"不知是山的气息，抑或是女子的气味，散发着清香。那一定是我身后的女人的呼吸"；"不知不觉间，脚、腰、手、肩、颈被温柔地包裹进那散发着梦幻般的、奇异芳香的温暖的花朵中。最后要包住头时，我大吃一惊，一屁股坐在岩石上"。将少妇丰满、如丝缎般光滑的肌肤喻为"白雪"，"雪白肌肤流出的汗水落到这灵水里一定是浅红色的"；将少妇的裸体比作"白桃花"。

镜花不仅以飞扬流动的幻想勾勒梦幻般的场面，也会以细腻、挥洒自如的笔致烘托出怪异、妖媚的氛围。宗朝第四次遇到的蟒蛇是被拦腰斩断的死骸，"伤口泛着暗蓝，抽动着，流出令人作呕的黄汁"；山蛭"像被剖开的海参，没有眼睛和嘴巴"；宗朝想要甩掉手指上的山蛭时，"滑溜溜地吸在指尖上，身体吧嗒一下垂下，落地。定睛一看，鲜红的血珠从指尖上滴滴答答地滴落"；吸附在胳膊肘上的山蛭"从下方蜷起身体，身体因吸食了大量的鲜血而迅速地膨胀起来。乌黑、滑溜溜的外皮上带着茶褐色条纹"；将树枝上的山蛭描写为："无数的山蛭密密麻麻，仿佛一层黑皮盖住了树枝"；将山蛭向自己扑来的场面比喻为："头顶上宛如黑线般的'山蛭雨'吧嗒吧嗒地砸向我的身体"，"落到脚面上的山蛭堆叠，已经看不见脚尖"，"贪婪地吸着血，一伸一缩"，"如佛珠般串成串儿吸附着的山蛭"。对于蟒蛇死骸和山蛭的细致刻画，令读者惊悚的同时，也传递出"非日常性"的信息，从而营造了怪异的气氛。

怪异、神秘的氛围在镜花的笔下有时更体现为妖媚。少妇征服马匹的片段可谓经典。

第四章 久负盛名的《高野圣僧》

女子解下腰带，在乳房下方压住和服胸襟，悄悄地走近马匹。踮起脚尖，高雅地上举手臂，抚摸了两三下马鬃后，一闪身站在马脸的正对面。女子仿佛突然变得高大起来，屏息凝神，和颜悦色的面容上浮现出恍惚的神情，刚才的娇羞与和善已不见了踪影。我不觉自问：是神，还是魔？一幅远离今世的另一个世界的画面。四周耸立的远山和对面的山峰都张大嘴，抬起头，仿佛要窥视端然立于马前的月下美人一般，四周充满了深山的阴森气息。一股温吞吞的风吹过。女子从左肩脱下单衣的一支袖子，露出肌肤。紧接着，抽出右手，将单衣放到丰满的胸前团成一团，变得一丝不挂！于是，马从脊背到腹部的皮肤松弛下来，汗流浃背，紧绷的腿摇摇晃晃，身体颤抖起来，马脸触到地面，吐出一团白沫，前腿欲弯曲下去。就在此时，女子手握马的下颚，抛出手中的单衣盖住了马眼的同时，如脱兔般一跃而起，仰面翻身，在妖气十足的朦胧月光下，身体夹在马前腿之间，一边拽起盖在马面上的衣服，一边"刷"地从马腹下钻过。

这段描写充满了浓浓的"性"的气息。在四个男人——宗朝、白痴丈夫、老汉和被变成马匹的卖药人的面前，女子一丝不挂。在女子丰满肉体的诱惑下马匹被制服。马匹"汗流浃背"、"身体颤抖"、"口吐白沫"以及女子抚摸马匹，"从马腹下钻过"都是对"性行为"的隐喻。作品描写周围山峰来窥视女子裸体时，日语用了"精気"一词。该词意为"赋予万物生命根源的力量"，也是对"性"的暗喻。将朦胧月光描写为"妖气十足"，实为烘托妖媚的气氛。诡异、神秘、妖冶的氛围在下面这段描写中更是达到了高潮。

许多野兽躁动着，在小屋周围徘徊，足有二三十只。鼻息、低吟、拍动翅膀的声音充斥在空气中。月夜下，这幕怪异的情景宛如一幅描绘了畜生世界的地狱图隔着门板在对面展开。在那里，魑魅魍魉如树叶婆娑般小声嘈杂着。女子曰"有客人"时，门外的声响变得更加躁动不安，小屋摇晃起来。

作品虽未明示，但通过情节解读，我们可以认为这些夜幕下徘徊在小屋周围的野兽即是被女子变成牲畜的好色男子们。它们的躁动不安即是"性"的躁动。

此外，作品中关于深山孤宅中美丽女子与白痴丈夫的人物设定原本就已披上了一层神秘的面纱。山中女子娇小美丽，肤白丰腴，声音清脆，目光清澈，这一外形与蛰居深山的村姑相去甚远。女子不但和蔼温柔，沉稳不惊，而且柔中带刚，高贵中透着威严，时而如少女般娇羞，这更增添了女子的神秘感。与可入诗入画的女子形成对比，她的白痴丈夫则是"脖子无精打采地弯着，头倒向一边，耳朵仿佛要被肩堵住，用无神的、孩童般的小眼睛盯着我。仿佛转动眼球都很费劲，身体似泄了气一般""衣服下露出胖墩墩的下腹，涨成大鼓一般，鼓出的肚脐似南瓜蒂。一只手玩弄着肚脐，另一只宛如幽灵的手一般悬在空中"，"如果没有腰部的支撑，身体会像布帘一样软沓沓地叠在一起"，"鼻子扁平，仿佛用张大嘴的上唇便可以包住，额头突出"，"剃成寸头的头发长长了，前面像鸡冠""是哑巴，还是白痴？仿佛要蜕变成青蛙的少年"。女子的白痴丈夫看上去二十二三岁，外表却像个侏儒。其奇特的外表已脱离人类正常的体表特征范围，表现出"特异性"。同时，无法用语言与人沟通的白痴丈夫唱起谣曲来却是字正腔圆，那清澈的歌声甚至令宗朝怀疑是否出自白痴的喉咙，"仿佛是他的前世用管子将歌声送到他腹中的"。肢体的"特异性"及与肢体不相符的歌声的"美妙"表明：这已不是通常意义上的白痴，作品赋予了白痴丈夫以"神性"。

山中女子也同样具有魔力。在宗朝与女子共浴的画面中，"披着月光，被缥缈水烟笼罩着的女子的身影化作蓝色透明的影子，映射在对岸被浪花浸湿、泛着黑光的光滑大石上"。此刻，宗朝眼中的少妇已失去人的体温，化作了影子。这是宗朝对女子产生"神魔"认识的开端。洗浴归来，女子制服桀骜不驯的马匹时，宗朝将裸妇与马对峙的场面描绘为"一幅远离今世的另一个世界的画面"，惊叹：神乎？魔乎？至此，女子的"神魔"像形成。

纵观全篇，女子的这种"神魔"像兼具观音与鬼神的双重性。无微不至地照顾白痴丈夫，留宿宗朝，并为其擦拭身体治愈伤痛时，散发出女性

第四章　久负盛名的《高野圣僧》

温柔的魅力，体现出观音慈爱的一面；而当垂涎于她美色的男人接近时，毫不留情地将其变为牲畜，露出鬼神的威慑力。白痴丈夫将手伸向少妇乳房时被少妇怒视，并粗暴地将手推开；洗浴中，猴子突然抱住少妇下半身时遭少妇怒斥。这些情节表现出少妇对性的排斥。与少妇共浴时，宗朝因第一次在女人面前赤身裸体而露出害羞和拘谨，这体现为宗朝的纯洁。宗朝看女子裸体的目光是纯净的，完全出于艺术的欣赏与赞美。因而，宗朝才得以毫发无损地生还。当对少妇表现出性欲时，少妇便会露出不可侵犯的威严的一面，被变成马匹而最终被卖掉的富山卖药人便是一个很好的例子。女子仿佛懂兽语，随心所欲地操纵动物。当看到少妇斥退猴子时，"如果惹怒这位妩媚的美人不会有好果子吃，一定会落得和猴子同样的下场"——宗朝在内心也对女子产生了敬畏。

《高野圣僧》的世界是神秘的，浪漫的。镜花题为《喜欢鬼怪的缘由与处女作》[①]的谈话或许可为我们解开镜花神秘世界之谜。

　　我是一个十分迷信的人。当然这是父母遗传的。父亲是虔诚的信徒也是其中一个原因。小的时候经常被带去参拜寺庙。我相信世上有两种超自然的力量。一个是观音力，另一个是鬼神力，都是人类不可抗拒的力量。鬼神出现在我们面前时，可能是三只眼的小和尚，也许是光头妖怪，或是化身为一把伞。世上所谓的妖怪变化均是鬼神力的具体表现。就像鬼神可以变化为三只眼的小和尚，或是光头妖怪一样，我也毫不怀疑观音会显灵。我坚信地藏石像有随心所欲的神奇力量，观世音福德无边，法力深不可测。鬼神和观音藏身于一草一木之中，变幻莫测。我既畏惧鬼神，又相信观音的保佑。因此，当我虔诚地向观音祈祷时，鬼神无论以何种形式出现，我都无所畏惧。于是，最为恐惧的鬼神有时却成了最亲近的朋友。

是镜花对鬼神与生俱来的亲近感催生了这部大作。在镜花神奇诡谲的

[①] 泉鏡花：「鏡花談話おばけずきのいはれ少々と処女作」，『文芸読本泉鏡花』，東京：河出書房新社1981年版，第103頁。

幻想世界里仙魔魑魅悉数登场，与人类共同书写爱与恨的情感历史。

《高野圣僧》植根于民俗世界，在远离近代文明的深山老林，探寻生命的源头。在女子的怀中，宗朝仿佛回到母亲子宫中的胎儿般做着甜美的梦。《高野圣僧》是镜花彻底走向"反近代"的标志性作品。

三 难解词句

《高野圣僧》中的语言，描写部分使用的是口语中偶尔夹杂文言的语体，基本接近现代日语，较易于理解。对话中的语言与现代日语口语相差较远。但是，其中的许多形式变化在第一章第一节第四小节"文体与语法"中已作详解，在此仅做提纲挈领式的概述。

该作品语言的难点之一是出现了大量现已不使用的汉语词汇，或是汉字的标注方式与现代日语相去甚远。众所周知，镜花追求语言的音声和视觉效果，偏爱汉语词汇，甚至自己造字[如作品中出现的"潵（しぶき）"一字；为了追求视觉效果，镜花在《山海评判记》（1929年）中用"イイイイイ"代表白鹭留下的一串脚印]，甚至造词（如"山海鼠"一词），这无形中增加了理解作品的难度。难点之二是用于描写的长句子修饰语多，且句子成分经常被省略，语法关系难以把握。

- 表紙を附けた折本：此处的"折本"指的是"折本装订"，多见于字帖或经卷。作品中宗朝携带的地图系折本装订，为参谋本部编纂。
- 掛川の宿：系指掛川火车站，将其称为"宿"（客栈）反映了镜花的怀古情怀。
- 尾張の停車場："尾張"即"尾張国"，系日本旧的地方行政区划之一，相当于现爱知县西部。故"尾張の停車場"即指的是名古屋车站。
- 上人（しょうにん）：对僧侣的敬称，多用于天台宗、净土真宗、时宗、净土宗和日莲宗。
- 旅籠屋（はたごや）：江户时代（1603—1867年）为游客提供食宿的民宿。
- 東海道掛川の宿：江户时代（1603—1867年）的东海道自江户日本桥至京都三条大桥，长达492千米。途经武藏、相模、伊豆、骏河、远江、

第四章　久负盛名的《高野圣僧》

三河、尾张、伊势、伊贺、近江、山城等地，共有53处客栈，"掛川の宿"为其一。

- 尾張の停車場で他の乗組員は言合せたように："乗組員"原义为"机组乘务员，船上工作人员"，在作品中系指火车上的乘客；"言合せ"是"约定"之意。
- 永平寺：宗朝前往朝拜的寺庙，位于福井县吉田郡永平寺町，与"总持寺"并称日本曹洞宗（禅宗）的总寺院。
- 高野山：位于和歌山县北部。这里的高野山是指弘法大师空海于816年在高野山创建的真言宗总寺院金刚峰寺。主人公宗朝的僧籍在高野山金刚峰寺，系净土宗。
- おとなしやかな風采（とりなり）で、羅紗（らしゃ）の角袖の外套を着て、白のふらんねるの襟卷をしめ、土耳古形（トルコがた）の帽を冠り、毛糸の手袋を嵌め、白足袋に日和下駄（ひよりげた）で："風采"（とりなり）一词在现代日语中已不见踪迹。"風采"以下是对高僧宗朝衣着的描写：身着毛呢方袖外套，颈围白色法兰绒围巾，头顶宗师帽，手带毛手套，脚蹬低齿木屐，配上白色布袜。通过作品中人物的打扮可以了解明治30年代（1897—1906年）日本人的服饰文化。"角袖の外套"是出行时穿着的和式外套；"土耳古形の帽"即茶道或俳句的宗师常戴的无帽檐、平顶帽子。
- 内端（うちわ）に世話をしてくれる："うちわ"在现代日语中写作"内輪"，系"毕恭毕敬"之意。
- 名にし負う：是"名に負う"的强调的说法，"不负盛名"之意。
- 悚毛（おぞけ）：在现代日语中写作"怖気"，意为"毛骨悚然"。
- 手ン手に喧（かまびす）しく己が家号を呼立てる："手ン手に"由"手に手に"变化而来，为"各自"之意。
- 小取廻（ことりまわ）しに通抜ける："小取廻し"系"不招人耳目地，低调地"之意，在现代日语中已不使用。
- 道の程八町ばかり：作品里共出现了3个表示距离的单位——"町""間"和"里"。"1里"的距离是"36町"，约有3.927千米；"1町"为"60間"，约109米；"1間"为6尺，约1.82米。

- 193 -

- 自在鍵（じざいかぎ）："かぎ"的汉字应为"鉤"，"自在鍵"为吊在房梁上，下垂至炉灶或火炉上方，用于挂锅的钩子，可以自由调节长度。"鍵"虽也读作"かぎ"，但是没有"钩子"的意思，此处应为镜花笔误。
- 竈（へッつい）を二ツ並べて一斗飯（いっとめし）は焚けそうな目覚しい釜："竈"是"炉灶"；"斗"是表容积的单位，"1斗"是"10升"，日语中的"1升"合1.8立升，所以"1斗"约18立升。
- 法然天窓（ほうねんあたま）：取名于法然法师，故将头顶凹陷的人称之为"法然头"。
- ぬうとした親仁："ぬうとした"为"自慢する（自负）"，"うぬぼれ（自恋）"之意的大阪方言。
- 物の言振（いいぶり）取成（とりなし）なんど、いかにも、上人とは別懇（べっこん）の間と見えて："取成"在现代日语中已不常用，"周旋，斡旋"之意；"別懇の間"是"特别亲密的关系"之意。
- 幼らしくねだった："幼らしい"为"像个孩子似的"之意。在《日本国语大辞典第二版》（小学馆）中作为最早的用例列举了《高野圣僧》中的该例。
- 実体（じってい）な好い男："守正笃实"的意思，在现代日语中属较陈腐的说法。
- けたいの悪い、ねじねじした厭な壮佼（わかいもの）で："けたい"为"けったい（怪体、奇態）な"。"けたいが悪い"系"令人讨厌的"之意，这一说法现已消失。
- から一面に石灰だらけ："から"为接头词，在此形容某种状态极其严重，"完全"之意。这种用法在现代日语中已不存在。
- はて面妖（めんよう）なと思った：感到奇怪时发出的声音为"はて"，"面妖"即为"可疑，奇怪"。"はて面妖な"为歌舞伎中的套话。
- 万金丹の下廻（したまわり）と来た日には："万金丹"是自古以来在伊势国（现三重县）朝熊山炼制的中药丸，用于解毒等症；"下廻"是"打杂"的意思，在此为嘲讽富山卖药人之语。
- 千筋の単衣に小倉（こくら）の帯、当節は時計を挾んでいます、

第四章　久负盛名的《高野圣僧》

脚絆（きゃはん）、股引、これはもちろん、草鞋がけ、千草木綿（ちぐさもめん）の風呂敷包の角ばったのを首に結えて、桐油合羽（とうゆがっぱ）を小さく畳んでこいつを真田紐（さなだひも）で右の包につけるか、<u>小弁慶（こべんけい）</u>の木綿の蝙蝠傘を一本、おきまりだね：这是一段描写富山卖药人装扮的文字。细条纹单衣配上小仓布腰带，最近还腰别怀表，绑腿、细腿筒裤自不待言，脚蹬草鞋，蓝灰色棉包袱皮儿打成四方形挂在颈上，包袱的右侧用编带挂着叠得方方正正的桐油纸雨衣，外加一把小方格棉质洋伞。需说明的是，"小倉の帯"是指江户时代（1603—1867 年）丰前小仓藩（现福冈县北九州市）的特产"小仓布"。"小仓布"为质地优良、结实的竖条文棉布。在日本单口相声中描写节俭的商人着装时，常说："身着棉布和服，腰配小仓布腰带"，与同为福冈县产的博多腰带相比，小仓布腰带显然是百姓的服饰。"小弁慶の木綿"是用两种颜色的线织成的方格子棉织物。

· 法界坊（ほうかいぼう）：江户后期的化缘和尚。在奈河七五三助的作品《隅田川续俤》中被描写成破戒、讨饭的恶僧形象。这一人物也曾在歌舞伎中登场，作为僧侣却破了色戒，爱恋上年轻的有夫之妇，是充满滑稽韵味的角色。在《高野圣僧》中是卖药人对和尚的蔑称。

· 報捨（ほうしゃ）をする："報捨"在现代日语中写作"報謝"，意为"报恩"。

· いけ年（とし）を仕（つかまつ）った和尚が業体（ぎょうてい）で恐入るが："いけ"为接头词，江户时代（1603—1867 年）以后的用法是后接贬义形容词，起强调的作用。在这里后接的是名词"年（とし）"，这种用法是江户前期在上方（现京都地区）流行的用法，意为"老大不小，一大把年纪"。"仕る"是"する、行う"的谦让敬语，但这一用法现已极少使用。"業体"一词现已不使用，意为"行为，举止"。

· 勅使橋（ちょくしばし）：系位于广岛县严岛神社内的"反桥"的别称。为天皇特使参拜严岛神社时专门搭建的，故得名"勅使橋"。

· 切放（きりはな）れよく："きりはなれ"在现代日语中写作"切り離れ"，原义为"断开，分开"，镜花在作品中用作"放弃，下决心"之意，故"切放れよく"即为"毫不犹豫地"。

- 先は一つで七里ばかり総体近うございますが："総体"有多种含义，在此为"原本"之意。
- 野宿をしてからが："てからが"为江户时代（1603—1867年）以后出现的用法，表转折，相当于"即便，即使"。
- いかさま：作为副词的用法在现代日语中已成为陈腐的说法，用于较有把握的推测，"大概，一定"之意。
- あたりがぱッとしていると便（たより）がないよ：据语境分析，应为现代日语的"頼（たよ）りない"，意为"不安，不放心"。笔者推测此处系镜花笔误。
- 飛騨越（ひだごえ）と銘（めい）を打った日には："銘を打った"是"以明确的名义"之意。此句的意思是"以'翻越飞騨山'为名义"。
- いやもう生得（しょうとく）大嫌：此处的"生得"为副词的用法，"与生俱来地"之意。现代日语中不存在这种用法。
- 足が竦（すく）んだというて立っていられる数（すう）ではない："数（すう）"原义为"運命（命运）"，转义为"わけ"，系镜花惯用词。
- 栗の毬：地图上表示荒地的标志。
- 赤い筋：道路标志在地图上印刷为红线。
- 草いきれ："いきれ"可写作"熱れ"，"热浪"之意。"草いきれ"即为"散发着热浪的草丛"。
- 杣（そま）が手を入れぬ森がある："杣"（そま）有"杣山"（そまやま）、"杣人"（そまびと）、"杣木"（そまき）三个意思。根据语境可判断此处为"杣人"（そまびと）之意，即"樵夫"。
- 観念に便（たより）がよい：此句中的"観念"为动作性名词，"思索，思考"之意；"便（たより）がよい"意为"便于"，此时的"たより"应写作"頼り"。
- 外道踊（げどうおどり）："外道"有"邪教，恶魔，坏人"等意，"外道踊"即在日本许多地方流传下来的被称作"外道"的舞蹈。舞者带着大面具，合着伴奏乐起舞，舞姿强劲有力。见下图[①]。作品中借"外道踊"

---

① https://jey1960.exblog.jp/13625996/，2016年6月10日。

一词表示"手舞足蹈"。

- 清心丹：具有清心镇静的功效，于1875年开始销售，直至昭和时期（1926—1989年）成为深受百姓喜爱的保健药。森鸥外的女儿森茉莉曾在随笔《父亲的帽子》中忆起母亲哄自己睡觉时和服散发出清心丹的清香。
- 酢をぶちまけても分る気遣はあるまい：此处的"分る"是"分开，散去"的意思，在现代日语中该用法已不存在；"気遣"意为"可能，可能性"。
- はや其の谷川の音を聞くと：语序应为"聞くとはや"，"聞くなり（一听到）"之意。
- さまで難儀（なんぎ）は感じなかった："さまで"多与否定形式呼应使用，意为"没达到那种程度，并未那么"。
- 突然破縁（やれえん）になって："破縁"即"破れた濡れ縁"。"濡れ縁"是日式建筑中设在窗外的木板走廊或木板凳。
- ちゃんちゃんを着て："ちゃんちゃん"系"ちゃんちゃんこ"的省略，是儿童穿着的无袖外衣。
- 一ツ身のものを着たやうに："一ツ身"是幼童穿着的和服，用标准宽幅的一片布缝制而成。
- 納戸（なんど）：储藏间，中世（1184—1603年）以后常指带壁橱的起居间。
- 南無三宝（なむさんぼう）："南無三宝"中的"三宝"指的是"佛、

法、僧"。"南無三宝"即为祈求神佛保佑时口中叨念的话，转义为吃惊或失败时说的"糟了，天呀"。

• 宿の常世（つねよ）は留守らしい："宿"指丈夫或主人。"宿の常世"出自谣曲《钵木》。此处的"常世"系指谣曲中的主人公佐野源左卫门常世。当年，曾执掌镰仓幕府大权的北条时赖出家后云游四方，在上野佐野遭遇大雪，投奔一清贫百姓家寄宿一宿。因家徒四壁，主人佐野源左卫门常世便将多年精心培育的盆栽树砍掉，当作柴火款待时赖。

• 膝（ひざ）のあたりに置いた桶の中へざらざらと一幅（ひとはば）："一幅"读作"ひとはば"的用法，在现代日语中极少使用，意指"带状"。在此形容大米倒入桶中时似一幅白布。

• 他生の縁：源自成语"袖摺り合うも他生の縁"，即"即便擦肩而过衣袖相碰也是前世的缘分"。

• 姉や、こえ、こえ："こえ"是"これ"的幼儿用语。

• 胴乱（どうらん）の根付："胴乱"为挂在腰间的皮制方形袋子，常内装药品、印章或香烟，即"腰包"；"根付"是系在腰包绳端的坠子，以防腰包坠落。

• さればさの、頓馬（とんま）で間の抜けたというのはあのことかい：此处的"されば"在现代日语中为陈腐的说法，用于转换话题，相当于"话说"；"さの"相当于"その事"，指"那件事"；"頓馬"为"愚傻，痴呆"之意。

• 若い坊様連れて川へ落っこちさつしゃるな："落っこち"是"落ちる"的更为口语化的说法。此处的"川へ落ちる"暗指"坠入爱河"。

• 羽目（はめ）：建筑用语，该词系指将木板横向或纵向拼接成平面，多用于墙壁或天棚。

• 六尺角に切出したの："尺角"系指断面宽为1尺的角材。

• ちょうど切穴の形になって、そこへこの石を嵌めたような誂（あつらえ）："切穴"一词出自歌舞伎的舞台用语，系指舞台的方形洞口，用于扮演幽灵鬼怪的演员出入；"誂"意为"定制，定做"。

• 冥加（みょうが）："冥"是"黑暗""因被遮住而失去光亮"之意，"冥界""冥土"即出自此义。"加"系指神佛的"加護（保佑）"。

第四章　久负盛名的《高野圣僧》

"冥加"即表示在隐蔽的、看不到的地方受到神佛的保佑。

- ここらから一番野面（のづら）で遣（やっ）つけよう：此句中的"野面"意为"厚颜无耻，恬不知耻"，在现代日语中已不具有这层含义。
- 地体（じたい）：等同于现代日语中的"自体"，作为副词使用时为"原本"的意思。
- 小犬ほどな鼠色の小坊主（こぼうず）："小坊主"原义为"小男孩"，在作品中系指"（小狗般大小的灰色）'小东西'"。
- くるりと釣瓶覆（つるべがえし）に上へ乗って："釣瓶"指的是汲井水时用的吊桶。以"釣瓶覆に"形容"身体翻转"。
- かさかさがさり："カサ""カサッ"表纸片或枯叶相摩擦所发出的声音。"カサカサ"则是连续或断断续续发出的摩擦声，即"哗啦，刷刷"。"カサリ"为落入草丛时发出的"哗啦"声。小说中的画面是猴子在树间敏捷地移动，落入草丛中。这里的描写极具镜花小说的特点，译为中文即为"刷刷刷，哗啦"。
- 我身（わがみ）を笑いつけて、まず乗った："我身"既有自称的用法，也可用于称呼对方。在此为前者，指自己的懦弱。"笑いつける"原义为"嘲笑"，在此引申为"一笑了之"之意。
- 一件じゃから耐（たま）らぬて：此处的"一件"系委婉地暗指之前所说的人、事或物。
- 手間が取れる："手間が取れる"与现代日语中的"手間を取らせる"同义，即"添麻烦，费事"之意。
- 青を引出して支度しておこうと思うてよ：此处的"青"指马的毛色为黑中泛蓝，因而用"青"泛指马匹。
- 海月（くらげ）も日にあたらねば解けぬ：句子的字面意义为"海蜇不见太阳不融化"，在此比喻一动不动地坐在阴暗套廊里的痴呆男子。
- 鰭爪（ひづめ）：现写作"蹄"，意为"牛、马、羊等牲畜坚硬的指甲"。
- 青で蘆毛（あしげ）："青"和"蘆毛"均指马的毛色。如前所述，"青"为黑中泛蓝，"蘆毛"则指掺杂着白色。
- 煮染（にし）めたような、なえなえの手拭："煮染めた"的意思

是"仿佛是酱油浸染的颜色"。

- 反魂丹（はんごんたん）：用于治愈腹痛、伤食等症，江户时代（1603—1867年）由富山的卖药人推广至全国。
- 極めて<u>与（くみ）し易（やす）</u>う見えた："与す"原义为"仲間になる（结为朋友）"，"与し易う"即为"（对方心情大好）容易搭话"。
- この<u>一落（いちらく）</u>の別天地："一落"（いちらく）一词在现代日语中已不存在，"ひとかたまり"（聚集）之意。
- とんだご<u>雑作（ぞうさ）</u>を頂きます：此句中的"雑作"语义较特殊，为"款待"之意。据查多部辞典，作为该词义列举的例句仅有镜花《高野圣僧》中的该句。
- 生姜：作品中标注的读音是"はじかみ"，"はじかみ"指的是"花椒"，此处应为镜花笔误。
- <u>町方</u>（まちかた）ではね、<u>上（かみ）の洞（ほら）</u>の者は、里へ泊りに来た時："町方"一词在现代已不使用，在江户时代（1603—1867年）指"相对于山村或渔村的城里"；"上の洞"系虚构的地名。
- 月鼈雲泥（げっべつうんでい）："月鼈雲泥"意为"天壤之别"。"雲泥"现在日语中仍然使用，"月鼈"已很少见。
- <u>所在がない</u>ので、唄うたいの<u>太夫（たゆう）</u>："所在がない"相当于现代日语中的"所在ない"，意为"无聊，没趣"；"太夫"原指技艺高超的艺人，在此揶揄唱木曽小调的白痴男子。
- 持扱（もちあつか）う：相当于现代日语中的"持て扱う"，意为"难以支撑，难以控制"。
- 結句（けっく）："结局"的旧式说法，"归根结底，终究"之意。
- 小用（こよう）：委婉指"小便"。
- 牴牾（もどか）しく、<u>膠（にべ）</u>もなく続きを促した："にべ"的中文名为"黄姑鱼"，属鲈形目石首鱼科。因其鱼鳔具有极强黏性，故被熬制用作黏合剂。因此，经常以"にべ"形容与他人关系密切。"膠もなく"的意义则相反，指"关系十分冷漠"。
- 七堂伽藍（しちどうがらん）："伽藍"是"僧伽藍"的缩略。在印度，原本指修行者居住的园林。在中国和日本一般指僧侣住宿的寺院堂

第四章 久负盛名的《高野圣僧》 ◆◇◆

舍。后世规定一个寺院必须有七种建筑物，即金堂、讲堂、塔楼、钟楼、藏经阁、僧房和食堂，将其称为"七堂伽藍"。故"七堂伽藍"指的是寺院应有的建筑一应俱全，暗指寺院规模之大。

- ちとお話もいかがじゃから、さっきはことを分けていいませなんだが："ちとお話もいかがじゃから"意为"お話しするのもちょっとどうかと思われることなので"（因为难以启齿），指"情色之事"；"ことを分けて"为"くわしく、こまかに"（详尽，详细）之意。

- うんにゃ、秘（かく）さっしゃるな：阻止对方的行为时使用"うんにゃ"，"いいや"（行啦）之意。

- 何でも飛騨一円当時変ったことも珍らしいこともなかったが："一円"位于表场所的词后面时，表"一带，整个地区"。

- さし乳（ぢち）：丰满、圆润的乳房。常指乳汁充足的乳房。

- 白羽の征矢（そや）が立つ：出自古代的传说。据说神仙物色好上供用的少女后，会将白色羽毛装饰的箭插在少女家的房顶以做标记。现指在众人中被选中的幸运者。

- 鬢附（びんつけ）：鬓发油，由木蜡和菜籽油调制而成，用于固定日式发型。

- 鰯（いわし）の天窓（あたま）も信心から："鰯"即沙丁鱼；"信心"为相信神佛之心。这一成语出自江户时代（1603—1867年）的风俗。据说，在当时为辟邪，立春的前一天（日本称之为"节分"）每户都会在大门上悬挂沙丁鱼的鱼头。此句寓意为"心诚则灵"。

- それでも命数の尽きぬ輩（やから）は本復するから、外に竹庵（ちくあん）養仙（ようせん）木斎（もくさい）の居ない土地："本復する"的意思是"痊愈，康复"；"竹庵、養仙、木斎"在此均指庸医。

- りょうまちす：相当于现代日语中的"リュウマチ"，即"风湿病"。

- 稀塩散（きえんさん）に単舎利別（たんしゃりべつ）を混ぜたのを瓶に盗んで："稀塩散"在现代日语中写作"希塩酸"，指"用水稀释的盐酸"，用于消毒；"单舎利别"指的是"单糖浆"。

- 戸長様（こちょうさま）の帳面前："戸長"系1872年实行的地方制度改革中设置的官位，后改称为町长、村长；"帳面"指户籍管

理台账。

- 親六十で児が二十なら徴兵はお目こぼしと："お目こぼし"相当于现代日语的"目溢し"，意为"宽恕，不究"。据1883年修改的征兵令，60岁以上的户主，其长子可免除兵役。
- 手水（ちょうず）："手水"原本读作"てみづ"，发生语音变化后变为"ちょうず"。由"如厕后洗手"之意转而表示"如厕，解手"。
- 人種（ひとだね）の世に尽きぬ："人種（ひとだね）"一词现已不使用，泛指人类。
- より取って："挑选"之意，现已不使用。
- 天狗道（てんぐどう）にも三熱の苦悩："天狗道"为佛教六道——"天道""阿修罗道""人间道""畜生道""饿鬼道""地狱道"之外的"魔道"，即含恨死去的法师将前往的世界；"三热"原指在畜生道中龙和蛇要经受的三种苦痛，即被热浪烧身、被恶风吹走衣服和被金翅鸟吃掉。
- 人死（ひとじに）もいけえこと："いけえ"系"いかい"之意的方言，相当于"多い"。

四 语法

（一）文言语法

第一部口语体小说《化鸟》付梓后，镜花的小说并未沿着口语体的轨迹延伸下去，而是进行着各种尝试。《高野圣僧》的诞生意味着镜花独特文体的确立。

其文体特征之一为"文白相间"。在通俗、直白、流畅的口语描写中间或插入高雅的文言，既避免了纯口语描写之"俗"，又规避了纯文言描写的晦涩之嫌，作品亦不失文雅的气息。关于文言语法的解释已在第一章第一节第四小节中详述，故在此仅标注出相对应的现代日语。详见表4-1。

表 4-1 《高野圣僧》中的文言表现与现代日语对应

文言	现代日语
信州へ出まする	ます
何の渡りかけて壊れたらそれなりけり	のだった
乳の端もほの見ゆる、膨らかな胸を反して立った	見える
いわるるままに草履を穿いた	言われる（"るる"为表被动、尊敬、自发、可能的助动词"る"的连体形）
鱗は金色（こんじき）なる	である
羞かしげに膝なる手拭の端を口にあてた	にある
夫（それ）なりけり	だった
腰がなくば	なければ
どれほど遠くても里に出らるる、目の下近く水が躍って	出られる
滝になって落つるのを見たら	落ちる
件の鰐鮫の巌に、すれつ、縺（もつ）れつ/浮いつ沈みつ	た
流るる音さえ別様に/千筋に乱るる水とともにその膚（はだえ）が粉に砕けて	流れる、乱れる（"る"为"流る""乱る"的连体形）
冷汗が流れますて	ね
動物の天窓（あたま）を振返りさまにくらわしたで	ので
固（もと）より二人ばかりなり、	であり
期したる如く	ている（"たる"为完了助动词"たり"的连体形）
日を経（ふ）るに従うてものをいうことさえ忘れるような気がするというは何たる事！	経（へ）る（"ふる"是古语"ふ"的连体形）；何という事だ！
月はなお半腹のその累々たる巌を照すばかり	である
怪しからぬ話	ない

（二）口语语法

明治时期（1868—1912 年）的口语语法已在第一章第一节及第二节中详述，以下仅就之前未涉及的语言现象做出解释。

• 行かっしゃる："っしゃる"为助动词，由"しゃる"变化而来。原为近世语，表尊敬之意。后由下二段型活用"しゃれ・しゃれ・〇・〇・

しゃるれ・○"变为四段型活用"しゃら・しゃり（しゃっ）・しゃる・しゃる・しゃれ・しゃい（しゃれ）"。如以下《浮世澡堂》中例句所示，"きさまの着物も、薄綿になっては夫限（それぎり）だと思はっしゃい"，有时在前接动词的词尾和"しゃる"之间加入促音，变为"っしゃる"。这种语言现象广泛分布在宗朝、老汉及百姓对宗朝所说的话语中。如：秘さっしゃるな、やってくれさっしゃい、聞かっしゃい、はて措かっしゃい。

- いんね、川のでございます："いんね"为"いいえ"之意的方言。
- 姉さん見ねえ：此处的"ねえ"为"なさい"。
- 遠慮をしねえで浴びるほどやんなせえ：此处的"ねえ"为"ない"；"やんなせえ"是"やりなさい"发生音变而来。按照第一章中总结的规律还原的话即为"ら"行音的"り"发生拨音变，变为"ん"。同时，"さい"（sai）发生元音变（ai→ee），变成"せえ"（see）。
- 助けべえ："べえ"与"べし"相同，前接动词的终止形或连体形。在关东及东北方言中以终止形的形式出现，多表推测、意志及劝诱。
- 早くいってござらっせえ："っせえ"由尊敬助动词"しゃる"的命令形"しゃれ"演变而来，为江户时期（1603—1867年）江户地区用语，表含有轻微敬意的命令，与"なさい"同义。
- 馬市へ出しやすのじゃ："やす"前接动词连用形或断定助动词"だ"的连用形"で"。此例表达的敬意较低，相当于"なさる"，这种用法在江户（1603—1867年）前期的京都一带使用。而作品中另一例"私参りやする"中的"やする"为"やす"的终止形，表达对听话人的尊敬，相当于"ます"，这一用法曾在江户后期的京都一带及江户使用。
- それみさっせい："さっせい"系尊敬助动词"さっしゃる"的命令形"さっしゃれ"发生音韵变化而来，表示含有轻微敬意的命令，与"なさい"同义。
- いっそ山へ帰りたかんべい、はて措（お）かっしゃい："べい"与"べえ"同义，在此表推测。"たかん"为希望助动词"たし"的连体形"たかる"发生语音变化后变为"たかん"。故"帰りたかんべい"为"帰りたいだろう"之意。

第二节 热点问题研究

　　日本关于《高野圣僧》的研究文献汗牛充栋。自作品问世的1900—2001年共有263篇，其中明治期9篇，大正期6篇，昭和期159篇，平成期89篇。①笔者通过日本国立国会图书馆藏书检索功能查阅了2002—2017年的相关研究文献，共有论文19篇、论文集1部，未见专著、博士学位论文及期刊专集面世。②如此算来，关于一部作品的研究论文竟多达282篇，可见对《高野圣僧》的关注度之高。无论从数量上，还是论文的质量上看，昭和期均可称为《高野圣僧》研究的顶峰。

　　《高野圣僧》诞生之初饱受非议，沉潜8年后重现发酵，以作品单行本的发行为契机迎来转机。彼时恰逢世人对日本自然主义文学产生审美疲劳之际，褒誉之词纷至沓来。1925—1927年，春阳堂出版的《镜花全集》共15卷相继付梓，镜花文学遂进入众多日本文学研究者视野。

　　吉田精一堪称昭和时期（1926—1989年）《高野圣僧》研究的嚆矢。吉田在「高野聖」（『国語と国文学』1935年第10期）中从素材、构思、内容、文章表现等方面对镜花文学进行了全面、详细的论述。关于镜花小说语言特征的描述不失为中肯之论。《高野圣僧》中将好色男子变为动物的构想源自中国的志怪小说《板桥店三娘子》的观点亦值得关注。

　　在吉田论的烛照之下，直至20世纪60年代，研究视点多聚焦于素材、典据的考察。例如，竹友藻风在论文「泉鏡花と近代怪異小説」（『国文学解釈と鑑賞』1943年第3期）中指出，《高野圣僧》与古希腊诗人荷马创作的史诗《奥德赛》具有相似性。手塚昌行的「『高野聖』成立考」（『解釈』1959年第11·12期、1960年第1期、1960年第7·8期）首先概括出《高野圣僧》的两个主题：魔女具有将人变为动物的魔力和魔女居住在深

---

① 「泉鏡花『高野聖』作品論参考文献目録」，载于田中励儀編『泉鏡花「高野聖」作品論集』，東京：クレス出版2003年版，第342—374頁。

② 包括上述论文集中未曾计算在内的2001年发表的文献。

山孤庵。通过情节对比，并参照镜花的经历指出其构想的源泉前者来自阿普列乌斯的《金驴记》和阿拉伯民间故事集《一千零一夜》，后者与谣曲《山姥》和近松门左卫门的《姫山姥》的舞台设定如出一辙，且小说中有三处细节蹈袭《姫山姥》的构思。三瓶达司的「『高野聖』の典拠について」（『解釈』1972年第13期）对关于《高野圣僧》的典故研究进行了梳理。横山邦治在「『高野聖』（泉鏡花作）の「三娘子」原拠説につきての雑説」（『近世文芸稿』1976年第18期）中，指出《高野圣僧》的素材出自小枝繁的读本《催马乐奇谈》。东雅夫的「泉鏡花とアラビアン・ナイト」（『金羊毛』1981年第2期）从不同于手塚的视角论证了《一千零一夜》对《高野圣僧》的影响，指出：美女与丑陋白痴的组合、游客到访深山孤庵的情节、讲述的结构、洪水的意象等均可从《一千零一夜》中找到原型。坂井健在「鏡花における『絵本百物語』受容の可能性——『高野聖』孤家の女の原像を中心に」（『イミタチオ』1994年第46期）中对于《高野圣僧》的素材源于《金驴记》的论点提出质疑，并着眼于山中女子魔性的一面，援引《绘本百物语》中"山地地""野铁炮"等关于妖怪的释义，并配以插图，以力证《高野圣僧》对《绘本百物语》的接受。山中女子具有母性与魔性的两面性。该论仅论述其中的一个方面，且论证不足，结论难免牵强之嫌。野口哲也「『白鬼女物語』から『高野聖』へ——森田思軒訳『金驢譚』の受容と方法」（『日本近代文学』2005年第73期）基本延续了手塚的论点，未超出手塚之域，且论述抽象，矫饰造作。

为《高野圣僧》研究带来重大突破的事件是村松定孝在目细家[①]发现了《白鬼女物语》的镜花亲笔手稿，并著文「解説『白鬼女物語』発見に関するノート」（『明治大正文学研究』1957年第21期）、「泉鏡花——『白鬼女物語』から『高野聖』への展開」（『国文学解釈と教材の研究』1958年第8期）、「鏡花の初期習作『白鬼女物語』と『高野聖』」（『言語と文芸』1959年第6期）。村松推断《白鬼女物语》的创作时间为1889—1890年前后，系《高野圣僧》的创作原型。说到镜花研究不得不提到村松定孝。村松以博士学位论文为契机与镜花文学结缘，从此一发而不可收。他曾与

---

① 目细家为镜花祖母的娘家。

镜花对谈，著述等身，发表论文 20 余篇，出版著作 8 部。可见村松对镜花文学的钟爱。

《白鬼女物语》手稿的面世吸引了研究者的眼球，相关研究成果陆续问世，如佐伯静雄的「泉鏡花と『白鬼女物語』」（『福井の意外史 続』，福井：勝木書店 1977 年版）、小林輝治的「『白鬼女物語』新考」（『北陸大学紀要』1977 年創刊号）、松村友視的「鏡花初期作品の執筆時期について——『白鬼女物語』を中心に」（『三田国文』1985 年第 4 期）等。值得关注的是松村论。松村通过论证将《白鬼女物语》的创作时间定为 1895 年。这一推断得到研究界的普遍认可。

关于《高野圣僧》的素材，从《金驴记》到《白鬼女物语》再到《高野圣僧》的接受路径在研究界形成共识。向这一普遍共识发起挑战的是杲由美的「泉鏡花『高野聖』論：典拠としての『烏留好語』」（『女子大国文』2014 年第 155 期）。

将民俗学的视点引入《高野圣僧》研究的第一人是松原纯一。在「鏡花文学と民間伝承と——近代文学の民俗学的研究への一つの試み」（『相模女子大学紀要』1963 年第 14 期）、「鏡花文学と民間伝承と（Ⅱ）——『高野聖』余説」（『相模女子大学紀要』1963 年第 16 期）中，松原援引在镜花家乡加贺白山一带流传的"畜生谷传说"，解析小说女主人公身上凝聚的民间传承的要素，将《高野圣僧》定位于"旅人马"型传说。

松原为研究者们打开了民俗学的大门。继松原之后，桑原干夫的「『高野聖』の成立——「奇異雑談集」との関係」（『武蔵野女子大学紀要』1980 年第 15 期）、小林輝治的「『高野聖』と馬妖譚」（『明治の古典月報』，東京：学習研究社 1981—1982 年版）、石内彻的「『高野聖』論——その様式と素材」（『芸術至上主義文芸』1983 年第 9 期）相继问世。其后，进而发展为神话学研究。笠原伸夫的「『高野聖』の神話的構想力」（『文学』1987 年第 3 期）、『泉鏡花エロスの繭』（東京：国文社 1988 年版）和饗庭孝男的「〈想像力の民俗學 2〉神話の地勢学——『高野聖』——泉鏡花」（『文学界』1993 年第 5 期）为其代表。笠原伸夫在泉镜花研究史上的地位举足轻重。20 世纪 70 年代，随着镜花再评价机遇的到来，镜花研究迎来了高潮。如果说三岛由纪夫是这一潮流的始作俑者，那么，笠原伸夫

和三田英彬则是实践者。二人关于镜花文学的著述颇丰。关于《高野圣僧》的构成，笠原提出了最著名的"套匣式结构"理论。[①]在「『高野聖』の神話的構想力」中，笠原将《高野圣僧》定位于"同胞婚传说，人类始祖传承的一个变奏曲"，这一观点具有启发性。

民俗学成为研究《高野圣僧》时不可或缺的视点。松村友视的「隣接諸科学の援用〈実例〉泉鏡花『高野聖』」（『国文學解釈と教材の研究』1989 年第 8 期）在梳理先行研究的基础上，指出了解析《高野圣僧》时实证研究的局限性，肯定了援用相近学科研究方法的意义，进而对"水"及宗朝旅程的象征意义进行了更深入的探讨。此外，诸如美浓部重克的「伝承文学と近代文学——泉鏡花『高野聖』」（『講座日本の伝承文学 1 伝承文学とは何か』，東京：三弥井書店 1994 年版）、野本寛一的「伝奇譚と民俗複合——泉鏡花『高野聖』」（『近代文學とフォークロア』，京都：白地社 1997 年版）、Daniel C. Strack[美]的「『高野聖』における両義的境界空間——民俗を基点とする解釈に向けて」（『社会システム研究』2009 年第 7 期）、横田忍的「タンホイザー伝承と泉鏡花の『高野聖』」（『アカデミア．文学・語学編：*Journal of the Nanzan Academic Society*』2011 年第 89 期）等，立足于民俗学的研究一直延续至近年。其中，美浓部在肯定前田爱的论点（后述）的同时，指出《高野圣僧》最充分地体现了镜花的曼陀罗世界。白痴是宗朝在镜花曼陀罗世界的本来的姿态；老汉相当于荣格深层心理学中的"老贤者"角色。翻越天生峰之旅看似是地理空间的移动，实则为镜花探寻深藏于内心深处的曼陀罗的心路历程。横田则着眼于《高野圣僧》对德国"唐豪瑟传说"的接受，指出不仅年轻时的宗朝、白痴，甚至变为马的卖药人也是镜花的化身，镜花的恋母情结出自对母神的崇敬之情。

20 世纪 70 年代，泉镜花文学的研究方法发生重大转向。种村季弘的「水中花変幻」（『別冊現代史手帖』1972 年第 1 期）和菅原孝雄的「魔術の場の森へ」（『別冊現代史手帖』1972 年第 1 期）及肋明子的「幻想の論理」（東京：講談社 1974 年版）几乎同时将研究指向镜花幻想本质的探究，

---

① 笠原伸夫：「〈泉鏡花 12〉高野聖（一）」，『国文學解釈と鑑賞』1974 年第 15 期。

第四章　久负盛名的《高野圣僧》　◆◇◆

从此开启了镜花幻想研究的序幕。仅就《高野圣僧》而言，前田爱「泉鏡花『高野聖』——旅人のものがたり」（『国文学解釈と教材の研究』1973年第9期）、三田英彬「高野聖——その幻想性の基盤と成立事情」（『国文學解釈と教材の研究』1974年第3期）和东乡克美「『高野聖』の水中夢」（『国文學ノート』1975年第12期），三论不约而同地将幻想性纳入研究视域。前田论捷足先登，以平实的论述，清晰的逻辑，鞭辟入里的分析成为《高野圣僧》幻想论的翘楚。前田导入精神分析学和宗教学的研究视角，透过作品中的表面现象直视隐藏在作品深层的象征性"风景"，将小说解读为"回归'失去的过去'之旅"，将宗朝与女子在溪谷沐浴的场面解释为"胎内幻想"，将白痴视为"未出生时的宗朝"。通过沐浴这一"重生仪式"，宗朝实现了从"俗"到"圣"的净化。在前田论的刺激下，探究作品中幻想的意义和本质的研究层出不穷。三田论基本上是对先贤观点的概括。东乡立足于宗教学和民俗学，援引乔治·巴塔耶（Georges Bataille）和折口信夫的论述，详细分析了《高野圣僧》中"水"的象征意义。前田论和东乡论对其后的作品论产生了深远影响，如中谷克己的「『高野聖』考——〈水〉の心像と胎内幻想をめぐって」（『帝塚山学園春秋』1979年第3期）、稲冈幸子的「泉鏡花論——〈水〉と〈女〉のモティーフ」（『文化報』1990年3月）和吉田敦彦的「『高野聖』の中の水と母神」（『日本の美学』1998年第27期）等。

前田之后论述幻想的文献有高田卫的「夢と山姫幻想の系譜——鏡花への私注」（『文学』1983年第6期）、种村季弘的「解説洪水幻想」（『泉鏡花集成4』，東京：筑摩書房1995年版）、铃木启子的「泉鏡花の洪水幻想：『龍潭譚』『高野聖』など（公開講座 自然災害と日本文学 講演録）」（『城西国際大学日本研究センター紀要』2013年第7期）等研究。近年的研究有小原彩「『高野聖』研究：泉鏡花作品の幻想性」（『日本文学ノート』2013年第48期）。小原论考察了作品中被视为高野圣僧的宗朝与实际存在的"高野圣僧"的关联性，以及在作品舞台——飞驒山流传的民间传说和民谣与作品的相关性。

解释作品时不可回避的课题是对于《高野圣僧》里山中女子的解读。山中女子时而以性感的姿态出现，间或露出温柔母性的一面，时而又会瞬

— 209 —

间变幻成妖艳、高冷、威严的面孔。山中女子的多面性为研究提供了绝佳的素材，研究成果辈出。中康弘通「鏡花世界の女性像（二）」（『裏窓』1960 年第 7 期）、尾形明子「泉鏡花『高野聖』の女」（『作品の中の女たち——明治・大正文学を読む』，東京：ドメス出版 1984 年版）、松井幸子「奥飛騨天生峠の美女——泉鏡花の『高野聖』」（『ぎふの文学風景——美濃と飛騨』，東京：日本新聞社 1986 年版）、薮禎子「婦人——『高野聖』泉鏡花」（『小説の中の女たち』，札幌：北海道新聞社 1989 年版）、肋明子「泉鏡花/高野聖——魔境に棲む聖なる妖女の肖像」（『国文学解釈と教材の研究』1989 年第 15 期）、須田千里「鏡花における「魔」的美女の形成と展開——『高野聖』を中心に」（『国語国文』1990 年第 11 期）、河野信子「泉鏡花『高野聖』の日本型魔女」（『新日本文学』1992 年第 1 期）、坂井健「亡母と仙女の面影——『高野聖』孤家の女の誕生をめぐって」（『新潟大学国語国文学会誌』1993 年第 35 期）、叶山修平「近代文学に見る女性像　泉鏡花『高野聖』の女」（『日本文学にみる〈笑い〉〈女性〉〈風土〉』，東京：東銀座出版 1995 年版）等，不一而足。上述研究从民俗学、心理学等不同角度剖析了山中女子的形象。由于数量众多，不一一赘述，姑举一例。须田千里撰写过多篇关于镜花研究的论文。在前述论文中，须田推断：蓑谷绳之池的龙女传说、《雨月物语》中的《青头巾》、1895 年暴发的洪水及镜花朋友和自身的见闻是催生《高野圣僧》的胚胎。同时，以《高野圣僧》为坐标，向上追溯至镜花的早期作品，向下探行至 1923 年发表的《棣棠》，以宽阔的视野探讨了镜花文学中具有魔力的美女形象的形成经纬及特征变化。

相比之下，关于作品结构的探讨较少。有田边健二的「『高野聖』論——その構造と主題」（『文教国文学』1973 年第 1 期）、笠原伸夫的「〈泉鏡花 12〉高野聖（一）」（『国文学解釈と鑑賞』1974 年第 15 期）、石田胜启的「『高野聖』の構造と幻想性」（『日本文芸研究』1989 年第 4 期）、森井マスミ的「『高野聖』におけるセクシュアリティ——「入れ子型」の再検討から」（『語文』2002 年第 133 期）。最值得关注的是前述笠原提出的"套匣式结构"理论。

萩原一彦「『高野聖』——「水の女」をめぐって巧みに配置された「白」

と「青」が「旅人」を怪異に誘うことについて」（『上智近代文学研究』1982年第1期）和坂本（早川）美由纪「鏡花におけるエロスの一表現——〈青さ〉〈冷たさ〉の意味するもの」（『小山工業高等学校研究紀要』1995年第27期）则是着眼于颜色意象的研究。

20世纪90年代《高野圣僧》论的特点：一是多聚焦于"讲述"；二是导入比较文学的视点。

前者有铃木启子的「泉鏡花『高野聖』論——その語りをめぐって」（『お茶の水女子大学人文科学紀要』1989年第42期），三谷邦明的「近代小説の〈語り〉と〈言説〉——三人称と一人称の位相あるいは『高野聖』の言説分析——」（『近代小説の〈語り〉と〈言説〉』，東京：有精堂1996年版），下河部行辉的「泉鏡花の文体——『高野聖』の文末表現の略体から」（『岡山大学文学部紀要』1996年第26期）。其中铃木论较有见地。该论文从叙事学的视角解析"我"、宗朝和老汉"讲述"时的人称叙事和文体以及视角转换的问题。

后者的代表性研究有篠田浩一郎的『幻想の類型学——クンデラ『天使たち』と泉鏡花『高野聖』』（東京：筑摩書房1984年版）及私市保彦的「鏡花文学とフランス幻想文学——対比による読解」（『幻想空間の東西——フランス文学をとおしたみた泉鏡花』，金沢：十月社1990年版）和中島佐和子的「『草枕』の成立——『高野聖』との比較から」（『国文』1997年第87期）。前两篇是与外国文学，最后一篇是与日本文学的比较研究。比较文学方法的引入意义重大。其实，早在50年代日夏耿之助曾撰文「『高野聖』の比較文学的考察」（『明治浪曼文学史』，東京：中央公論社1951年版）。不过，该论只是做了笼统的比较，未深入作品内部，所以在当时并未引起关注。

通括之前的《高野圣僧》研究，经历了从抽象转为具体，由面转向点的嬗变。丸尾寿郎的「鏡花の方法——地図のことなど」（『文芸論叢』1988年第30期）和种田和加子的「泉鏡花『高野聖』——「代がはり」の意味するもの」（『国文学解釈と教材の研究』1994年第7期）体现了这一变化。二者分别着眼于宗朝携带的"参谋本部编制的地图"和宗朝面对无数山蛭时出现的"世界末日"的幻觉。

2000年以后的《高野圣僧》研究越发呈现具体化、多样化的态势。之前的研究将目标锁定在宗朝、山中女子和白痴，对于其他出场人物少有提及。像堀井一摩的「国民の分身像：泉鏡花『高野聖』における不気味なもの」（『言語情報科学』2016年第14期）、中西由纪子的「親仁——泉鏡花『高野聖』」（『敍説．2：文学批評／敍説舎』2003年第5期)和佐藤爱的「『高野聖』——消された薬売り」（『昭和女子大学大学院日本文学紀要』2000年第11期），将研究触角伸向作品中那些"令人毛骨悚然的东西"和老汉，甚至富山的卖药人。

在研究方法上，从卫生学视角考察作品中"恐怖的他者"的中村美理「不気味な他者たち——泉鏡花『高野聖』における衛生学的な視線」（『日本近代文学会北海道支部会報』2004年第7期）；站在视听觉艺术的立场上考察作品的佐伯顺子「泉鏡花と視聴覚芸術(3)『夜行巡査』『高野聖』」（『瓜生通信：京都造形芸術大学学園通信』2001年第18期），无疑是一种新的尝试。此外，小平麻衣子的「ニンフォマニア——泉鏡花『高野聖』」（『国文学解釈と教材の研究』2001年第3期）将作品置于同时代心理学和精神医学发展状况的大背景下论述性欲问题，亦不失新意。

这一时期视野宽阔的大论首推铃木启子的「鏡花文学の成立と文芸時評——『湯島詣』『高野聖』への軌跡」（『国文学解釈と鑑賞』2009年第9期）。该论着眼于镜花文学起步期和过渡期作品发表时文坛的评论，以《外科手术室》《巡夜警察》《龙潭谭》《化鸟》《汤岛之恋》《高野圣僧》为例，考察了那个时代的评说对镜花文学诞生产生的影响。

在中国，关于《高野圣僧》的期刊论文有6篇。最早的成果是张晓宁的《〈高野圣僧〉与〈雪国〉的比较研究》[《沈阳师范大学学报》（社会科学版）2007年第3期]。该论文指出：《高野圣僧》与《雪国》的共同之处体现在"情趣与虚幻美"的表现手法及"典雅、悲凉和幽玄"的表现共性。不同的是镜花"神秘、怪诞"，川端"虚无"。王松华《从〈高野山圣人〉中的孤家魔女看泉镜花的女性观与爱情观》（《时代文学》2008年第10期）的论点是"作者通过魔女形象的塑造，为深受封建家长制所压迫的女性而呼吁"。黄芳的论文《解析神秘的镜花世界——评〈高野圣〉》（《四川外语学院学报》2009年第S1期）论及《高野圣僧》的"神秘、幻

想、艳美、脱俗、超现实",并将镜花定位于"日本唯美主义作家的第一人"。暴凤明和陈琳静的《试析〈高野圣僧〉——以叙事模式、女性形象和神秘氛围营造方法为中心》〔《时代文学》(下半月)2012 年第 8 期〕,如其题目所示,论述了作品中的套匣式叙述模式、丰富多元的女性形象及神秘氛围的营造手法。韩颖和兰立亮合撰的《〈高野圣〉幻境解析——以"水""月"为中心》(《日语学习与研究》2013 年第 3 期)着眼于小说中的"水"和"月",指出由"月"与"水"创造的充满神秘色彩的幻想世界同时是宗朝"通过仪式"的舞台。卢冶的《雨中的鱼——关于泉镜花的〈高野圣僧〉》(《读书》2013 年第 10 期),文字优美,论古博今,横跨东西。个别论点虽尚有商榷的余地,整体来说可谓切中肯綮。唯一的缺憾是出现一处对作品的误读。"作为旅行和朝圣的故事,它的母体显然是《西游记》。朝圣的目的地高野山之于日本,如同印度之于唐代高僧。"[①]与作品中的"我"偶遇时,宗朝朝拜的目的地不是高野山,而是位于福井县吉田郡永平寺町,被誉为"日本曹洞宗总寺院"的永平寺。作品中与孤家美女的故事发生在宗朝年轻时作为高野山的行脚僧翻越飞騨山途中,也并非去朝拜高野山。

毋庸讳言,中国的研究成果大多蹈袭日本学者的研究思路,除卢冶的《雨中的鱼——关于泉镜花的〈高野圣僧〉》一文外,自出机杼之论不多。

在众多研究视角中,本著着眼于《高野圣僧》中反复出现的"水",探讨其深层内涵,进而考察"水"在镜花文学中的不同喻义。早在 20 世纪 70 年代就有日本学者指出《高野圣僧》是"套匣式"叙事时间结构的滥觞。那么,这种独特的叙事时间结构在作品中是如何演绎的,在其后的作品中又经历了怎样的嬗变,其对于泉镜花文学乃至日本近代文学的意义何在?这些问题是本节将要重点论述的。

一 水月镜花——从《高野圣僧》中的水说起

水是激发镜花想象力的最本原的物质元素,成为镜花文学世界中具有

[①] 卢冶:《雨中的鱼——关于泉镜花的〈高野圣僧〉》,《读书》2013 年第 10 期。

深层意义的主导意象。镜花的故乡自然条件独特。水在冬季变为皑皑白雪，厚厚坚冰；到了春季或秋季，又化作丰盈的河水，潺潺的溪流；夏季还会发生这个地区独有的焚火现象，水变成浓密的水蒸气袅袅升起。散布在山中的瀑布、水池星星点点。缘此，在镜花的世界里水不断变换着形态，以雨、雪、江、河、湖、海、瀑布、深潭、池塘、沼泽、水蒸气等各种姿态出现。水不但是镜花想象力的源泉，同时也是镜花深层心理的反映。

关于镜花文学世界中的水的含义，日本学者须田千里曾有过精彩的论述："一般而言，泉镜花文学世界中的水，多体现为对侵犯到自己领域的水之恐惧。其次为对静止的水之恐惧。伴随着美女出现的具有民俗性质的水；使封闭空间得以显现的、作为自然现象的水（雨/雪）；引向死亡之境的水。"[1]这些"侵犯之水"，"静止之水"，"带有民俗性质的水"，"自然现象的水"，以及"死亡之水"等典型意象，分别出现在镜花不同时期的主要作品之中，构成独特的系列意象，促发镜花无限的想象力，诠释着镜花幻想世界的深层内涵。

（一）《高野圣僧》中的"水"

《高野圣僧》可谓"水的世界"，水的意象贯穿始终。"我"于归乡途中偶遇僧人宗朝，在客栈听其讲述年轻时的往事。静谧的雪夜下，故事的轮廓渐渐展现在"我"和读者眼前。雨和雪作为"自然现象的水"，具有"溶解"的作用，能够消融日常与非日常、现实与非现实、意识与无意识、生与死、俗与圣的界线。在宗朝的讲述中，"我"和读者不知不觉已置身于故事中的"魔界"。《怪语》（1897年）、《山中哲学》（1897年）、《订货账本》（1901年）、《红雪录》（1904年）和戏曲《多神教》（1927年）也是因雪融化了现实和非现实的界线，怪异才得以出现的。雨具有相同的作用。《白鹭》（1909年）中孟兰盆节黄昏下的阵雨、《银鼎》（1921年）中从主人公旅途之始的倾盆大雨到持续不停的淅沥小雨，均创造出一个水中世界——被水包裹着的封闭空间。《卯辰新地》（1917年）和《卖

---

[1] 須田千里：「『春昼』の構想」，『論集泉鏡花』第二集，大阪：和泉書院1999年版，第114、125頁。

第四章　久负盛名的《高野圣僧》◆◇◆

色鸭南蛮》（1920年）中大雨如泻，在一切仿佛被水淹没的氛围中，主人公谈起曾经爱过却已化作亡灵的女子及其往事。在这个世界里，意识和无意识、生和死的界线渐渐被雨雪消融。因此才会有小篠鬼灵的现身，衣绘裸身的显现，阿若和钦之助的情死。在戏曲《练功扇》（1912年）、《棣棠》（1923年）、《战国茶泡饭》（1926年）、《微服出行》（1936年）中亦是如此，镜花作品中的风景先是渐渐被雨淋湿，雨势加剧时必然有怪异发生。

宗朝讲述的故事中，年轻的宗朝首先遇到的是茶屋的水。这里的水是作为"饮用水"的"现实中的水"。因途中目睹村子发生疫病的情境，宗朝担心茶屋的水源来自流经村子的小河，这里体现了宗朝对水的恐惧。在古代西方，作为饮用水首选的是雨水，以下依次为泉水、井水、河水、湖水和沼泽水。17世纪以后，人们确信疫病不是通过接触，而是通过大气、水源和土壤传播的。[1]尤其是进入近代后，"细菌说"占据主导地位。明治维新后，日本步入近代社会。明治时期（1868—1912年）的日本人已具备关于饮用水的卫生学方面的知识。这个细节反映了镜花的"病态心理"。镜花对细菌异常恐惧。外出旅行时亦随身携带小型加热工具，对入口之物必经加热后方食用。酒也要热得滚烫后才能入口。

离开茶屋后，宗朝继续赶路。不久，在他面前出现两条道路，交界处屹立着一棵如彩虹横挂中空般的丝柏树。古树的根部盘根错节，裸露在外。水从根部涌出，流淌到道路中央，直至前方草丛，足有百余米宽，宛若一条小河。据路过的百姓讲，草丛处原为一医生（山中女子的娘家）的大宅，13年前被洪水冲走。这一插话为故事的发展埋下伏笔。这条小河既是旧道和新道的分界线，亦是通往魔界的入口。正是因为此处之水，富山的卖药人才选择了看似平坦的旧道而误入魔界，被变成马匹的。宗朝为追回卖药人也鬼使神差般地闯入了魔界。宗朝在大森林里看到世界末日般的景象，带着五度遭遇蟒蛇的惊恐和全身被山蛭吸食的伤痛一步步接近魔界。这里的"水"是"边界之水"，一边是人间，一边是魔界。河常常是横亘在现实与非现实之间的境界线，在《白鬼女物语》（1895年）、《聋之一心》

---

[1]　[法]アラン・コルバン：『風景と人間』，小倉孝誠訳，東京：藤原書店2002年版。

（1895 年）、《因缘之女》（1919 年）中可以找到类似的例子。

在大森林里，成串儿的山蛭向宗朝袭来时，镜花将其描写为"粘粘的、串成黑线的雨"。"串成黑线的雨"的比喻受浮世绘的影响。雨是浮世绘中的一个重要主题。画雨的名手首推歌川广重，共创作了 48 部与雨相关的画作。其中，以《安宅大桥的阵雨》为代表。画坛巨匠梵高曾模仿其创作了题名为《雨中的桥》的作品。广重画中的雨即是以密致的、细细的黑线来表现的。雨普遍具有滋润万物、带给人类恩泽的"恩惠之水"的意象。但是，"粘粘的雨水"则不同。看到无数山蛭时宗朝产生"血与泥的巨大沼泽"的幻觉。这里的"粘粘的"是与沼泽的黏稠感联系在一起的。18 世纪，西方对于沼泽的恐惧感达到高峰，可谓谈"沼"色变。沼泽被视为世界终焉的前兆，常与"诅咒""魔咒"联系在一起。乔治·桑的《魔沼》（1846 年）即为很好的例证。无独有偶，镜花也在《高野圣僧》中将人类毁灭时的景象描写为"无数黑色虫子在血与泥的巨大沼泽里蠕动"。

宗朝历经万险到达山中小屋。在女主人的热情邀请下，与女主人去小溪沐浴。途中，在与女主人的交谈中得知：小溪的上游是森林深处堪称日本之首的大瀑布。13 年前瀑布泛滥，洪水淹没了山脚下的村落。这场洪水在作品中共出现三次，分别由百姓、女子和老汉向宗朝讲述。洪水是"暴力之水""毁灭之水"的典型代表。流布在世界各地的"洪水传说"均显示创世之前的世界是一片汪洋。日本神话也记载大神诞生之前是混沌的水的世界，这是水的最本原的意象。

水在神话学中具有破坏与重建、死亡与重生的双重象征意义。灵水的威力在口传文学及传说中广为流传。宗朝与女子共同沐浴的溪水使宗朝忘却了伤痛，治愈了动物的伤病，系"治愈之水"。《女仙后记》（1902 年）中侍女巳代和《高野圣僧》中的宗朝及动物的伤痛，都因灵水的威力瞬间消失，这是因水而重生的典型模式。《春昼后刻》（1906 年）中玉肋投身大海后，得以与相爱之人在海底团聚，灵魂终于找到了归宿。可以说，玉肋的重生必须通过"水死"这一仪式才能实现。《夜叉池》（1913 年）中的水具有破坏和重生的双重性质。大水淹没了村庄，除阿晃和百合外所有的人都被淹死，体现了水的破坏性的一面。但同时也因为这场大水，阿晃和百合才能够在水底幸福地生活，不再受到俗世的侵扰。水溶解所有的东

第四章　久负盛名的《高野圣僧》

西，退回到混沌的状态，然后才能重生。所以说，这里的水同时又是"重生之水"。《深沙大王》（1904年）和《海神别墅》（1913年）中的主人公也是以水为契机获得"重生"，生活在自己的世外桃源，不再受世俗的干扰。

对于宗朝来说，溪水不仅是"重生之水"，更是使宗朝感觉仿佛尚在母亲腹中的胎儿般无比幸福的"羊水"，以及象征着宗朝"由俗转圣"的"净化之水"。"水是循环的，循环是所有生命最根本的姿态。所有的生命体诞生于水而最终回归于水。日本古代将黄泉称为'妣之国'，据《神武东征传说》记载，'妣之国'位于海底。我们生于母亲体内的'大海'，回归到'妣之国'的海底。出生之前和死后通过水连接为圆环。"[①]二人的沐浴地呈"圆洞"形，象征着子宫口，"柔软的水"暗示着羊水，宗朝感到惬意，恍惚，睡意，花瓣环抱，幽香……仿佛在母亲的子宫中。

镜花作品中有一类反映了水与母性的主题。水轻柔地溶解万物并使其循环往复的意象，象征着母性的情爱方式。《龙潭谭》中曾与仙女姐姐共度一夜的山谷呈药罐儿状，《高野圣僧》中宗朝与少妇共浴时的水潭也是"圆洞"形的，这都与子宫和宫口的形状相近。前者因暴雨而充满了水和后者原本丰盈的潭水，不禁使人联想到子宫中的羊水。《春昼后刻》中角兵卫投身的大海、《因缘之女》中为见对岸母亲的幻影而渡过的河、《草迷宫》中为叶越明送来母亲遗物——彩线球的河水、《化鸟》中让少年主人公见到"美丽姐姐"的河水、《夜叉池》中阿晃和百合幸福地沉浸于其中的潭水，都带有羊水的特征。沉浸在羊水中的那一刻，主人公们幸福无比。羊水的意象在许多作品中反复出现，体现了镜花希冀返回到母胎之中的愿望。

水的净化功能在此处体现为精神的升华。共同沐浴的溪水变换着妖娆的姿态，借用作品中老汉的话语："洪水之后，穿透山壁倾泻而下的溪流是老天爷赐予的、勾引男人的'诱惑之水'。"垂涎女子美色的男子被女子用溪水变成猴子、蝙蝠、兔子、蛇等畜生。而宗朝并未对女子产生邪念，因此不仅取得了作为人的生存权，也获得精神上的重生。与初登场时宗朝

[①] 東郷克美:「「高野聖」の水中夢」，田中励儀編『泉鏡花「高野聖」作品論集』，東京：クレス出版2003年版，第103頁。

的一身世俗打扮形成对比，作品结尾以"仿佛驾云而去"对其神化，正如诸多研究者所指出的：年轻时宗朝的飞驒山之旅促发其"脱俗化圣"。经过溪水的洗炼，宗朝的心灵受到涤荡，一个纯净的宗朝脱胎而出。

　　对于女子来说，此处的溪水是"返老还童"的"变若水"。正如女子所言："当我身体老朽，瘦骨嶙峋时，只要在这个溪水里泡上半日就会变得水灵灵的。"日本自古有"变若水"的传说。《万叶集》中有"月読（ツキヨミ）の持たる<u>変若水（ヲチミヅ）</u>"的说法，《日本出云国造神贺词》中亦有"彼方（ヲチカタ）の古川岸、此方の古川岸に、生ひ立てる、<u>若水沼（ワカミヌマ）</u>のいや若えにみ若えまし、濯ぎ振るをどみの水の、いやをちにみをちまし……"的记载。"变若水"即为"变年轻的水"，"みをちまし"是"返老还童"之意。①给死者喝水也是这种信仰的变形。

　　次日，宗朝告别女子下山，途中看到河水被山崖阻隔形成的两处瀑布——"女瀑"和"男瀑"。瀑布的上游恰好是与女子共浴的溪流，瀑布之水再次现出妖媚蛊惑的一面。"女子的影子在女瀑中时而浮现，时而被吞没。肌肤被丝缕般的水流撕扯，似花瓣散落。霎那间，又恢复了原貌，脸、胸、乳、手、足，时沉时浮。"宗朝被搅得心慌意乱之际，卖马归来的老汉出现在他面前。老汉讲起女子的来历及变幻莫测的魔力。闻罢，宗朝义无反顾地下山。

　　宗朝到达乡里时，山上突降大雨。这里的"大雨"既不是具有消融作用的"融化之水"，也非带来破坏的"毁灭之水"。如文中所述，是使"老汉到家时带给女子的鲤鱼还能活蹦乱跳"的大雨。关于这里的大雨，东乡克美指出："象征着宗朝获得净化和重生的净化之水，近似于出生时的羊水。由此，完成一个循环。宗朝所体验的盛夏中的某一日，象征着一个人的诞生、死亡和重生的轮回。"②中谷克己也首肯这一观点，认为大雨"是婴儿从胎盘中诞生时流出的羊水"③。

---

　　① 折口信夫：「若水の話」，『折口信夫全集 2』，東京：中央公論社 1995 年版，https://www.aozora.gr.jp/cards/000933/files/18392_22336.html，2016 年 11 月 13 日。
　　② 東郷克美：「『高野聖』の水中夢」，田中励儀編『泉鏡花「高野聖」作品論集』，東京：クレス出版 2003 年版，第 116 頁。
　　③ 中谷克己：『泉鏡花 心像への視点』，東京：明治書院 1987 年版，第 78 頁。

在《高野圣僧》中，从现实世界的水到民俗世界的水，从"暴力之水""边界之水""救济之水""诱惑之水""净化之水""变若水"到"羊水"，镜花对水进行了丰富的诗意表现和睿智的美学感悟。关于女瀑的描写追求水境与心境的和谐圆融的境界；宗朝在溪水中仿佛回归胎盘中的冥想体现了由心河的溯源进向到心灵家园的寻找，由心灵家园的寻找提升到了文化母体的归依。

（二）镜花作品世界中的"水"

镜花作品世界的水可大致划分为：现实意味较强、伴随伦理道德观念的"死亡之水"和以神话、民间传承为基底的"民俗之水"以及反映镜花深层心理的"潜意识之水"。

《巡夜警察》和《夜半钟声》中吞没了八田警官和女绣工的水是"死亡之水"。这类作品主要出现在早期的观念小说阶段。众所周知，《夜半钟声》诞生在镜花父亲去世的那一年。父亲的故去使一家的生活陷入捉襟见肘的境地，巨大的压力令镜花产生了投河自尽的念头。镜花徘徊在护城河边，虽最终未能下决心跳下去，但在那个阶段死亡的阴影一直笼罩在他的心头。《夜半钟声》就是在这样的背景下产生的，小说中的女绣工其实就是镜花的替身。通过作品中的死，镜花暂时获得了精神上的解脱。对镜花而言，这"死亡之水"或许是"解救之水"。《巡夜警察》中巡警八田之死，也从另一个侧面反映了"观念小说"阶段镜花的精神状态。彼时，镜花虽从森田思轩、雨果那里"借来"了许多观念，但由于受到思想认识的限制，这些观念在他的头脑中无法消化，充满矛盾。当职责和爱情发生冲突时，让巡警八田死去便是这种矛盾性的体现。

"民俗之水"出现在《蓑谷》《龙潭谭》《高野圣僧》《女仙后记》《夜叉池》《海神别墅》《隐眉的鬼灵》《银鼎续集》（1921年）、《河神的千金》（1927年）、《斧琴菊》（1934年）等作品中。这些作品的共同之处在于：几乎每部作品中都有美丽的仙女、神女或与山姬传说等民间传说相关的美女登场。她们或出现在瀑布边，或现身于圣水旁，或立于池塘边，或隐身在水中。总之，都是"水边的女神"。《古事记》和《日本书纪》中均记载水神是一位叫作"罔象女"的女神。自古以来，与水相关

的祭祀活动也是由巫女或宫中的女官来侍奉的。[①]

镜花的创作生涯曾两度濒临危机。为圆文学梦赴京的镜花几经苦难与历练，从老家辗转来到东京，经一年多颠沛流离的生活后，终于如愿拜红叶为师。然而，处女作的挫败、家乡的大火、父亲的病故，打击接踵而来。身为长子的镜花在经济拮据和创作失意的双重打击下曾萌生轻生的念头，后在祖母和表妹的鼓励及红叶的援助下得以脱离困境，1895 年借《巡夜警察》和《外科手术室》一炮走红。

1903 年红叶病故。砚友社标志性人物的逝去及日本自然主义文学的抬头引发了镜花创作生涯的第二次危机。1905 年镜花患病，蛰居逗子疗养。1906 年岛崎藤村的《破戒》和 1907 年田山花袋的《棉被》相继问世，给予浪漫主义文学以重创，镜花亦难逃此劫。直至 1909 年返回东京加入"文艺革新会"，身体的病痛和精神的压抑成为镜花挥之不去的可怕梦魇。这期间创作的作品集中反映了镜花内心深层的恐惧与对前途的忧虑。

在精神分析学中，梦中的水意味着诞生和死亡。《星光》（1898 年）中，主人公耳边一直萦绕着波涛不断涌来的声音，好像在追赶着自己似的，夜幕下的大海吞噬陆地的幻觉挥之不去，充满恐惧。《海异记》（1906 年）中，夜晚狂暴的大海引起女主人公的幻觉，仿佛看到海上阴火浮现，鬼影绰绰，吓得晕了过去。醒来后，怀中的婴儿因被抱得太紧而窒息身亡。海水和死亡的意象联系在了一起。《沼夫人》（1906 年）中的水是因连日降雨而上涨的水田之水。男主人公邀请女主人公散步，结果二人无法走出一望无际的水域，最终女主人公死去。这里的水具有危险和魅惑的双重性，象征着"情欲之水"和"毁灭之水"。水的魅惑减少了主人公对水的恐惧，处于甜美、恍惚的半睡半醒的状态。《海的使者》（1909 年）也是描写了水不断地涌来，追着主人公不放的可怕场面。梦中的汪洋水面不断升高，主人公惊恐万分。在镜花的潜意识中，以排山倒海之势席卷而来的自然主义思潮，化作欲淹没主人公的不断升高的水面。《星光》和《海的使者》是基于镜花自身的体验或梦境而创作的作品。惊恐万状正是自然主义思潮

---

① 折口信夫：「水の女」,『折口信夫全集 2』,東京：中央公論社 1995 年版, http://www.aozora.gr.jp/cards/000933/files/16031_14239.html, 2016 年 11 月 13 日。

给镜花造成的精神危机的写照。

《鹭之灯》（1903年）中展现在读者面前的是茫茫无际的水域。阴雨连绵的漆黑夜晚，主人公在一望无际的水岸与曾抛弃的未婚妻重逢。主人公站在水畔，"左手岸边似乎是寺庙的遗迹，石灯笼布满苔藓，水浸墓石，天空和池塘灰蒙蒙的"，一片阴冷、压抑的景象。主人公眼中的水"像大海的原野一样令人胆战心惊"，"运苗船上的人，抓住船舷俯视水中，仿佛窥视地狱一般"，令人战栗。于是，"我打了个寒战，立刻开车跑掉了"。"胆战心惊""地狱""打了个寒战"，镜花借作品中人物的视角和感受表达出对水的恐惧。

《银色诗笺》（1905年）中描写的水的梦魇更加令人战栗。在《银色诗笺》中，水也是和死紧密联系在一起。水出现在故事的一段插话之中。大学生大枝大太郎和一夫人携孩子去看沼泽。3人在湖沼中划着小舟，接近湖沼中心时，发生了怪异的现象。天空越来越近，仿佛爬坡到达了山顶，小船无法前行。水面越来越宽，四周的水黑乎乎的、黏黏的。惊慌中，大太郎手中的枪击穿了船底。危难之际，大太郎下意识地抱起了夫人。结果，夫人得救，孩子溺水身亡。作品貌似写事件，实则巧妙地利用事件展现主人公的内心世界。暗黑黏稠的沼泽水面的上升预示着通奸。潜意识里的暗黑之水因色情而变得粘着，沉重。"涌现在无意识中的黑水粘稠，沉重，象征着情欲。"[1]

镜花文学世界中的水千姿百态，寓意深远。既有象征着重生的水，也有代表着破坏意味的水；既有象征着退回到母体、获得安宁的水，也有代表着心理恐惧的水；既有消融日常世界与非日常世界之间界线的水，也有代表着灵性的女神之水。

二 解析"套匣式"叙事时间结构

《高野圣僧》之所以被视为泉镜花的巅峰之作，是因为该小说蕴含了镜花其后作品的诸多要素——妖艳梦幻般的意境、幻惑的虚像、超凡的想象力、"套匣式"叙事时间结构、通过人物讲述推进情节发展、朗朗上口

---

[1] 脇明子：『増補幻想の論理』，東京：沖積舎1992年版，第110頁。

的韵律等。

《高野圣僧》是"套匣式"叙事时间结构的滥觞。"套匣式结构"这一概念最早由笠原伸夫提出,现已为镜花研究者广泛援用。在笠原之前,川村二郎曾论及镜花作品中这种特殊的结构:"对话体依据的是远近法原理,这种表现手法是为突出与日常世界剥离的、假想的物语世界。故事的出场人物将自己的见闻作为一个故事来讲述。此时,出场人物已处于有别于日常的虚构空间。在这个空间中进而嵌入新的虚构时,这个新的空间必然更加远离日常世界……在这里,对话体形成双重结构,宛如大米箱套小米箱。"[①]川村将这种结构比喻为大小相套的米箱。虽称呼不同,与笠原所说"套匣"同理。"套匣",顾名思义,就是大、中、小不等的匣子一个套着一个。所谓"套匣式叙事时间结构",亦即在现在中包含着过去,在过去中又包含了大过去。镜花运用"套匣式"叙事时间结构创作的代表作有《高野圣僧》(1900年)、《采药》(1903年)、《春昼》(1906年)、《结缘》(1907年)、《白鹭》(1909年)、《因缘之女》(1919年)、《妖魔的卦签》(1922年)、《隐眉的鬼灵》(1924年)、《墓地的女神》(1927年)、《雪柳》(1937年)和《缕红新草》(1939年)等。

(一)"套匣式"叙事时间结构的滥觞:《高野圣僧》

《高野圣僧》画面妖美,"套匣式"叙事结构独特,语言风格成熟独到。其中的"套匣式"叙事时间结构,对于镜花的创作意义非凡。镜花在《高野圣僧》中初试牛刀便取得了巨大成功。自此,镜花如获至宝,在其后的作品中将其演绎得出神入化。

《高野圣僧》中的叙事时间共分3个层次:

第一层套匣为正在讲述的现在:雪夜下敦贺一名为"香取屋"的旧客栈中,行脚僧宗朝向旅途中结识的"我"讲述自己年轻时翻越飞驒山天生峰途中的一次经历。

第二层套匣为被讲述的过去的经历:某个炎热的夏天,宗朝无意间闯

[①] 川村二郎:「瞠視された空間——泉鏡花」,『文芸読本泉鏡花』,東京:河出書房新社1981年版,第62頁。原題為「幻想小説論序説—あるいは泉鏡花の世界」,最早刊登于『群像』1970年第10期。

第四章 久负盛名的《高野圣僧》

入密林,饱经历练,最终在深山一茅舍遇少妇,与其在溪涧共同沐浴,并借住一宿。

第三层套匣为被讲述的过去中包含的大过去:次日,宗朝依依不舍告别少妇下山,途中巧遇少妇家的老仆,遂听老仆讲起少妇13年前的往事。

"套匣式"一词形象地概括了《高野圣僧》中的叙事时间结构。第一层为最外层的讲述层,与其相对应的是现实世界。但是,这个现实世界却早已被怪异、神秘、超自然的氛围所笼罩。静谧的雪夜、只有宗朝和"我"两位客人的旧客栈、宗朝奇怪的睡姿,散发着怪异和超自然的气氛。在这个封闭的空间里,"我"为宗朝精湛的讲述所吸引,不知不觉被带入一个惊心动魄、亦幻亦美的世界——故事的第二层。宗朝误入旧道后,在古树参天的密林中,五次遭遇长蛇、被无数山蛭叮咬,场面俶诡可观。在讲述中,故事从最外层向第二层进发,并渐渐逼近第二层的核心——与美丽少妇的邂逅。和少妇在小溪沐浴使宗朝感到幸福至极。少妇撩在宗朝背上的溪水,瞬间治愈了被山蛭叮噬的伤痛,宗朝感到仿佛"被花瓣儿环绕着"。

与少妇沐浴归来,宗朝经历了更为怪异的事情——老仆突然冒出的一句"您原样回来啦",令宗朝大惑不解;少妇的白痴丈夫唱起小调来竟如黄莺出谷,珠圆玉润;少妇旁若无人地脱光衣服从马腹下钻过,制服了桀骜不驯的马匹;夜晚,许多动物在小屋周围躁动不安时遭少妇斥责。次日,宗朝带着许多谜团下山。途中,少妇的音容笑貌萦绕在宗朝脑中,挥之不去。宗朝正欲返回时遇见老仆,听他讲起少妇的往事。由此,故事进入最深层。13年前,少妇尚为姑娘时一场大洪水淹没了整个村庄,只有少妇、白痴男子和老仆幸存。与白痴结为夫妻蛰居深山后,少妇便具备了特异功能,不费吹灰之力便能将垂涎于她的男人变成动物。夜晚盘桓于小屋周围的动物都是被少妇施了魔法的男人变的。那匹马即是富山的卖药人。于是,所有谜底揭晓。3个故事层的关系"越向内发展,幻想性、怪异性越强烈,超自然的氛围也越发浓厚"①。

---

① 笠原伸夫:『泉鏡花——美とエロスの構造』,東京:至文堂1976年版,第181頁。

（二）单一"套匣式结构"

《高野圣僧》的"套匣"是由3个故事层构成的，笔者称之为"单一'套匣式结构'"。在镜花"套匣式"叙事时间结构的作品中，这一模式出现频率较高，以《采药》《白鹭》《妖魔的卦签》《墓地的女神》等作品为代表。

贯穿《白鹭》始终的是阿孝的讲述。阿孝向姐姐阿稻讲述艺伎小篠和姐夫顺一相爱的往事。说是"往事"，是因为在阿孝讲述时小篠已自杀身亡。在阿孝讲述的过去中又出现了小篠对往事的追忆，从而形成现在→过去→大过去的3层"套匣"。

《妖魔的卦签》是由作者向读者讲述一个发生在"文正初年"的故事。京都比野大纳言资治卿府内，一佩刀武士突然"从天而降"，引起一片混乱。此时，恰巧阿局经过，制服武士，混乱得以平息。随后，羽黑（地名）的小法师和秋叶山的修行者登场，二人系大名鼎鼎的天狗。至此系第一讲述层。之后，作者以倒叙的手法讲明刚刚发生的事件的缘由。通过小法师和修行者的对话，读者得知：刚刚在比野大纳言资治卿府内发生的一幕原系小法师所为；在同一时间，修行者也将一手无寸铁的拾荒者空降至江户城征夷大将军府中，使府内大乱。此为第二讲述层。随后，二人谈起这两件事的起因——围绕着一只蛎鹬鸟，京都比野大纳言资治卿和江户城大岛长官之间发生的一些往事（第三讲述层）。在此也形成了单一"套匣式结构"。

《墓地的女神》讲述的是"我"陪朋友——"能"表演艺术家橘八归乡演出，顺便访亲扫墓。橘八演出失败，与表姐阿悦一起失踪。这个仅发生在3日之内的故事因穿插了多段回忆而变得错综复杂。故事中的现在设定在"我"和橘八归乡后次日与阿悦买鱼的时点。然后，采用倒叙的手法讲述了前一天发生的事情。其中又包含了关于阿悦十八九岁时的短暂回忆，在此形成一个小的单一"套匣式结构"。回忆结束，故事回到讲述时的现在：买鱼归来，橘八的胞妹来访，在谈话中插入橘八9岁时和赴京当初的回忆。故事的第3天也采用了倒叙手法。先是去古董店寻找失踪的橘八，然后从早晨发生的事情开始叙述：3人去祖墓参拜，返回时途经古董店发现一花瓶，然后一同去剧场，橘八登台，发生意外并逃走，阿悦和"我"寻找。最终，在墓地发现橘八，橘八和阿悦出走。虽然有3处插入了往事，但仅有1处形成单一"套匣式结构"。

上述作品在时间上只形成一个"套匣",可谓单一"套匣式结构"。在镜花的许多经典作品中,"套匣式结构"以更加复杂多变的姿态呈现在读者面前。

(三)多重"套匣式结构"

多重"套匣式结构"与单一"套匣式结构"相对。顾名思义,即为讲述层多于 3 层的叙事时间结构,其代表作为《结缘》、《春昼》、《隐眉的鬼灵》和镜花的晚年之作《雪柳》。

《结缘》讲述了艺伎阿君和男主人公清川谦造结伴去日向堂,寻找阿君母亲阿绢的小桌的故事。故事情节看似不复杂,其间却穿插了 3 段往事。回忆的顺序依次为:大过去(谦造回忆幼年与阿绢的往事)——小过去(谦造两天前去日向堂拜祭父母,见到阿绢的幻影。对小过去的回忆中又包含了中过去,即谦造在阿绢去世前两年与阿绢在日向堂的一次偶遇)。对小过去(两天前)的回忆,同时又勾起中过去(阿娟去世前两年)的回忆,加上故事现在的讲述层,从而形成 4 个层次的"套匣"式结构。

《春昼》的叙事时间相当复杂,形成多层"套匣"。作品世界在散策子和岩殿寺住持的谈话中展开。住持讲述了一位曾寄宿于岩殿寺的"年轻人"与女主人公玉肋的往事。在散策子的现在时讲述中包含了住持对过去的回忆。在这些回忆中,既有住持对"年轻人"及玉肋的直接观察和评论(小过去),也有道听途说的玉肋丈夫家的发迹史(大过去),以及"年轻人"向他讲述的与玉肋的几次相遇(中过去)。整部作品由 4 个讲述层构成。

《雪柳》中的故事可谓千头万绪,扑朔迷离。第 1 章,自称笔者的"我"一介绍同乡小山直槙出场便开宗明义,表明小山遇到了怪异之事。紧接着,话锋一转,在第 2—3 章中插入《近世怪谈录》中的 4 段故事。表面上貌似与小说情节毫无瓜葛,实际上为情节发展埋下了伏笔,这也是镜花的惯用手法。第 4 章,笔者跑去看一棵松树,布下悬念。从第 5 章至最后 1 章是小山的讲述。讲述的结构是包孕式的。小山站在朋友间渊胞妹经营的艺伎馆"雪屋"前,忆起 5 天前一自称间渊胞妹之人突然打来电话,并于次日来访之事。在这个回忆中,间渊胞妹的到来又勾起小山更久远的回忆——

十几年前与间渊共同生活的经历。客人走后，小山再次陷入回忆。忆起与间渊后妻阿冬的两次见面。继而，镜头切换到"雪屋"，之后发生的事情按照事件发生的自然时序发展。最后，表明小山在 3 年前已故去，时间拉回到现在。

说《雪柳》复杂，是因为小说有三个叙述人：文本叙述者——笔者"我"和故事叙述者——"我"和小山。第 1—4 章是"我"讲"我"的故事；第 5 章至终章是小山讲述自己的经历。"我"的讲述是现在时，而小山讲述的过去至少发生在 3 年前，是包含在"我"的讲述之中的。小山的讲述一开始便采用倒叙手法，回忆起四五天前发生的事情（小过去），在这个回忆中又包孕了十几年前的回忆（大过去）和两次与阿冬见面的场景（中过去）。《雪柳》的叙事时间结构可示为：现在－过去｛故事中的现在－小过去（小过去中包含的大过去－中过去）－以后按照故事的自然时序发展｝－现在。《雪柳》的复杂体现为在第 3 层对小过去的讲述中插入了大过去和中过去，从而形成 5 层"套匣"的叙事时间结构。

关于《隐眉的鬼灵》叙事时间结构的分析请参见第八章第一节。

（四）"套匣式结构"与其他类型叙事时间结构巧妙结合的典范：《缕红新草》

绝笔《缕红新草》是镜花晚年的一部力作，充分显示了镜花驾驭作品的功力，早期作品已不能与之同日而论。《缕红新草》叙事时间结构之复杂更堪称经典。

《缕红新草》的故事发生在主人公辻町丝七和外甥女阿米去墓地拜祭的半日间。情节相对简单，但叙事时间却极其纷繁复杂。在二人的对话中插入了 9 段对往事的回忆，从儿时到垂暮之年，时间跨度较大。在此，按照发生时间由近及远的顺序，分别以过 1 至过 9 表示。在阿米用和服外套罩住初路的墓碑，辻町将大剪刀伸进和服内剪断粗绳的场面，故事以倒叙的手法讲述了剪刀的由来，即壮汉们为搬初路的墓碑而将其用粗绳捆绑后出现蜻蜓幽灵的情节，这段回述距故事中讲述的现在最近，此为过 1。由此同时引发了寺里男佣关于初路墓迁移过程的回忆，此为过 2。最久远的过去是辻町关于自己幼时的回忆（过 9），而这段回忆又包含在来墓地途中买扇

第四章 久负盛名的《高野圣僧》

子的小过去（过3）之中，从而形成"套匣式结构"。其余5段回忆出现的顺序被打乱，依次为：辻町20岁时因老家失火、父亲去世等连遭打击，欲轻生的当晚遇到想投河自尽的初路（过6）——因辻町老家失火致使阿米出生时乳房旁落下疤痕的经过（过7）——辻町赴京前去寺庙祭祀初路的往事（过5）——辻町新婚宴尔的妻子患重病，在观音菩萨的保佑下神奇痊愈的旧事（过4）——关于初路幼年身世的回忆（过8）。这部作品的叙事时间结构中，既有倒叙，又有镜花的绝活儿"套匣式结构"，还有切碎按照过去的自然时序发展的时间线，或提前，或挪后，将其分别镶嵌在现时讲述之中的交织型时间结构。多种叙事时间结构巧妙结合，无形中增加了故事的容量，使故事情节跌宕起伏，引人入胜。

《高野圣僧》中的"套匣式结构"可谓最典型，最中规中矩。在其后的作品中，镜花将其发展、演化得更加复杂，巧妙。《采药》《白鹭》《妖魔的卦签》《墓地的女神》《高野圣僧》同属一个类型，只有3个讲述层，叙事时间结构清晰明了。《结缘》《春昼》《隐眉的鬼灵》《雪柳》较前一类型更加复杂，讲述多达4—5个层次。《缕红新草》则是"套匣式结构"与交织型叙事时间结构及倒叙手法的集大成之作。

除上述作品外，在镜花的其他许多作品中"套匣式"叙事时间结构也是层见迭出。许多研究者都注意到镜花作品的这种奇特结构。村松定孝称之为"多层结构"；川村二郎则形象地称其为"套箱"[1]；手塚昌行将其源头归结于《一千零一夜》[2]；笠原伸夫则认为"套匣式结构"是民间传说、神话文学的特有样式，镜花将其巧妙地运用到《高野圣僧》之中。[3] 无论这种结构源于何种文学样式，都与"说话体"密不可分。独特的讲述方式是"套匣式"叙事时间结构产生的前提。总之，镜花的"套匣式"叙事时间结构都是出现在讲述过程之中的。

当回忆向更久远的过去延伸时，与小说中的叙述相比，讲述具有更大的自由度。讲述可以易如反掌地挣脱时空制约的瓶颈，是最适于幻想小说

---

[1] 川村二郎：「瞠視された空間」，『文芸読本泉鏡花』，東京：河出書房新社1981年版，第62頁。

[2] 手塚昌行：『泉鏡花とその周辺』，東京：武蔵野書房1989年版，第153頁。

[3] 笠原伸夫：『泉鏡花——美とエロスの構造』，東京：至文堂1976年版，第184頁。

的表现方式。在讲述中，讲述者既可以回溯自己的经历，也可间接道出其他出场人物的心声，讲明其状况。这一讲述方式，无论是展现此时此刻的心理，还是追溯往事，抑或讲述超自然的现象，均游刃有余。此外，在讲述不可知、不可视、不可感的幻想时，具有减轻读者抵触心理的作用。联想引发联想，讲述的内容环环相扣。与其相照应，在叙述时间和作品结构上自然形成"套匣"。

正如野口武彦所言，"镜花文学的真髓在于通过讲述形成独特的时间结构"①，这种讲述方式并非通常意义上的、日常生活中的对话，而是以对话的形式向读者展示故事情节的演进，并以此代替对所发生事情的叙述，是一种以故事讲述人为主体的对话。对话的一方扮演讲述者，另一方充当听众，听众间或插入几句话或简单的动作而已。在《高野圣僧》中，宗朝对"我"的讲述几乎贯穿全篇，偶尔插入"我"对宗朝简短的描写和评论。《高野圣僧》第一次将这种"讲述"的手法成功地运用到作品之中。《高野圣僧》之前的作品极少采用这种方式架构故事，即便偶有运用也未取得预想的效果。《化银杏》和《化鸟》虽全篇几乎由对话构成，但前者的对话基本是日常生活的再现；后者是为在对话中浮现深层心理。《黑壁》再现了怪谈座谈会上"我"讲述的一个亲眼看见的故事。虽同为讲述，但座谈会上的听众仿佛空气一般，没有参与其中，与"我"直接向读者讲述毫无差别。这里的讲述形同虚设，并未充分发挥作用。《高野圣僧》诞生之后，"讲述"的手法在《采药》《春昼》等具有"套匣式"叙事结构的作品中屡试不爽。在作品中，讲述人常常讲述自己的亲身体验。随着讲述的深入，讲述的"融化作用"渐渐发挥功效，读者与听众一起被带进神奇诡谲、荒幻多彩的异界。一言以蔽之，"讲述"是"套匣式"叙事时间结构和幻想文学必不可少的利器。镜花以《高野圣僧》为代表的众多幻想小说，都是通过讲述实现了不同时空的自由穿梭和跨越。

这种奇妙的讲述方式不禁使人联想到"能"。"能"中，主角向配角讲述往事。在讲述中，过去屹立在现在的面前，异元世界在二者交融的瞬间显现，这正是梦幻能的艺术手法。毋庸赘言，包括"能"在内的许多说

---

① 野口武彦：『鑑賞現代日本文学 3 泉鏡花』，東京：角川書店 1982 年版，第 21 頁。

唱艺术中均有"讲述"的手法。镜花在小说中最大限度地发挥了"讲述"的优势，进而形成了其独树一帜的表现手法。

"套匣式"叙事时间结构是镜花吸收、融合古典说唱艺能的艺术养分和结构手段，独创性地将其移植到小说创作之中的成功范例。它突破了以往叙事时间结构的限制，大大增加了幻想小说叙事时间结构的弹性，丰富了小说叙事时间模式的内涵。这种模式是日本近代文学，尤其是主张"平面描写""零讲述"的同时代主流文学所不具备的，具有开拓性和先驱性。

第五章　梦幻之作:《春昼》和《春昼后刻》

第一节　鉴赏与解读

一　时代背景

《春昼》和《春昼后刻》相继于 1906 年 11 月和 12 月发表于《新小说》。1903 年,砚友社始祖尾崎红叶因胃癌病逝。1904 年,日俄战争爆发。次年,日本取得日俄战争的全面胜利,举国上下士气大振,又向先进资本主义国家迈近了一步。步入 20 世纪的日本文学界自然主义思潮高歌猛进。

1900 年,法国自然主义文学鼻祖左拉的作品风靡文坛。受其影响,小杉天外和永井荷风相继发表了《初姿》(1900 年)和《地狱之花》(1902 年)。以有夫之妇通奸为主题的小杉天外的《流行歌》也于 1902 年问世,该作被视为日本初期自然主义文学的嚆矢。旋即,岛崎藤村的《破戒》(1906 年)与田山花袋的《棉被》(1907 年)两部重磅级作品凌空出世,敲定了日本自然主义文学的走向。1906 年,留学归来的岛村抱月重振《早稻田文学》,1908 年推出自然主义文学专集,该杂志成为自然主义文学的大本营。与《早稻田文学》遥相呼应,自然主义文学以破竹之势席卷文坛。

面对自然主义文学浪潮的冲击,以超然的态度继续从事创作的夏目漱石被称为"余裕派",于 1905 年和 1906 年相继发表了著名的《吾辈是猫》

（又译《我是猫》）、《哥儿》和《草枕》。然而，生性敏感，甚至有些神经质的镜花却无法超然世外，健康每况愈下。父母双亡后，镜花深爱的祖母挑起家庭的重担。不幸的是，祖母也于1905年2月故去。在健康和精神的双重重压下，镜花几近崩溃。7月，他搬到逗子田越村的乡下疗养，一住就是三年半，其间为访友数次短暂返京。逗子成为小说《春昼》和《春昼后刻》的舞台。镜花将那段时间的精神状态描述为："蝶乎？梦乎？神志恍惚。"《春昼》和《春昼后刻》即是在如此背景下诞生的。在逗子养病期间，与文坛主流产生疏离的镜花执着地坚持着自己的创作，等待着属于他的文学春天的到来。

二 主题内容

《春昼》和《春昼后刻》演绎的生死恋始于小野小町的一首短歌[①]。在某个阳光明媚的春日，短期居留于逗子的散策子造访岩殿寺，途径观音堂时偶然发现张贴在圆柱上写有小野小町短歌的诗笺。于是，在与住持的攀谈中，一个凄婉哀艳的爱情故事浮现出来。故事发生在一年前的夏天。寄宿在岩殿寺庵堂的"年轻人"某日偶遇女主人公玉肋，为其美貌和风情所倾倒，遂产生了恋慕之情。玉肋为一暴发户的小妾，外出时总有仆人伴随左右，"年轻人"只能远远地望上一眼。其后的几次不期而遇，虽不曾交谈，但"年轻人"的内心对玉肋越发迷恋。在若隐若现的笛子和大鼓声的引诱下，"年轻人"走进人迹罕至的后山。在途经埋葬死者的小山丘时，看到不远处平地上惊现一小舞台。幕布开启，现出数十个排成一排的小岩洞，里面端坐着形态各异的女子。一女子从岩洞中飘然而至，竟然是朝思暮想的玉肋！此刻，"年轻人"幻视自己的影子也登上小舞台，与玉肋相背而坐。影子转过身，在玉肋脊背上画了○、△、□三个符号。似乎读懂了符号的含义，玉肋莞尔一笑，顺势躺在影子的腿上，万般妩媚。由于身体的重量影子倒地，舞台也迅速下降，瞬间化为平地。一路狂奔回庵

[①] 短歌：与"长歌""旋头歌"同为和歌的一种体裁。"短歌"的形式是5句31音，以五、七、五、七、七的格式排列。

堂的"年轻人"变得神志恍惚,最终坠海身亡。是因难以承受思恋之苦而自杀身亡,抑或恍惚中不慎坠海而死,不得而知。至此,上篇《春昼》告终。

在下篇《春昼后刻》中,散策子告别住持,离开岩殿寺。"年轻人"与玉肋的故事挥之不去,心绪难以平复。途中,经过土坝时被故事的女主人公玉肋叫住。玉肋向散策子倾诉对"年轻人"的暗恋之情。玉肋为情所困,久积成疾。与恋人难以相见的玉肋由当初的悲伤、孤寂变得焦虑、狂乱、迷茫、难以名状。当玉肋拿出画有○、△、□符号的本子时,散策子顿失血色。玉肋似乎听到"年轻人"发自大海深处的心灵呼唤,将写有"大海似汪洋,水深思无限。若能再相见,海底也心甘"的纸条交给舞狮童子,请他帮忙捎话。舞狮童子消失在大海尽头。次日,人们在"年轻人"坠海的鹤鸣岬发现了与舞狮童子相拥的玉肋的尸体。

《春昼》和《春昼后刻》互为姊妹篇。从叙事结构的角度考察的话,《春昼》形成完美的4层"套匣"。最外层是散策子和住持的话语层,第二层是住持所讲述的有关"年轻人"和玉肋的故事,第三层是"年轻人"向住持讲述自己与玉肋的几次相遇,最里层是住持转述有关玉肋丈夫的发迹史。《春昼后刻》中的散策子在与玉肋的交谈中充当听众的角色,听玉肋讲述对"年轻人"的思恋。舞狮子的幼童登场后,散策子扮演事件的目击者,亲眼看见幼童消失在大海深处及玉肋怀抱幼童溺水身亡的最终一幕。《春昼后刻》按照事件的演进平铺直叙,并未形成"套匣"。但其中对景物的描写,文字之华丽优美非常人所及。如果将《春昼》和《春昼后刻》作为一个整体来看的话,恰好构成"复式梦幻能"的结构。"复式梦幻能"为"能"的一种,分前后两场,故称"复式"。同一角色在两场中以不同姿态出现,在前场中讲述故事,在后场中爆料原委。《春昼》里,玉肋在住持讲述的与"年轻人"的故事中出现,后在《春昼后刻》中亲自登场讲述原委。而散策子即相当于"复式梦幻能"中的配角——听者。

不言而喻,《春昼》和《春昼后刻》的主题是前世情缘,讴歌了超越生死的爱情,贯穿着对"近代"社会的强烈反感。男女主人公的爱情似乎是前世注定的,冥冥之中一股神奇的力量将双方吸引到一起。没有海誓山

盟，也没有花前月下。然而，却能听到对方心灵的呼唤，同赴黄泉。作品透出一股震撼心灵的力量。

　　镜花描写爱情的作品无数，但多反映的是现实中的爱情。有关"前世情缘"的主题在大作《外科手术室》中初露端倪。9年前的一次擦肩而过化作 9 年后的生死相许。《外科手术室》尚带有些许现实的味道。到了《订货账本》（1901 年）和《春昼》、《春昼后刻》则更加虚幻。

　　《订货账本》是关于一位妓女死后复仇的故事。一位妓女与恋人情死，然而恋人却意外活下来，妓女死去。为向昔日恋人复仇，在一个风雪交加的夜晚，妓女的幽灵将恋人的外甥肋屋钦之助引到红梅屋馆主之养女阿若处。阿若被幽灵操纵，用剃刀刺杀钦之助后自杀身亡。钦之助重伤，命若悬丝。在得知真相后，钦之助在阿若遗书的落款上方写下"肋屋钦之助之妻"，安静地逝去。这里暗示了两个人的灵魂将在另一个世界里结为夫妻。相距千里、素不相识的男女在大雪夜鬼使神差地踏上命运之船。在冥冥安排之中，相伴共赴黄泉路。

　　从《外科手术室》到《订货账本》，再到《春昼》和《春昼后刻》，相同的主题不一样的韵味。《外科手术室》中的贵船伯爵夫人和《春昼》、《春昼后刻》中的玉肋均为富贵人家的夫人，与有夫之妇的爱情不为世俗所接受。《订货账本》中的阿若是刺死钦之助的凶手，在世俗的眼中二人是一对"冤家"，何来爱情？然而，在镜花的笔下，男女主人公不惜生命、双双殉情的故事感人至深。这体现了作者追求真正的人性，反抗凡俗伦理道德的姿态。相比之下，《外科手术室》的现实感稍强；《订货账本》中的大雪夜和鬼灵的登场为作品披上一层虚幻的面纱；《春昼》和《春昼后刻》在优美和歌和华丽语言的衬托下更增添一股灵动飘逸之感。

三　难解词句

　　在《春昼》《春昼后刻》中，单个词汇的意义不难理解，但当许多词汇组合在一起时，如果不反复研读却难解其义。本节将重点解释在现代日语中已较少使用的生僻词语，或从文化及时代背景的视点解读语句之典故。

（1）《春昼》

・低い四目垣へ一足寄ると、ゆっくりと腰をのして、背後へよいとこさと反るように伸びた："四目垣"读作"よつめがき"，"方格篱笆"之意；"よいとこさ"为用力前喊的号子，相当于"一、二、三"。

・指を腰の両提（ふたつさ）げに突込んだ：此处的"両提げ"系指"こしさげ"，腰包等挂在腰间随身携带的物品的总称。

・怪訝（けげん）な眉を臆面（おくめん）なく日に這わせて："臆面ない"为"厚颜无耻"之意。该词早在《化银杏》（1896年）中已出现。

・青大将（あおだいしょう）：出没在民舍附近、以老鼠和鸡蛋为食的蛇，体表为暗绿褐色，体大，无毒。

・何処かずらかったも知んねえけれど："ずらかる"为俗语，"逃走"之意。

・姉さん冠（かぶり）：用手巾包头的一种方式。见下图[①]。

・女今川（おんないまがわ）の口絵："女今川"系江户（1603—1867年）前期用于初等教育的教科书，常作为女性习字的范本。著者为沢田きち，用假名书写，并配以插图。因模仿今川贞世著《今川状》撰写，故称

[①] https://search.yahoo.co.jp/image/search?rkf=2&ei=UTF-8&p=%E5%A7%89%E3%81%95%E3%82%93%E3%81%8B%E3%81%B6%E3%82%8A#mode%3Ddetail%26index%3D0%26st%3D0，2017年1月30日。

第五章　梦幻之作：《春昼》和《春昼后刻》

"女今川"；"口絵"即"封面插图"。

- なぞえに低くなって："なぞえ"为东部的方言，"倾斜"之意。
- 赤棟蛇（やまかがし）：栖息在本州以南地区水田中的蛇。体表为绿褐色或暗褐色，并伴有不规则的黑色或红色斑点，有毒。
- 湯滝（ゆだき）：指位于栃木县日光市的瀑布，与华严瀑布、龙头瀑布并称"奥日光三大瀑布"。水流从50米的高处落下，拍打在岩石上形成白色水雾，故得名"湯滝"。
- 丹塗の柱、花狭間（はなはざま）、梁の波の紺青も、金色の竜も色さみしく、昼の月、茅を漏りて、唐戸（からど）に蝶の影さす光景、古き土佐絵の画面に似て：在现代日语中，"花狭間"读作"はなざま"，指拉门、栏杆的木架上雕刻着花朵图案；"唐戸"，顾名思义，是从古代中国传入日本的木门样式，现仅存于寺庙；"土佐絵"指的是被称为"土佐派"的画家的画作。
- 合天井（ごうてんじょう）なる、紅々白々牡丹の花、胡粉（ごふん）の俤消え残り："合天井"在现代日语中写作"格天井"，指格子状的天棚；"胡粉"是指以海蛎子的贝壳加工而成的粉末为主要成分的白色颜料。
- 狐格子（きつねごうし）：指在背板上垂直交叉钉上许多木条，从而形成无数方格子。见下图①。该词是"木連格子（きつれごうし）"的讹音，语义与狐狸毫无关系。

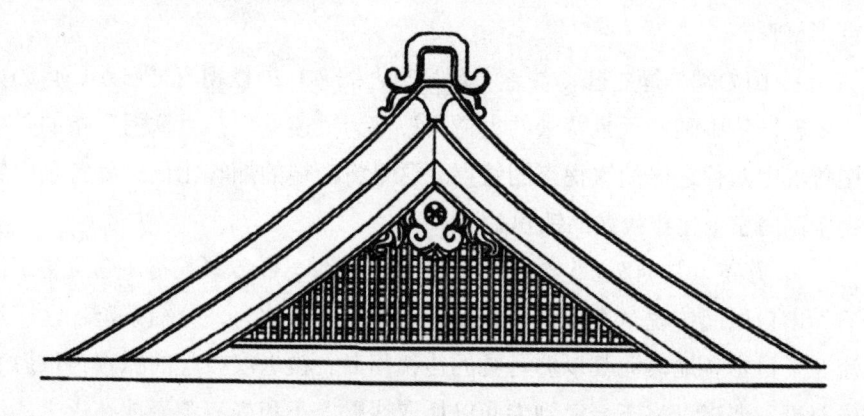

---

① https://kotobank.jp/word/狐格子-474816，2017年1月30日。

- 周防国（すおうのくに）、美濃、近江、加賀、能登、越前、肥後の熊本、阿波の徳島："周防国、美濃、近江、加賀、能登、越前、肥後、阿波"均为日本明治维新以前的行政区划，分别相当于现在的山口县东部、岐阜县的一部分、滋贺县、石川县南部、石川县北部、福井县北部、熊本县和德岛县。
- 稲負（いなおお）せ鳥：一种常出现在和歌中的候鸟，据说指的是鹡鸰或朱鹮。
- 筑紫の海："筑紫"泛指日本九州全域。狭义指筑前和筑后两国，相当于现在的福冈县。
- 玉垣（たまがき）："玉"具有"神圣""美丽"的含义，"垣"为"围栏"。"玉垣"即"为神圣而尊贵的神灵而设的围栏"，在作品中指神社四周的栅栏。
- 土地の草分（くさわけ）："草分"的字面含义是"一边分开茂密的草丛一边前行"，进而指开垦荒地或拓荒者，转而用于指"开拓者，创始人"。
- 上総（かずさ）下総（しもうさ）："上総"指现在的千叶县中部；"下総"相当于千叶县北部及茨城县的一部分。
- 巣鴨辺に弥勒の出世を待っている、真宗大学（しんしゅうだいがく）の寄宿舎："真宗大学"为实际存在的大学，始创于1665年，原本为位于本愿寺分院涉成园的学堂。1896年改称真宗大学。1901年移至东京下巣鸭。
- 山の端の煙を吐くこと、遠見（とおみ）の鉄拐（てっかい）の如く：歌舞伎中画着远景背景的大道具被称为"遠見"；"鉄拐"指的是中国传说中八仙之一的铁拐李的铁拐。这里将山端的烟雾比作远处背景中铁拐李抛向空中化作蛟龙的铁拐。
- 茶釜（ちゃがま）から尻尾でも出ましょう："茶釜から尻尾が出る"出自民间传说《文福茶釜》。这个故事亦被称为《分福茶釜》，广泛流布于日本各地，尤其以群马县的传说闻名。被老汉救起的狐狸为报恩变成茶壶，要老汉将茶壶卖到寺庙以换取钱财。小和尚将茶壶放在火上，于是茶壶长出手脚和尾巴。住持借这个传说向散策子暗示：如果发生点有意

第五章　梦幻之作：《春昼》和《春昼后刻》

思的事情，恰好是一乐子。

• 熊本の神風連（じんぷうれん）：指历史上的"神风连之变"。1876 年，以熊本新开大神宫的宫司太田黑伴雄为首领的"神风连"的志士举兵。他们信奉神道，以尊皇为信条，自称"敬神党"。

• 若有女人設欲求男（にゃくうにょにんせつよくぐなん）：出自《妙法莲华经观世音菩萨普门品》：若有女人设欲求男，礼拜供养观世音菩萨，便生福德智慧之男，设欲求女，便生端正有相之女。

• 這般文福和尚（ぶんぶくおしょう）、渋茶にあらぬ振舞の三十棒、思わず後（しりえ）に瞠若（どうじゃく）として："文福和尚"与前述《文福茶釜》相对应；"三十棒"系佛教用语，指禅师严厉指出修行者的错误，向正确的方向引导；"瞠若として"为"瞠目结舌"之意。

• 地券面（ちけんめん）："地券"为土地证。明治政府于1871—1872 年向土地所有者颁发的证书。1889年废除。

• 曼珠沙華（まんじゅしゃげ）："彼岸花"的别称，中文名为"石蒜"。原指开在天界的花卉。

• 天保錢："天保通宝"的别称。1835年以后江户幕府发行的铜钱。

• 師のかげを七尺去る：与成语"弟子七尺去って師の影を踏まず"同义。该成语出自《实语教·童子教》（江户鹤屋，1815年）中的"去七尺师影不可蹈"。与恩师同行时，要距离恩师7尺以外，以免踩到恩师的影子，以示对恩师的尊敬。

• 雪舟の筆："雪舟"是室町时代（1336—1573年）著名的水墨画家、禅僧，擅长中国风格的水墨山水画，也曾涉猎肖像画和花鸟画。作品中形容玉肋的美貌似用雪舟之笔画出来的。

• 房りした花月巻（かげつまき）で、薄お納戸地に衣紋附（えもんつき）："花月卷"系1904年春季兴起、大行于1905年前期的女式发型之一。据说始于东京新桥料理店"花月"的女店主，故而得名。见下图[①]。

---

① https://search.yahoo.co.jp/image/search;_ylt=A2RiohfMFlFdxRQAkgGU3uV7?p=%E8%8A%B1% E6% 9C%88%E5%B7%BB&aq=-1&oq=&ei=UTF-8#mode%3Ddetail%26index%3D2%26st%3D0，2017年1月30日。

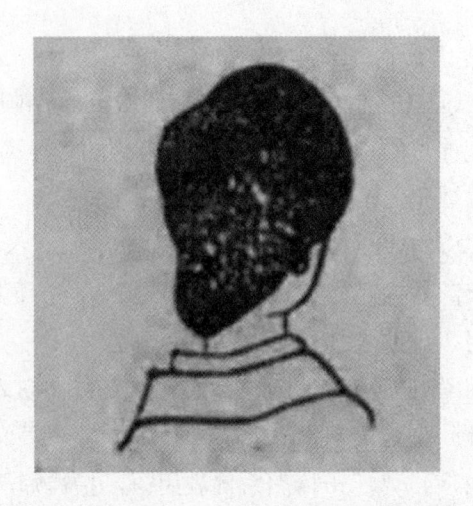

"お納戸地"指"納戸色"的布料。"納戸色"系江户时代（1603—1867年）的流行色之一，墨绿色。

• 荒物：在室町时代（1336—1573年）末期，人们将既大又重且便宜的商品视为"荒い"。转至江户时代（1603—1867年），将笤帚、簸箕、桶等日用品泛称"荒物"，相当于汉语中的"杂货"。

• へつらいがましい、お坊ちゃまは不見識の行止り、申さば器量を下げた話："行止り"的意思是"道路到了尽头"。在此，镜花将该词与表"无知，轻率"之意的"不見識"一起使用，表示"无知到头，极其轻率"之意。

• どれも浴衣がけの下司（げす）は可いが、その中に浅黄の兵児帯（へこおび）："下司"指身份卑微之人；"兵児帯"是用整幅布做成的男子用的腰带。

• 蛇が、つかわしめじゃと申すのを聞いて、弁財天（べんざいてん）を：关于蛇和"弁財天"神的传说流传至今。"弁財天"神原本为"弁天"神，是古代印度的河神，蛇是她的侍从。"弁天信仰"传入日本后，被供奉为学问、口才、音乐、祛灾、招财纳福的女神。因掌管才艺，被称为"弁才天"。江户时代（1603—1867年）重视现实利益，故改称为"弁財天"。在许多寺庙、神社里供奉着蛇身弁财天石像。

• 惚れてる婦人が、小野小町花（おののこまちのはな）、大江千里月（おおえのちさとのつき）という：小野小町和大江千里均为平安（794—1185年）前期的诗人，三十六歌仙之一。小野小町的花指那首耳熟

第五章　梦幻之作：《春昼》和《春昼后刻》　◆◇◆

能详的和歌"花の色は 移りにけりな いたづらに わが身世にふる ながめせしまに"（花开恰逢绵绵雨，骄人花色瞬间无。变世艰辛多忧思，奈何丽姿不长驻）；大江千里的月是指大江创作的那首家喻户晓的和歌"月見れば 千々にものこそ 悲しけれ わが身ひとつの 秋にはあらねど"（望月惆怅，世事悲凉。秋夜漫漫，非我独享）。

- 地獄、極楽、娑婆（しゃば）：分别指"地狱世界""极乐世界"和"尘世"。
- 離座敷（はなれざしき）か、座敷牢（ざしきろう）："離座敷"的原义指与主建筑分开的建筑物，在此和"座敷牢"一起指监禁用的小黑屋。
- 雁首（がんくび）：烟袋锅，因形似大雁头而得名。请参见第二章关于"羅宇"一词解释中的图片。
- 禅門（ぜんもん）：已剃度皈依佛门的俗家弟子。
- ハックサメをする："ハックサメ"为打喷嚏时发出的声音。该词最早出现在杂俳《柳多留》（1840年）中。
- 大気（だいきえん）：明治时期（1868—1912年）用语，写作"大気焔"，也曾在内田鲁庵作品中出现，意为"精神十足"。现已不使用。
- 蔀（しとみ）：日式建筑的一部分，用于遮光，防风寒。见下图[①]中呈格子状的部分。

- 狸囃子（たぬきばやし）：在日本流传的有关"声音"的怪谈，指深夜不知从何处传来的笛子和大鼓的伴奏乐。以为是狐狸在作怪，所以称

---

① https://ja.wikipedia.org/wiki/蔀，2017年1月30日。

- 憖（なまじっ）か石を入れたあとのあるだけに："なまじっか"是"なまじ"的口语表达方式，"马马虎虎，不上不下，不充分"之意。

- 浜庇（はまびさし）：古语，现已不使用。"浜"为"海滨，海岸"之意，"庇"系指房屋的屋檐。所以，这里的"浜"不是指海岸，而是指海边的房子。"浜庇"即是"海边房子的屋檐"。

- 境は接しても、美濃近江、人情も風俗も皆違う寝物語の里の祭礼：古代美浓国和近江国①相毗邻，国界线仅为一条小沟。相传住在沟两侧客栈的客人曾经躺在床上隔着墙聊天，于是被称作"寝物語の里"。传说静御前追击源义经途中在近江国一侧的客栈留宿。碰巧，义经的家臣源造入住美浓国一侧的旅店，静御前恳请源造："我要见义经，你带他去奥州。"②直到江户时代（1603—1867年），"寝物語の里"成为东西部文化、风俗和经济交融的地区。

- 宵宮（よみや）：也称作"夜宫"、"宵宫祭り"或"宵祭り"，现指神社每年一度举办的盛大祭祀活动前夜举行的"前夜祭"，在一系列祭祀活动中占有重要地位。

- 長襦袢（ながじゅばん）：穿在和服下面的长衬衣。

- 唐櫃（からびつ）："唐"指中国，"櫃"为向上开盖的箱子。"唐櫃"即是指四条腿或六条腿的中式带盖箱子。见下图③。

---

① 美浓国和近江国：日本实行律令制时的行政区划之一，分别相当于现在的岐阜县南部和滋贺县。
② 奥州：指日本的东北地区。
③ http://wp1.fuchu.jp/~kagu/museum/mingu/hitsu.htm，2017年1月30日。

第五章 梦幻之作：《春昼》和《春昼后刻》

(2)《春昼后刻》

- 菜種の花道、幕の外の引込（ひっこ）みには引立（ひった）たない野郎姿："花道"和"引込（ひっこ）み"均为歌舞伎舞台用语。前者指演员上下台时的通道，后者是演员退场之意；"引立（ひった）つ"由"引き立つ"演变而来，"引人注目"之意。

- 私が訴人（そにん）したんだから："訴人"原为"原告"之意，作为动词使用时，是"控诉"的意思，现属陈腐的说法。

- 行水（ぎょうずい）する："行水"一词出自"手自斟酌，食訖行水"。"食訖行水"是"饭后洗手"之意。由此用于表现为斋戒而用清水净身的行为。中世（1184—1603年）以后，转而指用水盆盛水冲洗身体。

- 白鷺にでも押惚（おっぽ）れたかと、ぐいとなやして動かさねえ："押惚れる"是"痴迷"之意，最早见于单口相声《甲子侍》（1895年）；"なやし"写作"萎やす"，意为"瘫软"。这两个词在现代日语中已不使用。

- 名越（なごえ）：日本的地名，位于神奈川县镰仓市内。

- 橿原（かしわばら）：地名，位于奈良县中部。

- 紫羅傘（しらさん）と書いていちはちの花：在此指的是紫色的鸢尾花。日语中写作"一八"、"鳶尾"或"紫羅傘"，读作"いちはつ"。

- 下衆儕（げしゅうばら）と賭物して、鬼が出る宇治橋の夕暮を、唯一騎、東へ打たする思がした：在日语中写作"下衆"的词读作"げす"，指"身份卑微之人"。而读作"げしゅう"的词写作"夏衆"，指夏季聚集于一地进行集中修行的僧侣。在此，镜花借用了前者的意和后者的音独创了"下衆（げしゅう）"一词。"ばら"写作"儕"或"輩"，系蔑视对方的说法，现已较少使用。"鬼が出る宇治橋"出自著名的"宇治桥姬"的故事。关于"宇治桥姬"有两种传说：一是在《古今和歌集》（905年）第14卷中被咏诵的可爱女性；一是屋代本《平家物语·剑之卷》中妒火中烧的女鬼。嵯峨天皇时代，某公卿的女儿因恋人移情别恋而心生嫉恨，装扮成鬼的模样在宇治川浸泡21天后变为厉鬼，嗜杀她所嫉妒之人。"鬼が出る宇治橋"即是指这段传说。

- 九字を切りかけて："九字"指从中国道家传入的九字真言：临、

- 241 -

兵、斗、者、皆、阵、列、在、前。这是一种咒语。相传一边念咒一边在空中画 5 根横线和 4 根纵线即可否极泰来。"九字を切る"即为"掐诀念护身符"之意。

- 馬の尾に油を塗って置いて、鷲掴（わしづか）みの掌を亡り抜けなんだ：出自流传在滋贺县的民间传说《安义桥之鬼》。故事讲的是一男子骑马过安义桥时遇鬼，因事先在马的臀部涂了马油致使鬼抓不到马匹，平安脱险。

- 几帳に宿る月の影、<u>雲の鬢</u>、簪の星、<u>丹花（たんか）の唇、芙蓉の眦</u>（まなじり）：在白居易的《长恨歌》中曾出现"雲の鬢"一词。"雲鬢花颜金步摇，芙蓉帐暖度春宵。"而"丹花の唇、芙蓉の眦"则出自《太平记 21》，原文为"芙蓉の眦、丹花の唇"。

- <u>留南奇（とめき）の薫</u>：此处的"留南奇（とめき）"应写作"留（め）木"，源于焚香木以香气熏衣的习俗，亦指香水的香气。

- 独武者（ひとりむしゃ）：指武士中的佼佼者。"独武者"一角色以能剧《土蜘蛛》最为著名，剧中以击退蜘蛛精的英雄形象登场。在此，用以形容散策子仿佛英雄救美的武士。

- この<u>お関所</u>をあやまって<u>通して頂く</u>——<u>勧進帳</u>（かんじんちょう）でも読みましょうか："お関所"为"关卡"；"勧進帳"是能剧《安宅》中的谣曲，也是歌舞伎的经典剧目之一。讲的是击溃平家后，因不和，源义经遭兄长源赖朝追杀。源义经和家臣弁庆一行乔装来到安宅关。接到追捕令在此等候的是安宅关镇关大将富樫。弁庆的机智勇敢和护主的忠义之情感动了富樫，遂开关放行。"勧進帳"原系朝廷为建寺庙筹集善款而颁发的公文。因剧中有弁庆在富樫面前宣读假"勧進帳"的情节，作品中散策子请求玉肋"放行"，所以说"要不要我读一下'勧進帳'啊"。

- <u>ちりげもと</u>：应为"ちりけもと"，指"后脖颈"，该词在现代日语中已不使用。

- <u>落語の前座</u>（ぜんざ）が言いそうなこと："落語"系指单口相声。大腕"落語家"登场前由其弟子或见习表演的单口相声被称为"前座"。在"前座"经常表演的曲目有《寿限无》和《金明竹》、《垂乳女》。这些曲目的特点之一是重复相同的台词以示嘴上功夫。因《春昼后刻》中散

第五章　梦幻之作：《春昼》和《春昼后刻》　◆◇◆

策子重复说"構わんです、構わんです"，所以说他"像是小徒弟说单口相声似的"。

• 羽織なしの引かけ帯："羽織"指穿在和服外面的外套。见下图①。

"引かけ帯"是和服腰带的系结方式之一。正装时的腰带会打成鼓状，而"引かけ帯"则是将腰带简单系上，并露出一端的系法。见下图②。

• またぞろ先（せん）を越して："またぞろ"由"またそうろう（又候）"转化而来，暗含不耐烦的语气，指不好的事情又发生了；"先を越し"为"抢先"之意。

• 言（こと）とがめをなすってさ："言とがめ"一词在现代日语中已不存在，相当于"いいとがめる"，"斥责"之意。

---

① https://search.yahoo.co.jp/image/search?rkf=2&ei=UTF-8&p=%E7%BE%BD%E7%B9%94#mode%3Ddetail%26index%3D315%26st%3D12298，2017年1月30日。

② https://blog.goo.ne.jp/tombo624/e/ec13ddc2cc7435a708dd059ff45f9171，2017年1月31日。

- 243 -

泉镜花经典作品研究

  • 恍惚したように笑を含む口許は、<u>鉄漿（かね）</u>をつけていはしまいかと思われるほど、婀娜めいたものであった："鉄漿をつける"即将牙齿涂黑，作为女子的成人仪式之一曾风行日本。这一习俗起源于何时不得而知，但在《源氏物语》和《枕草子》中已有记载。平安时代（794—1185年）曾在贵族间盛行。至江户时代（1603—1867年），这一习俗已为普通百姓所接受。转入明治时代（1868—1912年），政府明令禁止。在镜花的眼中，涂黑牙齿的女子"婀娜妩媚，风情万种"。在这里体现了镜花独特的审美取向。

  • 気疾（きやみ）：现代日语中写作"気病み"，"忧郁，操心"之意。

  • 括枕（くくりまくら）：内装荞麦壳的筒形枕头。

  • <u>糸遊</u>（いとゆう）がたきしめた濃いたきもの："糸遊"指飘荡在空中的蜘蛛丝，即相当于汉语中的"游丝"。

  東京<u>世渡草</u>（よわたりぐさ）、商人の<u>仮声</u>（こわいろ）物真似："世渡草"出自谚语"世渡りは草の種"，意指"谋生之道何止一途"；"仮声"是"模仿他人声音"之意，在江户时代（1603—1867年）尤盛行模仿歌舞伎演员。

  • <u>つまさぐっていた</u>：写作"爪探"，意为"用指尖拨弄"。镜花似

第五章　梦幻之作：《春昼》和《春昼后刻》

乎很喜欢这个词，除《春昼后刻》外，《日本国语大辞典第二版》（小学馆）在该词条下仅列举了两例，均为镜花作品——《汤岛之恋》（1899年）和《妇系图》（1907年）中的用例。

・子獅子の角兵衛（かくべえ）："角兵衛獅子"的缩略语，是起源于新泻的狮子舞，大行于江户（1603—1867年）中、后期。

・雪駄（せった）：即竹皮屐。"雪駄"为当字，原为"席駄（せきだ）"。"席"系指"用竹子或草编的鞋子"。其后，"せきだ"的发音依次变化为"せちだ"→"せっだ"→"せった"。以"雪駄"作当字，不仅出于发音（せつ）的考虑，还因为即便在雪上行走竹皮也不会透潮气。

・とぼんとする："目瞪口呆"之意，在现代日语中已不使用。

・大江山（おおえやま）の段：系指著名的能剧《大江山》，讲的是源赖光一行奉旨赴丹波国①大江山降魔的故事。

・雪白な霞を召した山の女王のましますばかり："まします"是古语，"居る、在る"的尊敬敬语。

・上花主（じょうとくい）のために、商売冥利（みょうり）："上花主"在现代日语中写作"常得意"，"大客户"之意；"冥利"意为"好处，甜头"。

・不知火（しらぬい）：水面和大气之间因温差而形成的神秘火光。

・母衣（ほろ）：常指系在武士盔甲后面的大布。驰骋时布被风鼓起，可防流矢。也可指插在后背的大旗。见下图②。

---

① 丹波国：现京都府、兵库县及大阪府的一部分。
② https://ja.wikipedia.org/wiki/%E6%AF%8D%E8%A1%A3，2017年1月31日。

・その紫の深張（ふかばり）を：" 深張 " 指洋伞撑开的状态，亦指洋伞。在现代日语中该词已不使用。

第二节 热点问题研究

关于《春昼》和《春昼后刻》的研究，大致可分为与其他作家作品的比较研究、地志学研究、主题、表现手法、文本分析等几个方面。

竹友藻风最早指出《春昼》、《春昼后刻》与《草枕》的相近性。[①]文中指出二者同样绚烂、幽婉，却情趣各异。虽未作深入阐述，但起到了抛砖引玉的作用。1974 年，小林辉冶在『鏡花研究』創刊号（1974 年 8 月）上发表「漱石から鏡花へ——『草枕』と『春昼』の成立」[②]，详尽论述了《春昼》和《草枕》在主题、表现手法、视点人物身份、人物造型方法、故事发生时间等方面的相近性，指出《春昼》的构思深受《草枕》影响。其后，冈保生在「『春昼』前後」（『学苑』1978 年第 462 期）中对小林的部分观点提出质疑，认为早在《草枕》面世之前镜花就已在头脑中形成了《春昼》的构思。同时，对两者的相近性做了进一步的探讨，并指出高滨虚子在《春昼》的影响下创作了《斑鸠物语》。此外，吉田昌志的「逗子滞在期の鏡花」（『文学』1983 年第 6 期）、须田千里的「『春昼』の構想」（『論集泉鏡花』第 2 集，東京：有精堂 1991 年版）、上田正行的「物語の古層＝〈入水する女〉——『草枕』と『春昼』」（『国語教育論叢』1997 年第 6 期）和加藤祯行的「変奏される『草枕』——泉鏡花『春昼』『春昼後刻』からの射程」（『国文学研究』1999 年第 128 期）均围绕上述两部作品的影响关系和相近性进行了论述。其中，吉田指出《春昼》和《草枕》"在与马夫的不期而遇、投河自尽的美女形象、汉诗和俳句（《春昼》中为和歌）的插入等情节上类同"，而对于小说中恋爱诱因等的描写

[①] 竹友藻風：「泉鏡花と近代怪奇小説」，『国文学解釈と鑑賞』1943 年第 3 期。
[②] 收录在『水辺彷徨鏡花「迷宮」への旅 小林輝冶・泉鏡花研究論考集成』（東京：梧桐書院 2013 年版）中。

第五章 梦幻之作:《春昼》和《春昼后刻》

存在差异,《春昼》"在《草枕》的刺激下再现了春天的情趣"。[1]须田依据《漱石研究年表》和镜花写给胞弟丰春的书信推测:在《草枕》发稿之前《春昼》的构思已经形成,反驳了小林辉冶关于《春昼》之构想来自《草枕》的论点,进而指出《春昼》是在《庄子·齐物论》中"庄周梦蝶"的启发下诞生的。同时,作者也肯定了《春昼》的部分细节与《草枕》的相近性。该文的价值在于以对前近代文艺的摄取为视点,详细、精辟地梳理了作品中词句的出处,指出以平安朝女流文学为主,包括汉诗文、和歌、故事、军记物语、谣曲、净琉璃、俳句、民间传说和迷信等均可在《春昼》及《春昼后刻》中找到影子。上田则认为:二者虽同样描写了"投河女子",但漱石是"立足于谣曲,重在对投河女子的镇魂",而镜花的《春昼》则"着眼于投河女子灵魂的去处,更接近于中国古典《长恨歌》"。富永真树的「「思想惑乱の時代」と泉鏡花 : 『瓔珞品』から『春昼』へ」(『藝文研究』2014 年第 106 期)一文是关于镜花先前发表的短篇小说《瓔珞品》与《春昼》诞生之间的关系研究。

在地志学研究方面以村上光彦的「想像力の地形学——泉鏡花『春昼』に即して」(『成蹊国文』1997 年第 30 期)为代表。三田英杉「『春昼·春昼後刻』と反近代」(『反近代の文学 泉鏡花·川端康成』,東京 : 桜楓社 1999 年版)对《春昼》中的地名和地形进行了地理学方面的实地考证。

关于作品主题的解读有两种观点较具代表性。一是以松村友视为代表,认为"年轻人和玉肋被'心灵感应'所引导在海底实现了爱情,为玉肋传递信息的孤儿角兵卫也在海底与玉肋实现了母子之爱"。[2]高桑法子[3]、渡部直己[4]、笠原伸夫[5]均持相近观点,认为年轻客人、玉肋和角兵卫通过大海得以"融合"或"结合"。另一派以大内和子和赤间亚生的观点为代表,认为结尾部仅以"男女之爱"和"母子之爱"解释作品不能涵盖

---

[1] 吉田昌志:「逗子滞在期の鏡花」,『文学』1983 年第 6 期。
[2] 松村友視:「『春昼』の世界」,『論集泉鏡花』第一集,大阪 : 和泉書院 1999 年版,第 111—125 頁。
[3] 高桑法子:「『春昼』『春昼後刻』論」,『論集泉鏡花』第一集,大阪 : 和泉書院 1999 年版,第 126—146 頁。
[4] 渡部直己:『幻影の杼機』,東京 : 国文社 1983 年版。
[5] 笠原信夫:『泉鏡花エロスの繭』,東京 : 国文社 1988 年版。

所有内容。①大内的研究成为转折点，将其后研究界的视点引向文本的多义性。森田健治②、野口哲也③和市川纮美④等均是这一论点的赞同者。

《春昼》《春昼后刻》表现手法的研究集中于"讲述"、文体和叙事视点。关于"讲述"，市川纮美详细论述了住持、散策子、玉肋的"讲述"和叙述部分的叙述分别在作品中扮演的角色。⑤在《春昼》中，住持对故事的成立起到至关重要的作用，"年轻人"和玉肋的爱情故事是通过住持的加工编织而成的。《春昼》中的散策子扮演不断诱发住持将故事讲下去的角色，散策子的参与并未超出住持讲述的故事的框架。住持和散策子相互协作共同完成了"年轻人"与玉肋的故事。《春昼后刻》中登场的玉肋的讲述暧昧模糊，具有不确定性，这是玉肋难以名状的内心反映。玉肋的讲述和住持的讲述大不相同。住持的讲述在年轻人和玉肋故事的大框架中，而玉肋的话语超出了该故事范畴。《春昼后刻》中的散策子不仅充当听者的角色，还能动地补充、深化故事的发展。

冈岛朗子的「泉鏡花序論——その表現世界の変遷」（博士学位論文，京都：京都造形芸術大学，2013年）作为镜花作品文体研究的集大成之作不容小觑。冈岛按照作品中故事的演进脉络从文体特征、景物描写、情节、结构等方面对《春昼》和《春昼后刻》进行了细致而翔实的考察。

山田有策的「『春昼』『春昼後刻』の構造」（『国文学解釈と鑑賞』1981年第7期）对于视点人物进行了经典的分析，"散策子的视角貌似贯穿小说始终，实则有客观审视散策子的另一叙事视点存在，整部作品被这一叙事视点统一"，"绝大多数情况下，这一叙事视点与散策子的视点重叠，难以区分，似迷宫一般，作品也因此被披上一层神秘的面纱"。

---

① 大内和子：「「記号」との戯れ——泉鏡花の『春昼』『春昼後刻』について」，『いわき明星大学人文学部研究紀要』1991年第4期；赤間亜生：「『春昼』『春昼後刻』論」，『日本文芸論叢』1994年第9、10期。

② 森田健治：「『春昼』『春昼後刻』の構造」，『学習院大学人文科学論集』1998年第7期。

③ 野口哲也：『泉鏡花研究——明治・大正期の幻想文学における想像力の構造と展開』，博士学位論文，仙台：東北大学，2010年。

④ 市川紘美：「泉鏡花研究：初期作品における語りの特質」，博士学位論文，東京：東京女子大学，2012年。

⑤ 市川紘美：「泉鏡花研究：初期作品における語りの特質」，博士学位論文，東京：東京女子大学，2012年。

第五章　梦幻之作：《春昼》和《春昼后刻》　◆◇◆

多视角考察《春昼》和《春昼后刻》表现手法的有川村二郎的「瞠视された空間——泉鏡花」（『群像』1970 年第 10 期）和笠原伸夫的「泉鏡花（16）『春昼』の方法」（『国文学解釈と鑑賞』1975 年第 5 期）。《春昼》开篇处的描写成为研究者们津津乐道的话题，川村指出该处援用了"细致画法""透视画法"和"远近法"。同时，关于作品独特的结构指出："对话体形成双重结构，宛如大米箱套小米箱。"笠原将《春昼》和《春昼后刻》的表现方法概括为对比性的基本结构，"看似对外界细致、缜密的景物描写，实则为映射于内心的景象。描写为散文性的，而非俳句式的。远景与近景的描写瞬间转换，在风景中嵌入住持讲述的故事"。

近年来的研究趋向于文本分析。关于作品与和歌的关系研究有吴东龙的「泉鏡花の小説における構造と思想：中国の幻想文学と比較して」（博士学位論文，広島：広島大学，1997 年）；作品与汉诗的关系研究有山口晶子的「泉鏡花『春晝 春晝後刻』の構想——三つの漢詩「春晝」との関連」（『名古屋自由学院短期大学研究紀要』2000 年第 32 期）和山崎みどりの「泉鏡花『春昼』と李賀——李賀詩愛好の系譜」（『新しい漢字漢文教育』2009 年第 48 期）。前者考察了《春昼》《春昼后刻》与三首题为《春昼》的汉诗的相关性；后者探讨了《春昼》《春昼后刻》与李贺诗的关系。

关于作品中符号——"○△□"的释义占文本研究的多数。各家之说分别为：曼陀罗图形或其简化形[1]；镜花母亲练习大鼓时使用的乐谱上的记号[2]；岩殿寺后山的"五轮塔"[3]；禅僧仙厓的"○△□"图[4]；三角关系、四角关系和纯情[5]。

西尾元伸的「泉鏡花『春昼』『春昼後刻』考——その〈風景〉と「霞」をめぐって」（『語文』2007 年第 89 期）着眼于作品内部的现实风景，考

---

[1] 吉村博任：「鏡花曼荼羅」——『春昼』における密教的風景」，『鏡花研究』1979 年第 4 期。
[2] 塩崎文雄：「母の〈付帳〉——『春昼』『春昼後刻』に見える不可解なメッセージ○△□を読む」，『日本文学』1989 年第 12 期。
[3] 松村友視：「『春昼』の世界」，『論集泉鏡花』第一集，大阪：和泉書院 1999 年版，第 111—125 頁。
[4] 三田英杉：「『春昼・春昼後刻』と反近代」，『反近代の文学泉鏡花・川端康成』，東京：桜楓社 1999 年版。
[5] 国田次郎：「『春昼』『春昼後刻』への和泉式部伝説、その他の民話の影響」，『鏡花研究』2002 年第 10 期。

察风景与散策子感情起伏变化的关系,指出:象征着近代的海滨一带和以山为代表的保留日本原有风貌的地域形成对比,角兵卫是时代阴暗面的象征。真有澄香的「泉鏡花『春昼』『春昼後刻』論——〈地妖〉と〈囃子〉と〈角兵衛獅子〉」(『学芸国語国文学』2008 年第 40 期)从与民间传承的关系角度考察玉肋之死。真有澄香认为:作品中被称作"地妖"的是玉肋家;"笛子和大鼓的伴奏声"是通往异界的向导;角兵卫是"年轻人"与玉肋的爱的使者。东乡克美则认为:以声音为媒介,白昼中的现实与讲述中的过去完美结合。"笛子和大鼓的伴奏声"起到将"年轻人"的故事和散策子的世界联系起来的作用。[①]关注"笛子和大鼓伴奏声"的还有市川纮美和大野隆之。市川道出"笛子和大鼓声"所具有的越境性。这种越境性将叙述部分和住持的讲述有机地整合为一体,淡化了讲述与叙述之间的界限。[②]大野在「『春昼』における〈浮遊〉と〈覚醒〉」(『論樹』1988 年第 2 期)中亦认为:庙会的伴奏乐在主持讲述的故事中将"年轻人"引导到山中的同时,也将散策子吸引到住持处。水谷克己也一针见血地指出:声音在镜花文学世界中是现实世界通往异界的媒介。[③]

聚焦镜花想象力的是美浓部重克的「〈伝承的想像力〉と創作 鏡花世界——『春昼』『春昼後刻』論」(『説話・伝承学』2009 年第 17 期)和野口哲也博士学位论文的第六章"「春昼」「春昼後刻」論——異界/物語の「音」"。野口着眼于散策子把握外界及接受、生成故事时所发挥的想象力,论及灵魂出窍及各种声音,指明散策子即是"年轻人"的化身。

水谷克己在「『春昼』および『春昼後刻』——開示する異変と〈水死〉の意味するもの」(『国語と国文学』1988 年第 7 期)中分析了黄色和蛇的象征意义,指出作品对玉肋仅限于印象式描述,没有脸部描写,缺乏现实性。大野隆之也明确了蛇在生成故事方面所发挥的重要作用。

与上述研究视点不同的是安藤香苗的「『春昼』『春昼後刻』の論理

---

① 東郷克美:「散策・地妖・音風景——『春昼』に夢の契はあったか」,『国語と国文学』2000 年第 2 期。
② 市川紘美:「泉鏡花研究:初期作品における語りの特質」,博士学位論文,東京:東京女子大学,2012 年。
③ 水谷克己:「『春昼』および『春昼後刻』——開示する異変と〈水死〉の意味するもの」,『国語と国文学』1988 年第 7 期。

第五章　梦幻之作:《春昼》和《春昼后刻》

構造——散策子と読者の言語的体験」(『広島女子大国文』2005 年第 20 期)。该论文从读者对《春昼》中语言的理解、接受的角度进行考察,指出作品中信息传递与解读之间存在的不对等现象俯拾皆是,从而形成了作品独特的结构。

近年来,较引人关注的是吉田辽人的观点。评论界普遍认为:镜花 1906 年撰写《春昼》和《春昼后刻》时与自然主义文学思潮处于水火不相容的对立立场。吉田则认为镜花是向占据主流地位的自然主义文学靠近的,并指出:1906 年的文坛处于动荡之中,呈现复杂、混沌的境况,考察《春昼》《春昼后刻》的意义时不仅要关注小说情节的展开,更应将其放在游记、写生文等近代散文表现史的大视域下。[1]这一观点对今后的镜花研究具有启发性。

综上可知,关于《春昼》和《春昼后刻》作品世界的产生与和歌及汉诗的关系研究,成为近年来文本分析的热点。吴东龙的博士学位论文「泉鏡花の小説における構造と思想:中国の幻想文学と比較して」以和泉式部为中心考察各章节与女流歌人咏颂的诗歌的关系,指出该作品是以和歌为框架架构的小说。吴论重在探讨和歌与作品结构的关系。在作品与汉诗的关系研究方面,山口晶子和山崎みどり分别考察了《春昼》《春昼后刻》与三首同名汉诗及李贺诗的相关性。本节的第一小节将以和歌与人物塑造、和歌与汉诗对主题的凸显和氛围的渲染以及与情节的互动为视点进行深入探讨。

泉镜花文学对具有唯美倾向的作家影响深刻。这种影响力也曾波及夏目漱石、芥川龙之介、谷崎润一郎、川端康成及后来的三岛由纪夫、大江健三郎等日本文坛巨匠。本节的第二小节将选取与《春昼》和《春昼后刻》诞生于同一首和歌的动漫电影《你的名字。》,将其与《春昼》、《春昼后刻》以及《高野圣僧》等镜花代表作相比较,以期从另外一个视角描绘泉镜花文学与当代文艺的关系。

在文体方面的建树成为镜花为日本文学作出的最大贡献。在前述研究

---

[1] 吉田遼人:「言葉に、つまずく——素描・泉鏡花『春昼』連作の織糸」,『文芸研究』2012 年第 117 期。

成果中，探讨《春昼》和《春昼后刻》文体特征的仅有冈岛朗子的博士学位论文「泉鏡花序論——その表現世界の変遷」。本节的第三小节将立足于文本分析，深入剖析作品语言的特点，以期解读"镜花调"文体的妙趣。

一 典雅之美：《春昼》《春昼后刻》与和歌及汉诗

泉镜花似乎与高雅文学无缘。镜花爱不释手的是"草双纸"。直至临终，枕边始终摆放着十返舍一九的《东海道徒步旅行记》、上田秋成的《雨月物语》和李贺的诗集。镜花的门生寺木定芳曾回忆："先生对汉字造诣精深，可是却没写过汉诗，也未做过一首和歌。"[①]然而，和歌却在《春昼》和《春昼后刻》中屡次登场。可以说，镜花散发着古典芬芳的作品为数不多，《春昼》和《春昼后刻》当属其中的精品。和歌对两部作品的诞生起到至关重要的作用。

（一）梦之约

　　うたた寐に　恋しき人を　見てしより
　　　　夢てふものは　頼みそめてき

　　亦真亦幻影相随，恋情依依梦中醉，
　　醒来方知梦甘美，何日梦中再相会。[②]
　　　　　　　　　　　　《古今和歌集》第12卷·恋歌2·第552首

这是小野小町咏诵的传世之作。小野小町以其惊世的才华不仅成为《古今和歌集》的代表诗人，亦拥有"六歌仙""三十六歌仙"的美誉。关于其身世均无史料记载。"谜"一般的身世使后人浮想联翩，小野小町作为极具诗歌天赋的绝世美女在能剧和歌舞伎等虚构的世界中屡屡登场。小野

---

　① 寺木定芳：『人・泉鏡花』，東京：日本図書センター1943年版，第158頁。
　② 文中和歌均系笔者所译。

第五章　梦幻之作：《春昼》和《春昼后刻》

小町创作的恋歌华丽之中亦不失女性特有的宁静。这首家喻户晓的短歌被《古今和歌集》收录，也曾入选《小仓百人一首》。

小野小町和她的这首短歌与《春昼》《春昼后刻》的诞生有着直接而必然的联系。

其一，玉肋的原型是依据小野小町设定的。

从岩殿寺住持的讲述和"年轻人"的描述中可知玉肋美若天仙。"玉肋的美丽唯有龙宫和天界才能够见到"；"从东京来的成千女宾中不乏格外引人注目的丽人，如玉肋那般的绝代佳人绝无仅有"；"鼻梁笔挺，色白唇红，浓密的睫毛下一双明眸善睐似'雪舟之笔'蘸上'紫式部之砚'画上的，浓淡相宜"；"娴娜多姿，风情万种。……那种风情宛若令男人融化的甘露"。一言以蔽之，玉肋和小野小町同为美艳绝伦的绝世佳人。

不仅外貌，二人的身世也具有共同点。关于小野小町的家世无据可查，甚至连生卒年均不详。作品中如此介绍玉肋的身世：人们均不知她来自何处，哪儿生哪儿长？父母是谁？是否有兄弟姐妹？因负债被抵押，抑或被转卖，均不得而知。有人说是落魄贵族家的公主，也有人说是大户人家失散的小姐。既有人说是远近闻名的艺伎，也有人说是高等卖淫妇。传言四起，众说纷纭。总之，就像栖息在深渊中的动物一般，来历无人知晓。

再者，在诗笺上写下小野小町那首短歌的正是玉肋。前述小野小町短歌的意境是：朦胧之间，思恋之人飘然入梦。自此，终日期盼在梦中与思恋之人再次相见，切切思念之情跃然纸上。这首和歌其实是小野小町吐露单相思的恋歌。在那个时代，人们相信只有两情相悦之人才能够出现在梦中。暗恋之人出现在梦中，难道对方也喜欢我吗？在现实中无缘相见，恋情无法实现，只能寄托于虚幻的梦境。这首和歌道出小野小町和思恋之人难以相见，只能在梦中相会的境地，真切地表达了小野小町的相思之苦。而玉肋的境况亦与小野小町相近。玉肋与"年轻人"不曾交谈过，对方是否爱恋自己也不得而知。"年轻人"为相思折磨得神志恍惚以致坠海身亡后，玉肋被欲见不能的痛苦撕扯着，其焦虑的内心状态在《春昼后刻》中以玉肋向散策子倾诉的形式得以展现。相近的外貌和身世、相同的境遇，这一切不能不使我们将玉肋与小野小町联系在一起。虽有学者认为"玉肋

这一人物形象极其接近于和泉式部"①，此观点也得到其他学者的首肯。②但基于以上分析可以断言：玉肋的身上固然有和泉式部的影子，但是镜花在塑造玉肋这一人物时，小野小町所起到的作用更为重要，不可忽视。

其二，这首短歌既是作品情节发展的导火索，又与人物的精神状态相契合。

作品中的视点人物散策子来到岩殿寺观音堂，圆柱上贴着的诗笺引起散策子的注意。诗笺上以女性特有的娟秀字体书写的正是小野小町的这首恋歌。沉思之际，恰逢岩殿寺住持来到堂前，散策子遂应邀在庵堂小憩。住持向散策子讲起诗笺主人玉肋和暗恋着她的"年轻人"的一段感天动地的爱情故事。在住持对往事的回忆中，又包含了"年轻人"的讲述。通过"年轻人"的讲述，与玉肋几次偶遇时的情形及对玉肋处境的揣摩等凸显出来。触发一连串回忆的即是小野小町的这首恋歌。这首和歌起到了开启故事大门的作用。

这首恋歌中的"うたた寐"描写的是半梦半醒的状态。这种似睡非睡、似醒非醒的朦胧状态也象征性地点出了作品中主要人物的精神状态。视点人物散策子在春光明媚的午后率先登场。散策子首先遇到的是"在暖洋洋的春日下，一副陶醉的样子，悠闲地挥着锄头""一副恍惚神态"的老汉。移步石阶后，映入眼帘的是"从占据了大半条小石路的杂树丛中蓦地冒出硕大马面。凝神一望，蹊跷的是并不止一匹马的躯干，而是马鬃连着马鬃，身体挨着身体，宛若巨大怪兽的脊背"。一瞬间，散策子被惊得目瞪口呆。接下来，散策子看到的是"若用线将转弯处的青蛇、旁边菜花地里的赤栋蛇和对面的马面连起来的话，正好形成一个细长的三角形，我（散策子）恰巧被封在其中。这难道不是奇怪的地妖吗？"这是散策子恍惚间产生的一种幻觉。

故事中的男主角"年轻人"处于朦胧状态的典型表现是幻视到自己的影像。在幻觉中，"年轻人"看见另一个自己登上舞台与玉肋缠绵悱恻。被眼前的一幕惊呆了的"年轻人"仓皇而逃，最终在神志恍惚间坠

---

① 須田千里：「『春昼』の構想」，『論集泉鏡花』第二集，大阪：和泉書院1999年版，第117頁。
② 吳東龍：「泉鏡花の小説における構造と思想：中国の幻想文学と比較して」，博士学位論文，広島：広島大学，1997年。

第五章　梦幻之作：《春昼》和《春昼后刻》

海。而女主人公玉肋正如小野小町的那首恋歌所咏唱的，只有在"半梦半醒"之中才能看到暗恋之人的幻影。清醒的时候，身为人妻的残酷现实不允许她抱有任何幻想。玉肋异常的精神状态从她向散策子的倾诉中可约略窥见——"我一闭上眼睛就会迷迷糊糊地做梦"。当散策子问道："你以那样的心情朦胧入睡（うたた寐）[①]时会做什么样的梦？"玉肋答曰："仿佛灵魂出窍，身体轻飘飘地上浮，感觉要化为小鸟或是蝴蝶一般……这种万籁俱寂像是在梦中看到热闹的场面一样，就像两三岁时趴在乳母背上看到的城里庙会的情景。"这些描写均折射出玉肋处于梦幻与现实之间的精神状态。这也是镜花创作该小说时自身精神状态的投影。

据岩波书店新版发行的《镜花全集》卷1中收录的镜花自书年表记载：明治三十九年（1906年）《春昼》刊于《新小说》，《春昼后刻》草稿完成，时常沉溺在不知是梦是蝶、恍恍惚惚的状态之中。创作《春昼》和《春昼后刻》时，恰逢镜花因身体状况欠佳在逗子疗养。那时，镜花患有严重的离人症，这种状态正是离人症的病态反应。[②]镜花在创作《春昼》《春昼后刻》时，不自觉地将自己的这种精神状态反映在小说人物身上，反而获得了巨大成功。

（二）死之恋

　　　　君とまた　みるめおひせば　四方の海の
　　　　　　水の底をも　かつき見てまし

　　大海似汪洋，水深思无限，
　　若能再相见，海底也心甘。

这首和歌写在玉肋拜托舞狮童子保管的纸签上，是镜花依据和泉式部的和歌改写的，原文为"君とまたみるめおいせば四方の海の　底の限り

[①] 请注意，散策子在此处用的也是"うたた寐"一词。
[②] 吉村博任：『泉鏡花——芸術と病理』，東京：金剛出版新社1970年版，第231頁。

- 255 -

はかづきみてまし"。这首收录于《和泉式部续集》中的和歌属122首《帅宫挽歌》中的一首。和泉式部也是一位美丽的女歌人，一生以自由奔放的爱情生活而著称。和首任丈夫分手后，与风度翩翩、诗情横溢的敦道亲王热恋，并生下一女，其间创作了无数热情奔放的恋歌。然而，天有不测风云。幸福的生活因敦道亲王的病逝戛然而止。和泉式部坠入痛苦的深渊，难以自拔，唯有以歌寄托哀思。前述"帅宫"即是冷泉天皇的皇子敦道亲王。这首和歌所反映的"如果能够再见到你，哪怕是茫茫大海我也义无反顾"的心绪，正是和泉式部无法排解的思恋之情的写照。玉肋借这首和歌大胆地吐露了对"年轻人"深切的思念和爱恋，同时也暗示了玉肋将与"年轻人"同葬大海的决心和故事的结局。

分别在《春昼》和《春昼后刻》中登场的小野小町与和泉式部的和歌正是作品故事的缩影。换言之，是这两首深铭肺腑的和歌激发了镜花无限的想象力，从而编织出此般凄婉哀艳的爱情故事。

"年轻人"偶遇玉肋后对其一见钟情。其后虽多次相遇，但碍于对方的身份彼此未曾交谈。然而，"年轻人"对玉肋的思慕之情越发强烈，精神恍惚间看到自己灵魂出窍，与玉肋缠绵悱恻。次日，玉肋来到岩殿寺，将写有短歌的诗笺贴在神殿圆柱上。三日后，"年轻人"坠海身亡。故事在此告一段落，《春昼》告终。

在《春昼后刻》中，玉肋向散策子倾诉了对"年轻人"的思恋之情，并拿出写有〇、△、□的本子。这些符号是"年轻人"产生幻觉时，自己的分身用指尖写在玉肋后背上的，像是两人间的秘密约定。"年轻人"坠海身亡后，难以承受相思之苦的玉肋如约追随"年轻人"而去。没有热烈的告白，也没有花前月下，仅仅是瞬间的四目相视就演绎出这段生死相许的爱情。作品歌颂了男女主人公彼此爱恋，相互思慕，渴望"梦中相见""海底团聚"的热烈而纯洁的爱情。这也正是两首和歌所反映的主题思想。两首和歌在凸显主题、营造作品气氛方面发挥了重要作用。

两首和歌先后出现在《春昼》和《春昼后刻》之中，形成贯穿作品的重要意象。《春昼》和《春昼后刻》描写了冥冥之中的相遇，前世注定的情缘，整部作品飘逸着一种虚幻的神韵。特别是作者让玉肋咏诵小野小町与和泉式部的上述两首和歌，一个带有王朝风韵的优雅美女的登场，使作

第五章 梦幻之作:《春昼》和《春昼后刻》 ◆◇◆

品平添了几分"物哀"的情趣。

(三)"花之忧"与"月之悲"

花の色は うつりにけりな いたづらに
わが身世に ふるながめせしまに

花开恰逢绵绵雨,骄人花色瞬间无,
变世艰辛多忧思,奈何丽姿不长驻。

《古今和歌集》春·113

散策子与主持辩论时曾说,男人要自己心仪的女子如"小野小町之花,大江千里之月"一般才会安心。此处的"小野小町之花"即是上面这首众人皆知的和歌。

这是小野小町借樱花飘落抒发情感的一首和歌。樱花盛开之际,外面却飘着绵绵细雨。此情此景令我陷入沉思。在我沉思之际,樱花美丽的花瓣悄然褪色。为情所困,为世事忧虑,我的美貌亦日渐失色。作者悲容颜易老,叹落花飘零,流露出驻颜无术的惆怅和烦恼之情。玉肋又何尝不是为情所困,为爱烦恼呢?

"大江千里之月"指的是下面这首大江千里所作的咏月之歌。

月見れば 千々にものこそ 悲しけれ
わが身ひとつの 秋にはあらねど

望月惆怅,世事悲凉。
秋夜漫漫,非我独享。

《古今和歌集》秋上·193

大江千里,生卒年不详,为"六歌仙"之一的在原业平的外甥,著名的汉诗诗人。这首和歌以"悲秋"为主题。众所周知,"悲秋"是中国古

- 257 -

代文人墨客的一种情结。有唐代诗人杜甫《登高》咏"万里悲秋常作客，百年多病独登台"，更有中唐诗人刘禹锡吟"自古逢秋悲寂寥"。在汉诗备受推崇的平安时代（794—1185年），"悲秋"亦化作平安朝贵族的风雅情趣之一。汉诗造诣深厚的大江千里更是深谙此道，这首歌亦成为"悲秋"的代表性作品。镜花让这首和歌出现在作品中，并非为了慨叹秋之寂寥，而是有着更深刻的寓意。

这首歌是从《燕子楼诗三首》中的诗句获得灵感创作的。《燕子楼诗三首》系唐代诗人张仲素和白居易唱和的两组诗，各三首。徐州已故张尚书有爱妓名盼盼，能歌善舞，风姿绰约。燕子楼为张府旧第中的小楼。尚书故去后，盼盼念旧爱不肯再嫁，一直独居小楼十余载。和歌中的"わが身ひとつの 秋にはあらねど"显然出自白居易所作"燕子楼中霜月夜，秋来只为一人长"，意为：凄凉秋夜只为我一个人变得如此漫长吗？失去心爱之人后的悲凉孤寂之情油然而生。大江千里的这首歌看似"咏月""悲秋"，实则曲写了"年轻人"逝去后玉肋孤寂的心境。

小野小町和大江千里的和歌在散策子的话语中出现，提升了作品的品位，营造了古典高雅的氛围。在读者的脑海中，玉肋的形象与惆怅的绝色佳人小野小町及为心爱之人故去而感伤的盼盼叠加在一起，越发丰满。

（四）"隐月之叹"与"灵魂之歌"

めぐり逢ひて　見しやそれとも　わかぬ間に
　　雲がくれにし　夜半（よは）の月かな

重逢一刹那，不及辨容颜。
夜半朦胧月，转瞬入云间。

《新古今和歌集》杂上·1499

在住持询问"年轻人"近来是否见到玉肋时，说道："やはり雲がくれでござったか。"此处的"雲がくれ"是有典故的，依据的即是上述紫式部所作和歌。这首和歌因《源氏物语》而闻名遐迩。

第五章　梦幻之作：《春昼》和《春昼后刻》

　　与好友久别重逢，尚未来得及叙旧即迎来分别。好友仿佛月亮隐身云中一般消失了。紫式部借隐月咏诵惜别之情，慨叹相聚的短暂。作品中的"年轻人"与玉肋的每次见面也仅仅是短暂的瞬间。镜花以紫式部的和歌道出"年轻人"的相思之苦。

　　紫式部与清少纳言同为平安时代（794—1185年）女流作家的翘楚。紫式部所作和歌的登场为作品平添了几分优雅的情调。

　　此外，镜花还为"年轻人"奉上了另一首和歌。作品中"年轻人"灵魂出窍的情节设计与和泉式部的下面这首和歌不无关系。

　　　　物おもへば　沢の蛍も　我が身より
　　　　あくがれいづる　魂かとぞみる
　　　　朝暮思君，萤似吾身。
　　　　飘然而去，点点如魂。

《后拾遗和歌集》1162

　　思君忆君，魂牵梦萦。此时，水边的萤火虫映入眼帘，仿佛从我体内飘然而出的魂魄。和泉式部以多情而闻名。敦道亲王病逝后，受藤原道长垂青，入宫辅佐道长之女——身为中宫的彰子，后与道长的部下藤原保昌结为佳偶。和泉式部参拜贵船神社时，看到御手洗川上飞舞的萤火虫，勾起对保昌的思念之情，从而咏诵了这首和歌。平安时代（794—1185年）实行走婚制。男子去心爱的女子家中与女子相会，女子只有被动地等待丈夫的到来。在此，一个与丈夫久未谋面，希望灵魂化为萤火虫飞到丈夫身边的痴情女子的形象呼之欲出。此歌与"年轻人"渴望见到玉肋，幻视自己的魂魄与玉肋相会的情节相唱和。

　　此外，玉肋的名字叫作"みお"，"みお"一词常出现在和歌中，如百人一首中的"難波江のあしのかりねに一夜ゆゑ　身をつくしてや恋ひわたるべき（『千載集』卷13）"①和"わびぬれば今はた同じ難波なる　身

---

① 須田千里：「『春昼』の構想」，泉鏡花研究会：『論集泉鏡花』第二集，東京：有精堂1991年版，第117頁。

をつくしても逢はんとぞ思（『元良親王後撰集』卷 13）"①。住持话语中的"かすかに照らせ山の端の月"参照了和泉式部的"冥きより冥き道にぞ入りぬべき　はるかに照らせ山の端の月"②。可见，作品处处散发着古典的幽香。

（五）"情之切"与"春之韵"

不仅和歌，汉诗也成为作品中的点睛之笔，烘托了气氛，增加了作品的厚重感。

镜花的藏书中不乏《李长吉诗集》《唐诗选》《山谷集》等汉诗集类。其中，镜花尤为推崇李长吉的诗词。至死，《李长吉诗集》一直成为他的枕边之物。

李贺，字长吉，唐代著名诗人。一生不得志，郁悒寡欢，焦思苦吟，27 岁便早逝。其诗句辞藻华丽，工于描写鬼魂。素有"诗鬼"之称，与"诗圣"杜甫、"诗仙"李白、"诗佛"王维齐名。

《春昼》中，"年轻人"看到几个壮汉挟持玉肋远去，担心玉肋被幽禁而焦虑万分，但却无计可施。于是，"年轻人"来到玉肋家后面的松树林，从怀中掏出诗集，低声吟诵起《宫娃歌》，不禁泪水涟涟。

宫娃歌　李贺
蜡光高悬照纱空，花房夜捣红守宫。象口吹香毾㲪暖，
七星挂城闻漏板。寒入罘罳殿影昏，彩鸾帘额著霜痕。
啼蛄吊月钩阑下，屈膝铜铺锁阿甄。梦入家门上沙渚，
天河落处长洲路。愿君光明如太阳，放妾骑鱼撇波去。

《宫娃歌》系李贺所作。诗中的阿甄是魏文帝曹丕称帝前宠幸的甄夫人。集万般宠爱于一身的甄氏后因谗言失宠，被幽禁宫中。此诗描写了阿

---

① 上田正行：「物語の古層＝〈入水する女〉：『草枕』と『春昼』」，『国語教育論叢』1997 年第 6 期。
② 上田正行：「物語の古層＝〈入水する女〉：『草枕』と『春昼』」，『国語教育論叢』1997 年第 6 期。

第五章 梦幻之作：《春昼》和《春昼后刻》 ◆◇◆

甄幽闭深宫中内心的孤寂、痛苦及期待重获自由、返还故里的强烈愿望。"悲鸣的蟋蟀"是"年轻人"的自喻；"被锁的阿甄"喻指"深闺中的玉肋"；"愿君光明如太阳，放妾骑鱼撇波去"道出了"年轻人"祈愿玉肋获得自由的心声。此诗与彼景相互映衬，增添了作品的感染力。

李贺的另一首诗《春昼》与小说更是有着千丝万缕的联系。

春昼　李贺

朱城报春更漏转，光风催兰吹小殿。草细堪梳，柳长如线。卷衣秦帝，扫粉赵燕。日含画幕，蜂上罗荐。平阳花坞，河阳花县。越妇支机，吴蚕作茧。菱汀系带，荷塘倚扇。江南有情，塞北无恨。

镜花发表《春昼》和《春昼后刻》之时，恰逢日本自然主义文学思潮以破竹之势席卷文坛之际。自然主义文学迅速占据文坛主流，与"平面描写"格格不入的镜花游走于文坛边缘。镜花彼时的心境与一生怀才不遇、郁悒寡欢的李贺产生共鸣，对李贺的诗词倍感亲近。这两部小说的题名即源于李贺的同名诗。小说和诗作同样描写的是某个春天午后的景物。

小说中，散策子途经一幽静的农家小院，看到十八九岁的姑娘和三十岁左右的少妇抛梭织布的情境，镜花如此着墨描写这一画面：炫目的阳光下，一片扑面而来的油菜花。一望无际、绚烂夺目的金黄在远方消失在左手山崖与对面山脉的翠绿之中。油菜花田边的小溪如玉帘般飞泻直下，却也无法冲淡那浓郁的花色。一片娇嫩欲滴的黄色之中镶嵌着织女娇小的身影，恰似一幅恬静的画卷。原文中以"呉織"（くれはとり）和"文織"（あやはとり）指代两位织女。"呉織"系指从古代中国的吴国东渡扶桑的织匠。"文織"则是指雄略天皇执政时期与"呉織"一起东渡日本的织工。李贺《春昼》诗中有"平阳花坞，河阳花县。越妇支机，吴蚕作茧。"的诗句。镜花作品中织女抛梭织布的情境与"越妇支机"的描写如出一辙。同时，"越妇支机"之前的两句诗词描绘了汉平阳公主的花坞与河阳县的鲜花。镜花同样使织女置身于花海之中。一言以蔽之，《春昼》作品中织女飞梭走线的情节受到了李贺《春昼》诗的启发。

和歌和汉诗对于《春昼》《春昼后刻》的横空出世起到决定性作用。

- 261 -

从作品的题名到主题的凸显、情节的刻画、氛围的渲染，乃至人物的塑造均可透视出和歌与汉诗的影子。小野小町、和泉式部、紫式部、大江千里、李贺等人声名远播，其作品脍炙人口。这些和歌与诗词的登场平添了小说的韵味，和歌和汉诗的风雅之趣使小说透出典雅之美。

二　寻梦的轨迹：从泉镜花到《你的名字。》

2016年，继宫崎骏之后，新海诚的《你的名字。》掀起新一轮日本动漫电影旋风。《你的名字。》以日本动漫惯有的细腻、炫美的画面和感人的爱情故事赚足了票房。

男主人公是生活在繁华大都市东京的高中生立花泷，女主角宫水三叶则在风景秀美的糸守镇过着平静的日子。三叶憧憬东京大都市的生活。某日晨起，二人突然发现自己变成了一个陌生的异性，困惑不已。之后，这种身体互换的现象时有发生。二人逐渐了解到对方的姓名，并由此走进彼此的生活。泷得知陨落的彗星碎石撞击糸守镇时，在神体内喝下口嚼酒穿越回三叶的过去，拯救了糸守镇的居民。N年后，泷与三叶在东京邂逅。四目相视的瞬间泪如泉涌，二人脱口而出"你的名字？"……意犹未尽。深深打动观众的不仅是精美的画面和人类亘古不变的爱情主题，身体互换、穿越、彗星撞击地球、神体等充满幻想、神秘的构思亦是作品大获成功的要因。

说到幻想，不得不提日本近代幻想文学大师泉镜花。镜花用精湛的语言艺术构筑的独特的幻想世界神秘且美轮美奂。镜花文学世界有魑魅魍魉，亦不乏美丽的幽灵，其幻想世界根植于日本人自古的民间传承和日本人的共同幻想。新海诚导演通过《你的名字。》向观众传达的仅仅是感人至深的爱情吗？本文从文化学和民俗学的视角考察《你的名字。》与镜花文学的"亲缘关系"。

《你的名字。》中的日本传统文化及民俗学的要素俯拾皆是。女主人公三叶的姓氏为"宫水"，"宫"在日语中意为"神社"，"水"在民俗世界不可或缺，具有多重含义。三叶的身份是糸守镇宫水神社的巫女。作品中有三叶和四叶在祭神仪式上酿口嚼酒的场面。口嚼酒是宫水神社祭祀

第五章　梦幻之作：《春昼》和《春昼后刻》

神明的供奉用酒。在古代日本，用于祭神的口嚼酒需要巫女或处女将原料经过咀嚼后发酵制作。在将"除菌"进行到底的现代日本，这一风俗传统已无存身之地。

"结绳"成为影片中反复出现的重要意象。关于"结绳"，新海诚导演解释道："作品中需要类似于命运的红线的意象，最好是能体现祖先智慧的东西。"[1]宫水神社世代手工编织结绳。三叶经常用结绳扎头发；泷手腕上系着三叶赠送的结绳；泷喝下口嚼酒穿越回三叶的过去时，手持的也是三叶送的结绳。结绳具有神秘的力量，似"命运的红线"将相距千里、素不相识的二人联系在一起。作品是这样描述结绳的："氏祖神叫做'产灵（むすび）'，将线连接，使人相遇，时间流逝均是神力而为。结绳亦是神之所为，印刻着时间流逝的痕迹。"[2]日语中的"産霊"（むすび）一词原为"むすひ"，系指创造万物的神灵。在《古事记》中曾有记载：天地形成之初，与天御中主神一起出现的是高御产巢日神和神产巢日神两尊"创世神（むすびの二神）"。在信奉万物皆有灵的古代日本，人们相信"将两个物品连接起来的结（物の結び目）"也有神灵附体。换言之，《你的名字。》欲表达的是人与人的邂逅绝非偶然，是神的安排，冥冥之中注定的。

口嚼酒、结绳，乃至神体、神界，这些似乎与科技高度发达的现代社会格格不入的民俗元素作为一种集体的文化记忆仍然深藏在当代日本人的内心深处。曾有学者提出："若从此一角度，我们又可为这一'怪谭家族'的传承再行细分：电影界有恐怖美学的小林正树、清水崇、三池崇史，漫画界有战后的'妖怪博士'水木茂，受其影响，更有开辟当代日本动画电影一片天地的手冢治虫、宫崎骏，推理小说中则以京极夏彦、道尾秀介的妖怪推理领军，歌舞伎中有坂东玉三郎，甚而有动漫、电影、艺术、文学的综合创意大师天野喜孝，将这种唯美幽玄的理念引入中国电影《画皮》中……一切均以镜花为滥觞。"[3]日本动漫界泰斗级人物宫崎骏亦名列其中。这一结论是否正确姑且不论，笔者想指出的是新海诚导演的《你的名

---

[1] ⓒ2016「君の名は」製作委員会編集部:「運命の人はいる、ということを伝えたかった」INTERVIEW, https://video.unext.jp/feature/cp/shinkaimakoto/，2017年8月9日。
[2] 新海誠：『新海誠監督作品 君の名は。公式ビジュアルガイド』，東京：角川書店2016年版。
[3] 卢冶：《雨中的鱼——关于泉镜花的〈高野圣僧〉》，《读书》2013年第10期。

字。》与镜花文学亦存在某种相近性。

（一）前世情缘

　　《你的名字。》的主题歌名为《前前前世》。不言而喻，作品讴歌的是前世注定的情缘。新海诚导演在采访中也曾明言，通过作品欲向观众表达的是"在你的生命中一定会出现命中注定的那个人"[①]。作品的高潮部分也凸显了这一主题。拯救了糸守镇后，尽管泷拼命想留住三叶的"痕迹"，然而关于三叶的记忆却无情地渐渐消失。泷的生活恢复了往日的平静，未再发生身体互换。时光在平淡中义无反顾地流逝而去。多年后，透过电车车窗，泷偶然看到对面列车中一张似曾相识的面孔。四目相视的瞬间，确信对方就是自己苦苦寻找的命中注定的那个人。于是，冲出电车，寻觅，相见，凝视，泪流，脱口而出："你的名字？"这一主题在镜花的《春昼》（1906年）和《春昼后刻》（1906年）中亦得到了完美的诠释。

　　《春昼》和《春昼后刻》讲述了女主人公玉肋和暗恋着她的"年轻人"的一段凄婉哀艳的爱情故事。"年轻人"偶遇玉肋后，为玉肋的美貌和风情所倾倒，对女主人公产生了恋慕之情。然而，玉肋身为大户人家的夫人，外出总有随从相伴，"年轻人"只能远远地望上一眼。虽然不曾有过只言片语，但"年轻人"内心对玉肋的思恋越发强烈，最终神志恍惚，坠海身亡。玉肋似乎听到"年轻人"发自大海深处的心灵呼唤。几天后，人们在"年轻人"坠海的地方发现了玉肋的尸体。至此，我们仿佛看见两个精灵在大海深处形影不离地畅游。没有热烈的告白，也没花前月下，仅仅是瞬间的四目相视就演绎出这段生死相许的爱情。其爱情之纯美，正如作品中引用的小野小町的那首和歌所示："亦真亦幻影相随，恋情依依梦中醉，醒来方知梦甘美，何时梦中再相会。"无独有偶，这首和歌也正是《你的名字。》诞生的契机。"是小野小町的《若知是梦》这首和歌激发起我的创作灵感。从梦中醒来，一丝孤寂之情涌上心头，这是从小野小町生活的时代，非也，从那个时代以前直至现今人们共同的感受吧。所以，故事从

[①] ⓒ2016「君の名は」製作委員会編集部：「運命の人はいる、ということを伝えたかった」INTERVIEW, https://video.unext.jp/feature/cp/shinkaimakoto/，2017年8月9日。

第五章 梦幻之作：《春昼》和《春昼后刻》

'清晨，睁开眼睛，不觉泪湿双腮'开始，这样的话会引起观众的共鸣。"[①]相同的主题，且诞生于同一首和歌，这绝非偶然。2016 年和 1906 年，机缘巧合，两部作品相隔整整 110 年。不妨说，是日本民族的共同情感催生了这两部作品。

镜花的《外科手术室》也描写了似乎前世注定的爱情姻缘。贵族出身的小姐和医学院的穷学生，一次偶然的邂逅，仅仅是远远地一望，竟在彼此心中播下了爱情的种子。时光流逝，深藏的情感也越酿越浓。9 年后手术室里的再次重逢，使彼此深埋于内心的炽烈情感在四目相视的瞬间迸发出来。那一刻，时间仿佛凝固了，化作永恒。

"前世姻缘"在当今看来是完全不符合合理主义逻辑的"伪命题"。然而，它却是人类美好愿望和情感的高度凝结，超越现实的爱情才是永恒的。《你的名字。》和镜花的《春昼》、《春昼后刻》、《外科手术室》都不是把爱情仅仅当作一种欲望来写，而是将它置于生死之间，赋予了更高的人生意义。

（二）至纯的爱情

《你的名字。》中刻画的是与肉欲横流的现实社会无缘的至纯爱情。也许囿于男女主人公高中生的身份，电影中没有一丝关于性的镜头，甚至连少男少女憧憬的青春剧中的"壁咚"、接吻的场面也不曾出现。然而，正是这种美丽、纯洁的情感感动了无数观众。这种至纯的感情在镜花作品中也能找到影子。

镜花著名的大作《高野圣僧》中，年轻的行脚僧宗朝在飞驒山中历经万险终于找到深山处一茅屋。与茅屋女主人在溪涧沐浴的经典画面一直为研究者们津津乐道。当女子轻柔地撩起溪水为赤裸的宗朝擦洗身体时，血气方刚的宗朝非但没有性的冲动，反倒是觉得仿佛被花瓣环绕着。花瓣的幽香沁入心脾，如梦似幻，陶醉其中。面对女子如丝缎般柔滑、丰满的肉体，宗朝没有动俗念，而是发自内心地赞叹道："宛若白桃。"前田爱曾

[①] 週刊ダイヤモンド編集部：「『君の名は。』大ヒットの理由を新海誠監督が自ら読み解く（上）」，http://diamond.jp/articles/-/102660，2017 年 8 月 9 日。

从民俗学的视角将这一场面分析为镜花的"胎内幻想"①。宗朝凝视女子的目光是纯净的，无性的。综观镜花文学，虽描写的爱情故事无数，却没有关于男欢女爱场面的刻画。镜花总是以抑制的笔致来描写性。

可以说，"无性"与"至纯"是新海诚和镜花对于"爱情最高境界"的诠释，也体现了二人对美的艺术追求。

（三）美丽的诡异

在当今的日本社会，惊叫声不绝于耳的"鬼屋"和阴气十足的"鬼片"迎合了人们寻找刺激的心态，不乏市场。人们将无法做出合理解释的现象，与怨恨、因缘扯上关系，称之为"都市传说"。

《你的名字。》中的"身体互换"和"时间穿越"，称之为现代版的"怪异"也不为过。"身体互换"的创意来自平安时代（794—1185年）描写姐弟互换性别的《互换记》。②《你的名字。》中的叙事时间错综复杂。身体互换虽然是同时发生的，但是却整整相差了3年。细言之，发生身体互换时泷生活在2016年，三叶的时间却是2013年。如希腊哲人的那句名言"濯足急流，抽足再入，已非前水"所示，在现实世界里，时间呈直线形似流水般逝去，同一时刻既是2016年又是2013年的现象是绝不可能发生的。作品中，大都市东京象征着现实世界，在东京发生的故事沿着现实时间线性发展。当三叶决心去东京见泷本人时，三叶见到的是2013年尚为中学生的泷，因那时尚未发生身体互换，所以当三叶出现在泷面前时，泷不觉问道："你是谁？"三叶十分沮丧。下车之际，三叶将系发的结绳交给泷。另外，糸守镇具有千年以上的历史，尚未被现代生活完全浸润，传统文化和民俗习惯被完整地保存下来，代表着与现实世界相对的民俗世界。糸守镇山清水秀，生活节奏舒缓，时间沿着自己的轨迹慢慢地流淌着。糸守镇是以东京为代表的现代都市人心驰神往的"世外桃源"。在"世外桃源"的世界里发生身体互换当然不受现实时间的束缚，时间穿越也是合情

---

① 前田愛：「泉鏡花『高野聖』旅人のものがたり」，田中励儀編『泉鏡花「高野聖」作品論集』，東京：クレス出版社2003年版，第99頁。

② 恩田雄多：「『君の名は。』新海誠インタビュー前編「エンタメど真ん中」を志した理由とは」，http://kai-you.net/article/32700，2017年8月9日。

第五章　梦幻之作：《春昼》和《春昼后刻》

合理的。这样的情节设定彰显了新海诚导演的浪漫情怀。

泷借助口嚼酒的神力穿越回三叶的过去。在黄昏时分，二人终于在山顶重逢。日语中有"逢魔时"一词，指的即是黄昏。黄昏，自古被认为是魑魅魍魉现身的时刻，也是遭遇怪异的瞬间。镜花尤为喜爱黄昏。"在从光明转入黑暗，从白昼进入黑夜的一刹那，确确实实地存在着一个特别的、微妙的色彩世界，这便是黄昏。……我坚信：确实存在一个微妙的中间世界。"[①]这段话恰好描绘出镜花幻想世界的构图。镜花认为黑夜与白昼不是对立的存在，从白昼渐渐向黑夜过渡，最终在刹那间进入黑夜，这中间存在着一个过渡的中间世界。这种思想体现在作品中，便是现世与异界也不是截然对立的，而是由现世向异界渐渐过渡、转移，最后完全进入超现实的世界。穿越回已是故人的三叶的过去，并与三叶重逢，选在黄昏时分最合适不过了。泷将象征着命运红线的结绳还给三叶，并说："我珍藏了三年，这次轮到你了。"

与"鬼屋"和"鬼片"所营造的阴森、恐怖的气氛不同，《你的名字。》中的"怪异"带给观众的非但不是恐惧感，反倒是神秘，甚至是带着一丝甜美的幸福感。镜花对于怪异出现征兆的描写可谓鬼气逼人，但是怪异出现的瞬间却是美丽无比的。

《隐眉的鬼灵》（1924年）是镜花创作的幽灵作品中的上乘之作。作品的最终一幕充满诗意：房间仿佛化为一片汪洋，雪花似盛开在水际的白色桔梗花散落在榻榻米上。寥寥几笔勾勒出一幅静止的、具有强烈视觉效果的画卷。《草迷宫》（1908年）中，对魔界男女们登场的描写，华丽，优美，似真如幻。"恰在此时出现一高大身影，似雾霭中的巨树一般。罩着黄幔帐，靠着屋檐，像哼哈二将般叉腿站立着，大喝一声：'过啦！'。'是'，话音刚落，奇妙的是，黄昏时分宰八装了满满一桶水后放在套廊靠近门口处的提桶，突然翻了个筋斗，一边咕咚咕咚地倒着水，一边提手着地，大摇大摆地'走'了起来。在它身后水跟着跑起来，似黎明时的白云，如烟波浩渺的雨雾，流过院子的草丛时，月亮徐徐落下，化作了小船，船"嗖地"升起，越过紫茉莉花的花蕾，轻盈地划去。大魔的袖子变成了

[①] 泉鏡花：「たそがれの味」，『文芸読本泉鏡花』，東京：河出書房新社1981年版，第53頁。

风帆，船的幔帐上映出美女们的倩影（这是通向何处的小径？……）"《采药》（1903年）中关于在美女高原少女幽灵现身的瞬间和《白鹭》（1909年）最终一幕的描写亦洋溢着幻美的浪漫情调。此类例子在镜花作品中比比皆是。镜花作品中展现的怪异绰约秀逸，使读者陶醉于美所带来的幸福感之中。在这一点上，《你的名字。》和镜花作品是相通的。

（四）水之意象

彗星绚烂地划过夜空，化作无数陨石冲向地球，巨大的陨石落在宫水神社附近。强大的冲击力下，方圆1公里瞬间变成硕大无比的地坑，湖水注入，形成浩瀚的葫芦形湖泊。当晚恰逢宫水神社举办秋祭节，500人死于这场灾难。之后，居民纷纷搬离，糸守镇最终从地图上消失。画面中，彗星划过时的炫目与华丽和湛蓝湖水的静谧形成巨大的反差，带给观众的震撼力可想而知。泷和朋友寻找到糸守镇的遗址，出现在三人面前的是广袤、湛蓝、沉寂的湖水。这一深深印刻在观众头脑中的画面与镜花的作品《龙潭谭》如出一辙。《龙潭谭》的最终画面亦静止在碧蓝的水面上，"面目清秀的年轻海军候补少尉肃然伫立在薄暮中泛着暗蓝波光的深潭旁"。《龙潭谭》中的深潭和《你的名字。》中的湖泊成因亦几近相同。《龙潭谭》中的深潭原本为山谷，因百年不遇的暴风雨而山崩地裂，山谷一夜间化作深潭。二者均起因于大自然的破坏力，系"毁灭之水"。

法国著名哲学家加斯东·巴什拉(Gsston Bachelard)在《水与梦 论物质的想象》（顾嘉琛译，岳麓书社2005年版）中将水划分为三类：（1）带给人类恩惠的"流动之水"，（2）吞没一切的"暴力之水"，（3）混浊的"淤积之水"。前述"毁灭之水"与巴什拉的"暴力之水"同义。"暴力之水"的代表是洪水。《高野圣僧》中，因洪水村庄遭受灭顶之灾，只有女子和白痴及老仆幸存。

水在民俗世界具有多重含义。供奉宫水神社神体的地方在《你的名字。》中被称作"神界"。祖母一叶领着三叶（其实是换身后的泷）和四叶去"神界"敬神。"神界"位于宫水神社北部山顶的盆地中央。盆地绿草茵茵，"神界"四周小溪环绕。这里的小溪具有"境界线"的含义。小溪的这边是俗界，渡过小溪即为"神界"。"小溪之水"是"净化之水"。

第五章　梦幻之作：《春昼》和《春昼后刻》　◆◇◆

自古以来，人们信奉水能祛除污秽，净化身心。在古代希腊，水已被用于净化仪式。基督教中用于"洗礼"的水，做弥撒前神父用于净手的水，日本神社入口处手水舍用于清净手口的水，都是可以清除精神污秽的圣洁之水。日本著名的民俗学家折口信夫曾考证：日本将水用于净化的仪式源于叫作"みぬま"（みつは）的女神。女神现身后欲净身，几经斟酌，选定河流浅滩的中段沐浴。后被纷纷效仿，演变为在水边祛除邪念、净化心灵的习俗。①因为水不仅能够去除身体的肮脏，更能带给人精神的升华。所以，与三叶换身的泷等来自俗世的人们必须经过溪水的涤荡方能接近神圣的"神体"。《你的名字。》中的溪水，既是"边界之水"，也是"净化之水"。

水在《高野圣僧》中变幻着不同的姿态——"边界之水""暴力之水""净化之水""救济之水""诱惑之水""融化之水"等，不一而足。在飞驒山中有两条通往松本的山道。两条道路交界处屹立着一棵如彩虹横挂中空般的丝柏树。古树的根部盘根错节，裸露在外。水从根部涌出，流淌到道路中央，直至前方草丛，足有百余米宽，宛若一条小河。正因此处之水，富山的卖药人才选择了看似平坦的旧道而误入魔界，被变成马匹的。宗朝为追回卖药人也鬼使神差地闯入了魔界。所以说，这里的"水"是"边界之水"，一边是人间，一边是魔界。

"净化之水"也在《高野圣僧》中华丽登场。与山中女子共浴的溪水既是治愈宗朝伤痛的"救济之水"，同时也是使宗朝感觉仿佛尚在母亲腹中的胎儿般无比幸福的"羊水"，亦是心灵得以重生的"净化之水"。宗朝登场时一身世俗的装扮。作品最后将雪中登坡远去的宗朝的背影描写作"仿佛'驾云而去'"。如果将《高野圣僧》视为宗朝"由俗转圣"的精神之旅的话，那么，即是通过溪水的"净化"来实现的。

《你的名字。》中的故事发生在现代。新宿、赤羽桥等路标，电车中的座椅，广播的站名，甚至山手线车门窗上贴的注意事项均与实物毫无二致。智能手机和LINE频繁登场。如此刻意追求现代感及真实感的作品中竟

---

① 折口信夫：「水の女」，『折口信夫全集 2』，東京：中央公論社 1995 年版，http://www.aozora.gr.jp/cards/000933/files/16031_14239.html，2017 年 8 月 20 日。

然出现了身体互换、时间穿越和口嚼酒、神体、神界、前世等现代社会中无法做出合理解释的现象。与《你的名字。》相互唱和，镜花也曾说过："我想使妖怪出现在东京能听到电车铃声的闹市区。"①

镜花创作《高野圣僧》时，日本已通过文明开化进入工业化程度较高的文明社会，民俗作为封建迷信渐渐淡出人们的视野。日本"民俗学之父"柳田国男如此评价镜花文学的意义："因为镜花的作品超越了时代，所以不会随着时间的流逝而衰老，梦想依然那样美丽。……镜花作品给予我们的启示是：在这样的现代社会里'诗性'尚存。"②日本的影评家们对新海诚作品的赞誉也是"充满诗性"③。浪漫的幻想、至纯的爱情、对美的追求、民俗的元素、诗性……在日本近现代文学中，恐怕没有比镜花文学与《你的名字。》更为相近的了。

当今社会科技日新月异，人工智能渗透于各个领域。理性、逻辑、合理、精确、智能成为现代社会的代名词。高度的工业化、科技化不断侵蚀着人类情感的领地。然而，民俗作为日本人的一种集体文化记忆，通过文学作品在日本民族的血脉中得以传承。新海诚导演通过《你的名字。》向观众传达的不正是这种文化信息吗？作为21世纪的前卫导演，新海诚谙熟日本古典文学，藏书中有现代日语版的《万叶集》和《古事记》，儿时常阅读《日本昔话》。在访谈中提到了"贵种流离谭"、《白鹤报恩》为代表的"异类婚姻谭"及使人联想到地下世界的《饭团子》。"知道这类传说的源头后，我发现原来故事都是有类型的，从而意识到使人产生共鸣的东西是亘古不变的。我过去的作品也有从这些古代传说的结构中得到启发的。"④《你的名字。》和镜花作品充满诗性之美，植根于集体文化记忆的浪漫幻想触动人们的情感神经。日本近代文学长河中汇聚了一条固守着精神故土，寻找甘美梦乡的小溪，如果说这条小溪以镜花为源流的话，那么《你的名字。》即可视为这个源流在当代文艺中的一脉相承。

---

① 泉鏡花：「鏡花談話予の態度」，『文芸読本泉鏡花』，東京：河出書房新社1981年版，第137頁。
② 柳田国男：「這箇鏡花観」，成瀬正勝編『明治文学全集21』，東京：筑摩書房1966年版，第376頁。
③ 张瑾：《〈你的名字。〉中的风景意象与文化表征》，《电影文学》2017年第21期。
④ 恩田雄多：「『君の名は。』大ヒットの理由を新海誠監督が自ら読み解く（上）」，http://diamond.jp/articles/-/102660，2017年8月9日。

第五章　梦幻之作：《春昼》和《春昼后刻》

糸守镇的毁灭不禁令人联想到2011年震惊世界的日本东北大地震。"大地震后，包括我在内的许多日本人都在思考：明天或许灾难会降临到我的头上；为什么遭遇不幸的不是自己？……那之后，许多次整个社会都在强烈地祈愿。这些祈祷和愿望有的实现了，有的未能如愿。我想在虚构的世界里给人们注入希望，所以创作了这部作品。"[1]换言之，东北大地震是当代日本人集体的苦难记忆，《你的名字。》不仅承载了日本人自古以来传承下来的文化记忆，也刻印着现代日本人的集体记忆。泷穿越回过去拯救了糸守镇居民的情节设定，为因震灾备受精神打击的日本人奉上了一剂心灵鸡汤。

三　如梦似幻：《春昼》《春昼后刻》的语言魔力

《春昼》和《春昼后刻》的成功归功于镜花高超的驾驭文字的能力。被称为"镜花调"的独特文体为我们描绘出一幅幅幻惑的画面。这种文体是镜花苦苦探索的结果。在文学起步期，镜花曾一度模仿草双纸及森田思轩、森鸥外、若松贱子等作家的文体。镜花独特文体的确立是在《高野圣僧》诞生前后，在《辰巳巷谈》（1898）中初见端倪。这种文体在风格上自成一家，"将日语的奔放和可能性发挥到极致。引入评书和以风土人情为题材的单口相声等语言艺术，驾驭丰富的辞藻成就不朽文章"，"被日本近代文学遗忘了的、充满连歌情趣与表象的日语，在他的文体照耀下重放异彩"[2]。本节旨在破解"镜花文体"之秘密。

关于文体，日本文体学研究之翘楚——中村明做如下阐释：是文章表现上的性格在与他者相比较下呈现出的特殊性。从宏观上，可从相近性和个性两个方面对文体进行探讨。在实际研究中可细化为：（1）文字表记的不同；（2）使用词汇的不同；（3）语法的不同；（4）句末形式的不同；（5）文章类型的不同；（6）文章用途的不同；（7）体裁的不同；

---

[1] 恩田雄多：「『君の名は。』新海誠インタビュー後編　震災以降の物語／『シン・ゴジラ』との共時性？」，http://kai-you.net/article/32911，2017年8月9日。

[2] 三島由紀夫：「天才泉鏡花」，三田英彬編『日本文学研究大成泉鏡花』，東京：国書刊行会1996年版，第5、6頁。

（8）风格的不同；（9）修辞的不同；（10）文章性质的不同；（11）时代的不同；（12）使用语言的不同；（13）表现主体属性的不同；（14）文学史流派的不同；（15）作家间文章及表现方式的不同；（16）执笔时期的不同；（17）同一作家的作品间文章及表现方式特征的不同。[①]可见，文体研究涉猎范围之广。本文以作品中的语言为例，探究镜花文学独特的文体特征。

镜花作品中的语言如诗一般，细腻、典雅、华丽但绝对流畅，含蓄且饶有韵致。张弛有致的弹性叙述节奏，充满韵律感和强烈色彩感的句子，插入多个从句的复句，修饰性极强的长句子，文白相间、汉语点缀的用词法，拟声拟态词的多用，多种修辞手段的并用，省略，跳跃，体言结句等形成其文体特征。镜花的文体是主观的，抒情的，作品中鲜有表示逻辑关系的连词。

视觉性和音乐性是解读镜花作品文体的关键词。镜花长于景物描写，凭借自己的审美情趣挑选最华丽的辞藻，细致、准确地雕琢着每个细节。经过语言的"着色"后，即刻变成了具有强烈视觉效果、荡溢着幻觉美的鲜活画面。这种幻美的视觉效果是如何创造出来的呢？

（一）冗长与简短的二律背反

近年来，从计量文献学的角度考察作家行文特点的研究日渐兴盛。其中，《试析小说中的文体印象》一文以森鸥外、夏目漱石、芥川龙之介、宫泽贤治、中岛敦、太宰治等6位作家的36部作品为考察对象，利用词素解析器MeCab[6]分析了句子的长度特点，指出"由15个假名左右构成的句子出现频率最高。"[②]以下是《春昼》开篇的场景描写，一个句子竟多达242个假名。

　　そうでないと、その皺だらけな額に、顱巻（はちまき）を緩くしたのに、ほかほかと春の日がさして、とろりと酔ったような顔色

---

① 中村明编：『日本語の文体・レトリック辞典』，東京：筑摩書房2007年版，第365—366頁。
② 望月朝香、鈴木康博：「小説における文体印象解析の試み」，『情報処理学会研究報告』2007年第128期。

第五章 梦幻之作：《春昼》和《春昼后刻》 ◆◇◆

で、長閑かに鍬を使う<u>様子が</u>——あのまたその下の柔な土に、しっとりと汗ばみそうな、散りこぼれたら紅の夕陽の中に、ひらひらと入って行きそうな——暖い桃の花を、燃え立つばかり揺ぶって頻に囀っている鳥の音こそ、何か話をするように聞こうけれども、人の声を耳にして、それが自分を呼ぶのだとは、急に心付きそうもない、<u>恍惚とした形であった</u>。

如果不是四周那样寂静的话，（怎么可能立刻应答呢。）布满皱纹的额头上，松松地系着头巾，在暖洋洋的春日下，一副陶醉的神态，悠闲地挥着锄头——锄头下那松软的土地好像微微出了汗似的，湿润润的，似乎一凋落就会簌簌地融入红色夕阳中的——泛着春意的桃花如燃烧的火焰般摇曳着，小鸟的啾啾鸣啭，听起来似窃窃私语，（沉醉其中的老大爷）即便听到有人叫，也不会立刻意识到是在喊自己，一副恍惚的神态。

这种现象在文体学中称之为"量的突出"。有学者认为："'突出'是相对于普通语言或文本中的语言常规而言，它可表现为对语言、语法、语义规则的违背或偏离，也可表现为语言成分超过常量的重复或排比。"[①]前者是"质的突出"，后者是"量的突出"。显然，"量的突出涉及某种语言成分（出于艺术性目的）超出常量或低于常量的出现率"[②]。

《春昼》一开篇便用这个超长的描写句将读者带入了一个恍惚的、幻梦般的世界。这句话的特点是句式较长，主语"様子"和谓语"恍惚とした形であつた"之间插入了多个意象，且句子成分的省略、句与句之间的跳跃较多。例如，当视点转向锄头下的土地时，用了一个格助词"に"中顿（ある又其の下の柔な土<u>に</u>），而和这个"に"发生联系的词却是"泛着春意的桃花"（暖い桃の花），也就是说"在柔软的土地上长着似火焰般的桃花"。而"に"后面的"しつとりと汗ばみさうな"（好像微微出

[①] 申丹：《叙述学与小说文体学研究》，北京大学出版社 1998 年版，第 202 页。
[②] 申丹：《叙述学与小说文体学研究》，北京大学出版社 1998 年版，第 132 页。

了汗似的，湿润润的），虽然用了连体修饰的形式，但绝不是修饰其后面的桃花，而是省略了"土に"，若将该句补充完整的话，应是"其の下の柔な土に、しっとりと汗ばみさうな土に"，形成一个并列关系。而作者故意将后一句的"土に"省略，从而使表述更加精练，同时也诱发了读者的想象力。在描写长在湿润土地上的桃花时，使用了两个比喻句——"似乎一凋落就会簌簌地融入红色夕阳中的""如燃烧的火焰般"和一个形容词"泛着春意的"，黑黝黝的土地映衬着的桃花之红，和"火焰""夕阳"形成一系列红色意象，强烈地刺激着读者的视觉神经。作品中的时间恰是中午，可镜花的想象力却一下子跳跃到了傍晚的夕阳，并从盛开的桃花飞跃到桃花的凋落，读者的想象力也随之驰骋。接着，从视觉转向听觉——停在桃花枝头的小鸟啾啾鸣啭，从而创造出身临其境般可视、可听、可感的效果。虽然仅仅是描写主人公在路旁偶遇的老大爷的神态，但在镜花富有魔力的修辞的润饰下，幻美的画面呈现于读者眼前。

这种如"迷宫"般的文体，是一种修饰性极强的文体。其特点是：逗号和修饰语多，插入大量从句。从句短小精悍，以逗号相隔。被逗号分割的部分非逻辑性排列。虽然每个部分意义清晰，形象鲜明，但因打破了日语常规的表述习惯，使读者产生陌生感，由于大量的信息在头脑中造成"混乱"，阅读速度放缓。20世纪的修辞学家佩雷尔曼（Chaim Perelman）将通过"语言的量"和"具体性"创造出来的效果称之为"现在感"，即产生历历在目、加强情感冲击的效果。[①]"语言的量"与前述"量的突出"同义。体现"具体性"的惯用手段是添加修饰语，二者同样具有吸引读者眼球的作用。通常情况下，二者并用，以营造"现在感"的效果。

长句子的描写是镜花小说的特色。镜花多将长句子用于描写人物外貌、着装，或描绘浮现于自己心像中的景物。

　　尤も一方は、そんな風に——よし、村のものの目からは青鬼赤鬼でも——蝶の飛ぶのも帆艇の帆かと見ゆるばかり、海水浴に開け

[①] 柳澤浩哉、中村敦夫、香西秀信：『レトリック探究法』，東京：朝倉書店2004年版，第69—78頁。

第五章　梦幻之作：《春昼》和《春昼后刻》　◆◇◆

ているが、右の方は昔ながらの山の形、真黒に、大鷲の翼打襲（うちかさ）ねたる趣して、左右から苗代田（なわしろだ）に取詰むる峰の棲、一重は一重ごとに迫って次第に狭く、奥の方暗く行詰ったあたり、打（ぶッ）つけなりの茅屋の窓は、山が開いた眼に似て、あたかも大なる蟇（ひきがえる）の、明け行く海から搔窘（かいすく）んで、谷間に潜む風情である。

　　尽管在村民眼中（西洋馆的洋人）是蓝毛鬼、红毛鬼，一方（左方）已是银帆点点，即便是飞舞的蝴蝶都会被当作银帆的海水浴场。右方，远古以来的大山形如大鹫的巨大黑翼相连，苗田夹在山峰之间。山峰向苗田一步步逼近，苗田渐渐变窄。在黑洞洞的尽头，茅屋的一扇窗户毫无掩饰地袒露着，似大山圆睁的眸子，如硕大的蟾蜍从黎明时的海中爬出，潜身于山谷间。

　　这句话对比性地描写了两边的不同景致。左方是被近代化浸润的洋人聚集之地；右方是自古以来的风景。对于左方的描写，除向读者传递"被开发成海水浴场"的信息外，还插入了两个从句——"尽管在村民眼中（西洋馆的洋人）是蓝毛鬼、红毛鬼"和"即便是飞舞的蝴蝶都会被当作银帆"。从句的插入减缓了读者的阅读速度，诱发读者思考作者的意图——即便村民对洋人不抱有好感，但也无法阻止近代化的脚步；以"飞舞的蝴蝶都会被当作银帆"来形容帆船之多。右方景色的描绘中则包含了对山脉、苗田、山峰和茅屋的细致刻画。通过三个比喻"如大鹫的巨大黑翼相连""似大山圆睁的眸子""如硕大的蟾蜍从黎明时的海中爬出，潜身于山谷间"来体现"具体性"，突出"现在感"。一句话中包含如此大的信息量，不仅其他日本作家无法做到，即便汉语也是无能为力的。因此，汉译时不得不以数个单句来表达。

　　同时，这段描写实现了口语和文言的美妙结合。在口语中插入了4个文言词：見ゆる、取り詰むる、〜たる、大なる。"見ゆる"和"取り詰むる"分别是文言词"見ゆ"和"取り詰む"的连体形。文言具有庄重、典雅的韵味，在关键的场面适当插入文言，可以制造出意外的艺术效果，

营造出格调高雅的气氛。同时，由于文言所背负的历史，使作品更具深度和立体感。

镜花的长句子有时是通过并列多个谓语句来实现的。

　　うっとりするまで、眼前真黄色な中に、機織の姿の美しく宿った時、若い婦人の衝と投げた梭の尖から、ひらりと燃えて、いま一人の足下を閃いて、輪になって一ツ刎ねた、朱に金色を帯びた<u>一条の線</u>があって、赫燿（かくよう）として眼を射て、流のふちなる草に飛んだが、火の消ゆるが如くやがて失せた。

　　眼前一片娇嫩欲滴的黄色之中镶嵌着织女优雅的身姿。正陶醉于眼前这幅美景时，从年轻女子"嗖地"一下抛出的梭子尖儿上，轻快地飞出一团火焰，在另一个人的脚下闪动着，化成一个火红中带着金色的跳动的圆圈，耀眼炫目，飞向小河边的草丛中，似火花熄灭了一般很快地消失了。

"似火花熄灭了一般很快地消失了"这一主句之前，是表示顺接关系的从句。这句从句中，共使用了4个相同的句式"燃え<u>て</u>""閃い<u>て</u>""あっ<u>て</u>""射<u>て</u>"。"て"表示动作的相继性，从而形象地捕捉到赤栋蛇瞬间快速移动时的姿态，栩栩如生。整齐句式的排列所带来的节奏更加突出了动作的轻快。描写"一条の線"的定语既有形状"圆圈"，也有颜色"火红中带着金色"，更有动感十足的"跳动"相配合。这是描写赤栋蛇出没的片段。在镜花的笔下，"蛇"是如此的美丽动人，活泼可爱。"眼前一片娇嫩欲滴的黄色之中镶嵌着织女优雅的身姿"恰似一幅恬静的画卷。而赤栋蛇的出现打破了这种静谧，使画面跃动了起来。赤栋蛇好像是从画中织女抛出的梭子尖儿上飞出来的，轻快地翻腾着，迅速地消失了。

　　日の光射す紫のかげを籠めた佛は、几帳に宿る月の影、雲の鬢、簪の星、丹花の唇、芙蓉の眦、柳の腰を草に縋って、莵草の花に浮

第五章 梦幻之作：《春昼》和《春昼后刻》

べる状、虚空にかかった装である。

阳光照耀下，被紫色光影笼罩着的面容，宛如映射在帐子上的月影，鬓如云，簪如星，朱唇似红花，眼角若芙蓉。柳腰倚草，仿佛浮在蒲公英的花瓣之上，悬在虚空之中。

形容玉肋面容时，原文并列了5个用逗号分隔、相同结构的名词短句——"〜の影、〜の鬓、〜の星、〜の唇、〜の眦"。"云""星""红花""芙蓉"，每个意象都有着鲜明、独特的视觉效果。纷至沓来的意象在读者眼前更迭频闪，不断积聚，形成一幅幻化的美景。

与长句子共同成为镜花行文特点的是长定语。

左の方に脊の高い麦畠が、なぞえに低くなって、一面に颯と拡がる、 浅緑に美い白波が薄りと靡く渚のあたり。

（微风吹过）左边高高的麦田渐次倒向一边，无限延伸的浅绿色麦浪与美丽白色浪花的荡漾交相辉映的水迹一带。

这句话的中心词是"渚のあたり"（水迹一带），原文中画点线的部分为其定语。形容"水迹"是"无限延伸的浅绿色麦浪与美丽白色浪花的荡漾交相辉映的"，而"麦田"则是"高高的""渐次倒向一边""无限延伸的""浅绿色的"，共4个修饰语。有时，作家会故意打破句子原有的流畅性，以制造出某种"陌生化"的效果，引导读者对句式细加玩味。而下面这句话的定语更可谓经典。

客人は、堂へ行かれて、柱板敷へひらひらと大きくさす月の影、海の果には入日の雲が燒残って、ちらちら真紅に、黄昏過ぎの渾沌とした、水も山も唯一面の大池の中に、その軒端洩る夕日の影と、消え残る夕焼の雲の片と、紅蓮白蓮の咲乱れたような眺望をなさったそうな。

- 277 -

  客人去了观音堂，映入眼帘的是落在柱子和地板上的轻飘飘、大大的月影，海平线上落日的余晖把云彩点亮，红彤彤，光闪闪，黄昏过后的朦胧山影倒映池中，水也仿佛变得浑沌起来，房檐间透出的夕阳的光影、晚霞的残云、怒放的红白莲相映成趣的一片景色。

  细致、形象的刻画常常是通过句子的修饰成分来实现的。"眺望（一片景色）"的定语长达4行。梦幻般的景色在这种过剩形象的紧密交错与排列中鲜活地出现在幻影中。修饰句包孕的信息量之大，句式之长，成为镜花小说的特点之一。

  这个修饰句描绘的"景色"中有月影、晚霞、山影、池水、夕阳、残云和红白莲等意象，每个意象都被披上了华丽的外衣，如"轻飘飘、大大的"月影，"红彤彤，光闪闪"的云彩，"朦胧的"山影与"浑沌的"池水，"透出的"夕阳的光影，"残"云，"怒放的"红白莲。如此强大的统摄力是其他作家无法相比的。这种句式会产生一种向内紧缩的力量，一个形象叠加在另一个形象之上，形象在读者头脑中不断膨胀，最终指向被修饰的中心词——"眺望（一片景色）"。而不断膨胀的形象一时间无法消化，于是产生了瞬间的迷惑，镜花"迷宫"般的文体效果随之产生，这也正是幻想小说的旨趣之所在。

  不过，镜花的句子并不单单"长"，而是达到了长短的巧妙结合。"在单句中，森鸥外、夏目漱石和宫泽贤治不加，或只加 1 个标点；芥川龙之介、中岛敦和太宰治或不加，或加 3—4 个标点。"[①]而这个有关"景色"的句子中竟然用了 9 个逗号。下面这句话虽然很短，句中也用了 4 个标点。

  何んの余波やら、庵にも、座にも、袖にも、菜種の薫が染みたのである。

[①] 望月朝香、鈴木康博：「小説における文体印象解析の試み」，『情報処理学会研究報告』2007年第 128 期。

第五章 梦幻之作：《春昼》和《春昼后刻》 ◆◇◆

不知是否是雨后留香，庵堂、坐席、袖子都染上了菜籽的香气。

雨が二階家の方からかかって来た。音ばかりして草も濡らさず、裾があって、路を通うようである。美人の霊が誘われたろう。雲の黒髪、桃色衣、菜種の上を蝶を連れて、庭に来て、陽炎と並んで立って、しめやかに窓を覗いた。

雨脚从二层楼的方向来到了这边。只闻其声，未见草湿。裙摆一闪，像是路过的样子。大概是美人的灵魂应邀而至吧。云般浓密的黑发，桃色花衣，蝴蝶相伴，越过菜花地，来到院子，和烟霭并肩伫立，忧郁的目光投向窗内。

这段情节由 4 个单句构成。和镜花的其他句子相比，每个单句文字精省。虽第 3 句较长，但使用了 5 个标点相隔，单句内的句子成分短小，基本上是由单词和较短的词组构成。短句式读起来，给人以明快、纯净、清爽的感觉。长句式与短句式的结合使文章的节奏张弛有致，形成一种句式节奏上的变化。以下是《春昼后刻》终篇的描写部分，精美绝伦。

渚の砂は、崩しても、積る、くぼめば、たまる、音もせぬ。ただ美しい骨が出る。貝の色は、日の紅、渚の雪、浪の緑。

岸边的沙子，冲走，堆积；凹下去，又填满，毫无声息。只露出美丽的"尸骨"。贝壳五颜六色，太阳的鲜红，海岸的雪白，波浪的碧绿。

由于大量使用逗号分隔，句子极为短促有力，从而带来一种简洁、明快的叙事节奏。作者的想象从沙子，到白骨，再到贝壳，跨越很大，这种非逻辑性和跳跃，为读者的自由联想创造了空间。寥寥数语描绘出沙子的动态变化与贝壳五彩缤纷的变幻，构成了一幅亦真亦幻的美景。同时，这段描写的韵味还体现在"体言结句"上。这段描写出现在玉肋尸体浮出水面之后，看似客观的景物描写，实际上蕴含着强烈的感情。美丽的尸骨象

征着投身大海的玉肋，以"太阳的鲜红、海岸的雪白，波浪的碧绿"（日の下旬紙紅、渚の雪、波の緑）3个并列的名词性词组结束描写，产生了意犹未尽的效果，作者的感动之情凝聚其中，并在释卷之后无限地扩展开来，萦绕于脑海而绵延无穷。此外，3个连续的名词结句创造了一种独特的节奏感，这种韵律通过视觉性与音调性的交融而不断扩大。

（二）变换多样的结句形式

一般情况下，小说叙述部分的句末使用的是用体言或助动词的简体形式。如果是体言，需添加"だ"或"である"。在《春昼》和《春昼后刻》中非常规的结句形式共有37处。其中，体言结句形式居多，如"機の音""二三尺""水茎の跡""時分""はじまり""影法師""顔色""沙汰の限""口吻""風情""裸体談話""煙管""薄紅梅""旧の土""懺悔話""通筋""処""持物""形""麦畠""極彩色""海の色""連獅子""料簡""真正面"等。以名词结句的有25处。"夥しさ""恐しさ"等形容词的名词形式结句的有2处。其他形式，如"むぐずり込んだで""充満（いっぱい）""ふらふら""ばかり""あり""苦笑""大地へ""倒に"等，共有9处。

镜花的文章通常似流淌的小河蜿蜒蛇行，有时也采取"体言结句"法横刀斩断连续的印象，在戛然而止的瞬间，独特的审美意识喷薄而出。以体言结句可以使文章句末拒绝平凡，富于变化，越发简洁，朗朗上口。"体言化具有使流动的映像固定下来的作用。"[①]同时，余韵也随之产生。在此姑举两例：

> 三度目に、〇、円いものを書いて、線の端がまとまる時、颯と地を払って空へ挟るような風が吹くと、谷底の灯の影がすっきり冴えて、鮮かに薄紅梅。

> 第三次是画〇，当圆圈两端相扣时，一股卷土冲天的疾风吹过，

---

① 赤尾勝子：『泉鏡花論』，横浜：西田書店2005年版，第207頁。

第五章 梦幻之作：《春昼》和《春昼后刻》　◆◇◆

谷底的灯火愈发鲜明，眼前一片艳丽的粉红色。

以名词"薄紅梅"（粉红色）结句，淡化了其前的意象——疾风和灯火，"粉红色"的意韵得以凸显。同时，被省略的部分通过读者的想象得到填充，是女主人公粉红色的衣裳，还是将女主人公喻作红粉佳人？促使读者放飞想象力，增添了情趣。

　　二個の頭、獅子頭、高いのと低いのと、後になり先になり、縺れる、狂う、花すれ、葉ずれ、菜種に、と見るとやがて、足許からそなたへ続く青麦の畠の端、玉脇の門の前へ、出て来た連獅子。

两个狮子头一高一低，一前一后，时而嬉戏，时而狂舞，与花朵擦肩，与绿叶交错，刚刚还在菜花田，转瞬即来到从脚下向远方延伸的青麦田尽头的玉肋宅前的"母子狮子"。

镜花式"体言结句"基本上是在体言前加上长定语。此句中的名词"連獅子（母子狮子）"之前也是长达3行的长修饰语。一连串动感十足的描写之后，在"母子狮子"处戛然而止，是为了将纷繁的想象密封在句中，使印象更为紧凑。这种冗长之后的戛然而止，长句式衬托下的突如其来的短句，具有很强的文体效果。细致描写与结尾的高度概括形成对比，富于起伏变化。同时，"連獅子"系指歌舞伎中白头母狮与赤头子狮的共舞。"連獅子"一词所蕴含的文化底蕴，使读者产生无限联想，余韵也随之产生。镜花作品中，短句式经常出现在长句式叙述后的高潮部分。像《隐眉的鬼灵》《缕红新草》《草迷宫》《红提灯》（1912年）等作品亦是如此。

除体言外，"充満（いっぱい）""ふらふら"之类的副词、"むぐずり込んだで""大地へ""倒に"之类的助词、"苦笑"之类的动词词干作为结句形式也出现在《春昼》和《春昼后刻》中，其中不难看出镜花的努力与追求。他力求打破传统小说语言的叙述范式，建构更加新颖、别致、混杂多义的语言表述方式。以"ばかり"和"あり"结句也是镜花常

用的结句方式之一。镜花偏爱"ばかり",源于"り"所具有的音乐性。"り"是有声音的,富有清脆、悦耳的质感。"あり"是文言,这体现了镜花行文的特点:在感动至极时插入文言以获得一种节奏感。随着高潮的临近叙述变得急促,达到高潮时突然以一文言词终止,紧张、密集的节奏和文言的庄重、典雅相得益彰。以下这段描写紫色洋伞的文字很好地体现了这一点:

　　錦の帯を解いた様な、媚めかしい草の上、雨のあとの薄霞、山の裾に靆靆(たなび)く中に一張の紫大きさ月輪の如く、はた菫の花束に似たるあり。

　　似解开的锦带般娇媚的青草上,雨后山脚下暧褪的薄霞中,一把大如月轮的紫色(洋伞),仿佛一簇紫花地丁!

(三)敏锐的感性与修辞之妙

　　自不待言,镜花以"长"见长的句子中离不开长修饰语。而长修饰语自然与修辞手段密不可分。比喻、拟人、排比在镜花作品中在在皆是。例如,在描绘两位织女的画面时写道:宛如一张白纸上画出两个朦胧的倩影,余白处被炫亮的黄色涂满一般。一幅幻美的画卷展现在读者眼前。

　　镜花的修辞因其独特而敏锐的感受力变得不同凡响。例如:"大きな口をあけて、奥底もなく長閑な日の舌に染むかと笑いかけた",此句描写了老大爷开怀大笑时的样子,共使用了3个状语——"大きな口をあけて""奥底もなく""長閑な日の舌に染むか"。前两个状语易理解,分别为"张开大嘴"和"毫无掩饰地"之意,而第3个则令人费解。"染む"经常与"目、舌、身"等表身体部位的词汇一起使用,意为"渗进……"。"長閑な日"为"悠闲的时光"之意。然而,日语中并没有"日の舌"的说法。镜花为了突出"染む(渗进)"的意境而特意加上"舌"一词。老大爷的笑声仿佛"渗进"四周的悠闲、寂静之中一般。又如,将老大爷的面容描写为"怪訝な眉を臆面なく日に這わせて"(让奇怪的眉毛肆无忌惮地袒露在阳光下)。这里使用了"這わせる"这一动词,属拟人法。再如,将响

第五章 梦幻之作：《春昼》和《春昼后刻》

板发出的声音比喻为"湿っぽい音"（令人情绪低落的声音）；泥土散发着"快活な香"（令人快活的香气），用"寂寞"捕捉泥土的情绪；在"渚に敷いた、いささ貝の花吹雪は、いつも私語を絶えせぬだろうに"中，将无数小贝壳比喻为"花雨"，如人一般"窃窃私语"。镜花喜爱红色，以下3个词句均与红色相关。原本晶莹剔透的露水，在镜花笔下变成"紅色の露"；气味本无色，在"友染の紅匂いこぼれて"中香气染上了红色；"紅がひらりと搦む"中"搦む（抓）"这一动词的主语并非"红色"，而是身着红衣之人。"浜か、海の色か、と見る耳許へ、ちゃらちゃらと鳴ったのは"中"耳許（耳边）"的定语用了"見る（见，看）"。显然这里省略了句子成分，从而产生了思维的跳跃，从视觉瞬间切换到听觉。

　　横に落した紫の傘には、あの紫苑に来る、黄金色の昆虫の翼の如き、煌々した日の光が射込んで、草に輝くばかりに見える。

　　金灿灿的阳光洒在身旁的紫色洋伞上，宛若落在紫苑上的昆虫的金色蝉翼，花伞在草地上熠熠生辉。

以色彩的渲染加强视觉效果是镜花作品的惯用手法，像《照叶狂言》《高野圣僧》《隐眉的鬼灵》《采药》《缕红新草》等大部分作品中均有精彩的演绎。

将"洒在紫色洋伞上的金灿灿的阳光"喻为"落在紫苑上的昆虫的金色蝉翼"，这种描写的精致近乎极致。镜花就像制作"锦绘"的画工一样，一笔一笔地细致勾画每个细节。即便最细微的地方也要涂上色彩，就算最细小的部分也都轮廓鲜明。这已不是风景，而是镜花心像世界的外化。

　　アノ椿の、燃え落ちるように、向うの茅屋へ、続いてぼたぼたと溢れたと思うと、菜種の路を葉がくれに、真黄色な花の上へ、ひらりと彩って出たものがある。

　　茶花如燃尽的焰火飞落一般，星星点点地，一直向对面的茅屋延伸。

菜花田边的小路被绿叶掩映，一个彩色的影子翻然跃上金黄的菜花。

其实，镜花笔下的每一个场景都很精彩，也很抒情，有如一幅美不胜收的画面。而颜色的渲染也为这幅画面增添了不少色彩。茶花的绯红，菜花的金黄，树叶的翠绿和彩色的影子，真可谓五彩斑斓。在炫目的色彩之外，还有茶花的星星点点、娇艳欲滴，绿叶的交相掩映，影子的飘然飞舞，好一幅幻美的画面！这段描写恰似一张"锦绘"，泼洒着华丽的色彩。这种鲜明的色彩感来自"草双纸"艳丽的卷首画和插图。封皮印有华丽的"锦绘"是"草双纸"独有的特点。镜花用语言为读者绘就了一幅流金溢彩的画面。

在这里，笔者不禁联想到李贺的《雁门太守行》。

黑云压城城欲摧，甲光向日金鳞开。
角声满天秋色里，塞上燕脂凝夜紫。
半卷红旗临易水，霜重鼓寒声不起。
报君黄金台上意，提携玉龙为君死。

这种浓郁的色彩感觉是否与镜花有异曲同工之妙呢？

作为修辞手段之一，镜花惯用排比句式，如"一あり、一あり、一あり、一あり、一ある""一にも、一にも、一にも""是か、非か、巧か、拙か""迷いもする、悟りもする、危みもする、安心もする、拝みもする、信心もする"等。不言而喻，排比句韵律整齐，节奏感强。文章的韵律还体现在押韵上，如"角が欠け、石が抜け、土が崩れ"，画下画线的假名均为エ段音；"菜種にまじる茅家のあなたに、白波と、松吹風を右左り、其処に旗のような薄霞に、しっとりと紅の染む状に桃の花を彩った、その屋の棟より、高いのは一つもない"是隔句押韵，同时画线部分和句末的"い"均为イ段音。

（四）拟态词与拟声词的幻戏

有学者指出，"使用拟声拟态词描写时，十分具体且直接诉诸于感觉，

第五章　梦幻之作：《春昼》和《春昼后刻》

是一种非常便利的方法"[①]。诚然如此，而且"拟声拟态词对于细致地描写事物必不可少。只要充分发挥拟声拟态词的优势，即便舍弃其他修辞手段也可以写出美文"[②]。

镜花作品中多用拟声拟态词，尤其善用拟态词描写美好的景物。"近世文学中被视为俗语的拟声拟态词已广泛使用，成为近世戏作文学特有的表现方法。明治时代（1868—1912 年）以后作为写实方法之一被延续，成为新体文章的特征之一。以二叶亭四迷、小栗风叶等写实派作家为首，自然主义文学流派的小杉天外、真山青果、私小说血统的葛西善藏等诸多作家惯用拟声拟态词。"[③]在言文一致运动的推动下，拟声拟态词迅速得以推广，成为现代日语文章的特征之一，"日语文章中的拟声拟态词多于中国及西欧的文章"[④]。引用中被指出多用拟声拟态词的作家中不见镜花的大名。笔者从前述 5 位作家的作品中挑选与《春昼》《春昼后刻》篇幅大致相当的小栗风叶的《深川太太》和《世间师》，对其中的拟声拟态词进行了考察。

小栗风叶这两部作品中共使用拟声拟态词 94 个，而镜花的两部作品中出现了 134 个拟声拟态词，在数量上大大超出风叶。镜花作品中诸如"茫然""悠然""浑沌""悚然""判然""整然""慄然""恍惚""婉然"等汉语类拟态词的使用也成为其特色之一。若将这些拟态词也计算在内的话，将会达到近 150 个，是名副其实的惯用拟声拟态词的日本作家。二人的拟声拟态词从あ行到わ行均有分布。在使用上二人各有偏好。从 2 音节以上反复型词所占比例看，二者差别明显。风叶的拟声拟态词中不规则排列多于 2 音节以上反复型词；镜花的 2 音节以上反复型词与不规则排列词各占半壁江山。在总量上镜花占据上风，这与镜花重视语言音律性的倾向不无关系。从各行的分布看，二者均集中于か行、さ行、た行、は行。其中，镜花偏爱た行和さ行拟声拟态词，在数量上明显多于风叶。此外，6

[①] 寿岳章子：『室町時代語の表現』，大阪：清文堂 1983 年版，第 185 頁。
[②] 芳賀矢一、杉谷虎藏：『作文講話及文範』，東京：冨山房 1912 年版，第 177 頁。
[③] マシミリアーノ・トマシ：「近代詩における擬声語について」（発表），日文研フォーラム，京都，2002 年 2 月，第 6 頁。
[④] 芳賀矢一、杉谷虎藏：『作文講話及文範』，東京：冨山房 1912 年版，第 183 頁。

拍以上拟声拟态词也多于风叶。详见表 5-1。

表 5-1 泉镜花和小栗风叶惯用拟声拟态词统计

		泉镜花		栗风叶	
		2音节以上反复	不规则排列	2音节以上反复	不规则排列
あ行	4拍词	うとうと	うっすり、うっかり、うっとり、おうーと	うとうと、おろおろ	うっすり、おっとり
か行	3拍词		カンと、屹と、ぐいと、くくと、赫（かっ）と		キュウと、ぎょっと、グッと、ゴーと
か行	4拍词	きょろきょろ、ぐるぐる、くるくる、ことこと、こそこそ、かたかた、かさかさ、カチカチ、コツコツ、キリキリ	がらんと、きちんと、くるっと、けろりと、がっくり、くっきり、きょとんと	がらがら、がたがた、きらきら、ぐらぐら、くっくっ、ごしごし、こそこそ、ごほごほ、ごろごろ、こつこつ	がらんと、きりりと、ククっと、にっこり、きっぱり、ぐったり
か行	6拍以上	ころりころり、きりきりはたり、きりきりはたり		くるみくるみ、がらんがらん、	
さ行	3拍词		颯（さっ）と、ずいと、じっと、そっと、ずっと		じっと、ジューと
さ行	4拍词	ざぶざぶ、じりじり、しとしと、じとじと、すくすく、すかすか、ずぶずぶ、ずかずか、ずるずる、ずんずん、すたすた、すらすら、そよそよ、ぞくぞく、せっせっ、ざくざく	じろりと、すとんと、すらりと、ずるりと、しっかり、しっとり、すっかり、すっぱり、すっぺり、すっきり	ざくざく、ざぶざぶ、ざわざわ、じわじわ、しみじみ、じりじり、じめじめ、じろじろ、ずきずき、そわそわ、ぞろぞろ、そよそよ	せせせと、すぽりと、ザブリと、しっかり、すっかり
た行	2拍词		衝（つ）と、		
た行	3拍词		トンと、哄（どっ）と、テンと、どかと、つっと		どっと、どーと

第五章 梦幻之作：《春昼》和《春昼后刻》 ◆◇◆

续表

		泉镜花		栗风叶	
		2音节以上反复	不规则排列	2音节以上反复	不规则排列
た行	4拍词	たらたら、たよたよ、ちらちら、ちょいちょい、ちょこちょこ、つかつか、どしどし、どやどや、とろとろ、ちゃらちゃら、トントン	トトンと、ドシコと、つるりと、とろりと、ちらりと、ちらほら	ちらちら、ちゃらちゃら、どしどし	どっかり、てきぱき
	6拍以上	テン、テン、テンテンツツテンテンテン、			
な行	4拍词	ねばねば	のそりと、のたりと	にやにや、にこにこ	にやりと
	6拍以上	のたりのたり			
は行	2拍词		吻（ほ）と、フト		ふと、
	3拍词		ハタと、ぱっと、ぴょいと、ぽッと		プイと、ポッと、フッと、ポンと、ホッと、ぺっと、プンと、バッと、ハッと、
	4拍词	はらはら、ばらばら、ぱらぱら、ひたひた、ひらひら、ひやひや、ひそひそ、ふらふら、ぶらぶら、ぶるぶる、ほかほか、ほろほろ、ぼたぼた、ポクポク	ばたりと、はらりと、ぴたりと、ひらりと、ひやりと、ふらりと、ぶらりと、はっきり、ばったり、ぴったり、ふっくり、ぼんやり	ばたばた、はらはら、ぴょろぴょろ、ひしひし、びしょびしょ、ひょろひょろ、ふらふら、ぶらぶら、ぺろぺろ、ぼそぼそ、ぼつぼつ、	ぱらりと、ぺろりと、ぶらりと、パチクリ、ひょっこり、ばったり、ぼんやり、ひっそり、はっきり
	6拍以上	べいらべいら、ぶうらりぶうらり、ぽったりぽったりする			
ま行	4拍词	むらむら、むくむく		むかむか、むくむく	ムッーと、むんずと、めっきり、むっくり
や行	4拍词	ゆたゆた、悠々（ゆうゆう）、ゆるゆる	ゆっくり、ゆったり	やいやい	

续表

		泉镜花		栗风叶	
		2音节以上反复	不规则排列	2音节以上反复	不规则排列
ら行	4拍词	リンリン		ろくろく	
わ行	3拍词		わッと		わざと
	4拍词	わなわな、わざわざ		わざわざ	

那么，拟声拟态词在镜花作品中扮演怎样的角色呢？下面结合《春昼》《春昼后刻》中的例子加以分析。

山清水が<u>しとしと</u>と湧く径／清澈的山泉从小径渐渐沥沥地涌出
<u>ずいと</u>、引抜いた鍬について、<u>じとじと</u>と染んで出たのが、真紅な、<u>ねばねば</u>とした水じゃ。

<u>猛地一拔铁锹，湿漉漉</u>地渗出来的是通红的<u>黏糊糊</u>的水。

清音与浊音的对应成为日语拟声拟态词的特点之一。"清音明快、纤细、轻柔，浊音粗重、有力、时带不快之感。"[1]上述两例中的"しとしと"为清音，"ずいと、じとじと、ねばねば"为浊音。其中，"しとしと"和"じとじと"形成对应关系。前者常形容春雨润物细无声，在此以"しとしと"勾勒出清澈的泉水"静静地"涌出的静谧画面。而"じとじと"则带有贬义，表因水分或湿气过多而带给人不适之感。这段描写用了 3 个浊音拟态词营造了怪异的气氛。"ずいと"带有粗鲁之感。"ねばねば"不但是浊音词，而且词头包含元音"e"。"带有元音 e 的拟声拟态词给人没有品位的坏印象。"[2]缘此，"ねばねば"带给人生理和心理上的不快之极可想而知。

---

[1] 鈴木孝夫：「音韻交替と意義文化の関係について」，『言語研究』1962 年第 42 期。
[2] 千葉大学社会文化科学研究科：「日本語の擬声語・擬態語における形態と意味の相関についての研究」，研究プロジェクト報告書，2006 年，第 41 頁。

第五章　梦幻之作：《春昼》和《春昼后刻》　◆◇◆

　　朱の色した日の光にほかほかと、土も人膚のように暖うござんす。竹があっても暗くなく、花に陰もありません。燃えるようにちらちら咲いて、水へ散っても朱塗の杯になってゆるゆる流れましょう。

　　红色阳光照耀下，泥土如肌肤般暖暖的，也不会因竹子的存在而变得昏暗。花儿裸露在阳光中，盛开的花朵如火焰般耀眼，即便凋谢落入水中也会化作朱觥优雅地逝去吧。

　　"ほかほか""ちらちら""ゆるゆる"是词头分别带有元音"o""i"和"u"的清音词。"o"和"i"带给人的感觉分别是"圆润、圆满、沉着的状态"和"小的、锐利的"[①]。"ほかほか"生动地展现了肌肤接触泥土时所感受到的温暖的舒适感。"ちらちら"原指光的闪烁，镜花将此词用于"仿佛燃烧的火焰般盛开的花朵"，从而在视觉上形象地捕捉到花朵折射光线所产生的光影效果。"ゆるゆる"形容舒缓的动作，原为中性词，在此镜花将其赋予了高雅的韵味。镜花将凋谢的花朵喻为"涂上朱漆的酒杯"。自古以来，"朱漆酒杯"系王侯将相专属。因此，这里的"ゆるゆる"映衬出花儿高贵、优雅、自信的风范。从触觉到视觉，从花朵的盛开到凋零、谢落，想象力的飞跃怎一个妙字了得。这段文字因3个拟态词形象、生动的刻画而精彩万分！

　　若い婦人の衝と投げた梭の尖から、ひらりと燃えて。

　　从年轻女子嗖地一下抛出的梭子尖儿上，轻快地飞出一团火焰。

　　"嗖地一下"和"轻快地"两个拟态词栩栩如生地刻画出年轻女子抛梭时动作的麻利与火焰的轻盈、敏捷，视觉感非常强烈。
　　镜花作品中拟声、拟态词不胜枚举。在制造幻美的视觉效果方面拟态

[①] 千葉大学社会文化科学研究科：「日本語の擬声語・擬態語における形態と意味の相関についての研究」，研究プロジェクト報告書，2006年，第55頁。

词发挥着重要的作用。而拟声词则诉诸听觉，以拟声词特有的音节反复创造出节奏感十足的韵律。

（五）犹抱琵琶半遮面：主语的缺失

镜花的描写被称为"幻惑"的原因之一是主语不明确。与汉语及英语不同，日语中的主语经常被省略。只要在语境中意思明确，通常不会写上主语。缘此，村上春树一一点名主语的写法被评价为"英语式的文体"[1]。镜花是地地道道的日本作家，自然墨守着这一规范。但是，当"省略"遇到"超长"的句式麻烦便接踵而来，例如以下这段文字：

  トちょっと更まった容子をして、うしろ見られる趣で、（その二階家の前から路が一畝、矮い藁屋の、屋根にも葉にも一面の、椿の花の紅の中へ入って、菜畠へ纔かに顕れ、苗代田でまた絶えて、遥かに山の裾の翠に添うて、濁った灰汁の色をなして、ゆったりと向うへ通じて、左右から突出た山でとまる。橿原の奥深く、蒸し上るように低く霞の立つあたり、背中合せが停車場で、その腹へ笛太鼓の、異様に響く音を籠めた。）[2]其処へ、遥かに瞳を通わせ、しばらく茫然とした<u>風情</u>であった。

  （玉肋）表情严肃起来，转过身。小路在那个二层楼处打了一个弯儿，"钻进"矮茅屋的屋顶和树叶都被茶花晕染的红色之中，在菜田里稍一"露面"，却又消失在苗田深处，沿着远处山脚的翠绿，形成浑浊的灰色，舒缓地延伸而去，在左右岩石突兀的山脚处"停了"下来。橿原的尽头，彩霞仿佛从地面升腾而起的蒸汽般低低的，与其相背而立的是车站，被笛子和大鼓发出的异样声音笼罩着。将目光投向那里，一副茫然若失的神情。

---

[1] 牧野成一：「村上春樹の日本語はなぜ面白いのか——文体を中心に——」，https://search.yahoo.co.jp/search?p=%E6%9D%91%E4%B8%8A%E6%98%A5%E6%A8%B9%E3%81%AE%E6%97%A5%E6%9C%AC%E8%AA%9E%E3%81%AF%E3%81%AA%E3%81%9C%E9%9D%A2%E7%99%BD%E3%81%84%E3%81%AE%E3%81%8B%E2%88%92%E2%88%92%E2%88%92%E6%96%87%E4%BD%93%E3%82%92%E4%B8%AD%E5%BF%83%E3%81%AB%E2%88%92%E2%88%92%E2%88%92&aq=-1&oq=&ai=w9C18F0ZS1e6PTEjU0_YvA&ts=2543&ei=UTF-8&fr=top_ga1_sa&x=wrt，2017年12月1日。

[2] 此处括号为笔者所加。

— 290 —

第五章　梦幻之作：《春昼》和《春昼后刻》　◆◇◆

　　日语中的主语以"が"或"は"①表示。如此说来，原文第1句中的主语应该是"路"。的确，其后的谓语"入って""顕れ""絶えて""添うて""なして""通じて""とまる"都是描写"路"的。但是，"ちょっと更まった容子をして、うしろ見られる趣で"明显是描写人物形态的句子。此句之前是散策子和女主人公玉肋的交谈，很容易推测出是在描写散策子眼中的玉肋。第2句的着眼点在车站。第3句的"風情であった"表明此句是判断句，其中的"一副茫然若失的神情"显然是指人。结合前面的分析可知，第3句的主语是在第1句被省略的玉肋。这样就很容易理解第1句中的"で"了。"ちょっと更まった容子をして、うしろ見られる趣で"是第3句"遥かに瞳を通わせ"的状语。而括弧中的内容均为玉肋眼中的景致。主语与谓语遥遥相对，且被省略，这如何不令读者"迷惑"呢？此外，视点的突然转换也具有同样的效果。

　　　　釘づけのようになって立窘んだ客人の背後から、背中を摺って、ずッと出たものがある。黒い影で。見物が他にもいたかと思う、とそうではない。その影が、よろよろと舞台へ出て、御新姐と背中合わせにぴったり坐った処で、こちらを向いたでございましょう、顔を見ると自分です。

　　<u>从一动不动地呆立着的客人背后，一个黑影"嗖地"擦背而出。</u>以为是别的看客，非也。<u>那个影子踉跄着登上舞台，与玉肋相背而坐，将脸转向这边，竟然是"我自己"。</u>

　　这段是"年轻人"向住持讲述自己与玉肋第4次会面时的情形。此处的客人即是"年轻人"。"那个影子踉跄着登上舞台，与玉肋相背而坐，将脸转向这边，竟然是'我自己'"的阐述明显是"年轻人"的视角。而"从一动不动地呆立着的客人背后，一个黑影'嗖地'擦背而出"，显然是"年

---

① "は"虽表主题，但有时会替代"が"。

轻人"以外的第三者的视角。视角的变换仿佛电影镜头的突然切换,瞬间造成"晕眩"的效果。

　　镜花的语言是个性化语言的典范,其文体之丰饶令人叹为观止。镜花作品的秾丽语言浓缩了音乐般流动的韵律、纷至沓来的意象、句与句的跳跃等诗歌特有的风格,具有诗的韵味。镜花的描写带有诗的飘逸,水彩画的艳丽。他以高超的语言技巧编织的小说如绚丽幻美的画卷,似流淌着音乐的诗篇。

第六章　集大成之作：《和歌灯》

第一节　鉴赏与解读

一　时代背景

　　《和歌灯》于 1910 年 1 月发表在《新小说》上。此时的镜花，与 4 年前创作《春昼》《春昼后刻》时已不可同日而语。自然主义文学思潮虽仍占据文坛主流，但高举人道主义大旗的白桦派和倾心于唯美主义的耽美派的崛起改变了文坛格局，形成双峰对峙的态势。1909 年，《昂星》《屋上庭园》杂志创刊。次年，《白桦》《三田文学》《学生文艺》及谷崎润一郎等人任编委的《新思潮》首刊发行。一批反自然主义文学的作家聚集在这些杂志的旗下。1909 年，由笹川临风、后藤宙外、中岛孤岛、林田春潮发起、创立了反自然主义文学作家的组织——文艺革新会。与笹川和后藤交情甚笃的镜花亦受邀加入。同年，在后藤的斡旋下，镜花从疗养地逗子搬回东京定居。

　　《和歌灯》是其在返回东京后创作的作品。创作契机即为 1909 年 11 月文艺革新会成员赴名古屋、伊势等地的演讲之旅。同行人员有后藤宙外、笹川临风、樋口龙峡、小林爱雄、泷村斐雄、本多啸月，共 7 人。文学上的相知、精神上的自由与深深印刻于脑中的桑名的夜景共同催生了这部"集大成"之作。与《和歌灯》同年面世的作品有志贺直哉的《到网走去》、谷崎润一郎的《刺青》和《麒麟》、森鸥外的《青年》、上田敏的《漩涡》、

近松秋江的《一封写给离别妻子的书信》及夏目漱石的《门》。反自然主义阵营作家们的活跃昭示着一个崭新的文学时代的到来。

镜花也终于迎来了文学的春天。1910年是《三田文学》的创刊年。该年10月，承蒙永井荷风好意，《三田文学》大版面大篇幅登载镜花的《三味线渠》，镜花成为以荷风为中心的三田派作家——水上泷太郎、久保田万太郎、佐藤春夫等人的仰慕之星。同年，作品《白鹭》在本乡座剧场首次上演；袖珍版《镜花集》通过春阳堂开始发售。在白桦派主办的近代绘画雕刻展上，镜花遇到一生的知己里见弴。其文学的艺术价值亦受到夏目漱石的首肯。摆脱危机后的镜花梅开二度，全身心地投入自己喜爱的创作中。直至晚年去世，镜花的文学创作和个人生活风生水起，既有谷崎润一郎、里见弴、久保田万太郎、芥川龙之介、永井荷风、木下利玄、志贺直哉等文学上的知己对他不离不弃，更不乏水上泷太郎之类的铁粉追随左右。

二 主题内容

对于数月前尚在湘南逗子的乡下"孤军奋战"的镜花来说，1909年11月与文学知己的巡游，成为其文学生涯的一大转机。出行前登出的小说预告题为《渔女之舞》。巡游归来，镜花即刻着手撰写手稿，最终完成以巡游地之一的桑名为舞台的《和歌灯》。《和歌灯》诞生于镜花的出游体验，小说中的地名均实际存在。作品中主要舞台之一的旅馆"凑屋"，是以镜花巡游时住宿过的"船津屋"为原型的。因《和歌灯》的诞生，"船津屋"一夜成名。后人在旅馆前建碑以示纪念，由久保田万太郎献句：かはうそに灯を盗まれてあけやすき。

略带寂寥的橘黄色月光笼罩下的桑名，故事在幽默诙谐的对话和哀愁似水的博多小调中展开。

夜幕下，两位精神矍铄的老者步出桑名车站。其中一人以《东海道徒步旅行记》中的弥次郎自诩，句句不离《东海道徒步旅行记》的台词，话语轻妙，诙谐。二人分乘人力车，在暮色中直奔旅馆"凑屋"。途中，隐约传来博多小调，二人有些诧异，怎奈人在车上，身不由己。人力车飞驰

第六章 集大成之作:《和歌灯》 ◆◇◆

而去。两位老者到达旅馆,"弥次郎"依然妙语连珠,与女佣阿千插科打诨。当阿千问起"你的那个伴儿喜多八呢?""弥次郎"闻罢色变,表情阴郁,答曰:"像《东海道徒步旅行记》那样,在伊势山田走散了。"其实,这位以"弥次郎"自居的老者是闻名天下的"能乐"宗家恩地源三郎,另一被称作"捻平"的老者名"雪叟",系"本朝无双"的小鼓名手边见秀之进。画面此时转换到面馆。伴着博多小调美妙的歌声,一年轻卖艺人推门而入。年轻人边喝酒边与老板娘唠家常。此时,不速之客——按摩师闯了进来。年轻人向老板娘和按摩师讲起 3 年前的往事。卖艺人本是源三郎的外甥、养子恩地喜多八,在作品中被称为"能乐界的仙鹤",与自命不凡的按摩师惣市(宗山)对决"谣曲",致使惣市受辱愤懑而死,故被源三郎逐出师门,浪迹天涯。

此刻,画面切回到旅馆。阿千无心的问话触动源三郎伤心处,气氛沉闷起来。为活跃气氛,二人吩咐阿千叫艺伎来助兴。一位名为三重的艺伎表演舞蹈。看到艺伎的舞姿,源三郎察觉到此人的舞蹈系养子喜多八亲授。于是,雪叟击鼓,三重起舞,场面渐入佳境。鼓点声穿破寂寥的夜空,传向远方。此时,正在面馆的喜多八听到鼓点声,奔出面馆。月光下,屋外的喜多八与屋内的源三郎一唱一和,一低一高,室内鼓声陈陈,舞袖翻飞,歌、舞、曲浑然一体。

《和歌灯》是镜花歌颂艺术至上的代表作。

首先,从创作时间及当时的文坛大环境可对镜花的创作目的略窥一斑。《和歌灯》发表之前,由于自然主义文学的隆盛,镜花文学遭到排挤和打压。1908 年 4 月和 7 月镜花撰写的两篇谈话——《浪漫主义与自然主义》和《我的态度》真实地反映出镜花当时的处境。"近来,报纸和杂志大肆宣传自然主义"[①],"宣扬自然主义的人标榜无技巧,将浪漫主义作品说成是'为了艺术而艺术',加以责难,攻击"[②],"主张自然主义的人过于心胸狭隘。没有必要因为自己信奉自然主义而在报纸、杂志上谩骂浪漫主义和古典派的作品"[③],"我写妖怪一事受到来自各方的责难。……关于此事

---

① 泉鏡花:「ロマンチックと自然主義」,『鏡花全集』卷28,東京:岩波書店1988年版,第684頁。
② 泉鏡花:「ロマンチックと自然主義」,『鏡花全集』卷28,東京:岩波書店1988年版,第685頁。
③ 泉鏡花:「ロマンチックと自然主義」,『鏡花全集』卷28,東京:岩波書店1988年版,第690頁。

风叶等人也曾多次谏言"[1]……此处的风叶即是镜花的砚友社同门，后转向自然主义文学风格的小栗风叶。镜花不擅长辩论，却在三个月里接连发表两篇文章表明自己的态度，足以说明镜花切身感受到处境的危机。对于镜花来说，"技巧"和"妖怪"是镜花文学的生命。镜花在文章中反驳道："标榜无技巧，鼓吹技巧无用论的自然主义派果真不用技巧也能创作出优秀作品来吗？我甚为怀疑。极端追求无技巧，不，不用追求，无技巧本身不久便会给小说带来灭顶之灾。"[2]"我不能够赞同近来鼓吹'无修饰''无技巧'的论调。……文字本身就是技巧。"[3]关于自然主义文学宣扬的"平面描写"，镜花评论道："将看到的如实写出来也是需要功夫的。"[4]镜花所说的功夫即为技巧之意。镜花的美学理念与自然主义文学崇尚的"平面描写""无技巧"完全处于对立的两极，水火不相容。在自然主义文学如日中天的大势之下，镜花"败走麦城"，到逗子乡下疗养。1909年，反自然主义文学作家的组织——文艺革新会的创立、白桦派及耽美派的崛起改变了日本自然主义文学雄踞天下的文坛格局。镜花加入文艺革新会并搬回东京，这意味着镜花实现了从游离于文坛边缘向文坛主流的回归。不言而喻，在此时创作《和歌灯》，是欲表达推崇艺术至上的文学"战胜"主张"无技巧"的自然主义文学的喜悦。

其次，作品的结局象征着艺术的至高无上。喜多八才华横溢，被称为"能乐界的仙鹤"。因年轻气盛，在比艺中致使盲人按摩师宗山死亡。因此，被逐出师门，浪迹天涯。才华横溢，却被排斥在主流之外的设定与镜花当时的处境具有互释性。在作品终章，喜多八通过高超的歌技战胜宗山的鬼魂，走出心理阴影，意味着艺术最终战胜"妖魔"，走向胜利。与叔父的团聚，暗示了喜多八将重返舞台，这个情节与镜花加入文艺革新会，重回文坛也是相通的。小说家与能乐家同为追求艺道之人，借喜多八的"重生"表达了镜花对艺术的崇敬。

最后，从作品题名的变化可看出作品的主题。作品名原定为《渔女之

---

[1] 泉鏡花：「予の態度」，『鏡花全集』卷28，東京：岩波書店1988年版，第697頁。
[2] 泉鏡花：「ロマンチックと自然主義」，『鏡花全集』卷28，東京：岩波書店1988年版，第685頁。
[3] 泉鏡花：「予の態度」，『鏡花全集』卷28，東京：岩波書店1988年版，第694頁。
[4] 泉鏡花：「平面描寫に就きて」，『鏡花全集』卷28，東京：岩波書店1988年版，第760頁。

第六章 集大成之作：《和歌灯》

舞》，这里的"渔女之舞"应该指的就是在作品的高潮部分三重伴舞、恩地源三郎和喜多八对和的谣曲《渔女》。众所周知，谣曲《渔女》突出了母子情深的主题。据此可推测：镜花的初衷是想体现恩地源三郎和义子喜多八的情深义重。改名为《和歌灯》后则突出了"歌"，即将艺术的胜利置于了故事的中心。

之所以称《和歌灯》为"集大成之作"，是因为该作品集《一之卷》《照叶狂言》的清新与抒情、《高野圣僧》《春昼》的怪异与神韵、《汤岛之恋》《妇系图》《白鹭》的惊艳于一身。绝妙的场面描写，巧妙的叙事结构，轻妙的人物对话，使其不愧于"集大成之作"的美誉。

镜花对于场面的精雕细刻一直为镜花研究者们津津称道。至《和歌灯》，镜花的笔致越发圆熟。在镜花精致文字的润饰下，诞生了无数"美文"。在此姑举两例：

> 听！流转于寂静花街的屋脊瓦间，车辙也为之驻足，像汹涌波涛汇于大河，千里之外也为之震撼，似银丝垂钓筑前海岸的月影，星星也为之黯然失色的歌声。

这是描写喜多八歌声的一段文字。以"流转于寂静花街的屋脊瓦间，车辙也为之驻足"形容歌声之悠扬；以"像汹涌波涛汇于大河，千里之外也为之震撼"比喻歌声之雄厚；以"似银丝垂钓筑前海岸的月影，星星也为之黯然失色"衬托歌声之美妙。从近处花街的屋脊到远处的大河，再到天边的月影；从流转于寂静花街的悠长到波涛汇于大川的雄壮气势，再到星星黯然神伤的表情，镜花的想象力自由驰骋于天地之间。"月亮抛出银丝垂钓筑前海岸"的比拟如梦似幻。

下面是恩地源三郎和雪叟乘人力车奔向旅馆途中的景色。镜花以坐在人力车上的二人的视角对场面进行了细致的刻画。

> 月色下，两辆人力车伴着提灯橘色的灯光一进入广场……在石子路上颠簸着，穿过木板围墙的小路、土围墙的十字路口，看似在近道穿行，转过几处寂寥之地。不久，二层小楼密集起来，街道如细丝一

般。屋檐遮住了月光，两侧屋檐下挂着的纸灯笼分外的苍白。星星在枯柳树上洒下细碎的星光，墙壁上暗蓝色的阴影斑驳。长长街道的尽头，防火瞭望台的梯子插进远山的薄雾中，形如报火警的吊钟。"小心防火！""当……"，金属棒的声音划破夜空，夜更深了。

车辕下"流动"的道路似纤细的银河，一间间漆黑门柱的房子（飞驰而过），仿佛从水獭晒胜利品般挂满画着滑稽画的白纸灯的铁桥上穿过。

在镜花高超的文字表现力下，夜色中的小巷景观宛如电影镜头中的画面一般被鲜明、细致地勾勒出来。

除精致的场面刻画，作品的叙事时间结构、与《东海道徒步旅行记》和"能"深刻的渊源关系也形成《和歌灯》的特点。关于这些问题将在"热点问题研究"中作进一步探讨。

三　难解词句

中折帽：头顶部中央向下凹陷的帽子。见下图[①]。

- <u>あまつさえ</u>、風に取られまいための留紐を："あまつ"即"天の、

---

① https://ja.wikipedia.org/wiki/中折れ帽，2017年12月20日。

第六章　集大成之作：《和歌灯》　◆◇◆

天にある"，意为"天上的"，此指"头顶上的"。

•　唐草模様：在中国被称为"蔓草纹"，原型为古希腊神殿圆柱上的蔓草图案，通过埃及得以传播到世界各地。后经丝绸之路传至日本。在日本，该图案常用于包袱皮。

•　信玄袋：底部为方形的布制大手提袋，始于明治（1868—1912年）中期。见下图[①]。

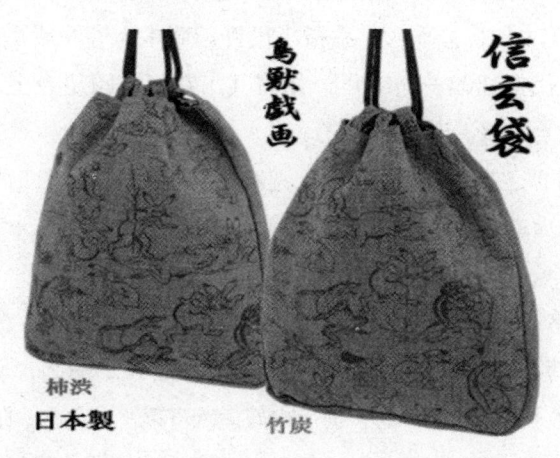

•　其許（そのもと）は年上で："其許"原为武士用语，第二人称代词，在此用以指雪叟，体现了恩地源三郎的幽默。

•　鼠の羅紗の道行："道行"与作品中出现的"被風"（ひふ）相近，均为短袖无领的衣服，多为艺人外出时穿着。

•　西行背負に胸で結んで："西行背負"指将包袱从肩部斜挎，在胸前打结。这使人不禁联想到以西行旅途中眺望富士山的背影为主题的一系列画作。

•　この小父者（おじご）が改札口を出た殿（しんがり）で："小父者"是对"叔叔或舅舅"的敬称。"殿"（しんがり）是"しりがり"（後駆）发生语音变化而来，系军事用语，本义为"殿后部队"，转而指队列的最末尾。

•　法性寺入道前（ほうしょうじのにゅうどうさき）の関白太政大臣

---

① https://shop.r10s.jp/aoi-shojiki/cabinet/otokomono/e-sgf-8.jpg，2017年12月20日。

(だじょうだいじん)と言ったら腹を立ちやった："法性寺入道前の関白太政大臣"是歌人藤原忠通的头衔,在《百人一首》中该人的头衔最长。车夫揽客时的话语既快又生硬,听上去像是念叨藤原忠通的长头衔。

　• 図星という処へ出て来たぜ："図星"有"ねらったところ(瞄准,盯住)"之意。根据语境,"図星という処"意即"待っていましたところ",意思是"(车夫们)守候的地方,翘首等客的地方"。

　• 半鐘(はんしょう):系指小吊钟。原本为寺院或军队用于发出信号,自江户时代(1603—1867年)始将其吊在消防瞭望台上,发生火灾、洪水、盗窃等紧急情况时敲钟示警。

　• 火の用心さっさりやしょう:巡夜人喊"注意防火"时的固定说法。现在常说:"火の用心さっしゃりましょう。""さっしゃりましょう"中的"さっしゃる"为"なさる"的文言。

　• 石高路:石子遍布的道路,出自清元编曲的歌舞伎《落人》中的唱词:ここは戸塚の山中、石高道で足は痛みはせぬかや。

　• 月は格子にあるものを、桑名の妓達は宵寝と見える:在江户(1603—1867年)至明治时期(1868—1912年),妓院一楼临街的房间会镶嵌格子,嫖客通过格子向内观看,以挑选自己喜欢的妓女。通常情况下,下等妓女会进到格子间等客人。在此,将客人比作月亮。月亮已照进格子,可是桑名的妓女们却已就寝,格子间空无一人,以此形容妓院的萧条。

　• 地口行燈:"行燈"指的是方形纸罩灯。"地口"系"诙谐"之意。"地口行燈"即画着诙谐画的方形纸罩灯,大行于江户(1603—1867年)中期。

　• 博多節:兴起于博多一带的船歌样式的民谣,明治20年代(1887—1896年)已传播至全国。主要在花街柳巷演唱,或被走街串巷的卖艺人传唱。

　• 転進(てんじん):三味线上部卷着粗弦的三根短棒。

　• めくら縞:"めくら縞"也写作"目盲縞"。"目盲(めくら)",顾名思义,"盲人"之意。"縞"为"条纹"。因条纹细到无法辨认,故得名"目盲縞"。"めくら縞"指的是条纹不清晰的藏青色棉布。

　• 門附(かどづけ):日本街头卖艺形式之一,系站在门口表演后收赏钱的艺能的总称,亦可指人。此处的"門附"指走街串巷的卖艺人。

第六章 集大成之作：《和歌灯》 ◆◇◆

- 細長い土間の一方は、薄汚れた縦に六畳ばかりの市松畳："土間"为"土地地面的房间"；"市松"系"市松模様"的省略，是一种黑白相间、方格花纹的图案，编织此种图案的榻榻米多为商家使用。

- お銚子（ちょうし）でございますかい："銚子"为"酒瓶，酒壶"之意。此句是问客人"要酒吗？"

- 鉄拐（てっか）に棲へ引挟んで："鉄拐（てっか）"应写作"鉄火"，"鉄火に"是形容动词的连用形，意为"気性が激しく、さっぱりしている（豪爽地）"。

- 何、上方筋の唐辛子だ、鬼灯（ほおづき）の皮が精々だろう："上方"指以京都为代表的关西。"鬼灯"（ほおづき）是"酸浆"。在此嘲讽关西的辣椒就像酸浆，虽二者外形相近，但并不辣。

- 生は東だが、身上は北山さね："北山"在此是"贫穷或饥肠辘辘"的隐语。"北山"系指京都北部的山，因北山经常下阵雨，由阵雨的潮湿引申为"饥肠辘辘"。

- 醤油（おしたじ）の雨宿りか、鰹節（かつおぶし）の行者：这句为俏皮话。"雨宿り"为"避雨"，因是面馆老板，所以将"雨"说成"酱油"。日语中的"鰹節"为"干制鰹鱼"，也是面馆调制面汤时必不可少的调料。"鰹節"的发音"かつおぶし"与"山伏"的读音"やまぶし"部分相同，而"山伏"的意思是"山中修行者"，恰好与"鰹節"后面的"行者"（修行者）意思相同。

- 饂飩の帳の伸縮みは、加減だけで済むものを、醤油に水を割算段：此句的字面意思是：面馆的账仅用加减法便能算清楚，可是偏偏用除法。这里使用了多个双关语。"伸縮み"是指面的伸缩，在此指代收益的增减。"割算段"原义为"除法"，在此与用水将酱油"割る（稀释）"双关。暗指因面馆老板娘对年轻英俊的卖艺人颇有好感，老板在旁泼冷水。

- 月天心の冬の町に："月天心"一词出自与谢芜村的"月天心貧しき町を通りけり"。

- 悪く抜衣紋："抜衣紋"是指将和服后领向下拽以露出后颈的穿法。如果是年轻女子的话可以展现妩媚的一面，可是作品中却偏偏是男性老盲人如此穿着，令人感到"恶心"，故称之为"悪く抜衣紋"。

- 紙火屋（かみぼや）：将纸贴在烛台灯的一侧以防风或反射烛光。
- 見越入道の御館へ、目見得の雪女郎を連れて出た、化の慶庵と言う体だ："見越入道"指趴在墙上露出上半身的秃头妖怪；"慶庵"指的是专门从事介绍佣人行当的人，这一行当相当于现今的"家政介绍所"，始于叫作"慶庵"的医生。因将雪女郎带到秃头妖怪家里，故称之为"鬼怪庆庵"。
- 切髮：不将发梢盘进发髻，而是将其剪齐披下来。这种发型是寡妇的象征。
- さん候（ぞうろう）："さん候（ぞうろう）"由"さ（然）なり"的连用形后接"候（そうろう）"构成"さにそうろう"，后发生语音变化，成为"さんぞうろう"。"候（そうろう）"是"いる、ある"的郑重敬语，相当于"ございます"，向主人等身份高贵的人应答时使用，与"さようでございます（是那样的）""おっしゃるとおり（如您所说）"同义。
- 松並木を向うに見て、松毬のちょろちょろ火、蛤の煙がこの月夜に立とうなら、とんと竜宮の田楽で、乙姫様が洒落に姉さんかぶりを遊ばそうという処、また一段の趣だろうが："とんと"是"一模一样，原封不动"之意；"田楽"是中古（784—1184年）以来的民间艺能，"竜宮の田楽"则是指龙宫的歌舞升平；"姉さんかぶり"是女性用手巾包头的方式之一，详见第五章"难解词句"注释。《东海道徒步旅行记》中《桑名》一节的插图是头裹手巾的年轻女子烤文蛤的画面。
- 真鍮（しんちゅう）の獅噛火鉢（しかみひばち）："真鍮"指的是"黄铜"；"獅噛火鉢"系指腿部铸有狮子头的三条腿金属圆火盆。
- 八ツ橋形に歩行板が架って："八ツ橋形"指的是将几块窄木板拼接成闪电的形状。
- 餓鬼に手向けたようだ：日本曾有名为"川施餓鬼"的祭祀活动，是在河边祭奠溺水者亡灵的仪式。"餓鬼に手向けた"（供奉饿鬼）的说辞使人不禁联想到"川施餓鬼"。
- 平家以来の謀叛、其許の発議は珍らしい、二方荒神鞍なしで、真中へ乗りやしょう："平家の謀叛"指的是俊宽等人对平清盛的谋反。"二

第六章 集大成之作：《和歌灯》 ◆◇◆

方荒神"如下图①所示，两个人分别在马两侧的木框中同乘一匹马，也写作"二宝荒神"。"二方荒神"的特点是马背上不放马鞍，也没有人骑在马鞍上。若有人骑在马鞍上，则被称为"三方荒神"。

- 四五人木遣（きやり）で曳いて来い："木遣"指的是众人一起搬运木材。此句的意思是"找四五个艺伎，抬也要把她们抬来"。
- 何んだ風車：嘲讽贫穷的日语词中有"ピイピイ風車"的说法。喜多八借此讽刺按摩的笛音。
- 道陸神：即"道祖神（守路神）"，系二神并立的石雕像。儿童玩踩影子的游戏时会唱："影や道陸神、十三夜のぼたもち。"因此，此处的"道陸神"指"影子"。
- めんない千鳥：游戏的一种。在关西、京都一带将被叫作"扮鬼捉小孩儿"的捉迷藏游戏称为"めんない千鳥"。
- 箱屋：该词中的"箱"是装三味线的箱子，"屋"指人。所以，"箱屋"指的是为艺伎提三味线箱的小厮。
- 杉山流：针灸的流派之一，元禄时期(1688—1704年)始于江户的盲人杉山，故得名。
- 浴衣に袷（あわせ）じゃ居やしない："浴衣に袷"是在日式浴衣下面穿夹衣，这一穿法系黑帮的打扮。

---

① https://search.yahoo.co.jp/image/search?rkf=2&ei=UTF-8&gdr=1&p=二方荒神#mode%3Ddetail%26index%3D0%26st%3D0, 2017年12月20日。

- 303 -

- 縞で襲衣（かさね）："縞"和"襲衣"分别指"条纹柄脚的佩刀"与"和服加外罩"，此系富人的装扮。
- 雲助が傾城買："雲助"是江户（1603—1867年）中期诞生的词语，指从事搬货、渡船或抬轿的人夫。因像"云彩"一样居无定所，故得名"雲助"。
- 天地人とか："天地人"是在讲禅时伸出三根手指，以示宇宙的根本——天、地、人。
- 阿父（おとっ）さんが大の禁句さ。……与一兵衛じゃあるめえし、汝、定九郎のように呼ぶなえ："与一兵衞"和"定九郎"是《忠臣藏》中的出场人物，定九郎夺走与一兵卫的钱袋后将其杀害。在《忠臣藏》第5段，定九郎向与一兵卫搭话时说的是："喂，老爹。"《和歌灯》中恩地源三郎基于该情节向喜多八说道："别叫我老爹。"
- 舞台の差（さし）は堪忍してくんな："差（さし）"是"さしあい"（妨碍，不便）、"さしさわり"（冒犯）的省略。此句的意思为：仅仅是在舞台上的事情，请不要计较。
- 蕪の千枚漬：京都特产，圆萝卜腌菜。
- 寝ん寝子（ねこ）の広袖（どてら）：背孩子时穿着的宽袖长棉和服。
- 芥溜（はきだめ）に水仙です、鶴です：日语中有"はきだめに鶴"的成语，意为"鹤立鸡群"。
- 結綿のふっくりしたのに、浅葱（あさぎ）鹿の子の絞高な手柄を掛けた："結綿"为"岛田髻的一种"；"手柄"是系在发髻上的装饰布；日本布料的染法中有一种叫作"鹿の子絞り"的，经过漂染的布料底色上会出现许多白色的圆圈，"鹿の子の絞高"是指白色圆圈依次增多。
- おおん神の、お膝許で沙汰の限りな！："おおん神"指的是"伊势大神"；"沙汰の限り"为"不值一提"之意。
- 猪の熊入道もがっくり投首の抜衣紋："猪の熊入道"是给长得粗大的和尚所起的"绰号"。
- よしこ：为"都々逸"的古称，系指一种俗曲。
- 三指づきの折（かがみ）：为女性行礼法之一，是将大拇指和小拇指蜷在掌内，食指、中指和无名指着地。
- 銅鑼鐃鈸（どらにょうはち）：佛教仪式中的伴奏乐器。

第六章　集大成之作：《和歌灯》　◆◇◆

・庄屋殿が鉄砲二つ：日本有叫作"狐拳"的游戏，类似于中国的"石头剪子布"，如下图①。游戏规则是：参与者扮作狐狸、猎人和村长中的任一角色（相当于石头、剪子和布）以决定胜负。猎人赢狐狸，村长管猎人，狐狸赢村长。三者分别有规定的动作，下图中自左向右分别是猎人、村长和狐狸。其中村长在日语中叫作"庄屋"。猎人的动作是架起"鉄砲"（猎枪）。

・お題目の太鼓：日莲宗所敲的大鼓，以卑俗、吵闹而闻名。

・滝縞（たきじま）：条纹图案之一，以粗条纹为中心向两侧或一侧渐次变细，因图案形似"滝"（瀑布）而得名。

・紅い調は立田川、月の裏皮、表皮："調"指的是系在鼓四周的红色细绳，见下图②。"立田川"是欣赏红叶的胜地，镜花将绳之红喻作如火的红叶，所以说"紅い調は立田川"。

・とうふにかすがい、糠に釘："とうふにかすがい"和"糠に釘"均为谚语，分别相当于汉语中的"棉花槌打铁"和"马尾穿豆腐"。

・若布（わかめ）の附焼："附焼"是酱油烤鱼，日本没有叫作"若布（わかめ）の附焼"的食品，在此是对按摩师宗山的嘲讽。

---

① https://search.yahoo.co.jp/image/search?p=きつねけんとは&aq=-1&ai=RUeJYUfURiqTy9iGtDnL1A&ts=4464&ei=UTF-8&fr=top_ga1_sa#mode%3Ddetail%26index%3D1%26st%3D0, 2017年12月20日。

② https://search.yahoo.co.jp/image/search?rkf=2&ei=UTF-8&gdr=1&p=鼓の調#mode%3Ddetail%26index%3D1%26st%3D0, 2017年12月20日。

- 305 -

・かぐら堂の二階：在平房屋顶上增建的二层楼，因形似有支柱的"かぐら堂"（神乐堂），故俗称"神乐堂二楼"。

第二节 热点问题研究

《和歌灯》相关研究的论文共有 28 篇，其中日文撰写的占 27 篇，仅有 1 篇系用中文发表的[①]。

27 篇日文论文多集中于作品与日本古典艺能和近世文艺，或是与电影、戏剧的关系研究。前者如：考察"能"与作品结构之影响关系的「泉鏡花の小説における構造と思想：中国の幻想文学と比較して」（呉東龍：博士博士論文，広島：広島大学，1997 年），指出《和歌灯》整体上模仿《东海道徒步旅行记》、并以此为基础搭建小说框架的「引用物語抄（14）『歌行燈』と「見立て」」（勝又浩：『季刊文科』2001 年第 3 期）。胜又浩认为：作品对《东海道徒步旅行记》的多处引用源于一种江户人称之为"见

---

① 兰立亮、韩颖：《泉镜花〈歌行灯〉的音乐叙事与空间建构》，《东北亚外语研究》2015 年第 1 期。

第六章　集大成之作：《和歌灯》　◆◇◆

立て"的趣味文化，江户时代除"見立て"文化外还催生了被称作"やつし"的风雅。木村洋子的「泉鏡花『歌行燈』論」（『語文論叢』1981 年第 9 期）则立足于作品中的谣曲、人物的能剧性格、对狂言的摄取，将作品世界视为艺能表演的舞台，指出从《春昼》到《和歌灯》是"艺能表演的舞台从萌芽直至开花、结果"的过程。铃木启子的「引用のドラマツルギー——「歌行燈」の表現戦略」（『文学』2004 年第 4 期）同样着眼于"やつし"。在详细论证作品对《东海道徒步旅行记》、博多小调、能、狂言、歌舞伎的引用的基础上，论者指出：镜花引用古典并非出于嘲讽或模仿滑稽的讽刺精神，也并非为了显示与原作不同而炫耀的文字游戏，而与"やつし"相近。此外，久保田淳「『歌行燈』における近世音曲・演劇」（『文学』2004 年第 4 期）和西村聡「鏡花と能楽：『歌行燈』成立 100 年記念」（『金沢大学日中無形文化遺産プロジェクト報告書』2011 年第 10 期）的研究也属前者。后者如：井沢淳「『歌行燈』における映画的表現」（『国文学解釈と鑑賞』1949 年第 5 期），上野昂志、四方田犬彦「泉鏡花映画祭 2——「新派」を撮る——『歌行灯』成瀬巳喜男から『夜叉ケ池』篠田正浩まで」（『早稲田文学』1991 年第 180 期），藤井康生「映像の中の芸能（2）歌行燈——花柳章太郎と柳永二郎」（『上方芸能』2003 年第 147 期），关礼子「泉鏡花『歌行燈』の上演性：交差する文学・演劇・映画」（『中央大学文学部紀要』2014 年第 249 期）。井沢论和关论重在研究小说《和歌灯》中的电影及戏剧元素，上野和四方田及藤井则着眼于戏曲《和歌灯》中的扮演者。

此外，研究者们从不同的角度展开了细致的论述。朝田祥次郎的「『歌行灯』句釈・鑑賞 1・2・3」（『神戸大学教育学部研究集録』1960 年第 23 期、1961 年第 25 期、1962 年第 27 期）奠定了文本研究的基础。花柳章太郎的「『歌行灯』と桑名」（『文庫』1955 年第 49 期）论述了作品诞生与桑名的关系。考察作品诞生时文坛状况的是伊藤整的「『歌行灯』の頃——日本文壇史-157-」（『群像』1966 年第 5 期）。立足于作品空间建构研究的有笠原伸夫「『歌行灯』の空間構成」（『語文』1977 年第 43 期）和田中俊男「泉鏡花『歌行燈』論——空間、あるいは平面として」（『島大国文』1999 年第 27 期）。田中论文中的"平面"指的是多次出现的不同

- 307 -

人物的"后背"。对作品中宗山自杀及喜多八传授三重舞蹈的场所——"鼓之岳"的实际地点进行翔实考证的是冈保生「『歌行灯』——「鼓ケ岳」という場所」（『国文学解釈と鑑賞』1989年第11期）。关注于配角宗山的研究有吉田昌志的「『歌行灯』覚書——宗山のことなど」（『学苑』1994年第649期）。从神话学的角度进行考察的是松村友视的「歌行灯——深層への階梯」（『國文學解釈と教材の研究』1985年第7期）。美浓部重克的「泉鏡花の『歌行灯』〈語り〉と〈芸能〉〈癒し〉のテキスト」（『伝承文学研究』1997年第46期）立足于文本中的人物话语和存在感的缺失与补救，指出镜花创作该作品是对自己的一种"治愈"行为。围绕着文学传统和翻译问题进行探讨的是ジョン・ボチャラリ的「『歌行灯』考——文学伝統と翻訳の問題をめぐって」（『人文研究』1986年第94期）。并不拘泥于某个视点，多视角论述作品的研究也略有散见。村松定孝的「『歌行灯』の世界」（『明治大正文学研究』1949年第2期）从作品的题目、构成、语言、创作过程等，手塚昌行的「作品論歌行灯」（『國文學解釈と教材の研究』1974年第3期）从作品世界的形成、作品中的背景及创作手法等方面进行了论述。此外，综合性论述该作品的研究尚有木村洋子的「泉鏡花『歌行燈』論」（『語文論叢』1981年第9期）。

除单篇论文外，在论著中论及《和歌灯》的有野口武彦编『鑑賞日本現代文学3 泉鏡花』（東京：角川書店1982年版），中谷克己『泉鏡花 心像への視点』（東京：明治書院1987年版），福田清人、浜野卓也『泉鏡花 人と作品19』（東京：清水書店1966年版）。『鑑賞日本現代文学3 泉鏡花』中登载了作品梗概与作品赏析；『泉鏡花 心像への視点』的第六章以"「歌行燈」——鏡花的風景とその内なる〈再生〉"为标题，从作品诞生的内因和外因谈起，对创作动机、题目及作品中的灯和月光进行了考察，通过情节分析指出："月光下的桑名是一个封闭的重生的空间""《和歌灯》是曲写重生的作品""在皎洁月光的笼罩下，三重、两位老者及喜多八重获活力的故事得以实现""这也是从长达4年的疗养生活中重获新生的镜花内心的风景"；『泉鏡花 人と作品19』对《和歌灯》的故事取材、梗概和艺术至上的主题进行了论述。

收录于论文集『論集大正期の泉鏡花』（東京：おうふう1999年版）

中的三田英彬著「『歌行灯』と対照をなす『朝湯』論」，在与《和歌灯》相比较的基础上，论述了小说《朝浴》的结构、艺道至上的主题及镜花的"性取向"。

《和歌灯》研究呈现出涉及面广、研究视点多样的特点。研究成果中既有综合论述作品的单篇论文，也有泉镜花研究著述中专辟一章进行考察的；既有句释、考证等基础性研究，更有从文学传统和翻译入手进行的论证。27 篇论文从 10 个不同视角对作品进行了探讨。

早期的《和歌灯》研究围绕作品的外部世界展开。20 世纪 50 年代，戏曲《日本桥》中千世的扮演者花柳章太郎谈及作品的诞生与桑名的相关性。60 年代，伊藤整考察了文坛状况对《和歌灯》面世产生的影响。同时代中最为引人关注的是朝田祥次郎的句释和鉴赏研究，对于开启《和歌灯》研究功不可没。从 70 年代到 90 年代，研究视点较分散，分别从作品的空间建构、作品中地名的考证、配角宗山、神话学、讲述、文学传统与翻译等角度对作品进行了考察。转至 21 世纪，研究视点较为集中在作品与《东海道徒步旅行记》及戏曲、电影的关系性研究方面。

自《高野圣僧》大获成功后，镜花便一头扎进魑魅魍魉的世界。《和歌灯》是其后创作的为数不多的具有现实主义色彩的作品之一。但是，《和歌灯》不是近代意义上的作品，而是与古典艺能及近世文学有着千丝万缕的联系。《和歌灯》与古典艺能及近世文学的关系引起镜花研究者的极大关注，自从 20 世纪 60 年代朝田祥次郎指出《和歌灯》是以滑稽小说《东海道徒步旅行记》为典据，将其"俳谐化"的作品以来，直至 2011 年陆续有关于作品与《东海道徒步旅行记》及"能"的论述面世。本文以"能"及《东海道徒步旅行记》为视点，在前人研究的基础上，立足于对作品情节、结构和人物身份设定的分析，从一个侧面揭示镜花文学与古典艺能及近世文学的联系。

一 《东海道徒步旅行记》与作品世界

在镜花为数众多的作品群中，《和歌灯》是鲜有魑魅魍魉出没、颇具现实意义的作品。镜花文学的养分多来自古典艺能和近世文艺。在《和歌

灯》的描写和人物对话中，能、狂言、净琉璃、歌舞伎、滑稽小说、俗曲小调、民间习俗，甚至儿童游戏渐次登场，妙语连珠，趣味横生。从开篇的滑稽小说《东海道徒步旅行记》（1802—1809 年）到终章的谣曲《渔女》，对于古典艺能和近世文艺的引用贯穿全篇的字里行间。作品中仅引用的净琉璃和歌舞伎的曲目就多达 20 种以上。概言之，《和歌灯》是以古典艺能和近世文艺为基底创造的作品世界。大量引用古典艺能和近世文艺不仅形成该作品的特征，也是一直延续至镜花晚年创作的主要特色。其中，《东海道徒步旅行记》与《和歌灯》的诞生更是密不可分。

《东海道徒步旅行记》是镜花最喜爱的小说之一，旅行中的必携之物，枕边的必读之书。如前所述，《和歌灯》的创作契机是 1909 年 11 月文艺革新会成员赴三重县演讲之行。据发起人后藤宙外在《明治文坛回顾录》（河出文库，1956 年）中回忆：旅途中，镜花将《东海道徒步旅行记》称为圣书而拜读。不难想象，《东海道徒步旅行记》对《和歌灯》的诞生产生了何等的影响。

《东海道徒步旅行记》讲的是主人公弥次郎兵卫和食客喜多八分别经历与妻子的生离死别和工作上的挫败，厌倦了人生，为破除厄运决意踏上赴伊势参拜之旅。二人变卖家财，沿东海道从江户一直走到伊势神宫，进而足迹遍布京都、大阪。一路上，二人做狂歌，打箴言，开玩笑，经历了种种失败，所到之处留下滑稽可笑的故事。镜花对作品中的人物喜爱至极，甚至以"喜多八"自称，将笹川临风视为"弥次郎"。在写给临风的书信中，直接称其为"弥次郎"，落款是"喜多八"。《和歌灯》中更是处处落下《东海道徒步旅行记》的影子。

《和歌灯》开篇处，主人公口中吟诵着《东海道徒步旅行记》第 5 章（上）的台词登场。

　　　　宮重大根のふとしく立てし宮柱は、ふろふきの熱田の神のみそなわす、七里のわたし浪ゆたかにして、来往の渡船難なく桑名につきたる悦びのあまり……

这是《东海道徒步旅行记》伊势篇题为《桑名》的一节的开篇，叙述

第六章 集大成之作：《和歌灯》

了弥次郎和喜多八来到桑名，喜悦之情难以言表，就着小酒品尝桑名特产烤大蛤后欲离去的场面。"宫重"位于爱知县西春日井郡春日村，是"尾张大萝卜"的产地，那里的萝卜以粗闻名。"宫重"产萝卜之"粗（ふとい）"与其后的"ふとしく"的"ふと"同音。"ふとしく"意为"营造宏伟的宫殿"，在此修饰后面的"宫柱"。《万叶集》之三十六中有和歌"秋津の野辺に宫柱ふとしくきませば"，形容宫殿圆柱之壮观。"ふろふき"系指萝卜蘸酱菜。"酱"在日语中读作"みそ"，而后面的"みそなわす"一词中也含有"みそ"。"みそなわす"为"見る"的尊敬敬语，意为"ご覧になる"。这里是利用同音或谐音创造诙谐幽默的气氛。"熱田"指的是位于名古屋的热田神宫。"七里のわたし"是指从热田至桑名长达7里的海路。台词中出现了桑名的地名，而主人公源三郎和雪叟踏上的土地也是叫作桑名的地方。

接下来，作者详细描写了主人公源三郎的外貌和服饰，并将此人称作"年纪六十二三，却自认年轻的弥次郎兵卫"。而《和歌灯》中的另一主人公——源三郎的外甥的名字也是喜多八，这明显不是巧合，而是作者刻意安排的。在小说中，以引用古典开篇的方式极为少见。在这里，镜花以引用替代了近代小说中落入俗套的舞台介绍，更具新意。

接着，从源三郎的口中，《东海道徒步旅行记》中的台词和情节接连而出。

　　（どうだ、喜多八。）と行きたいが、其許は年上で、ちとそりが合わぬ。だがね、家元の弥次郎兵衛どの事も、伊勢路では、これ、同伴の喜多八にはぐれて、一人旅のとぼとぼと、棚からぶら下った宿屋を尋ねあぐんで、泣きそうになったとあるです。ところで其許は、道中松並木で出来た道づれの格だ。

这是源三郎对同行的老者雪叟所说的一番话，模仿了《东海道徒步旅行记》中的情节。在《东海道徒步旅行记》第 5 章《伊势篇·松坂旅馆》一节中，弥次郎和喜多八与京都出身的游客偶乘同一辆马车。途中，弥次郎和"京都人"吹嘘各自的出生地，结果喜多八与"京都人"发生口角。"京

都人"提议去山田的古市逛青楼，为平息风波弥次郎应允。三人一行来到山田，在《山田》和《妙见町》一节中有如下搞笑情节：在青楼，弥次郎与一群客人发生冲突，只身离开，为此与喜多八走散。弥次郎欲去旅馆，却忘记了旅馆的名字叫藤屋，只记得名字中的一个字是从架子上垂吊而下的物什，所以到处打听"从架子上垂吊下来的"旅馆。前述引用讲的就是这段轶闻。最后一句的"松並木で出来た道づれの格だ"，指的是雪叟。在《东海道徒步旅行记》第2章《箱根》一节中，弥次郎和喜多八翻山越岭，在名为"长坂大急雨"一带结识十吉，并结伴而行。换言之，雪叟是中途加入进来的，而非自始至终一起同游的喜多八。闻罢此言，雪叟反驳道：

　　　　道中松並木で出来たと言うで、何とやら、その、私が<u>護摩（ごま）の灰</u>ででもあるように聞えるじゃ。

"護摩の灰"指扮作游客的盗贼。《东海道徒步旅行记》第2章上卷《三岛》一节，前述于旅途中结识的十吉和弥次郎、喜多八在三岛的旅馆同寝一室。夜半，乌龟爬进喜多八的被窝，并咬住弥次郎的手指不放，二人惊慌失措，大喊大叫。十吉趁乱将弥次郎放在枕下的盘缠调包，逃之夭夭。此句是说：我虽然是半路加入的，但可不是十吉那样的盗贼。

　　源三郎和雪叟步出车站时，源三郎脱口而出的是：やがてここを立出で辿り行くほどに、旅人の唄うを聞けば。并对雪叟说：捻平さん、可い文句だ、これさ。……時雨蛤みやげにさんせ宮のおかめが、……ヤレコリャ、よオしよし。

　　"やがてここを立出で辿り行くほどに、<u>旅人の唄うを聞けば</u>"是对《东海道徒步旅行记》的引用，在原作中出现于前述《桑名》一节开篇段落的结尾。而"時雨蛤（しぐれはまぐり）みやげにさんせ宮のおかめが、……ヤレコリャ"引自其后的《旅人之歌》，原文为"しぐれはまぐり土産（みやげ）にさんせ宮のお亀（かめ）の情所（なさけどこ）ヤレコリャヤレコリャ"。在此歌之后是车夫招揽客人的台词：コレ旦那衆戻り馬乗らんせんか。在《和歌灯》中，源三郎和雪叟一出车站就看到许多等客的车夫，这一情节与《东海道徒步旅行记》如出一辙。然而，车

第六章　集大成之作：《和歌灯》　◆◇◆

夫说的是"旦那、お供はどうで"，并未按照《东海道徒步旅行记》中的台词揽客。于是，源三郎问他为什么不说"旦那衆戻り馬乗らんせんか"。车夫无奈，只好照办。源三郎并未满意，对车夫说道："你得先说'よヲしよし'，否则与原文有出入。此时喜多八要插嘴说'しょうろく四銭で乗るべいか'才行。"

这里的"原文"就是指《东海道徒步旅行记》。执着地要求车夫重复《东海道徒步旅行记》中的台词，可见源三郎对《东海道徒步旅行记》的喜爱之深。

　　源三郎：[ヤヤ、難有い、仏壇の中に美婦（たぼ）が見えるわ、簀（す）の子の天井から落ち度（た）い。]などと、<u>膝栗毛の書抜き</u>を遣らっしゃるで魔が魅すのじゃ、屋台は古いわ、造りも広大。

此句中的"膝栗毛の書抜き"（出自《东海道徒步旅行记》的台词）即是指引文括弧中的"ヤヤ、難有い、仏壇の中に美婦（たぼ）が見えるわ、簀（す）の子の天井から落ち度（た）い"。"たぼ"原指发髻的燕尾，通常指代年轻女性，故在此配上当字"美婦"。"簀の子"是竹帘子。在《东海道徒步旅行记》卷二（下）之《原宿》一节中，喜多八去夜会朝拜的女子，不慎踩破二楼的竹帘子，掉进楼下的佛坛中，此时脱口而出的便是这句台词。源三郎是说自己也想模仿喜多八。

当源三郎从怀中掏出5章本《东海道徒步旅行记》时，旅馆女佣打趣道：

　　旦那、その喜多八さんを何んでお連れなさりませんね。
　　（客官，您怎么没带喜多八来呀。）

闻罢，源三郎神情黯淡地答曰：

　　むむ、そりゃ何よ、その本の本文にある通り、伊勢の山田ではぐれた奴さ。……

— 313 —

（像书上写的那样，在伊势的山田走散了。）

源三郎将喜多八赶出师门后二人失去联系的情节，与《东海道徒步旅行记》中弥次郎兵卫和喜多八在伊势走散的情节相似。作品中诙谐的对话也是受到了《东海道徒步旅行记》幽默气氛的感染。主人公手不释卷，拿着的是《东海道徒步旅行记》，其中的某个情节或是某个典故也时常出现在《和歌灯》的对话之中。要而言之，《和歌灯》的创作与十返舍一九的《东海道徒步旅行记》联系颇密切。

那么，为什么镜花在《和歌灯》中处处引用《东海道徒步旅行记》的情节呢？仅仅是对《东海道徒步旅行记》的简单翻版？抑或是出于嘲讽而模仿滑稽的讽刺精神？前述胜又浩论文中提到的"見立て"和"やつし"的概念给予我们很大的启示。

作为艺术表现手法的"見立て"是将对象借助他物来加以表现。例如，单口相声中，欲向观众展示烟袋时会借助扇子这一道具。演员将扇子叼在口中，通过观众的联想将扇子和烟袋两个不同的事物联系在一起。在和歌、俳谐、戏作文学、歌舞伎等众多艺术中都会用到"見立て"的技巧。同样作为艺术表现手法的"やつし"是日本文化中最基本的美学理念之一。"やつし"是动词"やつす"的名词形式。"やつす"原义为"变换为衣衫褴褛的姿态"。在江户（1603—1867年）中期以京都为中心，"やつし"派生出多种语义，但其基本的含义无非"将神格化的、权威化的事物以今世风格加以表现"。具言之，就是按照当下的风格来表现古典的题材。例如，让古典美人小野小町装扮成江户女子的样子。这种手法在日本的文学、美术、艺能等领域俯拾皆是，被称为"やつし"之美。"見立て"和"やつし"的表现手法在江户时代甚为盛行，得到极大的发展。

在《和歌灯》中，镜花将恩地源三郎比作弥次郎，源三郎的义子比作喜多八；将《东海道徒步旅行记》中的一个情节——"弥次郎为寻找在伊势山田走散的喜多八，和途中结识的伙伴一同找寻桑名的旅馆"，与两位老人寻找被赶出师门不知去向的义子恩地喜多八之旅相比拟，并以此搭建了小说框架。这些均非出自单纯意义上的幽默与讽刺。《东海道徒步旅行记》虽发表于江户后期，但在近代读者中可谓众人皆知。通过读者联想原

第六章　集大成之作：《和歌灯》　◆◇◆

作品，从而在《和歌灯》之外又诞生了另外一个作品世界，读者在近世与近代两个世界间穿行。这便是通过"見立て"打造的多重化效果。它打破了一般作品的单一、平面，创造出一个丰饶、立体的作品世界。镜花一边预测读者对引用古典所产生的联想一边构筑小说世界，通过与读者的互动行为来共同完成对作品意义的解读。

与"見立て"相比，"やつし"更具暗示性。"やつし"最古老的例子是《日本书纪》中记载的素戈呜尊以青草为蓑笠的姿态。折口信夫指出：头戴斗笠，身披蓑衣，应将其视为脱离人格升入神格的手段。变换成披蓑戴笠姿态到访人间的"稀客"或流浪神都是神的存在。[①]《和歌灯》中的恩地源三郎和雪叟及喜多八均为能乐界泰斗级人物。作品中描写的源三郎和雪叟的衣着非但尽失艺术宗家的风范，甚至有些滑稽。以源三郎为例，"乌黑的外套对于消瘦的身体来说过于肥大，松松垮垮。深茶色的礼帽像是新买来的，在尚未习惯的头顶上宛如小山般扣在脑袋上，帽檐盖住了耳朵。防止帽子被风吹走的布绳垂在满是皱纹的脸颊旁"。喜多八出场时的造型更是令读者大跌眼镜，"白手巾包裹着脸颊""消瘦的身影"，一副流浪艺人的装扮。按照折口信夫的观点，源三郎和雪叟即为一身世俗打扮从大都市东京造访地方的"稀客"，喜多八则是流浪神。镜花先将三人的神圣性掩饰在"俗"的外表之下，使读者产生暂时的错觉。然后，在高潮处通过高雅的艺术撕去"俗"的外装使其露出"神性"，实现对"俗"的超越。这种落差式表现手法所带来的艺术效果显然高于平铺直叙。

镜花在《和歌灯》中引用《东海道徒步旅行记》，不是简单的翻版，而是艺术表现手法的体现。通过"見立て"创造更为丰富多彩的作品世界。"やつし"的暗示性增加了故事的叙事弹性。二者在诱发读者的想象力，引导读者积极参与作品的解读方面发挥了极大的作用。"やつし"的意义亦在于传承性。将神性的、权威的东西用现今的方式表现出来，使其以另外一种风貌在现代艺术中得以延续。这也正体现出《和歌灯》引用《东海道徒步旅行记》的意义——将已成为传承对象、游离于时代

[①] 折口信夫：『国文学の発生・第三稿』，https://www.aozora.gr.jp/cards/000933/files/42613_17557.html，2019年7月1日。

精神之外的"经典"通过在日常生活中找出对应物，进行平俗化，从而赋予新的生命力。

二 "能"与作品的诞生

镜花的家世与"能"渊源极深。在镜花的家乡——金泽谣曲极其昌盛，幼小的镜花在谣曲的低吟浅唱中长大。母亲出身于葛野流派大鼓师世家，舅舅松本金太郎是著名的"能"表演艺术家，位居宝生流派第二把交椅，金太郎之子阿长继承父亲衣钵，亦成为能乐[①]界的后起之秀。镜花对舅舅金太郎的崇敬之情溢于言表。镜花父亲虽为雕金师，但当金泽大名前田家有"能"表演时为其击鼓奏乐。

"能"原系只为大名等武士阶层服务的高雅艺术。如作品中所说："時世なれば、道中、笠も載せられず。"此处的"時世"指的是明治维新后"能"表演艺术家失去大名的扶持，迫于生计不得不去地方表演的现实。因不合文明开化的时宜，旅途中也不能戴斗笠了。的确，明治维新初期，"能"的地位每况愈下，许多名角不得不转行。1908年3月以饭田巽为首23人上书众议院，提交《关于奖励"能"的请愿书》，获批。次年同月，观世、金春、宝生、金刚、喜多五大流派宗家为振兴"能"，建议政府制定保护及奖励政策，获贵、众两院采纳。[②]其后，"能"的地位有所改观，受众也逐渐扩大。

《和歌灯》中主要人物的身份设定基于"能"。恩地源三郎的身份为"能"的宗家，喜多八在作品中被誉为"能表演界的仙鹤"，雪叟（＝捻平＝边见秀之进）是"本朝无双"的鼓师。人物的原型亦是"能"表演界的人士。综观研究界，关于源三郎原型的论点分为两派：一派认为是宝生派的宗家宝生九郎；另一派认为以宝生派第二把交椅的松本金太郎为原型。关于雪叟的原型也有两种观点：幸流派的小鼓名手三须锦吾和下村又右卫

[①] 笼统地说，能乐包括能和狂言。
[②] 吉田昌志：「『歌行燈』覚書——宗山のことなど」，三田英彬編『日本文学研究大成泉鏡花』，東京：国書刊行会1996年版，第346頁。

第六章　集大成之作：《和歌灯》　◆◇◆

门。喜多八的原型为濑尾要和木村安吉。[①]其中，手塚昌行和朝田祥次郎根据金太郎的年龄推算，并援引镜花随笔中关于金太郎"磊落"人格和旅途中经常以弥次郎自居的叙述，推断源三郎的原型是依据松本金太郎设定的。[②]这一学说较具说服力。

　　作品中喜多八被源三郎逐出师门的情节取材于"能"表演界发生的真实事件。曾在宝生九郎家学艺的徒弟濑尾要极具"能"的表演天赋，颇受九郎青睐。然而，后因常常晚归，平素的练习也时常缺席，对弟子要求严格的九郎为教训他而将其逐出宝生派。镜花在《能乐座谈》（1911年9月）中曾言及此事。话语中对这位才华横溢的天才因任性而被开除流露出惋惜之情。[③]虽取材于"濑尾要事件"，但喜多八的外形和气质设定取自阿长。

　　作品中有些台词模仿了谣曲的风格。如"杯の月を酌まうよ""さん候、これに懲りぬ事なし""塵も留めぬ舞振かな"等。而有些台词则令人不禁联想到谣曲的词章。如"此の浦船でも教えてやろう"中的"此の浦船"出自谣曲《高砂》的词章"高砂や此の浦船に帆をあげて、月もろともに出で汐の……"，此为婚礼上的贺曲，后为普通民众学唱。"鼓ケ岳が近い所為か、これほどの松風は、東京でも聞けぬ"和"博多の柳の姿に、土蜘蛛一つ搦みついたように凄く見える"中的"松风"及"土蜘蛛"分别为谣曲的题名。《松风》为著名的谣曲，系观阿弥所作，后经世阿弥改编，描写了一对渔女出身的姐妹对遭流放的贵族公子在原行平专一的爱情，故事美丽、哀切。《土蜘蛛》依据《平家物语》中的片段改编而成，是关于源赖光击退鬼怪的故事。《和歌灯》对古典的引用多是暗示性的。"引用和文学作品的多义性密不可分"[④]，对古典的引用越多，或引用富于暗示性，文本的内涵便越趋向多元化。

[①] 吉田精一：「泉鏡花『歌行燈』研究」，『明日香』1938年第2期；村松定孝：「泉鏡花文学に現れた謡曲の影響」，『泉鏡花』，東京：寧楽書房1966年版；藤城継夫：「歌行燈」，『宝生』1975年第10期；新保千代子：「『歌行燈』のモデルを追って」，『鏡花研究』1984年第6期；三田英彬：「鏡花と能楽界との交流・ノート」，『湘南短期大学紀要』1990年第1期。

[②] 朝田祥次郎：「『歌行灯』句釈・鑑賞1」，『神戸大学教育学部研究集録』1960年第23期；「『歌行灯』句釈・鑑賞2」，『神戸大学教育学部研究集録』1961年第25期；手塚昌行：『泉鏡花とその周辺』，東京：武蔵野書房1989年版，第167頁。

[③] 泉鏡花：「能楽座談」，『明治文学全集21』，東京：筑摩書房1966年版，第361頁。

[④] 清水潤：「引用についての妄想」，『文芸』1976年第12期。

对"能"的摄取集中体现在作品高潮处几人合力表演的谣曲《渔女》的"玉之段"及作品结构上。

谣曲《渔女》讲述的是，房前大臣得知生母是讚岐志度海湾的渔女，死在一个叫作房前的地方这一身世秘密后，带领随从前往欲追悼母亲。在那里听一位渔女讲起昔日的往事。藤原不比等的妹妹嫁给唐高宗后，赠与藤原家三种宝物。这三种宝物被收藏在藤原家族修建的兴隆寺中。后来，三种宝物中的宝珠被海里的龙宫夺去。为取回宝珠，不比等来到此地，与一渔女生下了房前。不比等与渔女约定：若将明珠从龙宫取回，就将房前指定为藤原家的继承人。约定后，渔女腰缠长绳潜入海底，去夺回宝珠。眼前的渔女边讲述边模仿再现当时的情境，这就是"玉之段"，也是全曲最精彩的场面。利用龙宫忌讳死人的习俗，渔女割开乳房下方，将宝珠藏进去，流出的鲜血令海龙们束手无策，方得以脱身。这时，讲述故事的渔女给房前留下一张字条，告知自己便是房前母亲的鬼魂后消失在海底。当房前为母亲做法事、祈冥福时，已成为龙女的房前母亲手捧经卷现出，起舞表达成佛的喜悦之情。

《渔女》反映了母子情深、母爱伟大的主题。镜花选择《渔女》，一是要折射出源三郎和喜多八超出了师徒和养父子关系的、那种常人无法体味到的深切情感。将外甥逐出师门实乃情非得已，源三郎内心一直牵挂着流浪他乡的喜多八。对外甥离开后的孤寂无助，源三郎在作品中是如此表达的："无论冷暖，有如我的拐杖一般形影不离的年轻人离我而去之后，我就成了60岁的迷途少年——内心流泪呀。"身在异乡的喜多八也一定怀念着与舅舅同台演出的日子，无数次在梦中重返魂系梦牵的舞台。二是与故事情节产生暗合。《渔女》是孩子为父母祈冥福的曲目，而三重正是愤懑而死的惣市（宗山）的女儿。三重舞这段曲目恰好符合三重的身份和故事情节。三是通过渔女最终成佛的结局，暗示喜多八最后通过艺术战胜了一直令他恐惧的惣市的冤魂，进而从痛苦中解脱出来。作家借此歌颂了艺术的崇高，同时也暗示了喜多八最终获得舅舅的谅解重返师门的大团圆结局。《和歌灯》发表在自然主义的全盛期，也是镜花幸遇文学知己得以解脱精神苦闷之际，同时也是"能"重获新生走向隆盛之时。镜花通过该作品奏响了一曲艺术胜利的凯歌。而松本金太郎作为"能"表演艺术家最后一次登台是1911年在宝生会上，表

第六章　集大成之作：《和歌灯》 ◆◇◆

演的正是《渔女》，这不能说只是单纯的巧合吧。

《和歌灯》集中体现了"能"的"序、破、急"手法。在"能"中，"序、破、急"指的是"能"的结构，亦是"能"表演的基本理念。"序、破、急"分别对应的是舒缓的导入部分、细腻的表现部分和急剧变化的结尾部分。世阿弥将"序一段""破三段""急一段"的五段式结构规定为"能"创作的基本理念。配角登场为"序一段"；前场主角出场为"破一段"，前场主角和配角之间的应答为"破二段"，从前场主角讲述到暂时退出舞台、前场结束为"破三段"；后场主角出场表演的场面为"急一段"。

《和歌灯》中的第1—2章、第3—23章的前半部和第23章后半部依次与"能"的"序段"、"破段"和"急段"相对应。

第1—2章的"序一段"是主人公恩地源三郎、雪叟出场的场面，二人在作品中所起的作用相当于"能"中的配角。1—2章是源三郎和雪叟步出火车站后乘人力车奔赴旅馆的一幕。二人和普通游客并无二致，一路上谈论着当地的特产，时而穿插《东海道徒步旅行记》中的典故，谈笑间奔向旅馆。在梦幻能中，配角经常以游客身份登场。第3—5章是喜多八作为沿街卖唱的流浪艺人出现在面馆，并与面馆老板娘攀谈的场面，相当于梦幻能中前场主角出场的"破一段"。从第6章至第22章，源三郎和雪叟入住的旅馆与喜多八所在的面馆交替出现，两条故事主线平行发展。6—8章和15—20章的场面在旅馆，6—8章是为艺伎三重的出场所做的铺垫。随着三重的登场，故事的脉络越发清晰。可将三重视为梦幻能中的次主角。9—14章和21—22章的地点是在面馆。三重与喜多八分别在旅馆和面馆将往事娓娓道来。第6—23章的前半部大致与"能"五段式结构中的"破二段"和"破三段"相对应。在绵密、细致的铺垫、讲述之后，最后1章中旅馆和面馆的场面急速交互切换，最终在第23章的后半部定格于旅馆——"急一段"。源三郎、雪叟、喜多八、惣市的女儿三重、惣市的幽灵，所有人物聚首，故事在谣、舞、曲华丽绚美的表演中落下帷幕。两个场面的交叠与急剧转换等手法与电影艺术的表现手法亦有异曲同工之妙。[①]

[①] 井沢淳：「『歌行灯』における映画的表現」，『国文学解釈と鑑賞』1949年第5期。

从叙事学的角度来看，与镜花信手拈来的"套匣式"叙事时间结构不同，《和歌灯》系交会式叙事时间结构。如前所述，分别以源三郎、雪叟和喜多八为代表的两条故事主线开篇伊始便平行发展，场面交替出现。通过喜多八和三重对往事的回忆，故事原本平行发展的两条主线渐渐接近，并最终在第23章的"急一段"部分交会。故事的发展急转直下。这种叙事时间结构的优势是两条平行的故事主线在交会的瞬间迸发出巨大的撞击力和震撼力，带给读者鲜明、强烈的视觉效果和余音缭绕的韵致。细言之，《和歌灯》结尾处的聚焦，是两条线上的情节重复交错三次后的碰撞，交会前以2章—3章—3章—6章—6章—2章的节奏有规律地进行交替，形成一种对称结构。而且，最初和结尾均为2章，首尾呼应。其间每3章一交错，进而每6章再一交叉，6又恰巧是3的倍数。换言之，是以均匀的速度蓄势加速的，从而搭建起具有稳定支撑力的匀称的框架。在此框架下，两条线相互间的张力达到最佳状态，最终获得完美的撞击效果。

概而言之，《和歌灯》对《东海道徒步旅行记》情节和台词的借用集中在故事的前半部，在结构上，大致与"能"的"序一段"相对应。在出场人物轻妙语言的感染下，《东海道徒步旅行记》诙谐、幽默的氛围晕染开来。这种轻松、诙谐的气氛与"能"节奏舒缓的导入部分相得益彰。《和歌灯》与《东海道徒步旅行记》关系之密切是镜花的任何一部作品均无法相比的。但是，与《东海道徒步旅行记》相比，"能"对《和歌灯》的影响更加深刻。从人物身份及原型到故事情节乃至作品结构，无处不体现了对"能"的吸取。《和歌灯》的成功与其完美的叙事时间结构亦密不可分。《和歌灯》是交会式叙事时间结构的最高杰作。貌似毫不相干的两条故事主线平行演进，两个场面有节奏地交替转换，最终交会于一点而产生巨大的冲击力，作品终章幻美的画面印刻在读者的脑中。这部经过镜花精心"计算"、设计的作品可谓"神仙之作"。

第七章 花街柳巷小说的代表作:《日本桥》

第一节 鉴赏与解读

一 时代背景

　　泉镜花的长篇小说《日本桥》约耗时一年完成,于 1914 年 9 月由千章馆发行。经真山青果改编为剧本后,作为"新派剧"于 1915 年 3 月在本乡座剧场首次公演。小说改编的《戏曲日本桥》于 1917 年 5 月由春阳堂出版。其后,先后两次被搬上银幕。《日本桥》成为脍炙人口的名篇。

　　在中日甲午战争和日俄战争中屡战屡胜的日本,在大正(1912—1926 年)初期国家主义情绪高涨。1913 年,日本从中国获得满蒙 5 条铁路的优先借款权。1914 年,第一次世界大战爆发。日本对德宣战,占领原为德国占领地的南洋诸岛及德国租借地青岛。由于第一次世界大战刺激了进出口贸易,日本呈现前所未有的景气。依靠战争中的获利,日本加速了工业近代化的进程。伴随着产业的发展,新型工厂纷纷落成,大阪的北滨和东京的丸之内等商业街、霞之关及县厅所在地的官厅街西式高楼平地而起。铁道、港口、道路等基础设施得以扩充。东京站也于 1913 年 12 月正式运营。

　　大正时代的政治可以"大正民主"来概括。大正是自由、民主主义思想孕育产生、积极吸取西欧文化的时代,实施普通选举,热议男女平等。而"今日帝国剧场,明天三越百货"这一流行语的诞生则象征着百货商场的登场与日本消费时代的到来。

　　1914 年的文坛波澜不惊。《新思潮》(第三次)创刊。森鸥外较活跃,

发表 5 部小说——《大盐平八郎》《堺事件》《安井夫人》《天保物语》《护持院原的讨敌》。饱受胃溃疡折磨的夏目漱石也不甘示弱，于同年发表了《心》。此外，德富芦花发表了《黑眼睛和茶色眼睛》。

1914 年对于镜花来说也是平淡的一年。虽有《暖水瓶》《第二洒落本》《皮包怪》《水边的女人》《睡菜》《日本桥》《汤岛的境内》《红葛》共 8 部小说面世，除《日本桥》外无可圈可点的作品，但镜花的文学事业却是平步青云。继 1915 年《日本桥》上演，《青楼集》由春阳堂出版发行。次年，《爱染集》通过千章馆付梓。同年，水上泷太郎从英国归来，与久保田万太郎一同拜访镜花，成为镜花的终生挚友。

二 主题内容

泉镜花对艺伎有着与生俱来的亲近感。镜花金泽老家附近有一条花街，对少年镜花来说，那里充满了神秘感和吸引力。妹妹曾身为艺伎；舅母和表姐经营艺伎馆。在砚友社的新年宴会上结识艺伎桃太郎（本名伊藤铃），历经曲折，红叶去世后结为夫妻。

镜花创作了一系列被称为花街柳巷小说的作品，其中不乏《汤岛之恋》（1899 年）、《订货账本》（1901 年）、《妇系图》（1907 年）、《白鹭》（1909 年）、《日本桥》（1914 年）等耳熟能详的名篇。在《风流蝶花形》（1897 年）、《辰巳巷谈》（1898 年）、《守灵物语》（1898 年）、《汤岛之恋》（1899 年）、《三尺角》（1899 年）、《订货账本》（1901 年）、《起誓文》（1902 年）、《舞袖》（1903 年）、《结缘》（1907 年）、《妇系图》（1907 年）、《白鹭》（1909 年）、《和歌灯》（1910 年）、《南地情死》（1912 年）、《日本桥》（1914 年）等诸多作品中，女主人公的身份都是艺伎或花魁。镜花偏爱花柳题材固然有其个人经历和情感的因素，但江户小说，尤其是专门描写花柳界人情世故的"洒落本"对他的影响也不可小觑。

《日本桥》是镜花大正时期（1912—1926 年）创作的花街柳巷小说的代表作，体现了"对无法实现的爱情的执着"[1]这一主题。似火一般热烈的

---

[1] 熊倉千之:「近代日本の「あいまいさ(両義性)」について——泉鏡花の『日本橋』を中心に」,『東京家政学院大学紀要』1995 年第 35 期。

第七章　花街柳巷小说的代表作：《日本桥》　◆◇◆

阿孝和沉静优雅的清叶同为日本桥最具人气的艺伎。千世则是自幼经阿孝亲手调教的幼妓。故事发生在某个春天下午至傍晚的两三个小时之间。故事从糖果摊前千世受顽童欺辱的场面开始。千世获一深藏面容、气度不凡的僧侣解围，惊魂未定时，恰巧清叶路过，上前安慰。二人的话题自然转到患病的阿孝身上。阿孝患病后，原本门庭若市的艺伎馆变得门可罗雀。得知实情后，清叶决定随千世前往探望。见到阿孝后，故事被拉回到两年前阿孝与葛木晋三的一次偶然相识。葛木系帝国医科大学生理学教室的研究人员，自幼家境清贫，父母双亡，靠姐姐做当铺主人的小妾才得以大学毕业。姐姐踏上朝拜观音之旅后音信皆无，生死未卜。葛木遵照姐姐的遗训，在女孩节次日将祭奠用的海螺和蛤蜊放生时结识阿孝。阿孝对葛木萌生恋情。但葛木 7 年来一直暗恋着与姐姐颇有几分神似的清叶。清叶虽难以割舍对葛木的情愫，但因名花有"主"，非自由之身，而不得不拒绝了葛木的求爱。黯然神伤的葛木向阿孝诉说苦衷。阿孝对葛木的钟情引来前情人赤熊的嫉妒。赤熊对葛木软硬兼施，并暗示：若葛木不离开阿孝，将与阿孝同归于尽。无奈之下，葛木离开东京，化身云游僧，踏上寻找姐姐之旅。因葛木的不辞而别，阿孝发疯。两年后，葛木再次踏上故土时恰逢故事开篇的场面。此时，突如其来的一场大火将故事推向高潮。大火吞噬了清叶家，赤熊从火中救出清叶的养母和清叶抚养的弃婴（原本为赤熊之子）。赤熊趁乱欲刺杀阿孝不成，误伤千世。阿孝被眼前的一幕惊醒，恢复了神志，手刃赤熊后服毒自尽。阿孝去世后，清叶将自己的屋号搬到阿孝家，重振阿孝的艺伎馆。葛木则重返大学后只身赴德留学。

在描写艺伎的一系列作品中，镜花笔下的女主人公都是出淤泥而不染，视金钱如粪土，视爱情胜于生命。她们坚毅忍耐，为了心爱之人可以抛弃一切。而男主人公各个面目清秀，学富五车。在男女主人公外，总是有个丑态百出、令人侧目的反衬人物。从身份上看，这类人物多是暴发户、士族、富豪等，均属于镜花生性厌恶的阶层。《日本桥》中的人物设定也是如法炮制。女主人公阿孝因葛木的出走而精神失常，最终手刃纠缠自己的旧情人赤熊后自杀。男主人公葛木系大学研究人员，赤熊则是以贩卖鲥鱼发家的暴发户。毋庸讳言，人物的类型化是泉镜花文学的一个小瑕疵。

作品描写了日本桥一带的风土人情，刻画了以阿若、阿孝、清叶、千

世为代表的艺伎群像，揭示出艺伎们的悲惨命运。同样是描写艺伎的爱情，《日本桥》明显不同于带有"近代性"色彩的《汤岛之恋》。《汤岛之恋》早于《日本桥》十五年面世，发表于1899年。《汤岛之恋》描写了艺伎蝶吉和文学士神月梓凄婉的爱情故事。神月梓夫妇均为受过近代教育的知识分子。神月的妻子系子爵家的大小姐，而神月的母亲却是青楼出身。由于成长环境的差异，导致二人的婚姻生活并不美满。神月与蝶吉相遇后，二人相爱。然而，等待他们的却是蝶吉堕胎、发疯。最终，二人相拥投身大海。作品具有反抗形式主义、贵族主义，尊重自然素朴感情的精神内涵。从这一点上说，《汤岛之恋》是近代意义上的小说。

《日本桥》面世的大正时期（1912—1926年），日本的近代工业化取得高度发展，江户时代（1603—1867年）已成为人们的回忆。作品中的日本桥系位于日本桥区域内的桧物町、上槇町、数寄屋町和元大工町的花街的总称，历史悠久，与柳桥、芳町并称东京一流的花街。花街是旧时代的产物，与近代文明背道而驰。艺伎们活在江户的义理人情的世界，是被近代漠视的群体。镜花将目光聚焦在江户情绪浓郁的日本桥，描写为近代文明所不屑的艺伎这一群体，是为了再现被近代化大潮吞噬、渐行渐远的江户的身影，亦是镜花以自己的方式进行的文明批判。此外，《日本桥》中被称为"お竹蔵"的"街巷传说"、阿若鬼魂的传言以及贯穿作品始终的三首俗曲的登场，成功打造了怪异的氛围，这也使其有别于具有现实主义意味的《汤岛之恋》。可以说，《高野圣僧》之后面世的同类题材的作品，如《订货账本》《妇系图》《白鹭》《日本桥》等，均或多或少地带有幻想文学的色彩。

三 难解词句

这部耗时近一年完成的小说对于现代的读者来说无疑是一部"难啃"的作品。如果不具备能乐、评书、歌舞伎、戏作文学、俗曲等相关知识和素养的话，许多词句将无法理解。

- 篠蟹（ささがに）："ささがに"一般写作"笹蟹"或"細蟹"，"蜘蛛"的别称。作品中影射挥动"笹（竹叶）"的恶童。

第七章　花街柳巷小说的代表作：《日本桥》　◆◇◆

- 押競饅頭（おしくらまんじゅう）：为比力气而互相推挤的游戏。
- 肩揚を除った：因儿童身体长得快，所以为孩子做和服时尺寸会剪裁得大一些，将长出的部分在肩部缝上。"肩揚"即指在肩部缝上的部分。因此，"肩揚をとる"或"肩揚がとれる"表示已经成年，不需要再穿缝上肩部的衣服了。
- 絣（かすり）：也写作"飛白"，系图案织法之一，为碎白点花纹。按照图案事先将线染色，然后织成布。据说这种织法源自印度，江户时代（1603—1867年）以降始用于百姓的服装。
- 緋鹿子（ひがのこ）の背負上（しょいあげ）した："緋鹿子"指"火红的文缬花布"；"背負上"与"帯揚げ"同，是位于女性和服腰带里侧、起固定作用的窄布。
- 不見手（みずてん）：应写作"不見転"。原本写作"不見点"，指打花牌时不考虑当时的情况乱出牌。"卖身"在日语中可说成"転ぶ"。因"点（てん）"与"転（てん）"谐音，所以现写作"不見転"，指艺伎为赚钱而不择对象卖身。
- 六代目の仮声さ：指顽童模仿第六代歌舞伎演员菊五郎的声音。
- 不見手（みずてん）よりか心太（ところてん）だい："ところてん"原指"日式凉粉，洋粉"，因与嘲讽艺伎的"みずてん"一词部分发音相同，顽童为打趣千世而故意说成"ところてん"。
- おっと任せの、千崎弥五郎（せんざきやごろう）："千崎弥五郎"系歌舞伎曲目《假名手本忠臣藏》中盐冶家的家臣。此处系一种文字接龙游戏，前后两句在意思上并没有关联性，只是为承接上一句的"せ"，而在下句接"せ"开头的是"せんざきやごろう"这一人人皆知的历史人物。
- 据腰の露払："据腰"指走路时将腰部重心放低，上半身保持笔直的身姿。原为妓女的行走姿态，后被普通女性所效仿。"露払"在此系指行列的先导。
- 川柳にも有るがね、（黙然と辻斬を見る石地蔵）："黙然と辻斬を見る石地蔵"模仿《俳风柳多留·初篇》（江户后期）中的第426句川柳"辻切を見ておはします地蔵尊"。"辻斬"指的是在夜半的十字路口守

- 325 -

候，当路人经过时将其斩首以试新刀是否锋利。以普度众生为本的土地神石像却对此熟视无睹。原本是讽刺土地神石像的句子，在此为卖糖老汉的自嘲。

- 浪花節（なにわぶし）：浪花曲。在三味线的伴奏下说唱，内容多以义理人情为主题。
- 行軍将棊（こうぐんしょうぎ）でもな、間者は豪いぜ、伴内（ばんない）阿魔（あま）："行軍将棊"为日式军棋，各棋子以军队中的兵种和阶衔命名；"間者"是棋子之一，遇到其他棋子会被吃掉，唯独可以胜大将；"阿魔"是对女性的蔑称；"伴内"指的是《假名手本忠臣藏》中的高师直（即吉良上野）的家臣鹭坂伴内。顽童扮作大高源吾（详见本章第二节之第1小节），所以发疯的阿孝即相当于吉良上野，而千世则顺理成章地被当作伴内了。
- スパルタ擬きの少年等："スパルタ擬き"为"装作斯巴达勇士"之意。
- むかし傀儡師（かいらいし）と云った、被蓋（きせぶた）の箱を頸に掛けて、胸へ着けた、扮装は仔細らしいが、山の手の台所でも、よく見掛ける、所化（しょけ）か、勧行か、まやかしか："傀儡師"指的是"耍木偶的人"；"被蓋の箱"是"只有一个盖子的小箱子"；"所化、勧行、まやかし"分别为"寺中的修行僧、化缘僧、骗子"之意。
- へまむし：是"へまむし入道"的省略语，用片假名的"へ"代表人的头部和眉毛，"マ"字表示眼睛，"ム"字替代鼻子，"シ"表示口和下颚，"ヨ"替代耳朵，以"入道"二字表示身体，如下图①所示。
- 潮を踏んだ飴屋は老功："潮を踏んだ"与"塩を踏む"近义，意为"备尝心酸，生活经验丰富"；"老功"意指"经验丰富，动作娴熟"。
- 小児の捌口（はけくち）へ水を向ける："捌口"系指"解决问题的线索"，"小児の捌口"即"解决恶童，赶走恶童"之意。"水を向ける"意指"提出，倡议"。这里的"水"与上一句的"潮"为相关语。

---

① https://matome.naver.jp/odai/2136746734101872601/2136747330403477303, 2018年1月25日。

第七章　花街柳巷小说的代表作：《日本桥》 ◆◇◆

- はじめまして御意を得ます："御意を得ます"为"お目にかかる（见面）"的尊敬敬语形式。
- 火の番小屋："火の番"指的是江户时代（1603—1867年）提醒人们防火的更夫。
- 油障子：为防雨而贴上油纸的拉门。
- 三ツ紋の羽織を撫肩（なでがた）に、縞大島の二枚小袖："三ツ紋の羽織"系指背部及双袖后部各印有1个家徽的短和服外套。"撫肩"为"溜肩"。"縞大島"系"大島織"的一种，多为格子图案或无图案。"大島織"起源于奈良时代（710—794年）鹿儿岛的奄美大岛。"小袖"是"窄袖便装和服"。
- 片手に白塩瀬（しろしおぜ）に翁格子（おきなごうし）、薄紫の裏の着いた、銀貨入を持っていた："白塩瀬"为"纯白纺绸"的一种；"翁格子"亦称"童子格子"，系粗线格子中加入细线格子的图案，寓意"子孙繁荣"。
- 下方（したかた）：指日本舞蹈或歌舞伎中的伴奏或伴奏者。具体而言，在能和狂言中"下方"指的是笛子、小鼓、中鼓和大鼓的伴奏；在歌舞伎中将三味线以外的伴奏者统称为"下方"。因其位置居演唱者和三味线演奏者的下方故得名。
- お染久松がちょっと戸迷いをしたという姿："お染久松"系净琉

璃和歌舞伎中的出场人物。取材于江户时代（1603—1867年）发生的真实事件。大阪榨油铺的千金阿染和油铺小工久松相恋，遭阻挠而双双殉情。作品中将千世比作阿染，将清叶喻为久松，形容二人亲密无间。

- 効性（かいしょう）：在现代日语中写作"甲斐性"，意为"要强，有出息"。
- 忍返し：即"忍びを返すこと"。"忍び"有"盗窃"之意，故"忍返し"指墙头上防小偷的碎玻璃、竹签、铁丝网等。
- 土地の故参で年上でも、花菖蒲（はなあやめ）、燕子花（かきつばた）、同じ流れの色である："花菖蒲"和"燕子花"分别与汉语的"鸢尾花"和"燕子花"相对应。在此，以"鸢尾花"和"燕子花"花色相同暗喻阿孝与清叶同病相怜。
- 油揚の手曳（てびき）をしていた：在日本桥的花街一带将嫖客戏称为"油揚"；"手曳"在现代日语中写作"手引き"，有"引导，向导"之意。"嫖客的向导"即为"拉皮条的"。
- 櫛巻の姉さんが、棒縞のおさすり着もの、黒繻子の腹合せで、襟へ突込んだ懐手："櫛巻"系将长发随意盘起的女式发髻；"棒縞"为"竖条纹"；"おさすり"原为"なでさする"（抚摸）之意，"おさすり着もの"即为"爱抚和服"，转义为"很珍惜的和服"；"腹合せ"指的是"腹合わせ帯"，意即"表里用不同布制作而成的腰带"。
- 死せる孔明活ける仲達（ちゅうたつ）を走らす：出自《三国演义》中"死诸葛吓跑活司马"这一典故。
- 着流しのぐなりとした、角帯のずれた結目をしゃくって行く："着流し"指的是和服便装，仅着和服，不穿裤裙和外罩；"角帯"为男子着正装时佩戴的腰带，以宽20厘米、长4米的布对折制成；"しゃくる"在此为"向上翘"之意。
- 見切（みきり）：在此为建筑用语，"衔接部"之意。
- 江一格子（えいちごうし）：一般写作"江市格子"，是指以无数纵横的小木格子构成的窗棂。
- 絽明石（ろあかし）："絽"即"罗"，轻薄的丝绸织物。此处的"明石"系"明石縮"的简称，因明石人堀将俊发明而得名。"明石

缩"是用于制作和服的丝绸，因手感清凉，成为女性夏装的首选布料而价格不菲。

- 台の鮨のくされ縁：在妓院将寿司放在小木台上端给客人，所以称为"台の鮨"。表示寿司的鱼肉多半已"变质，腐坏"之意的"くされ"与"くされ縁（孽缘）"的部分音相同，这是镜花惯用的文字游戏。
- 待合になった処：在此系"待合茶屋"的缩略语，在明治时期（1868—1912年）为与艺伎玩乐的地方。
- 庇合（ひあわい）："ひあわい"在现代日语中写作"廂間"。"廂"指的是"房檐"，而"廂間"则是紧挨着的两个房屋屋檐之间的夹道。
- 蜀山兀つとして阿房宮：出自杜牧的《阿房宫赋》之"蜀山兀，阿房出"，在此形容阿孝当年所经营的艺伎馆之兴盛。
- 勝気気嵩（きがさ）の左褄："勝気"和"気嵩"均为"不服输，要强，强势"之意；"左褄"是对"艺伎"的称呼，源自艺伎行走时左手提和服下摆的姿态。
- 飯盛さえ陣屋ぐらいは傾ける：出自川柳"飯盛も陣屋ぐらいは傾ける"。"飯盛"系指江户时代（1603—1867年）在客栈私自向客人提供性服务的妓女。此句的句意为：（如果说高级妓女倾城的话，那么可以说）下等妓女的"飯盛"也可以倾"军营"了。
- 春雨捌（さばき）の玉川翳ざし：浮世绘中常见的画面。躲在半撑开的雨伞后雨中前行的美女图。"玉川翳"使人不禁联想到铃木春信的《风俗六玉川》和喜多川歌磨的《风流六玉川》。
- 蛇目傘（じゃのめ）：伞面为红色或蓝色，中间有一个白环，撑开后呈蛇眼状，故称"蛇目伞"。
- 末濃（すそご）に藤の咲くかと見えつつ："末濃"系染布法之一，自上而下颜色渐浓。
- 世間じゃお天道様と米の飯は附いて廻ると云うけれど：出自日本的谚语"米の飯とお天道様はどこへ行っても付いて回る"，意即"老天饿不死瞎家雀"。
- 待つ間が花："待つ間が花"为成语，意为"等待结果的时候最快乐"。
- こなたは、盛りは四天王、金札打った独武者、羅生門よし、土蜘

- 329 -

蛛よし："盛りは四天王"的意思是"（阿孝的艺伎馆）昌盛的时候有四天王护航"。"四天王"原指护卫源赖光的4位武士，在此指阿孝艺伎馆的4位名伎。"金札打った独武者"是"身着黄金甲的武士"，指大将源赖光，在此指阿孝。赖光"四天王"之一的渡边纲以击退鬼怪的故事而闻名，这里的"羅生門"指的是被击败的鬼怪。同为"四天王"之一的卜部季武击退的妖怪是"土蜘蛛"。

- 卯の花縅、小桜を黄に返したる年増交りに、十有余人の郎党を、象牙の撥に従えながら："縅"是用于连缀铠甲片的细绳或细皮线。"卯の花縅"原本为清一色白色的细绳，在江户时代（1603—1867年）指黄白两色的细绳。"小桜を黄に返したる"见《保元物语・上》中的"小桜を黄に返したる鎧着て"，意为"在小樱花的花纹上染上黄色"。"郎党"为"家臣，从者"之意。

- 西河岸橋を境にしてこなたの川筋は、同じ広重の名所でも、朝晴の富士と宵の雨ほど彩色が変って寂しい："広重の名所"在此指的是歌川广重的《名所江户百景》图。

- 小姓梅之助に手を曳かるる腰元の青柳か：出自画本《源氏物语》和"草双纸"中的情节。

- 雪洞（ぼんぼり）：指"纸罩蜡灯"。在江户时代（1603—1867年），"ぼんぼり"的主要含义是"朦朦胧胧"。纸罩的蜡烛灯因灯光朦胧而被命名为"ぼんぼり"。

- つけが悪い：《东海道徒步游记》中也曾出现此说法，意为"运气不佳，走霉运"。

- 横槊賦詩（ほこをよこたえてしをふす）：出自苏轼作《赤壁赋》：酾酒临江，横槊赋诗，固一世之雄也。此诗赋颂曹操为一世枭雄。"横槊赋诗"意为"槊を横たえて詩を賦す"（一边手持武器，一边不忘作诗），即"文武双全"。

- 長襦袢を見ないで芸者を口説く：此为阿孝讽刺葛木时的台词。"長襦袢"为和服下贴身穿的长衬衣。为演绎娇媚之态，艺伎一般会选用红色长衬衫。可以说红色长衬衫既是艺伎的自我表现手段，亦是作为艺伎的证明。

第七章 花街柳巷小说的代表作:《日本桥》 ◆◇◆

• 呼声は朱鞘(しゅざや)の大刀、<u>黒羽二重、五分月代</u>(ごぶさかやき)に似ているが、すでにのさのさである程なれば、そうした凄味な<u>仲蔵</u>ではない:"黒羽二重"指的是"带有家徽的和服正装";"月代"系指剃掉额头至头中部头发的成年男子的发型(见下图①),明治时期(1868—1912年)明文禁止。"五分月代"指的是头发长出半寸的"月代"发型,此发型以浪人为代表。此处的"仲蔵"为单口相声《中村仲蔵》中的人物中村仲蔵。仲蔵系歌舞伎演员,为演好《忠臣藏》中定九郎的角色而赴柳岛向妙见菩萨祈愿。返回途中突降大雨,在法恩寺桥附近的荞麦面馆避雨时一浪人闯了进来。仲蔵从该人的装扮获得灵感,演出大获成功。《日本桥》中上述装扮的描写与《中村仲蔵》毫无二致。

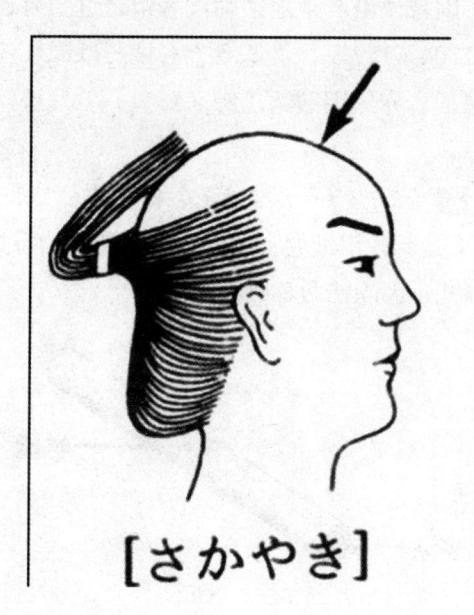

• <u>かてて加えて爪皮</u>の掛った日和下駄:"かてて加えて"是"而且,并且,加上"之意;"爪皮"系指下雨时加在木屐前端的遮挡部分,见下图②。

---

① https://search.yahoo.co.jp/image/search?p=+&aq=-1&ai=7_COUIOBRYuz4KTCHJg7TA&ts=3852&ei=UTF-8&clr=1#mode%3Ddetail%26index%3D31%26st%3D1013,2018年1月25日。

② https://search.yahoo.co.jp/image/search?rkf=2&ei=UTF-8&gdr=1&p=爪皮#mode%3Ddetail%26index%3D0%26st%3D118,2018年1月25日。

- むかし権三（ごんざ）は油壺。鰊蔵（にしんぐら）から出たよな男に："権三"是近松门左卫门创作的净琉璃《长枪手权三重帷子》中的主人公笹野权三，因被诬陷与茶道宗师浅香市之进之妻通奸而遭处刑。在元禄时期（1688—1704年）曾流行"どうでも権三はぬれ者だ，油壺から出すやうな男"的唱词。赤熊因贩运"鰊（鲱鱼）"发迹，因此说成"鰊蔵から出たよな男"。

- 両切の和煙草を蝋巻（ろうまき）の口に挟んで："両切の和煙草"即"両切たばこ"，是一种用纸卷上烟丝后两端切齐的香烟。见下图①。"蝋巻"指的是香烟嘴儿，因涂蜡故称"蝋巻"。

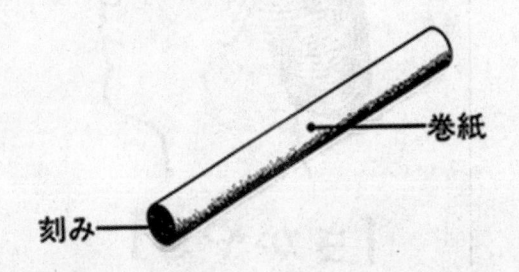

- 可愛い孫の顔は、長者星ほど宵から目先にちらつくので："長者星"是傍晚最早出现的星辰——金星，也叫"长庚星"。

- 虞美人草（けしぼうず）："虞美人草"读作"グビジンソウ"，也被称作"ヒナゲシ"，是"虞美人，丽春花"，其果实叫作"けしぼうず"。

---

① https://www.jti.co.jp/Culture/museum/collection/tobacco/t19/index.html，2018 年 1 月 25 日。

第七章 花街柳巷小说的代表作：《日本桥》 ◆◇◆

• 潰（つぶし）島田：江户时代天保至嘉永年间（1831—1854年）盛行的岛田髻的一种，基本为艺伎或女性宗师的发式，如下图①。

つぶし島田
（江戸後期）

• 電燈は何燭だろう："燭"为电灯的光度单位，"1燭"相当于1坎德拉。
• 東西、黙って：在戏曲中，"東西、東西"表示"请各位安静"之意。
• タングステン：指的是"タングステン電球"，即"钨丝白炽灯泡"。
• 芝居の月の書割のように明るくなった："書割"指戏剧舞台上使用的大道具。
• 君子は庖厨を遠ざく：出自《孟子·梁惠王上》中的"是以君子远庖厨也"，仁德之人应充满慈爱之心，远离厨房，避免杀生。
• 摺鉢（あたりばち）と采配（さいはい）を両手に持って："摺鉢"即"擂鉢"（すりばち），因忌讳"すり"（小偷），故称"あたりばち"

---

① http://shisly.cocolog-nifty.com/photos/uncategorized/2009/09/08/ img_0016.jpg，2018年1月25日。

（研鉢）；"采配"是"麾令旗"。

• 薬研堀（やげんぼり）の朝湯に行って、二合半（こなから）引掛けてから脈を取ったんだ："薬研堀"是"呈药碾子形状，断面呈V字形的水渠"；"引掛ける"在此为"喝酒"之意；"二合半"是1升的1/4，即0.25升。

• 姉が阪東を少々、祖母さんが宵は待（まち）ぐらいを教えていた："阪東"指的是"阪东流的舞蹈"，起源于阪东三津五郎的舞蹈；"宵は待"是小曲的歌名。

• 到来もの：意为"别人送来的礼物"，在此指弟子们送来的东西。

• 鉢の木を御馳走しよう："鉢の木"出自著名的谣曲《鉢木》。当年，曾经执掌镰仓幕府大权的北条时赖出家后云游四方，在上野佐野遭遇大雪时，投宿于一清贫百姓家。主人佐野源左卫门常世将多年精心培育的盆栽树砍掉，当作柴火款待时赖。这个故事也曾出现在《高野圣僧》中。在《日本桥》中是说葛木的姐姐拿出自己珍藏的最宝贵的东西来款待弟妹。

• 掻巻（かいまき）：带宽袖子的和服状棉被。见下图[①]。

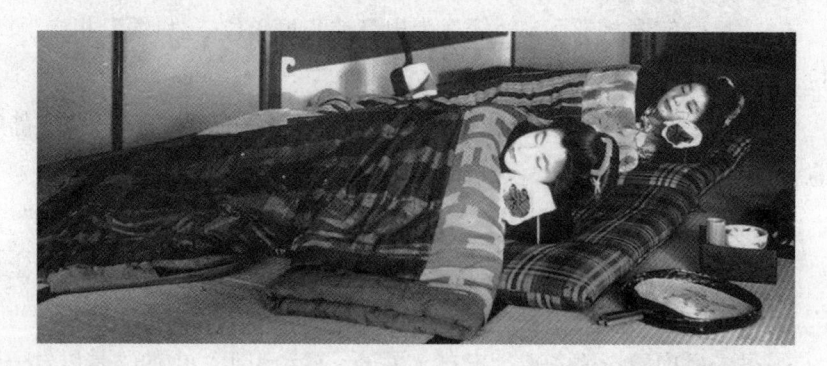

• 段鹿子（だんかのこ）："段染の麻の葉鹿の子"通称"段鹿子"，如下图[②]所示，多个由菱形构成的六角形相连形成的图案，分不同颜色相间染制而成。

[①] https://ja.wikipedia.org/wiki/掻巻, 2018年1月25日。
[②] https://search.yahoo.co.jp/image/search?rkf=2&ei=UTF-8&gdr=1&p=段染の麻の葉鹿の子#mode%3Ddetail%26index%3D2%26st%3D0, 2018年1月25日。

第七章　花街柳巷小说的代表作：《日本桥》　◆◇◆

- 都鳥の鼈甲（べっこう）の花笄（はなこうがい）："都鳥"即"赤味鸥"；"鼈甲の花笄"是"玳瑁花簪"。
- 火の見の雁："火の見"指的是"火の見櫓"，即"消防瞭望台"。
- 一件だね："一件"通过委婉地暗指之前所说之人、事或物来暗含"惯用手段，做得出来"之意。
- 悴が相場ごとに掛りまして分散："相場ごとに掛りまして"中的"相場ごと"系指"相場の賭け事"，"相場ごとに掛りまして"即为"染上赌瘾"；"分散"为江户话，"破产"之意。
- 芸者のかざかみにも置かれない："かざかみ"写作"風上"。"かざかみにも置かれない"原义为"将发臭的东西放在上风口的话下风口也会变臭"，经常用此句斥骂品行卑劣之人，大致相当于汉语的"顶风臭十里"。
- 御守殿：江户时代（1603—1867年）对嫁给排名前三位的大名的德川家小姐的敬称。在作品中是阿孝用以指清叶。
- 姉の記念にやわ劣るべき花柳の名取の上手が，思のさす手を開きしぞや："姉の記念"指的是作品中出现的"玩偶"。"姉の記念にやわ劣るべき"则是"可与玩偶相媲美的娇艳"。"花柳"是"花柳流派"的省略，始于花柳寿辅的日本舞蹈之流派，系明治时期（1868—1912年）舞

- 335 -

蹈界的重要分支,也是镜花夫人师从的流派。"さす手"意味着舞蹈手势,"思のさす手"是指"细腻的舞姿"。

• 廂髪（ひさしがみ）の阿古屋（あこや）と云う覚悟："廂髪"指的是将前部和发鬓用假发丝填充的发型。见下图①。"阿古屋"系平景清的情人,京都五条坂的妓女,后成为著名歌舞伎《阿古屋》中的人物。平氏家族灭亡后,其余部被源氏家族追杀。为探得平家武将景清的行踪而拘禁了阿古屋,并进行拷问。阿古屋答曰:不知。审讯官重忠认为若心中有鬼必然琴音大乱,遂命阿古屋分别使用古筝、三味线和二胡演奏三支曲子。阿古屋镇定自若,演奏毫无破绽,遂获释放。

• 立（たて）ごかしの三ツ指を極めた："立ごかし"为"献媚,谄媚"之意；"三ツ指"指的是拇指、食指和中指轻点地曲上身行礼,系十分郑重的礼仪,行礼者多为女性。

• 金唐革（きんからかわ）:指在皮革上作出凸起的图案,并镀上金箔。此处的"金唐革"指的是"金唐革紙"。见下图②。

---

① http://oldphoto.lb.nagasaki-u.ac.jp/jp/target.php?id=3729, 2018年1月25日。
② https://search.yahoo.co.jp/image/search?p=金唐革とは&aq=-1&ai=98Z6nf5JSfCiWeDW2tcQLA&ts=1225&ei=UTF-8#mode%3Ddetail%26index%3D26%26st%3D909, 2018年1月26日。

第七章 花街柳巷小说的代表作：《日本桥》 ◆◇◆

- 突袖して我家へ帰る："突袖"指的是将手藏到袖中，袖口向前突出，系一种装模作样的走姿。
- 桔梗、刈萱（かるかや）、女郎花（おみなえし）、垣の結目も玉章（たまずさ）で、乱杙（らんぐい）逆茂木（さかもぎ）取廻し、本城の櫚："刈萱"为"黄背草"；"女郎花"是"黄花龙芽"；"玉章"意为"华瀚，瑶笺"；"乱杙"系"立在河边用以护岸的桩子"；"逆茂木"为"参差不齐的木桩"。
- 雨催（あめもよい）の五位鷺："五位鷺"为"苍鸰"。据说苍鸰鸣叫预示着雨将至。
- 流灌頂（ながれかんちょう）：对死于难产的妇女的祭奠仪式。在桥畔或水边立上树棍，树棍上挂红布，路过的人向红布上浇水。红布褪色后，死者方能成佛。
- 工面の悪い藪："工面"为"お金を用意すること"之意，所以"工面の悪い"即为"手头紧，手头不宽裕"；"藪"指代"藪医者"（庸医）。
- お百度を上げよう：为实现愿望而在寺院内往返一定距离百次。
- 人を呪わば穴二つ：此处的"穴"是指"墓穴"。如果诅咒别人死的话，自己也会遭报应引来杀身之祸，如此一来就需要两个墓穴了。所以，"人を呪わば穴二つ"的意思是"两败俱伤，遭到报应"。
- 俺は佐倉宗五ですのだで："佐倉宗五"即"佐倉惣五郎"，江戸

（1603—1867年）前期下总国①佐仓藩义民的首领，因不满领主收重税，拦下从上野宽永寺参拜归来的将军家纲，替农民递上诉状，后被处以极刑。

• マニラの富が当らんとって、何国（どこ）へも尻の持って行きようは無えのですもの："マニラの富"指在海外赌博；"何国へも尻の持って行きようは無え"是说"（在海外赚的钱）拿到哪个国家去也无可厚非"，在作品中暗喻即便为阿孝破产也无法上诉。

• 賓頭廬（びんずる）：宾度啰跋罗惰阁，亦称宾兜喇跋拉度阿迦，释迦的弟子，十六罗汉之一。

• 葉山繁山、繁きが中に、分けのぼる峰の、月と花："葉山繁山"出自和歌"筑波山葉山繁山繁けれど思ひいるにはさはらざりけり"（《新古今和歌集》11），在此作序词，引出后面的"繁きが中に"。"繁きが中に"指"挂着许多信男信女供奉的手巾"。"月と花"喻指清叶和阿孝。

• 香煎（にばな）でもてなすことも出来ないで：此处"香煎"的读音"にばな"应为镜花独创，故而与日语中读作"こうせん"的"香煎"一词意义不同。"香"是"香り高い（香气四溢）"，"煎"是"煎じたて（刚沏的）"，故此处"香煎"的意思是"刚沏好的香茶"。

• 摺半鐘（すりばん）：当附近发生火灾时，不断地敲打"半鐘"（小吊钟）以示警。关于"半鐘"（はんしょう）的解释请参照第六章。

第二节　热点问题研究

总体上来说，研究界对大正（1912—1926年）和昭和时期（1926—1939年）的泉镜花文学缺乏关注。关于《日本桥》的研究正是这种状况的缩影。专门论述《日本桥》的单篇论文仅有7篇，分别是桥本芳一郎的「『日本橋』——鑑賞近代と非近代」（『国文学解釈と鑑賞』1949年第5期）、中

---

① 下总国：现千叶县北部和茨城县西南部及埼玉县东端。

第七章　花街柳巷小说的代表作:《日本桥》　◆◇◆

本信幸的「泉鏡花とレフ・トルストイ——鏡花『日本橋』の成立とトルストイ『神父セルギイ』をめぐって」（『人文学研究所報』1978 年第 12 期）、西尾昌子的「泉鏡花『日本橋』論」（『成蹊国文』1995 年第 28 期）、熊倉千之的「日本文学共同研究〈江戸から東京へ〉-2-近代日本の「あいまいさ（両義性）」について——泉鏡花の『日本橋』を中心に」（『東京家政学院大学紀要』1995 年第 35 期）、真有澄香的「「巷説」という恐怖——『四谷怪談』と泉鏡花『日本橋』」（『アジア遊学』2005 年第 71 期）、田村奈実的「小村雪岱の装幀：泉鏡花『日本橋』を中心に」（『芸術学学報』2012 年第 18 期）、富永真樹的「書物という世界：小村雪岱の装幀から泉鏡花『日本橋』を見る」（『日本近代文学= Modern Japanese Literary Studies』2016 年第 95 期）。

　　从"近代性"的角度考察《日本桥》的是桥本芳一郎和熊仓千之；从比较文学的视角进行探讨的是中本信幸；西尾昌子围绕作品的结构及其价值、怪异空间的构筑、人物形象的塑造等方面多视角地透视了《日本桥》；真有澄香的着眼点在于流传于大街小巷的谣传与作品的关系研究；近期的研究视点则转向作品的配图，如田村奈实和富永真树的研究。

　　桥本芳一郎将镜花作品分类，并将《日本桥》划入"都市写实系列"。西尾昌子和真有澄香则持相反的观点，二人均认为这部作品是在"非现实的世界""怪异世界"中展开的故事。西尾在细致、深入地解读《日本桥》后，首先指出先行研究的不足：仅止于概念解说的层面，未探究作品结构的构成原理，关于效果的考察未必充分。进而，分析了作品复杂而精致的结构，指出："出场人物相当于舞台上的演员，而解释状况的作者则发挥着净琉璃中说唱人的作用"[①]，在交错的时空中情节被细致地拼接，直到终章才揭开谜底。镜花在《日本桥》中再现了被近代化大潮吞噬、渐渐逝去的江户的身影。清叶对阿孝的继承是镜花希望江户永存的美好愿望的体现。关于赤熊的形象，西尾认为：在这一被肉欲支配的野兽般的男人身上，作者有意赋予了人性的一面。这一解释富有新意。但其"从中可看出镜花对自然主义持消极态度"的论点及对阿孝吻千世的解释难免牵强之嫌。

[①] 西尾昌子：「泉鏡花『日本橋』論」，『成蹊国文』1995 年第 28 期。

熊仓千之以镜花作品的文本为对象，考察了日本近代化进程中作为小说话语的日语所经历的变革。熊仓认为，作品表达了江户时代（1603—1867年）日本人深厚的情感及对浮于表面的日本近代化的不屑，作品中承载着的日本文化的语言及比喻随处可见。这些直喻和暗喻所隐含的作者的文明批评形成了《日本桥》的修辞美学。镜花通过《日本桥》欲揭示近代化进程中"何为日本人"的问题，即每个人内心均有他者的存在。

真有澄香则指出，《日本桥》是巧借"街巷传言"的力量创作的作品。镜花以围绕着"お竹蔵"的"街巷传言"为基调，以传统色彩浓郁的花柳界为舞台，配以阿若鬼魂的传言，将一条胡同打造成一个怪异的空间。

最为全面、详尽地对《日本桥》中的用词及表现作出解释的是朝田祥次郎著『注解考説泉鏡花日本橋』（東京：明治書院 1974 年版）。此外，在论文集或专著中论及《日本桥》的有若干篇。佐藤春夫的「日本橋に就て」（『鏡花全集月報』，東京：岩波書店 1986 年版）指出：前后错综的时间安排和带有连句韵味的话语编织而成的立体结构神韵缥缈；赤熊是人类兽性的象征，为一己情欲而阻挠阿孝美好愿望的实现，是自然主义影响下的产物。与佐藤的赞美相反，寺田透则持否定态度。在「『日本橋』」（『鏡花全集月報』，東京：岩波書店 1986 年版）中指出《日本桥》存在3 处瑕疵：（1）阿孝和清叶的举止行为与外表不符，此设定在作品中未发挥作用；（2）对阿孝病情的进展未做交代；（3）终篇的火灾出现得唐突。村松定孝则认为：镜花从新唯美派的复兴中获得活力，大正时期（1912—1926 年）的作品多带有唯美风格，永井荷风和谷崎润一郎的影响不可小觑。[①]坂井健的「『日本橋』——三つの俗謡を中心に」（『論集大正期の泉鏡花』，東京：おうふう 1999 年版）主要论及了作品中出现的 3 支俗曲中的两个，即"笹や笹笹笹や笹、笹を買はんせ煤竹を"和"梅ケ枝の手水鉢……"。在反思朝田祥次郎解说的基础上，围绕这两首俗曲的出处、作品题名的意义及创作动机等提出了新的见解。昊由美的博士学位论文「泉鏡花文学における視覚性」（大阪：大阪大学，2003 年）着眼于阿孝、清叶和千世身着的"火红与浅黄相间的六角形图案的"长和服衬衣所代表的意象，阐述

[①] 村松定孝：『ことばの錬金術師——泉鏡花』，東京：社会思想社 1973 年版。

了与为见情人一面而放火的阿七及终章大火的内在关系,并论及阿孝、清叶、千世和葛木的人物造型。真有澄香的「泉鏡花 呪詞の形象」(東京:鼎書房 2001 年版)以作品中的"お竹藏"为切入点,指出镜花巧借世间关于"お竹倉"的传说,描写了繁华的近代化大都市东京中的怪异空间。阿若、阿孝、清叶的命运被"怪异"所操纵。《日本桥》将日本传统和历史所蕴含的不可思议的力量纳入小说这一艺术领域。

综上可知,关于作品内部世界的研究集中在对人物形象的剖析和对街巷传言及俗曲的讨论方面。本论认为《日本桥》的主题不能简单地以"近代性"来盖棺定论,其作品世界有着更丰富的内涵,更多的"反近代"的要素蕴含其中。在本节的第一部分,本论将从叙事时间结构、代表意象、作品中的艺伎世界、创作动机、作品所反映出的爱情观及街巷传言和俗曲等方面多视角地阐释该作品。

《日本桥》发表的大正时期(1912—1926 年)是镜花创作戏曲剧本的鼎盛期。综观先学的研究成果,缺乏戏曲研究的视角。本节将在第二部分尝试以小说中的戏曲元素和戏曲剧本中所体现的唯美主义倾向为切入点,考察促使镜花小说成功实现向戏曲华丽转身的关键性要素,以及镜花戏曲剧本的特点。

一 《日本桥》的作品世界

(一)叙事时间结构

《日本桥》中的故事发生在春天午后至傍晚的数小时之间。在如此短暂的时间中插入了长达两年的回忆,系镜花典型的"套匣式"叙事时间结构。

具体来说,第 1—17 章和第 63—67 章的时间分别是春日下午和傍晚,属现在时。其间的 46 章是两年前 3 月 4 日及其后数月发生的事情。而在过去时的 46 章中又穿插了葛木欲说服清叶的场面、在阿鹿发生的电灯事件、阿鹿的手盆一事、和清叶交往的过程、糖煮八头芋的由来、和尚的堕落、和清叶有关的香烟一事、葛木的身世和对姐姐的回忆、梦境等 9 个大过去。当然,9 个大过去并非按照时间顺序依次出现,而是在葛木欲说服清叶的场

面中插入了其他 8 个回忆，基本上是葛木欲说服清叶的场面和 8 个回忆交替出现，从而形成四层"套匣"，且第四层与第三层形成交织的复杂叙事时间结构。在回忆中人物之间的关系及事件的发展脉络逐渐凸显出来。朝田祥次郎曾指出其"序、破、急"的三段构成是能、歌舞伎、净琉璃、评书、单口相声及镜花自幼喜爱的民间传说中惯用的技巧。[①]

（二）江户情调

作品洋溢着浓郁的江户情调。江户时代（1603—1867 年），成为作品舞台的"日本桥"是最为繁华的地带。作为五大街道的起点和船运的港岸极其繁盛，商铺鳞次栉比，曾被誉为"东洋的威尼斯"。桧物町一带聚集了当时顶级的艺伎馆，直至战后，这条花街兴盛不衰。插画家小村雪岱因《日本桥》中的插图而一举成名。据雪岱证实：先生深爱日本桥，经常光顾日本桥桧物町、数寄屋町西河岸一带，作品中许多人物身上可约略窥见那一带美人名士的影子。[②]换言之，"日本桥"是江户的缩影，江户情调的代名词。

在近代化步伐逐渐加快的大正时期（1912—1926 年），日本桥一带的风物也无一例外地被"近代化"熏染。日本桥最初充满江户情调的红色木桥，于 1911 年被现代化石桥取代。大正时期，在西欧文明的浸淫下，服装及发式也在悄然发生变化。镜花在身着华丽和服、头梳典型日式发髻的艺伎身上看到的是江户的传统。镜花对江户情有独钟。母亲和恩师尾崎红叶都是地道、纯粹的江户人，镜花自幼对江户充满憧憬。在红叶身边对江户人的义理人情耳濡目染，镜花置身于重视传统的世界。一言以蔽之，对传统丧失的惋惜是镜花创作《日本桥》的动机之一。

（三）艺伎群像

作品描写了艺伎的世界，艺伎的泪与笑，情与义。如前所述，由于特殊的家境和成长环境的影响，镜花对艺伎抱有同情。《日本桥》中阿若、

[①] 朝田祥次郎：『注解考説泉鏡花日本橋』，東京：明治書院 1974 年版。
[②] 小村雪岱：「『参宮日記』と『日本橋』のこと」，『鏡花全集月報』，東京：岩波書店 1986 年版，第 234 页。

第七章 花街柳巷小说的代表作:《日本桥》

阿孝、清叶、千世共 4 位艺伎登场,无一逃脱悲惨的命运。

在仲之町作艺伎的阿若喜得"老板"援助,在著名的花街桧物町开了一家艺伎馆,自己当起了老板娘。然而,因经营不善,与"老板"关系恶化,分家后在小胡同里又经营起同名艺伎馆——若菜屋。天有不测风云,阿若换上痨病,卧床不起。此时,自称是阿若情夫妹妹的女子住进阿若家,与阿若的情夫终日卿卿我我。阿若过着地狱般的生活,在嗟怨中死去。自此,围绕若菜屋阴森恐怖的传言不断。

阿孝将艺伎馆"稻叶屋"搬到"若菜屋"旧址后,不久也陷入萧条,在侠义、豪放的阿孝的努力下,勉强得以维持。此时,阿孝巧遇刚被清叶拒绝求爱的葛木,产生爱恋。为追求纯洁、专一的爱情,阿孝毅然断绝与情人赤熊的关系。因此引来赤熊的报复,最终不得不手刃赤熊后服毒自尽。

千世自幼进入阿孝的艺伎馆,受阿孝亲手调教,二人亲如姐妹。葛木出走后,阿孝发疯。千世为照顾阿孝吃尽苦头,并最终被赤熊误伤。

清叶为有恩于自己的"姐姐"和义母而牺牲自我,被"老板"包养,并因此拒绝暗恋自己 7 年之久的葛木。阿孝死后,遵照阿孝遗言,清叶将自己的艺伎馆"泷之屋"搬到阿孝处(也是阿若旧址),以重振阿孝的艺伎馆。作品虽未表清叶的结局,但是清叶仍然无法逃脱命运的魔咒,这是艺伎共同的命运。为追求纯真、专一的爱情,而毅然断绝和其他情人的关系,这是阿孝的"义"。为了一直提供经济援助的"老板"而拒绝葛木的痴情则是清叶的"义"。

镜花描写处于社会底层的女艺人和艺伎时,经常以红色为代表意象。如《妇系图》开篇就是关于艺伎莺吉印象鲜明的描写:不施粉黛,单单涂点口红便已靓丽之极了。颜色虽然相近,但发出可爱声音的不是嘴唇,而是阿莺在皓齿间含着的红红的酸浆。"不施粉黛,单单涂点口红便已靓丽之极了"一句隐晦地说出阿莺皮肤白皙、天生丽质。皮肤的白和口红的红、皓齿的洁白和酸浆的鲜红形成对比性意象,更加衬托出阿莺的美丽、可爱和活力。《南地情死》(1912 年)中,女主人公阿珊率 12 位艺伎街头表演时的着装是清一色的火红和服裙子,肩披长发。

《日本桥》中出现两位女主人公——艺伎阿孝和清叶。阿孝和清叶各以"燃烧般的绯红"和"清凉的浅黄"为意象,分别象征着"火"与"水",

阿孝的热烈如火与清叶的柔情似水形成对比。从清叶探望阿孝前去水果店买名为"小红屋"的草莓，到阿孝与葛木在大火中的团聚，燃烧般的绯红—"小红屋"—红草莓—火，形成红色—火的系列意象。红色是重情义、敢爱敢恨、侠骨丹心的代名词，亦是镜花心目中艺伎的主色调。作品中火红与浅黄为同一长衣的图案，象征阿孝与清叶是互为表里的一体，同根同源。清叶是已经被理想化和偶像化的葛木姐姐的化身。葛木对清叶是精神上的憧憬，与赤熊追求阿孝肉体的爱情形成鲜明对比。阿孝和清叶各自代表了现实与理想，肉体与精神。从这个意义上讲，二者你中有我，我中有你。

（四）氛围的渲染

《日本桥》中对于出场人物的着装进行了细致的刻画，却对脸部丝毫没有着墨。读者无法从脸部捕捉人物的内心和感情的跌宕起伏，每个人有如符号般的存在，缺乏现实感，从而增添了作品的虚幻性。整部作品始终被阴惨、悲切的气氛所笼罩。被称作"お竹藏"的绵绵延伸的白墙成为小说《日本桥》封面图中的代表景观。"お竹藏"和作品中被吟唱的 3 支俗曲在烘托气氛方面起到一定作用。

在作品中，"お竹藏"是冤死的小妾阴魂不散的地方，人们唯恐避之不及的"惊悚之地"。阿若的"若菜屋"和阿孝的"稻叶屋"即位于"お竹藏"对面的胡同。关于"お竹藏"，据芥川龙之介的《本所两国》记载："お竹倉"[①]指的是位于本所的荒野，使人联想到"本所七大怪异"的荒凉之地。据传居住在那一带的人们或发疯，或失明，或被烧死，均死于非命。关东大地震时亦有许多人丧命。镜花巧借这个人尽皆知的传说制造了"怪异"的氛围。真有澄香为此奉上赞美之辞——将日本传统和历史所蕴含的不可思议的力量提升到小说的艺术境界[②]。笔者认为，将阿若、阿孝等艺伎们的悲惨结局归结为"鬼神作祟"的普遍心理，是镜花思想高度受限所致。通过作品对女性悲惨命运寄予同情是基于镜花自身的情感，并非出自对社

---

① 与"お竹藏"读音相同。
② 眞有澄香：『泉鏡花 呪詞の形象』，東京：鼎書房 2001 年版，第 272 页。

第七章 花街柳巷小说的代表作:《日本桥》

会矛盾的深刻认识。

作品中的3支俗曲分别是:

1. 笹や笹笹笹や笹、笹を買はんせ煤竹を……大高源吾は橋の上ええ

2. 露地の細道、駒下駄で……

3. 梅ケ枝の手水鉢……

第1支曲子为作品开篇欺辱千世的恶童所唱。"笹や笹笹笹や笹、笹を買はんせ煤竹を"是俗称《竹草离别》的浪花小曲中卖竹竿人的叫卖声。《竹草离别》系1912—1913年流行的《奈良丸曲调》中的第一首歌,歌词为"笹や笹笹、笹や笹、笹は要らぬか煤竹は大高源吾雨は橋の上 あした待たるる宝舟"①。这支俗曲出自著名的典故。赤穗浪士大高源吾在攻入吉良上野宅邸前夜,于两国桥偶遇曾教授自己俳句的老师宝井其角。彼时,源吾扮作兜售竹竿的小商人。其角观其打扮误以为源吾落魄,遂将和服外套赠予源吾,并在桥上望着隅田川咏诵俳句"年の瀬や、水の流れと人のみは",意为:"岁月如织,命运多舛。当人落魄之际,岁末时感触颇深。水流不息,流逝而去,人的命运难以把握。"闻罢,源吾回复"明日 またるる その宝船",意为:"到了明天,攻入吉良宅邸,多年的夙愿得以实现,如获宝船。"这一情节在歌舞伎和评书中均为较著名的一段。作品中为恶童们假扮义士大高源吾,模仿其叫卖声。

坂井健认为镜花引用该曲是对大正初期日益高涨的国家主义情绪的批判。②

我们应该注意到镜花并非让成人来唱这首俗曲的事实。歌者为孩童,故可将这首歌视为童谣。在镜花的文学世界中,童谣和绣球歌扮演着重要的角色。在镜花充满怪异、幻想的作品中童谣俯拾皆是,如以《嗜蛇》(1898年)中的《月亮有几个?》,《天守阁物语》(1917年)中的《不让过》,《草迷宫》(1908年)中以《这里是通向何处的小径?》为代表的3首童谣。《莺花径》(1898年)中穿一身护士服的年轻女子自称是"我"的母

---

① 坂井健:「『日本橋』——三つの俗謡を中心に」,泉鏡花研究会編『論集大正期の泉鏡花』,東京:おうふう1999年版,第72頁。

② 坂井健:「『日本橋』——三つの俗謡を中心に」,泉鏡花研究会編『論集大正期の泉鏡花』,東京:おうふう1999年版,第77頁。

亲，并为"我"唱起了童谣。此外，《山海评判记》（1929 年）中也出现了绣球歌和童谣。这些童谣具有游戏歌的旋律，同时无一不带有鬼神附体般的妖气。在日本古代，童谣被视为预示未来的灵验之语，多起源于宗教。自古流传下来的日本童谣，常常勾起人们阴惨、悲凉、无常的共同情感。孩子们传唱的童谣，共同酝酿出一种神秘、凄婉、哀艳的气氛。据此，笔者姑且认为：镜花让这首俗曲出现在恶童们欺负千世的场面，并非出自对国家主义的厌恶与批判，而是为了酝酿悲凉、抑郁、哀婉的氛围。

小说中，阿孝不绝如缕的歌声贯穿始终。阿孝唱的正是第 2 首俗曲"露地の細道、駒下駄で……"。阿若在愤懑中死去后，关于阿若鬼魂在旧宅附近出没的传言不断。艺高胆大的阿孝偏不信邪，将自己的"稻叶屋"搬到阿若旧宅。在寂静的夜晚进出胡同时，故意气若游丝般地唱道："露地の細道、駒下駄で……"此歌原本为三味线伴奏曲——《抱怨》中的歌词，在以京都为中心的关西一带流行。《抱怨》唱的是投身花柳界的女子倾诉与心爱之人相聚的喜悦与分别的离愁。这首歌在作品中反复出现，阿孝死后，由清叶传唱。作品结束后清叶的歌声仍萦绕在读者的耳边。这首歌在酿造阴森、怪异气氛方面所发挥的作用自不待说，更是阿若和阿孝曾经存在的证明，亦是阿若和阿孝凄凉人生的写照，同时也暗示了清叶的命运。

第 3 首"梅ケ枝の手水鉢……"是在葛木与清叶经常见面吃花酒的地方由一醉客吟唱的。原曲是"梅ケ枝の手水鉢　叩いてお金が出るならば　若しも御金が出た時は　その時や身請けをそれたのむ"。[①]"梅ケ枝"为人名，本名叫千鸟，原本为梶原景季[②]家侍女，暗恋景季，后成为妓女，供养落魄的景季。景季在"宇治川一役"中战败遭驱逐，欲参加"一之谷之战"以挽回声誉，怎奈盔甲已进了当铺。位于静冈县佐夜山中的观音寺有一口大钟，被称为"无间钟"。据说如果敲了此钟，在今世会变为富翁，但来世将坠入无间地狱。为将盔甲赎回，梅枝将"手水鉢"（洗手盆）当作"无间钟"，边敲边祈祷，愿牺牲自己的来世以换取盔甲。景季之母看到梅枝对儿子如此情深，便赠予钱财，最终景季赎回盔甲取得战功。此处的梅枝

---

① 門馬直衛編：『世界音楽全集』第 23 卷，東京：春秋社 1931 年版，第 78 頁。
② 平安（794—1192 年）末期至鎌仓（1185—1333 年）初期的武将，为源赖朝家臣。

第七章　花街柳巷小说的代表作：《日本桥》

是为守"义"而牺牲个人爱情和人生的清叶的化身，更是为一家人生计而牺牲爱情、卖身为妾的葛木姐姐等无数作出自我牺牲的女性的代表。通过此曲，镜花对情深意重的地道江户人寄予了深切的同情与怜悯。

（五）镜花作品世界的爱情

作品中反映了镜花的爱情观。镜花在一篇题名为《爱情与婚姻》（1895年）的文章中论述了他对爱情与婚姻的思考。他认为："完全的爱是'无我'的代名词。因此，为了爱甘受苦难和痛苦。爱是自由的，……'爱是平等的，没有贵贱之分'。概而言之，社会的婚姻是束缚、压制爱情，剥夺自由的残酷至极的刑法。……我国的婚姻自古以来就不是为了爱情，而是为社会而存在的。"[①]阿孝为爱情所做的自我牺牲，高歌了爱情的至高无上；清叶为所谓的"义理"所束缚而放弃了自由恋爱，是社会对自由、平等恋爱的梗阻。无论镜花有无向近代文学意识蜕变的主观倾向，他在《外科手术室》（1895年）、《汤岛之恋》（1899年）、《春昼》（1906年）及《春昼后刻》（1906年）、《妇系图》（1907年）、《白鹭》（1909年）、《三味线渠》（1910年）、《日本桥》（1912年）等一系列作品中展示给读者的是蔑视世俗、高歌神圣爱情的姿态。

镜花作品中的爱情多以悲剧告终。特别是明治时期（1868—1912年）的作品，描写的几乎都是悲恋。如《外科手术室》、《义血侠血》、《照叶狂言》、《汤岛之恋》、《白鹭》、《南地情死》（1912年）。镜花以悲剧告终的作品均为风俗小说，其中所谓花街柳巷小说居多。值得注意的是人物身份的设定：一方是处于社会底层的艺伎，一方是受过高等教育的"社会精英"——文学士、翻译官、画家、教授，按照社会上的伦理道德和价值观，这是不能被接纳的爱情，也注定了悲剧式的结局。镜花通过作品赞美了身处社会底层的艺伎与金钱、权力和世俗观念抗争的铮铮铁骨，歌颂了男女主人公超越身份差距的纯洁爱情。进而，通过悲剧性的结局反衬出世俗的丑恶，彰显了反抗旧观念和既成伦理道德的叛逆精神。与前述作

[①] 泉鏡花：「愛と婚姻」，成瀬正勝編『明治文学全集21』，東京：筑摩書房1966年版，第329、330頁。

品相比，《三味线渠》（1910年）可谓"异色"，从正面讴歌了爱情力量之伟大。《三味线渠》的主题是美的赞歌和爱情的胜利。该作虽是明治期（1868—1912年）诞生的，却是镜花备受反自然主义流派作家推崇期间的作品。所以说，该作品也是一曲艺术胜利的凯歌。

转入大正（1912—1926年）后，镜花描写爱情时不总是浓而不化的悲切，格调明快了许多。《夜叉池》（1913年）、《海神别墅》（1913年）、《天守阁物语》（1917年）的结局皆大欢喜。但伟大爱情取得的胜利并不在人间。《夜叉池》的结尾描写了百合和阿晃在水中的幸福生活；《海神别墅》讲述的是陆地上的美女对贪图金钱的父亲感到失望，进而放弃了回到人间的念头，与海底的公子长相厮守的故事；《天守阁物语》的结局是妖精与人的爱情最终战胜地上的俗众。只有在人类的权力、铜臭和繁文缛节触及不到的天上或水底才会有自由的爱情。这些作品抨击了当时的社会阴暗面，寄托了作者天真美好的愿望。

二 泉镜花的戏曲：现实与幻想的对抗

泉镜花大正时期（1912—1926年）的文学创作大致有两个趋向：一是受到永井荷风和谷崎润一郎等唯美派作家作品的影响；二是进军戏剧领域。

镜花一生创作的戏曲作品共21部，其中半数由小说改编而成，如脍炙人口的《妇系图》、《日本桥》、《泷之白丝》（由《义血侠血》改编）等，这些通过所谓的"新派剧"上演的剧目，均由镜花的风俗小说改编而来。镜花的戏剧大致可分为现实剧和幻想剧。新派剧上演的为前者。大正时期是镜花戏曲剧本创作的鼎盛期。从1912年的《练功扇》，到1913年发表的《夜叉池》、《鸟笛》、《海神别墅》、《红玉》、《爱妻》、《银杏树下》（后改名为《公孙树下》），再至《日本桥》（1914年）、《天守阁物语》（1917年）、《棣棠》（1923年）和《战国茶泡饭》（1926年），共11部。

镜花的华丽转身有着外因和内因的双重因素。大正时期是戏曲兴盛的时代，许多作家创作了戏剧形式的作品，这成为刺激镜花投身戏曲创作的外在因素。另外，与登张竹风共译霍普特曼（Gerhart Johann Robert

Hauptmann）创作的《沉钟》，这一经历是促使镜花进军戏剧领域的导源。《沉钟》对比性地描写了山中的妖界和村落的人间，虽反响平平，但剧中精灵跳梁、"人精恋"的幻想世界激起镜花创作《夜叉池》《海神别墅》《天守阁物语》等幻想剧的欲望。此外，日本"民俗学之父"柳田国男编著的《远野物语》的影响也不容忽视。1910 年，被称为日本民俗学滥觞的《远野物语》付梓。《远野物语》刚一问世，镜花便以《远野奇闻》为题发表感想，说自己"读多少遍都不知厌倦"，"驸马牛故事中的山中男怪、闭伊川河潭里的河童，吐着气，发出奇怪的划水声，似乎从书中呼之欲出。这真是近来大快人心之事，无以类比的奇观"，认为"（妖怪们）在当代遇到了知己"。①

（一）泉镜花小说中的戏曲元素

众所周知，镜花的许多作品被搬上银幕或戏剧舞台。最初，以新派剧、歌舞伎、新剧为主。之后，电影、演剧、舞蹈，甚至包括浪花小曲、相声、朗读在内的"说唱"艺术均竞相翻版镜花的小说或戏曲。近年，《高野圣僧》《天守阁物语》《夜叉池》《海神别墅》《订货账本》等作品甚至成为漫画的题材。作品被如此众多媒体所"青睐"的近代作家寥寥可数。追根溯源，是镜花作品中蕴含的诉诸听觉和视觉的元素与这些视听觉艺术产生了契合。

在第 5 章第 2 节之二《如梦似幻：〈春昼〉〈春昼后刻〉的语言魔力》中，笔者曾指出：视觉性和音乐性是揭秘镜花作品文体的关键词。镜花作品的语言是诗的语言，细腻、典雅，华丽但绝对流畅，含蓄且饶有韵致。张弛有致的弹性叙述节奏，充满韵律感和强烈色彩感的句子，插入多个从句的复句，修饰性极强的长句子，文白相间、汉语点缀的用词法，拟声拟态词的多用，多种修辞手段的并用，省略、跳跃、体言结句等形成其文体特点。

其中，张弛有致的弹性叙述节奏、充满韵律感的句子、以"七五七"为代表的音节数相同短句的交替重复、拟声词的多用、颇具歌舞伎风格的台词等，使小说读起来朗朗上口，听上去极富节奏感。这些元素本身就是

---

① 東郷克美：「『夜叉ケ池』——柳田国男の視座から」，『国文学解釈と鑑賞』1989 年第 11 期。

歌舞伎、新派剧、新剧等舞台剧以及"说唱"艺术的必备要素。此外，镜花作品中经常出现的童谣和绣球歌，在电影、戏曲艺术中成为烘托情节的背景音乐。

镜花通过形象的拟态词、强烈的色彩感和大量修饰语描绘的鲜明画面在电影中化身为特写镜头，在舞台上化作演员绚丽的服装或经典的背景道具。镜花小说描写女性时极少刻画脸部，对艳丽和服的细节描写则不惜笔墨。新派剧的舞台服装以和服为主，恰恰符合喜爱和服和日式发髻的镜花美学，这也是镜花作品与新派剧渊源极深的缘由之一。

此外，镜花小说的结构也与戏曲相近。小说的绝大部分由对话构成，人物对话可直接用于剧本，而叙述部分则相当于剧本的"舞台提示"。对话中由人物回忆往事的结构在平曲、净琉璃、单口相声、评书、浪花小曲、歌舞伎、能剧中均有所演绎。

镜花作品与戏曲的亲缘性使镜花走进缤纷的戏曲世界，与戏曲界，特别是新派剧的名角结缘。镜花与喜多村绿郎、花柳章太郎交情甚笃。喜多村曾邀请镜花赴大阪观看新派剧《妇系图》，不仅亲自陪同，还盛情款待。席间，12名风姿绰约的艺伎作陪。这一经历日后成为镜花作品《南地情死》的素材。在《日本桥》中多次出现的"西河岸地藏菩萨庙"挂着花柳章太郎献纳的额匾，额匾上的俳句"初蝶の舞ひ舞ひ拜す御堂かな"由章太郎创作，镜花挥毫泼墨书就。

（二）向唯美主义的倾倒

镜花在明治30年代（1897—1906年）确立了神秘、怪异的浪漫文风后，便一生在幻想世界里追逐着梦想。然而，进入大正期（1912—1926年）后曾有一段时期，镜花在神秘、怪异的浪漫风格之上一度向唯美主义倾倒。

进入大正期，镜花受到以永井荷风为首的唯美派作家的推崇，交往甚密。在唯美派作家、特别是谷崎润一郎的影响下，一时间，作品风格带有明显的唯美主义倾向。在《日本桥》《天守阁物语》《战国茶泡饭》（1926年）等作品中留下明显的印记。这在镜花之前的作品中是绝无仅有的。

日本唯美主义是对自然主义的反动，追求官能美，具有享乐、颓废倾向。代表作家是永井荷风和谷崎润一郎。永井荷风的作品重在描写花柳界

第七章　花街柳巷小说的代表作：《日本桥》

的风俗，享乐趣味浓厚。《日本桥》的花街柳巷情绪受到荷风影响。[①]谷崎润一郎的唯美主义体现为在颓废的幻想之中以浓艳华丽的笔调描写异样的、妖艳的女性之美。这种探求被称作"恶魔主义"。镜花的唯美主义倾向更接近于谷崎润一郎。《夜叉池》、《天守阁物语》、《战国茶泡饭》、《日本桥》、《棣棠》（1923 年）中都有向唯美主义倾斜的瞬间。

《棣棠》是一部两幕剧剧本。年轻貌美的小丝川子爵夫人缝子，因不堪忍受婆婆、小姑及丈夫欺辱而离家出走。欲与昔日的画家恋人重归于好，遭拒绝。万分沮丧的缝子此时巧遇一耍偶人老汉。缝子对老汉说："我对世间已无留恋。我有许多金银财宝，可以满足你的一个愿望。"于是，老汉为了偿还以前犯下的罪孽，要缝子鞭打自己。在鞭打场面中，美貌、高雅的夫人变得头发蓬乱，脸色苍白，指尖和臂膀沾满鲜血。她跳跃着，鞭打着，十分亢奋，享受着打人的快感；被打的老汉大喊"舒服极了！""似春风拂面，如口含甘露"，陶醉在被鞭打的快乐之中。

　　夫人：（感到很兴奋，啪啪几下将伞撕破。指尖和胳膊渗出了鲜血……
　　重新拿伞向老者打去，边打边喊）畜生……畜生……畜生……畜生……
　　老者：噢，（轻微地呻吟）对，就是那儿。有感觉了。噢，对，再用力。
　　夫人：这样打也不疼吗？这样打也不疼吗？畜生。
　　老者：光打屁股和坚硬的骨头，根本无关痛痒。头部和耳朵也没关系，使劲儿打。
　　夫人：畜生、畜生、畜生。（无法控制自己，像入魔了似的，蹦起来，跳跃着，头发蓬乱，脸色苍白。打、打、打得瘫软在地，气喘吁吁）啊，喘不过气来了，好难受。好难受，喘不过气来。
　　老者：舒服死啦。虽然有些痛，正好。舒服死啦，太痛快了。
　　……

[①] 村松定孝：『ことばの錬金術師——泉鏡花』，東京：社会思想社 1973 年版，第 248 頁。

夫人：你不疼吗？

老者：这种疼痛就像喝醉时春风吹拂面庞，口含观音菩萨柳枝上的甘露一般。在旁人看来夫人刚才的姿态恰似夜叉罗刹，但在老夫眼里宛若仙女、女神般高贵，美丽。在这疼痛尚未消失之前，我的筋骨会变得酥软，回到二十几岁时的血气方刚，每一天都会过得很愉快。

《棣棠》

缝子鞭打异性，从中得到快感的色情施虐，和老者被年轻异性鞭笞而兴奋无比的色情被虐，正是恶魔主义的表现。在以往的镜花笔下，女性形象或高雅圣洁，或清纯可爱，或侠肝义胆。无论何种类型的女性都被描写得十分美丽。而在《棣棠》中，高贵的子爵夫人头发蓬乱，脸色苍白。甚至出现了吃腐烂的鲤鱼，令老者从其胯下爬过等不堪入目的场面。此刻，夫人从一个现实生活中的败北者化身为征服者、精神上的胜利者。在虐待异性的过程中，一个从精神痛苦中解脱出来的妖妇形象凸显出来。这与谷崎润一郎的作品《饶太郎》（1914年）中主人公享受被女子五花大绑，用力责打而快感倍增的场面殊途同归。

当缝子下定决心与老汉共度余生时，她"甩掉鞋子赤着脚，提起和服一侧的下摆，露出绯红的花纹绉绸长内衣，惊艳绝伦"，这是描写女性妖艳美的一笔。最后，缝子不顾画家的阻拦，与老汉携手而去。她舍弃了人世间的爱情，最终选择了以纯粹感官的官能美为最高境界的世界。那是一个不为世间伦理道德和感情所束缚的唯美世界。

《天守阁物语》也同样蕴含了这种精神。天守阁的最顶层，是地上俗人不能越足的妖精世界。在那里，天守夫人富姬和鹰匠图书之助演绎了一曲战胜世间繁文缛节的爱情颂歌。其中也不乏具有强烈官能刺激的场面。龟姬将一男子的头颅作为礼物献给富姬时，随从拿出鲜血淋漓的头颅说道："途中不小心将脑汁儿溢出来了。"于是，龟姬命长舌姥拾掇干净后再献给富姬。然而，富姬答曰："不用费心。鲜血淋漓更美味。"在长舌姥的坚持下，富姬应允。长舌姥伸出三尺长舌边舔舐头颅脸上的鲜血，边说："真脏，好脏。啊，好吃呀，好脏，好脏。这也太美味啦。"侍女们在旁目不转睛地盯着，一副羡慕不已的样子。面对令人作呕、鲜血淋漓的

第七章　花街柳巷小说的代表作：《日本桥》

头颅，侍女们不是恐惧，而是垂涎欲滴。镜花把美女们的妖艳劲儿刻画得淋漓尽致。

女性的妖艳美在《日本桥》中也得到了完美的诠释。艺伎阿孝以前的情夫赤熊因嫉恨阿孝爱上葛木，拿出短刀向阿孝刺来时，阿孝大喊道："来吧，你来杀我吧。但是有个要求，不能砍。你要在我身上先划上十字再加两撇，草字头下面是曰……，刺上'葛木'这两个字后再杀了我。"当赤熊为阿孝的气势所压倒，乖乖地将刀递给阿孝时，阿孝怒目圆睁，黑发凌乱，板起面孔，大喝一声："你准备好了！"随即手刃了赤熊。镜花描写阿孝握着短刀的手"如白蛇一般美丽"。这种将美女神圣化，同时妖妇化、魔性化的倾向，在其后的作品《战国茶泡饭》中体现得更为显著。

《战国茶泡饭》中的村上义清夫人，为保全美貌不惜委身敌人。即便被无名小卒侮辱，被卑贱的山贼宠幸，甚至舍弃生命，也要保全完美容貌的行为，体现了她对美的恶魔般的执着。她在剧中留下这样的名言："即使枝断茎裂，只要有面孔还是一朵花。即使树枝被手足分离，有面孔的也还是花。直到叶子枯萎，面对信浓之月时，依然会映照出女人姣好的面容。希望我被杀死后不要让面容遮羞""这是我今生唯一的请求。即便是刺透胸口，从乳房穿过，后背筋骨断裂，也不要砍下头颅。后背筋骨崩裂，刀穿过乳房，从胸口刺穿的情景，我会在镜子里目不转睛地看着。"面对死亡，不是祈求保全生命，而是渴求保住美丽的容貌。在美面前，生命已不足挂齿。为了美可以牺牲贞操——这一反伦理道德的行为，体现了唯美主义的精髓。

镜花的唯美主义倾向固然有谷崎润一郎等唯美派作家的影响，镜花自身禀赋这一内因的作用亦不可忽视。据镜花胞弟丰春回忆，镜花幼时偏爱"草双纸"中美女被绑在树上拷打的场面。而镜花自幼喜爱的"草双纸"中的插图，以及民间传说和江户时代（1603—1867年）的歌舞伎中，也经常出现被鞭笞的凄惨内容。一言以蔽之，镜花性情中蕴含的"嗜虐情结"，在唯美主义思潮的刺激下开花，结果。

泉镜花的文学是复杂的。镜花创作的戏曲多为幻想剧。一方面，由小说改编的戏剧或电影则多一些现实的意味。镜花小说的素材来源于亲身体

- 353 -

验或道听途说的真实事件,然而镜花却为它们插上幻想的翅膀。早期的镜花作品对现实的关注度较高,中、后期则更倾心于魑魅魔仙的世界。可以说,浪漫主义与现实主义并不是截然对立的,两种元素往往在每位作家身上并存,只不过某种色彩更浓重一些罢了。

第八章 志怪文学的杰作:《隐眉的鬼灵》

第一节 鉴赏与解读

一 时代背景

《隐眉的鬼灵》是1924年5月刊于《苦乐》上的短篇小说,被笠原伸夫赞誉为"同时代文学作品中大放异彩的佳作"。[1]1924年的文坛,自然主义文学思潮早已成为明日黄花。在森鸥外和夏目漱石的影响下,以芥川龙之介和菊池宽为代表的新现实主义文学流派异常活跃。无产阶级文学运动的崛起,新感觉派文学思潮的诞生,也成为这一时期文坛的一道风景。不过,文坛上的潮起潮落已无法撼动泉镜花的文学地位。

《隐眉的鬼灵》发表前一年的1923年关东发生大地震,这一事件对许多作家及其文学创作产生了巨大的影响。[2]最具代表性的是谷崎润一郎。谷崎就此移居关西,文风也发生了变化。[3]镜花也在《隐眉的鬼灵》中提到了"关东大地震",将作品的时间设定为"大地震后",东乡克美据此推定:主人公境赞吉经历的故事发生在1923年11月中旬某日的傍晚至次日夜晚[4]。

---

[1] 笠原伸夫:『評伝泉鏡花』,東京:白地社1995年版,第320頁。
[2] 児玉千尋:「関東大震災と文豪:成蹊大学図書館の展示から」,『成蹊國文』2014年第47期。
[3] 松井律子:「関東大震災後の谷崎潤一郎——関西移住と町人回帰」,『日本病跡学雑誌』1997年第54期。
[4] 東郷克美:「『眉かくしの霊』の顕現」,『文学』1983年第6期。

1925年5月，题名为《天才泉镜花》的《新小说》临时增刊号的发行无疑为镜花奉上了最高赞誉。是年7月，15卷《镜花全集》由春阳堂陆续发行，这在当时具有划时代的意义。担任全集编辑的是小山内薰、谷崎润一郎、里见弴、水上泷太郎、久保田万太郎、芥川龙之介，均为文坛上小有成就的文学家。《天才泉镜花》登载了芥川龙之介为祝贺《镜花全集》出版撰写的文章，收录了柳田国男、斋藤信策等名家的35篇评介。可以说，在大正（1912—1926年）末年，镜花仍受众多"泉粉"热心追捧。不过，此时镜花的创作力已非昔日，虽有多部作品问世，留在读者记忆中的却寥寥无几。《隐眉的鬼灵》是点缀大正末期镜花文学的一朵奇葩。

二 主题内容

《隐眉的鬼灵》是镜花后期创作的幽灵作品中的上乘之作。在奈良井车站，主人公境赞吉想起《东海道徒步旅行记》中弥次郎兵卫和喜多八曾在此地吃过两碗荞麦面的故事，对比自己前夜在松本旅店所受的冷遇和吃过的两碗没有汤汁的面条，不禁感慨万千，欲效仿弥次郎和喜多八体味"旅途的孤寂感"，而临时决定在此驻足，从而无意间闯进怪异的世界。一个美丽幽灵的故事，在赞吉对《东海道徒步旅行记》的回忆中拉开了序幕。

小说由六章构成。第一章与《和歌灯》如出一辙，在《东海道徒步旅行记》轻妙的话语中展开。在《东海道徒步旅行记》第五章"行旅之情"的"诱惑"下，赞吉心血来潮决定中途下车。在奈良井寻找住处时，赞吉故意避开装修"时尚"的旅店，而选择了一家幽静的旅馆。热情的款待和丰盛的美食使赞吉心情大好。席间，品尝当地特色佳肴烤斑鸫时，赞吉向厨师伊作讲起从日本桥艺伎处听说的往事：在两位当地猎人的引导下，那位艺伎和客人夜晚来到木曾山网猎斑鸫。黎明前，烤食捕获的斑鸫。当猎师看到嘴上沾满斑鸫鲜血的艺伎时，以为是山神附体，惊恐万状。艺伎嘴上的鲜血和入魔的猎师为阿艳之死打下伏笔。

第二章，时间转至次日申时。赞吉尚沉醉于昨晚"温暖"的回忆中，加之有些腹泻，于是决定继续逗留在奈良井。房间从三楼调至一楼偏房后，

第八章 志怪文学的杰作:《隐眉的鬼灵》

赞吉多次遭遇"怪事"。水管断断续续的水滴声、目不转睛地凝视池塘水面的伊作、旅馆浴池更衣间忽隐忽现的两个旋涡图案的提灯、浴室中女性的气息和从浴室里传来的女人的声音。

第三章,当赞吉从浴室返回房间时,窗外一阵躁动。伊作来到赞吉屋外的窗下查看水池情况。在远去的伊作背影旁又出现了两个旋涡图案的提灯。赞吉颇感蹊跷之际,房间里悄然现出一在镜台前化妆的美女,朝着赞吉嫣然一笑,露出染黑的牙齿,用怀纸遮住眉毛,问道:"像吗?"眼见女子身体越变越长。赞吉感觉自己被女子衔在口中,宛如抖动着双鳍的鲤鱼。挣扎之余,只听"啪"的一声,仿佛落入池中。赞吉猛然发现自己跌坐在暖桌旁。刚刚的情境不知是梦是幻。

第四章至第六章是伊作的回忆。在第四章中,伊作向赞吉讲起往事。赞吉现在下榻的房间,正是一年前因通奸事件来到奈良井的新桥艺伎阿艳住宿过的。阿艳向伊作求证有关"桔梗池夫人"的传说。于是,伊作向阿艳讲起4年前自己亲眼所见、至今难以忘怀的"桔梗池夫人"的惊艳绝伦。

第五章中,伊作向赞吉讲起阿艳此行的目的。半月前,画家因情人阿艳之事,被妻子赶出家门而投奔好友在奈良井的老家。老家住着好友刻薄的老母(外号"代官婆")和温顺的妻子。代官婆说画家与儿媳通奸而大闹,画家吓得逃回东京。阿艳为向代官婆证明"画家除妻子外,还有如此姿色骄人的情人,不可能与乡下女子通奸"而来到奈良井。

小说在第六章达到高潮。阿艳模仿"桔梗池夫人"的装扮,特意染黑牙齿,剃掉眉毛,并问伊作:"像吗?"雪夜,伊作手持两个旋涡图案的提灯陪阿艳赶往代官婆住处。途中,因蜡烛待燃尽,伊作返回旅馆取蜡烛。夜色中,阿艳被当作传说中具有魔性的桔梗池夫人而遭猎师石松误杀。伊作话音刚落,在赞吉和伊作眼前现出阿艳和陪伴其左右、手持两个旋涡图案提灯的伊作的身影。漂浮在半空中的提灯、伊作看到另一个自己走过来的幻视、从阿艳鬼魂口中说出的那句"像吗?"均透着一股妖气。

作品的最终一幕充满诗意。"一片汪洋""雪"通过"水"和"白色"的意象,与"开在水边的白色桔梗花"联系在一起,寥寥几笔勾勒出一幅静止的、具有强烈视觉效果的画面。

为向读者证明故事的真实性,镜花特意在第一章写道:"这是笔者从

朋友境赞吉处听说的。"之后，作者未再出现在作品中，而是始终以赞吉的视点观察事物。这种在作品开篇特意点明"从某某朋友处听说的"，或是"某某友人亲身经历的"的下笔方式形成镜花后期创作阶段的共性，亦成为镜花研究界争论的焦点之一。作品貌似第三人称叙事，但经常在读者不经意间换成第一人称叙事，这种叙事视点的转换更能增强身临其境之感。

在叙事时间上，第一章至第三章为现在时，第一章中穿插以前听到的一件往事，第四章至第六章基本为过去时，只是偶尔切换到伊作向赞吉讲述的现场，在结尾处又回到现在时，作品叙事时间结构较整齐。如下图所示，形成相对复杂的"套匣式"叙事时间结构。这是因为回忆过去时并非按照时间顺序，而是以1年前→4年前→1年前的半个月之前→1年前的顺序分布的。

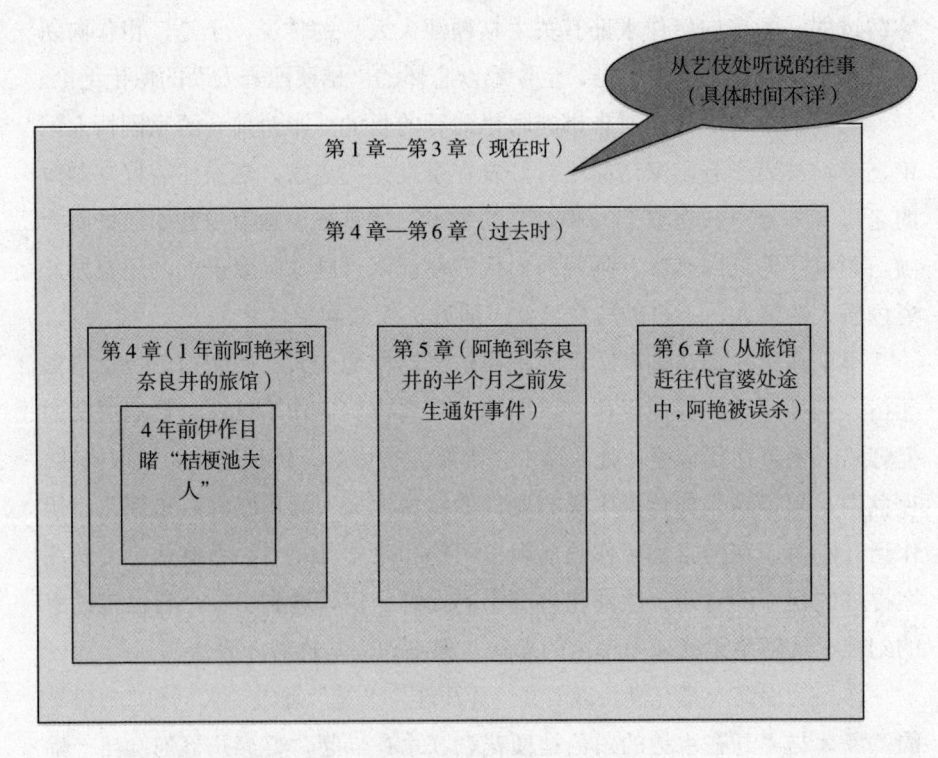

```
┌─────────────────────────────────────────────────────┐
│                                  从艺伎处听说的往事  │
│                                   （具体时间不详）   │
│         第1章—第3章（现在时）                        │
│  ┌───────────────────────────────────────────────┐  │
│  │         第4章—第6章（过去时）                  │  │
│  │ ┌──────────────┐ ┌──────────────┐ ┌─────────┐ │  │
│  │ │第4章(1年前阿艳│ │第5章(阿艳到奈│ │第6章(从旅│ │  │
│  │ │来到奈良井的旅 │ │良井的半个月之│ │馆赶往代官│ │  │
│  │ │馆)            │ │前发生通奸事件)│ │婆处途中，│ │  │
│  │ │┌────────────┐│ │              │ │阿艳被误杀)│ │  │
│  │ ││4年前伊作目睹││ │              │ │         │ │  │
│  │ ││"桔梗池夫人" ││ │              │ │         │ │  │
│  │ │└────────────┘│ │              │ │         │ │  │
│  │ └──────────────┘ └──────────────┘ └─────────┘ │  │
│  └───────────────────────────────────────────────┘  │
└─────────────────────────────────────────────────────┘
```

在《隐眉的鬼灵》中，"笔者"再现了朋友境赞吉的离奇经历，亦即在现在的讲述中包含着赞吉的过去（小过去）。在赞吉的讲述中又插入了

第八章　志怪文学的杰作：《隐眉的鬼灵》　◆◇◆

旅馆厨师伊作对幽灵阿艳的往事的回忆（中过去），在与阿艳的对话中进而再现了伊作曾目睹"桔梗池夫人"的经历（大过去），从而形成4个层次的"套匣"结构。在赞吉的讲述层已现出怪异征兆——浴池盥洗室传来的奇妙水滴声、水龙头莫名其妙地喷出3条水线、浴池中若隐若现的女人白皙的后颈。在怪异的氛围中，赞吉的讲述接近并渐渐融入伊作的回忆之中。位于这个"套匣式"结构最深层的，是伊作眼见"桔梗池夫人"在桔梗池旁的镜台前化妆的场面。传说中的女神在俗众面前现身。这一讲述层幻想性最强，现实性最弱。在这一点上，具有4层"套匣"结构的《隐眉的鬼灵》与单一"套匣式结构"的《高野圣僧》相近："套匣结构"的最外层最具现实性，也是离读者最近的一层。越向内发展，幻想性和怪异性越发浓厚，离读者也就越远。在一层层地冲破讲述层间的界线后，最终到达的便是虚幻缥缈的世界。

在小说的高潮处形成野口武彦所称的"幻在时"。关于"幻在时"，野口作如下阐述："讲述往事的现在时中，不单单镶嵌进了过去时，过去时中曾发生的事件再一次重现在这个现在时之中。……两个时间重合，出现了一个可以称为幻在时的时空圈。不知不觉中，过去时变成完全包容了现在时的异元时间。原本处在讲述范围内的时间反而包括了讲述之外的时间，形成一种奇妙的时间结构。"[1]当伊作正在讲述自己和阿艳经历的往事时，自己手持提灯与阿艳一起走来的一幕，突然出现在伊作和听众赞吉面前。于是，讲述的过去与正在倾听讲述的现在交融在一起，从而打破了各时间层之间的界线。过去和现在，现实世界和冥界交织在一起，融合为如梦似幻的瞬间。读者与故事世界的距离一下子被拉近，与在场的赞吉和伊作共同目睹了这个亦幻亦真的画面。这是梦幻能的惯用手法，能够在小说中将其完美演绎的非镜花莫属。

三　难解词句

正如三田英彬所述，大正（1912—1926年）中期以后，镜花作品的语

---

[1] 野口武彦：『鑑賞現代日本文学3 泉鏡花』，東京：角川書店1982年版，第22—23頁。

言去掉了华丽的外衣，平添了几分平易。[①]的确，《隐眉的鬼灵》中的语言相对较通俗易懂。

- お<u>はた</u>ご安くして上げませず："はた"现写作"ハタ"，指的是"石斑鱼"。

- <u>したじ</u>が悪い：此处的"したじ(下地)"也叫作"むらさき"，原指从日语中被称作"醬"（ひしお）的物质里提炼出来的透明液体。"醬"（ひしお）是通过食盐将动植物的蛋白质、淀粉和脂肪发酵后，从中分解出来的调味品。"したじ"的代表是酱油。如今，"したじ"不仅限于酱油，尚指从鲣鱼、海带或干香菇中提取的调味汁。在本文中，"したじ"指的是"（荞麦面的）蘸汁儿"。

- 蔦（つた）かずら木曾の桟橋（かけはし）、寝覚（ねざめ）の床："木曾の桟橋"和"寝覚の床"为中山道上的景观，详见下图[②]。"木曾の桟橋"是架在木曾川悬崖绝壁上延伸数百米由树藤编成的栈桥。曾为"中山道三大难关"之一，是中山道上最为险要的难关，作为"险关"的代名词自古被和歌咏唱。松尾芭蕉曾作俳句：桟や命をからむ蔦かずら。"寝覚の床"为"木曾八大名景"之一，巨大岩石交叠的造型被称为奇观。据说《浦岛太郎》故事的主人公浦岛太郎晚年曾常在此地钓鱼。某日，浦岛太郎打开龙女相赠的玉匣，立刻变成300岁的老翁，而从梦中醒来的地方正是此地，这正是"寝覚の床"这一名称的由来。

---

① 三田英彬：『泉鏡花の文学』，東京：桜楓社1976年版，第184頁。
② http://autumnwin.at.webry.info/201110/article_4.htl，2018年3月20日。

第八章　志怪文学的杰作：《隐眉的鬼灵》　◆◇◆

- 遁げ腰のもったて尻：" もったて尻" 意为 " 欲离席而起身"。
- 秋葉山（あきばさん）三尺坊が、飯綱（いいづな）権現へ、客を、たちものにしたところへ打撞（ぶつか）ったのであろう：" たちもの" 是向神佛祈愿，为表虔诚而断食。" 秋葉山三尺坊" 原本出生于长野县户隐村，后因修行得道被供奉为 " 火神"。本为人身，因神通广大而被奉为神的被称作 " 権現"。所以，" 秋葉山三尺坊" 亦被称作 " 秋葉山権現"。" 飯綱権現" 是起源于长野饭纲山的信仰。" 秋葉山三尺坊" 和 " 飯綱権現" 二神均为鼻子像乌鸦的 " 天狗" 模样，乘白狐，手持利剑和五色索。在小说中，松本的旅店既让赞吉饿肚子，又因火盆未加木炭而致使赞吉受冻。加之，二神外形相同，所以赞吉说旅店不仅让客人断食向 " 飯綱権現" 许愿，还让客人饱受寒冷以示对 " 火神"——" 秋葉山三尺坊" 的敬畏。
- 八間行燈（はちけん）：也称 " 八間"" 八方（はっぽう）"，系垂吊式大型平纸灯，经常用于澡堂、居酒屋、相声剧场等人群聚集的地方。
- 台十能（だいじゅう）：搬运或搅拌炭火的工具，发明于江户（1603—1867年）初期，见下图①。据《物类称呼》记载，铁铲型的在京都被称为 " をきかき"，江户和大阪称之为 " じふのう"；用于搬运的在江户被叫作 " 台じふのう"。后来，" じふのう" 的发音变化为 " じゅう"，" 台じふのう" 即为 " 台十能（だいじゅう）"。

---

① https://kotobank.jp/word/十能-77329，2019年7月10日。

- 岩見重太郎が註文をするよう："岩見重太郎"系传说中安土桃山时代（1573—1601年）的剑侠，因击退狒狒和山贼，在京都天桥立报父仇而闻名。最初是小早川家的家臣，后转投丰臣秀吉，在大阪城"夏季之役"中战死。
- 手前不調法："手前"原指自己眼前的或是靠近自己一侧的，在文中系厨师伊作的谦称——"鄙人"；"不調法"在小说中意为"不胜酒力"。
- 伊那や高遠へ積み出す米は、みんな木曾路（きそじ）の余り米："伊那"和"高遠"均为长野县地名。作品中的厨师伊作即为伊那出身。
- 勝頼（かつより）様と同国です："勝頼様"指的是武田胜赖，曾任信浓国（现长野县）伊那谷的高远城城主。
- じぶ、おこのみ："じぶ"指的是"治部鍋"，即鸭肉锅。
- 真田紐（さなだひも）：编带的名称。源于战国时代的武将真田昌幸（幸村之父）在刀柄缠上该编带而得名。见下图①。

- はばかりに行く："はばかり"是"憚る"的名词形式。在日本人看来，去厕所的行为要"人目を憚る（顾忌别人的目光）"，所以以"はばかり"指代"厕所"。
- 脇本陣（わきほんじん）とでも言いそうな旧家："脇本陣"系指江户时代（1603—1867年）仅次于驿站的住宿设施。

---

① https://ja.wikipedia.org/wiki/真田紐，2019年7月10日。

第八章　志怪文学的杰作：《隐眉的鬼灵》

- 半作事（はんさくじ）：建筑物尚未完全竣工。
- 二つ巴（どもえ）の紋だな。大星だか由良之助だかで："巴の紋"指的是"漩涡状图案"。"大星由良之助"系净瑠璃《假名手本忠臣藏》中的出场人物，伯州城主盐冶判官家的头牌家老，为替主人复仇而组织、策划了斩首行动。大星由良之助的家徽是两个向右旋转的旋涡状图案。
- おかしなベソをかいた顔："べそをかく"中的"べそ"是从表示嘴撇成"へ"字形之意的"へしぐち・べしぐち"中的"へし・べし"变化而来。"べそをかく"即为"将嘴撇成'へ'字形，一副哭相"。
- あがきがつかない："あがき"的汉字写作"足掻き"，原本指马用前蹄抓地，后表"摆动身体挣脱束缚"之意，转而用以表示"努力打开局面"。"あがきがつかない"即为"局面无法打开，一筹莫展，进退维谷"。
- きざ柿：在树上熟的甜柿子。
- 二百十日の荒れ前："二百十日"指的是从立春算起的第210天，大致在9月11日前后，自古被视为"农家的灾难日"。
- 眉をおとす：江户时代（1603—1867年）的风俗之一。女子婚后要将牙齿染黑，产后需剃眉。
- 代官婆という、庄屋（しょうや）のお婆さん："代官"指的是"江户幕府直辖地的地方官"；"庄屋"即"村长"。
- 権柄（けんべい）："権"是"権勢""権力"的"権"，"柄"是"横柄（傲慢）"的"柄"。所以，"権柄"意为"仗势横行，专横"。
- 連尺：负重用的肩部编织较宽的粗麻绳或带有粗麻绳的梯子形板架。
- 棒鼻（ぼうばな）の辻："棒鼻"，亦称"棒端"，指旅店边界上竖着的桩子，后人以"棒鼻"指代"旅店的边界处"。
- もんぺ：日本农村妇女劳动时穿的裤子。
- しとぎ餅：（供神用的）椭圆形年糕。

第二节　热点问题研究

一　问题的提出

《隐眉的鬼灵》被誉为"怪奇文学中的名品"[①]。在日本研究界，大正（1912—1926年）末期被视为镜花文学的一个转折点，创作手法发生变化，与之前的作品相比，作品的完成度不可谓高。《隐眉的鬼灵》则是这一时期难得的精品。通过透视这部作品，可以探究大正末期镜花文学嬗变之要因及其在镜花文学世界中的定位。因此，这部作品吸引了众多研究者的目光。研究主要集中在如下几个方面。

（一）小说的结构

三田英彬指出：《隐眉的鬼灵》是将梦幻能升华为小说的代表。隐性第一人称叙述接近梦幻能。小说的文体与其说是"物语性"的，莫如说是"戏剧性"的。[②]中川知子赞同三田关于该作品的结构与梦幻能相近的论点。[③]在当下研究界，谈论镜花作品结构与梦幻能的相近性已成老生常谈。镜花的许多作品，如著名的《高野圣僧》《采药》《因缘之女》《春昼》《春昼后刻》《结缘》《缕红新草》等均采用了梦幻能的结构。

福田清人等则指出架构小说的方法取自中世能的谣曲。[④]吉田精一是指出镜花文学与"谣曲"关系的第一人，从而开辟了镜花与"能"之关系研究的新视角。早在1934年，吉田精一就以《镜花的表现》为题，通过《祇园物语》（1911年）等数部作品论证了"谣曲"对镜花作品的影

[①] 村松定孝：『泉鏡花研究』，東京：冬樹社1974年版，第306頁。
[②] 三田英彬：『泉鏡花の文学』，東京：桜楓社1976年版，第183—184頁。
[③] 中川知子：「泉鏡花の研究——『眉かくしの霊』について」，『皇学館論叢』2008年第1期。
[④] 福田清人、浜野卓也：『泉鏡花　人と作品19』，東京：清水書院1966年版，第174—175頁。

第八章　志怪文学的杰作：《隐眉的鬼灵》　◆◇◆

响关系。吉田精一和村松定孝分别在其力作《近代日本浪漫主义研究》[1]和《泉镜花》[2]中就"谣曲"和镜花作品的关系进行了深入的探讨，在此不再赘述。

"梦幻能"式的结构均为"套匣"型的。在镜花作品中，这种结构往往离不开人物的"讲述"。富永绘美概括了《隐眉的鬼灵》中"讲述"的特点：（1）读者与视点人物（即作者）共有同一视点。细言之，读者必须借助视点人物的眼睛解读故事，通过视点人物的主观体验作品世界；（2）读者与讲述人共同见证故事的发展，逐渐接近故事的深层，如临其境。同时，与讲述人产生感情共鸣，处于讲述层面的异界瞬间凌驾于现实之上，在终篇留下具有强大冲击力的印象；（3）通过"讲述"制造幽灵现身的场面。[3]

（二）阿艳

阿艳是这部作品的核心人物。关于阿艳剃眉、将牙齿染黑等模仿桔梗池夫人装扮的情节，石崎等认为"是与桔梗池夫人比美"[4]。橘正典认为，"被石松误杀时阿艳剃眉染齿的装扮是她对现实中无法成为'正妻'而耿耿于怀的表现"[5]。吉田辽人认同此观点。吉田指出，生前的阿艳为隐瞒艺伎身份梳着象征已婚者的"优雅的圆发髻"登场，但被伊作识破，故而剃眉，染齿，拼命打扮得像"夫人"的样子；如此装扮后，阿艳问伊作："似合ひますか"（像吗？），这句话并不是许多研究者所解释的"像桔梗池夫人吗"，而是"虽是艺伎，看上去像'已婚者'吗"的意思；并最终断言，为获得画家"妻子"身份的认同是阿艳幽灵徘徊于现世的缘由。[6]阿艳以桔梗池夫人的"美"为规范加以模仿，进而通过伊作的证实得以与桔梗池夫人同化；终章阿艳问的那句"像吗？"，是向赞吉和伊作再次确认与桔梗池夫人同化后自己是否依然美丽，也正是赞吉和伊作对美的执着招来

---

[1] 吉田精一：『近代日本浪漫主義研究』，東京：修文館1943年版，第181—204頁。
[2] 村松定孝：『泉鏡花』，東京：寧楽書房1966年版，第219—230頁。
[3] 冨永絵美：「泉鏡花『眉かくしの霊』論」，『福岡大学日本語日本文学』1998年第8期。
[4] 石崎等：「泉鏡花・その作品　『眉かくしの霊』」，『国文学解釈と鑑賞』1973年第8期。
[5] 橘正典：『鏡花変化帖』，東京：国書刊行会2002年版，第119頁。
[6] 吉田遼人：「泉鏡花『眉かくしの霊』試論——お艷の霊をめぐって」，『文学研究論集』2008年第29期。

- 365 -

了阿艳的幽灵。①

东乡克美如下解读阿艳之死："镜花作品中的'美'是在异界得以实现的。女性们通过死亡被赋予美与神性。"②铃木启子则认为阿艳之死是"桔梗池女主人更迭的故事"。③那么，阿艳为什么会出现在貌似毫不相干的赞吉面前呢？关于这个问题，研究者们给出相近的答案："表面上看，主人公赞吉遭遇阿艳鬼灵的因果关系不明确。但是，分析作品中赞吉的性格和言行可以发现他身上具备推动故事发展的要素。"④赞吉具有相信神秘、不自觉地被吸引的天性。⑤与旅馆的其他客人不同，作为伊作的唯一听众，只有赞吉能够将体验到的旅馆内的怪异与阿艳联系起来。换言之，阿艳的幽灵通过赞吉的"认知"才得以生成，因此，出现在赞吉面前也是必然。⑥松村友视将阿艳出现在赞吉房间的理由解释为——欲找回因死亡而失去的"虚的时间"。野口哲也进一步深化松村的论点，指出赞吉和伊作所看到的，正是阿艳被死亡剥夺的"虚的时间"时的姿态；阿艳的"虚的时间"通过伊作的"故事"得以生成、还原。⑦概而言之，赞吉与阿艳幽灵的出现有着内在的联系，是作者精心、周密设计的结果。

（三）作品对近世文学及古典文艺的吸取

作品一开篇即是对《续东海道徒步旅行记》的引用。《隐眉的鬼灵》与《和歌灯》同为在情节设计上受《东海道徒步旅行记》及其续篇启发的作品。东乡克美论证了《续东海道徒步旅行记》的影响，列举了《隐眉的鬼灵》之（一）对《续东海道徒步旅行记》第7章下卷之《奈良井住宿篇》、（二）中白鹭捕食鲤鱼的场面对《续东海道徒步旅行记》第7章下卷《赞

---

① 清水潤：「泉鏡花の後期の小説とその周辺」，博士学位論文，東京：東京都立大学，2004年，第62—63頁。
② 東郷克美：「『眉かくしの霊』の顕現」，『文学』1983年第6期。
③ 鈴木啓子：「泉鏡花『眉かくしの霊』——暗在する物語」，『国文解釈と鑑賞』1991年第4期。
④ 中川知子：「泉鏡花の研究——『眉かくしの霊』について」，『皇学館論叢』2008年第1期。
⑤ 中谷克己：『泉鏡花 心像への視点』，東京：明治書院1987年版，第219頁。
⑥ 吉田遼人：「泉鏡花『眉かくしの靈』試論——お艷の霊をめぐって」，『文学研究論集』2008年第29期。
⑦ 野口哲也：「泉鏡花研究：明治・大正期の幻想文学における想像力の構造と展開」，博士学位論文，仙台：東北大学，2010年，第232頁。

川住宿篇》、（六）中"画家"的身份和阿艳的眉毛对《续东海道徒步旅行记》第8章下卷《池田篇》的吸取。①石仓利英对东乡的论述进行了补充，进而指出《隐眉的鬼灵》之（五）关于"大蒜屋"的描述与《续东海道徒步旅行记》第8章上卷《成相新田住宿篇》中用骨灰种菜的情节，以及（六）中阿艳被石松枪杀的场面与《续东海道徒步旅行记》第9章上卷的影响关系。②无独有偶，如果将引用的章节序号（一）、（二）、（五）、（六）和相对应的被引用章节序号7、7、8、8、9排列起来的话，可发现恰好是渐次引用。

除近世文学外，神话、传说等传承文学类亦可以在作品中寻到踪迹。东乡克美论及"桔梗池夫人"在水池边化妆与流传在日本各地的"化妆水""化妆坡"等传说的相关性，并指出：镜花善用将多个女性形象叠加的方法，现实中的女性通过与异界女性的重叠被赋予神圣性和灵性。③

石塚阳子将《隐眉的鬼灵》视为围绕着"山王神"的神话和民间故事，即阿艳最终与"桔梗池夫人"同化，与"山王神"成婚。"山王"指的是比叡山日吉大社祭祀的神灵。在创作《隐眉的鬼灵》时，镜花巧妙地利用了"山王"一词背后的故事。石塚将其称为"暗示引用"，定位为镜花的创作技巧，即巧妙地将语言所承载的历史及传承的故事活用于作品之中。④

在作品中引用古典，无论明引或是暗引，大至文本，小至词语，都会使文学作品多层化，以此诱发读者的联想，在无限的联想之中让文学作品变得丰盈、厚重。

（四）意象

《隐眉的鬼灵》中水、两个旋涡图案的提灯、数字"3"反复出现，形成连锁的意象。

---

① 東郷克美：「『眉かくしの霊』の顕現」，『文学』1983年第6期。
② 石倉利英：「泉鏡花『眉かくしの霊』——続膝栗毛との関連から」，『島大国文』1999年第27期。
③ 東郷克美：「『眉かくしの霊』の顕現」，『文学』1983年第6期。
④ 石塚陽子：「泉鏡花『眉かくしの霊』論——深層構造としての山王の神々の物語」，『国文』1996年第85期。

关于提灯的论述，如："两个漩涡图案的提灯不仅是渲染怪异氛围的道具，更是'桔梗池夫人'的神秘与阿艳情感的复合体。进而言之，象征着镜花对以代官婆为代表的社会的'美丽'怨恨"[1]；"旭斋国辉撰写的《江户本所七大怪》中有一怪是'追不上的提灯'，镜花关于提灯的意象与近世怪谈不无关系"[2]；"两个漩涡图案的提灯作为幽冥两界的使者，化为漂浮的鬼魂，最后与阿艳的幽灵一同出现"[3]。石塚阳子则认为，提灯上的两个旋涡图案象征着蛇，是水神的标记。[4]

在《隐眉的鬼灵》中，提灯不仅限于气氛的渲染，还具有更高层次的内涵。关于提灯的精彩场面是：伊作向赞吉讲述阿艳的往事时，带两个旋涡图案的提灯从对面漂浮过来，而这只提灯正是伊作为阿艳带路去代官婆处时手持的灯笼。之后不久，阿艳即被误杀身亡。在提灯飘浮过来的同时，阿艳的幽灵现身。可以说，这只灯笼既是将阿艳引向阴间的罪魁，也是将阿艳从阴间带往阳世的使者。

水是镜花文学世界不可或缺的意象，总是与美女联系在一起。《隐眉的鬼灵》中的怪异均与"水"相关。关于水的意象，东乡克美进行了详尽的论述：赞吉在奈良井站下车时天空飘下的阵雨、不绝于耳的奈良井河的湍流、反反复复的三条水线的声音、浴室、庭院的水池、院外的小河——奈良井川支流的细谿河、水的精灵——白鹭、桔梗池、赞吉房间的草席被水浸没后幻化为桔梗池。[5]在这些"物质之水"以外，高桑法子尚从心理学的角度指出，伊作凝视的水面是映射出伊作内心的镜子。[6]中谷克己也持相近观点，认为：伊作凝视水面可视为直视自身内心深处的行为，浮现出来的面影正是具有性诱惑力的水中精灵，即念念不忘的"桔梗池夫人"。[7]木村美幸关注水龙头水流滴落的声音变化，指出从"哗哗"到"淙淙"再到

---

[1] 石崎等：「泉鏡花・その作品 『眉かくしの霊』」，『国文学解釈と鑑賞』1973 年第 8 期。
[2] 三田英彬：『泉鏡花の文学』，東京：桜楓社1976 年版，第 191 頁。
[3] 東郷克美：「『眉かくしの霊』の顕現」，『文学』1983 年第 6 期。
[4] 石塚陽子：「泉鏡花『眉かくしの霊』論——深層構造としての山王の神々の物語」，『国文』1996 年第 85 期。
[5] 東郷克美：「『眉かくしの霊』の顕現」，『文学』1983 年第 6 期。
[6] 高桑法子：『幻想のオイフォリー：泉鏡花を起点として』，東京：小沢書店1997 年版，第 107 頁。
[7] 中谷克己：『泉鏡花 心像への視点』，東京：明治書院1987 年版，第 238 頁。

第八章　志怪文学的杰作：《隐眉的鬼灵》

"涓涓"，水量递减，暗示着阿艳的鬼灵正在接近赞吉。[①]

反复和重叠是《隐眉的鬼灵》叙述话语的技巧之一。东乡克美注意到了作品中数字"3"的反复出现[②]；石塚阳子则指出反复出现的数字"3"与"山王"有关。[③]

（五）"幻视自己影像"

大正时期（1912—1926年），"分身""幻视自己影像"的情节频繁出现在小说中，甚至形成一股小的潮流。镜花早在明治时期（1868—1912年）就曾试水，如《星光》（1898年）和《春昼》（1906年）。但"《隐眉的鬼灵》中的'幻视自己影像'与《星光》、《春昼》、《河神的千金》（1927年）判然有别，更具冲击力"[④]。中谷克己将"幻视自己影像"视为"自己应面对的另一个内心深处的'真我'"，这一'真我'在《隐眉的鬼灵》中体现为镜花内心深处的"性意识"。[⑤]野口哲也则将这种现象定义为"多层重叠的技巧"，即映射到人物眼中的映像和过去的自己或听话人的实际体验重叠。这种手法依据的是镜像力学的原理。[⑥]

（六）"桔梗池夫人"及其他

须田千里在「鏡花文学における前近代的素材（上）」（『国語国文』1990年第4期）中指出"桔梗池夫人"的原型是《老媪茶话》之《沼泽之怪》篇中的"御沼前"。这一论点得到铃木启子[⑦]和石仓利英[⑧]的支持。石塚阳子论证了"桔梗池夫人='山王神'的妻子=泉神玉依姬=池塘女神"

[①] 木村美幸：「泉鏡花『眉かくしの霊』——技巧の考察」，『国文学報』2001年第44期。
[②] 東郷克美：「『眉かくしの霊』の顕現」，『文学』1983年第6期。
[③] 石塚陽子：「泉鏡花『眉かくしの霊』論——深層構造としての山王の神々の物語」，『国文』1996年第85期。
[④] 東郷克美：「『眉かくしの霊』の顕現」，『文学』1983年第6期。
[⑤] 中谷克己：『泉鏡花　心像への視点』，東京：明治書院1987年版，第248頁。
[⑥] 野口哲也：「泉鏡花研究：明治・大正期の幻想文学における想像力の構造と展開」，博士学位論文、仙台：東北大学，2010年，第234、238頁。
[⑦] 鈴木啓子：「泉鏡花『眉かくしの霊』——暗在する物語」，『国文学解釈と鑑賞』1991年第4期。
[⑧] 石倉利英：「泉鏡花『眉かくしの霊』——続膝栗毛との関連から」，『島大国文』1999年第27期。

的多重身份。①

高桑法子指出：奈良井魔界的核心位于代官婆的大蒜宅；代官婆是性惩罚者；作品中的女性均为薄幸的美女；男性通过将自己作为供品暴露在有魔力的女性面前才能免于处罚，到达神圣情爱的顶峰。男人们的惊恐是希望受虐的表现。另外，女性作为牺牲品通过圣洁的死亡成为男人们仰视的对象。②这是高桑对这部作品主题的解读。

铃木邦明着眼于《隐眉的鬼灵》多个版本间文字排列的差异，探讨了"似合ひますか"（像吗？）前后两行空格对于作品的意义。阿艳的"似合ひますか"（像吗？）尽管声音纤细，但因放在两行空格之间，在文章中被凸显出来，给读者以突出、强调的印象。如果台词前后仅空一行的话，这句台词就会淹没在文章之中。空白可视为余白，镜花巧妙地运用了说话艺术中的停顿技巧，留给读者思考、感悟的空间。作品的成功与终章部的两行空格不无关系，镜花大胆地省略叙述，以前后两行空格突出了幽灵纤细的声音。③

清水润以作品中山六郎画的 4 幅时髦、具现代画风的插图为切入点，论证了《隐眉的鬼灵》的时代性，指出："作为大正后期镜花作品的插图作家，山六郎的存在不可忽视。当时的山六郎从视觉方面引领了时代，其现代主义画风构筑了有别于清方和雪岱的、全新的镜花世界。山六郎的插图将镜花文学与大正的新时代结合在一起。"④

（七）关于作品的争议点和评价

《隐眉的鬼灵》采用的是以笔者（镜花）再现朋友境赞吉经历的方式。但是，在作品中笔者的出现仅一笔带过，全篇表面上以第三人称赞吉的视

---

① 石塚陽子：「泉鏡花『眉かくしの霊』論——深層構造としての山王の神々の物語」，『国文』1996 年第 85 期。

② 高桑法子：『幻想のオイフォリー：泉鏡花を起点として』，東京：小沢書店 1997 年版，第 109、110—111 頁。

③ 鈴木邦明：「『眉かくしの霊』における二行空きの表記について」，泉鏡花研究会編『論集大正期の泉鏡花』，東京：おうふう 1999 年版，第 178—179 頁。

④ 清水潤：「泉鏡花の後期の小説とその周辺」」，博士学位論文，東京：東京都立大学，2004 年，第 57 頁。

第八章 志怪文学的杰作：《隐眉的鬼灵》 ◆◇◆

角贯穿始终，但实际上作品中极少以赞吉为主语，多是第一人称的讲述。研究者们对作品中笔者和叙事人称的认识存在争议。东乡克美将"形式上的笔者"视为镜花作品的特性，"对于镜花来说笔者仅仅是体现作者与故事世界关系的符号，只要实现了此功能，便没有必要再露面了"，"这种人称和时态的混杂、不统一，实际上在引导读者从故事的最外层渐渐接近幻想显现的内层过程中发挥了作用"[①]等，东乡给予了积极的评价。相对而言，三田英彬的评价则较尖锐："镜花惯用记录讲述的形式，但就《隐眉的鬼灵》而言，没有这个必要，多此一举。"[②]小说的视角是动态的，而小说的美学意义便体现在这动态的变化之中。在自然合理的前提下，艺术性地交替使用不同视角，弥补单一视角的局限性，使作品更贴近真实，这是小说叙事视角的最高境界。

不仅如此，小说在幽灵现身的瞬间突然落下帷幕，赞吉的体验在读者面前骤然中断，既没有赞吉的解释，亦缺乏作者的说明。这种"异常"现象在大正（1912—1926年）末期及其后的镜花作品中频频出现。到了1923—1924年，小说世界多元化、片段化，突然结束故事的作品增多。[③]日本的许多研究者注意到镜花大正末期作品风格的变化，认为镜花已江郎才尽。这种观点以胁明子为代表。胁明子如此评价大正末期的镜花文学：1923年关东大地震时，镜花已在文坛走过30个年头，笔力不逮在所难免。实际上，这一时期镜花作品混乱、不自然的地方醒目，已非昔日镜花。作品中的女性苍白憔悴，昔日带有慈母韵味的姐姐们不知何时已消失得无影无踪。[④]

近年来，出现了积极挖掘镜花大正末期文学价值的声音。越野格指出，尝试各种故事类型和不同讲述样式是大正中、后期及昭和期镜花文学的特色。[⑤]越野将作品中的不自然之处视为对新的小说形式的尝试。吉田辽人则

---

① 東郷克美：「『眉かくしの霊』の顕現」，『文学』1983年第6期。
② 三田英彬：『泉鏡花の文学』，東京：桜楓社1976年版，第179頁。
③ 清水潤：「泉鏡花の後期の小説とその周辺」，博士学位論文，東京：東京都立大学，2004年，第4頁。
④ 脇明子：「運命の女との決別」，『鏡花全集月報』，東京：岩波書店1986年版，第332頁。
⑤ 越野格：「鏡花における語りの形式——その一人称小説の構造について（1）」，『国語国文学』2000年第39期。

认为：这只不过是与一般意义上的"小说"不同而已。清水润将其积极地定位为"是对小说新的可能性的不懈探索"。①

镜花的幻想世界里既有高贵神女的降临，亦不乏妩媚魔女的现身；既有精灵跳梁，亦有鬼怪穿梭。镜花的幻想文学是仙魔魍魅的世界，《隐眉的鬼灵》则是描写幽灵的杰作。研究者们从不同视角剖析了《隐眉的鬼灵》。那么，镜花笔下的"鬼灵"具有什么样的特点呢？上述研究并未给出答案。笔者通过与同样喜爱鬼怪故事的芥川龙之介的作品相比较，以期勾勒出镜花的"百怪图"。

二 泉镜花文学与芥川龙之介文学比较试论

（泉镜花）开辟了明治大正文艺的浪漫主义道路。镜花世界，其艳丽浓于巫山雨意，其壮观烈于易水风色，不啻为一代壮举，百年间东西艺苑之奇葩。……气吞江户三百年风流，运筹万变于内心；曲尽东海六十州人情，忽通千载于一息。真可谓天衣无缝的锦衣……与法国浪漫派诸家相比，其质凌驾于梅里美之上，其量可与巴尔扎克比肩。②

这是芥川龙之介以汪洋恣肆之情、如椽之笔为春阳堂版《镜花全集》奉上的贺词。字里行间流露出芥川对镜花文学的热爱。言辞虽稍有夸大之嫌，但确实抓住了镜花文学的本质，可见芥川对镜花文学的熟知程度非同一般。芥川对镜花文学的评价集中体现在《关于明治文艺》《镜花全集目录·前言》《镜花全集的特色》《关于镜花全集》等评论中。《关于明治文艺》中赞"镜花是古今独步的天才，只不过生不逢时而已"。特别是最后一篇文章，打破理想主义、江户趣味等固有观念的禁锢，高度评价了《天守阁物语》及其时代意义，指出超自然存在所具有的美与威严及独特的措

---

① 清水潤：「泉鏡花の後期の小説とその周辺」，博士学位論文，東京：東京都立大学，2004年，第50頁。
② 芥川龍之介：「鏡花全集開口」，『文芸読本泉鏡花』，東京：河出書房新社1981年版，第66頁。

第八章 志怪文学的杰作:《隐眉的鬼灵》 ◆◇◆

辞与谣曲的关联性,颇有见地。①

> 玲珑、剔透,其文、其质与名玉山海交相辉映。在暑气熏蒸的夏日,冷峻的你独自清爽爽飘然而逝,苍穹瞬现巨星,光辉永照翰林。……思念秋深,露珠似泪。②

这段镜花为芥川所写的悼词情真意切,对"巨星陨落"的惋惜之情与对芥川文学的赞美之辞溢于言表。

镜花与芥川是文学上的知己,更是生活中的挚友。《镜花全集·月报》中收录了芥川于1922年6月1日至1925年8月9日,30—33岁期间写给镜花的9封书信。从书信中可知,二人相识于1920年,1922年时已成为知己,之后交往密切,感情甚笃。9封书信中有6封表达了芥川对镜花的感激之情。感谢的事由分别是镜花款待芥川(3次)、赠书(2次)、赠物(2次,其中1次是镜花夫人亲手烹制的家乡菜)、借给芥川书籍(1次)。③

镜花年长芥川19岁,镜花的作品伴随着芥川成长。芥川在《我的俳谐学习》(《俳坛文艺》1925年6月1日)中回忆:寻常小学4年级的时候第一次尝试创作俳句——落葉焚いて葉守りの神を見し夜かな,那时正在读镜花的小说,一定是撷取了其中的浪漫主义。④芥川读的正是镜花的《化银杏》。"真正的小说始于泉镜花的《化银杏》"(出自《喜好文学之家》1918年1月),升入中学前读了镜花的《风流线》(《对于爱读的书的印象》,载于《文章俱乐部》1920年8月),中学时遍览镜花小说(《我登上文坛之前》,载于《文章俱乐部》1917年8月),成名后曾论及镜花的《芍药之歌》(《大正八年的文艺界》,载于《每日年鉴》1919年12月5日;《骨董羹》,载于《人间》1920年4月)⑤

---

① 関口安義編:『芥川龍之介新辞典』,東京:翰林書房2003年版,第36頁。
② 村松定孝:『ことばの錬金術師——泉鏡花』,東京:社会思想社1973年版,第263頁。
③ 泉鏡花:『鏡花全集月報』,東京:岩波書店1986年版,第263—266、278、296頁。
④ 武藤清吾:『芥川龍之介の童話:神秘と自己像幻視の物語』,東京:翰林書房2014年版,第31頁。
⑤ 武藤清吾:『芥川龍之介の童話:神秘と自己像幻視の物語』,東京:翰林書房2014年版,第35頁。

和《樱草》①。芥川不但为春阳堂版《镜花全集》撰写了"广告词",还担任《镜花全集》的编辑。芥川发表小说《河童》（1927 年）后,镜花的《河神的千金》（1927 年）和《贝壳中的河童》（1931 年）也相继问世,在那之前,河童未曾出现在镜花作品中。这难道仅仅是机缘巧合吗?二人的文学世界势必在某一点上存在着交集,而又在某些地方印刻着各自鲜明的特征。

（一）契合点：江户情调与怪异趣味

镜花与芥川幼年的经历极其相似。镜花 9 岁、芥川 11 岁时生母过世。确切地说,芥川比镜花更不幸。出生 8 个月后便因生母患精神病而被送到舅舅芥川道章家做养子。生母的存在无人可替代。母爱的缺失及对完美母亲形象的憧憬催生出以少年为主题、现出母亲幻影的系列作品,例如芥川的《杜子春》（1920 年）、《少年》（1924 年）和镜花的《一之卷》至《誓之卷》（1896—1897 年）、《照叶狂言》（1896 年）、《蓑谷》（1896 年）、《龙潭谭》（1896 年）、《化鸟》（1897 年）、《清心庵》（1897 年）、《莺花径》（1898 年）等。

二人幼时均喜读"草双纸",爱听评书和单口相声,对江户文艺兴趣浓厚。芥川养父家所在的本所小泉町一带是江户以来隐士及文人墨客聚居的地方,芥川在那里度过 18 年的岁月。葛饰北斋、河竹默阿弥、擅长讲幽灵故事的三遊亭圆朝等人的宅子分布其间。芥川家与单口相声艺人谈州楼燕枝和评书艺人大岛白鹤的府邸近在咫尺。养父一家喜爱俳句,沉浸在江户传统之中。芥川两岁起即看歌舞伎,听单口相声,读"草双纸"。少年时代的芥川浸淫于江户趣味,呼吸着前近代的文化气息。

镜花虽是金泽出身,但母亲阿铃当属地道的"江户人",常给镜花讲江户时代（1603—1867 年）的事情,镜花自幼对江户传统世界充满向往。恩师尾崎红叶更具典型江户人气质——精通江户传统文化,侠气,豪爽,洒脱。正宗白鸟曾以剑菱为笔名写下评论："镜花氏也有一种人生观。喜欢江户时代,讨厌新文明。就像讨厌毛毛虫一样厌恶蓄八字胡的当代绅士。

---

① 芥川龍之介：「文芸雑話饒舌」,東雅夫編『芥川龍之介集妖婆』,東京：筑摩書房 2010 年版,第 275 頁。

第八章 志怪文学的杰作：《隐眉的鬼灵》

鄙视政治家、慈善家、当下的女学生等文明的产物。喜爱具有典型江户人气质的男女。"[1]芥川和镜花对江户抱有特殊的情感，这种江户情调在二人的文学世界里时隐时现，潜移默化地影响着二人的文学创作。

镜花文学的养分来自日本近代之前的文学、艺术样式，以和歌、能、草双纸、读本、民间传说，以及评书、单口相声、净琉璃等以"说"为主的说唱艺术。其中，江户文艺的影响不可小觑，镜花文学与江户文艺有着千丝万缕的联系。以《日本桥》（1914年）为代表的作品中，镜花描绘了被明治近代社会逐渐忘却的江户时代的"风景"，书写了与近代文明无缘的女性们的悲歌。《三尺角》（1899年）中作者的目光也是聚焦于被近代遗弃的角落。镜花的江户情调表现为对渐渐逝去的江户氛围与文化及日本传统美的怀旧和惋惜。

芥川一高时代撰写的随笔《大川之水》（1914年）最能体现其江户趣味，是为消失殆尽的江户世界唱起的一曲挽歌。明治（1868—1912年）末期，近代化碾压下的江户传统文化已成为残花败柳。芥川看到的是残败艺人的悲惨，放浪者的醉生梦死，从而催生了"近代败北者之路"的观念。这种观念孕育了芥川对江户趣味的爱与憎恶。芥川的江户情调体现为对江户趣味爱憎交织的复杂情感。芥川的处女作《老年》（1914年）和《假面丑八怪》（1915年）集中体现了这种情感。芥川后因恋爱问题与养父母发生冲突，曾一度回避江户趣味。其后，"已融入芥川血脉中的江户趣味继续支撑着他的私生活和文学创作"，"芥川最喜爱的是明治时期（1868—1912年）仍残留在本所和芥川家的江户趣味，一边厌恶其残败的阴惨，一边以其作为文学养分，构筑起充满纯粹江户风格美学意识和诙谐精神及神秘性的芥川文学世界"[2]。小说《奇异的重逢》（1921年）是在对明治20年代（1887—1896年）"本所"的回忆中展开的。对淡出人们视野的江户"风景"之怀念形成镜花和芥川江户情调的基调。

幼年与鬼怪故事的"相遇"对于二人的文学创作产生决定性影响。镜花在《三州奇谈》（1933年）、《咄随集》（1933年）中多次提到故乡金

---

[1] 寺田透：「鏡花を巡って」，『文芸読本泉鏡花』，東京：河出書房新社1981年版，第85頁。
[2] 関口安義編：『芥川龍之介新辞典』，東京：翰林書房2003年版，第64頁。

泽口碑传说和怪谈盛行之事。据镜花年谱记载："明治九年（1876 年）4岁，……从这时起请母亲讲解'草双纸'的插图，听邻居女孩儿讲述在金泽流传的口碑传说。"[①]童年时代植入镜花头脑中的文学元素是"草双纸"和当地流行的民间传说。不言而喻，民间传说中不乏魑魅魍魉的身影，他回忆说："将人变成怪的是狐，自身变化多端的是狸和貉，与狐狸相比，关于貉变化的故事较多。……雪深寂寥的夜晚，山风夹杂着奇怪的笛子、大鼓的伴奏乐时隐时现，这被称作'天狗奏乐'，与本所的'狸奏乐'是远亲。"[②]镜花记得幼年曾听舅舅绘声绘色地讲雪女郎的故事，[③]传说如果冬天在野外被雪女郎附体将会被冻死。镜花天生喜爱神秘幽艳，故事中的幻影化作镜花创作灵感的源泉。

一方面，芥川幼年也痴迷于超自然的存在。明治（1868—1912 年）中期至后期，在本所两国地区仍然残留着江户时代（1603—1867 年）流传下来的"本所七大怪异"的传说。芥川在回忆家人的小品文《点鬼簿》（1926年）中如下描述：妈妈属于安静型的疯病患者，精神好时会为姐姐和我画画，但不知为何画中的人物长着狐狸的面孔。回忆录《追忆》（《文艺春秋》，1926 年 4 月—1927 年 2 月）中记载了许多关于幽灵的故事和怪谈，如：幼时听叫作"おてつ"的老女佣讲了许多鬼火和冤鬼的故事，或许出于这个缘故，在半梦半醒之间经常有幽灵光顾，而且那些幽灵都长着"おてつ"的面孔（《幽灵》）；水店老板也是经常出现在梦境中的幽灵之一（《水店》）；晚上放学途径"七大怪异"之一的竹林，听到竹林深处传来的锣鼓声时，以为是"两百来岁的狸精搞的鬼"（《七大怪异》）。随笔《本所两国》（1927 年）中介绍了明治维新前父亲遇到由狸变化的年轻武士的往事。芥川一高时期，将从亲朋好友处听到的怪谈按照妖怪、天狗、河童和幽灵等分门别类整理出 78 篇，冠名《椒图志异》。在《含〈椒图志异〉的笔记》中曾尝试将"雪女郎""柳树精""拍花子"等传说改编成作品。也曾在一高图书馆目录索引中查找怪异类图书。大学期间对英美文

---

① 村松定孝：『泉鏡花』，東京：文泉堂 1979 年版，第 431 頁。
② 泉鏡花：「寸情風土記」，『青空文庫』，https://www.aozora.gr.jp/cards/000050/files/4150_6479.html，2018 年 4 月 2 日。
③ 泉鏡花：「北国空」，『鏡花全集』卷 28，東京：岩波書店 1988 年版，第 372—373 頁。

第八章　志怪文学的杰作：《隐眉的鬼灵》　◆◇◆

学中的"怪异小说"系列产生浓厚兴趣，发表了随笔《英美文学中的怪异》（1922年）和《近来的幽灵》（1921年）。概而言之，镜花和芥川自幼对超自然的现象抱有浓厚兴趣，"怪异"成为二人文学世界不可或缺的元素。

（二）镜花之于芥川文学

芥川中学时即博览镜花小说，自杀前读的是镜花的作品和圣书。如前所述，芥川曾在回忆中明言撷取了镜花的浪漫主义，还自诩是"人生观上的现实主义者，气质上的浪漫主义者，哲学上的怀疑主义者"。这种浪漫的气质在其早期作品中留下印记。如《大川之水》中体现的唯美情调、艺术主义倾向与镜花作品竟有几分神似。一高毕业前，21岁的芥川写下题为《菩提树》的作文，炙热的情感流于笔端。遗憾的是，这种温暖的情感在现实的阻碍下逐渐降温，最终被隐藏在冷笑的假面具下，在作品中只剩下一个个省略号……

《菩提树》的文体与芥川其后的作品大相径庭，反倒更接近于镜花的文体。文白相间、排比句、长句式、长定语形成其显著特征，这些也是镜花文体的典型特点。不过，不及镜花文体华丽，稍显稚嫩。中岛国彦指出芥川作品的文体特点是："逗号多，细细玩味每个用词，是一种令人眷恋的文体。"[1]真情流露时，芥川的感性与镜花独特的美学意识相得益彰。然而，当芥川的温情被理智、怀疑所取代时，这种文体也就变成"清晰，不允许模棱两可的文体"[2]了。随着时间的推移，芥川作品中逗号日渐稀少，句子变得短小精悍，表达越发明晰剔透。

关于文体，二人的认识较接近。芥川认为："文艺是寄托于文章表现的艺术，小说家必须锤炼文章表现力。若不能为一个词汇的优美而心醉神迷的话，作为小说家则美中不足。"[3]这段文字体现出芥川对小说语言的严谨态度，强调小说家对语言优美应具备敏锐的感受性。芥川"艺术始于

---

[1] 遠藤孝子：「梶井基次郎と芥川龍之介の文体比較の試み」，『国語国文』1982年第15期。
[2] 芥川龍之介：「文章と言葉と」，『青空文庫』，https://www.aozora.gr.jp/cards/000879/files/3755_27342.html，2018年4月2日。
[3] 芥川龍之介：「小説作法十則」，『青空文庫』，https://www.aozora.gr.jp/cards/000879/card4313.html，2018年4月2日。

表现而终于表现"的信念（《艺术及其他》1919 年 11 月）终生未改。难怪佐藤春夫在为芥川所作悼词中指出芥川的文学语言似金石文[①]一般。[②]的确，芥川的文字严谨、硬质、精准，注重表现细节之美。或许是遗传于雕金师父亲的基因吧，镜花同样对小说语言精雕细刻到极致。镜花格外重视每个词所带给读者的视听觉效果，甚至到神经质的地步。芥川曾被友人告诫"写文章不要过于咬文嚼字"。[③]字斟句酌，不言而喻，这是在繁文缛礼和严格的家教中成长起来的芥川性情使然。不过，参考芥川出道前阅读了镜花全部小说这一事实的话，是否可以认为镜花对于文字的态度也潜移默化地影响了芥川呢？

芥川对镜花作品的吸取主要体现于《地狱变》（1918 年）、《基督徒之死》（1918 年）、《往生画卷》（1921 年）、《奇异的重逢》（1921 年）、《奇妙的故事》（1921 年）和《鱼河岸》（1922 年）等 6 部作品中。从时间上看，大多集中在芥川与镜花相识、感情日增的两年间。《地狱变》和《基督徒之死》中凄艳、妖媚的怪异氛围及《往生画卷》终篇对五位源大夫口中散发白莲花香气的描写，这种灵感来自镜花世界，[④]借鉴了镜花作品主题和细节的是《奇异的重逢》。吉田精一、西尾元伸、吉田昌志曾指出《奇异的重逢》与镜花《三尺角》的相关性。[⑤]《奇异的重逢》对《三尺角》的借鉴在于预言的实现、重逢的主题与构图及奇迹发生的描写方式。此外，《奇异的重逢》中阿莲的那句台词"我的执念终于实现了"，在《三尺角拾遗》（1901 年）中也有类似表述。可以断言《奇异的重逢》是在《三尺角》和《三尺角拾遗》的影响下创作的。

出场人物言及镜花小说的芥川作品是《奇妙的故事》和《鱼河岸》。《鱼河岸》中女主人公千枝子对兄嫂说："在镜花的小说里出现过长着一

---

① 金石文：雕刻在石碑上的文字。
② 進藤純孝：「作家の言葉の感覚——芥川竜之介の場合」，『言語生活』1962 年第 134 期。
③ 芥川龍之介：「文章と言葉と」，『青空文庫』，https://www.aozora.gr.jp/cards/000879/files/3755_27342.html，2018 年 4 月 2 日。
④ 村松定孝：『ことばの錬金術師——泉鏡花』，東京：社会思想社 1973 年版，第 262 頁。
⑤ 吉田精一：「芥川龍之介Ⅰ」，『吉田精一著作集』第一巻，東京：桜楓社 1979 年版；西尾元伸：「泉鏡花作品における点景：作品の創作手法をめぐって」，博士学位論文，大阪：大阪大学，2012 年；吉田昌志：「解説『琵琶伝』『照葉狂言』『辰巳巷説』」，『泉鏡花集』，東京：岩波書店 2002 年版。

副猫脸的'小红帽'①。我遇到怪事大概是因为读了那部小说吧。"关于千枝子提到的镜花小说系指哪一部，研究者间存在意见分歧。西尾认为指的是《红雪录》（1904 年）和《续红雪录》（1904 年）。②有观点认为是出自《榭寄生》（1902 年）。③《鱼河岸》中也有出场人物言及镜花小说的场面。在西餐馆面对一个有失礼貌的客人时，主人公保吉一边吃着咖喱饭，一边心想："真是个讨厌的家伙，如果在镜花小说里的话，肯定会被侠肝义胆的艺伎赶跑的。但是，如今的日本桥已绝非镜花小说描写的世界。……镜花小说尚存，至少在东京的鱼河岸还会发生那样的事情。"当保吉步出西餐厅后不觉心情沉重。

通过这段内心独白可以感受到保吉对镜花小说的怀念与憧憬，同时也道出了镜花小说与近代之间的疏离感。芥川以大正人冷峻的目光客观地审视着镜花世界。

（三）抒情的镜花，冷峻的芥川

芥川与镜花幼年经历相仿，在文学起步期前曾一度接近镜花文学，步入文坛后在作品中也有所汲取，且终生热爱镜花文学。但是，二人毕竟成长轨迹和受教育环境不同，生活年代与文学环境各异，一个浪漫抒情，一个知性冷峻，其文学必定呈现出不同的特质。本节以二人均喜爱的"怪异"为切入点考察两者的文学差异，凸显其文学特质。

日语中，将超自然的存在均称为"怪异"。镜花是日本近代文学史上"志怪文学"之翘楚，刻画的仙魔魑魅无数。镜花创作的志怪小说中既有以神奇诡谲异界为主题的《海神别墅》（1913 年）、《天守阁物语》（1917 年），亦有诸如《龙潭谭》（1896 年）、《高野圣僧》（1900 年）、《女仙前记》（1902 年）、《离别河》（后改名为《女仙后记》，1902 年）等描写人类闯入异界，与仙女共处瞬间的，更有妖娆女神现身的《红提灯》（1912 年）、《蘑菇舞姬》（1918 年）、《伯爵的簪子》（1920 年）、《隐

---

① 在火车站帮助客人搬运行李的人力夫，因以红色帽子为标志，故称"小红帽"。
② 西尾元伸：「泉鏡花作品における点景：作品の創作手法をめぐって」，博士学位論文，大阪：大阪大学，2012年，第127頁。
③ 関口安義編：『芥川龍之介新辞典』，東京：翰林書房2003年版，第36頁。

眉的鬼灵》（1924年）和《贝壳中的河童》（1931年）。《草迷宫》（1908年）中水桶起舞，魔界男女乘着月亮化作的小船飘然而去；《订货账本》（1901年）和《隐眉的鬼灵》中难以割舍对现世情念的倩女幽魂及《河神的千金》（1927年）里河童的现身，无一不神韵缥缈。即便具有现实意味的《采药》（1903年）、《白鹭》（1909年）、《夜叉池》（1913年）等作品也有向超自然世界飞翔的片段。

镜花笔下的鬼怪不令人恐怖，也不会像冤鬼一样加害于人。这是因为"镜花相信幽灵和妖怪是实际存在的，对它们一点不感到恐惧"①。同时，镜花的怪异源于中国志怪小说及日本古典志怪文学，而非欧美文学中的幽灵谭。出现在镜花作品中的女鬼妖媚，大多不具有破坏性。镜花笔下的"怪"不仅是动物，甚至器物也会"起舞"。《草迷宫》中榻榻米、洋灯和斗笠在空中飞舞，兔子、西瓜和茄子变化姿态；《夜叉池》中的牡丹饼和斗笠的精灵及《深沙大王》（1904年）中的绘马和娃娃的怪物，处处流露出万物皆有灵的泛神论思想，非但不可怕，反倒令人感到幽默，忍俊不禁。圣洁的女神也常常在镜花作品中登场，是关爱弱者的存在。更多出现的是魔女，这类魔女都是兼具柔情与威力于一身的美女，且前身是饱经苦难的凡间女子，当与人对峙时具有破坏性。镜花作品中位于异界的都是女性，这一点与芥川迥异。如芥川描写神仙的9篇童话中仅有《女仙》中女仙作为主角登场，其他都是男神现身。这些仙人有人情味儿，对因俗世之苦而呻吟的人们寄予同情，帮助处于困境之中的人们。

对心灵术和怪异抱有浓厚兴趣的芥川创作了数篇怪异小说，如《两封信件》（1917年）、《妖婆》（1919年）、《影子》（1920年）、《沼》（1920年）、《黑衣圣母》（1920年）、《火神阿耆尼》（1921年）、《凶》（1926年）、《齿轮》（1927年）、《奇异的重逢》、《奇怪的故事》等，但无一以妖怪为主角。因为芥川的目的并非描写怪异，而是借怪异表达自己的思考。与镜花不同，芥川是明晰和理智的代名词，着眼于对近代合理主义的怀疑与批判。即便是同样描写怪异，在镜花的作品中作者是幻想的

---

① 松原純一：「鏡花文学と民間伝承と」，日本文学研究資料刊行会編『日本文学研究資料叢書泉鏡花』，東京：有精堂1986年版，第214頁。

第八章 志怪文学的杰作:《隐眉的鬼灵》

讲述者,而芥川作品则成为精神病理学家记录狂人病情的日志。二者是真正相信鬼怪存在的作者和理智主义者之间的不同。芥川在《貉》(1917年)中关于貉怪发表感想,认为:对于我们来说,不仅是貉,所有的事物只要我们相信它存在,它就是存在的。在《龙》(1919年)中作者(芥川)意识到"妖怪"归根结底深藏于每个人的内心。

芥川描写的怪异对象有神仙,河童,梦境,恶魔,妖法(催眠术、千里眼、神灵附体),幻视自己影像等。芥川常被定位为集近代知识和修养于一身,跻身于近代前列的作家。作品的素材既有来源于《聊斋志异》《今昔物语集》等中国和日本古典志怪小说的,也有诸如恶魔、妖法、幻视自己影像等汲取近代欧美文化的一面。芥川对欧美文学中的怪异颇有研究,曾撰文详细论述和评价了爱伦坡(Edgar Allan Poe)、纳撒尼尔·霍桑(Nathaniel Hawthorne)、布莱克伍德(Algernon Blackwood)、沃尔特·斯科特(Walter Scott)、赫伯特·乔治·威尔斯(Herbert George Wells)等作家笔下怪异的特点。故而,在芥川的文学世界里不仅神仙在童话作品中现身,河童穿梭于河童国和人类社会之间,更有恶魔在以基督教为主题的作品世界跳梁。

大正(1912—1926年)中期的日本,大本教、太灵教等新教盛行,巫师活跃,"请神""神灵附体"是真实存在的。甚至许多知识分子对大本教表示出浓厚的兴趣,神秘巫术蔓延。同时,心灵学的流行与深化助长了这股风潮,影响甚至波及文学领域,在以夏目漱石为首的诸多作家的作品中留下烙印。催眠术、千里眼、神灵附体及幻视自己影像的流行即是在这样的时代背景下产生的。有学者指出:"芥川、丰岛和梶井迷信心灵学源自欧洲世纪末文化的颓废心理,是以都市孤独、内心忧虑为典型特征的精神问题,将对人生的不安无限放大的意识领域的问题。对自我分裂表现出的恐怖以幻视自己影像的形式出现在日本文学中恰逢此时。……特别是芥川,直至晚年一直执着于幻视自己影像。"[1]

芥川将幻视自己影像等同于双重人格,并明言自己亲身经历过。[2] 幻视

---

[1] 武藤清吾:『芥川龍之介の童話:神秘と自己像幻視の物語』,東京:翰林書房2014年版,第47頁。

[2] 芥川龍之介:「対談・座談 芥川龍之介の座談」,武藤清吾『芥川龍之介の童話:神秘と自己像幻視の物語』,東京:翰林書房2014年版,第167頁。

自己影像在芥川《假面丑八怪》、《两封信件》、《影子》、《奇怪的故事》、《齿轮》、《马腿》（1925年）等作品中频繁登场。例如，《两封信件》中，一位大学教师写给警察署署长的书信中清楚地描述自己看到自己及妻子影像的场面，叙述冷静而富有逻辑性。在芥川小说中，幻视自己影像的出场人物是一个冷静的"观察者"。在镜花明治时期（1868—1912年）创作的《星光》（1898年）和《春昼》（1906年）中就曾出现过幻视自己影像的情节。日本人自古认为，幻视到自己影像是死亡的前兆，不吉利。《星光》中的"我"看到自己的睡姿后感到死亡的恐惧；《春昼》中，当"年轻人"的眼前出现自己和玉肋缠绵的场面后狂奔回寺庙，变得神志不清，最终坠海身亡。进入大正期（1912—1926年），《隐眉的鬼灵》中的幻视自己影像更具震撼力，厨师伊作在向赞吉讲述阿艳被误杀的经过时，手提灯笼的自己和阿艳的幽灵飘然而至。概而言之，镜花的幻视自己影像带有民间传承的要素，是表现怪异的"机关"之一。

　　镜花和芥川表现的怪异是不同质的。如前所述，二人分别创作了以河童为主角的小说《河童》和《贝壳里的河童》，怪异的对象相同，表现的主题却大不同。芥川的《河童》再现了一被关进精神病医院的"患者"在河童国的所见所闻。河童国居住着艺术家、医生、诗人、学生、渔夫、法官、警察、资本家等形形色色的人物，它们除外观和语言外，与人类毫无二致。河童国中汽车穿行、工厂高度机械化、出版书籍、制定法律、开设议会、工人失业、自由恋爱、警察干涉艺术等，活脱脱一个人类社会的缩影。芥川借河童的寓言性尖锐地讽刺了近代人类社会的各种不合理现象。

　　而《贝壳里的河童》展现的则是被人类欺辱、遭近代化驱逐的河童形象。调皮的河童在水中看到一群人在水边嬉戏。其中，一对艺人夫妇和一个叫作阿紫的女孩及管家一行引起河童的注意。河童被阿紫的美丽所吸引，一不小心头顶的盘子露出水面，结果被发现遭捉弄，并被打断胳膊。河童求助于明神女仙的侍者白头翁，希望女仙能够教训一下那伙人。于是，在大街上，艺人夫妻和阿紫突然不由自主地手舞足蹈起来，无法自控。这个场面幽默诙谐，让人不禁哑然失笑。感觉奇怪的三人自省，认定是"明神的旨意"，认真地舞起来。河童就此放弃了报复的念头。作品中被文明棍打断胳膊的细节富含寓意。文明棍是西洋的产物，象征着全盘西化的日本

第八章 志怪文学的杰作：《隐眉的鬼灵》 ◆◇◆

近代文明。在镜花淡然自若的笔致下，一个被近代文明欺压却无力反抗、只能求助于神灵的河童形象呼之欲出。同时，镜花将对河童的同情付诸笔端。开篇河童痛苦的呼吸声和艰难前行的背影给读者留下深刻印象。"苍白的面容""消瘦的胸膛""无力低垂着的单臂"等饱含深情的描写是镜花对河童境遇寄予的深深的同情。而明神女仙对弱者的加护及变幻莫测的神力也是作品的看点之一。这部昭和（1926—1989 年）初期诞生的作品反映了镜花对超自然存在终生未变的笃信。

镜花、芥川和柳田国男，三人与河童有着不解之缘。柳田在《山岛民谭集》（1914 年）中对河童进行了颇为翔实的考证。芥川在《椒图志异》中记录了京桥盆栽师喜三郎遇河童的传闻，在写给柳田的书信中提到"近来听镜花先生讲了许多有关河童的传闻"一事。从作品中的描述可看出芥川的《河童》从《山岛民谭集》中受到诸多启发。除小说《河童》外，芥川还创作了河童画和以河童为主题的短歌及小品文《河童》。柳田国男曾撰文说："河童在文学世界中出现两次，这多亏了泉镜花先生和已故芥川龙之介先生的努力。两位先生均明言从我们的河童研究中得到了若干启示，吾等荣幸之至。"[①]但是，因作家对超自然现象的认知不同，河童在作品中被赋予的意义也显现出差异。关于"怪异"，柳田持科学的态度，镜花坚信怪异的存在，芥川则将信将疑。这一点可从《消夏奇谈》和《泉镜花座谈会》的对谈中得到印证：

　　泉：柳田，我自幼相信河童的存在，但是拜读了您关于河童的解说后认为世上是没有河童的了。
　　……
　　柳田：佐佐木喜善也是态度大转弯，他可是"怪异存在论"的忠实粉丝。
　　……
　　泉：据您的推断，河童是猴子的变形，我也这么认为。但是总觉得在什么地方真的存在河童。……出没于水户一带的河童被绘成写生

[①] 中村哲：「鏡花と柳田国男——鏡花の北海民俗学」，『文学』1983 年第 6 期。

画，那是假的吗？

柳田：是《善菴随笔》吧？不靠谱。

泉：不是写着挂到渔夫的网上了吗？……你对动物解人语，怎么认为？

柳田：不实验的话不好说。

《泉镜花座谈会》[1]（节选）

在《消夏奇谈》中，柳田讲述纪州藩[2]叫作酒井的牧师亲历神符从天而降的故事后，如此评价道："庆应三年（1867年）正是人心动荡的时候。"当芥川说起朋友家女佣能操纵老鼠一事时，柳田答曰："这需要做实验。"芥川向柳田求证《山的人生》中记载柳田曾遇拍花子一事是否属实时，柳田的回答是："那是有点牵强附会的想象。"在柳田看来，"和人类具有相同观察力和判断力的'东西'，虽然我们看不见，但确实存在，冥界与现世相连，一想到这些就不能做坏事，这就是儒教中所说的'慎独'，这种想法依然存在于现代日本人的人生观中"[3]，可见柳田是冷静、科学、客观、理智地看待怪异现象的；镜花则公开宣称自己"相当的迷信""相信世上存在两种超自然的力量"。[4]

芥川在《消夏奇谈》中讲到自己也和镜花一样，"总觉得实际听到过（狸奏乐）"，曾听到过狐狸敲门，并列举了从母亲及父亲朋友处听到的怪谈。同时，向柳田求证拍花子及操纵老鼠的怪现象是否真实存在。芥川喜爱怪异，但因对一切持怀疑态度，便不能像镜花那样全身心地投入怪异世界中去。在给友人南部修太郎的书信中说："我对（写）妖婆特别没有自信，与镜花先生相差甚远，自愧不如。"[5]芥川清楚地知道与镜花文学的差异。芥川曾盛赞内田百闲的《冥途》（1922年），称"感觉作者远离文坛。如果和我们一样呼吸文坛'空气'的话绝对写不出梦的故事。我自身

---

[1] 泉鏡花：『鏡花全集』別卷，東京：岩波書店1989年版，第244—247頁。

[2] 纪州藩：现和歌山县和三重县南部。

[3] 東雅夫編：『河童のお弟子』，東京：筑摩書房2014年版，第344、355、357—358頁。

[4] 泉鏡花：「おばけずきのいはれ少々と處女作」，『鏡花全集』卷28，東京：岩波書店1988年版，第677頁。

[5] 関口安義編：『芥川龍之介新辞典』，東京：翰林書房2003年版，第36頁。

第八章 志怪文学的杰作：《隐眉的鬼灵》

对事物的感悟和思考受到流行的制约。为此感到十分不愉快。因此，遇到像百閒的小品文那样自由创作的作品时感到很有趣"。[①]可以说，《河童》也是芥川对怀疑一切的自己的批判。

　　镜花和芥川互为彼此文学的欣赏者，镜花文学化作芥川文学养分的一份子。对于江户时代（1603—1867 年）的"风景"，二人充满怀念。镜花的江户情调体现为对渐渐逝去的江户传统文化的惋惜与怀旧；芥川接触的江户文化已是残花败柳，爱憎交织、五味杂陈的情感形成其江户趣味的基调。芥川喜爱超自然的存在，但认为怪异属于过去；镜花坚信超自然是真实存在的，让幽灵等怪异穿梭于近代风景之中。这是二者性情使然。芥川理智、知性、冷峻、透彻、怀疑一切，镜花浪漫、感性、抒情、深信不疑。镜花作品世界仙魔魑魅悉数登场，在异界却难以见到男性的身影，也丝毫不令人恐惧。在镜花笔下，女仙高贵，幽灵妩媚，魔女妖艳，物怪可爱。镜花执著地刻画它们的情感，却从不借物抒怀。出现在芥川作品中的怪异，除男神和河童带有中国和日本古典怪奇文学的元素外，更多的是恶魔、魔术、催眠术等近代的产物。芥川笔下的怪异如同他本人一样思辨、冷峻，有着都市人的敏感神经，闪耀着思想的光芒。

[①] 東雅夫編：『芥川龍之介集妖婆』，東京：筑摩書房 2010 年版，第 309 頁。

第九章 一生的"总清算"：
绝笔《缕红新草》

第一节 鉴赏与解读

一 时代背景

1939年7月，《缕红新草》发表于《中央公论》。作为同时代的评论，小林秀雄的观点较具代表性。小林秀雄在《镜花之死及其他》（《文学》，1940年第2期）中称镜花"语言的功力无出其右者""（其语言）之纯粹作为小说家自不待言，即便在诗人中也是难以寻觅的"。①

《缕红新草》系镜花绝笔。镜花在饱受病痛折磨的状态下，抱病坚持写作。小说面世1个月后，病情恶化，9月7日去世，享年66岁。辞世之句为"露草や 赤のまんまも なつかしき"。俳句中的"赤"与《缕红新草》中"缕红草（茑萝）"和"红蜻蜓"的"红"遥相唱和。

对于日本来说，昭和时代（1926—1989年）意味着战争、灾难、废墟与复兴。1931年九·一八事变，1937年七七卢沟桥事变，1939年9月1日第二次世界大战全面爆发。无论政治风云如何变幻，镜花依旧"两耳不闻天下事，一心只爱书香屋"，埋头在自己喜爱的世界里放飞幻想的翅膀。

---

① 村松定孝：「作品解題」，『鏡花全集』別卷，東京：岩波書1989年版，第934頁。

第九章　一生的"总清算"：绝笔《缕红新草》　◆◇◆

春阳堂版《镜花全集》（1925—1927年）发行之际，获"天才"美誉的镜花，受到"镜花党"热烈追捧。1927年8月《文艺春秋》主办"泉镜花座谈会"，1928年5月在水上泷太郎的组织下举办第一届"九九九会"，成员均为热爱镜花文学的"铁粉"。1937年6月24日，镜花被推荐为帝国艺术院会员，跻身知名艺术家行列。

与明治三四十年代（1897—1911年）的巅峰期相比，进入昭和时代（1926—1939年）[①]的镜花，其创作力已今非昔比，仅发表了20部作品。其中，小说18部，戏曲2篇。小说中的7部为"归乡小说"，如《手枪的使用方法》（1927年）、《飞剑幻影》（1928年）、《古貉》（1931年）、《竞菊》（1932年）、《微服出行》（1936年）、《缕红新草》等，加上取材于金泽及周边地区的《河神的千金》（1927年）和《山海评判记》（1929年）等，以金泽为舞台的作品约占昭和期作品的半数。镜花曾于1926年11月、1929年5月和1931年11月三次归乡，这成为其创作此类作品的契机。量的减少并不意味着质的下降。镜花晚年的作品世界多以个人经历为主调，引用的古典文艺和民间传承更加广泛，独特的文体也越发放射光彩，笔致幽玄枯淡，神韵缥缈中透着老练与游刃有余。

"超自然的存在"是镜花一生的文学意象。昭和期的许多作品里也描写了异界的存在，如《山海评判记》（1929年）中的姬神、《飞剑幻影》（1928年）中的火怪、《古貉》（1931年）中的女鬼、《雪柳》（1937年）中长着兽毛的怪物等。镜花通过作品昭示后人：关东大地震后的"现代"，魑魅魔仙尚存。

二　主题内容

《缕红新草》与《薄红梅》（1937年）、《雪柳》（1937年）同为镜花晚年回顾青春的作品。这部被三岛由纪夫称为"鬼斧神工之作""天使之作"的作品，讲述的是回归到生命原生态的故事。47年文学阅历的结晶—幻像、梦的具象似火焰般美丽、哀切，在清澈的想象空间强劲地升腾。

[①] 日本历史上的昭和年代指的是1926—1989年。此处的昭和时代（1926—1939年）系指镜花在昭和年代的创作阶段。

在这里，浪漫的纠葛和风俗情结已经剥落，展现在我们面前的是生命的原风景。这部作品是镜花献给永远的美神——梦幻之中的女性们的安魂曲。

迟暮之年的镜花开始感到人生的孤寂。执笔《缕红新草》时，镜花预感到死神即将降临，对青春时代的怀念之情日益加深。以镜花为原型的作家辻町丝七归乡为表妹阿京扫墓。丝七与阿京青梅竹马，在阿京之女阿米的带领下前往墓地。途中，忆起投河自尽的初路与自己擦肩而过的经历。丝七在金泽因生活困苦产生轻生念头的夜晚，发生了手帕厂女绣工初路投河事件。初路为没落士族的后代，精于刺绣，绣着一对蜻蜓的手帕远销海外，这招致其他女工的嫉妒而最终自尽。镜花在《夜半钟声》（1895年）中也曾以这一事件为题材。

第一章在"哎呀，看到了吗？看到了吗？两只蜻蜓卧在草上，睡在莎草帐中。想避人耳目，翅膀过薄无处藏啊……"的歌声中拉开帷幕。这首歌是扼杀初路年轻生命的罪魁，在小说中反复出现，形成作品的背景音乐，烘托了悲剧气氛。在歌声中，主人公丝七手持提灯和阿米出现在通向墓地的山道上。二人一边欣赏故乡景色，一边聊起往事。在半山腰小憩之际，阿米问道："在祭拜我母亲之前，您是不是要祭奠一下另一个人呀？"这勾起丝七30年前的苦涩记忆——欲投河，在千羽渊徘徊之际，与一优雅恬静的女子擦肩而过。

第二章在丝七的回忆中进行。丝七从表妹阿京处听说有女子在千羽渊投河，立刻意识到是昨晚的女孩。此时阿京已出嫁，背上两三岁的幼婴即是阿米。懦弱、贪生的丝七因惧怕流言，在红蜻蜓飞舞的季节离开故乡去了东京。回忆中穿插了邻居家女孩因恋情遭后母阻碍投河自尽的故事，及丝七家遭火灾时已近临盆的阿京奔去以致阿米出生时乳房旁长出红胎记的往事。

第三章，丝七动身赴东京之际，趁着夜色去墓地欲偷偷祭奠初路。在半山腰，察觉丝七异常的阿京赶来，替丝七向寺院供奉了灯笼。阿米向丝七讲起初路的身世，以及当地为吸引游客欲为初路墓建纪念碑一事。

第四章，开篇处的歌曲再次响起。阿米向丝七详细描述初路事件始末。闻罢，丝七忆起在东京红蜻蜓密布天空的往事。

第五章，二人到达墓地，在初路墓前，见几个大惊失色的壮汉。原来，

第九章 一生的"总清算"：绝笔《缕红新草》

壮汉们欲移动墓碑而用草绳捆绑墓碑时，"蜻蜓精灵"现身。阿米怒斥众人，脱下和服外衣罩在墓碑上，丝七将剪刀伸到外套内剪断草绳。于是，"蜻蜓精灵"飘然而逝。二人在暮色中下山。远眺墓地，挂在初路墓上的灯笼越来越高，红蜻蜓翻飞的舞姿中现出两个女子的幻影。作品题名中的"缕红草"，即"茑萝"，其深红色的花蕾宛如蜻蜓的尾部。红蜻蜓是初路的化身，在"缕红草"上加一"新"字，"象征着初路一切怨恨的消失和新生"[①]。

《薄红梅》是镜花对自己文学生涯的回顾，回忆了其作为红叶弟子在文坛上赚得一点名气的那段经历。以红叶、镜花、同门的北田薄冰和田中夕风、友人矢泽弦月及梶田半古为原型的人物纷纷登场。主人公的名字也叫丝七，即是镜花本人。小说描写了访问砚友社编辑部的白须老者依田学海、石桥思案的怪癖、拜访一叶的情节，与北田薄冰的恩怨情仇等，满满的回忆，无限之感慨。作品中可以感受到镜花那被深藏的恋情所折磨的男性的目光。关于终章主人公丝七的狂态，笠原伸夫指出"与单纯的青春哀歌不同，带着强烈、惑乱的性的气息"[②]。

《雪柳》描写了围绕着主人公小山的母女两代人的情爱。"《薄红梅》终章浑浊的性意识在《雪柳》中变得黏着"[③]，母亲阿冬为小山发疯而亡。《雪柳》是"暴露粗鲁的'男性'性"的作品。[④]

虽同为自传性小说，与《雪柳》怪诞的作品世界形成对比，《缕红新草》清澈，透明，"如白昼下浮于空中的灯笼，清澄，光泽，细致，无垢。且无烛光，宛如无我的虚幻的诗"[⑤]，"荡漾着静谧感"[⑥]。与《薄红梅》主人公同名的辻町丝七归乡为前年去世的表妹阿京扫墓，在与阿京之女阿

[①] 小林輝冶：「『縷紅新草』覚え書き——贖罪意識の観点から」，『水辺彷徨：鏡花「迷宮」への旅』，東京：梧桐書院 2013 年版，第 341 頁。
[②] 笠原伸夫：『泉鏡花 美とエロスの構造』，東京：至文堂 1976 年版，第 125 頁。
[③] 笠原伸夫：『泉鏡花 美とエロスの構造』，東京：至文堂 1976 年版，第 130 頁。
[④] 野口武彦：「泉鏡花の人と作品」，『鑑賞日本現代文学・泉鏡花』，東京：角川書店 1982 年版，第 201 頁。
[⑤] 三島由紀夫：「解説『日本文学 4 尾崎紅葉・泉鏡花』」，『決定版三島由紀夫全集』35，東京：新潮社 2003 年版，第 234 頁。
[⑥] 野口武彦：「鑑賞・縷紅新草」，『鑑賞日本現代文学・泉鏡花』，東京：角川書店 1982 年版，第 285 頁。

米的对话中浮现出与丝七有着不解之缘的初路的悲剧故事。初路的死亡与自己的苟且偷生对丝七造成巨大的精神压力，致使丝七逃离故乡，并一生背负着负罪感。最终的场面象征着丝七从负罪感中获得解脱。在生命即将走到尽头之际，镜花在作品世界里为生命中的两位女性奏响安魂曲，以示对自己一生的"总清算"。

镜花以拜祭墓地为主线创作了数部作品，被称作"墓参小说"。《缕红新草》与《结缘》（1907年）、《町双六》（1917年）、《因缘之女》（1919年）、《墓地的女神》（1927年）、《神鹭之卷》（1933年）、《明灯之卷》（1933年）等同为这一系列的小说。但是，与其他"墓参小说"不同的是，《缕红新草》的拜祭之行实为赎罪之旅。

三　难解词句

- かやつり草：莎草，在日本俗称"蚊帐吊草"。
- 樺紫（かばむらさき）："樺色"是"茶褐色"，"樺紫"则是带有茶褐色的紫色。
- 檀那寺（だんなでら）：菩提寺。指施主平素布施的寺庙。
- 切燈籠（きりこ）：指的是"切子灯籠（きりこどうろう）"，盂兰盆节用的提灯之一，见下图[①]。
- 向桟敷（むこうさじき）：江户（1603—1867年）至明治时期（1868—1912年），剧场中舞台正面的两层木制看台。
- 地蔵盆：有关土地爷的法会，向土地爷供奉食物和灯笼。参与者以儿童为主，在日本近畿地区盛行。京都的"地蔵盆"于每年的8月23号和24号举行。
- はっち坊主："はっち坊主"是"はちぼうず（鉢坊主）"的语音变化。"鉢"即和尚手托的钵。故"はっち坊主"为"化缘僧"。

---

① https://kotobank.jp/word/切子灯籠-480217，2018年6月24日。

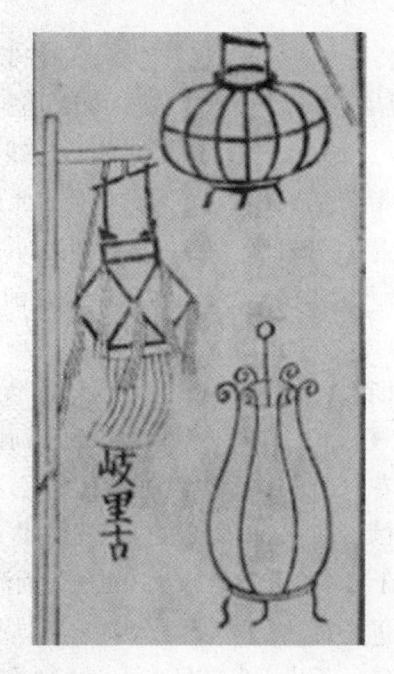

第九章 一生的"总清算"：绝笔《缕红新草》 ◆◇◆

- たかが墨染にて候だよ："墨染"指染成黑色的衣服。"候"在此读作"ぞう"，意为"でございます、です"，如"大黒とはあの馬の事候よ"（《幸若舞·屋岛军》，出自《大辞林》）。丝七对外甥女阿米使用该词，体现了丝七的幽默诙谐。而阿米的应答同样妙趣横生。阿米答曰："墨染でも、喜撰でも、所作舞台ではありません、よごれますわ"，"墨染"和"喜撰"同为歌舞伎的传统剧目，从接下来的"不是表演舞台"的表述可知，阿米所说的"墨染"系一语双关。
- みぞれ雑炊："みぞれ"是雪花夹着雨点。在日本料理中，将白萝卜泥比作从空中飘落的夹着雨点的雪花。故"みぞれ雑炊"指的是萝卜泥菜粥。
- 掘立小屋：原义为"不打地基而直接将木桩夯入地下建的房子"，转义为"简陋的房屋"。
- べっかっこ：常说成"べっかっこう"，指用手指按住下眼睑，伸出舌头扮鬼脸。
- いけずな御母堂："いけず"为"可憎的，坏心肠的"之意。该词是丝七用于表妹阿京，因此应是带引号的"可憎"，需转译为"性格泼辣"。

- ははき木：为传说中的树木，远看如直立的扫帚，近观却无影无踪。
- 昼夜带：表里用不同颜色的布缝制的女性用腰带。
- お納所（なっしょ）：一般将禅宗寺院收支钱财的场所或僧侣称为"納所"，有时也泛指掌管寺院日常事务的僧侣。此处的"お納所"指的是"納所坊主"，负责寺院账目、杂务的下级和尚。
- 紅白の麻糸を<u>三宝</u>に積んで、小机を控えた前へ：此处的"三宝"指的是盛供品的托盘。
- 八橋一面の杜若（かきつばた）：取自《伊势物语》（9世纪末至10世纪初）中著名的《东下》一段。主人公来到三河国①叫作八桥的地方，看到桥边盛开的燕子花（かきつばた），咏歌"から衣　きつつなれにし　つましあれば　はるばる来ぬる　たびをしぞ思ふ"。此后，该歌被当作在原业平的诗作收录于《古今和歌集》（10世纪）而流芳百世。
- <u>鞠子（まりこ）の宿（しゅく）</u>じゃないけれど、<u>薯蕷汁（とろろ）</u>となって溶込むように：若从江户算起的话，"鞠子宿"系东海道53个驿站中的第20个。"鞠子宿"的特产是黏稠的山药汁，即"薯蕷汁（とろろ）"，曾出现在歌川广重的《东海道五十三次》及松尾芭蕉的俳句"梅若葉丸子の宿のとろろ汁"和十返舍一九的《东海道徒步旅行记》等著名作品中。
- 番伞：做工较粗糙的和纸雨伞。在江户（1603—1867年）中期，竹骨油纸雨伞盛行。因有时会借给客人，下人也会使用，为防止丢失，商家便在雨伞上标出屋号、家徽和号码。"号码"在日语中叫作"番"，故得名"番伞"。
- 奥津城を展じたあと："奥津城"为"墓地"之意；日语中有"展墓"一词，与"墓参り（扫墓）"同义。
- 蟹は甲らに似せて穴を掘る：成语，原义为"螃蟹按照自己甲壳的大小挖洞穴"，转义为"量力而行"。
- おなじ穴の狸：成语，亦说"一つ穴の狢"，即"一丘之貉"之意。
- 一升入の瓢（ひさご）は一升だけ："一升入の瓢は一升だけ"与"一升枡に二升は入らぬ"同义，与"蟹は甲らに似せて穴を掘る"近义。

---

① 三河国：现爱知县东部。

第九章 一生的"总清算": 绝笔《缕红新草》 ◆◇◆

- 何しろ、当推量も<u>左前</u>だ: "左前"为和服的穿法之一, 在对方看来, 和服的左侧衣襟在上。这是给死者穿衣的方法, 由此产生了"不吉利, 不顺利"的语义。此处的"左前"为"(家运)衰败"之意。
- <u>小いろ</u>の一つも持った<u>果報</u>な男になったろう: "小いろ"指的是"ちょっとした色事 (小恋爱, 小情事)"; "果報"意为"幸运"。
- 辻町は、かくも心弱い人のために、<u>西班牙セビイラの煙草工場のお転婆</u>を羨んだ: "西班牙セビイラの煙草工場のお転婆"指的是梅里美的名作《卡门》中性格泼辣的卡门姑娘。芥川曾在写给朋友西川英次郎的书信 (1925年5月1日) 中提及"镜花赞美梅里美"一事。①
- 中将姬: 日本传说中的人物, 在许多戏曲中登场。传说藤原镰足的曾孙右大臣丰成与妻子一直为没有子嗣而苦恼, 向樱井长谷寺的观音祈愿后终得一女, 即中将姬。5岁时, 母亲去世, 7岁时父亲迎娶后妻。中将姬美貌聪颖, 成为继母的眼中钉, 备受虐待, 险些丧命。29岁时, 如来等25位菩萨前来迎接, 赴西方乐土。
- 白<u>羽二重</u>: "羽二重"为日本最具代表性的绢丝布料, 宽永年间 (1624—1644年) 被正式命名, 多产于日本北陆地区。
- たっとむ: 与"たっとぶ (尊ぶ)"同, "尊敬"之意。
- 足<u>ただら</u>を踏んで: 应为"たたらを踏む", 原指"踩风箱"的动作, 转义为"踏空"。
- <u>厨裡 (くり)</u> で心太 (ところてん) を突くような跳梁権 (ちょうりょうけん) を獲得していた、<u>檀越</u> (だんおつ) 夫人の嫡女: "厨裡 (くり)", 也写作"庫裏", 指的是"寺院厨房"; "檀越"与"檀家"同为"施主"的意思。该句是说 (阿米) 是能够自由出入寺院厨房捣凉粉的施主的亲生女儿, 亦即"与寺院关系密切"之意。
- 伏籠 (ふせご): 薰香时挂衣服的竹笼子。
- 着流しの<u>お太鼓</u>で: "お太鼓"系女子和服腰带系法之一, 系好后在背部鼓起的部分被称作"お太鼓"。
- <u>ごろうじ</u>ませい: "ごろうじる"为"ごらんになる"之意, 系"見

---

① 関口安義編: 『芥川龍之介新辞典』, 東京: 翰林書房 2003年版, 第35頁。

• 矢羽根をつけると、掘立普請の斎（とき）が出るだね："矢羽根"为"箭羽"；"掘立"在此指"动迁，搬移"；"普請"意为"动员信徒为修建寺庙出劳力"；"斎"是"斎饭"。

• 墓さ苞入（つといり）に及ぶもんか、手間障（ざい）だ："苞入"即"包む"（包裹）之意；"手間障"为"无駄手间"（白费功夫，徒劳）之意。

• 総斎（そうどき）："そうどき"的汉字应写作"騒動き"，系文言，"喧闹"之意。

• がんじがらみ：与"がんじがらめ"同，"五花大绑"之意。

• 団栗目（どんぐりまなこ）に、糠虫（ぬかむし）一疋入らなんだに："団栗（どんぐり）"是"橡子"，所以，"団栗目"意为"像橡子那样圆睁的大眼睛"。"糠虫"指的是"糠蚊"（ぬかか），即"蠓虫"。

• 頓生菩提（とんしょうぼだい）：祈祷死者得以超度前往极乐世界时的祷告词。

• 華頭窓：日本寺庙中常见的窗户构造，亦称"花头窗"，见下图[①]。

• 北辰妙見菩薩（ほくしんみょうけんぼさつ）：在佛教中将北极星或北斗七星神格化，尊称为"北辰妙見菩薩""尊星王""妙見尊星王"

---

① https://search.yahoo.co.jp/image/search?rkf=2&ei=UTF-8&gdr=1&p=華頭窓#mode%3Ddetail%26index%3D7%26st%3D0, 2018年6月24日。

第九章　一生的"总清算"：绝笔《缕红新草》　◆◇◆

"北辰菩薩"等，传说能安宅，祛灾，增寿。

- 茘摺（しのぶずり）：将绶草涂在布上进行染制的方法，见下图[①]。

第二节　热点问题研究

一　问题的提出

与明治时期（1868—1912 年）的镜花作品相比，研究者对大正（1912—1926 年）和昭和期（1926—1989 年）[②]作品的关注明显不足。《缕红新草》恰恰反映了这种研究现状，单篇论文不足 10 篇。

研究论文最早见于弦卷克二的「虚構の意味——鏡花「縷紅新草」の世界」（『国語国文』1974 年第 12 期；『日本文学研究資料叢書泉鏡花』收录，東京：有精堂 1986 年版）。该文剖析了《缕红新草》的结构、"讲述"的意义和文体的融合，指出《缕红新草》与梦幻能的形式相照应，与《夜半钟声》（1895 年）虽素材相同但处理方式不同。从《夜半钟声》中的观念世界，历经《一之卷》等作品"虚构的真实"，进而在《缕红新草》中通过"讲述"将幻想化为真实存在的语言空间。该文纵横古今，旁征博引，

---

① https://search.yahoo.co.jp/image/search?rkf=2&ei=UTF-8&gdr=1&p=しのぶずり+模様#mode%3Ddetail%26index%3D1%26st%3D0，2018 年 6 月 24 日。

② 此处指的是镜花在昭和时代的创作时期，而非日本历史上所说的昭和时代。

唯稍显庞杂。

从《缕红新草》和《夜半钟声》中不难看出两部作品出自同一素材。弦卷克二的另一篇文章「『鐘声夜半録』小考」（『光華女子短期大学紀要』1979年第17期）依据1894年3月19日与20日登载于金泽《北国新闻》上的《猥亵的订品》和《关于"猥亵的订品"》及20日题名为《金泽攘夷事件？》的文章断定，《夜半钟声》的构思来自于上述3篇报道。

关于《北国新闻》和《夜半钟声》的关系，高桑法子在「誘惑する水」（『幻想のオイフォリー』，東京：小沢書店1997年版）、「異界と幻想——〈実例〉泉鏡花」（『國文學解釈と教材の研究』1990年第7期）中也曾论及。高桑指出与"猥亵的订品"事件相关的3月21日及25日新闻报道的存在。进而，找出4月16日和18日题名《百间渠投河》的报道，率先论述了《缕红新草》与《夜半钟声》中女绣工的原型问题。高桑认为：《夜半钟声》是镜花将《北国新闻》上关于女绣工的两个报道——《猥亵的订品》和《百间渠投河》构思为一个故事，并依据《金泽攘夷事件？》而创作的。同时，高桑关于"镜花通过《夜半钟声》使自己从死亡的恐怖中解脱出来""是通过语言实现的自我救赎行为""（女绣工）作为自己的替身而投河的事实成为镜花一生背负的十字架"等论点开启了《缕红新草》"赎罪说"的新视点。

小林辉冶（『鏡花研究』2002年第10期）点明对表妹阿照的"赎罪意识"是镜花执笔的动机。小林辉冶在「『縷紅新草』覚え書き——贖罪意識の観点から」（『水辺彷徨：鏡花「迷宮」への旅：小林輝冶・泉鏡花研究論考集成』，東京：梧桐書院2013年版）中详细论述了《缕红新草》对女绣工初路的赎罪意识。"早在《夜半钟声》中已对女绣工阿幸感到愧疚，萌发了赎罪意识"，"在镜花内心，这位女性确实是自己的替身"，"通过《女客》《樱花情死》，到《缕红新草》最终完成赎罪行为"，"《缕红新草》终篇象征着镜花终于从多年来埋藏于心底的对初路及其原型阿幸的负罪感中解脱出来。镜花为了克服死亡的恐惧需要赎罪。在绝笔《缕红新草》中通过扫墓实现赎罪行为后方可平静安详地奔赴另一个世界"。吉村博任的「贖罪の軌跡——『縷紅新草』成立まで」（『論集泉鏡花』第四集，大阪：和泉書院2006年版）也论及原型问题，提出"形而上的罪责"

第九章 一生的"总清算"：绝笔《缕红新草》

的观点，指出该作品是对镜花表妹阿照和初路两个人的赎罪。

赤尾胜子「『縷紅新草』の詠嘆性なるもの——「のである」「のであった」の役割」（『実践国文学』1995 年第 48 期）以"咏叹性"为视点尝试分析了文章表现的特点。

吉田昌志「『縷紅新草』——青春の回顧」（『泉鏡花—美と永遠の探求者』，東京：日本放送出版協会 1998 年版）指出：是丝七和阿米的追忆"将二人的灵魂招到现世"的。该文关注的是从冥界将鬼魂招来的作品结构。

种田和加子「事件としての意匠」（『論集昭和期の泉鏡花』，東京：おうふう 2002 年版）立足于"日本主义"的立场，在历史框架中解读文本，对作品重新进行评价。种田以出口手帕的产业和刺绣图案的工艺为视点、以当地报纸的报道为依据进行考察，指出《缕红新草》再现了特殊图案所引发的事件，并通过文本对事件重新加以解释，从根本上否定了"猥亵"这一负面的评价。

秋山稔「帰郷小説としての『縷紅新草』：観光から招魂への転成」（『昭和文学研究』2012 年第 64 期）考证了作品诞生的背景，指出作品的素材取自镜花 1894 年 4、5 月归乡时的所见所闻及在百间渠欲投河的经历。基于 1931 年 11 月归乡之际有关产业和观光的博览会及金泽市内风貌变化的记忆，从而构思了因庸俗的"观光化"而再次受辱的初路形象。作品中的招魂是通过赋予故人身体和生命，唤醒鬼魂，进而直接招魂来实现的。最终二人现身是招魂成功的表现。此外，还考察了刺绣的意象。

除上述单篇论文外，野口武彦「縷紅新草（抄）」（『鑑賞日本現代文学 3 泉鏡花』，東京：角川書店 1982 年版）也精彩地点评了《缕红新草》，将其誉为"以简约的笔致、缤纷的水彩勾勒、涂抹出自己灵魂的风景"，并着重论述了贯穿作品始末的主意象——红蜻蜓和次意象——灯笼。

学者们关于作品中情节的考据学研究及创作意图的剖析无疑代表了《缕红新草》研究的最高成就。10 篇单篇论文中有 7 篇是围绕上述方向进行的相关研究。《北国新闻》是镜花故乡金泽发行的地方性报纸。最早着眼于在《北国新闻》上登载报道与作品情节关系的是弦卷克二。20 世纪 70 年代末，弦卷指出与《缕红新草》出自同一素材的《夜半钟声》和《北

国新闻》上的 3 篇报道的内在关系。90 年代，高桑法子在弦卷论的基础上将《缕红新草》研究推向深入。高桑找出《北国新闻》上发表的其他 4 篇相关报道，率先论述了《缕红新草》与《夜半钟声》中女绣工的原型问题，并开启了《缕红新草》"赎罪说"的新视点。其后的小林辉冶和吉村博任的论点也是在"赎罪说"的基础上成立的。继承考据学研究方法的是种田和加子与秋山稔。二者不仅限于报纸的报道，还对当时的史料进行了更为广泛的考证。

《缕红新草》是关于镜花生命中两位重要女性的故事。相关研究虽均指出《缕红新草》是对镜花生命中的两位重要女性——阿照和初路的赎罪，但相对而言，对于阿照和初路与镜花文学世界关系的挖掘尚嫌不足。本文选取泉镜花文学中的女性为考察对象，通过作品中的女性形象透视镜花生命中的女性，寻绎二者之间的关系，探讨镜花的性取向及作品中的情爱模式。

二 镜花文学世界的女性

从初期的习作到绝笔，镜花文学世界中的女性多姿多彩，或凄艳，或哀切。女艺人、美丽姐姐、花魁、艺伎、不幸的少妇、森林中的妖媚女子等，从现实世界到幻想空间，"镜女郎"靓丽登场。

镜花文学以美为生命。对于镜花来说，美的最高体现是美女，女性集所有的美于一身。镜花的文学常常是赞美美女的文学。[①]他在《呵斥丑妇》中吐露了自己的女性观。他认为，理想中的女性一定要美丽，无须有学问教养。不但要有美丽的外表，还要"巧言""令色"。换言之，就是要有娇媚之态。此外，他在 1911 年 4 月发表于《新小说》的《从草双纸看江户女性的性格》中，也就理想的女性形象进行了描述："头脑中没有什么大道理，一切得失置之度外，重情义是江户女子的本色。"[②]"侠肝义胆"和"铁骨铮铮"的女性也是镜花喜爱的女性类型。这类女性以《义血侠血》

---

① 高田瑞穂：「泉鏡花と谷崎潤一郎」，『国文学解釈と鑑賞』1973 年第 8 期。
② 泉鏡花：「草双紙に現れたる江戸の女の性格」，成瀬正勝編『明治文学全集 21』，東京：筑摩書房 1966 年版。

第九章 一生的"总清算"：绝笔《缕红新草》

（1894年）中的白丝、《蜘蛛》（1897年）中的阿京、《守灵物语》（1898年）中的丁山、《贫民俱乐部》（1895年）中的阿丹、《风流线》（1903—1904年）中的阿龙、《芍药之歌》（1918年）中的阿舟为代表。

镜花几近所有的女性形象均可用"恋母情结"来概括。对早逝母亲的思慕形成镜花文学世界女性形象的基调。在镜花的作品中，女主人公个个美丽动人。这与镜花特殊的生活经历密切相关。镜花9岁时，年仅29岁的母亲去世。他心目中的母亲形象在那一刻定格。无论岁月怎样冲刷，母亲的容颜不会衰老，永远年轻漂亮。镜花在许多作品中的女主人公身上寄托了对母亲的思慕。作品中，他所钟爱的女性都是妙龄美女。镜花为她们不惜笔墨，奉上最美的辞藻。有学者指出："镜花文学女性崇拜的根源可追溯到其幼时梦见的年轻美丽的母亲的幻影，这成为镜花终生追求浪漫主义的原动力。"[1]

镜花文学的灵感来自女性，他用一生在文学世界里追寻生命中的女性形象。镜花笔下的女性呈现母爱和性感的两面性。这归结于母亲去世时镜花尚为9岁少年这一事实。一般而言，在那个年龄尚不会对女性产生性爱的欲望。对于那个阶段的少年来说，母亲是集母性角色和女性角色于一身的，尚不具备将母性和作为性爱对象的女性区分开来的意识。随着年龄的增长及对母亲与女性认识的加深，作为性爱对象的女性角色就会自然而然地从"母亲"中剥离出来。然而，由于镜花母亲的突然离世，这一认识过程未能完成，在母性和作为性爱对象的女性尚未分化的阶段就中断了。因此，镜花笔下的女性，就像《龙潭谭》（1896年）中少年遇到的神女一样，呈现出给予少年安全感的母爱的一面，同时又具有使少年产生朦胧欲望的性爱的另一面。镜花笔下，更确切地说，镜花眼中作为母亲化身出现的女性是那样的性感。但是，由于"母子相奸"的禁忌，在小说中作为镜花化身的男主人公与女主人公不允许有肉体的结合。在他的作品中，虽然对透过薄薄衣裳若隐若现的女性乳房轮廓的勾勒，通过白皙皮肤和绯红衣服的色彩渲染酝酿出色情味道等手法在在皆是，然而却不曾出现过男女激情上

---

[1] 吉村博任：「鏡花文学における母性と女性——エロスの母胎として」，『国文学解釈と鑑賞』1981年第7期。

演的时刻。这也成为作品中男女主人公不能结为佳偶的原因之一。其实，镜花对于性爱持相当开放的态度，这一点可从他能够娶艺伎为妻的事实中得到印证。"当我国大多数近代作家追随西方的性文化时，镜花依然固守着自古以来的性观念。他既不在乎妻子是否是处女，也不太拘泥于一夫一妻制，这种观念集中体现于《朝浴》中。明治之前的日本有私通的风俗，澡堂也是男女混浴，艺伎赎身后可以结婚等，性观念相对开放。"①然而，镜花作品中却没有性爱描写。究其原因，其中固然有对自然主义文学所主张的"露骨描写"的逆反心理，对江户文学"纯粹美学"的心仪，但根本症结在于"母亲形象"所引发的排斥反应。镜花作品中的性爱超越了肉体，属于被形而上的美所支配的世界。镜花并不描写女性的生理，而是在作品世界里放逐对女性的梦想。

神圣与性爱互为表里构成镜花的情爱方式。在俗世受到道德的约束，若在天上的话则没有伦理的羁绊，大可酣畅淋漓地去爱。肉体的接触只有在天上或超自然的空间方可实现。所以，世俗眼中不被接受的爱情，在死后的世界里得以成就。如《外科手术室》（1895年）中的贵船伯爵夫人和高峰医生、《义血侠血》中的白丝和检察官村越新弥、《汤岛之恋》（1899年）中的文学士神月梓和艺伎蝶吉、《春昼》（1906年）和《春昼后刻》（1906年）中的玉肋与"年轻人"、《妇系图》（1907年）中的艺伎阿茑和担任参谋本部翻译兼某校德文教师的早濑主税等，均携手共赴黄泉。也有描写在异界自由相爱的作品，如《夜叉池》（1913年）中的百合和阿晃、《海神别墅》（1913年）中作为祭品被抛到海里献给龙神的姑娘和海底龙神、《天守阁物语》（1917年）中的富姬和鹰匠等。

镜花笔下的女性形象按照类型划分的话大致有以下5种：

（一）美丽的姐姐或少妇

镜花一生徜徉在妖娆的女性美的世界里。从《外科手术室》中的贵夫人，到《义血侠血》和《照叶狂言》（1896年）中的女艺人、《风流蝶花

---

① 三田英彬：「『歌行灯』と対照をなす『朝湯』論」，泉鏡花研究会編『論集大正期の泉鏡花』，東京：おうふう1999年版，第169頁。

第九章 一生的"总清算"：绝笔《缍红新草》 ◆◇◆

形》（1897年）中的花魁、《白鹭》（1909年）和《日本桥》（1914年）中的艺伎、《化银杏》（1896年）中不幸的少妇、《高野圣僧》（1900年）中具有魔性的美女等，从超自然的神秘性到血淋淋的嗜虐性，镜花刻画了无数女性美的具象。在其背后是始于1896年的《化银杏》、《一之卷》至《誓之卷》及《照叶狂言》中对"年长女性"的强烈思慕及由"姐姐"替代母爱缺失的一贯主题。三岛由纪夫将其称为"潜隐在镜花心底的故事"，"无限美丽，无限柔情，且无限令人敬畏的年长美女与神经纤细的美少年的恋爱故事"。[①]最早在镜花作品中登场的女性类型是这类呵护少年主人公的美丽姐姐或少妇。

邂逅的年长女性被母性的光环笼罩，作为镜花化身的主人公沉浸在被保护的幸福感之中。年长女性身上散发出的是母性的无私、纯情，尚不见感性美和娇媚之态。年长女性形象的代表是《一之卷》至《誓之卷》中表店主美丽的女儿小秀和年轻的英语教师米莉亚多、《照叶狂言》中的小雪、《化银杏》中的阿贞、《清心庵》（1897年）中的摩耶、《化鸟》（1897年）中"长着翅膀的美丽姐姐"及《莺花径》（1898年）中牵手幼童的护士。对于镜花而言，她们是"永恒的女性"。

镜花的母亲在江户长大，既有大都市女性的阳光、开朗，也有优雅、温柔的一面。原本就很完美的母亲过早地离世，更加深了镜花感情上对母亲的依恋。这种恋母情结，使镜花在作品中塑造了一系列年长女性的形象。在作品世界里，镜花可以像少年主人公一样得到"姐姐"或少妇的怜爱和呵护。《因缘之女》（1919年）中的阿杨是这类女性形象的典型。男主人公看到阿杨的身影，寻迹追去，向阿杨连喊三声："妈妈""姐姐""夫人"。在镜花的潜意识里，妈妈=姐姐=夫人。因为她们都能带给主人公母爱般的呵护。在现实生活中缺乏母爱滋润的镜花，梦想着在作品世界里欲望得到满足。

《日本桥》（1914年）中男主人公葛木晋三的姐姐为供弟弟上大学而卖身做妾，待晋三大学毕业后消失踪迹。姐姐一直活在晋三的回忆和憧憬之中，化为幻想世界中的理想女性形象。于是，晋三暗恋上与姐姐相貌相

[①] 野口武彦：「鏡花の女」，『国文学解釈と教材の研究』1974年第3期。

似的清叶。清叶是已经被理想化、偶像化的姐姐的化身。此外，《结缘》（1907年）中男主人公谦造在女主人公阿君身上也看到了姐姐的幻影。在镜花塑造的许多女性身上均可透视出母亲和姐姐的身影。

无限美丽、无限柔情又无限可畏的姐姐们无疑是镜花情爱的源泉。镜花在心理上真正成长为男人之前，一直在年长女性的怀抱里做着甜美的梦。

（二）女艺人

女艺人是镜花喜欢的"侠肝义胆"型女性的集中体现。她们身上具有从母性般的纯情渐渐向感性美和娇媚之美过渡的性格，如《照叶狂言》中的小亲、《义血侠血》中的白丝和《南无妙法莲华经》（1897年）中的早乙女缝之助和小燕。这类作品揭示了女艺人的悲惨命运。身处社会底层的女艺人在俗世眼中是低人一等的，但是，在镜花的作品中她们的美好天性得以彰显。她们虽身处逆境却顽强地与生活抗争着，她们敢爱敢恨，勇于担当，为了爱不惜牺牲自己。小亲和白丝是为了心爱的男主人公可以抛弃一切的侠女形象。男主人公对她们没有任何爱情表白，然而她们却为了自己的真爱而不计回报地、执着地付出，属于"奉献型"的女性形象。早乙女缝之助和小燕背后刺的鲜红大字是那么的醒目、刺眼，象征着被俗世歧视的女艺人们的哀怨与控诉。女艺人的命运多带有悲剧色彩。

无独有偶，《照叶狂言》中的小亲也是年长女性，爱恋着少年阿贡。小亲对阿贡的情感表面上看似"母爱"，在深层体现为女性对爱情的渴望。只要小亲处在主人公母亲替身的位置上，她的恋情永远无法实现。"无法实现的恋情"和悲惨的命运为小亲留下的只有无尽的伤痛。年长女性与少年的恋爱情感充满神秘和未知，形成镜花独特的情爱模式。

女艺人的形象在镜花世界中为数不多，且集中在早期的文学创作中。镜花女性世界的主角是艺伎和花魁。

（三）花魁和艺伎

1898年1月，镜花在砚友社的新年宴会上与艺伎桃太郎相识，恋情日益加深，后发展到背着恩师红叶幽会，同居，引起红叶大怒，被迫分手，直至红叶去世后方成婚。

第九章 一生的"总清算"：绝笔《缕红新草》 ◆◇◆

在镜花看来，这一类型的女性是集感性美和娇媚之态于一身的。描写花魁的有《辰巳巷谈》（1898年）、《守灵物语》（1898年）、《订货账本》（1901年）、《风流蝶花形》等作品。以艺伎为主人公的，如《三尺角》（1899年）、《汤岛之恋》（1899年）、《起誓文》（1902年）、《舞袖》（1903年）、《紫色缰绳》（1909年）、《妇系图》（1907年）、《白鹭》（1909年）、《南地情死》（1912年）、《日本桥》（1914年）、《隐眉的鬼灵》（1924年）等。屹立于镜花美的世界顶点的是艺伎。被社会蔑视的艺伎在镜花笔下无比高雅、优美。

关于镜花作品中的男女形象，三岛由纪夫和涩泽龙彦的对谈中有一段话饶有风趣：[①]

　　三岛：泉镜花作品中的女性都是凛凛风姿，绝不向金钱、权力屈服那一类型的。
　　涩泽：男的大致两种类型：一种是令人讨厌的，另一种是十分孱弱的。

镜花作品中的艺伎和花魁更是强烈反抗世俗，视爱情为生命的。这些故事中的女子们多背负着不寻常的命运，在镜花的世界里化作绝世美丽、纯情与侠义的形象，最终的结局或死去，或精神失常。镜花笔下的女主人公美丽而不幸，常常透着死亡的气息，镜花对她们寄予了深深的怜悯和同情。"镜花世界中的美女恋爱时常常陷入残酷的命运，坠入不幸的深渊。爱情的胜利需要以现实中的不幸为代价。"[②]她们通过流血净化灵魂，实现自我救赎。镜花描写的这类女性或多或少都带有非现实的因子。

（四）女神或具有魔力的美女

《蘘谷》（1896年）中有栖息在神圣之地的女神怀抱误入禁地的幼童

[①] 三岛由纪夫、澁澤龍彦：「対談泉鏡花の魅力」，日本文学研究资料刊行会编『日本文学研究资料叢書泉鏡花』，東京：有精堂1986年版，第274頁。
[②] 吉村博任：「鏡花文学における母性と女性——エロスの母胎として」，『国文学解釈と鑑賞』1981年第7期。

的情节。在这部短篇小说中,具有超自然魔力的美女凭借自身神通广大的力量庇护男主人公的构图已初具雏形。之后,镜花在这位女神的守护下酣畅淋漓地描写纯情与侠义的世界。从《龙潭谭》中与迷路幼童共度一夜的仙女,到现身于《红提灯》(1912年)、《蘑菇舞姬》(1918年)、《伯爵的簪子》(1920年)和《贝壳中的河童》(1931年)等作品中的妖娆女神,在镜花笔下都是保护弱势群体的存在。在这些作品中,我们看到的是镜花对神圣女神的憧憬与被女神带入另一个世界时的战栗。

《龙潭谭》中的仙女经过镜花丰润语言和想象力的润饰幻化为《高野圣僧》中具有魔力的山中美女。这位山中美女是女性"由俗转圣"、兼具"观音力"和"鬼神力"的代表。山中美女原本为医生之女,一场灭顶洪灾后隐居山中,逐渐身怀变幻莫测的魔力。替宗朝疗伤体现了她母性慈爱的一面,将好色男子变化为动物则是破坏力的具体体现。前者即为"观音力",后者则为"鬼神力"。镜花相信世上存在"观音力"和"鬼神力"。[1]"鬼神力"即死亡之力,"观音力"为生命之力,女性集两种力量于一身。

三田英彬指出:"镜花笔下的女性凛然,利落,毫无颓废之处,决不屈服于世俗的金钱和权力,忍受着封建伦理的桎梏。不久,打破束缚的同时化身为异界的存在,兼具崇高的侠气,不图回报。"[2]在镜花作品中,现实世界的女性若想化身为魔性美女,或是女妖,抑或是女神,获得变幻自如的权力,必须通过类似于宗教仪式的"试炼"——生前的苦难或死亡,才能得到。如《天守阁物语》的天守夫人富姬,小说暗示其前身是遭城主凌辱咬舌自尽的美丽女性;《隐眉的鬼灵》中的阿艳被误杀后取代女神"桔梗池夫人"的地位;《女仙前记》(1902年)和《离别河》(后改名为《女仙后记》,1902年)中的苦难女子历经艰辛最终到达仙境。

(五)不幸的少妇

镜花作品中登场的妻子多是为粗暴丈夫压制而终日以泪洗面的不幸女

---

[1] 泉鏡花:「鏡花談話　おばけずきのいはれ少々と処女作」,『文芸読本泉鏡花』,東京:河出書房新社1981年版,第103頁。

[2] 三田英彬:「泉鏡花のマゾヒズム」,『国文学解釈と鑑賞』1973年第8期。

第九章 一生的"总清算"：绝笔《缕红新草》

性，如《琵琶传》（1896年）中的新妇、《化银杏》中的阿贞、《女仙前记》《离别河》中的不幸女子、《女客》（1905年）中的阿民、《春昼》和《春昼后刻》中的玉肋、《猎鹬》（1923年）中的旅馆女佣阿澄及《胡桃》（1924年）中点心铺美丽的老板娘等。

《春昼》和《春昼后刻》的女主人公玉肋身为暴发户的小妾，既不能完全拥有丈夫的爱情，也非自由之身。《离别河》中显现的啾啾鸣啭、低声潺潺的异界正是死后的世界，是现实中为不幸的婚姻哭泣，遭社会虐待的女性们被救助的圣界。在作品的根底流淌着的是对俗众的厌恶之情。

镜花描写的女性都是美丽而不幸的。不幸女性形象的基底是对英年早逝母亲的思慕，对隐藏在女性形象背后的"父权"的厌恶。日本相继在中日甲午战争和日俄战争中获胜后国力大增，明治30年代（1897—1906年）是明治"父权"确立的时期。对于父权的反抗在镜花世界体现为"姐姐－已婚女子－丈夫"构图中对丈夫的厌恶和反抗。"父－夫"即是俗世，不幸女子在与俗世对峙中破灭。镜花文学是在虚构的世界里为染血而亡的女性们唱起的挽歌。

镜花世界中女性的原型来自江户（1603—1867年）末期的读本、草双纸、锦绘、绣球歌、流传于故乡的女山神传说及少年镜花思慕的年长女性们，而在每个女性身上都被叠加了亡母憧憬或摩耶圣母信仰。

现实生活中，母亲阿铃、妻子阿铃（艺名桃太郎，本名伊藤铃）、表妹目细照和邻居家的女孩儿汤浅しげ是出现在镜花生命中最重要的4位女性。母亲的英年早逝对镜花文学的影响是一生的，可以说镜花文学的根源在于母爱的缺失。妻子和母亲同名不能说仅仅是机缘巧合。

妻子阿铃曾为艺伎，镜花故而创作了大量以艺伎为女主人公的作品。或许因为妻子是生活中真实存在的缘故，以妻子为原型的作品寥寥无几。母亲早逝，阿照和しげ他嫁，正是因为可望而不可即才会激起镜花无限遐想吧。

1929年镜花写给朋友——插图画家雪岱的信中提到：与久别之人重逢，不禁泪湿衣襟。这里的"久别之人"即是阿照和小时候曾爱过镜花的汤浅しげ。《一之卷》至《誓之卷》中登场的大姐姐阿秀即是以汤浅しげ为原型创作的。在《一之卷》前半出场的阿秀是温顺的大小姐，嫁给富豪紫谷

后，其形象转变为气质高贵的贵夫人，最终与《清心庵》中摩耶的形象重叠。しげ年长于镜花，在早年丧母的少年镜花眼中，しげ即是母亲的替身。《卯辰新地》（1917年）中透露了少年镜花对しげ的初恋。

相比之下，表妹阿照对于镜花的重要性也不可小觑。镜花成名前的艰难岁月里，阿照不但给予了物质上的帮助，更成为镜花精神上的支撑。阿照在镜花的多部小说中现身，甚至在绝笔中出现，可见阿照对于镜花意义之重大。《女客》中的阿民、《蜘蛛》中的阿京、《町双六》（1917年）中的阿鹤、《因缘之女》中的阿光、《墓地的女神》（1927年）中的阿悦、《缕红新草》（1939年）中的阿京均以阿照为原型。此外，也在《无忧树》（1906年）、《月夜车》（1910年）、《月夜》（1911年）、《伞》（1924年）等作品中登场。其中，《蜘蛛》、《女客》和《墓地的女神》是重要的三部作品，有着内在的联系。

《蜘蛛》的阿京、《女客》的阿民、《墓地的女神》的阿悦同为镜花理想中的女性。《蜘蛛》中可以隐约感到阿京对主人公阿兼的思慕。阿京与阿兼为表兄妹，相互挂念之情招致阿京丈夫的嫉妒。阿京的温良和侠气流于笔端。《女客》可视为《蜘蛛》的续篇。阿民身为金泽描金画师的妻子，带着5岁的儿子来东京表兄阿谨家做客，讲起阿谨因父亲身亡消沉之际欲投河时被阿民阻止的往事。镜花丧父归乡期间，极度消沉，曾多次想投河自尽，阻止镜花自杀的正是表妹阿照。在《女客》中描写了阿民从背后抱住阿谨的场面。据阿照之子神原圆幸证实，这是镜花住在阿照家时真实发生的事件。① 在《女客》中，阿谨亲口说阿民是自己的救命恩人。这部作品最为写实地描写了镜花和阿照表兄妹间的爱情。镜花并非将阿照作为思慕的"年长女性"来描写，而是作为性爱对象来看待的。鼓励、援助年轻时处于苦境中的主人公，使其重新燃起生存勇气的是阿京和阿民。"镜花的女性观与对呵护丧母少年镜花的表妹目细照和邻家表店的汤浅しげ的记忆密不可分。对于镜花来说，女性是与这些记忆相连的。所以，当爱与肉体联系在一起的时候经常产生负罪感。镜花文学中的性意识总是带有压

---

① 小林輝治：「『縷紅新草』覚え書き」，『水辺彷徨：鏡花「迷宮」への旅：小林輝治——泉鏡花研究論考集成』，東京：梧桐書院2013年版，第334頁。

第九章　一生的"总清算"：绝笔《缕红新草》

抑的原罪的意味。"①故而，可以说《墓地的女神》是有着重大悖德行为（近亲相奸）的作品。结尾暗示能表演艺术家橘八郎与表妹阿悦相亲相爱，抛弃各自家庭，远离俗世，结为伴侣的结局。镜花对于阿照背负的负罪感，成为他一生内心的撕扯，尚未来得及偿还，阿照便先于镜花离世。镜花返乡参加了阿照过世五周年祭奠，或许这成为他创作绝笔《缕红新草》的契机之一。在人生即将落下帷幕之际，必须赎罪后方能安详地离去。镜花通过《缕红新草》实现了赎罪的愿望。

以1923年关东大地震为节点，镜花世界的女性形象发生变化。胁明子援引《夫人利生记》（1924年）中佛像师的妻子和《小春之狐》（1923年）中引路女孩的例子，指出："观察大正十二年（1923年）关东大地震前后创作的作品，感觉镜花老矣。首先是镜女郎们变得苍白憔悴。之前与温柔母亲几分神似的姐姐们已无影无踪。镜花已不再追逐母亲的幻影了。"②人物造型发生微妙变化的同时，"生命中的女性"隐身幕后，活泼的少女时有登场。与其相对，男主人公作为"男性"的轮廓越发清晰。让我们看看《河神的千金》（1927年）、《墓地的女神》和《山海评判记》（1929年）中的男主人公，他们已非昔日被年长女性或女神们呵护的那个懵懂、被动的少年，而成长为掌握自己命运的男人。因此，作品的性爱模式亦发生变化，性欲的气息扑面而来。

《薄红梅》（1937年）常被定位为以作者的青春时代为题材的自传体小说。关于终章丝七的狂态，笠原伸夫曾指出"与单纯的青春哀歌不同，带有强烈、惑乱的性的气息"。③《薄红梅》中，丝七深刻认识到自己的性意识所犯下的罪过。从这个意义上说，《薄红梅》也是主人公对于自己作为男性的性别具有清醒认知的作品。

继承《薄红梅》问题意识的作品是"暴露粗鲁的'男性'性"④的《雪

---

① 吉村博任：「鏡花文学における母性と女性——エロスの母胎として」，『国文学解釈と鑑賞』1981年第7期。

② 脇明子：「運命の女との決別」，『鏡花全集』卷22，東京：岩波書店1988年版，第332頁。

③ 清水潤：「泉鏡花の後期の小説とその周辺」，博士学位論文，東京：東京都立大学，2004年，第141頁。

④ 野口武彦：「泉鏡花の人と作品」，『鑑賞日本語現代文学・泉鏡花』，東京：角川書店1982年版，第11頁。

柳》（1937年），"《薄红梅》终章浑浊的性意识在《雪柳》中变得黏着"。[①]《雪柳》中，小山差点犯下与洞斋的妻子和女儿两代人发生性关系的兽行。小山作为男性存在自身就是悲剧的元凶。以前的镜花从未如此露骨地描写过男性的性需求。之前的成年男主人公也总是像个腼腆的少年，与女性接触时常常是"无性"的。

在《缕红新草》中，作者扬弃了《薄红梅》和《雪柳》中弥散的肉体的性感，将其纯化为优雅、充满韵味的女性形象。如前所述，镜花作品中既有以《义血侠血》中的白丝、《守灵物语》中的丁山、《蜘蛛》中的阿京等为代表的侠女形象，也有像《照叶狂言》中的小雪、《结缘》中的阿君、《日本桥》中的清叶等那般清纯、惹人怜爱的女性形象。《缕红新草》中的两位女性——阿京和初路，分别是这两种类型的代表。

美丽、柔情、毅然决然是镜花世界女性的共同性格。从美女的亡灵到妖怪变化，乃至魑魅魍魉的出没都不乏惹人怜爱的女性的身影。

[①] 清水潤：「泉鏡花の後期の小説とその周辺」，博士学位論文，東京：東京都立大学，2004年，第150頁。

结　语

　　泉镜花文学创作持续近五十载，著述等身，文学世界丰润无比。本研究选取镜花明治（1868—1912 年）、大正（1912—1926 年）、昭和（1926—1939 年）三个时期不同阶段创作的经典作品，从不同视角进行照射，以点带面，以期勾勒出镜花文学的全貌。

　　镜花一生创作小说 288 部，戏曲 21 篇。明治 20 年代后期作为新锐作家备受关注；30 年代达到泉镜花文学的顶峰；40 年代被奉为反自然主义文学的旗手；步入大正期，戏曲杰作频频面世，饮誉一时；转至昭和期，笔力不逮，仅有 20 部作品面世。无论从质抑或是量上来说，明治期堪称镜花文学的巅峰时期。缘此，本研究从明治时期诞生的作品中甄选了 8 部，即《外科手术室》《巡夜警察》《照叶狂言》《化鸟》《高野圣僧》《春昼》《春昼后刻》《和歌灯》；大正时期选定的是《日本桥》和《隐眉的鬼灵》；昭和时期择选的是其绝笔之作《缕红新草》。

　　首先，在绪论部分梳理泉镜花研究的脉络，概览、评介研究现状，从整体上描绘了镜花文学世界的轮廓。

　　作品研究的第一步是文本解读。然而，镜花作品的语言文白相间，特别是早期作品中的语言与现代日语的用词相去甚远。这使众多现代的日本读者望洋兴叹，更令中国的日本文学研究者望而却步。在第一章——《"观念小说"的双璧：〈巡夜警察〉和〈外科手术室〉》中，着重解决作品语言晦涩难懂的问题，为解读镜花其他作品扫清阻碍。每位作家都有自己的撰写习惯和惯用词句。故而，第一章对词汇作了详尽的解释。其后的章节中尽管也设有《难解词句》一节，但所占分量不多，重在阐释有文化背景

— 409 —

或典故的词汇。第一章中，不啻针对词义，尚从口语语法及文言语法的角度进行释义。在《热点问题研究》一节中，以《〈巡夜警察〉〈外科手术室〉的语言学释义》为题，依托《青空文库》语料库，与同时代作家的作品相比较，在近代小说的大视域下考察了明治20年代（1887—1896年）口语句末形式的使用、演变状况，既动态地观察到口语句末形式的流变，亦精确地捕捉到20年代句末形式的使用实态。同时，从《巡夜警察》和《外科手术室》中的句末形式观察人物的身份和境遇，更加深了对作品的理解。在镜花作品中，对话占据大部分篇幅。明治时期（1868—1912年）的口语与现代口语差别较大，语音变化较多，尤其是社会底层民众的音韵变化现象普遍，给文本解读带来困难。以《外科手术室》和《巡夜警察》中的对话为范本，将研究视点聚焦于明治期东京话的语音变化，在解析大量词例的基础上推导出音韵变化规律。该规律有益于日语学习者理解东京方言，为研究者解读明治时期文学中的对话提供语言学依据。概而言之，第一章是从语言学的视角对镜花初期作品语言进行细致透彻的研究。

此外，作为"热点问题"之一，笔者重新审视了镜花的"观念小说"。日本文学史对于"观念小说"的评价重在"史"的意义，而缺乏对小说进行美学观照的视角。换言之，抬高了"观念小说"而冷落了最能够体现泉镜花文学风格的作品。文学史应以幻想文学为中心去评价泉镜花文学。镜花的"观念小说"也蕴含了幻想的因子，是镜花幻想文学的萌芽。从这一视点出发的话，具有近代性质的"观念小说"和其后的"反近代"文学便形成了一个连贯的整体。日本文学史的做法不仅本末倒置，甚至割裂了二者的文学关系。"近代性"与"反近代性"互为前提，相互作用。每一位日本作家都无法完全割断与传统文学的联系。于是，"反近代性"便在每位作家身上或隐或显，体现在泉镜花文学中则是"反近代"的成分大大多于"近代性"。

第二章的研究主题是《照叶狂言》。《照叶狂言》与《一之卷》至《誓之卷》同属风格清新的"自传性小说"系列。作品以第一人称叙事，男主人公以镜花为原型，女主人公系年长女性。在这一阶段，镜花在"观念小说"中所体现的向外关注社会的目光退化为向内探寻自身生命的内涵。镜花文学中的第一人称叙事卓尔不群，内涵丰富。在第二章中，首先以镜花

文学世界和同时代文学界为坐标,历时性地考察镜花作品第一人称叙事的类型及演变轨迹,共识性地分析镜花第一人称叙事的美学特征和时代意义。其次,分别以日本和中国的民间故事为维度,探讨《照叶狂言》中民间传说《阿银小银》的异质性及地域性。所谓"反近代",其实就是日本自古延续下来的传统文化对近代的叛逆。在《照叶狂言》中,流传于金泽的传说《阿银小银》和绣球歌共同营造了悲切的气氛。可见,在《照叶狂言》中也闪烁着"反近代"的火花。

第三章着重研究堪称日本第一部心理小说的《化鸟》,从意识流手法的演绎、口语体的探索、第一人称的妙用来定位《化鸟》的划时代意义。通过分析作品中的内心独白以及心理浮现的模式可知,《化鸟》早于同时代文学家三十余年使用了意识流手法。《化鸟》是镜花第一部真正意义上的口语体小说。通过对1889—1898年38部重要作家代表作的统计可发现,仅有8部作品使用了口语体。通过追溯日本近代小说第一人称叙事的诞生及流变,彰显《化鸟》第一人称叙事的意义。《化鸟》的意义还在于它是向"幻想文学"过渡的作品。在《化鸟》中,不仅有长着翅膀的美丽姐姐登场,还借少年之口向以"绅士"、教师为代表的近代提出质疑,进行讥讽,表现出镜花对近代的不认同,这是镜花走向"反近代"的前兆。

第四章从"水"之意象和叙事时间结构的视角对镜花大作《高野圣僧》进行了剖析。《高野圣僧》是镜花幻想文学的巅峰之作,也是其彻底走向"反近代"的标志。在远离近代文明的深山密林里上演一出探寻生命本源的大戏,作品可谓民俗世界的盛宴。"水、月、花"成为镜花幻想世界的三大要素。水是激发镜花想象力的最本原的物质元素,成为镜花文学世界具有深层意义的主导意象。在《水月镜花——从〈高野圣僧〉中的水说起》中,从现实世界的水到民俗世界的水,从"暴力之水""边界之水""救济之水""诱惑之水""净化之水""变若水"再到"羊水",依据《高野圣僧》中的情节分析出各种"水"之意象的深层内涵。进而,将考察对象扩展到镜花的其他作品,以现实意味较强、伴随伦理道德观念的"死亡之水"和以神话、民间传承为基底的"民俗之水"以及反映镜花深层心理的"潜意识之水"为视点,探寻了镜花文学世界"水"的象征意义。在《解析"套匣式"叙事时间结构》中,剖析了作品独特的"套匣式"叙事时间

结构的原理及该叙事时间结构在其他作品中的演绎。《高野圣僧》开启了"套匣式"叙事时间结构的滥觞。在其后的作品中，镜花将这种结构发展、演化得更加复杂、高超。

第五章以《梦幻之作：〈春昼〉和〈春昼后刻〉》为论题，立足于两部作品中和歌和汉诗，探讨作品的题名、主题的凸显、情节的刻画、氛围的渲染、人物的塑造与小野小町、和泉式部、紫式部和大江千里的和歌及李贺诗之关系，这些研究集中于《典雅之美：〈春昼〉〈春昼后刻〉与和歌及汉诗》一节。《春昼》和《春昼后刻》的主题是前世情缘，讴歌了超越生死的爱情，贯穿着对"近代"社会的强烈反感。作品的主题及与古典的密切关系使其呈现出"反近代"的特点。此外，在《寻梦的轨迹：从泉镜花到〈你的名字〉》中，为凸显镜花文学与当代文艺的内在关系，将新海诚导演的动漫电影《你的名字。》与《春昼》、《春昼后刻》以及《高野圣僧》等镜花代表作相比较，在充分论证二者相近性的基础上指出：日本近代文学长河中汇聚了一条固守着精神故土，寻找甘美梦乡的小溪，如果说这条小溪以镜花为源流的话，那么，在当代与之一脉相承的则是《你的名字。》。在《如梦似幻：〈春昼〉〈春昼后刻〉的语言魔力》一节，如标题所示，分析、缕述了镜花文学的语言特点及其美学效果。镜花之于日本文学的最大贡献就是创造了被称为"镜花调"的独特文体。本节从"视觉性"的角度破解镜花文体之谜。

泉镜花文学是"反近代"的，这种"反近代性"也体现在泉镜花文学与古典艺能及近世文学的密切联系上。第六章《集大成之作：〈和歌灯〉》锁定了《东海道徒步旅行记》和"能"与作品的内在联系。具体而言，从情节、台词和氛围论证了《和歌灯》之诞生与近世小说《东海道徒步旅行记》的密切关系，以及作品引用《东海道徒步旅行记》所产生的美学效果；从人物身份的设定、人物原型、情节、台词、谣曲和作品结构等方面例证了"能"对作品产生的影响。

第七章《花街柳巷小说的代表作：〈日本桥〉》中，指出其与出自相同题材、具有近代意义的《汤岛之恋》之不同，并以《〈日本桥〉的作品世界》为题揭示了镜花的创作动机和爱情观，着重分析了作品中 3 支俗曲和"お竹藏"意象的内涵及其在作品中所发挥的作用。镜花一生共创作 21

部戏曲,多集中发表于大正时期(1912—1926年)。《日本桥》也曾被改编为戏曲搬上舞台,成为家喻户晓的名作。迄今为止,国内对于镜花文学研究的关注点仅停留于数部大作上,戏曲成为研究者漠视的一隅。在《泉镜花的戏曲:现实与幻想的对抗》中,梳理镜花戏曲作品的大致脉络,探究镜花小说中的戏曲元素,通过戏曲《日本桥》《天守阁物语》《棣棠》《战国茶泡饭》捕捉镜花向唯美主义倾斜的瞬间。

《隐眉的鬼灵》是一个关于美丽幽灵的故事。在一个高呼科学主义、合理主义的近代文明社会,幽灵本无立身之地,镜花却偏偏将幽灵置于故事的中心,从而体现出其"反近代"的姿态。第八章《怪奇文学的杰作:〈隐眉的鬼灵〉》将镜花文学与同样痴迷于超自然存在的芥川文学相比较,圈定二者的契合点,探溯芥川对镜花文学的接受,凸显二者笔下怪异的不同特质。

绝笔《缕红新草》是镜花对自己一生的"总清算",亦即对阿京和初路两位女性的赎罪。小说结尾定格在两位女性的幽灵幻化为蜻蜓飞舞的画面上。镜花不愧为幻想文学大师,在文学生涯即将画上句号之际,也不忘与美丽幽灵的幻戏。第九章以镜花文学中的女性为考察对象,通过作品中的女性形象透视镜花生命中的女性,寻绎二者之间的关系,探讨镜花的性取向及作品中的情爱模式。

综上所言,本研究是从不同视角对11部代表镜花各创作阶段最高水准的经典作品的缜密观察。在精细研读文本的基础上,分别从语言学、民俗学、心理学、文体学、叙事学、比较文学等视角详细考察了镜花文学的特质。向上回溯至古老传说、和歌和汉诗、能乐为代表的古典艺能以及滑稽小说等前近代文艺,向下延伸至当代影视文学;在横向上与同时代的作家、作品相观照,纵向上与中国文学相比较,从而立体地、全方位地折射出镜花文学的全景。

镜花在近代作家中属于"异端",镜花文学是站在"反近代"的立场上对近代文学的观照。按照作品发表的时间依次观察11部作品的话,可以勾勒出泉镜花文学从"近代"走向"反近代"的轨迹。具体而言,镜花通过"观念小说"体现出的"近代性",在"自传性小说"阶段减弱——关注点由外部转向内部,经过《化鸟》的过渡,最终跨进"反近代"。《高

野圣僧》的面世标志着这一转变。自此,镜花创作的作品均带有"反近代"的色彩。在近代,合理主义和以家为中心的伦理观形成日本近代社会的两大特征。泉镜花文学的"反近代性"体现于将目光投向被合理主义否定的超自然的存在,将飞扬流动的美丽幻想进行到底;在追求"自我"的近代社会关注集结了几代人智慧的"共同记忆"——传说、俗曲、民谣等民间传承;在崇尚欧美文学、欲割断一切与所谓"旧文学"关系的日本近代文坛,以和歌、汉诗等古典文学及能、歌舞伎、读本、草双纸等近代以前的文艺为养分,客观地成为承载文化传承的载体。

泉镜花文学的主流是"反近代"的,也有"超近代"的瞬间。第三章对《化鸟》意识流、口语体及第一人称叙事的论述,是置于同时代的大背景下考察其"超时代性"的。《化鸟》发表时,使用口语体和真正意义上的第一人称叙事进行创作是新文学的标志,意识流手法于那个年代尚属新生事物,三者的完美结合使《化鸟》成为超越时代的存在。

镜花的文章铺张藻饰,文采斐然,其绚烂的文体独步天下,无人可及;独特的叙事时间结构催生了无数大作。在当代,泉镜花文学成为超越时空依旧流行的"近代的古典"[①],吸引众多研究者不懈地挖掘其文学价值,其文学世界之丰饶值得人们去吟味,去思索,去研究……

---

① 铃木启子:「研究動向 昭和期の泉鏡花」,『昭和文学研究』2006 年第 52 期。

参考文献

一 中文文献

（一）著作

[美]丁乃通：《中国民间故事类型索引》，中国民间文艺出版社1986年版。
《家庭书架》编委会编：《中国神话与民间故事》，南海出版公司2013年版。
[美]勒内·韦勒克、奥斯汀·沃伦：《文学理论》，刘象愚等译，江苏教育出版社2005年版。
刘守华：《中国民间故事类型研究》，华中师范大学出版社2006年版。
申丹：《叙述学与小说文体学研究》，北京大学出版社1998年版。
孙艳华：《幻想的空间——泉镜花及其浪漫主义小说》，商务印书馆2010年版。

（二）论文

暴凤明、陈琳静：《试析〈高野圣僧〉——以叙事模式、女性形象和神秘氛围营造方法为中心》，《时代文学》（下半月）2012年第8期。
韩颖、兰立亮：《〈高野圣〉幻境解析——以"水"、"月"为中心》，《日语学习与研究》2013年第3期。
黄芳：《解析神秘的镜花世界——评〈高野圣〉》，《四川外语学院学报》2009年第S1期。
金毅：《中韩两国继母型故事的形成比较》，《辽东学院学报》（社会科

学版）2014 年第 1 期。

兰立亮、韩颖：《泉镜花〈歌行灯〉的音乐叙事与空间建构》，《东北亚外语研究》2015 年第 1 期。

李东哲、刘德慧：《试论日语单词中的几种音韵变化现象——兼论日语"音便"的含义、范围及其分类》，《日语学习与研究》1997 年第 2 期。

李永夏：《在日语会话中常见的音韵变化的类型及其特点》，《日语学习与研究》1985 年第 1 期。

刘淑梅：《日语的音韵浅析》，《山东大学学报》（哲学社会科学版）1995 年第 3 期。

卢冶：《雨中的鱼——关于泉镜花的〈高野圣僧〉》，《读书》2013 年第 10 期。

潘文东：《试论日语近代文体的形成——以〈小说神髓〉"文体论"为中心》，《日语教学与日本研究》2013 年 00 期。

祁福鼎、王猛：《日语自称词的切换——以日本近代文艺作品为中心》，《日语学习与研究》2012 年第 5 期。

荣喜朝、张卫娣：《从音韵论角度分析日语"连浊"现象的实质》，《赤峰学院学报》（汉文哲学社会科学版）2009 年第 5 期。

汪大捷：《日语音韵转变的基础知识》，《日语学习与研究》1979 年第 1 期。

王松华：《从〈高野山圣人〉中的孤家魔女看泉镜花的女性观与爱情观》，《时代文学》（下半月）2008 年第 10 期。

张瑾：《〈你的名字。〉中的风景意象与文化表征》，《电影文学》2017 年第 21 期。

张晓宁：《〈高野圣僧〉与〈雪国〉的比较研究》，《沈阳师范大学学报》（社会科学版）2007 年第 3 期。

赵宏：《历时语言学视野中的日语程度副词研究——在近代的使用特点及语法功能》，《日语学习与研究》2015 年第 1 期。

赵建航：《日语音韵浅析》，《日语学习与研究》1989 年第 5 期。

二　日文文献

（一）著作

[法]アラン・コルハン：『風景と人間』，小倉孝誠訳，東京：藤原書店 2002 年版。

朝田祥次郎：『注解考説泉鏡花日本橋』，東京：明治書院 1974 年版。

成瀬正勝編：『明治文学全集 21』，東京：筑摩書房 1966 年版。

赤尾勝子：『泉鏡花論』，横浜：西田書店 2005 年版。

村松定孝：『ことばの錬金術師——泉鏡花』，東京：社会思想社 1973 年版。

村松定孝：『泉鏡花』，東京：寧楽書房 1966 年版。

村松定孝：『泉鏡花』，東京：文泉堂 1966 年版、1979 年版。

村松定孝：『泉鏡花研究』，東京：冬樹社 1974 年版。

村松定孝等編：『日本近代文学大系 7 泉鏡花集』，東京：角川書店 1970 年版。

稲田浩二など編：『日本昔話通観研究篇 1』，京都：同朋舎 1993 年版。

東雅夫編：『河童のお弟子』，東京：筑摩書房 2014 年版。

東雅夫編：『芥川龍之介集妖婆』，東京：筑摩書房 2010 年版。

渡部直己：『幻影の杼機』，東京：国文社 1983 年版。

芳賀矢一、杉谷虎蔵：『作文講話及文範』，東京：冨山房 1912 年版。

福田清人、浜野卓也：『泉鏡花 人と作品』，東京：清水書院 1966 年版。

高桑法子：『幻想のオイフォリー：泉鏡花を起点として』，東京：小沢書店 1997 年版。

古田東朔、鈴木泰、清水康行、山東功：『国語意識の発生：国語史 2』，東京：くろしお出版 2011 年版。

関敬吾編：『日本昔話大成 5』，東京：角川書店 1978 年版。

関口安義編：『芥川龍之介新辞典』，東京：翰林書房 2003 年版。

国語調査委員会編：『口語法』，東京：国定教科書共同販売所 1916 年版。

国語調査委員会編：『口語法別記』，東京：国定教科書共同販売所 1917

年版。

吉村博任：『泉鏡花——芸術と病理』，東京：金剛出版新社1970年版。

吉田澄夫：『近世語と近世文学』，東京：東洋館出版社1952年版。

吉田精一：『吉田精一著作集（第一巻）』，東京：桜楓社1979年版。

吉田精一：『近代日本浪漫主義研究』，東京：修文館1943年版。

橘正典：『鏡花変化帖』，東京：国書刊行会2002年版。

笠原伸夫：『評伝泉鏡花』，京都：白地社1995年版。

笠原伸夫：『泉鏡花エロスの繭』，東京：国文社1988年版。

笠原伸夫：『泉鏡花——美とエロスの構造』，東京：至文堂1976年版。

柳澤浩哉、中村敦夫、香西秀信：『レトリック探究法』，東京：朝倉書店2004年版。

門馬直衛編：『世界音楽全集』第23巻，東京：春秋社1931年版。

蒲生欣一郎：『もうひとりの泉鏡花：視座を変えた文学論』，東京：日本図書センター1990年版。

泉鏡花：『鏡花全集』巻3，東京：岩波書店1986年版。

泉鏡花：『鏡花全集月報』，東京：岩波書店1986年版。

日本文学研究資料刊行会編：『日本文学研究資料叢書泉鏡花』，東京：有精堂1980年版。

[美]R．ウェレック・A．ウォーレン：『文学の理論』，太田三郎訳，東京：筑摩書房1976年版。

三谷栄一、峰村文人編：『大修館国語要覧増補版』，東京：大修館書店1988年版。

三田英彬：『反近代の文学　泉鏡花・川端康成』，東京：おうふう1999年版。

三田英彬：『泉鏡花の文学』，東京：桜楓社1976年版。

三宅武郎：『現代敬語法』，東京：日本語教育振興会1944年版。

山本正秀：『近代文体発生の史的研究』，東京：岩波書店1965年版。

山田有策：『深層の近代：鏡花と一葉』，東京：おうふう2001年版。

手塚昌行：『泉鏡花とその周辺』，東京：武蔵野書房1989年版。

寿岳章子：『室町時代語の表現』，大阪：清文堂1983年版。

寺木定芳：『人・泉鏡花』，東京：日本図書センター 1943 年版。
松村明：『江戸語東京語の研究』，東京：東京堂 1957 年版。
松村明：『江戸語東京語の研究増補』，東京：東京堂 1998 年版。
藤村作、久松潜一：『明治文学序説』，東京：山海堂出版部 1932 年版。
田中励儀編：『泉鏡花「高野聖」作品論集』，東京：クレス出版 2003 年版。
武藤清吾：『芥川龍之介の童話：神秘と自己像幻視の物語』，東京：翰林書房 2014 年版。
小森陽一：『構造としての語り』，東京：新曜社 1996 年版。
小森陽一：『文体としての物語』，東京：筑摩書房 1988 年版。
小森陽一編：『近代文学の成立 思想と文体の模索』，東京：有精堂 1986 年版。
脇明子：『幻想の論理』，東京：講談社 1974 年版。
脇明子：『増補 幻想の論理』，東京：沖積舎 1992 年版。
野口武彦：『鑑賞現代日本文学 3 泉鏡花』，東京：角川書店 1982 年版。
宇佐美毅：『小説表現としての近代』，東京：おうふう 2004 年版。
折口信夫：『折口信夫全集 2』，東京：中央公論社 1995 年版。
眞有澄香：『泉鏡花 呪詞の形象』，東京：鼎書房 2001 年版。
中村明編：『日本語の文体・レトリック辞典』，東京：筑摩書房 2007 年版。
中村通夫：『東京語の性格』，東京：川田書房 1948 年版。
中島平三：『言語の事典』，東京：朝倉書店 2005 年版。
中谷克己：『泉鏡花 心象への視点』，東京：明治書院 1987 年版。

（二）论文

[美]Daniel C. Strack：「『高野聖』における両義的境界空間——民俗を基点とする解釈に向けて」，『社会システム研究』2009 年第 7 期。
ジョン・ボチャラリ：「『歌行灯』考——文学伝統と翻訳の問題をめぐって」，『人文研究』1986 年第 94 期。
安藤香苗：「『春昼』『春昼後刻』の論理構造——散策子と読者の言語的

体験」，『広島女子大国文』2005年第20期。

伊藤整：「『歌行灯』の頃——日本文壇史-157-」，『群像』1966年第5期。

伊藤整：「作品解説」，『日本文学研究大成泉鏡花』，東京：国書刊行会1996年版。

井沢淳：「『歌行灯』における映画的表現」，『国文学解釈と鑑賞』1949年第5期。

越野格：「〈視線〉の開示するもの（1）——泉鏡花私論」，『青磁』1986年第2期。

遠藤孝子：「梶井基次郎と芥川龍之介の文体比較の試み」，『国語国文』1982年第15期。

塩崎文雄：「鏡花とわらべうた」，『日本文学』1986年第7期。

塩崎文雄：「母の〈付帳〉——『春昼』『春昼後刻』に見える不可解なメッセージ○△ を読む」，『日本文学』1989年第12期。

横田忍：「タンホイザー伝承と泉鏡花の『高野聖』」，『アカデミア．文学・語学編：Journal of the Nanzan Academic Society』2011年第89期。

岡島朗子：「泉鏡花序論——その表現世界の変遷」，博士学位論文，東京：明治大学，2013年。

岡保生：「『春昼』前後」，『学苑』1978年第462期。

加藤禎行：「変奏される『草枕』——泉鏡花『春昼』からの射程」，『国文学研究』1999年第128期。

河野信子：「泉鏡花『高野聖』の日本型魔女」，『新日本文学』1992年第1期。

花柳章太郎：「『歌行灯』と桑名」，『文庫』1955年第49期。

芥川龍之介：「対談・座談 芥川龍之介の座談」，『芥川龍之介の童話：神秘と自己像幻視の物語』，東京：翰林書房2014年版。

芥川龍之介：「文芸雑話饒舌」，『芥川龍之介集妖婆』，東京：筑摩書房2010年版。

笠原伸夫：「〈泉鏡花12〉高野聖（一）」，『国文学解釈と鑑賞』1974

年第 15 期。

笠原伸夫：「『歌行灯』の空間構成」，『語文』1977 年第 43 期。

笠原伸夫：「『高野聖』の神話的構想力」，『文学』1987 年第 3 期。

笠原伸夫：「鏡花的美の方法」，『日本文学研究資料叢書泉鏡花』，東京：有精堂 1986 年版。

笠原伸夫：「泉鏡花（16）『春昼』の方法」，『国文学解釈と鑑賞』1975 年第 5 期。

関良一：「夜行巡査」，『日本文学研究資料叢書泉鏡花』，東京：有精堂 1986 年版。

関礼子：「泉鏡花『歌行燈』の上演性：交差する文学・演劇・映画」，『中央大学文学部紀要』2014 年第 249 期。

丸尾寿郎：「鏡花の方法——地図のことなど」，『文芸論叢』1988 年第 30 期。

亀井秀雄：「鏡花における木精とわらべ唄」，『文学』1983 年第 6 期。

吉村博任：「「鏡花曼荼羅」——『春昼』における密教的風景」，『鏡花研究』1979 年第 4 期。

吉村博任：「鏡花文学における母性と女性——エロスの母胎として」，『国文学解釈と鑑賞』1981 年第 7 期。

吉村博任：「贖罪の軌跡——『縷紅新草』成立まで」，『論集泉鏡花』，大阪：和泉書院 2006 年版。

吉田昌志：「『歌行燈』覚書——宗山のことなど」，『日本文学研究大成泉鏡花』，東京：国書刊行会 1996 年版。

吉田昌志：「『縷紅新草』——青春の回顧」，『泉鏡花～美と永遠の探求者』，東京：日本放送出版協会 1998 年版。

吉田昌志：「解説『琵琶伝』『照葉狂言』『辰巳巷説』」，『泉鏡花集』，東京：岩波書店 2002 年版。

吉田昌志：「逗子滞在期の鏡花」，『文学』1983 年第 6 期。

吉田精一：「鏡花の観念小説」，『国文学解釈と鑑賞』1949 年第 5 期。

吉田精一：「高野聖」，『国語と国文学』1935 年第 10 期。

吉田精一：「泉鏡花『歌行燈』研究」，『明日香』1938 年第 2 期。

吉田敦彦：「『高野聖』の中の水と母神」，『日本の美学』1998 年第 27 期。

吉田遼人：「言葉に、つまずく――素描・泉鏡花『春昼』連作の織糸」，『文芸研究』2012 年第 117 期。

吉田遼人：「泉鏡花『眉かくしの靈』試論――お艶の霊をめぐって」，『文学研究論集』2008 年第 29 期。

久保田淳：「『歌行燈』における近世音曲・演劇」，『文学』2004 年第 4 期。

久保由美：「近代文学における叙述の装置」，『近代文学の成立 思想と文体の模索』，東京：有精堂 1986 年版。

橋本芳一郎：「『日本橋』――鑑賞近代と非近代」，『国文学解釈と鑑賞』1949 年第 5 期。

饗庭孝男：「〈想像力の民俗學2〉神話の地勢学――『高野聖』――泉鏡花」，『文学界』1993 年第 5 期。

熊倉千之：「近代日本の「あいまいさ(両義性)」について――泉鏡花の『日本橋』を中心に」，『東京家政学院大学紀要』1995 年第 35 期。

桑原幹夫：「『高野聖』の成立――「奇異雑談集」との関係」，『武蔵野女子大学紀要』1980 年第 15 期。

弦巻克二：「『鐘声夜半録』小考」，『光華女子短期大学紀要』1979 年第 17 期。

弦巻克二：「虚構の意味――鏡花「縷紅新草」の世界」，『国語国文』1974 年第 12 期。

戸田翔太：「泉鏡花『化鳥』考察――〈過去〉を尋ねる物語と〈語り手〉の関係」，『高知大国文』2013 年第 44 期。

呉東龍：「泉鏡花の小説における構造と思想：中国の幻想文学と比較して」，博士学位論文，広島：広島大学，1997 年。

高桑法子：「『春昼』『春昼後刻』論」，『論集泉鏡花』第一集，大阪：和泉書院 1999 年版。

高桑法子：「異界と幻想――〈実例〉泉鏡花」，『国文学解釈と教材の研究』1990 年第 7 期。

高田衛：「夢と山姫幻想の系譜——鏡花への私注」，『文学』1983年第6期。

高田瑞穂：「泉鏡花と谷崎潤一郎」，『国文学解釈と鑑賞』1973年第8期。

国田次郎：「『春昼』『春昼後刻』への和泉式部伝説、その他の民話の影響」，『鏡花研究』2002年第10期。

佐藤愛：「『高野聖』——消された薬売り」，『昭和女子大学大学院日本文学紀要』2000年第11期。

佐伯順子：「泉鏡花と視聴覚芸術（3）『夜行巡査』『高野聖』」，『瓜生通信：京都造形芸術大学学園通信』2001年第18期。

坂井健：「『日本橋』——三つの俗謡を中心に」，『論集大正期の泉鏡花』，東京：おうふう1999年版。

坂井健：「鏡花における『絵本百物語』受容の可能性——『高野聖』孤家の女の原像を中心に」，『イミタチオ』1994年第46期。

坂井健：「亡母と仙女の面影——『高野聖』孤家の女の誕生をめぐって」，『新潟大学国語国文学会誌』1993年第35期。

坂本（早川）美由紀：「鏡花におけるエロスの一表現——〈青さ〉〈冷たさ〉の意味するもの」，『小山工業高等学校研究紀要』1995年第27期。

三好行雄：「泉鏡花の魅力」，『国文学解釈と鑑賞』1989年第11期。

三田英彬：「『歌行灯』と対照をなす『朝湯』論」，『論集大正期の泉鏡花』，東京：おうふう1999年版。

三田英彬：「鏡花と能楽界との交流・ノート」，『湘南短期大学紀要』1990年第1期。

三田英彬：「高野聖——その幻想性の基盤と成立事情」，『国文学解釈と教材の研究』1974年第3期。

三田英彬：「泉鏡花のマゾヒズム」，『国文学解釈と鑑賞』1973年第8期。

三島由紀夫、澁澤龍彦：「対談泉鏡花の魅力」，日本文学研究資料刊行会編『日本文学研究資料叢書泉鏡花』，東京：有精堂1986年版。

三島由紀夫：「天才泉鏡花」，『日本文学研究大成泉鏡花』，東京：国書刊行会1996年版。

三品理絵：「〈眼〉の機能を巡って『夜行巡査』論」，『国文学研究ノート』1999 年第 3 期。

三瓶達司：「『高野聖』の典拠について」，『解釈』1972 年第 13 期。

山口晶子：「泉鏡花『春畫 春畫後刻』の構想——三つの漢詩「春畫」との関連」，『名古屋自由学院短期大学研究紀要』2000 年第 32 期。

山田有策：「鏡花 言語空間の呪術文体と語りの構造」，『国文学解釈と教材の研究』1985 年第 7 期。

山﨑みどり：「泉鏡花『春昼』と李賀——李賀詩愛好の系譜」，『新しい漢字漢文教育』2009 年第 48 期。

市川紘美：「泉鏡花研究：初期作品における語りの特質」，博士学位論文，東京：東京女子大学，2012 年。

市川紘美：「装われた母子合一化の物語——『化鳥』論」，『東京女子大学紀要論集』2011 年第 1 期。

私市保彦：「鏡花文学とフランス幻想文学——対比による読解」，『幻想空間の東西——フランス文学をとおしたみた泉鏡花』，金沢：十月社 1990 年版。

児玉千尋：「関東大震災と文豪：成蹊大学図書館の展示から」，『成蹊國文』2014 年第 47 期。

手塚昌行：「作品論歌行灯」，『国文学解釈と教材の研究』1974 年第 3 期。

手塚昌行：「泉鏡花『照葉狂言』成立考」，『日本近代文学』1970 年第 12 期。

種村季弘：「解説洪水幻想」，『泉鏡花集成 4』，東京：筑摩書房 1995 年版。

種村季弘：「水中花変幻」，『別冊現代史手帖』1972 年第 1 期。

種田和加子：「イロニーとしての少年——『化鳥』論」，『日本文学』1986 年第 11 期。

種田和加子：「事件としての意匠」，『論集昭和期の泉鏡花』，東京：おうふう 2002 年版。

種田和加子：「神話としての幼年（上）——『照葉狂言』前半のコスモロジー」，『群馬県立女子大学国文学研究』1985 年第 5 期。

種田和加子：「泉鏡花『高野聖』――「代がはり」の意味するもの」，『国文学解釈と教材の研究』1994 年第 7 期。

秋永一枝：「東京語の発音とゆれ」，飛田良文、佐藤正義編『現代日本語講座』第 3 巻，東京：明治書院 2002 年版。

秋山稔：「帰郷小説としての『縷紅新草』：観光から招魂への転成」，『昭和文学研究』2012 年第 64 期。

出雲朝子：「明治期における女学生のことば」，『青山學院女子短期大學紀要』2003 年第 57 期。

勝又浩：「引用物語抄（14）『歌行燈』と「見立て」」，『季刊文科』2001 年第 3 期。

小原彩：「『高野聖』研究：泉鏡花作品の幻想性」，『日本文学ノート』2013 年第 48 期。

小森陽一：「行動する「実境」中継者の一人称文体――森田思軒における「周密体」の形成（一）」，『成城文芸』1983 年第 103 期。

小村雪岱：「『参宮日記』と『日本橋』のこと」，『鏡花全集月報』，東京：岩波書店 1986 年版。

小島俊夫：「後期江戸語における「デス」・「デアリマス」・「マセンデシタ」」，『国語学』1959 年第 39 期。

小平麻衣子：「ニンフォマニア――泉鏡花『高野聖』」，『国文学解釈と教材の研究』2001 年第 3 期。

小林輝治：「『白鬼女物語』新考」，『北陸大学紀要』1977 年創刊号。

小林輝治：「『縷紅新草』覚え書き――贖罪意識の観点から」，『水辺彷徨：鏡花「迷宮」への旅小林輝治・泉鏡花研究論考集成』，東京：梧桐書院 2013 年版。

小林輝治：「漱石から鏡花へ――『草枕』と『春昼』の成立」，『鏡花研究』1974 年創刊号。

松井幸子：「奥飛騨天生峠の美女――泉鏡花の『高野聖』」，『ぎふの文学風景――美濃と飛騨』，東京：日本新聞社 1986 年版。

松井律子：「関東大震災後の谷崎潤一郎――関西移住と町人回帰」，『日本病跡学雑誌』1997 年第 54 期。

松原純一：「鏡花文学と民間伝承と（Ⅱ）——『高野聖』余説」，『相模女子大学紀要』1963年第16期。

松原純一：「鏡花文学と民間伝承と」，『日本文学研究資料叢書泉鏡花』，東京：有精堂1986年版。

松原純一：「鏡花文学と民間伝承と——近代文学の民俗学的研究への一つの試み」，『相模女子大学紀要』1963年第14期。

松村友視：「『春昼』の世界」，『論集泉鏡花』第一集，大阪：和泉書院1999年版。

松村友視：「歌行灯——深層への階梯」，『国文学解釈と教材の研究』1985年第7期。

松村友視：「鏡花初期作品の執筆時期について——『白鬼女物語』を中心に」，『三田国文』1985年第4期。

松村友視：「泉鏡花の『歌行灯』〈語り〉と〈芸能〉〈癒し〉のテキスト」，『伝承文学研究』1997年第46期。

松村友視：「隣接諸科学の援用〈実例〉泉鏡花『高野聖』」，『国文学解釈と教材の研究』1989年第8期。

上田正行：「物語の古層＝〈入水する女〉——『草枕』と『春昼』」，『国語教育論叢』1997年第6期。

上野昂志、四方田犬彦：「泉鏡花映画祭2——「新派」を撮る——『歌行灯』成瀬巳喜男から『夜叉ヶ池』篠田正浩まで」，『早稲田文学』1991年第180期。

新保千代子：「『歌行燈』のモデルを追って」，『鏡花研究』1984年第6期。

森井マスミ：「『高野聖』におけるセクシュアリティ——「入れ子型」の再検討から」，『語文』2002年第113期。

森田健治：「『春昼』『春昼後刻』の構造」，『学習院大学人文科学論集』1998年第7期。

進藤純孝：「作家の言葉の感覚——芥川竜之介の場合」，『言語生活』1962年第134期。

須田千里：「『春昼』の構想」，『論集泉鏡花（第二集）』，大阪：和

参考文献　◆◇◆

泉書院 1999 年版。

須田千里：「鏡花における「魔」的美女の形成と展開――『高野聖』を中心に」，『国語国文』1990 年第 11 期。

須田千里：「鏡花文学における前近代的素材（上）」，『国語国文』1990 年第 4 期。

須田千里：「泉鏡花と中国文学――その出典を中心に」，『日本文学研究資料新集 12』，東京：有精堂 1991 年版。

水谷克己：「『春昼』および『春昼後刻』――開示する異変と〈水死〉の意味するもの」，『国語と国文学』1988 年第 7 期。

菅原孝雄：「魔術の場の森へ」，『別冊現代史手帖』1972 年第 1 期。

清水潤：「泉鏡花の後期の小説とその周辺」，博士学位論文，東京：東京都立大学，2004 年。

清水徹：「引用についての妄想」，『文芸』1976 年第 12 期。

西尾元伸：「泉鏡花『春昼』『春昼後刻』考――その〈風景〉と「霞」をめぐって」，『語文』2007 年第 89 期。

西尾元伸：「泉鏡花作品における点景：作品の創作手法をめぐって」，博士学位論文，大阪：大阪大学，2012 年。

西尾昌子：「泉鏡花『日本橋』論」，『成蹊国文』1995 年第 28 期。

石崎等：「泉鏡花・その作品『眉かくしの霊』」，『国文学解釈と鑑賞』1973 年第 8 期。

石倉利英：「泉鏡花『眉かくしの霊』――続膝栗毛との関連から」，『島大国文』1999 年第 27 期。

石塚陽子：「泉鏡花『眉かくしの霊』論――深層構造としての山王の神々の物語」，『国文』1996 年第 85 期。

石田勝啓：「『高野聖』の構造と幻想性」，『日本文芸研究』1989 年第 4 期。

石内徹：「『高野聖』論――その様式と素材」，『芸術至上主義文芸』1983 年第 9 期。

赤間亜生：「『春昼』『春昼後刻』論」，『日本文芸論叢』1994 年第 10 期。

赤尾勝子：「『縷紅新草』の詠嘆性なるもの――「のである」「のであっ

た」の役割」，『実践国文学』1995 年第 48 期。

千野美和子：「日本昔話「米ぶき粟ぶき」にみる関係性」，『京都光華大学女子大学研究紀要』2010 年第 48 期。

川村二郎：「瞠視された空間──泉鏡花」，『群像』1970 年第 10 期。

川島みどり：「『化鳥』論──偽装する〈語り手〉/仮構された《聖性》」，『文学研究論集』2002 年第 16 期。

泉鏡花：「おばけずきのいはれ少々と處女作」，『鏡花全集巻 28』，東京：岩波書店 1988 年版。

泉鏡花：「愛と婚姻」，成瀬正勝編『明治文学全集 21』，東京：筑摩書房 1966 年版。

泉鏡花：「鏡花談話 怪異と表現法」，『文芸読本泉鏡花』，東京：河出書房新社 1981 年版。

泉鏡花：「鏡花談話 予の態度」，『文芸読本』，東京：河出書房新社 1981 年版。

泉鏡花：「草双紙に現れたる江戸の女の性格」，『明治文学全集 21』，東京：筑摩書房 1966 年版。

泉鏡花：「能楽座談」，『明治文学全集 21』，東京：筑摩書房 1966 年版。

浅野敏文：「泉鏡花「照葉狂言」論──加賀騒動物の蛇責について」，『国文学解釈と鑑賞』2008 年第 11 期。

前田愛：「泉鏡花『高野聖』──旅人のものがたり」，『国文学解釈と教材の研究』1973 年第 9 期。

早川美由紀：「泉鏡花『化鳥』の文体──語り手の人物像をめぐって」，『稿本近代文学』1993 年第 11 期。

早田輝洋：「東京方言の音韻化規則」，『言語研究』1996 年第 49 期。

村松定孝：「『歌行灯』の世界」，『明治大正文学研究』1949 年第 2 期。

村松定孝：「解説『白鬼女物語』発見に関するノート」，『明治大正文学研究』1957 年第 21 期。

村松定孝：「鏡花の初期習作『白鬼女物語』と『高野聖』」，『言語と文芸』1959 年第 6 期。

村松定孝：「作品論『照葉狂言』」，『国文学解釈と教材の研究』1974

年第 3 期。

村松定孝：「泉鏡花——『白鬼女物語』から『高野聖』への展開」，『国文学解釈と教材の研究』1958 年第 8 期。

村松定孝：「日本近代文学と中国——泉鏡花と芥川龍之介の場合」，《日语学习与研究》1981 年第 4 期。

村上光彦：「想像力の地形学——泉鏡花『春昼』に即して」，『成蹊国文』1997 年第 30 期。

大久保典夫：「思想の源泉——〈実例〉三島由紀夫」，『国文学解釈と教材の研究』1990 年第 7 期。

大内和子：「「記号」との戯れ——泉鏡花の『春昼』『春昼後刻』について」，『いわき明星大学人文学部研究紀要』1991 年第 4 期。

大野隆之：「「語り」の抑圧——鏡花の観念小説」，『論樹』1991 年第 5 期。

大野隆之：「『春昼』における〈浮遊〉と〈覚醒〉」，『論樹』1988 年第 2 期。

竹友藻風：「泉鏡花と近代怪異小説」，『国文学解釈と鑑賞』1943 年第 3 期。

中西由紀子：「親仁——泉鏡花『高野聖』」，『敍説．2：文学批評/敍説舎』2003 年第 5 期。

中川知子：「泉鏡花の研究——『眉かくしの霊』について」，『皇学館論叢』2008 年第 1 期。

中村哲：「鏡花と柳田国男——鏡花の北海民俗学」，『文学』1983 年第 6 期。

中村美理：「不気味な他者たち——泉鏡花『高野聖』における衛生学的な視線」，『日本近代文学会北海道支部会報』2004 年第 7 期。

中谷克巳：「『高野聖』考——〈水〉の心像と胎内幻想をめぐって」，『帝塚山学園春秋』1979 年第 3 期。

中島佐和子：「『草枕』の成立——『高野聖』との比較から」，『国文』1997 年第 87 期。

中本信幸：「泉鏡花とレフ・トルストイ——鏡花『日本橋』の成立とトル

ストイ『神父セルギイ』をめぐって」，『人文学研究所報』1978年第12期。

朝田祥次郎：「『歌行灯』句釈・鑑賞1・2・3」，『神戸大学教育学部研究集録』1960年第23期、1961年第25期、1962年第27期。

田村奈実：「小村雪岱の装幀：泉鏡花『日本橋』を中心に」，『芸術学学報』2012年第18期。

田辺健二：「『高野聖』論——その構造と主題」，『文教国文学』1973年第1期。

東雅夫：「泉鏡花とアラビアン・ナイト」，『金羊毛』1981年第2期。

東郷克美：「『高野聖』の水中夢」，『泉鏡花「高野聖」作品論集』，東京：クレス出版2003年版。

東郷克美：「『眉かくしの霊』の顕現」，『文学』1983年第6期。

東郷克美：「『夜叉ケ池』——柳田国男の視座から」，『国文学解釈と鑑賞』1989年第11期。

東郷克美：「散策・地妖・音風景——『春昼』に夢の契はあったか」，『国語と国文学』2000年第2期。

藤井康生：「映像の中の芸能(2)歌行燈——花柳章太郎と柳永二郎」，『上方芸能』2003年第147期。

藤城継夫：「歌行燈」，『宝生』1975年第10期。

藤澤秀幸：「泉鏡花『照葉狂言』——残酷な美の世界」，『国文学解釈と鑑賞』1992年第5期。

日夏耿之助：「『高野聖』の比較文学的考察」，『明治浪曼文学史』，東京：中央公論社1951年版。

梅山聡：「泉鏡花の「観念小説」試論：「夜行巡査」の解釈を中心に」，『国語と国文学』2013年第8期。

梅田聡：「泉鏡花『化鳥』小見——回心の寓話として」，『東京大学国文学論集』2010年第5期。

萩原一彦：「『高野聖』——「水の女」をめぐって巧みに配置された「白」と「青」が「旅人」を怪異に誘うことについて」，『上智近代文学研究』1982年第1期。

参考文献 ◆◇◆

尾形明子：「泉鏡花『高野聖』の女」，『作品の中の女たち——明治・大正文学を読む』，東京：ドメス出版1984年版。

美濃部重克：「〈伝承的想像力〉と創作 鏡花世界——『春昼』『春昼後刻』論」，『説話・伝承学』2009年第17期。

美濃部重克：「伝承文学と近代文学——泉鏡花『高野聖』」，『講座日本の伝承文学1 伝承文学とは何か』，東京：三弥井書店1994年版。

富永真樹：「「思想惑乱の時代」と泉鏡花：『瓔珞品』から『春昼』へ」，『藝文研究』2014年第106期。

富永真樹：「書物という世界：小村雪岱の装幀から泉鏡花『日本橋』を見る」，『日本近代文学 = Modern Japanese Literary Studies』2016年第95期。

冨永絵美：「泉鏡花『眉かくしの霊』論」，『福岡大学日本語日本文学』1998年第8期。

峯村至津子：「泉鏡花『外科室』の語り手：天なく、地なく、社会なく」，『女子大国文』2012年第150期。

望月朝香、鈴木康博：「小説における文体印象解析の試み」，『情報処理学会研究報告』2007年第128期。

北原泰邦：「泉鏡花『夜行巡査』——歩行と眼差しの劇」，『國學院雑誌』2008年第8期。

堀井一摩：「国民の分身像：泉鏡花『高野聖』における不気味なもの」，『言語情報科学』2016年第14期。

木村洋子：「泉鏡花『歌行燈』論」，『語文論叢』1981年第9期。

野口哲也：「『照葉狂言』を語る声——森鴎外訳『即興詩人』との関連から」，『国文学解釈と鑑賞』2009年第9期。

野口哲也：「『白鬼女物語』から『高野聖』へ——森田思軒訳『金驢譚』の受容と方法」，『日本近代文学』2005年第73期。

野口哲也：「泉鏡花研究——明治・大正期の幻想文学における想像力の構造と展開」，博士学位論文，仙台：東北大学，2010年。

野口武彦：「鏡花の女」，『国文学解釈と教材の研究』1974年第3期。

野山嘉正：「近代小説新考 明治の青春−34−泉鏡花『照葉狂言』−4−」，

『国文学解釈と教材の研究』1994 年第 1 期。

野本寛一：「伝奇譚と民俗複合——泉鏡花『高野聖』」，『近代文学とフォークロア』，京都：白地社 1997 年版。

柳田国男：「這箇鏡花観」，『明治文学全集 21』，東京：筑摩書房 1966 年版。

葉山修平：「近代文学に見る女性像 泉鏡花『高野聖』の女」，『日本文学にみる〈笑い〉〈女性〉〈風土〉』，東京：東銀座出版 1995 年版。

鈴木啓子：「引用のドラマツルギー——『歌行燈』の表現戦略」，『文学』2004 年第 4 期。

鈴木啓子：「鏡花文学の成立と文芸時評——『湯島詣』『高野聖』への軌跡」，『国文学解釈と鑑賞』2009 年第 9 期。

鈴木啓子：「泉鏡花『眉かくしの霊』——暗在する物語」，『国文学解釈と鑑賞』1991 年第 4 期。

鈴木啓子：「泉鏡花の洪水幻想：『龍潭譚』『高野聖』など（公開講座 自然災害と日本文学 講演録）」，『城西国際大学日本研究センター紀要』2013 年第 7 期。

鈴木啓子：「悲惨小説期の貧困表象——一葉・眉山・鏡花の射程」，『日本近代文学』2009 年第 81 期。

鈴木孝夫：「音韻交替と意義文化の関係について」，『言語研究』1962 年第 42 期。

鈴木邦明：「『眉かくしの霊』における二行空きの表記について」，『論集大正期の泉鏡花』，東京：おうふう 1999 年版。

和田中俊男：「『歌行灯』——「鼓ケ岳」という場所」，『国文学解釈と鑑賞』1989 年第 11 期。

和田中俊男：「泉鏡花『歌行燈』論——空間、あるいは平面として」，『島大国文』1999 年第 27 期。

脇明子：「運命の女との決別」，『鏡花全集月報』，東京：岩波書店 1986 年版。

脇明子：「泉鏡花/高野聖——魔境に棲む聖なる妖女の肖像」，『国文学解釈と教材の研究』1989 年第 15 期。

呆由美：「泉鏡花『高野聖』論：典拠としての『烏留好語』」，『女子大国文』2014 年第 155 期。

眞有澄香：「「巷説」という恐怖——『四谷怪談』と泉鏡花『日本橋』」，『アジア遊学』2005 年第 71 期。

眞有澄香：「『照葉狂言』——伝承土壌としての日本海」，『国文学解釈と鑑賞』2005 年第 2 期。

眞有澄香：「泉鏡花『春昼』『春昼後刻』論——〈地妖〉と〈囃子〉と〈角兵衛獅子〉」，『学芸国語国文学』2008 年第 40 期。

藪禎子：「婦人——『高野聖』泉鏡花」，『小説の中の女たち』，札幌：北海道新聞社 1989 年版。